YANKO II
BARO MANGIPE

written by
Anžy Heidrun Holderbach

FREESTYLE ENTERTAINMENT
www.freestyleentertainment.de
Germany

Herstellung und Verlag:
BoD - Books on Demand, Norderstedt
www.bod.de

Bibliografische Information der Deutschen Nationalbibliothek
Die Deutsche Nationalbibliothek verzeichnet diese Publikation in der Deutschen Nationalbibliografie;
detaillierte bibliografische Daten sind im Internet über http://dnb.d-nb.de abrufbar

ISBN: 9783744829885

YANKO - Die Geschichte eines Roma

Anžy Heidrun Holderbach 416 Seiten ISBN: 9783744829878

Das Buch erzählt die berührende Geschichte eines Roma, der in den USA lebt und nach dem Tod seiner Frau verzweifelt versucht mit seinem Leben wieder zurechtzukommen. Dabei gerät er in eine folgenschwere Liebesbeziehung, durch die er nicht nur zur Zielscheibe der Leute wird, sondern sich auch seiner Vergangenheit stellen muss.

YANKO III - Dromenca

Anžy Heidrun Holderbach 432 Seiten ISBN: 9783743197497

"YANKO III - Dromenca" ist der dritte Band der Geschichten von Yanko, dem griechischen Roma. Dromenca ist ein Wort aus dem Romanes und bedeutet "auf dem Weg". Durch ein einschneidendes Ereignis wird Yanko gezwungen, fluchtartig das Land zu verlassen. Immer noch von seiner Vergangenheit heftig gequält und weiterhin unfähig eine dauerhafte Beziehung zu führen, schlägt er sich durchs Leben und kämpft bis an den Rand seiner Kräfte für seinen Seelenfrieden, der schließlich erneut auf eine existentielle Probe gestellt wird.

YANKO IV - Sunrise

Anžy Heidrun Holderbach 432 Seiten ISBN: 9783735794260

"YANKO IV – Sunrise" ist der vierte Band der Yanko Serie.
Nachdem sich Yanko wieder einmal nur mit Alkohol, Drogen und schließlich auch durch ziemlich ausufernden Sex versucht hatte irgendwie über Wasser zu halten, um überhaupt eine Art Leben zu leben, erleidet er einen Zusammenbruch. Notgedrungen beginnt er wieder eine Therapie, die er allerdings wegen unvorhergesehener Dinge bereits nach kurzer Zeit abbricht. Mehr oder weniger freiwillig gerät er schließlich in die kriminellen Machenschaften eines Motorrad Clubs, während er weiterhin massiv unter den Folgen seiner bisherigen Traumata leidet - und ihn erneut schreckliche Ereignisse an den Rand dessen bringen was er ertragen kann.

*

HOMELESS

Anžy Heidrun Holderbach 256 Seiten ISBN: 9783741283635

Rangy Turner, ein gutaussehender und begnadeter Hollywood-Schauspieler auf dem Weg ganz nach oben, lebt zusammen mit seiner Frau Bianca und ihren drei Kindern ein Leben von dem viele nur träumen. Trotz erfolgreicher Jahre im Filmgeschäft bemerkt der charismatische Rangy eine wachsende innere Unzufriedenheit.
Eines Tages freundet er sich mit dem obdachlosen Bob in Venice Beach am Boardwalk an, was nach und nach zu drastischen Auswirkungen in seinem Leben führt.

YANKO II
BARO MANGIPE

*

Pala mi familja

*

phirav mange korkorro
me sjum romano čhavo
i phuv mange dajori
o kham mange phral baro

maren na man me na žav
vaker devla kaj te žav
akaja sudba romani
ačhel la mange but phari

ma maren man kaštenca
so maren man barenca
me sjum romano čhavo
ake naj man dadoro

ich wandere allein
ich bin ein sohn der zigeuner
die erde ist meine mutter
die sonne mein großer bruder

wenn du mich schlägst, renne ich
gott sag, wohin soll ich rennen
dies ist das schicksal der roma
und das haftet sehr schwer an mir

schlagt mich nicht mit den stöcken!
warum werft ihr mit steinen nach mir?
ich bin ein sohn der zigeuner
und ich kenne keinen vater

Er hatte ihr versprochen zu schweigen.

Die Umstände hätten damals auch etwas anderes gar nicht zugelassen. Die Wahrheit zu sagen, hätte überhaupt keinen Sinn gemacht und niemandem wirklich geholfen. Es war zu spät gewesen, um etwas zu ändern, und jetzt gab es eine andere Wahrheit. Müde schob er den schweren, dunkelgrünen Vorhang zur Seite und starrte in die tiefschwarze Nacht. Er seufzte leise vor sich hin und versuchte dabei den dumpfen Schmerz in seinem Herzen zu ignorieren.

Langsam drehte er sich um und schlurfte über den Gang in die Küche. Sein Knie machte ihm heute extrem Probleme. Er schaltete das Licht an und öffnete den Kühlschrank. Was hoffte er eigentlich darin zu finden? Seine auf Eis gelegten Gefühle? Oder etwa sein Gewissen? Er wusste es nicht. Sein Blick fiel auf die Vodkaflasche, die er schon in den letzten Nächten als Schlafmittel benutzt hatte und goss sich ein großes Glas voll. Fast widerwillig leerte er es in einem Zug und schüttelte sich anschließend.

Warum musste er nur immer wieder daran denken? Es hatte sich doch alles gut entwickelt. Wenn er allerdings, so wie heute Nacht, von seinen quälenden Träumen aufwachte, spürte er deutlich eine dunkle, hohe und unheilvolle Welle kontinuierlich auf sich zu rollen. Ihre Energie drückte auf sein Gemüt, und je mehr die Jahre vergingen, desto größer wurde ihre Macht. Schon seit einiger Zeit war er sich nicht mehr ganz sicher. Vielleicht sollte er sein Versprechen doch brechen.

Nachdem er genügend Vodka getrunken hatte, verließ er die Küche und schleppte sich wieder die Treppe hinauf, vorbei an den vielen Familienfotos, die dort an der Wand hingen, zurück ins Schlafzimmer. Seine Frau schlief immer noch tief und fest. Sie hatte genauso wenig Ahnung, wie alle anderen.

Es war eine dieser mondlosen Nächte, in denen man das Gefühl hatte durch dichten Stoff zu laufen.
Zunächst dachte er die Geräusche kämen von einem Tier, das sich über sein Grundstück schlich, aber je länger er lauschte, desto sicherer wurde er, dass es sich hier nicht um ein herumstreunendes Tier handelte. Er vergewisserte sich, dass seine Frau und sein zwei Wochen alter Sohn fest schliefen und schlich sich lautlos aus dem Schlafzimmer. Er machte kein Licht. Vorsichtig ging er zum Wohnzimmerfenster und spähte in die schwarze Nacht. Sekunden später fuhr er zusammen, nachdem er plötzlich eine Taschenlampe aus dem nahen Gebüsch aufblitzen sah. Nach kurzer Zeit konnte er dann erkennen, wie sich eine schmale, dunkle Gestalt langsam davonschlich.
Er spürte sein Herz bis zum Hals hinauf schlagen. Der Schweiß brach ihm aus, weil er unwillkürlich an die Wilsonbrüder denken musste. Aber die konnten es diesmal nicht gewesen sein, denn sie hatten noch eine ganze Weile das Gefängnis zu hüten. Vielleicht war es ja auch nur ein verirrter Wanderer gewesen. Doch die Stimme, die er plötzlich in seinem Inneren vernahm, ließ das Blut in seinen Adern gefrieren. *"Wir geben niemals auf! Dreckiger Zigeuner! Verpiss dich!"*, hallte es in seinem Kopf wider, und er spürte fast gleichzeitig, wie sich die Mistgabel in seine rechte Hand gebohrt hatte.
Das Quengeln seines Sohnes riss ihn aus der Erstarrung, und er ging zurück ins Schlafzimmer, nachdem er sich noch vergewissert hatte, dass die Haustür auch wirklich abgeschlossen war und keine unbekannten Geräusche mehr zu vernehmen waren.
In dieser Nacht machte er allerdings kein Auge mehr zu und war bei Tagesanbruch sofort draußen, um nach Spuren zu suchen, die der nächtliche Unbekannte mit Sicherheit

irgendwo hinterlassen hatte, und die er dann auch fand. Doch es war nichts beschädigt worden, und auch sonst deutete nichts auf einen Überfall oder irgendetwas in diese Richtung hin.
Yanko beschloss Maria nichts davon zu sagen, er wollte sie nicht unnötig beunruhigen.

In der folgenden Nacht, als alle tief und fest schliefen, schlich sich Yanko unbemerkt ins dunkle Wohnzimmer und stellte sich am Fenster auf die Lauer. Und tatsächlich, die Taschenlampe erschien erneut. Derjenige war sehr gut getarnt, und Yanko hatte Mühe überhaupt etwas zu erkennen. Dann blieb die Taschenlampe in einigen Metern Abstand stehen, um nach einer kurzen Weile wieder völlig zu verschwinden.

In der nächsten Nacht wartete Yanko draußen. Er hatte sich unten, direkt an dem kleinen See in einem nahen Gebüsch versteckt. Etwa zur selben Zeit, wie in den Nächten zuvor, hörte er das Geräusch herannahender Schritte. Leise und vorsichtig versuchte er sich hinter den Unbekannten zu schleichen, der sich langsam dem Blockhaus, diesmal allerdings von einer anderen Seite her, näherte. Offensichtlich handelte es sich tatsächlich nur um eine einzelne Person, die sich da auf seinem Gelände unerlaubt herumtrieb, und er fasste den Entschluss sich denjenigen sofort zu schnappen. Wer auch immer das sein mochte, Yanko fühlte plötzlich eine unbändige Wut in sich aufsteigen, denn die ganze Wilson-Geschichte war noch nicht allzu lange her, und außerdem wurde er auch durch die immer wiederkehrenden Schmerzen in seiner Hand ständig daran erinnert.
Yanko kauerte sich hinter den nächsten Baum und wartete bis die Gestalt nah genug herangekommen war. Dann sprang er hinter dem Baum hervor und stürzte sich mit einem Satz auf

den Unbekannten. Sofort nahm er ihn in den Würgegriff und zischte: „Wer bist du, und was machst du hier?“ Die Stimme, die ihm antwortete, war alles andere als die eines gewieften Verbrechers. Fast kläglich wimmerte es leise: „Ich kann nichts dafür!“ Yanko lockerte seinen Griff etwas und zog denjenigen mit in den Stall und schaltete dort das Licht an. Vor ihm stand ein etwa sechzehnjähriger, schmächtiger Junge, der am ganzen Leib zitterte. Yanko starrte ihn ungläubig an. „Was zum Teufel machst du hier draußen mitten in der Nacht?“ Der Junge schüttelte nur den Kopf und stammelte: „Nichts... Nichts... Ich... Ich sammel Schnecken...“ „Und warum ausgerechnet bei mir? Hör mal, du kannst mir viel erzählen, aber das glaube ich dir nicht!“
Yanko witterte, dass der Junge ihn anlog und wurde nun richtig wütend. „Du sagst mir jetzt auf der Stelle, was du hier machst, oder ich rufe die Polizei! Verstanden?! Ich habe genug von deinem Herumstreunen hier!“ Der Junge wurde auf einmal ganz blass um die Nase und stotterte: „N... N... Nein, bitte nicht die Polizei!“ „So, warum denn nicht? Hä?“, hakte Yanko gleich nach. „Weil... Weil... Ich darf nicht darüber reden!“, wimmerte der Junge erneut und vermied es dabei Yanko in die Augen zu schauen. Yanko platzte gleich der Kragen. „Wenn du mir jetzt nicht augenblicklich erzählst was hier los ist, dann gnade dir Gott!“, fauchte er und schüttelte den Jungen dabei an den Schultern kräftig durch.
„Ich habe Angst!“, entwich es dem Jungen, der offensichtlich vor etwas anderem noch viel mehr Angst hatte als vor Yanko. „So? Vor was denn? Oder vielleicht besser, vor wem denn?“, fragte Yanko und wurde wieder etwas ruhiger. „Die bringen mich um, wenn ich was sage!“, flüsterte der Junge ängstlich. Yanko hatte plötzlich ein ungutes Gefühl, und das Frösteln von der ersten Nacht, in der er von den Geräuschen des Jungen aufgewacht war, kehrte wieder zurück. Und plötzlich

kam ihm eine Idee. Er versprach dem Jungen, dass ihm nichts passieren würde, jedoch müsste er Vertrauen haben und ihm alles erzählen.
Und so setzten sie sich schließlich auf zwei Strohballen, und der Junge erzählte ihm, was hinter seinen Pirschgängen steckte, und Yanko erstarrte innerlich.
Der Junge war in eine faschistische Jugendbande geraten, die über diverse Zeitungsartikel erfahren hatte, dass die Besitzer des neuen Zirkus SAN DANA, der hier in Sheddy seine Heimat hatte, Zigeuner waren, und außerdem hatten sie von der sogenannten Wilsonmission gehört, und darüber waren sie auf ihn gestoßen. Der Junge sollte Yankos Grundstück inspizieren und alles über ihn und seine Familie herausfinden. Seine Anführer wollten ein ganz genaues Bild über Yanko und sein Leben haben, denn sie hatten vor, diese verfluchte Sippschaft, so wörtlich, Stück für Stück auszurotten. Als Erstes war geplant Yankos Haus zu zerstören, wenn er wieder unterwegs war. Danach sollte seine Frau entführt werden, damit er durch die Lösegeldforderungen pleitegehen würde.
Yanko rieb sich sein Gesicht und versuchte krampfhaft aus diesem Alptraum aufzuwachen, doch anscheinend war er leider schon wach. „Willst du das auch?“, fragte Yanko ihn dann nur, nachdem der Junge mit seinem Bericht fertig war. Der Junge überlegte eine Weile und rang mit sich. „Ich weiß nicht... Ich kenne dich ja gar nicht... Ich mache da halt mit... weil... weil ich sonst niemanden habe.“
Yanko atmete tief durch und schlug ihm dann einen Deal vor. Wenn der Junge wirklich aus dieser Gruppe aussteigen wollte, dann sollte er jetzt die Gelegenheit dazu haben. Er sollte erst einmal alles so weitermachen, wie ihm aufgetragen wurde, nur ab sofort die Polizei von allen Schritten unterrichten, damit die Bande dann auf frischer Tat ertappt werden könnte. Der Junge willigte schließlich nach längerem Zögern ein, und

Yanko fuhr in dieser Nacht noch mit ihm nach Newly aufs Polizeipräsidium. Der Deal lief, und Henk Morrisson versprach sich darum zu kümmern, und Yanko blieb nur die Hoffnung nach der nächsten Tour ein unversehrtes Haus vorzufinden.
Ab dann konnte es ihm nicht schnell genug gehen. Er sehnte die Tour herbei und achtete fieberhaft darauf Maria und Jony niemals aus den Augen zu lassen. In jener letzten Woche vor der Tour träumte er jede Nacht von all den fürchterlichen Dingen, die die Wilsonbrüder ihm in den letzten Jahren angetan hatten, und die Bilder verfolgten ihn auch noch am Tag.

Schließlich startete die vierte Tour, und Yanko war froh, als sie den Staat Colorado endlich verlassen hatten. Es dauerte jedoch eine ganze Weile, bis er sich etwas entspannen konnte, doch vollkommen gelang ihm das nicht.
Nach einer gefühlten Unendlichkeit rief Henk Morrisson dann endlich an und verkündete Yanko das genaue Datum, an dem sein Haus verbrannt werden sollte, und er teilte ihm gleichermaßen mit, dass alles vorbereitet wäre, die Bande auf frischer Tat zu überführen.
In jener Nacht schlief Yanko überhaupt nicht. Rastlos lief er auf dem Zirkusplatz auf und ab und wartete ungeduldig auf den erlösenden Anruf, der hoffentlich überhaupt kommen würde. Zwischendurch sehnte er sich nach einer Flasche Whisky, und er war sich sicher, dass er eine aufmachen würde, falls die Polizei von Sheddy und Newly heute Nacht versagen würde. Er machte sich plötzlich dann doch Vorwürfe, dass er Keith bis heute nichts von alldem erzählt hatte, denn es könnte ja immerhin sein, dass auch sein Bruder und alle anderen Roma, die mit ihm zu tun hatten, auf der Abschussliste dieser Bande standen. Yanko beschloss daher

ihm auf jeden Fall davon zu erzählen, falls das heute Nacht schiefgehen würde, ansonsten wollte er lieber niemanden unnötig beunruhigen.
Morgens um halb fünf erreichte ihn dann endlich der ersehnte Anruf. Zitternd fragte er nur: „Henk?" „Ja! Yanko, alles ist gut gelaufen! Die Jungs sind hinter Schloss und Riegel. Und wie vereinbart, fängt unser Mittelsmann gleich morgen an dein Blockhaus zu streichen. Ich werde dich wieder anrufen, sobald ich mehr Hintergründe erfahren habe. Vorerst scheint das Schlimmste verhindert zu sein!" Henk klang sehr stolz und zuversichtlich. „Danke Henk!", war alles was Yanko herausbrachte. Er fühlte sich plötzlich zum Umfallen müde und hätte im Stehen einschlafen können. Er schaltete sein Handy aus, ließ sich neben Maria ins Bett fallen und schlief fast augenblicklich ein.

Es dauerte eine Weile, bis Yanko diesen Vorfall einigermaßen verdaut hatte, doch ganz ließ er sich nicht abschütteln. Egal was er tat, eine latente Angst blieb hartnäckig in seinen Knochen haften. Er bemühte sich jedoch sehr alle anliegenden Aufgaben, die jeder Tag mit sich brachte zu erledigen. Er schaffte das auch, aber er tat es ohne besondere Freude oder Anteilnahme. Morgens mistete er das Pferdezelt aus, und nachmittags trainierte er mit seinem Pinto und Manuel. Und zusammen mit dem gutaussehenden polnisch-amerikanischen Seiltänzer Mykee kreierte er in dieser Zeit eine neue kombinierte Seil- und Pferdeperformance. Auch betreute er morgens die Schulklassen und Kindergartengruppen, die fast täglich kamen, um den Zirkus zu besichtigen und kennenzulernen und natürlich um die Pferde anzuschauen. Er kümmerte sich um seinen kleinen Sohn Jony, wenn Maria Mabel beim Kartenvorverkauf half, und er fuhr mit Roger zum Einkaufen, wenn kein anderer dafür Zeit hatte, was

meistens der Fall war, denn seit Ron nicht mehr dabei war, musste Roger die Gastronomie mehr oder weniger allein schmeißen.
Die Nächte verbrachte Yanko oft bei seinem Pferd. Im Wohnwagen war es ihm momentan einfach zu eng. Er brauchte Luft, und er brauchte Zeit für sich. Wenn er dann nachts im Stroh lag, versuchte er klare Gedanken zu fassen, was ihm aber nicht gelang. Stattdessen türmten sich immer größere und dunklere Schatten in ihm auf, die ihn zu verschlingen drohten.

Maria wusste nach einer Weile nicht mehr, wie sie an Yanko herankommen sollte, und so ging sie eines Nachmittags zu Keith rüber. Sie musste mit jemandem reden, der ihr nicht gleich die Tür vor der Nase zuwarf und mit dem sie auf Romanes sprechen konnte. Sie konnte inzwischen zwar etwas Englisch, aber bei so wichtigen Dingen war sie froh, wenn sie nicht auf Englisch sprechen musste.
Sie traf ihn draußen vor seinem Wohnwagen. Er war offenbar allein, denn es war recht still. „Hallo Keith!", sagte sie und bemerkte, dass sie ihn eigentlich noch nie bewusst angesehen hatte. Sie fand ihn sehr attraktiv und war plötzlich von seinen tiefblauen Augen total fasziniert.
„Hallo Maria! Wie schön dich zu sehen! Was führt dich zu mir?", begrüßte Keith sie herzlich und war wieder einmal von ihrer atemberaubenden Schönheit äußerst angetan. Er hatte sich schon mehrfach dabei erwischt, wie er ihr hinterhergestarrt hatte, weil er einfach seinen Blick nicht von ihr abwenden konnte. Sie hatte eine magische Ausstrahlung, die ihn gefährlich anmachte. Doch sie war die Frau seines Bruders, und er durfte sich nicht verlieben. Aber vielleicht war es dafür doch schon zu spät gewesen.
„Kann ich kurz mit dir reden? Ich brauche deinen Rat, bitte!", bat sie, und obwohl ihr eigentlich gar nicht danach war, konnte sie sich ein Lächeln nicht verkneifen. Keith bot ihr einen Stuhl an, und sie setzte sich. Ihre dichten, schwarzen Haare hatte sie zu einem Zopf geflochten, der ihr lang und schwer über der Brust lag.
Keith musste sich regelrecht zusammenreißen, damit Maria nicht bemerkte, dass ihm durch ihre Anwesenheit ganz heiß geworden war. „Was ist denn los?", fragte er schnell und setzte sich neben sie. „Es ist wegen Yanko...", begann sie, und Keith seufzte. Er hätte es sich ja denken können. Immer nur

Yanko. Hatte sie wirklich nur seinen Bruder im Kopf? Naja, sie hatte ihn geheiratet und ein Kind mit ihm, aber war da nicht vorhin ein leises Lächeln auf ihrem Gesicht gewesen, das ihm gegolten hatte? „Was ist mit meinem lieben Bruder?“, fragte Keith deshalb etwas schnippig. „Er schläft seit Tagen nur noch im Stall, und ich komme überhaupt nicht mehr an ihn heran. Ich weiß nicht, was ihn so beschäftigt. Er redet nicht über seine Gefühle.“ „Das hat er noch nie besonders gut gekonnt...“, gab Keith zu bedenken und hätte ihr viel lieber gesagt, wie schön er sie fand. „Was soll ich denn jetzt machen?“, hörte er Maria fragen. Keith setzte sich in seinem Stuhl zurecht und blickte in ihre wunderschönen, fast schwarzen Augen und hätte sie um ein Haar einfach geküsst. Doch er riss sich zusammen und sagte ihr: „Es ist nicht einfach mit meinem Bruder zu leben, das sag ich dir! Du brauchst viel Geduld, viel Verständnis und eine riesengroße Toleranz, sonst gehst du kaputt! Er ist eben so! Solche Phasen hat er immer mal wieder. Ich kann aber verstehen, wenn dir das auf Dauer zu viel wird! Das kann einem echt den letzten Nerv rauben!“ Und dann sagte er ihr etwas, was er vielleicht besser nicht hätte sagen sollen. „Maria, wenn du die Schnauze voll hast, dann kannst du gerne zu mir kommen!“
Maria starrte ihn etwas überrascht an, doch sie musste erneut lächeln. Es tat ihr einfach gut aus der Schwere, die Yanko momentan umgab, draußen zu sein und hier bei seinem Bruder zu sitzen und etwas Leichtigkeit und Humor zu genießen. Wann hatte sie das letzte Mal gelacht? Wann hatte Yanko das letzte Mal gelacht? Und in diesem Moment kam es ihr so vor, als hätte er überhaupt noch nie gelacht. „Ja... Ähm... Ich danke dir jedenfalls für deine Offenheit! Ich muss jetzt wieder zu Jony.“, sagte Maria, während sie aufstand. Keith erhob sich ebenfalls und nahm vorsichtig ihre Hand. „Maria, wenn du magst, dann komm doch mal wieder vorbei.

Ich würde mich sehr darüber freuen!" „Ja... Vielen Dank, Keith!", antwortete sie und ging beschwingt zurück zu ihrem Wohnwagen.
Es hatte ihr sehr gut getan so viel uneingeschränkte Aufmerksamkeit zu bekommen. Wann hatte Yanko ihr zum letzten Mal gesagt, dass er sie liebte? Wann hatte er das letzte Mal ihre Hand genommen? Und so beschloss sie insgeheim, Keith ab sofort öfter zu besuchen.
Und das tat sie dann auch, und schon bald kursierte das wilde Gerücht im Zirkus umher, dass Keith und Maria eine Affäre hätten. Mabel beeindruckte das herzlich wenig, denn nur mal von der Tatsache abgesehen, dass sie und Keith noch einen Wohnwagen teilten, hatten sie nicht mehr viele Gemeinsamkeiten. Und eigentlich wäre es ohnehin gut auch diese Wohnsituation bald dementsprechend zu verändern.

Yanko reagierte darauf allerdings etwas anders.
Er stellte Keith zur Rede und das ziemlich brutal. Er schnappte sich seinen Bruder, als der gerade seinen Wohnwagen verließ, um zu der allmorgendlichen Besprechung zu gehen. Yanko presste ihn fest an die Wohnwagenwand und zischte ihn wütend an: „Ist das wahr? Hä? Hast du was mit Maria? Na los, sag's mir!" Yanko ließ nicht locker, und Keith rang kurz nach Atem, bevor er sich mit einer geschickten Bewegung aus Yankos Griff befreien konnte. „Spinnst du? Was soll das? Ich habe nichts mit deiner Frau, obwohl ich es tatsächlich gerne tun würde!" fauchte er ungehalten zurück. „Weißt du auch warum? Weil nämlich mein lieber Bruder wieder einmal im Selbstmitleid versinkt und alle anderen behandelt, als wären sie Scheiße! Was glaubst du, wie es Maria im Moment geht, hm?... Ja genau, du weißt es nämlich gar nicht, weil du dich einen Furz um sie kümmerst!", ergänzte er ziemlich ärgerlich.

Yanko setzte sich auf einen Stuhl, der vor dem Wohnwagen stand und fuhr sich durch die Haare. „Und sie, will sie auch was von dir?“, fragte er matt. Keith setzte sich neben ihn. „Ich weiß es nicht, aber sie kommt in letzter Zeit ziemlich oft zu mir, und wir reden. Ja! Reden! Das tut nämlich gut, und außerdem bringt es die Menschen einander näher! Wenn du nicht aufpasst, kommt sie vielleicht tatsächlich irgendwann ganz zu mir. Ich finde sie jedenfalls wunderbar, und sie hat so eine abweisende Behandlung einfach nicht verdient! So, jetzt weißt du's!“, warf Keith Yanko vor die Füße und war froh, dass es endlich raus war. Ab heute würde er sich richtig um Maria bemühen, und es war ihm egal, was sein Bruder davon hielt. Jeder hatte die gleichen Chancen, und momentan könnten seine Aktien tatsächlich steigen, wenn Yanko sich nicht endlich wieder zusammenriss. Maria hatte einen treuen und verständnisvollen Mann verdient, der immer für sie da war, und nicht so einen depressiven, in sich gekehrten und mürrischen Alleingänger, dachte Keith. Er stand auf und ließ Yanko einfach allein dort sitzen. Sollte er doch machen was er wollte, er würde ab heute jedenfalls keine Rücksicht mehr auf ihn nehmen. Er wollte nur noch Maria.

Yanko ging zurück zu seinem eigenen Wohnwagen. Er hatte ihn für alle Fälle behalten. Er fühlte sich wie erschlagen und wollte jetzt einfach nur in seinem Bett liegen. Doch als er die Tür geöffnet hatte, sah er, dass dort jemand am Küchentisch saß. Es war Ron.

Sie fielen sich um den Hals und freuten sich riesig den anderen wiederzusehen. „Mensch, wie kommt's, dass du plötzlich hier bist?“, rief Yanko und empfand seine Anwesenheit wie ein Himmelsgeschenk. „Ich hatte Sehnsucht! Nach dir, nach dem Zirkus, nach allem hier. Und ich muss ja schließlich auch mal

mein Patenkind kennenlernen! Ich habe zwei Wochen frei!", erklärte Ron.
Yanko schloss schnell die Tür ab, und es dauerte nicht lange bis sie sein Bett zerwühlt hatten.
Maria freute sich auch sehr darüber Ron zu sehen, und sie erzählte ihm davon, dass Keith in sie verliebt sei, und dass er sich wünsche, dass sie sich von Yanko trennen würde. Sie erzählte ihm ihren ganzen Kummer mit Yanko, und es tat ihr gut, dass Ron ein so einfühlsamer Zuhörer war. Ron hatte nicht viel dazu gesagt, denn er spürte, dass Maria Yanko sehr liebte und leider bereit war, so wie auch er am Anfang, viel zu viel zu schlucken. Was hätte er ihr also raten können, wo er doch selbst immer wieder schwach wurde und sich stets erneut auf Yanko einließ, obwohl es ihm regelmäßig das Herz brach, und er sich jedes Mal vornahm, dass es ihm nicht wieder passieren würde, schließlich wusste er ja genau worauf, oder besser gesagt auf wen er sich einlassen, und was letztendlich geschehen würde. Aber er kam einfach nicht wirklich von ihm los, und da halfen auch die vielen, durchaus sehr attraktiven Männer in L.A. nicht viel. Sein Herz wollte auf Dauer nichts von ihnen wissen. Er hätte Maria sehr gerne geholfen, doch alles was er dazu sagen konnte, war, dass es ihm genauso ging, als er mit Yanko noch fest zusammengewesen war. Jetzt, da sie sich nur noch selten sahen, war die Verbindung seltsamerweise wieder konstanter, und es war für ihn irgendwie leichter geworden mit ihm umzugehen.

Spät am Nachmittag saß Ron in den letzten Strahlen der fast untergegangenen Sonne auf der kleinen Wohnwagentreppe und rauchte eine Zigarette. Seine Gedanken drehten sich wild durcheinander, und er schüttelte mehrmals schon fast resigniert den Kopf. Was für einen Riesenschritt hatte Yanko

im Februar diesen Jahres gemacht, als er nach Griechenland geflogen war und Maria geheiratet hatte. Er musste sich doch wirklich sicher gewesen sein. Oder war es doch nur eine Laune gewesen, und er hatte deswegen ihm gegenüber sein Vorhaben verschwiegen? Früher hätte er seine Hand dafür ins Feuer gelegt, dass Yanko so etwas nie tun würde, aber heute war er sich dessen nicht mehr so sicher. Yanko war unberechenbar geworden, so sehr er es sich auch anders wünschte.
„Hey, was ist los mit dir? Zählst du die Steinchen vor deinen Füßen?“ Ron zuckte zusammen. Er hatte ihn nicht kommen hören. Ron blickte auf und sah Yanko in die Augen. Er stand auf, und sie umarmten sich fest. „Nein, ich habe auf dich gewartet, du alter Bastard!“, sagte Ron und spürte, wie sich sein Herz zusammenzog. Yanko sah ausgelaugt und blass aus. Seine Haare waren ungekämmt, was zwar öfter vorkam, aber irgendwie sahen sie heute extrem verzottelt aus, und rasiert hatte er sich offenbar auch schon länger nicht mehr. Aber das Schlimmste war, dass Yanko nach Alkohol roch.
Ron war es leid ihn darauf anzusprechen und beschloss daher, es so gut es ging zu ignorieren. „Was musst du noch alles machen bevor die Abendvorstellung anfängt?“, fragte er ihn deshalb. Yanko zündete sich eine Zigarette an und scharrte mit einem Fuß in den Steinchen herum. „Ich muss noch den Braunen für Manuel fertig machen, mit dem Pinto noch 'ne Runde drehen und mich dann umziehen. Warum?“, antwortete Yanko und klang dabei nicht besonders motiviert. Ron musterte ihn. „Vielleicht sollte ich mit dem Pinto raus, und du kümmerst dich um Letzteres etwas intensiver...“ Er hatte es sich dann doch nicht verkneifen können, ihn auf sein Erscheinungsbild aufmerksam zu machen.
„Was? Wieso?“, fragte Yanko etwas verwundert. Aber eigentlich wusste er schon was Ron meinte, doch er hatte überhaupt keine Lust dazu. Er musste ständig an Keith und

Maria denken und fragte sich ernsthaft, ob er nicht doch eifersüchtig war. Aber irgendwie fühlte es sich anders an, und er wurde sich einfach nicht klar darüber, was er genau fühlte, beziehungsweise wie er dieses Gefühl beschreiben sollte. Seit er von Keith erfahren hatte, dass er auf seine Frau stand, hatte er das Gefühl, als ob jemand den Stöpsel aus seinem Energietank gezogen hätte und dieser nun unaufhörlich ausfloss. Bald würde nichts mehr darin sein. Dieser Zustand war ihm zwar nicht fremd, und doch schien sich die gähnende Leere dahinter von Minute zu Minute zu vergrößern. Grundlos hätte er einfach weinen können, und er fühlte sich nicht imstande irgendeinen zielgerichteten Gedanken zu fassen. Er wusste, dass er Maria ungerecht behandelte, und er konnte gut verstehen, dass sie sich nach einem lustigeren, offeneren und vor allem treuen Mann sehnte. Aber der Gedanke, sie könnte sich von ihm trennen und zu Keith gehen, machte ihn fast wahnsinnig.
„Entschuldige, aber du siehst aus wie ausgekotzt!“, erwiderte Ron so sachte, wie möglich. Yanko murrte kurz vor sich hin und warf dann genervt die Zigarette weg. Er konnte Ron nicht ansehen. Bald würde auch er wieder weg sein, und dann würde die Leere erneut zu diesem gähnenden, schwarzen Loch werden, das ihn sowieso schon wieder seit einigen Wochen verfolgte.
Yanko war schon am Gehen, als er zu Ron murmelte: „Ich muss an die Arbeit!“ Ron lief ihm hinterher und packte ihn am Arm. Es war ein Reflex, er konnte eben auch nicht aus seiner Haut. So durfte es einfach nicht weitergehen, und er kannte diese Symptome nur zu genau. Yanko war auf dem besten Weg wieder tief abzustürzen, und das wollte er auf jeden Fall verhindern.
„Ok, wenn es sein muss, aber heute Abend reden wir! Hast du gehört?“ Yanko nickte flüchtig und befreite sich schnell aus

der Umklammerung und ging zügig zum Pferdezelt, wo er erst einmal die Vodkaflasche aus der Futterkiste riss und ein paar kräftige Schlucke nahm.
Er hatte sich für Vodka entschieden, denn den konnte man nicht so schnell riechen, und es war ihm vor ein paar Tagen, als er wieder angefangen hatte zu trinken, völlig egal gewesen, dass der letzte Entzug erst knapp drei Monate her gewesen war.
Yanko war froh, dass sein Pinto die Nummer schon in und auswendig konnte und eigentlich keine Kommandos mehr benötigte. So flutschte die Vorführung einfach so dahin, ohne dass Yanko besonders anwesend sein musste. Offenbar gefiel es dem Publikum was er da so machte, denn wie jeden Abend war der Applaus gigantisch, doch es berührte ihn überhaupt nicht. Es war, als ob er in einer anderen Welt ritt, und zwischen diesen Welten hing ein dichter Schleier durch den nichts wirklich zu ihm durchdrang.
Als er nach seiner Vorführung durch den Vorhang zurückgaloppiert war und sich gerade vom Pferd rutschen ließ, stand Maria mit dem kleinen Jony auf einmal vor ihm. Sie sahen sich kurz an, dann nahm Yanko wortlos seinen Sohn auf den Arm und verließ zusammen mit dem Pinto das Zelt. Maria ging ihnen hinterher.
Im Pferdezelt legte Yanko das Baby ins Stroh und versorgte den Pinto. Maria stand daneben und beobachtete ihn schweigend. Nach einer ganzen Weile gab sie sich einen Ruck, ging zu Yanko in die Box und streichelte ihm sanft über den Rücken. Yanko hielt inne, drehte sich langsam um und legte eine Hand auf den Pferderücken. Er sah Maria in die Augen und spürte dabei seinen Herzschlag. Er fühlte sich einfach nur mies und wusste nicht, was er machen sollte. Maria trat noch näher zu ihm und umarmte ihn. „Bitte komm wieder zu mir ins Bett! Du fehlst mir so!“, flüsterte sie und hielt ihn einfach

nur fest. Yanko fuhr ihr mit der anderen Hand über ihre Haare und wünschte sich, er könnte sie so lieben, wie er es schon mal getan hatte, aber in diesem Moment fühlte er nur eine zehrende Müdigkeit in seinen Knochen. Selbst ihr zarter, schlanker Körper, der sich verführerisch an ihn schmiegte, brachte ihn nicht in Wallung. Er fühlte kein Prickeln, keine Lust und kein Verlangen nach ihr. Alles was er wollte, war, sie nicht zu verlieren, und doch war er außer Stande etwas dagegen zu tun. Was wollte er eigentlich nicht verlieren? War es wirklich Maria selbst? Oder wollte er nur das Familiengefühl nicht verlieren? Egal was es war, er wollte jedenfalls nie wieder etwas oder jemanden verlieren.
„Ja, vielleicht." brachte er dann leise heraus und löste sich sanft aus der Umarmung, hob Jony aus dem Stroh und ging mit ihm wortlos hinüber zu ihrem gemeinsamen Wohnwagen. Dort wickelte er den Kleinen und legte ihn dann in sein Bettchen. Sanft streichelte er seine Wangen, und es tat ihm in der Seele weh, dass er nicht so für ihn da sein konnte, wie er es sich vorgenommen hatte. „Es tut mir leid!... Schlaf gut!", flüsterte er seinem Sohn zu, der schon genussvoll und schläfrig an seinem Daumen nuckelte. Yanko gab ihm noch einen Kuss, und als er sich umdrehte, kam Maria gerade zur Tür herein. Yanko blieb stehen, und sie schauten sich einen Moment lang in die Augen.
„Yanko, bitte rede mit mir! Was habe ich dir getan, dass du jetzt so distanziert bist? Liebst du mich nicht mehr?", sprudelte es plötzlich aus Maria heraus, und sie hatte Mühe sich vorzustellen, dass genau derselbe Mann noch vor gar nicht so langer Zeit extra nach Mykonos gekommen war, um sie zu heiraten.
Yanko wusste, dass es allerhöchste Zeit war etwas zu erklären, und es nervte ihn selbst, dass es ihm immer noch so schwer fiel über das was ihn bewegte zu sprechen. Immer wenn er

den Ansatz machte sein Befinden beschreiben zu wollen, dann verflüchtigte es sich, und es kam sofort ein anderes Gefühl hervor. Dann vermischten sie sich auch oft, und es kam vor, dass er es dann nicht mehr vermochte aus dem Meer seiner Empfindungen ein bestimmtes herauszupicken, über das er dann sprechen könnte. Bei anderen beherrschte er das ziemlich gut, da hatte er schnell den Durchblick und eine unschlagbare Intuition was mit demjenigen los war, und was denjenigen bedrückte, aber bei sich selbst hatte er den Eindruck auf vollster Linie zu versagen. Yanko hatte Kopfweh, und seine rechte Hand schmerzte ihn. Er hatte heute einfach viel zu viel Stallarbeit gemacht. Er wollte jetzt nur noch, so schnell es ging, allein sein und sich die Lichter ausschießen.
„Maria... Ich weiß nicht, was ich sagen soll... Ähm... Ich... Es tut mir leid! Ich weiß, es ist grad ziemlich Scheiße mit mir... und ich verlange auch überhaupt nicht, dass du das verstehst!“, stammelte Yanko und hoffte, Maria würde jetzt einfach freiwillig die Tür freigeben und ihn vorbeilassen. Ihm war beklemmend heiß geworden, und der Wohnwagen schien sich mit jedem Atemzug weiter zu verkleinern und auf seine Brust zu drücken. „Ich möchte es aber gerne verstehen, weil ich dich liebe und mit dir zusammenleben will! Aber das ist wirklich nicht gerade leicht im Moment, da hast du vollkommen Recht! Bin ich dir wohl doch zu traditionsbewusst, oder?“, forderte sie ihn allerdings weiter auf sich zu äußern. Sie wollte jetzt Klarheit. Sie wollte einfach wissen, wie er zu ihr stand.
„Nein... Naja, vielleicht ein bisschen... aber das ist es nicht... Ich fühle mich einfach beschissen, und ich kenne den Grund dafür auch nicht.“, murmelte Yanko und setzte sich an den Tisch. Er rieb sich über sein Gesicht und spürte dabei, dass er innerlich zitterte. Maria setzte sich neben ihn und legte eine

Hand auf seinen Unterarm. Unwillkürlich hätte er ihn fast zurückgezogen, doch er ließ ihn liegen und versuchte zu spüren, ob es ihm gefiel oder nicht. Es war ein seltsames Gefühl. In dem Moment, als ihre Hand seinen Arm berührt hatte, verstärkte sich plötzlich die bleierne Schwere auf seiner Brust und breitete sich auch über seinen gesamten Bauch aus. Kurz schnappte er nach Luft und räusperte sich. Er musste hier raus und zwar ganz schnell. Der Schweiß lief ihm den Rücken hinunter, und sein Mund war auf einmal völlig ausgetrocknet.
„Maria...", begann er stockend und schluckte, bevor er weitersprechen konnte. „Wie auch immer... Ich kann im Moment einfach nicht!" Yanko schob den Stuhl nach hinten, während er aufstand und ließ Maria allein und traurig im Wohnwagen zurück.

Der Herbstwind blies ihm kalt ins Gesicht. Yanko fröstelte etwas, und er spürte, dass sein Hemd total nassgeschwitzt war. Schnell ging er in seinen Wohnwagen rüber, zog das Hemd aus und warf es über einen Stuhl. Dann riss er einen der Unterschränke auf und holte eine Flasche Whisky heraus. Erschöpft ließ er sich auf die Bettkante fallen und nahm ein paar große Schlucke direkt aus der Flasche. Dann stand er auf, ging in die kleine Duschkabine und sah in den Spiegel. Kurz blickte er sich selbst in die Augen, legte dann aber eine Hand quer über sein Spiegelbild und drehte sich wieder weg. Langsam zog er sich aus, und als er die Knöpfe seiner Hose aufmachte, verfluchte er dabei innerlich diesen verdammten Scheißkerl Wilson. Gerade heute hatte er wieder das Gefühl, dass immer noch etwas in seiner Hand steckte und sich von innen ins Fleisch bohrte. Offensichtlich war das aber nur seine Einbildung, denn auf dem letzten Röntgenbild hatte man nichts dergleichen entdecken können.

Yanko duschte lange, und das warme Nass tat ihm gut. Er lehnte sich an die Wand und ließ das Wasser über seinen Kopf laufen. Die Kopfschmerzen ließen etwas nach, und er fühlte sich ein wenig leichter, als er sich dann völlig unabgetrocknet ins Bett fallen ließ. Er liebte das Gefühl von nasser Haut immer noch.
Er war schon fast eingeschlafen, als Ron hereinkam und die Tür hinter sich abschloss. Yanko drehte sich um und war plötzlich genervt. Jetzt hätte er endlich schlafen können, und ausgerechnet dann wurde er gestört. Kurz ärgerte er sich, dass er vorhin nicht abgeschlossen hatte, aber der Ärger verflog auch gleich wieder, als Ron sich wortlos auszog und sich neben ihn legte. Plötzlich war Yanko wieder hellwach und stürzte sich leidenschaftlich auf ihn. Rons Anwesenheit ließ es jedenfalls ordentlich prickeln, und Yanko war von einer Sekunde auf die nächste von Kopf bis Fuß elektrisiert. Rons Körper löste in ihm einfach ein unbändiges Begehren aus, und es fiel ihm immer noch schwer sich in bestimmten Situationen zu beherrschen, wenn er ihm zu nahe kam.
Sie liebten sich in dieser Nacht, als wäre es eine ihrer ersten gewesen.

Am nächsten Morgen hatte Yanko frei. Er stand auf, zog eine Jeans an, machte Kaffee und brachte Ron eine Tasse mit ans Bett. Yanko setzte sich neben ihn, und sie lehnten sich in die Kissen. Als er sich dann durch die Haare fuhr, dachte er, dass es besser gewesen wäre, wenn er sie gestern vor dem Duschen gekämmt hätte. Naja, irgendwie würde er sie wieder auseinander bringen, zur Not so, wie man es bei einem Pferd machte. Er fühlte sich seit Langem mal wieder annähernd ausgeschlafen und bedeutend ruhiger.
Ron sah ihn an. „Und jetzt sag doch mal! Was ist mit dir und Maria los, hm?“ Yanko rollte mit den Augen und schnaufte

generv t. „Ich weiß es nicht! Verdammt nochmal! Musst du ausgerechnet jetzt damit anfangen? Es ist doch grad so schön!“ Ron seufzte: „Ja, aber bei dir ist jeder Augenblick der falsche, wenn es ums Reden geht. Stimmt's Cowboy?“ Yanko sah ihn an und zischte: „Ja, stimmt! Und weißt du auch warum? Weil ich es einfach nicht weiß, verstehst du? Ich weiß es nicht! Und nochmal für alle Langsamen: Ich weiß es nicht!! Ok?!“ Er war drauf und dran aufzustehen. Konnte es nicht einmal einen Tag ohne diese Fragerei geben!
Ron legte ihm aber beruhigend eine Hand auf den Bauch und hätte eigentlich am liebsten sofort Yankos Hose wieder aufgeknöpft und ihn weiter unten gestreichelt. Schon allein der Gedanke daran löste bei ihm ein eindeutiges Ziehen in den Lenden aus, doch er hatte sich vorgenommen Yanko heute in die Mangel zu nehmen, also riss er sich zusammen.
Dann fragte und fragte er, unter anderem natürlich auch nach seiner erneuten Trinkerei, und er redete sich dabei den Mund fusslig, doch Yanko äußerte sich nicht. Jedenfalls haute er dieses Mal nicht ab, sondern saß einfach weiter neben ihm und schwieg.

Irgendwann stand Yanko dann doch auf und schnappte sich die Whiskyflasche und trank sie halb aus. Anschließend holte er eine Bürste aus der Duschkabine und drückte sie Ron in die Hand. Doch nach ein paar Minuten nahm er Ron die Bürste wieder ab und warf sie in die Ecke. Es half nichts, er musste das Gröbste erst einmal selbst mit den Fingern auseinanderfieseln, wie bei seinem Pferd.
Ron ließ sich dadurch aber nicht beirren und beschloss Yanko dann doch danach zu fragen, was er die ganze Zeit schon vermutet hatte: „Sag mal, könnte es sein, dass du eifersüchtig bist?“ Yanko fuhr herum. „Was? Wie kommst du denn jetzt auf so einen Scheiß?“ „Naja... Maria hat mir erzählt, dass

Keith sich in sie verliebt hätte...", sagte Ron und sah, dass Yanko leicht zusammenzuckte.
Yanko arbeitete sich weiter durch seine Haare und fand es ziemlich blöd, dass Maria Ron das erzählt hatte. Wieso hatte er das Ganze überhaupt von Keith erfahren und nicht von ihr selbst? Obwohl er sich, wenn er ehrlich war, denken konnte, dass sie momentan wohl lieber mit Leuten redete, die ihr auch antworteten und die ihr Aufmerksamkeit schenkten.
„Nein, ich bin nicht eifersüchtig!... War ich noch nie!", maulte Yanko zurück und verfluchte dabei seine langen Haare. Ron blickte zu ihm rüber und war sich sicher, dass es trotzdem so war. „Warum bist du dann so komisch zu Maria? Du hast sie immerhin geheiratet!" „Ich habe Dolores auch geheiratet!" „Ja schon, aber ich dachte du liebst Maria! Das mit Dolores war doch aus einem ganz anderer Grund!", staunte Ron fast entsetzt über Yankos Aussage. „Vielleicht wäre es mit Dolores besser gelaufen!", sagte Yanko leicht genervt. „Das ist jetzt aber nicht dein Ernst, oder? Hallo, was ist los mit dir?... Du bist ja beinahe so drauf wie damals, kurz bevor du auf die Idee mit dem Zirkus gekommen bist!", fragte Ron mitfühlend. Yanko seufzte: „Ich will sie nicht verlieren... Ja... Aber ich kann auch nicht mit ihr zusammen leben... glaube ich... Ich... Ach, vergiss es!!!" „Nein! Was? Rede weiter!... Bitte!", flehte Ron schon fast. Yanko ließ von seinen Haaren ab, die schon wieder einigermaßen ansehnlich aussahen, nahm einen Schluck Whisky, stand auf und zog sich T-Shirt, Pullover und Schuhe an und schnappte sich im Hinausgehen noch seine Jacke.
Die Tür fiel laut ins Schloss, und die klare Luft schlug ihm fast wie eine Ohrfeige ins Gesicht. Yanko lief ruhelos hinter seinem Wohnwagen auf und ab und rauchte dabei. Er hatte Ron eben etwas gesagt, was er sich selbst noch gar nicht eingestanden hatte. Aus irgendeinem Grund hielt er das

Zusammenleben mit Maria nicht aus. Vielleicht hatte es doch mit ihr zu tun, doch die Möglichkeit sie eventuell an Keith zu verlieren, zerriss ihn schier.
Als er fertig geraucht hatte, kehrte er zu Ron zurück, der sich inzwischen auch angezogen hatte. „Ron, bitte setz dich!“, bat Yanko, und sie nahmen am Küchentisch Platz. Yanko sah Ron in die Augen. Er wollte es ihm sagen, und so zwang er es schließlich aus sich heraus. „Ron... Ich weiß wirklich nicht warum es so ist, aber Tatsache ist... Ich halte es mit Maria auf Dauer nicht aus... Es ist so schwer... Da ist irgendetwas ganz Schweres, was mir wie Bleitonnen auf der Brust liegt und mir die Luft abschnürt. Und trotzdem zerreißt es mich, wenn ich daran denke, dass sie und Keith... Ich verstehe es selbst nicht!“ Ron sah ihn lange an, dann hatte er eine Idee. „Sag mal, du hast mir doch mal von der Aufstellung erzählt, die du mal bei der Freundin von Silvia in Deutschland gemacht hast. Vielleicht gibt es das hier ja auch, und vielleicht würde es dir dabei helfen, klarer zu sehen. Und wenn ich ehrlich bin, würde ich auch gerne mal was wissen, was ich nicht verstehe.“ Yanko sah Ron verwundert an. „Hey Mann, das ist 'ne super Idee! Ich hatte das schon total vergessen! Und was willst du gerne wissen?“ „Ich will wissen, warum ich dich so liebe, und warum um alles in der Welt ich nicht von dir loskomme.“ „Willst du mich denn loswerden?“, fragte Yanko erschrocken und spürte zugleich, wie sich sein Magen zusammenzog. Doch Ron schüttelte den Kopf. „Nein... Aber es wäre doch mal gut zu wissen, was das mit uns überhaupt soll, oder nicht? Dieses dauernde Hin und Her, das macht mich echt mürbe!“, erklärte Ron seufzend. „Da hast du allerdings Recht... Mich auch! Aber ich kann dich einfach nicht verlassen... Vielleicht ist es ja das... Vielleicht bin ich ja doch mehr schwul, als mir klar ist?!“, stimmte ihm Yanko zu.

Rons Idee war genial. Yanko wunderte sich, dass er nicht schon längst von selbst darauf gekommen war. Im Grunde seines Herzens war Ron das Einzige, was ihn auf Dauer wirklich interessierte, mal abgesehen von seinen Kindern und den Pferden. Genau das wollte er auch gerne mal wissen, und genau das würde er aufstellen. Er fühlte sich etwas erleichterter, denn plötzlich war ein Weg sichtbar geworden, der etwas Hoffnung versprach. Vielleicht war es tatsächlich so, dass er gar nicht mehr mit einer Frau zusammensein konnte, weil er Ron liebte.

Und eine Woche später waren sie schon bei einem Aufstellungsseminar in Denver.
Yanko wollte und konnte damit nicht mehr bis zum Ende der Tour warten. Er hatte seine Aufgaben beim Zirkus guten Gewissens verteilt, denn während der zweiten Tour hatte es ohne ihn ja auch schon mal gut funktioniert, als er Hals über Kopf zu Maria nach Griechenland geflogen war.
Ron und Yanko sehnten sich nach einer Lösung für ihre Beziehungssituation. Sie wollten einfach endlich verstehen, was mit ihnen los war. Als Yanko dann sein Anliegen vortrug, wurde allerdings schnell deutlich, dass sein momentan größeres Problem nicht Ron, sondern immer noch der weitgehend unverarbeitete Schmerz um seine ermordete Frau Fam war. Und im Laufe seiner Aufstellung wurde auf einmal sehr gut sichtbar, dass hinter all dem Verlustschmerz über seine erste Frau ein noch viel tieferer Schmerz lag, und dass sich diese beiden Gefühle in ihm potenziert hatten. Die Stellvertreterin hatte in diesem Zusammenhang das deutliche Gefühl Yankos Mutter zu sein, was bei Yanko jedoch auf völliges Unverständnis stieß, denn Minerva ging es gut, und er hatte schon immer ein sehr gutes Verhältnis zu ihr gehabt. Doch es änderte nichts an diesem herzzerreißenden Bild, in

dem der Stellvertreter von Yanko an dieser Frau hing, und sie sich verzweifelt umarmten und dabei bitterlich weinten, bis Yanko bereit war und deutlich sagte, dass er sich darum kümmern werde. Dann erst fiel die größte Verzweiflung von den Stellvertretern ab, und sie konnten erleichtert aufatmen. Danach war Yanko total durch den Wind, denn er konnte sich beim besten Willen nicht vorstellen, was das zu bedeuten hatte.

In Rons Aufstellung konnte man dann deutlich sehen, dass es das Schlimmste für beide wäre, wenn sich Yanko für eine Seite entscheiden müsste, denn offensichtlich war es für ihn momentan eine wichtige Erfahrung, sowohl mit einem Mann, als auch mit einer Frau zusammen zu sein, und für Ron war es eine wichtige Gelegenheit seine ständig nagende Eifersucht zu heilen, die offensichtlich ihre Wurzeln im Konkurrenzverhalten seines Vaters und dessen Familie hatte. Es fiel beiden nicht leicht sich mit dem was sie nun gesehen hatten, zufrieden zu geben, und doch waren sie auch erleichtert darüber, dass ihre Beziehung offenbar tatsächlich ihre Daseinsberechtigung hatte.

Yanko schob es dann aber noch Wochen hinaus dem nachzugehen, was sich in seiner Aufstellung gezeigt hatte. Insgeheim wünschte er sich, dass sich das merkwürdige Gefühl in seinem Herzen von allein wieder legen würde. Doch es ließ ihn einfach nicht los. Im Gegenteil, immer öfter träumte er seltsame, verwirrende Dinge von einer fremden Frau, die ihn in ihren Armen wiegte.

Der Regen lief ihm in Strömen am Körper hinunter, doch er spürte es nicht.
Als er den Wohnwagen verließ, hatte er das Gefühl auf Watte zu treten. Sein Kopf schmerzte, als ob ihm jemand mit einem Baseballschläger vor die Stirn geschlagen hätte. Wenn er jetzt nach seinem Namen gefragt worden wäre, hätte er nicht antworten können. Er wusste in diesem Moment gar nichts mehr.
Er stolperte durch die teilweise knöchelhohen Pfützen über den Platz hinüber zum Pferdezelt und ließ sich dort neben seinem Pinto ins Stroh fallen. Seine Gedanken kreisten, und er zitterte am ganzen Körper. Schlagartig wurde ihm schlecht. Er sprang blitzartig auf und schaffte es gerade noch rechtzeitig in den Regen hinaus, wo er sich übergeben musste. Anschließend holte er sein Pferd und ritt mit ihm in die Nacht hinaus. Er brauchte jetzt Luft. Sein Herz raste, und am liebsten hätte er laut geschrien, doch der Schrei blieb auf seinem Weg irgendwo im Körper stecken.

Zwei Tage war er dann fortgeblieben, und alle hatten sich schon große Sorgen um ihn gemacht. Als er schließlich an jenem Morgen wieder zurück war, kam Maria ihm entgegen. Er nahm sie kurz, wortlos in die Arme und gab ihr einen Kuss auf die Stirn.
Vor ein paar Tagen hatte Yanko ihr von sich aus von der Aufstellung erzählt, und Maria war froh gewesen, dass er wieder mit ihr gesprochen hatte. Umso mehr Sorge hatte sie jetzt gehabt, als er so plötzlich und ohne ein Wort verschwunden war.
Später saßen sie in ihrem gemeinsamen Wohnwagen am Küchentisch. Maria schälte Kartoffeln und hoffte, dass Yanko

ihr nun endlich den Grund seines Fortbleibens mitteilen würde.
Yanko hatte seinen kleinen Sohn auf dem Arm und sah seiner Frau in die Augen. „Es ist wahr!“, sagte er nur, und Maria starrte ihn fassungslos an. „Wie? Was? Warum?“, brachte sie nur heraus. „Sie hat den richtigen Zeitpunkt verpasst.“, murmelte Yanko und stand auf, um Jony in sein Bett zu bringen. „Gibt es dafür überhaupt einen richtigen Zeitpunkt?“, fragte Maria kopfschüttelnd und konnte es kaum fassen. Wie hatte sie ihm nur so etwas antun können? Warum hatte sie es ihm nicht schon längst gesagt? Was wäre daran so schlimm gewesen? Maria sah ihrem Mann hinterher und war einfach nur traurig. Wieviel Leid hätte ihm das wohl erspart? Wieviele unzählige Stunden hatte er schon damit verbracht herauszufinden, warum er immer wieder in Depressionen verfiel. Sie wusste von einer befreundeten Familie was es bedeuten konnte mit einer Familienlüge zu leben und wie weitreichend die Folgen davon sein können.
Als Jony schlief, und sie das Geschirr gespült hatten, nahm sie Yanko in den Arm und versuchte ihm einfach nur nah zu sein. Sie konnte seine Verwirrung und Verzweiflung genau spüren, und sie bekam zum ersten Mal eine Ahnung davon, warum er so war, wie er war. Sie konnte es nicht in Worte fassen, doch ganz tief in ihrem Herzen spürte sie es.

Nach einer Weile löste Yanko sich wortlos aus der Umarmung und verließ schnell den Wohnwagen, um die Pferde für die Abendvorstellung fertig zu machen. Vorher ging er noch bei Dolores und Mykee vorbei und holte seinen Sohn Manuel ab, der seit ein paar Wochen seine erste kleine Performance auf dem Pferd aufführen durfte und schon ganz stolz und fix und fertig angezogen auf seinen Papa wartete.

Doch so sehr sich Yanko auch während der Vorstellung zusammenriss, er konnte sich einfach nicht konzentrieren. Er machte zwar keine Fehler, doch Keith spürte deutlich, dass Yanko nicht bei der Sache war. Daher beschloss er, sich seinen Bruder nach der Vorstellung vorzuknöpfen. Er hatte ja viel Verständnis für ihn, aber erst ohne Bescheid zu geben zwei Tage lang einfach abzuhauen und dann an der Grenze zur Fahrlässigkeit mit ihm in der Manege zu reiten, konnte er beim besten Willen so nicht stehen lassen.
Doch Yanko war nach der Vorstellung gleich in die Stadt gefahren, und Keith ging kopfschüttelnd durch den schier nicht enden wollenden Regen zum Wohnwagen seiner Familie. Dann würde er ihn eben morgen zur Rede stellen. Aber Keith machte sich dann doch noch ein paar Gedanken. Was um alles in der Welt wollte Yanko jetzt noch bei diesem Sauwetter in der Stadt? Dabei könnte er doch schön gemütlich bei seiner Familie im Wohnwagen sein und seine hübsche Frau in den Arm nehmen.
Spät in der Nacht klopfte Yanko Keith aus dem Schlaf. Er musste es ihm jetzt sagen, auch wenn er momentan nicht besonders gut auf seinen Bruder zu sprechen war. Maria hatte sich ihm gegenüber zu der ganzen Sache mit Keith noch nicht wirklich geäußert, und er war immer noch wütend auf seinen Bruder, weil er weiterhin völlig ungeniert auch in seinem Beisein seine Frau anbaggerte.
Keith kam schlaftrunken aus dem Wohnwagen und wunderte sich, als er Yanko vor seiner Tür stehen sah. Mit ihm hatte er jetzt am allerwenigsten gerechnet. Vielleicht war er ja aber doch endlich zur Vernunft gekommen und wollte ihm nun mitteilen, dass er sich von Maria trennen würde, weil er eingesehen hätte, dass er einfach völlig unfähig sei eine Beziehung zu führen.

Sie setzten sich in ihren Bürowagen, denn es regnete immer noch in Strömen. Irgendwie schien es in Oregon in diesen Tagen keine Sonne zu geben.
„Keith...“, begann Yanko dann langsam. „Minerva... Sie... Sie ist nicht meine Mutter...“ Er konnte es selbst immer noch nicht fassen, geschweige denn verstehen, aber er hatte Minerva ganz direkt darauf angesprochen, und sie hatte ihm nach kurzem Zögern schließlich gestanden, dass sie tatsächlich nicht seine leibliche Mutter war. Sie hatte verzweifelt geweint, während sie ihm die ganze Geschichte erzählte, und sie hatte beteuert, dass sie ihn trotzdem wie ihren eigenen Sohn lieben, und keinen Unterschied zwischen ihm und Keith machen würde.
„Wie bitte???“ fuhr Keith erschrocken hoch. Er war total geschockt und verwirrt, denn mit so einer Geschichte hatte er natürlich absolut nicht gerechnet. „Was ist denn das jetzt für ein Schwachsinn?? Wie kommst du auf so etwas??“ Keith dachte für einen Moment Yanko sei betrunken und phantasiere vor sich hin. „Es ist wahr, Keith! Ich habe es in meiner letzten Aufstellung gesehen, und...“, erklärte Yanko seinem Bruder, der ihn jetzt völlig entgeistert anstarrte und ihm ins Wort fiel: „Aufstellung?? Und das glaubst du dann, oder was?? Yanko, du bist mein Bruder!!!“, rief Keith aufgebracht, und doch konnte er die Gänsehaut auf seinem Rücken nicht ignorieren, geschweige denn loswerden. „Ja, ich bin dein Bruder... aber nur dein Halbbruder... Ich habe sie gefragt.“, sagte Yanko leise und hätte sich jetzt am liebsten betrunken, aber er wollte seinen Rückfall, solange es ging, weiterhin vor Keith geheim halten.
Keith sackte in sich zusammen, denn es war offensichtlich, dass Yanko keinen Unsinn von sich gegeben hatte. Warum sollte Minerva ihm auch so etwas erzählen, wenn es nicht stimmte? „Ja, aber... Was... Wie... Erzähl!“, stotterte Keith und

war froh, dass er schon saß, denn ihm wurde plötzlich ganz mulmig in der Magengegend.
Yanko fuhr sich durch die Haare und holte tief Luft. Er konnte das alles ja selbst noch gar nicht begreifen, und während er Keith die ganze Geschichte erzählte, hatte er das Gefühl, er würde von einem anderen Menschen berichten.
„Unser Vater hatte kurz nach deiner Geburt ein Verhältnis mit einer Romni aus einer anderen Gruppe. Sie waren für kurze Zeit in Nordgriechenland unterwegs gewesen. Sie waren Schauspieler und Musiker und hatten ein kleines Theater mit dem sie durch die Gegend gezogen waren. Meine richtige Mutter war damals siebzehn Jahre alt gewesen. Als Hadley erfahren hatte, dass sie schwanger war, wusste er wohl zunächst nicht, was er machen sollte. Erst hatte er Minerva alles verschwiegen und ist wohl meiner Mutter, so oft es ging, hinterhergefahren und hatte sie besucht. Doch nach kurzer Zeit drohte ihre Gruppe ihm mit Besuchsverbot, wenn er sie nicht heiraten würde. Hadley wollte aber unbedingt bei der Geburt dabei sein, und so kam die Idee mit Mykonos auf. Die Insel schien ihnen wohl weit genug weg gewesen zu sein. Offenbar hatten sie an dem Tag, als sie den Ausflug nach Delos gemacht haben, nicht damit gerechnet, dass es schon soweit war."
Yanko zündete sich eine Zigarette an. Er musste eine kurze Pause machen. Keith tat das Gleiche, und so saßen sie eine Weile schweigend da und schauten sich nur an. In Keiths Kopf drehte sich alles, und er konnte überhaupt nicht verstehen, warum ihnen das nicht schon früher jemand gesagt hatte.
„Und wie bist du dann zu uns gekommen?", fragte Keith leise und stellte erschrocken fest, dass sie sich vielleicht nie kennengelernt hätten, wenn es anderes gelaufen wäre. Vielleicht hätte er dann nie erfahren, dass er überhaupt einen

Bruder hatte. Doch diesen Gedanken schob er schnell wieder zur Seite, denn das wollte er sich jetzt ganz und gar nicht genauer vorstellen.
Yanko räusperte sich und fuhr schließlich fort mit dem was Minerva ihm noch erzählt hatte. „Ma... ähm... Ich meine Minerva... Nun ja... Sie... Scheiße, wie soll ich sie denn jetzt nennen? Sie ist doch irgendwie meine Mutter, oder? Naja, egal jetzt! Dad wollte Minerva jedoch nicht verlassen. Sie hat mir jedenfalls erzählt, dass Dad es ihr schließlich gebeichtet hat. Minerva war darüber natürlich erst einmal geschockt gewesen, aber sie liebte ihn eben auch sehr, und so haben sie dann einen Plan ausgeheckt. Was Dad bis dahin wohl auch nicht gewusst hatte, war, dass Ma... ähm... Minerva nach einer Fehlgeburt keine Kinder mehr bekommen konnte, und das hatte auch sonst niemand aus unserer Gruppe gewusst. Sie tat also so, als ob sie schwanger sei und kurz vor der angeblichen Geburt seid ihr dann zu dritt weggefahren und habt einen Besuch bei unseren Verwandten in den USA vorgetäuscht. Dabei seid ihr in dieser Zeit irgendwo in Athen geblieben, und habt euch versteckt gehalten. Meine leibliche Mutter war dann zunächst nach meiner Geburt mit mir zusammen wieder zu ihren Leuten zurückgekehrt, in der Hoffnung, dass doch noch alles gut werden würde, wenn ihr Bruder erst einmal seinen Neffen gesehen hätte. Hadley war verzweifelt gewesen, denn die Gruppe von meiner Mutter hatte ihr nach dem unerlaubten Ausflug nach Mykonos mit dem kompletten Ausschluss aus der Gruppe gedroht, falls er sie nicht endlich heiraten würde, und sie das Kind behalten wollte. Dad hatte sich aber trotzdem noch weiterhin heimlich mit ihr getroffen, und nach einem halben Jahr brachte er mich dann mit. Das war wohl noch ein kleiner Deal zwischen dem Bruder meiner Mutter und Dad gewesen, damit ich wenigstens noch eine kleine Weile bei meiner echten Mutter bleiben konnte. Aber eben

nicht zu lange, damit ich keine bewussten Erinnerungen mehr an sie haben würde. Hadley bekam es aber nach und nach mit der Angst zu tun, dass der Schwindel irgendwann doch noch herauskommen würde und deshalb drängte er darauf unsere Gruppe und Nordgriechenland ganz zu verlassen. Jetzt wissen wir wenigstens den wahren Grund weshalb wir damals losgezogen sind. SAN DANA ist wohl eher aus der Not heraus geboren worden."
„Oh mein Gott!!!", war alles was Keith in diesem Moment dazu sagen konnte. Er fühlte sich mit einem Mal total schwach und griff geistesabwesend zu der Schnapsflasche, die Roger wohl noch vom Einkauf heute Nachmittag hier auf dem Tisch hatte stehen lassen. Er nahm einen kräftigen Schluck und reichte die Flasche Yanko gedankenlos rüber, der aber ablehnte. Er hätte allerdings dringend einen Schluck vertragen können, aber er wollte nicht riskieren, dass Keith ihm dann wieder einen Vortrag halten würde. Eigentlich wollte er Keith noch fragen, ob er davon gewusst hatte, doch an seiner Reaktion konnte er sehen, dass er so etwas offensichtlich noch nicht einmal geahnt hatte.
„Dann ist das ganze Gerede von dem Streit zwischen den Lovára und den Artíste, weswegen wir angeblich von Griechenland weggegangen sind, totaler Schwachsinn gewesen!", stellte Keith fest, und Yanko nickte nur stumm. Sie sahen sich eine Weile schweigend an, bevor Keith dann aufstand und um den Tisch herum zu Yanko ging. Er zog seinen Bruder hoch und umarmte ihn. Er konnte nichts sagen, er war einfach nur sprachlos. Gerne hätte er geweint, um den dicken Kloß im Hals loszuwerden, aber die Tränen waren irgendwo unterwegs versickert.
„Wie geht's dir damit?", war das Erste was Keith nach einer Weile wieder herausbrachte. Yanko lief im Wagen auf und ab und spürte, dass diese Frage ihn wütend machte. Er war

plötzlich nah dran einen der Stühle zu nehmen und ihn auf dem Tisch zu zerschmettern. Aber so schnell wie die Wut kam, war sie auch schon wieder verschwunden. „Ich weiß es nicht... Ich begreife das alles noch gar nicht...“, murmelte er, blieb an der Tür stehen und schaute hinaus in den Regen. „Ich geh jetzt ins Bett! Ich bin hundemüde!“, ergänzte er noch, bevor er die Tür aufmachte. Keith nickte nur und sah auf der Uhr, die über der Tür hing, dass es schon fünf Uhr morgens war. „Gute Nacht, Bruder!“, sagte Yanko und ging hinaus. „Ja, gute Nacht, Bruder!“ erwiderte Keith noch und folgte ihm dann hinaus in den frühen Morgen.
Keith legte sich ins Bett, aber er machte in diesen Stunden kein Auge mehr zu. Er beschloss gleich nachher mit seiner Mutter zu sprechen. Schließlich hatte sie ihm ja auch jahrelang etwas vorgemacht, und er fühlte sich für Yanko irgendwie verantwortlich. Was in seinem Bruder jetzt vorgehen musste, und wie es ihm damit tatsächlich ging, konnte er allerdings nur erahnen. Vielleicht war Yankos richtige Mutter ja noch am Leben. Diese Vorstellung verwirrte Keith noch mehr, denn eigentlich konnte er sich so etwas gar nicht wirklich ausmalen.
Keith stand wieder auf und kochte Kaffee, und dabei fragt er sich immer wieder, warum um alles in der Welt sein Vater nicht gewollt hatte, dass die Wahrheit ans Licht kommt.

Ron hatte sich trotzdem entschlossen nach diesem Aufstellungswochenende in Denver, erst einmal wieder nach L.A. zu gehen.
So weit war er noch nicht. Jeden Tag Yanko mit Maria zusammen sehen zu müssen, war momentan einfach zu viel für ihn. Er war sowieso total geschockt gewesen, als er von ihrer Heirat erfahren hatte. Damals wollte er Yanko überraschen und war einfach nach Mykonos gekommen, um ihn zu sehen. Zu diesem Zeitpunkt hatte er weder von Maria noch von irgendeiner Heirat gewusst. Yanko hatte darüber keine Silbe verloren.
Seinen Pub in San Francisco hatte er kurz vor der ersten Tour dann doch verkauft, weil er sich vorgenommen hatte ganz beim Zirkus und bei Yanko zu bleiben, komme was da wolle. Aber nach alldem was dann nach der zweiten Tour geschehen war, konnte er nicht mehr, und es hatte ihn schließlich nach L.A. gezogen, wo er sich einen anderen Pub pachtete, das BLUE MOON in West Hollywood. Oft war er dann auf der kleinen Dachterrasse über seinem Pub gesessen und hatte an Yanko und die ersten beiden Touren gedacht, die sie mit SAN DANA zusammen gemacht hatten.
So auch heute wieder, und die Bilder stiegen in ihm auf, als wenn es gestern gewesen wäre, und er verlor sich in seinen Erinnerungen:

Jede Vorstellung war ausverkauft gewesen, und die Premierentour war richtig gut angelaufen. Ihre erste Tour als neuer Zirkus SAN DANA. Die Freude war riesig gewesen, als sie das erste Mal das Zelt in einer fremden Stadt aufgebaut, und sich für die Premiere vorbereitet hatten. Alle Artisten waren an diesem Abend über sich hinausgewachsen. Und auch

in den folgenden Wochen hielten sich die Freude und die Begeisterung über das neue, erfolgreiche Zirkusprojekt.
Black Wolf hatte von Anfang an gekonnt und charmant durch das Programm geführt, so, als ob er noch nie etwas anderes getan hätte. Er war eben der geborene Geschichtenerzähler, und das Publikum hatte seine kurzen, interessanten und informativen Einwürfe rund um Nordamerika und seine Bevölkerung von Beginn an geliebt. Das Programm war so abgestimmt, dass jede Geschichte in der nachfolgenden Performance aufgegriffen wurde, und das führte auch noch auf den nachfolgenden Touren dazu, dass die Vorstellungen einen umfassenden und abgerundeten Zusammenhang bildeten. Wie ein zartes Netz verwoben sich die Erzählungen mit den Artisten und dem Publikum.

Yanko hatte zunächst, was seine Trinkerei anging, alles ganz gut im Griff gehabt. Doch mit der Zeit war es doch wieder mehr geworden, und Ron hatte nicht daran vorbei gekonnt ihn darauf anzusprechen. Und wie in einem Film sah er die Begebenheiten vor sich:
Eines Morgens kam er zu ihm ins Pferdezelt und sah gerade noch, wie Yanko eine Flasche Whisky zurück in die Futterkiste legte. Yanko bemerkte Ron und umarmte ihn kurz. „Hey, was machst du hier? Hast du nichts zu tun?“, grinste er Ron an und nahm die Heugabel wieder in die Hand. Ron setzte sich auf die Futterkiste und schaute Yanko eine Weile zu. „Yanko, ich muss mit dir reden, bitte!“, sagte Ron schließlich und hoffte, dass Yanko einwilligen würde. Irgendetwas stimmte wieder nicht mit ihm, das konnte er deutlich spüren. Yanko drehte sich zu ihm um und sah ihm in die Augen. Sein Hemd war offen, und Ron konnte seine Muskeln sehen, und eigentlich hätte er in diesem Moment am liebsten etwas ganz anderes getan.

„Schieß los!“, bekam er als Antwort und atmete tief ein. „Yanko, ich mache mir Sorgen! Ich weiß... Du hast gesagt, dass du nach der Tour aufhören willst zu trinken, aber ich finde, du säufst einfach zu viel! Und viel mehr, als am Anfang der Tour! Was ist los?“
Yanko seufzte genervt und drehte sich wieder um und verteilte weiterhin das Heu. „Genau!... Danach höre ich auf und damit basta!“, sagte Yanko energisch und war fest entschlossen ihm dazu nicht mehr zu sagen. Was sollte es auch bringen, außer noch mehr Stress? Er wusste jedenfalls ganz genau, warum er in den letzten Wochen wieder mehr getrunken hatte, aber das hatte überhaupt nichts mit Ron zu tun, jedenfalls nicht direkt. Und doch, wenn er es sich recht überlegte, hatte es genau damit was zu tun. Denn ohne Ron wäre das ja alles gar kein Problem.
„Was ist los mit dir?“, hakte Ron nochmals nach, denn er kannte Yanko mittlerweile zu gut, um sich in dieser Art abspeisen zu lassen. Er wusste, dass Yanko etwas auf dem Herzen hatte. „Nichts! Und jetzt lass mich hier fertig machen, gleich kommen fünfzig Kinder, die ich herumführen muss.“, maulte Yanko zurück, doch Ron stand auf und packte ihn fest am Arm. Er hatte genug. Seit Tagen schon schlief Yanko im Stall und nicht mehr mit ihm. Er musste es einfach wissen. „Yanko, sag's mir jetzt! Warum meidest du mich so?“ „Ich meide dich nicht!“ „Doch! Du gehst mir aus dem Weg! Du schläfst lieber hier bei deinem Pferd, und du hast jetzt schon eine Fahne! Ganz toll für die Kinder!“ Yanko riss sich aus Rons Umklammerung und ging einen Schritt zurück. Er konnte es ihm nicht sagen, er brachte es einfach nicht übers Herz. Nicht jetzt. Er stellte die Heugabel zur Seite und verließ wortlos das Zelt.
Ron hasste es wie die Pest, einfach so stehengelassen zu werden, obwohl er das ja schon zu genüge von ihm kannte,

aber es verletzte ihn trotzdem jedes Mal wieder, und in diesem Moment hasste er sich dafür, dass er Yanko so liebte. Umgekehrt war er sich da manchmal nicht mehr so sicher. Es gab Zeiten, da überschüttete Yanko ihn regelrecht mit Liebkosungen, und dann war er auf einmal wie abgeschnitten und total distanziert. So wie in den letzten Tagen. Vielleicht war er ja aber auch nur so mies drauf wegen seiner Tochter. Kenias Mutter Jenny wollte nämlich lieber bei ihrem Mann in Bolivien bleiben, der dort geschäftlich zu tun hatte, was ja auch verständlich war, und sie wollte, dass Kenia mit ihrer kleinen Halbschwester Susan aufwächst. Außerdem fand sie, dass Kenia noch zu klein war, um ganz bei ihrem Papa zu leben. Und mal ganz davon abgesehen hätte Yanko bestimmt auf der ersten Tour auch überhaupt keine Zeit für seine Tochter. Damit hatte sie zwar in allem Recht, aber Ron wusste, dass Yanko Kenia sehr vermisste.
Ron ärgerte sich, dass Yanko einfach so gegangen war, und er nahm sich fest vor ihn heute Abend nochmal darauf anzusprechen.

Was Ron allerdings bis heute noch nicht weiß, ist, dass Yanko am selben Nachmittag in die Manege gegangen war und sich in eine der oberen Reihen gesetzt hatte und Mykee bei seinem Training zusah.
Nach einer Weile hatte Mykee ihn bemerkt und war zu ihm auf die Ränge gekommen. „Ich muss dich später noch sehen, bitte!“, hatte Yanko ihm zugeraunt und darauf geachtet, ihn nicht zu berühren. Hier waren überall Augen und Ohren. „Alles klar! So wie immer!“, hatte Mykee ihm sofort geantwortet und sich schon auf später gefreut. „Ok!“, hatte Yanko dann gesagt und war daraufhin schnell wieder verschwunden.

Yanko vermied es Ron an diesem Abend noch irgendwie über den Weg zu laufen, und so fuhr er gleich nach der Vorstellung mit einem Taxi in die Stadt und holte in einem der vielen Pubs alles nach, was er seit heute Nachmittag wegen der Abendvorstellung nicht hatte trinken können. Gegen ein Uhr nachts war er wieder zurück und schlich sich zu dem Wohnwagen, der ursprünglich für Dolores und Manuel vorgesehen war, und schlüpfte ungesehen hinein. Mykee war schon da. Yanko schloss die Tür hinter sich ab, und während er auf ihn zuging, zog er sich aus und ließ seine Kleider dort zu Boden fallen, wo er gerade war. Als er dann völlig nackt am Bett stand, riss er Mykee die Bettdecke herunter und stürzte sich auf ihn. Mykee hatte ihn schon sehnsüchtig erwartet und alle Mühe nicht gleich zu kommen.
Später lagen sie erschöpft nebeneinander und rauchten. „Ich glaube, wir müssen damit Schluss machen.“, sagte Yanko auf einmal und blies den Rauch in die Luft. Und plötzlich musste er daran denken, wie das alles mit Mykee überhaupt begonnen hatte.
Es war schon in der dritten Woche passiert.
Yanko hatte sich neben seinem Pferd ins Stroh gesetzt und direkt aus der Flasche getrunken. Er hatte weder denken und noch fühlen wollen. Er hatte sich gefragt, warum er plötzlich wieder so schlecht drauf war, denn eigentlich war doch jetzt alles so toll. Das ganze Zirkusunternehmen war erfolgreich angelaufen, und Keith ging es auch wieder besser. Aber die erdrückenden Gefühle hatten sich fast unbemerkt erneut an ihn herangeschlichen und ihn schon bald wieder nicht zur Ruhe kommen lassen. Yanko hatte den Tränen dann schließlich freien Lauf gelassen, denn es war niemand da gewesen, der ihn hätte sehen können.
Doch plötzlich war Mykee, wie aus dem Nichts aufgetaucht und hatte sich einfach ungefragt neben ihn gesetzt. „Was ist

los?", hatte er gefragt und dabei einen Arm um ihn gelegt. Yanko hatte sich ein bisschen darüber gewundert, denn so gute Freunde waren sie bis dahin noch gar nicht gewesen, obwohl sie sich vom ersten Tag an sehr gut verstanden hatten. Yanko hatte sich die Tränen abgewischt und einen großen Schluck aus der Flasche genommen, bevor er sie Mykee rüberreichte. Es war seltsam, aber er hatte sich kein bisschen dafür geschämt, dass Mykee ihn so sah, denn immerhin war er ja Mykees Chef.

„Was ist los mit dir?", hatte Mykee ihn dann nochmal gefragt. „Es ist nichts besonderes.", hatte Yanko als Antwort gemurmelt. Mykee hatte ihn daraufhin mit seinen durchdringenden, graublauen Augen fixiert. „Nichts, was ich dir hier jetzt sagen will!", hatte Yanko dann noch hinzugefügt und gehofft Mykee würde sich damit zufrieden geben und wieder gehen.

„Yanko... Ich glaube, ich habe mich in dich verliebt!", hatte er stattdessen gehört und Mykee ganz überrascht angesehen. „Was? Was ist los?" „Ja! Ich bin scharf auf dich... Tut mir leid!", hatte Mykee in einem so klaren Ton gesagt, dass es Yanko kurz ganz mulmig geworden war. „Soll das ein Witz sein, oder was?", hatte Yanko die plötzlich aufgekommene Spannung zu überspielen versucht. Aber Mykee war ganz ernst geblieben. „Und du sagst mir jetzt, warum du so schlecht drauf bist!", hatte Mykee ihn dann statt einer Antwort aufgefordert. Yanko hatte gezögert und sich etwas von Mykees Geständnis überrumpelt gefühlt, und doch war er von seiner klaren und direkten Offenheit beeindruckt gewesen.

Sie hatten die Flasche noch gemeinsam leergetrunken, und Yanko hatte ihm dabei erzählt, wie sehr er gehofft hatte, dass es ihm durch den Zirkus besser gehen würde, dass er aber jetzt merkte, dass es nicht ganz so war. Es war vielleicht besser als vorher, aber selbst das wusste er nicht mit Sicherheit.

Jedenfalls war das, was er dadurch persönlich für sich erhofft hatte nicht vollständig eingetreten. Und sie hatten noch, bis sie vor Müdigkeit einschliefen, geredet. Plötzlich war Yanko aus dem Schlaf hochgefahren und hatte bemerkte, dass sie Arm in Arm im Stroh lagen.
Am nächsten Tag hatte er sofort beschlossen, dass sich das auf keinen Fall wiederholen durfte. Er war mit Ron hier und hatte keine Lust darauf wieder in irgendeine Dreiecksgeschichte zu geraten, auch wenn er es dann zur Abwechslung mal mit zwei Männern zu tun gehabt hätte.
Doch dann war der Tag gekommen, an dem sie alle frei gehabt hatten, und so war Yanko am Nachmittag ausgeritten und hatte eine alte, verlassene Scheune auf einer schönen, großen Wiese gefunden. Als Proviant hatte er zwei Flaschen Whisky mitgenommen und wollte sich dort einfach nur in aller Ruhe die Kante geben. Er hatte nicht bemerkt, dass Mykee ihm unauffällig gefolgt war. Auf jeden Fall war Mykee plötzlich in dieser Scheune gestanden und hatte ihn geküsst.
Yanko hatte sich zunächst vehement dagegen gewehrt, und Mykee von sich geschubst, doch der hatte sich nicht abwimmeln lassen. Das war so weit gegangen, dass sie sich eine ziemlich heftige Schlägerei geliefert, und dabei lauthals angebrüllt hatten. „Lass mich in Ruhe!“, hatte Yanko gerufen, worauf Mykee ihn erneut gepackt, und zu küssen versucht hatte. „Hau ab jetzt! Verdammt nochmal!“, hatte Yanko dann sehr energisch gefordert, und Mykee hatte schon fast geschrien: „Ich weiß, dass du es auch willst! Du bist nur zu feige!“ Er hatte Yanko zusehends provoziert, obwohl er sich nicht wirklich sicher gewesen war, ob er damit tatsächlich richtig lag. Er hatte es sich jedenfalls gewünscht, und als sie ein paar Tagen zuvor zusammen im Pferdezelt übernachtet hatten, hatte Yanko ihm definitiv über den Rücken gestreichelt.

Sie hatten sich weiter geprügelt und dabei auf dem staubigen Boden herumgewälzt. Yanko hatte jedoch nach einer Weile aufgrund der Schmerzen in seiner Hand aufgeben müssen. Außer Atem waren sie schließlich auf dem Boden gelegen, auf den ein paar Sonnenstrahlen durch die Bretterritzen fielen. Yanko wusste auch nicht mehr, was dann auf einmal mit ihm geschehen war, denn er war von jetzt auf nachher total scharf auf Mykee gewesen. Er hatte zu ihm rübergesehen, ihn gepackt und ihm schier die Kleider vom Leib gerissen. Dann hatten sie sich bis tief in die Nacht hinein geliebt.
Seitdem hatten sie sich immer öfter getroffen.

Yanko sah zu Mykee und hoffte er würde ihn verstehen. „Das musst du wissen! Ich kann damit leben, dass du Ron liebst und mich nur ab und zu.“, gab Mykee zur Antwort. „Ich weiß, aber ich bin ständig weg. Ich habe ein schlechtes Gewissen, weißt du?!“, gab Yanko zu. „Liebst du mich?“, fragte Mykee plötzlich. „Mykee... Ich weiß es nicht... Es zieht mich zu dir, und ich fahr grad total auf dich ab, aber ich will Ron nicht nochmal verlieren!... Was ist mit dir? Deine Frau? Merkt sie nichts?“ „Doch, aber ich kann nicht anders! Und wenn ich nicht mehr mit dir schlafen kann, muss ich mir eben einen anderen Mann suchen. Ich brauche das einfach! Ich weiß auch nicht, wieso ich das erst jetzt entdeckt habe.“, sagte Mykee und hoffte, dass er sich keinen anderen Mann zu suchen bräuchte. Ihm war klar geworden, dass er dazu stehen musste, und er würde es auch seiner Frau erzählen, aber nicht, dass er mit Yanko schlief, einfach nur, dass er auf Männer stand. Es war einfach zu stark geworden.
Yanko stand auf und verließ den Wohnwagen, was ihm überhaupt nicht leichtfiel, denn Mykees ungestüme, draufgängerische und wilde Art gefiel ihm sehr, und das vermisste er manchmal bei Ron. Aber Ron liebte er nun mal.

Den übernächsten Tag verbrachten sie nur mit Aufbauen, und Yanko bemerkte dabei gar nicht, dass Mykee schon seit Stunden nicht mehr auf dem Platz war.
Plötzlich kam Mykees Frau aufgeregt über den Kies gelaufen. „Yanko, Yanko! Weißt du wo mein Mann ist?“ Yanko wischte sich gerade seine ölverschmierten Hände an der Hose ab. „Nein, warum?“ „Er ist seit heute Morgen verschwunden. Ich erreiche ihn nicht auf seinem Handy, und er hat mir auch nicht gesagt, wo er hingeht.“, rief sie Yanko besorgt entgegen. Yanko versuchte sie zu beruhigen: „Ich muss noch ein paar Verankerungen sichern, dann versuche ich ihn zu finden, ok? Und du beruhigst dich mal! Es wird schon nichts passiert sein!“ Yankos Stimme beruhigte sie tatsächlich etwas, obwohl sie innerlich vor Angst fast durchdrehte. Doch sie ging dann zurück zu ihrem Wohnwagen und fing an zu putzen. Und als sie so am Saubermachen war, wurde ihr immer mehr bewusst, dass Mykee so etwas noch nie getan hatte seit sie ihn kannte, und sie kannte ihn schon ziemlich lange. Sie hoffte nur, dass nichts Schlimmes passiert war, und dass der Grund seines Fernbleibens eventuell nur eine lapidare Autopanne war.
Als Yanko seine Arbeit erledigt hatte, setzte er sich auf die Treppe seines Wohnwagens und rauchte erst einmal eine Zigarette. Wo konnte Mykee nur stecken? Warum ging er nicht an sein Handy wenn Judith ihn anrief. Er atmete tief ein und zog schließlich sein Telefon aus der Hosentasche. Seine Hände waren immer noch ölverschmiert, und das Handy klebte ihm an den Fingern fest. Nach ein paar Versuchen hatte er es dann aber doch geschafft Mykees Nummer zu wählen. Es klingelte gerade einmal, dann hörte er schon seine Stimme.

Yanko fuhr sofort in die Stadt und fand Mykee in der Kneipe, die er ihm genannt hatte. Gott sei Dank hatte er an diesem Tag noch nicht viel getrunken, denn als er über die Brücke

nach Manhattan hineingefahren war, kam er in eine Polizeikontrolle. Doch nach einem kurzen Check hatte er erleichtert weiterfahren dürfen.
„Was machst du hier?“, war das Erste was Yanko Mykee fragte, als er sich zu ihm an die Theke setzte. „Ich halte es nicht mehr aus!“, antwortete er ihm prompt. Mykee war sturzbetrunken, und Yanko hatte Mühe ihn zu verstehen. „Judith macht sich große Sorgen!“, bemerkte Yanko und hätte ihn eigentlich zunächst gerne umarmt. „Denk ich mir!“, lallte Mykee und setzte den Whisky-Cola Longdrink an und nahm einen großen Schluck. „Was ist?“, fragte Yanko, der sich nebenbei eine Cola pur bestellt hatte, obwohl es ihm viel mehr nach einem doppelten Whisky verlangte. Er hoffte nur, dass er es noch solange aushalten würde, bis er Mykee hier herausbekommen, und zu Hause abgeliefert hätte.
Mykee sah Yanko direkt an. „Ich kann nicht mehr! Ich fahr auf Männer ab... Das habe ich heute Abend eindeutig festgestellt. Shit!!!“ Yanko ahnte nun, was Mykee wohl gemacht haben könnte. „Und jetzt?“, fragte er nur. „Jetzt?... Keine Ahnung!... Ich will dich, aber du liebst Ron... Und ich?... Keine Ahnung was ich machen soll! Ich liebe Judith, aber ich brauche den Kick mit den Männern!“, antwortete Mykee und wirkte ziemlich angeschlagen. Yanko konterte: „Du meinst den Fick!“ „Ja... Mann... Du verdammter Hurensohn! Wenn es dich nicht gäbe, dann wäre jetzt alles noch in Ordnung!“ Mykee bestellte sich noch einen Drink, obwohl er den nicht mehr wirklich gebraucht hätte. Doch Yanko stand plötzlich auf, zahlte auch Mykees Zeche, schnappte ihn am Arm und fuhr mit ihm zurück auf das Zirkusgelände.
Er lieferte Mykee bei seiner Frau ab und ließ sich anschließend mit einer Flasche Whisky neben seinem Pferd ins Stroh fallen. In dieser Nacht beschloss er die Affäre mit Mykee endgültig zu beenden. Er hatte die Schnauze so gestrichen voll davon,

immer für alles und jeden der Buhmann zu sein. Sollte Mykee doch machen was er wollte, aber nicht mehr mit ihm.

Doch bevor Yanko es ihm am nächsten Tag sagen konnte, war Mykee wieder verschwunden.
Judith kam erneut auf Yanko zugerannt, als sie ihn über den Platz laufen sah, und rief hysterisch außer Atem: „Yanko... Mykee... Er... Du... Er...“. Yanko drehte sich zu ihr um und sah, dass sie geweint hatte. „Was ist denn passiert?“, fragte er sie und ahnte, dass Mykee ihr irgendetwas für sie Schlimmes erzählt haben musste, und er betete innerlich, dass er ihn nicht erwähnt hatte. Judith war völlig außer sich und krallte sich an Yankos Arm fest. Yanko hatte alle Mühe sie zu beruhigen. Sie gingen zu ihrem Wohnwagen hinüber und setzten sich an den kleinen Küchentisch, und Judith erzählte ihm dann unter Tränen, dass Mykee ihr gestanden habe auf Männer zu stehen und sie deshalb verlassen müsse. Judith zitterte am ganzen Leib und putzte sich verzweifelt die Nase. Yanko holte tief Luft, denn offensichtlich hatte Mykee ihr nicht erzählt, dass es sich dabei um ihn handelte. Yanko versprach ihr Mykee erneut zu suchen und ging kopfschüttelnd aus dem Wohnwagen.
Diesmal versuchte er vergeblich Mykee zu erreichen. Und vergebens suchte er ihn. In der Bar von gestern war er nicht, und auch in den umliegenden Pubs und Etablissements konnte er ihn nicht finden. Er klapperte alle Schwulenbars ab, die er finden konnte und fühlte sich recht merkwürdig dabei. Kurz überlegte er, ob er sich nicht auch mal einen Mann kaufen sollte, dann hätte er wenigstens hinterher die ganzen Schwierigkeiten nicht. Dann fiel ihm ein, dass er das ja schon einmal gemacht hatte. Aber an diese Zeit wollte er jetzt lieber nicht denken. Er hasste es, wenn er bemerkte, wie oft er schon so voll gewesen war, dass ihm einige Sachen in seinem Leben nicht mehr wirklich präsent waren. Dabei war die Zeit in L.A.

mit Mala eigentlich unvergesslich intensiv gewesen. Aber genau diese Intensität hatte ihn damals dazu getrieben wieder auszubrechen und sich in die Arme, oder besser gesagt in die Hände von einem Typ in einer Männerbar zu flüchten.
Wo verdammt nochmal war Mykee dieses Mal hingegangen?
Yanko setzte sich an einer Bushaltestelle in Manhattan auf eine Bank und zündete sich eine Zigarette an. Obwohl es erst Anfang November war, blies ein schon fast eisiger Wind durch die Straßen, und die Kälte kroch Yanko bis unter die Haut.
Dann beschloss Yanko nach Hause zu fahren. Mykee würde sich schon melden wenn was wäre, und er kannte das von sich auch nur zu gut, wenn man einfach mal seine Ruhe brauchte. Innerlich entschuldigte er sich bei Mykee dafür, dass er ihn verfolgt hatte und hoffte, dass es Mykee gut gehen würde, wo auch immer er war.
Yanko stieg in seinen Pickup und drehte seine Gypsymusik so laut auf, dass der Boden bebte. Aus vollstem Herzen sang er die Lieder mit, die er so sehr liebte, und die ihm immer mehr das Gefühl von Heimat gaben, obwohl er sich immer noch nicht erklären konnte, warum das so war. Die Lieder in seiner Sprache streichelten irgendwie seine Seele und taten ihm einfach gut.
Es war schon nach drei Uhr nachts, als er wieder auf dem Zirkusgelände ankam und mittlerweile auch wusste, dass Ron auf ihn wartete. Aber Yanko war mit seinen Gedanken nur bei Mykee, und so ging er zu seinem Pinto ins Zelt und holte eine Flasche Whisky aus der Futterkiste.
„Na endlich!", hörte Yanko plötzlich klar und deutlich und zuckte vor Schreck derart zusammen, dass er fast die Flasche hätte fallen lassen. Er drehte sich herum und sah Mykee neben seinem Pferd sitzen. „Spinnst du mich so zu erschrecken? Du Arsch!" Yankos Herz jagte, und er musste tief durchatmen.

Unwillkürlich spürte er wieder die Mistgabel in seiner rechte Hand stecken.
Mykee stand auf und kam auf ihn zu. „Wo warst du solange?“, lallte er und umarmte Yanko. Yanko stand, wie angewurzelt da. „Wie, wo warst du? Du warst weg!!! Deine Frau hat dich völlig hysterisch gesucht! Was machst du hier? Ich habe dich in ganz Manhattan gesucht! Verflucht nochmal!!! Warum gehst du nicht an dein Handy?“ Mykee konnte kaum noch stehen, so betrunken war er. „Ich wollte zu dir!“, hauchte er und hielt sich an Yanko fest, der Mühe dabei hatte sie beide vor dem Umfallen zu bewahren. Yanko griff Mykee unter die Arme und zog ihn mit in die eine freie Box direkt neben Manuels Braunen. Mykee legte sich hin und fiel sofort in einen tiefen Schlaf. Yanko breitete eine Decke über ihn aus und setzte sich nachdenklich daneben.

Ron schlief in dieser Nacht tief und fest, und als er morgens aufwachte, lag Yanko neben ihm.

Als Mykee allerdings am nächsten Tag in seinen Wohnwagen kam, um mit seiner Frau zu sprechen, fand er nur eine gähnende Leere vor. Sie hatte alles mitgenommen was ihr gehörte. Sie hatte ihm keinen Brief, keine Nachricht und noch nicht einmal sein Handy da gelassen. Er hatte nichts mehr, womit er sich bei ihr hätte melden können. Sie war einfach spurlos verschwunden. Alles was in diesem Moment noch bei ihm war, war ihr Parfum, das sie offensichtlich noch kurz bevor sie den Wohnwagen verließ, aufgetragen hatte.
Er wusste, dass sie für immer gegangen war.

Die Sonne hing fade über dem Horizont, und die Möwen kreisten unaufhörlich über den schalen Wellen, welche die Ebbe ankündigten. Ein leichter Nebel hüllte die Dämmerung ein und ließ den Strand fast dem Himmel gleich werden.
Er war noch nie an der Nordsee gewesen, und doch fühlte er sich irgendwie wohl hier, vielleicht auch nur deshalb, weil die Luft endlich wieder nach Meer roch. Jedes Mal, wenn er wieder am Meer war, fragte er sich, warum er überhaupt jemals ins Landesinnere gezogen war. Das Wasser erfüllte sein Herz. Auch wenn es momentan kaum zu sehen war, so konnte er doch den salzigen Wind schmecken, und er liebte es einfach, wenn sich das Salz auf seine Haut niederlegte und ihn wie eine schützende Hülle umgab.
Er fand es toll, dass es auf dieser Insel keine Autos gab, und er stellte sich kurz vor, wie es wäre hier mit seinem Pinto am Strand entlang zu galoppieren. Ob der allerdings dieses Wetter auch so toll finden würde? Yanko musste bei der Vorstellung, wie sein gescheektes Pferd eventuell die Nüstern bei so viel Salzluft rümpfen würde, lachen, und er ließ sich rückwärts in den Sand fallen. Als er später wieder aufstand, war es ihm vollkommen egal, dass seine Haare voller Sandkörner waren.
Morgen würde er das erste Mal in seinem Leben eine Aufstellung machen und auch selbst in anderen Aufstellungen mit drin stehen. Er hatte überhaupt keine Ahnung davon, was ihn erwarten würde, aber er hatte viel von Cecilias Mutter Silvia darüber gehört und das Gefühl bekommen, dass ihm diese Art von Therapie eventuell weiterhelfen könnte. Deswegen hatte er sich kurz entschlossen, und war mit ihr am Ende der ersten Tour nach Deutschland geflogen.
Silvia war für einige Wochen zu Besuch gewesen, und sie hatten sich sehr oft unterhalten. Sie beschäftigte sich viel mit alternativen Heilmethoden und hatte ihm einfach alles erzählt,

was sie wusste, und auch, dass sie sich überlege noch einige Ausbildungen in dieser Richtung zu absolvieren, um sich selbstständig machen zu können. In diesen zwei Wochen ihres Besuchs hatte er zum ersten Mal das Gefühl gehabt von jemandem wirklich verstanden zu werden. Er hatte mit ihr geschlafen, weil es einfach so gekommen war. Etwas in ihm fühlte sich in ihrer Anwesenheit wohl, und er hatte sich dem hingegeben. Silvia war von dieser Anziehung auch etwas überrumpelt gewesen, denn eigentlich war sie bis dahin mit ihrem Ehemann glücklich verheiratet. Doch entdeckte sie durch Yanko, dass es Zeit für sie wurde etwas anderes zu leben. Sie war die Schwiegermutter seines Sohnes, und er war der Schwiegervater ihrer Tochter, und das war natürlich irgendwie seltsam, und dennoch hatte es anscheinend so sein sollen. Sie hatte ihn einfach mitgenommen, und er war ihr gefolgt.

Die Aufstellungsarbeit beeindruckte Yanko zutiefst, vor allem wenn er selbst für andere in einer Rolle stand und er Dinge von anderen Menschen spürte. Gefühle, die plötzlich da waren und die sich tatsächlich veränderten, wenn sich etwas in dem sogenannten 'Wissenden Feld' änderte. Zum ersten Mal in seinem Leben war er froh darüber, dass er so gut fühlen konnte und einen so leichten Zugang zu der Welt der Emotionen hatte, denn er konnte die Rollen, in denen er stand sehr gut erspüren, was ihm die anderen Teilnehmer wiederum sehr dankten. Er bekam das erste Mal eine Spur von Gewissheit, dass das, was er fühlte eine Richtung von Wahrheit besaß, und obwohl er das nur leise erahnte, kam etwas in ihm zur Ruhe.

Seine eigene Aufstellung war für ihn allerdings sehr erstaunlich, denn nach alldem, was er in den vorhergehenden

Aufstellungen der anderen gesehen hatte, dachte er, dass er nun die genaue Lösung und das Rezept für die Heilung seiner Alkoholsucht gezeigt bekäme. Denn in allen Aufstellungen vorher war eindeutig eine klare Richtung des weiteren Vorgehens für die jeweilige Person erkennbar geworden. Doch in seiner eigenen Aufstellung ging es plötzlich gar nicht mehr direkt um den Alkohol, sondern um Fam, und nur um Fam und ihre Liebe zueinander und den fürchterlichen Schock, den er damals erlitten hatte, als sie so unerwartet starb. Es war sehr schwer für ihn Fam in dieser Aufstellung zu 'sehen', und er war völlig perplex, wie durch die Stellvertreterin Wesenszüge von Fam so exakt durchkamen, dass es ihn teilweise schauderte, und er zwischendurch das Gefühl hatte an dem Schmerz zu ersticken. Als er am Schluss dann selbst im Feld stand und seinen Platz einnahm und Fam auf diesem Weg noch einmal begegnete, brach etwas in ihm auf, und dieses Mal hatte er den Mut und war fähig sich dem hinzugeben, und er konnte in diesem geschützten Rahmen wenigstens für kurze Zeit das Ausmaß seines Schmerzes spüren, ohne daran zu zerbrechen.

Am nächsten Tag fühlte er sich irgendwie leichter und doch machte sich gleichzeitig in ihm ein Gefühl der Ohnmacht breit. Er war froh, dass er das alles erlebt hatte, und das Bedürfnis Alkohol zu trinken war tatsächlich am gestrigen Tag viel geringer gewesen. Sogar sein Körper hatte noch Stunden danach nicht so gezittert wie sonst.
Er ging am Strand spazieren und dachte dabei an Fam, und er versuchte das gestern Erspürte und Erlebte mit ihr zusammenzubringen. Sein Handy klingelte plötzlich und ließ ihn regelrecht zusammenzucken. Es war Nicole, die Seminarleiterin. Sie bot Yanko noch eine extra Session an, weil sie das Gefühl hatte, dass er noch etwas Unterstützung

brauchen könnte, bevor er morgen wieder abreisen würde. Yanko nahm das Angebot dankend an, denn er fühlte sich tatsächlich irgendwie neben der Spur.
Den ganzen Nachmittag über arbeiteten sie dann ganz speziell an seinem Alkoholproblem, und es wurde für ihn sehr deutlich, dass er damit unter anderem irgendein altes Familienthema übernahm, was sich allerdings in dieser Sitzung nicht vollständig offenbaren wollte. Und doch konnte er einen großen Teil von unerklärlichen und tiefen Schuldgefühlen, die er unbewusst von seinem Vater übernommen hatte, wieder an ihn zurückgeben.
Danach war Yanko komplett angezogen ins Bett gefallen und sofort eingeschlafen. Er war so erschöpft von alldem gewesen, was in den letzten Tagen geschehen war, dass er das Trinken darüber zunächst einfach vergessen hatte.

Direkt im Anschluss an die Premierentour, kurz bevor Yanko dann nach Deutschland geflogen war, hatte Ron vehement auf das Versprechen gepocht, welches Yanko ihm zu Beginn der Tour gegeben hatte. Doch Yanko hatte jenen Entzug nicht durchgehalten. Schon in der ersten Nacht hatte er aufgegeben. Er hatte Ron so derart beschimpft und fertiggemacht, dass Ron einfach gegangen war, nachdem ihn Yanko sogar geschnappt, und knallhart mit dem Rücken gegen die Schlafzimmertür geschubst hatte.
Dabei hatte Ron eine, wie er fand, geniale Idee gehabt, die auch im ersten Moment tatsächlich funktioniert hatte. Er hatte Wasser in eine leere Whiskyflasche gefüllt, die er vorher sorgfältig ausgespült hatte, so dass sich keinerlei Alkoholreste mehr darin befanden. Yanko hatte schließlich angefangen ihn anzuflehen, dass er ihm etwas zu trinken bringen sollte. Daraufhin hatte Ron ihm dann die Whiskyflasche mit dem Wasser gegeben, und Yanko hatte sie angesetzt und gierig

daraus getrunken. Und zu Rons großem Erstaunen hatte Yankos Zitterei tatsächlich für ein paar Sekunden lang ausgesetzt und er sich etwas beruhigt. Ron hatte es selbst kaum glauben können, aber so war es gewesen. Erst nach dem zweiten Ansetzen hatte Yanko bemerkt, dass in der Flasche nur Wasser war. Mit einem Schlag war er dann allerdings so derart ausgetickt, dass Ron gar nicht mehr die Möglichkeit gehabt hatte einzulenken. Yanko hatte die Flasche genommen und sie so heftig an die Wand gepfeffert, dass sie in tausend Scherben zerbrochen war. Der Schweiß war ihm ausgebrochen, und er hatte nach Luft gerungen. „Ich dachte, du willst mir helfen!“, hatte er wütend gefaucht und Ron dabei am Kragen gepackt. „Das will ich ja auch, verdammt! Aber du lässt mich ja nicht!“, hatte Ron gejapst und versucht sich aus den Fängen von Yanko zu befreien. Doch der hatte sich richtig an ihm festgekrallt. „Mit Wasser? Verschwinde einfach und lass mich in Ruhe! Na los! Mann, verschwinde!!!“, hatte Yanko Ron angezischt, während er ihn in Richtung Tür gezerrt hatte.
Rons Herz war zerbrochen, als er Yanko so erlebt hatte, aber er hatte gespürt, dass er wirklich nichts mehr tun konnte. Schließlich hatte er die Tür hinter sich zugezogen, und auf dem Weg vom Blockhaus zum Zirkusquartier hatte er nur mit Mühe den Waldweg unter seinen Tränen erkennen können.
Am übernächsten Nachmittag war Yanko dann plötzlich an Rons Wohnwagen gestanden und hatte ihn heraus geklopft. „Es tut mir leid!“, waren seine Worte gewesen, als Ron die Tür öffnete. „Ja, verdammt! Das sollte es dir auch! Du machst mich noch wahnsinnig! Komm schon rein! Verdammt!“ Ron war halb wütend und halb froh gewesen, dass Yanko zu ihm gekommen war. Dann hatten sie sich an den Küchentisch gesetzt. „Was glaubst du eigentlich? Meinst du mir ist das alles egal, oder was? Es hat funktioniert, wenigstens für ein paar

Sekunden! Du hast geglaubt, dass du Whisky trinkst, weil du es erwartet hattest, und du hast aufgehört zu zittern! Stimmt's?", hatte Ron dann doch noch ziemlich aufgebracht das Gespräch eröffnet. Yanko hatte ihn erst eine Weile angesehen. „Ja, für ein paar Sekunden eben, aber dann hat mein Körper halt gemerkt, dass es nur Wasser war. Es tut mir leid! Ich fände es ja auch klasse, wenn es so funktionieren würde!... Aber so geht's eben nicht! Du weißt genau, dass der Entzug manchmal in Schüben kommt, und das hat halt in dem Moment gut zusammengepasst."
Ron hatte Yanko lange in die Augen geblickt, und er konnte genau sehen, dass es Yanko wirklich leid tat ihn so behandelt zu haben. „Wie dann?", fragte er anschließend und hatte insgeheim gebetet, dass Yanko endlich von dem Zeug loskommen würde. „Ich fliege morgen mit Silvia nach Deutschland und mache mal so eine Aufstellung mit. Sie hat mir viel darüber erzählt und irgendwie zieht es mich dahin!"
Na typisch, hatte Ron dann fast beleidigt gedacht, von heut auf morgen verschwindet er mal wieder. Silvia. Warum um alles in der Welt musste er jetzt mit der Schwiegermutter seines Sohnes nach Deutschland fliegen, wo sie doch jetzt endlich mal wieder hier in Sheddy Zeit zusammen, und vor allem allein verbringen könnten.
„Wenn du glaubst, dass es dir helfen könnte, dann mach!", hatte Ron mehr genervt geantwortet, als er wollte. Yanko war aufgestanden und hatte sich neben ihn gesetzt. Dann hatte er einen Arm um Ron gelegt und ihn so nah an sich herangezogen, dass er die Nase in seine Haare stecken konnte. Ron wusste, dass Yanko seinen Geruch liebte, und dennoch zog es Yanko zu Silvia und dieser unbekannten Therapie.
Yanko hatte auf der einen Seite tierisch Angst vor dem gehabt, was auf ihn zukommen würde, doch ihm war auch klargeworden, dass er dabei eigentlich nichts zu verlieren

hatte. Es konnte nur besser werden. Und je mehr er über sich in Erfahrung bringen konnte, umso besser würde es werden.
„Warum gehst du nicht einfach wieder in eine Klinik, so wie damals in unserer Sommerhauszeit?“, schlug Ron dann vor. Yanko schüttelte aber nur den Kopf. „Ich vertrage das Zeug überhaupt nicht, das die mir da geben. Schon vergessen?“ „Ich weiß, aber damals warst du ganz begeistert gewesen!“, wunderte sich Ron etwas. Er wollte ihn eigentlich schon ganz lange mal danach gefragt haben, denn es hatte ihn schon zu jener Zeit verwundert, dass Yanko in einer relativ guten Verfassung zurückgekommen war, doch er hatte es immer wieder vergessen. „Ich habe dir damals eben nicht alles erzählt.“, erwiderte Yanko knapp. „So, was denn nicht?“ Ron wurde wieder ärgerlich. „Mein Gott... Ich habe mich mit der Medizin vollstopfen lassen, dann hatte ich zwar kaum Schmerzen, aber ich habe gekotzt wie ein Weltmeister. Nach drei Tagen bin ich abgehauen und habe mich mit Opium vollgepumpt. Jetzt zufrieden?“ Ron seufzte und hatte es einfach nicht nachvollziehen können, warum Yanko ihm davon damals nichts berichtet hatte.
„Ich liebe dich! Vergiss das nicht! Ich werde das mit dem Alkohol dort aufstellen, und dann sehe ich weiter, ok?“, hatte Yanko dann versucht Ron zu beruhigen. Yanko hatte ihn ja verstehen können. Ron wollte ihm nur Gutes tun, und er hatte ihn wieder einmal wie ein Stück Dreck behandelt. Es hatte ihn selbst bei dem Gedanken an die gestrige Nacht geschaudert, und er war fest entschlossen gewesen alles bei dieser Aufstellung sehen zu wollen, was mit seiner Alkoholsucht zusammenhing.
Ron hatte Yanko dabei fixiert, als er ihn an den Armen packte. „Ich hoffe es!“, war aber das Einzige gewesen, was er herausbrachte. Und obwohl er es nicht gerne spürte, so hatte er dennoch feststellen müssen, dass er ein gewisses Maß an

Zweifeln hegte, ob Yanko es wirklich jemals auf Dauer schaffen würde ohne Alkohol auszukommen.
Die Nacht hatten sie dann unten in Sheddy auf der Zirkuswiese verbracht. Rons Wohnwagen hatte gegenüber vom Pferdezelt gestanden, das momentan leer stand. Sie waren sowieso die Einzigen, mit Ausnahme von Mykee und ein paar Eulen gewesen, die hier die Nacht verbracht hatten.
Seit Judith Mykee verlassen hatte, war sein einziges Zuhause SAN DANA geworden, und so verbrachte er die tourfreie Zeit hier auf der Wiese in Sheddy. Aber sein Wohnwagen war weit weg gestanden, und außerdem war es Yanko auch egal gewesen, damit musste er halt zurechtkommen. Kurz hatte er dann noch überlegt, ob er selbst eigentlich damit zurechtkam. Doch Rons Körpergeruch war ihm dann so intensiv in die Nase gestiegen, dass er den Gedanken an Mykee schnell wieder hatte fallen lassen. Dann hatte er damit begonnen Rons Hemd aufzuknöpfen und ihm über seine blanke Brust zu streicheln.
Er liebte seinen Körper, seine Haut, seinen Duft, seine Augen, seine Hände und natürlich das Gefühl, wenn Ron in ihm war. Mit Mykee war es anders, da wollte er lieber in ihm sein. Bei Ron konnte er sich hingeben und auch ihn in sich hineinlassen. Und jedes Mal wenn er sich Ron hingab, hatte er das Gefühl, dass ganz tief in ihm etwas wie Glas zerbrach. Er konnte es regelrecht riechen, obwohl ihm gar nicht bewusst war, dass Glas überhaupt nach etwas roch. Hätte ihn allerdings jemand danach gefragt, so hätte er sofort antworten können.
Aber es hatte ihn niemand danach gefragt.

Auf dem Flug von Hamburg nach Griechenland holte er dann alles nach. Als er gegen Nachmittag auf Mykonos ausstieg, war er jedenfalls schon wieder ziemlich betrunken, und er fragte sich, ob die Aufstellung tatsächlich irgendetwas bewirkt hatte.

Als sie Yanko an jenem Nachmittag auf Mykonos am Strand sitzen sah, war sie eigentlich mit einer Freundin verabredet gewesen. Doch irgendwie hatte es sie vorher noch zum Strand hinunter gezogen.
Sie setzte sich einfach neben ihn und fragte ihn auf Griechisch, was er da mache. Yanko drehte sich zu ihr, und als sie in seine Augen sah, wusste sie sofort, dass er ein Roma war. Einige Minuten lang blickten sie sich an, ohne dabei zu sprechen. Doch Yanko hatte überhaupt keine Lust irgendjemand kennenzulernen, deswegen schwieg er einfach weiter, obwohl er dabei nicht übersah, welch Schönheit sich da gerade neben ihm niedergelassen hatte.
Ohne weiter zu überlegen, fragte Maria ihn dann auf Romanes: „Woher kommst du? Ich habe dich hier noch nie gesehen!“ Yanko wendete seinen Blick ab und war kurz darüber verwundert, dass sie ihn in seiner Sprache angesprochen hatte. „Entschuldige, aber ich bin gerade überhaupt nicht gesprächig!“, antwortete er ihr dann in ihrer Sprache und stand auf. Er wollte einfach nur allein sein, um die letzten Wochen in Ruhe zu verarbeiten, und um wieder Klarheit zu gewinnen.
Maria stellte sich dann vor ihn und musterte ihn ein wenig. Sie sah deutlich, dass diesen fremden Roma etwas belastete, und sie war auf einmal wild entschlossen ihn zum Reden zu bringen. Sie wollte ihn unbedingt kennenlernen und wusste selbst nicht, woher dieser Entschluss so plötzlich gekommen war. „Ich bin Maria.“, sagte sie deshalb. Yanko sah sie an und musste plötzlich ein wenig lächeln. Irgendwie war sie nicht nur verdammt hübsch, sondern auch sehr charmant. „Yanko.“, antwortete er deshalb freundlich und fühlte sich seltsamerweise etwas besser. „Freut mich, Yanko! Lädst du mich zu einem Kaffee ein?“, fragte sie ihn dann forsch und

dachte dabei an ihre Großmutter, die bei so viel Keckheit mit Sicherheit die Hände über dem Kopf zusammengeschlagen, und ihr ab sofort jeglichen Ausgang ohne Begleitung verboten hätte.
Yanko sah sie durchdringend an und überlegte, warum um alles in der Welt sie ihn jetzt das fragen musste. Hatte er sich eben nicht klar genug ausgedrückt? Aber es schien, als ob sie sich davon überhaupt nicht beeindrucken ließe. Ein Kaffee war ja eigentlich auch eine gute Idee, nachdem er bis jetzt nur Alkohol getrunken hatte. „Also gut. Auf einen Kaffee!", willigte Yanko dann ein und musste dabei innerlich den Kopf schütteln. Soviel zu seinem festen Vorsatz hier nur für sich sein zu wollen. Naja, ein Kaffee konnte ja nicht schaden.
Er wusste selbst nicht mehr so genau, wie es dann passiert war, aber sie hatten sich wieder getroffen, und er hatte ihr im Laufe dieser Zeit, in seinen Augen jedenfalls, recht viel von sich erzählt. Er hatte ihr von seinen Kindern und dem Zirkus erzählt und davon, dass er immer wieder untreu wäre. Er hatte ihr auch gesagt, dass er mit Cecilias Mutter, also mit der Schwiegermutter seines ältesten Sohnes ein Verhältnis gehabt hatte. Und während er gesprochen hatte, überlegte er zum ersten Mal genauer, was das eigentlich mit ihr gewesen war. Sie hatte ihm auf jeden Fall eine Methode gezeigt, wie man alte Schocks und Traumata bearbeiten konnte, beziehungsweise welche Möglichkeiten es gab an solch schweren Themen heranzugehen. Durch sie hatte er vor einer Woche, die für ihn bis dahin völlig unbekannte Heilarbeit der Systemischen Aufstellung kennen und schätzen gelernt. Er hatte Maria auch erklärt, wie diese Therapieform funktionieren würde, und er hatte sich auf eine unerklärliche Weise von ihr verstanden gefühlt. Und er hatte ihr von seiner Unruhe erzählt.
Maria hatte ihm wiederum sehr viel über ihre Familie berichtet und auch von den vielen Demütigungen, die sie in ihrer

Kindheit und auch jetzt immer noch ab und zu erfahren musste. Sie hatte ihm sehr viel über sein Volk mitgeteilt und auch darüber, wie es den Roma in Griechenland früher ergangen war und wie ihre Lage heutzutage sei.

Zum ersten Mal seit einer Ewigkeit fühlte sich Yanko außerhalb von Sheddy irgendwie zu Hause, auch wenn es in seinem Herzen nicht wirklich leichter wurde, so hatte er aber das Gefühl irgendwo angekommen zu sein.
Maria spürte intuitiv, dass ihm irgendwie die Verbindung zu seinem Romasein fehlte, und nach kurzer Zeit war sie mehr als davon überzeugt, dass sie die Richtige für ihn wäre. Sie spürte zwar seine Zweifel und sein Zögern, doch sie führte das allein darauf zurück, dass Yanko in letzter Zeit offensichtlich sehr viel durchgemacht hatte. Wenn er erst einmal zur Ruhe käme und sich fallen ließe, dann würde er sich mit Sicherheit auch in sie verlieben und bei ihr bleiben wollen. Er sah einfach zu gut aus, als dass sie ihn wieder hätte laufen lassen mögen. Sie wollte ihn haben, und falls es nicht anders ginge, würde sie auch zur Not auf altbewährte Hilfsmittel zurückgreifen. Ihre Großmutter hatte ihr da so einiges beigebracht.
Yanko ließ sich treiben und nach einer Weile versuchte er sich auch nicht mehr dagegen zu wehren. Er genoss die Zeit in seinem Geburtsland sehr, und auch Marias Gesellschaft war ihm schneller angenehm, als er gedacht hatte. Vielleicht hatte Keith ja tatsächlich Recht, und er sollte sich mal mit einer Romni einlassen. Sie hatte es jedenfalls geschafft ihn zum Reden zu bringen, und das war ja bekanntlich nicht so einfach. Und er hatte gerne erzählt, vielleicht auch ein wenig deshalb, weil er mit ihr auf Romanes sprechen konnte.

Nach ein paar Tagen waren sie in der kleinen Taverne am Hang Essen gewesen, und Yanko hatte Maria anschließend noch nach Hause begleitet.
Es war eine wunderschöne, laue Nacht, und die Sterne funkelten bis zum Meer hinunter. Ihr Haar trug sie offen, und sie fielen ihr weit über den Rücken. Wie die Mähne eines Wildpferdes, dachte Yanko, als er sie so im Mondlicht stehen sah. Maria hatte es tatsächlich geschafft, dass Yanko sie begehrte und sich ernsthaft überlegte, ob er sie jetzt nicht doch einfach küssen sollte. Sie reizte ihn, und er konnte sich gar nicht genau an den Zeitpunkt erinnern, an dem das begonnen hatte. Es war auf einmal dagewesen.
Sie stand auf der großflächigen Terrasse ihres wunderschön gelegenen, kleinen Hauses und sah zum Meer hinaus. Sie wusste, dass sie sich jetzt nicht bewegen durfte, wenn sie ihn haben wollte, denn sie spürte, dass sich etwas bei ihm verändert hatte, und sie wollte ihn locken. Innerlich bebte sie, und sie hätte sich am liebsten umgedreht und sofort an seinen Hals geworfen. Doch sie blieb wild entschlossen, bewegungslos stehen.
Ihr schwarzes, langes Kleid betonte ihren schmalen, zierlichen Körper, und Yanko blieb in einigen Metern Abstand stehen und sah sie einfach nur an. Wie oft war er schon in so eine Lage geraten? Wie oft hatte er sich vorgenommen Ron treu zu sein, oder überhaupt irgendjemandem treu zu sein, nachdem Fam nicht mehr da war? Wollte er jetzt wirklich einen One-Night-Stand? Übermorgen würde sein Flug zurück in die USA gehen. Was sollte das also bringen? Vielleicht ginge es aber auch gut, und es würden keine gebrochenen Herzen zurückbleiben, aber wer wusste das schon im Voraus? Doch wenn er ehrlich war, hatte er einfach nur Angst, Angst sich auf diese Frau einzulassen, die ihm unmissverständlich zeigte, dass

sie ihn haben wollte. Angst wovor eigentlich genau? Angst vor ihrer Energie? Vor ihrer Schönheit?
Nein, es war die Angst, weil sie eine Romni war.
Yanko atmete tief durch und ging dann langsam auf sie zu. Sein Herz schlug ihm bis zum Hals hinauf, und er hatte das sichere Gefühl auf der Stelle zu verbrennen, wenn er sie jetzt berühren würde. Es fühlte sich merkwürdig an, denn es waren nicht die Flammen der Leidenschaft, die er auf einmal so deutlich spürte. Es fröstelte ihn sogar ein wenig und etwas zog sich in seinem Magen zusammen. Doch er ging weiter, und plötzlich wusste er, dass er sich dem nicht entziehen konnte, auch wenn er Angst davor hatte. Etwas in ihm zog ihn unaufhörlich in ihre Nähe, wie ein leises, fernes und sehnsuchtsvolles Rufen dem er einfach folgen musste.
Als er schließlich hinter ihr stehenblieb, war er ihr so nah gekommen, dass ihre Haare in sein Gesicht wehten. Yanko schloss für einen Moment lang die Augen, bevor er Maria in seine Arme nahm, und sie sich schließlich an seine Brust lehnte. Sie legte ihre Hände auf seine Arme und schmiegte sich an ihn. Sie spürte sein starkes Herzklopfen, das sich mit ihrem eigenen vermischte. Yanko wunderte sich, denn es fühlte sich fast vertraut an ihr so nah zu sein. Eine ganze Weile standen sie einfach nur so da und genossen den Frieden, der plötzlich von ihrer Umarmung ausging. Schließlich drehte Yanko sie vorsichtig zu sich um und küsste sie lange.
Bis zum Morgengrauen liebten sie sich, und ihre Körper glühten dabei vor Leidenschaft.

Sie liebte ihn plötzlich über alles, und sie hatte Recht gehabt. Sie gehörten einfach zusammen, denn so sollte es sein. Rom zu Romni und fertig. Ihre erste Ehe mit einem Griechen war nach drei Jahren auseinander gegangen. Er hatte einfach nicht das nötige Verständnis für sie aufbringen können, und er hatte sich nicht wirklich damit abfinden können, dass sie eine Zigeunerin war, und sie konnte und wollte manche ihrer für sie so wichtigen Traditionen einfach nicht ablegen. Als er ihr schließlich verbieten wollte mit ihren Kindern Romanes zu sprechen, lief sie mit ihren Söhnen davon und ließ sich kurz darauf scheiden. Seitdem lebte sie mit ihren Kindern Dimitri und Nikos auf Mykonos und verdiente sich ihren Lebensunterhalt mit Nähen und Malen. Lieber wäre sie ihr ganzes Leben lang allein geblieben, als sich nochmals unterzuordnen. Sie liebte ihre neugewonnene Freiheit sehr und genoss jeden neuen Tag. In Yanko glaubte sie jemanden gefunden zu haben, der sie gleichberechtigt behandeln würde und mit dem sie sich auch weiterhin frei fühlen könnte.

Der Januar begleitete sie auf der zweiten Tour zunächst mit seiner eisigen Seite. Die erste Station war Chicago, und trotz des vielen Schnees waren alle Vorstellungen bereits zwei Wochen im Voraus ausverkauft gewesen.
Yanko fühlte sich wieder besser und war voller Elan in die zweite Tour gestartet. Er hatte sich fest vorgenommen mit Ron die ganze Zeit zu verbringen, und das auch nur in einem Wohnwagen. Alles was er in Deutschland und auch in Griechenland im letzten Monat erlebt hatte, gewann nach und nach den Hauch des Unwirklichen. Außer seiner Aufstellung, denn die hatte ihm doch einige Klarheit in seine Gefühlswelt gebracht, obwohl er immer noch an der Flasche hing, was ihn aber momentan nicht besonders störte. Maria war eine tolle Frau, keine Frage, aber erstens war sie viel zu weit weg, und zweitens löste sie im Nachhinein in ihm ein seltsames Gefühl der Ohnmacht aus, und das machte ihn auf eine merkwürdige Weise nervös. Ja, er hatte sich von ihrem Charme und ihrer einzigartigen Natürlichkeit sowie ihrer umwerfenden Schönheit in den Bann ziehen lassen, und er hatte die zwei Nächte mit ihr sehr genossen, aber wenn er jetzt zurückdachte, so fühlte er etwas Seltsames, dass ihm zwar irgendwie bekannt vorkam, doch er vermochte nicht es richtig zu erfassen, weil es einfach nur so diffus im Raum schwebte. Oder schwebte es in seinem Inneren? Er wusste es einfach nicht.
Er schüttelte sich kurz und kuschelte sich wieder unter die warme Zudecke. Er legte seine Hand auf Rons Bauch und genoss das Gefühl einfach in Ruhe hier mit ihm nackt unter einer Decke zu liegen. Und obwohl Ron tief und fest schlief, konnte er die Erregung spüren, die von ihren Körpern ausging, denn offenbar hatten die ihre eigene Sprache, wenn sie sich im Energiefeld des anderen befanden. Yanko hatte das

Gefühl, dass seine Hand auf Rons Bauch der unmittelbare Zugang zu ihm war. Er zog Ron ganz eng zu sich und spürte die Wärme seines Körpers, die ihn zwar erregte, aber auch endlich beruhigte und schließlich einschlafen ließ.

Doch nach einiger Zeit, stieg ihm der Geruch von Marias Haut immer öfter in die Nase, auch wenn er überhaupt nicht bewusst an sie dachte. Wie war das möglich? Er liebte sie nicht, dessen war er sich ziemlich sicher. Warum dachte er dann so oft an sie? Weil sie so ungemein hübsch war? Weil sie so einfühlsam gewesen war? Weil sie ihm so weise erschienen war? Nein, er begehrte sie, weil sie eine Romafrau war, und als ihm das klar wurde, hätte er den Gedanken am liebsten aus seinem Gehirn verbannt. So ein Quatsch, dachte er. Was soll das? Sie ist eine Frau, wie jede andere auch. Und er fragte sich zudem noch kopfschüttelnd, wo da denn jetzt bitteschön der Unterschied sein sollte.

Yanko saß nachts auf der Treppe seines Wohnwagens, und es war alles andere als gemütlich da draußen. Mittlerweile waren sie in Detroit angekommen, doch der Winter hier war genauso klirrend kalt, wie der im letzten Monat in Chicago. Es war schon nach eins als Ron den Caféwagen abschloss und Yanko schon fast zitternd vor Kälte auf der Treppe sitzen sah. Er zündete zwei Zigaretten an und quetschte sich ungefragt neben Yanko auf die Stufen. Yanko rückte etwas zur Seite und nahm die Zigarette und zog an ihr.
„Ron... Bin ich für dich ein Zigeuner?“, fragte Yanko plötzlich in die nächtliche Stille. „Was? Wie meinst du das?“, fragte Ron überrascht. „Naja... Was bin ich denn?“, fragte Yanko unbeholfen, denn er wusste gar nicht, wie er die Frage genau formulieren sollte, die ihn eigentlich beschäftigte. „Was du bist? Du bist ein verdammter, griechischer Zigeuner! Das bist

du!“, sagte Ron und lachte dabei laut auf und klopfte Yanko freundschaftlich auf den Rücken. Ron hatte einen ziemlich anstrengenden Arbeitstag hinter sich und mit Roger schon einige Biere getrunken. Ihm war momentan überhaupt nicht nach schwermütigen Gesprächen, und so bekam er erst einmal gar nicht mit, dass Yanko die Frage ernst gemeint hatte.
„Ron... Sorry... aber... Was bedeutet es für dich, dass ich ein Zigeuner bin?“, fragte Yanko dann nochmals in die kalte Winternacht und sehnte sich plötzlich tierisch nach Marias Wärme und dem Licht der Ägäis. Was machte er hier überhaupt? Warum quälte er sich mit dem kalten Winter herum, wenn er auf Mykonos das Paradies hätte? Aber hätte er das dort wirklich? Und doch liebte er auch den Winter. Er liebte die kalte, klare Luft, und er liebte die Stille, die der Schnee mit sich brachte. Wartete auf Mykonos wirklich das Paradies auf ihn? Sollte er Ron von Maria erzählen? War es das wirklich wert? Warum dachte er nur so oft an sie? War es vielleicht, weil er von ihrem Haus aus Delos sehen konnte? Seine Gedanken überschlugen sich fast.
Ron sah ihn an und wurde mit einem Schlag etwas nüchterner. „Yanko, für mich bist du einfach du... Und mir ist es egal, ob du ein Zigeuner, oder Indianer, oder sonst was bist! Für mich bist du Yanko, und ich liebe dich!“ Yanko seufzte und lehnte sich an Ron. Es war eine sehr seltene Geste von ihm, und Ron spürte plötzlich, dass es Yanko wichtig zu sein schien eine Antwort zu bekommen. „Hey... Was ist los mit dir? Hm? Ich kenne keine anderen Gypsies außer euch. Was soll ich sagen?... Was geht in dir vor?“ Ron legte einen Arm um Yanko, und mit der anderen fuhr er ihm liebevoll durchs Haar. „Ich weiß den Unterschied nicht zwischen Zigeuner und Nicht-Zigeuner! Ich meine... Und ich weiß selbst nicht, wie ich dazu stehe... Ich fühle nichts... Ich fühle dazu keinen Unterschied zwischen mir und dir, oder Mykee, oder Roger, oder

irgendwelchen anderen Leuten!" „Wirklich nicht?", fragte Ron und wusste gar nicht, wieso er das eben gefragt hatte. „Ich fühle mich nicht als Zigeuner, oder als Gypsy, oder Roma... Was für ein Gefühl soll das denn sein?... Und als Grieche fühle ich mich auch nicht... Naja manchmal schon irgendwie, aber nur wenn ich in Griechenland bin, und trotzdem fühle ich mich auch dort fremd... In Deutschland war es ähnlich... Ich war da zwar nicht so lange, aber doch ziemlich intensive Jahre, aber auch da war ich fremd... Und hier?.. Sag's mir Ron! Bin ich jetzt Amerikaner? Bin ich hier zu Hause?"
Ron zog Yanko instinktiv ganz fest an sich. Er wusste darauf keine Antwort. Stattdessen streichelte er Yanko über den Kopf und zog ihn dann wortlos mit in den Wohnwagen, wo er dann schon fast zähneklappernd sich und Yanko auszog. Sie schlüpften schnell unter das große Fell, das Yanko einst von Gefleckter Wolf geschenkt bekommen hatte. Als Ron einigermaßen wieder warm war, flüsterte er Yanko ins Ohr, der sich, als ob es ihre letzte gemeinsame Nacht wäre, an Ron klammerte. „Yanko... Hör mal... Ich kann dir darauf keine Antwort geben! Du bist so, wie du bist, ob Roma oder nicht. Ich kann dazu nichts sagen!" Yanko nickte nur stumm und dann ließen sie ihrem Begehren freien Lauf. Yanko schmiss seine Grübelei über Bord und tauchte voll in Rons Energie ein, um endlich den nagenden Gedanken an Maria loszuwerden.
Kurz vor der Morgendämmerung wachte Yanko auf, weil ihm regelrecht schlecht war. Kurz dachte er schon, er müsse sich übergeben. Er hatte von Maria geträumt, und in diesem Moment wurde ihm schlagartig klar, dass er sie zutiefst vermisste, und er hatte plötzlich das Gefühl keine Sekunde mehr verlieren zu dürfen. Er wollte zu ihr und zwar so schnell wie möglich. Plötzlich erfüllten ihn eine Gewissheit und Zuversicht, die er schon lange nicht mehr gespürt hatte.

Er musste zu ihr.
Ohne den wahren Grund zu erwähnen, schaffte es Yanko Keith davon zu überzeugen, dass er jetzt unbedingt sofort nach Griechenland fliegen musste. Keith konnte es zwar nicht ganz nachvollziehen, hatte aber das deutliche Gefühl, dass es Yanko wirklich wichtig war. Daraufhin verteilten sie Yankos Arbeiten, und so konnte Yanko innerhalb von einer Woche seine Sachen packen.

Die Treppen durch das Dorf raste er hinauf, und als er an ihrem Häuschen ankam, war er total außer Atem. Kurz ließ er seinen Blick über das glitzernde Meer gleiten und sog dabei die frische Brise tief in seine Lungen. War es doch so, dass er sich hier zu Hause fühlte? Am Horizont sah er die Umrisse seiner Geburtsinsel, und es erfüllte ihn eine langersehnte Ruhe. Als er wieder zu Atem gekommen war, klopfte er an Marias Haustür, doch sie war offensichtlich nicht daheim. So beschloss er seine Sachen erst einmal hinters Haus zu stellen und einkaufen zu gehen.
Nachdem er vom Einkaufen zurück war, klopfte er noch einmal, doch es machte ihm wieder niemand auf. Yanko überlegte, dann gab er sich einen Ruck und ging über die Terrasse durch die Hintertür ins Haus hinein und fing an zu kochen. Er hatte tierisch Hunger, und er dachte sich, dass Maria sich bestimmt auch über ein fertiges Essen freuen würde, wenn sie zurückkäme. Selbst wenn sie nichts mehr von ihm wissen wollte, so war er sich sicher, dass sie es ok finden würde, dass er einfach so in ihr Haus eingedrungen war und sich in ihrer Küche zu schaffen machte.
Als erstes kam jedoch nicht Maria, sondern ihre zwei Jungs Dimitri und Nikos nach Hause, und sie staunten nicht schlecht, als sie Yanko in der Küche erblickten. Doch sie nahmen es leicht. Kein Wunder, denn sie waren es gewohnt, dass bei ihnen ständig Leute ein und aus gingen. Sie begrüßten sich fast so, als wäre es ganz normal, dass Yanko bei ihnen war, und sie sagten ihm, dass Maria heute in aller Früh nach Athen geflogen sei, aber sicher bald wieder zurück sein würde. Yanko deckte den Tisch auf der Terrasse und aß mit den beiden Jungs zu Abend. Dabei erzählten sie sich alles Mögliche und hatten viel Spaß dabei.

Später nahm er noch eine Flasche Wein mit auf die Terrasse und setzte sich auf die kleine Mauer, von der aus man einen wunderschönen Blick über die ganze Bucht und vor allem auf Delos hatte, und wartete auf Maria.
Maria fiel natürlich aus allen Wolken, als sie nach Hause kam und Yanko draußen auf der Mauer sitzen sah. Ihr Herz machte einen Freudensprung, und sie schmiss ihre Tasche in die Ecke und trat hinaus auf die Terrasse. Als Yanko sie bemerkte, drehte er sich zu ihr um. Sie sah umwerfend aus in ihrem hautengen Kleid, und er musste kurz schlucken, um seine Stimme wiederzufinden. „Sorry, dass ich hier einfach so reingeplatzt bin, aber du warst nicht da, und die Jungs und ich hatten Hunger!" Maria musste lächeln, dann ging sie auf Yanko zu und nahm seine Hand. „Du kommst und gehst, wie der Wind! Eigentlich solltest du Balval heißen!", schmunzelte sie.
Yanko stand auf und umarmte sie einfach. Es war ihm egal, ob sie in der Zwischenzeit jemand anderen hatte, was er durchaus verstehen würde und eigentlich fast erwartete. Sie hielten sich lange in den Armen und freuten sich sehr, den anderen wiederzusehen. „Was machst du hier? Wieso hast du mich nicht vorher angerufen? Dann hätte ich mich darauf freuen können!", flüsterte sie ihm ins Ohr. „Ich hatte Angst, du würdest Nein sagen!", gab Yanko zu und sah ihr in ihre wunderschönen, fast schwarzen Augen. Er strich ihr eine Haarsträhne aus dem Gesicht und küsste sie. Sie erwiderte den Kuss heiß und innig, und dann zog sie ihn schnell mit ins Schlafzimmer, bevor er es sich wieder anders überlegen, und so schnell wie er gekommen war wieder verschwinden würde. Der Wind war schließlich unberechenbar, und sie wollte die Gelegenheit nicht verpassen, dass er heute bei ihr offensichtlich eine Ruhepause einlegen wollte.

Yanko lebte nun so richtig auf. Er genoss das Leben hier in Griechenland in vollen Zügen. Dieses Mal konnte er es. Das letzte Mal, war er noch so mit sich und der Aufstellung beschäftigt gewesen, dass er die ganze Schönheit, die es hier gab, gar nicht richtig wahrgenommen hatte. Und vor allem Maria. Er fragte sich ernsthaft, wieso er sie eigentlich vergessen wollte, und wieso er ohne sie zurückgeflogen war, und wieso er überhaupt ohne sie sein wollte. Er fühlte sich so stark und voller Lebenskraft, wie er es seit Fam nicht mehr erlebt hatte.
Jeden Tag ging er zum Meer hinunter und schwamm und tauchte, bis er fror. Das Wasser war jetzt im März noch nicht besonders warm, aber das war ihm egal. Er hatte das Gefühl, das salzige Wasser füllte einen unbekannten, leeren Tank in seinem Inneren wieder auf, und Maria tat das Übrige dazu.

Eine Woche später war er dann fest entschlossen, und er hatte das erste Mal seit Langem wieder das Gefühl etwas richtig zu machen. Er stieg aus dem Meer und kletterte den Berg zu ihrem Haus hinauf.
Maria hatte gerade geduscht und ihre langen, schwarzen Haare in ein Handtuch gewickelt. Dann band sie das große, bunte Batiktuch um ihren Körper. Heute würde sie es ihm sagen. Ihr Herz klopfte bis zum Hals, und sie spürte, dass sie etwas Angst hatte. Sie hatte Angst davor, dass ihre schöne, gemeinsame Zeit dann eventuell schlagartig zu Ende sein könnte. Sie kannte Yanko schon gut genug, um zu wissen, dass er manchmal unberechenbar war, und sie konnte absolut nicht einschätzen, wie er darauf reagieren würde. Sie hatten bis jetzt noch nie über eine gemeinsame Zukunft gesprochen, obwohl Maria immer wieder versucht hatte ihm klarzumachen, dass es ihm sicher besser gehen würde, wenn er sich mit seinesgleichen einließe und mit ihr zusammenbliebe. Doch er

hatte sie daraufhin immer nur lange angesehen, aber nie etwas dazu gesagt.
Gerade als sie sich ihr Kleid übergezogen hatte, und die nassen Haare auf ihren Rücken fielen, kam Yanko ins Zimmer. Er schloss die Tür leise und stand einfach nur da und sah sie an, dass ihr die Knie weich wurden.
Er hatte sich verändert seit er zurückgekommen war. Er schien mit dem Meer und der Landschaft völlig eins geworden zu sein. In seinen Augen konnte sie den Geruch des Meeres sehen und in seinem Gesicht den Wind riechen. Sie sah, dass er wieder lebte und war von seiner ungestümen Wildheit, die er seit kurzem ausstrahlte, total verzaubert. So hatte sie es sich immer erträumt. Einen gutaussehenden und liebevollen Mann, der sich seine Freiheit bewahrt hatte. Und sie konnte spüren, dass er die Verbindung zu seinen Romawurzeln wieder aufgenommen hatte. Vielleicht würde er ja auch bleiben, wenn sie es ihm gesagt hatte. Vielleicht würde er sich sogar darüber freuen. Sie wusste es nicht. Sie wusste nur, dass sie noch niemals zuvor jemanden so geliebt und begehrt hatte wie ihn. Und sie wollte ihn um keinen Preis verlieren. Aber hatte sie ihn denn überhaupt schon gewonnen? Er hatte ihr bis jetzt nichts dergleichen gesagt, und er hatte ihr auch nicht gesagt, dass er sie lieben würde. Alles was sie kannte, war seine Körpersprache und die Energie, die ihn umgab, und die Leidenschaft mit der er mit ihr schlief und seine Umarmungen und Küsse, die sie nicht mehr missen wollte. Bei ihm fühlte sie sich endlich geborgen und sicher.

Yanko wunderte sich selbst, aber auch hier, als er ihr direkt gegenüberstand, kamen keine Zweifel über seinen soeben im Meer gefassten Entschluss auf. Er fühlte sich klar und bereit. Langsam ging er auf Maria zu und nahm ihre Hände.

Sein Herz klopfte wie wahnsinnig und doch war er ganz ruhig. „Maria... Willst du meine Frau werden?“, fragte er sie dann einfach und wunderte sich erneut, dass es sich immer noch richtig anfühlte. Und er wunderte sich auch, dass er das soeben tatsächlich gesagt hatte.
Maria schluckte und glaubte erst gar nicht, was sie da gerade gehört hatte, mit Sicherheit hatte sie sich verhört. „Aber... aber... Du bist doch schon verheiratet!“, stotterte sie unbeholfen und ärgerte sich gleichzeitig darüber, dass sie nicht sofort Ja geschrien hatte. Yanko lächelte sie an und sagte: „Ja, ich weiß! Aber das ist nur auf dem Papier und nicht in meinem Herzen! Ich will dich auf Romaart heiraten!“ Marias Herz hüpfte vor Freude fast aus ihrer Brust, und sie schlang ihre Arme überglücklich um ihn und rief mindestens zwanzig Mal: „Ja, ich will!“ Sie umarmten sich lange und freuten sich sehr über die schöne Wendung in ihrem Leben. „Komm, das muss gefeiert werden!“, sagte Yanko nach einer Weile und rief nach Dimitri und Nikos.
Als sie dann später alle zusammen an dem großen Tisch im Freien auf der Terrasse saßen und fürstlich gegessen hatten, rückte Maria ihren Stuhl zurecht und räusperte sich. „Ähem... Ich muss euch auch noch etwas sagen!“, begann sie dann leicht zögernd, und alle schauten sie gespannt an. „Ich... Ich bin schwanger!“, sagte sie schließlich klar und deutlich und fühlte dabei wie sich ihr Herz zusammenzog. Sie wusste selbst nicht warum. Yanko wollte sie heiraten, es war doch alles gut. Sie sah erwartungsvoll in die Runde und blieb schließlich bei Yanko hängen.
Yanko lehnte sich im Stuhl zurück und musste erst einmal schlucken. Er sah, dass Maria offensichtlich Angst vor seiner Reaktion hatte, aber es dauerte einfach, bis er begann überhaupt etwas dazu zu fühlen. Die beiden Kinder hielten ebenfalls die Luft an, denn sie spürten natürlich die innere

Anspannung ihrer Mutter und Yankos Zögern. Yanko konnte es aber nicht verhindern, dass er zunächst innerlich zusammenzuckte. Es war ihm auch durchaus bewusst, dass das Kind ja auch von jemand anderem sein könnte. Und kurz wusste er nicht, was ihm lieber gewesen wäre. Er musste innerlich etwas nach Luft schnappen, denn erst sich heiratsmäßig zu verpflichten und dann gleich noch ein Kind dazu, das war etwas viel auf einmal. Er erwiderte Marias Blick und entspannte sich schließlich etwas. Eigentlich war es ja am besten so. Jetzt gab es kein Zurück mehr, und das Kind würde sie noch mehr verbinden, falls es von ihm wäre.
„Wow... Von wem?“, brachte Yanko dann schließlich heraus und merkte jetzt deutlich, dass er doch hoffte, dass es sein Kind wäre mit dem sie schwanger war. Maria musste plötzlich laut auflachen, denn mit so einer Frage hatte sie absolut nicht gerechnet, obwohl sie ja eigentlich berechtigt war. Immerhin war Yanko damals nur zwei Nächte mit ihr zusammengewesen. Doch sie wusste ganz genau, dass das Kind nur von ihm sein konnte. Es war schon eine ganze Weile her gewesen, dass sie sich auf einen Mann eingelassen hatte.
„Von dir natürlich! Von wem denn sonst?“, sagte sie und legte dabei eine Hand auf seinen Arm. Yanko atmete erleichtert auf und freute sich dann plötzlich tierisch. Er sprang auf und hob Maria hoch und drehte sich ein paar Mal mit ihr im Kreis herum und rief dabei: „Das ist großartig!“ Marias Söhne jubelten erleichtert auf und liefen sofort los, um ihren Kumpels zu berichten, dass sie bald ein Geschwisterchen bekommen würden.
Zur Hochzeit luden sie dann alle Roma und Griechen ein, die sie kannten, und die sie auf die Schnelle auftreiben konnten und feierten eine Woche später, zwei Tage lang ausgiebig ihre Hochzeit mit viel Essen, Trinken, Musik und Tanz.

Der April brachte die Wärme, die Touristen und Ron.
Und als Yanko nach Hause kam, saß er mit Maria zusammen auf der Terrasse und trank Kaffee. Yanko blieb zunächst, wie erstarrt im Türrahmen stehen und wünschte sich, er könnte sich auf der Stelle unsichtbar machen. Was zum Teufel wollte Ron jetzt hier? Das passte alles überhaupt nicht zusammen. Das Meer, die Insel, Maria, die Roma, das Kind und jetzt sein schwuler Freund dabei. Du kommst mit nichts davon, war das Erste was Yanko sofort durch den Kopf schoss, und er sah dabei Black Wolf breit vor sich hin grinsen, als er das schon mal zu ihm gesagt hatte

Yanko seufzte, fuhr sich durch die Haare und trat hinaus auf die Terrasse. An Rons Reaktion konnte er sehen, dass Maria ihm wohl alles erzählt hatte, was er noch nicht wusste, und das war offenbar zu viel gewesen. Ron stand auf und sagte noch im Hinausgehen: „Du hättest ja mal was sagen können!" Und noch bevor Yanko dazu antworten konnte, hatte Ron die Haustür hinter sich zugezogen. Maria sah Yanko vorwurfsvoll an. „Woher soll ich denn wissen, dass er auf einmal hier auftaucht? Ich hätte es ihm ja gesagt! Shit, verdammter!", rief Yanko entschuldigend und rannte Ron hinterher.

Er erreichte ihn am Fuß der Treppen und fasste ihn am Arm. „Ron, jetzt warte doch mal!", bat Yanko und hatte alle Mühe ihn festzuhalten. Ron war stinksauer und wollte nur noch schnell hier weg. „Lass mich sofort los!", rief er aufgebracht. „Ron, bitte beruhige dich! Ich hätte es dir ja gesagt, aber ich wollte es dir lieber direkt erzählen!", sagte Yanko und spürte, dass das nicht ganz die Wahrheit war, denn er hatte sich bis jetzt noch gar nicht überlegt, wann und vor allem wie er all das Ron beibringen wollte. Ron fuhr herum und fauchte: „Ja? So, wann denn? Das hättest du mir schon sagen können, nachdem

du Ende Dezember von Griechenland zurückgekommen warst!“
Links und rechts öffneten sich Fenster und Türen, denn ein paar Nachbarn wollten doch zu gerne wissen, wer sich da so lauthals in der Wolle hatte.
Yanko packte Ron fester am Arm und zog ihn ein Stückchen aus dem Dorf hinaus. Widerwillig folgte er ihm. Sie setzten sich auf einen der Felsen am Rand der Klippen. „Ich kann es einfach nicht fassen! Du verliebst dich und hast anscheinend so eine große Sehnsucht, dass du Himmel und Hölle in Bewegung setzt, um während der Tour hierher zu fliegen, und dann heiratest du auch noch und bekommst mit ihr ein Kind und sagst mir kein Wort davon! Kein beschissenes Wort!!! Verdammt, Yanko!!! Wie soll ich das finden? Hmm? Soll ich mich jetzt auch noch für dich freuen, oder was? Maria ist aus allen Wolken gefallen, als sie gemerkt hat, dass ich, als dein anscheinend bester Freund nicht den leisesten Schimmer davon hatte. Immerhin wusste sie, dass ich überhaupt existiere! Das ist ja schon mal was!“, fluchte Ron vor sich hin und hatte das Gefühl jemand würde sein Herz genussvoll in Stücke schneiden. Yanko heiratete, nach alldem was er durchgemacht hatte und sagte ihm nichts davon. Das verletzte ihn am allermeisten.
„Es ging alles so schnell! Ich weiß, ich hätte es dir sagen sollen, aber als ich losgeflogen bin, wusste ich noch nicht, dass wir heiraten werden, und von dem Kind wusste ich bis dahin auch nichts! Wie hast du mich denn überhaupt gefunden?“, versuchte Yanko die Spannung etwas zu entschärfen.
Ron sah ihn an und hätte ihm am liebsten eine runtergehauen. Warum tat er ihm bloß immer so weh? Er holte tief Luft. „Keith hat mir gesagt, dass du nach Griechenland wolltest. Dann habe ich im PC nachgesehen und die Reservierung für deinen Flug gefunden. Keith hat mir dann noch den Tipp

gegeben in MILOS TAVERNE nach dir zu fragen... War ganz einfach!", murmelte Ron und hätte sich jetzt am liebsten einfach nur betrunken.
Langsam wurde es dunkel. „Ron... Bitte... Komm wieder mit! Du kannst gerne bei uns schlafen! Bitte... Ich habe nicht gewusst, dass du kommst! Verdammt! Ron, komm jetzt! Lass uns was trinken, und dann reden wir, ok?" Ron ärgerte sich darüber, dass er schon fast dabei war, aufzustehen und sich Yankos Angebot anzuschließen. Konnte er nicht einmal länger wütend auf ihn sein und konsequent etwas durchziehen? Stattdessen seufzte er aufgebend und stand schließlich auf. Wann wollte Yanko schon mal freiwillig reden? Er konnte ja quasi gar nicht anders als mitgehen.
Ron klopfte sich den Staub aus der Hose, und Yanko sah ihm dabei zu und musste unwillkürlich schmunzeln. Er freute sich plötzlich so sehr Ron zu sehen, dass er vergaß, dass Ron stinksauer auf ihn war. Er zog Ron mit beiden Händen zu sich und umarmte ihn einfach. „Schön, dass du da bist!", raunte er Ron ins Ohr und strubbelte ihm durch seine Haare. Ron murrte etwas Unverständliches vor sich hin und schubste Yanko ein wenig von sich weg. Aber dann konnte auch er ein leichtes Schmunzeln nicht mehr unterdrücken. „Du bist und bleibst ein verfluchter, sturer Esel!", sagte er Yanko mitten ins Gesicht. Dann nahmen sie beide den Kopf des anderen in ihre Hände und küssten sich. Ron liefen dabei ein paar Tränen die Wangen herunter, aber das störte ihn nicht, denn eigentlich hätte er noch dazu schreien wollen.
Er hatte sich ernsthafte Sorgen um Yanko gemacht, nachdem er ein paar Mal vergeblich versucht hatte ihn anzurufen, und er auch auf seine E-mails hin nicht reagiert hatte. Er hatte schon befürchtet Yanko hier irgendwo besoffen in der Gosse zu finden. Stattdessen fand er einen freudestrahlenden, gutgelaunten und braungebrannten Yanko vor, der in keiner

Weise den Eindruck eines hilfsbedürftigen Menschen machte. Eigentlich hätte er sich ja darüber freuen sollen, denn er hatte Yanko seit Fams Tod nicht mehr in solch einer guten Verfassung erlebt. Doch er fühlte sich momentan einfach nicht in der Lage dazu.
Yanko schien das allerdings gar nichts auszumachen. Er versuchte Ron aufzumuntern und erzählte ihm einen Witz nach dem anderen, die er von Marias Jungs in den letzten Wochen gelernt hatte. Und nach einiger Zeit schaffte er es dann damit Ron doch wieder zum Lachen zu bringen. Es half einfach nichts, wenn er so drauf war, war er einfach zu unwiderstehlich, und Ron entspannte sich wieder zusehends.
Mit Maria freundete er sich schnell an und fand in ihr eine ausgezeichnete Gesprächspartnerin. Maria schloss Ron auch sofort in ihr Herz, und ihr Vorschlag, dass er der Patenonkel von ihrem ersten gemeinsamen Kind werden sollte, freute Ron ungemein, und auch Yanko war sofort damit einverstanden.

Nach ein paar Tagen beschloss Maria, dass die beiden Männer sich mal eine Zeit unter Freunden gönnen sollten. Sie würde in diesen Tagen mit ihren Kindern zu ihrer Freundin nach Athen fliegen und dabei die Gelegenheit nutzen ein paar ihrer selbstgemalten Bilder in verschiedenen Galerien vorzustellen.
Kaum saßen Maria und die Jungs im Flieger, raste Yanko ins Haus zurück und schloss die Tür hinter sich ab. Ron saß draußen auf der Terrasse auf der Mauer und erwartete ihn schon sehnsüchtig, obwohl er gar nicht sicher war, ob Yanko überhaupt noch Lust auf ihn hatte, geschweige denn, nachdem er ja jetzt mit Maria so glücklich war, überhaupt noch mit einem Mann schlafen wollte. Wahrscheinlich wäre das ja auch besser so. Offensichtlich hatte Yanko nach so langer Zeit endlich jemanden gefunden, mit dem er zusammenleben

wollte. Was sollte er also jetzt noch mit ihm? Das würde alles nur wieder kompliziert machen. Eigentlich sollte er froh sein, dass das Chaos mit Yanko nun offenbar ein Ende gefunden hatte, und dass alles wieder in geordneten Bahnen lief. Und überhaupt, was wollte er mehr? Er war als Patenonkel auserkoren worden und somit immer mit Yankos Kind, und somit auch mit ihm verbunden, wenn auch nicht ganz so, wie es sein Herz und sein Körper eigentlich begehrten.
Yanko hatte Maria bis jetzt noch nichts darüber erzählt, dass er auch auf Männer stand und eigentlich auch mit Ron zusammen war. Er wollte erst einmal selbst sehen, was es mit ihm machen würde, wenn Ron ständig um sie herum wäre. Vielleicht würde sich ja sein Verlangen nach ihm von selbst auflösen, jetzt wo er sich so auf Maria eingelassen hatte und sich rundum damit wohlfühlte. Aber schon bei der ersten Umarmung hier auf der Insel, hätte er ihm am liebsten die Hose heruntergezerrt. In der ersten Zeit, als Ron dann doch geblieben war, ging es noch ganz gut, denn Maria war ständig zu Hause gewesen und hatte ihnen unbewusst gar keine Gelegenheit dazu gegeben sich allein zu sehen, und Yanko hatte es auch tunlichst vermieden, dass es so weit gekommen wäre. Doch er spürte immer mehr, dass die Anziehung zu Ron keineswegs einfach so verschwunden war. Es war eher so, dass beides nebeneinander herlief und sich irgendwie überhaupt nicht zu tangieren schien.
Besonders deutlich hatte er das zu spüren bekommen, als er eines Abends vom Einkaufen zurückgekommen war und Maria und Ron zusammen auf der Terrasse hatte sitzen sehen. Die Sehnsucht nach Ron, die ihn plötzlich wie aus heiterem Himmel überfallen hatte, erschreckte ihn so, dass er erst einmal in die Küche gegangen war und die Sachen wegräumte, die er eingekauft hatte. Er hatte auf einmal das Gefühl gehabt, Ron würde ganz dicht hinter ihm stehen, und plötzlich hatte

er sogar seine Körperwärme spüren können. Daraufhin hatte er ein paar Schlucke von dem kühlen Wein getrunken, doch sein Körper wollte sich dadurch überhaupt nicht abkühlen lassen. Das Verlangen nach Ron und mit ihm zu schlafen, hatte er auf einmal nicht mehr unter Kontrolle gebracht. Und auf die Schnelle hatte er sich dann nicht anders zu helfen gewusst, als im Bad sich schnell einen runterzuholen. Danach war er mit der Flasche Wein auf die Terrasse gegangen und hatte sich neben die beiden in den Sessel fallen lassen. Ron hatte ihn angesehen, und Yanko hätte sich am liebsten auf ihn gestürzt. Er hatte sich aber beherrschen können, jedoch die Flasche Wein dabei ziemlich schnell ausgetrunken.

Ohne ein Wort zu sprechen, und ohne auf Rons Reaktion zu warten, ging Yanko auf seinen alten Freund zu. Ron stand auf, und sein Herz jagte in seiner Brust. Er sah Yanko an, dass er nicht zu ihm kam, um mit ihm zu plaudern. Nachdem Yanko bei Ron angekommen war, legte er seine Hände auf Rons Brust und begann langsam sein Hemd aufzuknöpfen. Ron war dann doch mehr als erleichtert über Yankos Vorgehen und zog ihn fest zu sich. Ron küsste ihn, und schließlich ließen sie ihren Energien, die sie schon so lange kontrolliert hatten, freien Lauf.
„Ich werde übermorgen nach L.A. zurückfliegen!“, sagte Ron später und blies den Rauch hörbar aus. „Was? Wieso denn?“, fragte Yanko erstaunt. „Weil ich nicht zwischen euch stehen will. Du musst es ihr erst sagen! Und ich will nicht dabei sein!“, stellte Ron klar und war fest entschlossen, das genau so zu tun. Yanko drückte seine Zigarette aus und legte einen Arm um Ron. „Ok, wenn du es so willst. Ich hätte es ihr ja eh bald sagen müssen.“ „Hmm... Hoffentlich ist es nicht zu spät! Vielleicht hättest du es ihr vor eurer Hochzeit sagen sollen?!“, raunte Ron und konnte sich einfach nicht an ihm sattsehen.

Sollte er es ihr sagen, wann und wo auch immer er wollte, den letzten gemeinsamen Tag wollte er jedenfalls jetzt nicht mit Reden verplempern. So zog er Yanko zu sich und fuhr mit seiner Hand direkt dorthin, wo sie offenbar schon wieder sehnsüchtig erwartet wurde.

Die Luft an diesem Tag war leicht verschleiert, und die Sonne hatte Mühe sich durch die Schlieren zu kämpfen. Yanko schwitzte und kämpfte mit dem zermürbenden Gefühl in seiner Brust, dass sich schlagartig bemerkbar gemacht hatte, als Ron in den Flieger gestiegen war.
Er konnte Ron immer noch deutlich in sich spüren, als er kurz darauf Maria und ihre Kinder aus einem anderen Flugzeug aussteigen sah. Als sie ihn dann umarmte und ihren zarten, schlanken Körper an seinen drückte, verflüchtigte sich das schlechte Gefühl in seinem Herzen ein wenig, und er freute sich, dass sie wieder zurück war.
„Wo ist Ron?“, fragte Maria, nachdem sie zu Hause angekommen waren, und sie gesehen hatte, dass sein Zimmer leergeräumt war. „Er musste zurück nach L.A..“, antwortete Yanko knapp, und das beklemmende Ziehen in seinem Oberkörper war schlagartig wieder da. Er sollte es ihr jetzt sagen, sie musste es wissen. Es war einfach zu wichtig. Doch er brauchte noch ein paar weitere Tage dazu.
Es war in der Küche, als sie zusammen das Abendessen zubereiteten und Yankos Handy klingelte. Es war Ron. Yanko wischte sich die Finger an der Hose ab und stürzte mit dem Handy in der Hand so schnell auf die Terrasse hinaus, dass er beim Hinausrennen mit der anderen Hand an der Weinflasche, die auf der Anrichte stand, hängen blieb und sie zu Boden riss. Doch als die Flasche zerbrach, war er schon fast draußen.
„Hey Ron! Wie geht's dir?“ fragte Yanko begierig darauf endlich seine Stimme wieder zu hören. „Hey Yanko! Alles ok soweit! Und du?“, erwiderte Ron und wollte eigentlich noch fragen, warum nicht er mal zur Abwechslung anrufen könnte. Yanko zündete sich eine Zigarette an und setzte sich auf die Mauer mit dem Blick zur Tür. „Ja... Gut, danke... Ron... Wir fliegen nächste Woche nach Sheddy. Maria und die Jungs

gehen im September mit auf Tour... Kommst du auch?" „Hast du es ihr gesagt?", war das Einzige, was Yanko darauf zu hören bekam. „Nein..." „Was??? Nein???..." „Ron... Hör doch mal..." „Ich höre sehr gut!", unterbrach ihn Ron vehement. „Ich werde nicht kommen, solange du es ihr nicht gesagt hast, und wir wissen, was sie dazu denkt und fühlt! Herrgott nochmal, Yanko!" „Mann, so beruhige dich doch! Ich will es ihr ja sagen, aber es gab eben noch nicht die passenden Gelegenheit..." „Blabla... Warum?" „Ich will sie nicht verlieren...", gab Yanko dann etwas zerknirscht zu und spürte plötzlich, dass das tatsächlich der Grund war.
In diesem Moment kam Maria hinaus auf die Terrasse und schob Yanko ein soeben fertig gerolltes Weinblatt in den Mund. „Wer ist das?", flüsterte sie, und sie spürte das Yanko leicht nervös war. Er raunte ihr zu, dass er es ihr gleich erzählen würde. Sie drehte sich wieder um und ging ins Haus zurück.
Yanko drückte die Zigarette mit seinem Schuh aus. „Willst du das mit uns überhaupt noch?", hörte Yanko Ron resigniert fragen. Yanko drehte sich zum Meer hin und ließ seinen Blick über das wunderschön leuchtende Wasser gleiten und wünschte sich, dass er Ron nicht lieben würde. „Ich liebe dich!", sagte er stattdessen und fühlte wieder die tonnenschwere Last auf seiner Brust, die es ihm schwer machte richtig Luft zu bekommen, und er musste sein Hemd öffnen. „Yanko? Bist du noch dran?" „Ja... Ja... Ich bin noch dran... Ich weiß, ich muss es ihr sagen... Und ich werde das nachher noch tun!" Yanko lief der Schweiß den Rücken hinunter. „Ron... Ich ruf dich an, ok? Ich muss jetzt Schluss machen!", sagte er noch. „Ok! Na dann, bis bald!" „Ja... Bis bald! Ich umarme dich so fest, dass du es morgen noch spürst!", flüsterte Yanko und merkte erst, als es schmerzte, dass sich die Finger seiner linken Hand in seine Rippen

bohrten. „Ich dich auch!“, hörte er Ron noch, bevor er das Gespräch beendete. Dann saß er noch eine ganze Weile auf der warmen Mauer, bis sich sein Puls wieder etwas beruhigt hatte. Schließlich stand er auf und ging zu Maria in die Küche.

„Wer war das denn? Und warum bist du so nervös?“, wollte sie gleich wissen und ließ ihm somit keine andere Wahl. „Das war Ron.“, antwortete Yanko ihr wahrheitsgemäß, nahm dabei die Kehrschaufel in die Hand und kniete sich auf den Boden, um die Reste der zerbrochenen Weinflasche aufzukehren. Maria schaute ihm dabei zu, und es entging ihr nicht, dass seine Hände zitterten. Sie kniete sich zu ihm und nahm ihm die Schaufel aus der Hand. Sie sah ihm in die Augen. „Was ist los? Was ist mit Ron?“ Yanko stand auf und nahm erst einmal einen großen Schluck aus der Vodkaflasche, die er rasch aus dem Kühlschrank gezerrt hatte.
Maria gefiel seine Trinkerei in letzter Zeit überhaupt nicht, obwohl er bis jetzt noch nie ausfällig geworden, oder besonders stark betrunken gewesen war. Er hatte ihr zwar von Anfang an von seinen Alkoholproblemen erzählt und ihr versprochen sich darum zu kümmern, und trotzdem machte sie sich Sorgen, und besonders dann, wenn er am ganzen Körper anfing zu zittern.
Yanko setzte sich an den Tisch und bat sie darum sich auch zu setzen. Mit einer Hand hielt er die Vodkaflasche und mit der anderen Marias Hand. Er wäre am liebsten auf und davon gerannt, und innerlich war er schon auf der Flucht. Wenn sie ihn deswegen verlassen würde, dann würde er nie wieder mit einer Frau etwas anfangen. Er holte tief Luft.
„Maria... Ich... Es fällt mir echt nicht leicht dir das zu sagen, und ich hätte es dir schon viel viel früher sagen müssen...“, begann Yanko, und sein Herz raste dabei wie verrückt. Er hatte plötzlich regelrechte Panikattacken. „Was denn,

Liebster? Was denn nur?“ Maria spürte seine Angst und konnte sich beim besten Willen nicht vorstellen, was ihm so zu schaffen machte.
„Ich... Also Ron und ich... Wir lieben uns... und... wir schlafen miteinander...“ Marias Mund blieb eine ganze Weile offen stehen, und sie rang sichtlich mit ihrer Fassung, denn wenn sie überhaupt mit etwas gerechnet hatte, dann mit allem nur nicht mit so etwas. „Es tut mir leid, Maria... Ich wollte dir bestimmt nicht wehtun!“
„Was? Wie? Ron und du?“, waren die ersten Worte, die sie wieder herausbrachte. Yanko ließ ihre Hand nicht los, auch nicht, als sie sie in ihrem ersten Reflex hatte wegziehen wollte. Er fixierte sie mit seinem Blick und flehte innerlich, sie möge sitzen bleiben und ihm verzeihen. Maria hielt seinem Blick nach einer Weile stand, und so saßen sie einige Minuten da und sahen sich einfach nur an.
Dann erzählte Yanko ihr die ganze Geschichte von Anfang bis heute, und bemühte sich darum nichts auszulassen. Als er geendet hatte, war es draußen schon dunkel geworden, und die Vodkaflasche leer. Maria nahm anschließend noch seine andere Hand und zog ihn dann wortlos mit ins Schlafzimmer, wo sie das Licht gar nicht erst anknipste. Sie zog ihm das Hemd aus und begann ihn zärtlich zu streicheln. Sie konnte nicht sehen, dass Yanko vor Erleichterung ein paar Tränen herunterliefen. Sie tropften in ihr dichtes Haar und versickerten dort.

Am nächsten Morgen sagte sie ihm nur, dass es für sie nichts ändern würde, denn sie hätte ihn so kennengelernt, auch wenn sie davon nichts gewusst habe. Ron sei ja damals schon ein Teil von ihm gewesen, und sie wolle niemand anderen an ihrer Seite haben, auch wenn sie ihn ab und zu mit einem Mann teilen müsste, und mit Ron sei das kein Problem für sie.

Obwohl Maria sich schon etwas über ihre Empfindungen wunderte, war sie sich ziemlich sicher, dass sie damit gut zurechtkommen würde.

Yanko liebte es wenn die Wiesen in den Bergen von Colorado anfingen zu blühen, und als er zusammen mit Maria und ihren Söhnen in Sheddy ankam, standen die Wiesen in vollster Pracht. Er konnte es kaum abwarten seinen Pinto zu holen und mit ihm über die Wiesen zu preschen.
Ungeduldig ließ er das Familientreffen über sich ergehen, was ausnahmsweise auf den Mittag ihrer Ankunft vorverlegt worden war. Dann endlich konnte er gehen. Maria wollte noch etwas länger bei Keith und Mabel bleiben, und Keith versprach, sie später zu Yankos Blockhaus hochzufahren.
Yanko raste dann in seinem Pickup zur Zirkuswiese. Schon von weitem sah er den Pinto mit den anderen Pferden dort friedlich grasen. Als sein Pferd ihn erblickte, wieherte es ihm zur Begrüßung kräftig entgegen und kam sofort angetrabt. Yanko begrüßte seinen Kumpel, legte ihm gleich ein paar Zügel ans Halfter und schwang sich auf seinen Rücken. Er wollte nicht erst noch mit dem Hänger zu seinem Haus hinauffahren, er wollte reiten und zwar sofort. Es war ja auch vollkommen egal wo er ritt, er hatte ja den ganzen Tag Zeit.
Der Hengst schien auch große Lust zu haben endlich einmal wieder etwas anderes zu sehen, und noch ehe Yanko richtig gesessen hatte, galoppierte er los und seine lange Mähne wehte Yanko ins Gesicht. Er ließ ihn einfach rennen wohin er wollte. Sollte er sich nur richtig austoben. Yanko lehnte sich nach vorne und vergrub sein Gesicht in der dichten Mähne und sog den so vertrauten und wohltuenden Duft seines Pferdes tief in seine Lungen.
Als sie schließlich erschöpft und verschwitzt am Blockhaus ankamen, war es schon dämmrig geworden, und Maria stand oben auf der Veranda und winkte ihnen zu.
Er war zu Hause.

Ein paar Nächte später schlich sich Yanko leise ins Wohnzimmer und holte die Schachtel mit den Fotos, und auch das kleine, in Leder eingewickelte Bündel mit den Bildern von Fam hervor und setzte sich damit auf die Couch. Lange saß er da und schaute sich die Fotos in aller Ruhe an. Schließlich entdeckte er auf dem Boden der Schachtel sein schon lange vermisstes Lederbändchen mit dem Romarad wieder. Es war der Anhänger, den sein Vater ihm mal zu seinem zwölften Geburtstag geschenkt hatte. Eine Weile überlegte er, ob er es wieder tragen sollte, doch irgendwie konnte er sich nicht dazu durchringen. Er fühlte sich ohne Kette oder sonstigen Halsschmuck einfach freier. Doch er entschloss sich dem Romarad einen besonderen Platz zu geben und hängte das Lederband über den Kamin.
Gegen Morgen räumte er dann alle Bilder wieder an ihren jeweiligen Platz zurück und legte das kleine Lederbündel mit in die Schachtel hinein.
Es ging ihm gut, und die Vergangenheit schien zu ruhen. Dann verstaute er die Schachtel wieder und legte sich zu seiner Gegenwart ins Bett.

Die Sommertour wurde dann ein einziges Vergnügen. Es war ihre dritte Tour, und alle Vorstellungen waren wiederum ausverkauft, und das Programm, sowie alle Artisten wurden erneut in den höchsten Tönen gelobt.
Dolores und Manuel waren nun auch endlich mitgekommen. Yankos zweiter Sohn hatte es schon seit Monaten kaum mehr erwarten können auch endlich dabei zu sein. Die Schuljahr war zu Ende und die Blumenhändlerin, bei der Dolores arbeitete, hatte eine Nachfolgerin für sie gefunden. Dolores begann sich um die Führungen in den Pausen der Nachmittagsvorstellungen zu kümmern. Auch wenn es ausschließlich nur Pferde im Zirkus gab, so war es doch für die Kinder immer wieder ein besonderes Vergnügen die Tiere von ganz nahem zu sehen, sie zu streicheln und auch reiten zu dürfen.
Manuel verkraftete es nach kurzem Zögern auch, dass Yanko seinen Carlito zum Kinderreiten verdonnert hatte. Es machte ihn schließlich sogar stolz, dass sein Pferd bei den fremden Kindern so beliebt war. Manuel begann vom ersten Tag an, seine schon im Kopf fix und fertig geplante Performance mit seinem Braunen einzuüben. Er hatte sich fest vorgenommen so schnell, wie nur irgend möglich in der Manege aufzutreten. Sein großes Vorbild war natürlich sein Papa, und er trainierte wann es nur ging und achtete sorgfältig darauf, dass Yanko nicht alles mitbekam. Er wollte ihn damit überraschen.

Mykee hatte die Trennung von seiner Frau so weit gut überwunden, obwohl sie sich nach ihrem überstürzten Aufbruch immer noch nicht bei ihm gemeldet hatte. Ein bisschen enttäuscht war er dann allerdings schon, als er Yanko und Maria das erste Mal zusammen sah. Insgeheim hatte er doch gehofft, dass Yanko sich in der Zwischenzeit von Ron getrennt hätte, um ganz mit ihm zusammensein zu können. Denn während der zweiten Tour hatten sie sich weiterhin einige Male getroffen und ziemlich heiße Momente miteinander verbracht. Mykee wusste von Maria genauso wenig wie Ron noch vor ein paar Wochen und dachte, Yanko wäre nach Griechenland geflogen um allein zu sein und über alles nachzudenken. Allerdings musste Mykee zähneknirschend zugeben, dass die beiden ein schönes Paar abgaben und offensichtlich auch sehr verliebt ineinander waren, und als er dann noch erfuhr, dass Yanko wieder Vater werden würde, konnte er sich dann doch uneingeschränkt für ihn freuen. Sein Liebeskummer verschwand allerdings erst völlig, als er nach einer Weile Dolores näher kennenlernte, und sein Interesse nicht nur einseitig war.

Yanko saß gerade rauchend vor seinem Wohnwagen und trank Bier aus einer Flasche, als Dolores zu ihm herüberkam und sich auf einen der freien Stühle setzte. Sie strahlte übers ganze Gesicht und sah Yanko schmunzelnd an. „Du... Ich muss mit dir reden!“, sagte sie. „Schieß los!“ forderte Yanko sie auf, und Dolores wurde etwas ernster. „Also... Ich... Ich habe mich verliebt... Und wir wollen zusammenleben!“, begann sie etwas zögerlich, denn irgendwie hatte sie ein bisschen Angst davor es ihm zu sagen, obwohl sie selbst nicht genau wusste warum. Vielleicht weil es immerhin Yanko gewesen war, der sie damals aus Mexico befreit, und sie obendrein noch geheiratet hatte, damit sie und ihr gemeinsamer Sohn in den USA bleiben konnten. Allerdings hatten sich ihre anfänglichen Hoffnungen, es könnte sich dieses Mal eine richtige Liebesbeziehung zwischen ihr und Yanko entwickeln, bald in Luft aufgelöst, und jetzt war sie richtig froh, dass sie nun endlich jemand anderen lieben konnte. Yanko hatte Maria, und sie bekamen ein Kind zusammen, und er schien damit

sehr zufrieden zu sein. Warum also sollte er irgendwie sauer auf sie sein? Sie schüttelte den Gedanken schnell wieder beiseite und besann sich auf ihr neues Glück.
Yanko staunte: „Wow... Lass mich raten... Mykee? Stimmt's?“ Dolores lächelte: „Ja, stimmt! Er ist einfach klasse, und Manuel versteht sich auch gut mit ihm!“ Yanko sah sie liebevoll an. „Das ist toll, echt!... Das ist wirklich super! Und jetzt?“ „Naja... Wir... Wir möchten gerne heiraten...“, seufzte sie erleichtert darüber, dass Yanko es so gut aufnahm und sich anscheinend sogar darüber freute. Vielleicht war er ja auch insgeheim froh, dass es so gekommen war, denn es wäre ja durchaus möglich, dass er und Maria auch richtig heiraten wollten.
Yanko hielt für einen Moment lang die Luft an. Er wunderte sich kurz darüber, dass er sich irgendwie nicht hundertprozentig darüber freuen konnte. Er schob das komische Gefühl aber schnell wieder beiseite. So war es doch eigentlich super, zwang er sich zu denken. Auf diese Weise war die Existenz von Dolores und seinem Sohn Manuel wenigstens auch emotional gesichert, und sie konnten ihre doch etwas unstimmige Verbindung endlich auflösen.
Er stand auf und nahm Dolores in den Arm. „Ich freue mich für euch!“ Sie sah ihn an und musste kurz durchatmen, um seinen Geruch, der ihr bei der Umarmung in die Nase gestiegen war, wieder loszuwerden. Auch wenn sie Mykee sehr liebte, konnte sie es nicht verhindern, dass ihre Knie weich wurden, wenn Yanko ihr zu nahe kam. Sie musste unwillkürlich lächeln und trat einen Schritt zurück, um Yanko besser in die Augen schauen zu können. Kurz fand sie es schade, dass Mykee nicht Yankos Augen hatte und es nicht umgekehrt gelaufen war. Doch Mykee war wenigstens immer da, und er war wirklich ein hinreißender Liebhaber und wunderbarer Freund.

„Hast du schon mit einem Anwalt gesprochen?“, fragte Yanko und riss sie damit zurück in die Realität. „Nein, bis jetzt noch nicht. Ich wollte das nicht einfach ohne dein Wissen tun.“, antwortete Dolores ihm und war froh, dass Yanko so klar blieb. Und Yanko versprach sich darum zu kümmern. Sie wollte ihm eigentlich noch etwas sagen, aber das hatte sie dann doch nicht mehr herausgebracht.

Abends, kurz nachdem er dann mit einem Anwalt aus Newly telefoniert hatte, kam das komische Gefühl wieder zurück und setzte sich hartnäckig in seiner Magengrube fest. Yanko konnte überhaupt nicht verstehen, warum er sich so merkwürdig fühlte. Er hatte sie nur geheiratet, damit sie hierbleiben konnte und wegen sonst gar nichts. Er mochte sie sehr, und er erinnerte sich sehr gerne an diesen einen Morgen in seinem Blockhaus, als sie ihn regelrecht verführt hatte, obwohl er sich an die Nacht vorher überhaupt nicht gerne erinnern mochte.
Damals hatte er sich willenlos betrunken, weil er nicht mehr gewusst hatte, wie er das mit Ron und Janina auf die Reihe bekommen sollte, und zudem hatte er Fam tierisch vermisst. Dann hatte er sich mit einem Messer die rechte Handfläche aufgeritzt. Dolores hatte ihn am nächsten Morgen auf dem Sofa gefunden. Er hatte das verabredete Frühstück mit ihr total vergessen gehabt. Mit dickem Kopf war er dann am Tisch gesessen, als sie ihm ihre Liebe gestanden hatte, und anschließend hatte er es nicht geschafft sich gegen ihren Liebreiz zu wehren. Es gab durchaus eine geraume Zeit danach, in der er sich tatsächlich überlegt hatte mit ihr zusammenzugehen, doch sein Herz wollte einfach nicht so richtig, und der letzte Kick dazu hatte einfach gefehlt.
Oder hatte er etwa wegen Mykee diese seltsame Gefühlsmischung? Dass die beiden heiraten wollten, bedeutete

ja mit Sicherheit, dass Mykee seine Neigung zu Männern aufgegeben hatte, sonst würde er das ja nicht tun. Yanko fühlte sich etwas verwirrt und beschloss daher Mykee einfach danach zu fragen. Und dabei entging ihm völlig, dass er selbst genau das Gleiche bereits zweimal getan hatte.
Er stand auf und ging zu Mykees Wohnwagen und klopfte an. Mykee stand kurz darauf mit offenem Hemd in der Tür und ließ Yanko eintreten. „Hey Yanko! Was verschafft mir die Ehre?", grinste er Yanko an. Yanko setzte sich an den Tisch und Mykee ihm gegenüber. „Willst du was trinken?", fragte Mykee und war schon wieder am Aufstehen. Yanko nickte, und Mykee holte zwei Bier aus dem Kühlschrank, stellte eins davon Yanko vor die Nase und setzte sich wieder. Yanko trank einen Schluck und sah Mykee dann in die Augen.
Sie waren schon lange nicht mehr zusammengewesen, und Yanko wunderte sich als er spürte, dass es ihm tatsächlich irgendwie quer lief, dass Mykee jetzt mit Dolores zusammen war, und sie auch noch heiraten wollten. Yanko atmete tief durch und fand es plötzlich ziemlich albern, dass er überhaupt gekommen war.
„Dolores war vorhin kurz bei mir... Sie hat mir von euren Plänen berichtet... Was soll ich sagen? Ich... Ich freu mich für euch!... Und ich habe auch schon mit einem Anwalt gesprochen. Dauert halt jetzt noch ein bisschen." Yanko nahm noch einen Schluck und hätte jetzt lieber einen gescheiten Drink gehabt. Irgendetwas war an dieser Situation merkwürdig, und Yanko fühlte sich unwohl. Mykee sah ihn lange an, bevor er antwortete. „Danke!... Yanko... Ich... Es kam eben so... Ich hatte das nicht geplant!" Yanko musste grinsen. „Schon klar!... Ich weiß auch nicht... Es gibt nichts, was ich dagegen haben könnte. Vergiss es! Ich wünsche dir viel Glück mit ihr, und sei ja lieb zu meinem Sohn! Hörst du?!" Mykee legte eine Hand auf Yankos Schulter. „Danke

Mann! Ich bin echt verliebt in sie! Und ich glaube, wir werden eine gute Familie sein!“ „Familie?“, fragte Yanko erstaunt. „Ja... Hat sie dir das nicht erzählt?“, wunderte sich Mykee. „Was denn?“, hakte Yanko nach, obwohl er sich schon denken konnte was jetzt kommen würde. „Naja... Dolores ist schwanger!“, sagte Mykee und konnte sich dabei nicht verkneifen zu zeigen, dass er sich wahnsinnig darüber freute. Yanko rieb sich mit einer Hand übers Gesicht, und plötzlich fiel das merkwürdige Gefühl von ihm ab. Er lachte, stand auf und zog Mykee von seinem Stuhl hoch und umarmte ihn. „Das ist ja wirklich klasse! Herzlichen Glückwunsch!“, freute er sich, und das war absolut aufrichtig. Manuel würde noch ein Geschwisterchen dazu bekommen, und Mykee würde endlich Vater werden, was er sich schon so lange gewünscht hatte, und Dolores hatte endlich einen Superkerl an ihrer Seite. Und er und Maria würden dann auch in den USA heiraten können, obwohl ihm das Zigeunerversprechen eigentlich voll und ganz genügte. Und in diesem Moment bekam er plötzlich ein Gefühl davon, wie tief diese Verbindung, der auf alte Romaweise geschlossenen Ehe eigentlich ging. Er fühlte sie in seinem Blut pulsieren, und er hatte den Eindruck, sie habe sich in jeder Zelle seines Körpers verankert.
Plötzlich zog Mykee Yanko noch fester zu sich, und Yanko hatte er keine Zeit mehr darüber nachzudenken, ob ihm das tatsächlich gefiel oder nicht, aber er spürte dadurch eine Art Sicherheit, die er momentan als sehr angenehm empfand. „Das bedeutet aber nicht, dass du mich nicht mehr anmachst!“, raunte Mykee leise. „Was soll das denn jetzt heißen?“, fragte Yanko etwas verwundert. Mykee fixierte ihn mit seinem Blick. „Du hast dich zurückgezogen! Vergiss das nicht! Jetzt ist es für mich aber auch gut so!“ „Hast du ihr was von uns erzählt?“ „Nein... und das habe ich auch nicht vor!“, erklärte Mykee und hielt dabei Yankos Oberarme fest

umklammert, fast so, als ob er ihn schütteln wollte. Doch er wusste gar nicht, wieso er das hätte tun sollen.
„Mykee, lass mich los!", raunte Yanko ihm zu und trat einen Schritt zur Seite. Er sah Mykee an und atmete tief durch. „Entschuldige... Ich weiß auch nicht, was da eben mit mir los war!", sagte Mykee schnell und stellte dabei fest, dass sie schon lange nicht mehr allein in einem Raum gewesen waren, und dass es ja nun auch wirklich Schwachsinn wäre ihn jetzt noch zu küssen und mit ihm schlafen zu wollen. Yanko und Maria waren jetzt ein Paar, und sie erwartete ein Kind von ihm, und außerdem war Yanko ja anscheinend immer noch mit Ron zusammen, obwohl er momentan nicht mit auf Tour war. Und er war mit Dolores wirklich überglücklich. Also Schluss mit den Kindereien, dachte sich Mykee und musste über sich selbst lachen.
„Du bist halt ein unwiderstehlicher, alter Zigeunerhund!", grinste er Yanko verschmitzt an und sah dabei so verführerisch aus, dass auch Yanko grinsen musste und dabei den Kopf schüttelte. „Und du bist ein unverbesserlicher Charmeur! Lass mich jetzt hier raus, sonst garantiere ich für nichts mehr!" Mykee trat zur Seite und ließ Yanko zur Wohnwagentür durch. Doch wie aus heiterem Himmel drehte sich Yanko nochmal kurz um, schnappte sich Mykees Arm und gab ihm einen Kuss auf die Wange. Dann ließ er Mykee in der offenen Tür stehen und ging hinüber zu seinem Pinto.
Er brauchte jetzt dringend frische Luft und deshalb schnappte er sich sogleich sein Pferd und ritt mit ihm durch den nahegelegenen Park. Und als er nach zwei Stunden wieder zurückkam, freute er sich total auf Maria, und diese Freude war eindeutig stärker, als der Wunsch Mykee nochmal nah zu sein.

Als Ron nach dieser gewaltigen Erinnerungsflut am nächsten Tag auf seiner Terrasse in L.A. aufwachte, hatte er sich entschieden. Er würde wieder zum Zirkus gehen und damit zurück zu Yanko. Er liebte dieses Leben einfach und selbst auf die Gefahr hin wieder einmal von Yanko verlassen, oder durch sein Verhalten verletzt zu werden, zog er es dennoch vor lieber in seiner Nähe zu sein. Die Nachwirkungen der Aufstellung waren für ihn durchaus angenehm gewesen, und Ron fühlte sich jetzt gestärkt und klarer. Sein Platz war bei Yanko, egal was Yanko tat oder tun würde. Allerdings verkaufte er diesmal seinen Pub nicht gleich, sondern organisierte erst einmal eine Vertretung für sich. Dann packte er voller Zuversicht und Hoffnung wieder seine Koffer und flog zurück zu SAN DANA.
Doch als Ron am nächsten Tag dort ankam, war Yanko mitsamt dem Pinto bereits verschwunden gewesen.
Maria war froh, dass Ron gekommen war, denn so fühlte sie sich nicht ganz so verlassen. Sie berichtete Ron was in der Zwischenzeit alles geschehen war, und dass Yanko nachdem er die Wahrheit von Minerva erfahren hatte, total geschockt gewesen sei und kaum mehr etwas gesprochen habe. Seit einer Woche wäre er nun schon mitsamt seinem Pinto fort und niemand wüsste, wo er sei. Sein Handy wäre ausgeschaltet, und er habe sich bis jetzt auch noch nicht gemeldet.
Maria war verzweifelt, und Ron nahm sie tröstend in die Arme. „Es wird schon nichts passiert sein! Er braucht das ab und zu!“, versuchte er sie zu beruhigen, obwohl er selbst gerade jemanden gebraucht hätte, der ihm das Gleiche sagen würde. Maria machte sich große Sorgen, denn sie hätte vor allem mit der merkwürdigen Angst zu kämpfen, dass Yanko sich etwas antun könnte. Doch nach einem langen Gespräch

mit Ron und Keith, beschloss sie allerdings noch ein paar Tage zu warten, bevor sie die Polizei benachrichtigen wollte. Yanko hatte es einfach nicht mehr ausgehalten Minerva jeden Tag über den Weg zu laufen, obwohl er sie auch irgendwie verstehen konnte. Aber der Stich in seinem Herzen war so gewaltig, dass er an die Luft musste, weg von alldem und weg von der Frau, die er sein Leben lang für seinen Mutter gehalten, und die er wirklich als diese auch geliebt hatte. Warum hatte sie ihm das nur so lange vorenthalten? Hätte er sie nicht gefragt, hätte er es wohl nie erfahren! Offensichtlich hatte sie nicht damit gerechnet, dass er eines Tages zu ihr kommen, und sie danach fragen würde. Sie hatte am ganzen Körper gezittert, als sie ihm erzählte, dass sie wirklich nicht seine Mutter sei. Sie hatte ihn um Verzeihung gebeten und dabei fürchterlich geweint. Sie hatte um sein Verständnis gefleht und gesagt, dass sie es sich selbst nie verzeihen würde ihn damals in Deutschland allein gelassen zu haben, dass aber die Umstände sie dazu gezwungen hätten. Yanko hatte kein Wort herausgebracht, als er die Geschichte vernahm und war anschließend wie hypnotisiert aus dem Wohnwagen in den Regen gestolpert.

Jetzt regnete es schon wieder, und Yanko zog sich die Jacke weiter ins Gesicht. Er fror, aber es machte ihm nichts aus, so spürte er wenigstens, dass er am Leben war und überhaupt noch etwas fühlen konnte. Sein Pferd trottete mit ihm auf dem Rücken durch die Berge und hoffte wohl auch, dass der Regen endlich nachlassen würde. Yanko hatte nur das Nötigste in einen Rucksack gepackt. Den Sattel hatte er im Zirkus gelassen, und die Satteltaschen waren sowieso noch in Sheddy. Jetzt hatte er gar niemanden mehr. Sein Vater hatte sich zu Tode gesoffen und jetzt hatte er erfahren, dass er seine leibliche Mutter nicht kannte. Er fühlte sich unendlich einsam,

und er konnte beim besten Willen nicht verstehen, warum sein Vater es ihm damals nicht irgendwann erzählt hatte. Er fühlte sich belogen und um eine Zeit betrogen, die er deswegen nicht erlebt hatte, weil er gar nicht die Wahl bekommen hatte zu wählen. Und er fühlte sich um die Menschen betrogen zu denen er gehörte, die ihn aber anscheinend schon längst vergessen hatten.
Warum hatte sein Vater ihm nichts gesagt? Warum hatte Minerva dann auch solange geschwiegen? Wo war seine Mutter jetzt? Lebte sie überhaupt noch? Warum hatte sie nie versucht ihn zu finden? Oder hatte sie es womöglich doch getan, und es war ihr nur untersagt worden ihn zu sehen?
So viele Fragen und keine Antworten.

Zunächst war Yanko völlig ziellos durch die Gegend geritten, bis er bemerkte, dass sie sich in Richtung Sheddy bewegten. Zwei Monate waren er und sein Pferd dann schließlich unterwegs gewesen, bis sie an seiner Blockhütte ankamen.
Dort fand er als erstes einen Brief von der Polizei vor, in dem stand, dass er offiziell gesucht wurde. Er ließ den Brief auf den Tisch fallen und ging erst einmal duschen. Er hatte unterwegs noch eingekauft, damit er sich nicht in Sheddy blicken lassen musste. Er war froh allein zu sein, und sie sollten ihn auch in Zukunft alle in Ruhe lassen. Er brauchte niemanden mehr. Er hatte sein Pferd, sein Haus und Whisky. Das reichte.
Am nächsten Morgen griff er dann aber doch zum Handy und schrieb Keith in einer kurzen SMS, dass er in Sheddy sei, nachdem er, wie schon vermutet, unzählige Nachrichten darauf vorgefunden hatte. Danach schaltete er sein Handy sofort wieder aus, denn er wusste, dass es innerhalb der nächsten Minuten Sturm klingeln würde. Als er dann gegen Abend nachschaute, waren tatsächlich erneut um die dreißig Anrufe auf seinem Display vermerkt, darunter achtzehn von

Maria und zehn von Ron. Ein paar waren von Keith, doch kein einziger von Minerva.
Er trank die Flasche noch aus, bevor er sich zum Pinto ins Stroh legte. Heute Nacht wollte er nicht allein sein.

Yanko lebte in den Tag hinein ohne etwas Bestimmtes zu tun. Er las keine Zeitung, schaute kein Fernsehen und hörte kein Radio. Auch seine E-mails gingen ihm am Arsch vorbei, wie er selbst dachte. Oft ritt er aus, manchmal blieb er auch über Nacht weg. Er tauchte in die Stille seines Herzens ein und gab sich dem völlig hin. Manchmal hatte er das Gefühl gar nicht mehr zu sein, so als hätte sich seine Existenz ins Nichts aufgelöst - kein Gedanke, kein Gefühl, nichts mehr. Er war zwar die meiste Zeit betrunken und doch kam dieses Gefühl nicht vom Alkohol. Er war total abgeschnitten von sich selbst. Er war eingetaucht in eine Welt der Leere und Taubheit, ohne Zeitgefühl und ohne Verlangen. Das Einzige worum er sich halbwegs kümmerte, war sein Pinto, dem der seltsame Zustand seines Herrn natürlich auch aufgefallen war. Oft versuchte er Yanko mit zärtlichen Nasenstupsern zurück in die Realität zu bringen, aber ohne sichtbaren Erfolg.
Nachmittags saß Yanko dann meistens stundenlang in seinem Blockhaus vor dem Kamin und starrte in die Flammen.
So auch an jenem Tag, als sie zurück in sein Leben kam.

Es klopfte erst zaghaft, dann fester und dann vernahm er deutlich, dass jemand seinen Namen rief. Wer war das denn jetzt? Außer den Zirkusleuten wusste sonst niemand, dass er hier war und die würden mit dem Zirkus noch ungefähr eine Woche unterwegs sein. Genervt stand er auf und öffnete die Haustür. Draußen war es ziemlich kühl und ungemütlich, und ein kräftiger Februarsturm fegte heulend und nass über die

Berge. Dann traute er zunächst seinen Augen kaum. Doch sie war es! Eindeutig!
Yankos Anblick erschreckte Mala so sehr, dass sie unwillkürlich einen Schritt rückwärts machte und sich die Hand vor den Mund hielt. Yanko stand unrasiert und mit ziemlich verzottelten Haaren in einer völlig heruntergekommen und dreckigen Jeans mit nacktem Oberkörper vor ihr und starrte sie aus versoffenen Augen entgeistert an. Sie fasste sich jedoch schnell wieder und holte tief Luft. „Komme ich ungelegen?“, fragte sie leise. Ihre Worte waren seit Wochen die ersten, die Yanko wieder vernahm. Sie liefen ihm hinunter wie Öl und holten ihn ein wenig aus seiner Versteinerung. Er schüttelte den Kopf und murmelte: „Nein... Nein... Es ist nur... Mala, was machst du hier?“ „Darf ich reinkommen?“, fragte sie statt einer Antwort, und Yanko ließ sie eintreten. Ihm war es völlig egal, dass er, seitdem er hier war, nicht ein einziges Mal saubergemacht, oder irgendetwas großartig weggeräumt hatte. Er hatte schließlich keinen Besuch erwartet, geschweige denn gewollt, auch wenn es so ein Besuch war.
Mala.
Er hatte nicht damit gerechnet sie jemals wiederzusehen, nachdem er sie damals zum x-ten Mal verlassen hatte. Sie sah wunderschön aus, und er fühlte sich von jetzt auf nachher mit der Situation total überfordert. Er schob ein paar Klamotten auf dem Sofa zur Seite, so dass Mala sich setzen konnte. Sie schaute sich ein wenig um, und als sie Yanko ansah, fiel ihr nochmals erschreckend auf, wie fertig er aussah.
Yanko kochte ungefragt Kaffee und setzte sich dann ihr gegenuber in den Sessel. Seine Tasse goss er jedoch erst mit Whisky halbvoll und füllte den Rest dann mit Kaffee auf. „Wie geht's dir?“, fragte er plötzlich und brach so das Schweigen. Mala runzelte die Stirn. „Das sollte ich besser dich

fragen! Du siehst aus, als ob es dir richtig Scheiße geht! Ron hatte vollkommen Recht, es wird Zeit, dass jemand nach dir schaut!“ Yanko trank einen Schluck aus seiner Tasse. „Ron hat dich also hergeschickt?“ „Nein! Ich wollte dich sehen! Ich war vor ein paar Tagen beim Zirkus, aber dort warst du ja nicht. Ron hat mir dann alles erzählt. Das mit deiner Mutter... und dass du in Sheddy wärst.“, antwortete Mala und sah, dass Yanko auf einmal Tränen in den Augen hatte. Da stand sie auf, setzte sich neben ihn und nahm ihn einfach ungefragt in den Arm. Yanko ließ es geschehen und spürte, wie sich durch ihre Berührung der ganze verdrängte Schmerz tief aus seinem Inneren eine Bahn formte und ihn zu zerbersten drohte. Schnell machte er sich los, sprang fast hektisch hoch und riss die Haustür auf.
Das Gefühl zu ersticken, kam so heftig und plötzlich, dass ihm der Schweiß ausbrach. Er stellte sich in den Regen und japste nach Luft. Mala kam zu ihm raus. „Yanko, was ist nur los mit dir? Komm wieder rein! Hier draußen holst du dir noch den Tod!“ Yanko sah sie an und keuchte matt: „Das wäre vielleicht 'ne gute Idee!“ Mala reichte es und zerrte ihn zurück ins Haus. „Hör auf so etwas zu sagen! Yanko, ich bin nicht gekommen, um dich zu kontrollieren! Mach was du willst! Du kannst mit mir reden, oder auch nicht, das ist deine Wahl! Ich wollte dich nur mal wiedersehen, um dir zu sagen, dass es mir gut geht und ich glücklich verheiratet bin. Ich weiß auch nicht genau warum, aber ich wollte dir das unbedingt sagen. Verstehst du?“
Mala war verwirrt und zutiefst entsetzt über Yankos Zustand. Sie hatte sich wirklich nur aus diesem Grund aufgemacht ihn zu sehen, um ihm genau das mitzuteilen. Als sie ihn aber dann im Zirkus nicht angetroffen, und von Ron alles Neue erfahren hatte, auch dass Yanko jetzt mit Maria verheiratet war und sie seinen kleinen Sohn gesehen hatte, fühlte sie plötzlich doch

mehr, als sie sich bis dahin bewusst gewesen war. Sie hätte nicht sagen können, dass sie sich verletzt fühlte, weil Yanko eine andere Frau geheiratet hatte, wo sie doch damals so gerne mit ihm zusammengeblieben wäre und Kinder mit ihm bekommen wollte. Sie hatte nur auf einmal sehr deutlich gespürt, dass sie doch noch tiefer mit ihm verbunden war, als sie bis dahin geglaubt hatte, und dass es sie plötzlich gedrängt hatte nach Sheddy zu fahren, obwohl sie ahnen konnte, dass Yanko das nicht gefallen würde. Sie hatte ihn einfach sehen müssen und unbedingt wissen wollen wie es ihm ging. Dass es so schlimm war, hatte sie jedoch umgehauen, und sie rang kurz mit einer Verzweiflungsattacke.
Yanko setzte sich wieder und lehnte erschöpft seinen Kopf zurück. „Nein, verstehe ich nicht! Warum musst du mir das sagen?“, murmelte Yanko und griff erneut zur Flasche. Mala setzte sich neben ihn und legte eine Hand auf sein Bein. „Weil du mir nach wie vor wichtig bist! Und nachdem was ich von Ron und auch von Maria erfahren habe, musste ich einfach hierherkommen! Es tut mir leid! Ich wollte mich nicht einmischen. Ich verschwinde jetzt wohl lieber wieder! Ich kann dir nicht helfen, wenn du es nicht willst!“, sagte sie liebevoll und doch sehr deutlich.
Yanko fuhr sich mit den Händen übers Gesicht und durch die Haare. Er kam überhaupt nicht mit. Was wollte sie hier? Ihm sagen, dass sie geheiratet hatte? Das kam ihm irgendwie komisch vor. Warum kam sie deswegen extra hierher? Er fühlte sich total erschöpft, und betrunken war er obendrein. Er wollte nicht reden und war auch überhaupt nicht darauf eingestellt gewesen. Aber dennoch freute er sich irgendwie über ihren Besuch, warum auch immer sie gekommen war. Er atmete tief durch, und das beklemmende Gefühl in seiner Brust löste sich ein wenig.

„Mala... Sorry, aber ich habe seit Monaten mit niemandem mehr gesprochen... Ich wusste nicht, dass du kommst, und ich... ich weiß auch nicht was ich jetzt sagen soll... Es freut mich aber, dass es dir gut geht! Wer ist es denn?“, rappelte Yanko sich mühevoll zusammen. „Er heißt Kenneth und arbeitet an der Universität. Er ist dort Gastprofessor für alte Geschichte, also genau mein Fall!“, grinste sie und war froh, dass Yanko sich offensichtlich doch noch dazu entschlossen hatte mit ihr zu reden, obwohl sie ihn am liebsten ganz eng an sich gezogen, und die ganze Nacht in ihren Armen gehalten hätte, um ihm damit zu sagen, dass alles wieder gut werden würde. Ihr Herz zog sich zusammen, denn er musste sich schrecklich einsam fühlen. Andererseits konnte sie nicht verstehen, warum er nicht bei seiner Frau und Ron geblieben war, da wo er Trost und Zuwendung bekommen hätte. Doch eigentlich kannte sie Yankos Ausreißer aus eigener Erfahrung viel zu gut, um sich darüber noch groß zu wundern.
„Schön! Und wegen was bist du noch hierhergekommen?“, fragte Yanko und sah ihr dabei in die Augen. Sie hatte wunderschöne, dunkelbraune Augen, die ihr Gesicht immer zum Leuchten brachten. Ihre dunkle, samtweiche Haut und ihre schwarzen, krausen Locken hatten schon seit der ersten Begegnung eine unwiderstehliche Anziehungskraft auf ihn ausgeübt, und er tauchte kurz in alte Erinnerungen ein und sog unwillkürlich ihren Duft tief in seine Brust.
Mala bemerkte es und spürte wie ihr Herzschlag schneller wurde. Nein, sie war nicht gekommen, um mit ihm zu schlafen, aber je länger sie neben ihm saß und seinem Körper so nah war, dass sie dessen Wärme spüren konnte, desto unsicherer wurde sie. Konnte es möglich sein, dass sie ihn tatsächlich immer noch wollte, nach alldem, was er ihr angetan hatte? Dann überlegte sie, was er ihr denn eigentlich genau getan hatte. Das Schlimmste war gewesen, dass er sie immer

wieder wegen Ron verlassen hatte. Doch sie musste ihm Fairerweise auch zugestehen, dass er bereits mit Ron zusammengewesen war, als sie sich damals zum ersten Mal auf St. Lucia getroffen hatten. Er hatte ihr nie etwas vorgemacht und sie auch nicht belogen, und doch hatte er ihr immer wieder versichert, dass er sie lieben würde und mit ihr zusammensein wolle usw. Doch es war jedes Mal wieder gescheitert. Beim letzten Mal hatte sie dann nicht mehr gefragt, warum. Sie konnte es auch gar nicht, denn er war plötzlich einfach ohne Nachricht verschwunden gewesen.
„Ich...“, begann sie und schluckte erst, bevor sie weitersprechen konnte. „Ich weiß es nicht so genau.“, musste sie sich ehrlicher Weise eingestehen. Yanko nahm ihre Hände und hielt sie eine Weile schweigend. „Mala... Ich weiß, dass ich ein Arschloch war... Und es tut mir wirklich leid, dass das mit uns nichts geworden ist! Ich hab's einfach nicht hingekriegt. Ich habe es nicht ausgehalten wieder solche starken Gefühle zu haben, wie ich sie mit Fam hatte...“ Mala sah Yanko erstaunt und gerührt an. Mit einer solchen Erklärung hatte sie heute am allerwenigsten gerechnet. „Yanko...“, begann sie, doch Yanko unterbrach sie. „Ich bin noch nicht fertig... Ich... Ich habe den Gedanken, dich verlieren zu können damals einfach nicht ertragen. Ich musste selbst gehen! Verstehst du? Ich... Ich wollte dir niemals wehtun, habe es aber dauernd getan... Glaub mir, du wärst irgendwann gegangen!“ Mala seufzte und wischte sich ein paar Tränen aus den Augen. Yanko sah sie liebevoll an und hätte sie plötzlich am liebsten geküsst, aber er beherrschte sich. Sie war jetzt verheiratet, und ihn in seinem heruntergekommenen Zustand zu küssen, war bestimmt das Letzte was sie jetzt wollte, mal ganz abgesehen davon was sonst alles schon schiefgelaufen war.
Mala stand auf einmal auf und kramte aus ihrer Tasche einen Kamm hervor und begann damit behutsam Yankos Haare zu

entwirren. Sie wusste selbst nicht, warum sie das tat, aber ihr Körper war einfach aufgestanden und hatte den Kamm geholt. Über eine Stunde lang saßen sie schweigen da, und Yanko ließ die Tortur über sich ergehen. Bei aller Zieherei und dem Gezerre an seinen Haaren, hatte dieser Moment auch eine einzigartige Zärtlichkeit in sich, die er über alle Maßen genoss, und die er nicht unterbrechen oder abbrechen wollte.
Sie hatte ihm vergeben.
Würde er Minerva und seinem Vater auch eines Tages vergeben können? Und plötzlich wusste er, dass er es konnte, aber er wusste auch, dass es noch eine Weile dauern würde. Doch auf einmal war er fest entschlossen es zu tun. Und er würde seine Mutter suchen. Er musste einfach wissen was mit ihr geschehen war. Vielleicht lebte sie sogar noch, und er würde ihr eines Tages in die Augen sehen können. Bisher wusste er nur, dass sie Angelika Katharina hieß.

Malas Kamm riss ihn plötzlich heftig aus den Gedanken.
„Aah!", jaulte Yanko auf und nahm ihr reflexartig den Kamm aus der Hand. „Wenn du dich nicht bewegst, tut es auch nicht weh!", konterte Mala sanft und grinste dabei. Sie war mit ihrer Arbeit zufrieden, obwohl noch nicht alle Zotteln ganz geglättet waren. „Danke, aber es reicht jetzt! Mein Kopf brummt schon vor lauter Gezerre!" „Wie wäre es mit einer professionellen Haarwäsche, mein Herr?", schlug Mala keck vor und wusste wieder nicht, warum sie das auf einmal vorgeschlagen hatte. Yanko sah sie an, und sie hatte das Gefühl sein Blick durchbohre sie bis ins Mark hinein. Statt einer Antwort, nahm er den Kamm und fing an ihre Haare zu kämmen, die vom Wetter auch etwas zerzaust waren, doch bei weitem nicht so schlimm, wie seine. Er machte das sehr vorsichtig und behutsam und ab und zu schnupperte er dabei etwas an ihrem Haar.

Und plötzlich sagte er: „Obwohl Ihre bestimmt besser riechen, als meine, denke ich, dass Sie unbedingt auch eine professionelle Haarwäsche benötigen, meine Dame!" Mala drehte sich um, und sie sahen sich wortlos in die Augen. Yanko stand auf und zog sie langsam an der Hand ins Bad, wo er die Dusche schon mal anstellte, damit das Wasser warm wurde. Ohne sich zu rühren, warteten sie kurz bis das Wasser die richtige Temperatur hatte. Komplett bekleidet zog Yanko Mala dann unter die Dusche, wo er anfing sie nach und nach auszuziehen.

Als Yanko am nächsten Morgen aufwachte, schien die Sonne, und er fühlte sich wieder am Leben. Er kroch zurück unter die Bettdecke und zog Malas nackten Körper an seinen und konnte sich nicht vorstellen, dass er sich gestern noch so mies gefühlt hatte, beziehungsweise überhaupt nicht gefühlt hatte. Mala räkelte sich und schmiegte sich noch enger an ihn. Hier war sie zu Hause, und der Gedanke, dass sie nur eine Woche zusammen hatten, schnürte ihr kurz die Kehle zu.

Eine Woche, dann würden Maria und die Kinder zurückkommen. Was nun? Was sollten sie jetzt tun?
Sie wussten es nicht. Sie beschlossen diese Woche vollkommen zu genießen, und dann würde Mala zurück zu ihrem Mann gehen, und Yanko zu Maria.

Diese eine Woche mit Mala hatte Yanko die Worte zurückgebracht. Als Maria schließlich von der Tour zurückkam, konnte Yanko ohne Probleme mit ihr reden. Er bat sie um Vergebung, weil er einfach abgehauen war und allein sein wollte. Er erzählte ihr, wie einsam er sich gefühlt hatte und wie es ihm ergangen war. Er wunderte sich selbst, wie gut es ging zu reden – nur von Mala erzählte er nicht alles.
Maria freute sich so sehr, dass sie Yanko in einer solch guten Verfassung wiedertraf, dass sie ihm in Windeseile verzieh. Yanko war auch froh darüber, dass sie wieder zusammen waren, und er glaubte, dass sich die Sache mit Mala nun wohl endgültig erledigt hätte. Vielleicht war das einfach nur nochmal nötig gewesen, um sich im Guten endgültig zu trennen.
Yanko genoss Marias Hingabe und schöpfte Hoffnung, dass er es doch noch hinbekommen würde ihr treu zu bleiben und ihr alles zur rechten Zeit anzuvertrauen. Sie war schließlich seine Frau, die er selbst gewählt hatte. Und wunderschön obendrein.

Maria erzählte ihm schließlich, dass sie in der Zwischenzeit ihre gesamte Verwandtschaft in Griechenland angeschrieben habe, und nun herausgefunden hätte, dass seine Mutter höchstwahrscheinlich noch leben, und einer ihrer Tanten zufolge in der Gegend von Kalamata wohnen würde. Yanko wusste gar nicht, wie ihm geschah. Das hatte sie alles für ihn getan, während er sich abgeschottet hatte? Es fiel ihm schwer, sich deswegen nicht schlecht zu fühlen. Maria aber redete solange auf ihn ein, bis er sich schließlich dazu entschloss noch in der jetzigen tourfreien Zeit nach Griechenland zu fliegen, um seine Mutter zu suchen.

Yanko buchte sofort am nächsten Tag seinen Flug und hatte plötzlich auch ein Ticket nach L.A. in der Hand. Es war ein Impuls gewesen, den er nicht zuordnen konnte woher er gekommen war, aber das dringende Bedürfnis zu wissen wie es Mala ging, hatte ihn schlagartig überfallen, und er wollte sie ganz unbedingt sehen. So flog er dann unter dem Vorwand sich ein paar Pferde anschauen zu wollen, am übernächsten Wochenende erst einmal nach L.A..

Mala staunte nicht schlecht, als Yanko auf einmal in ihrem Büro in der Universität stand. Schnell sagte sie alle Termine für das schon völlig durchgeplante Wochenende mit ihrem Mann ab. Sie erklärte ihm, dass sie ganz plötzlich dringend zu einer Freundin nach San Francisco müsse.
Dann fuhren sie in die Wüste. Dort waren sie auf jeden Fall sicher, denn Mala wusste, dass Kenneth niemals in die Wüste fahren würde. Er hasste Sand und Schlangen.
Die kommende Nacht wurde frisch. Doch das Zelt und die Decken und vor allem Yanko gaben mehr als genug warm. Sie fühlte sich frei und unbeschwert und fragte sich, warum das nicht immer so sein konnte, und was zum Teufel Yanko eigentlich hier wollte. Was er in diesem Moment wollte, konnte sie allerdings deutlich in sich spüren, aber hatten sie nicht eigentlich klar ausgemacht, dass jeder bei seinem Partner bleiben sollte? Sie schloss die Augen und verbannte die bohrenden Fragen wieder, denn es war einfach viel zu schön hier mit ihm, und sie genoss seine Leidenschaft in vollen Zügen.
Nachts lag sie dann wach. Sie konnte partout nicht einschlafen. Ihre Gedanken kreisten wild durcheinander, und sie wusste nicht was sie tun sollte. Im ersten Moment hatte sie gedacht, dass es das Beste sein würde ihm nichts davon zu sagen, und wenn er jetzt nicht aufgetaucht wäre, hätte sie das

auch gut durchziehen können, aber seine Anwesenheit warf alles wieder über den Haufen. Würde es denn etwas ändern, wenn sie es ihm sagte? Sie war schließlich mit Kenneth verheiratet und Yanko mit Maria.
Yanko schlug die Augen auf. „Was ist los? Kannst du nicht schlafen?“ Mala sah Yanko an und wünschte sich kurz, dass sie ihm nie begegnet wäre, denn dann würde alles sicherlich viel einfacher sein. Yanko drückte sie an sich. „Was ist mit dir? Hm?“ Mala setzte sich auf und nahm seine Hand. Yanko setzte sich auch auf und sah sie erwartungsvoll an. Seine Augen funkelten trotz der Dunkelheit im Zelt, und Mala konnte ein Lächeln nicht unterdrücken. Er war einfach hinreißend und plötzlich hatte sie sich entschlossen. „Yanko... Ich bin schwanger!“, sagte sie klar und deutlich und spürte dabei, wie sehr sie sich eigentlich darüber freute. Yanko sah sie erst einmal nur fragend an. „Es kann nur von dir sein! Kenneth und ich waren lange nicht zusammen. Er war auf Forschungsreise gewesen und ist vorgestern erst zurückgekommen. Ich weiß es aber schon seit drei Tagen.“ Yanko schluckte. „Wow... Cool... Ich meine, das ist echt... der Hammer!“, brachte Yanko vollkommen überrascht heraus. „Yanko, ich... Du hast damit keine Arbeit... Ich, also Kenneth, der ist ja auch noch da, und...“, haspelte Mala sofort. Sie wollte ihm nur schnell mitteilen, dass sie die volle Verantwortung dafür übernehmen würde. „Moment mal! Langsam! Lass mich das erst mal aufnehmen!... Wenn das mein Kind ist, dann habe ich da genauso viel Verantwortung wie du! Ok?“ „Ja... Ich weiß... Ich meine nur... Wegen Kenneth... Wenn er erfährt, dass das Kind nicht von ihm ist, dann...“ „Was dann? Ach so! Du willst es ihm unterschieben?! Mala, ohne mich!!! Ich will, dass mein Kind weiß, wer seine Eltern sind! Und zwar von Anfang an!!!“

Yanko spürte auf einmal eine ungeheure Wut auf seine Eltern in ihm aufsteigen, darüber, dass sie ihm nämlich nicht die Wahrheit gesagt hatten. Er würde das bei seinem Kind auf gar keinen Fall dulden. Mala schluckte. „Oh Yanko, es tut mir leid! Daran habe ich gar nicht gedacht! Du hast Recht! Wir sollten unser Kind nicht belügen, was auch immer die Folgen daraus sein mögen!“ Yanko nickte und hätte am liebsten der Wut in seinem Bauch sofort Platz gemacht, aber er riss sich zusammen und nahm Mala in die Arme. „Ich freue mich! Denn das war eine wunder- wunderschöne Woche mit dir... Und überhaupt!“ Mala atmete erleichtert aus und küsste Yanko zärtlich. „Ich freue mich auch, und ich danke dir, dass du zu mir... ähm, zu uns stehst!“
Ihnen war beiden nicht klar, wie das jetzt alles weitergehen sollte. Was würde Maria sagen, und wie würde Kenneth darauf reagieren? Würde er noch weiterhin mit Mala zusammensein wollen? Und was, wenn nicht? Doch Mala kuschelte sich in Yankos Arme und konnte endlich einschlafen.

Als Yanko zurück nach Sheddy kam, wartete Maria schon völlig ungeduldig auf seine Rückkehr. Sie konnte es kaum abwarten ihn endlich zu sehen und in ihre Arme zu schließen. Yanko versuchte seine Aufgewühltheit so gut es ging zu verbergen, doch Maria war anscheinend ebenso aufgewühlt, denn sie plapperte ohne Pause in einem fort.
Nachdem alle Kinder dann endlich im Bett waren und schliefen, schnappte sie Yankos Hand und setzte sich mit ihm unten an den See ins Gras. Es war eine für März außergewöhnlich laue Nacht in den Bergen, und die Sterne funkelten über ihren Köpfen. „Yanko... Ich...“, begann sie etwas zögerlich. „Was ist?“, fragte Yanko sanft. „Ich möchte, dass du weißt, wie glücklich ich mit dir bin! Mit all den Schwierigkeiten, die wir haben, aber die haben andere auch.

Ich liebe dich von ganzem Herzen und alles was wir zusammen haben ebenfalls!" Yanko legte einen Arm um sie und zog sie zu sich. „Ich liebe dich auch, auch wenn es manchmal anders aussieht und ich mich anders verhalte." Kurz prüfte er in seinem Herzen, ob das auch wirklich so stimmte, aber er fand nichts, was dagegen sprach. Er liebte Maria wirklich. Liebte er Mala auch wieder? Mala... Er sollte es ihr sagen und am besten jetzt sofort.
Maria schmiegte sich kurz an seine Brust, bevor sie sich zu ihm drehte und ihn ansah. „Yanko... Ich bin wieder schwanger! Es ist noch ganz frisch." Sie wartete gespannt auf Yankos Reaktion, und Yanko war froh, dass es dunkel war, und er hoffte, dass sie sein entsetztes Gesicht nicht sah. Doch das Geräusch eines sich nähernden, jaulenden Kojoten rettete ihn vor dem ersten Schreck, und er konnte sein Gesicht kurz abwenden und einen Stein nach ihm werfen, was er normalerweise niemals getan hätte. Aber spätestens jetzt sollte er was sagen.
„Wow... Das... Das ist aber eine Überraschung!", brachte er wahrheitsgemäß heraus. „Bist du sicher?", fragte er noch dazu. Das war zwar eine blöde Frage, aber in diesem Moment gab sie ihm Zeit sich seiner Gefühle klar zu werden. „Natürlich bin ich mir sicher! Das ist schließlich nicht mein erstes Kind! Und außerdem habe ich beim Arzt gestern einen Test gemacht. Absolut sicher!", strahlte sie. „Hey, was ist los? Oder hast du schon keine Lust mehr auf weitere Kinder? Ich jedenfalls schon! Ich finde es toll so viele Kinder zu haben, und du bist ein wundervoller Vater!", fuhr sie fort. „Wenn du da bist...", fügte sie noch mit einem verschmitzten Augenzwinkern hinzu, dass Yanko unwillkürlich zum Grinsen brachte und seine Schreckensstarre löste. Sie hatte Recht! Kinder waren etwas Tolles, und er liebte es ja auch viele Kinder zu haben. War das vielleicht deswegen so, weil er ein

Zigeuner war? Hatte man das sozusagen im Blut? Wie auch immer, er freute sich plötzlich sehr und nahm Maria überschwänglich in die Arme und küsste sie. Doch dann beschloss er ihr jetzt erst einmal nichts von Mala und der gleichen Botschaft zu erzählen. Das wäre heute definitiv der falsche Zeitpunkt dafür! Kurz hielt er inne und versprach sich selbst, dass er aber nicht allzu lange damit warten würde, Maria von seinem anderen Kind zu erzählen. Er würde den gleichen Fehler, den seine Eltern mit ihm gemacht haben mit Sicherheit nicht wiederholen. Das war klar. Und in diesem Moment hatte er das leise Gefühl, dass er ihnen vielleicht doch schon verziehen hatte. Zumindest ein kleines bisschen.

Yanko wollte gerade aus dem Parkhaus, in dem Mala ihn vor wenigen Minuten abgesetzt hatte, über die Straße in das Flughafengebäude hineingehen, als jemand ihn von hinten plötzlich zur Seite zog und in eine dunkle Nische drängte. Der Mann, der ihm gegenüber stand, war offensichtlich sehr aufgebracht und wütend.
„Was soll das? Wer bist du?“, fauchte Yanko, der solche Situationen schon zu genüge erlebt hatte und keine Lust auf eine Neuauflage verspürte. „Nicht genug, dass du meine Frau geschwängert hast! Jetzt besitzt du auch noch die Unverfrorenheit noch einmal hier aufzukreuzen!“, brüllte der fremde Mann ihm entgegen und ließ dabei sofort ein Messer aufblitzen. Yanko versuchte an ihm vorbei, hinaus auf die Straße zu schlüpfen, doch Kenneth war offensichtlich wild entschlossen zuzustechen, falls Yanko sich auch nur einen Zentimeter weiter bewegen sollte. „He, beruhige dich mal!“, versuchte Yanko besänftigend auf ihn einzureden. „Was auch immer Mala dir erzählt hat... Wir können doch in Ruhe darüber reden!“ „Da gibt es nichts zu reden! Ich weiß von welcher Sorte du bist! Mit so jemandem rede ich nicht!“, zischte Malas Mann Yanko ins Gesicht und hatte dabei Speichel in den Mundwinkeln. Yanko erstarrte innerlich und suchte krampfhaft nach einem Ausweg. Aber noch ehe er einen klaren Gedanken fassen konnte, hatte er eine Faust im Gesicht. Yanko taumelte rückwärts, fing sich jedoch schnell wieder. Mit einer blitzartigen Bewegung gelang es ihm Kenneths linke Hand, in der er das Messer hielt, zu packen. Mit einem gezielten Schlag versetzte er Kenneth einen so kräftigen Kinnhaken mit der Linken, dass der sich kurz schütteln musste. Yanko verstärkte den Griff seiner Rechten um die Messerhand und ließ seinen Angreifer nicht aus den Augen. Er musste hier irgendwie rauskommen, bevor jemand

ernsthaft verletzt werden würde. In diesem Moment fuhr ihm jedoch ein jäher Schmerz durch seine rechte Hand, und er lockerte reflexartig den Griff. Diese Gelegenheit nutzte Kenneth sofort aus und stieß zu. Yanko konnte zum Glück noch blitzschnell zur Seite springen, so dass das Messer ihm nur einen Schnitt am Bauch zufügt und nicht in ihn hineindrang. Der Fußtritt in seinen Magen, der sofort im Anschluss folgte, traf ihn dafür umso gezielter. Yanko sank zu Boden, und Kenneth trat mit seinen Stiefelabsätzen noch ein paar Mal kräftig in Yankos Rippen, bis sie brachen. „Du verdammter, dreckiger Zigeuner! Lass meine Frau in Ruhe, sonst töte ich dich!“, fauchte ihm Kenneth voller Abscheu ins Gesicht. Dann spuckte er auf ihn und verschwand.
Yanko rang nach Luft und lag für mehrere Minuten regungslos auf dem Boden, bevor er überhaupt versuchen konnte sich hochzurappeln. Bei jedem Atemzug drohte er ohnmächtig zu werden, und sein Hemd war voller Blut. Kurz überlegte er, ob er einen Krankenwagen rufen sollte, doch schon der Gedanke an ein Krankenhaus erfüllte ihn sogleich mit einer noch grässlicheren Übelkeit.
Langsam zwang er sich dazu aufzustehen und auf die Straße zu stolpern. Es war schon dunkel, und als ob Kenneth das alles inszeniert hätte, war kein Mensch weit und breit zu sehen. Steckte Mala womöglich mit ihm unter einer Decke? Das konnte er sich aber dann doch nicht wirklich vorstellen.
Yanko verzog sich in ein noch dunkleres Eck und verband die Schnittwunde notdürftig mit ein paar Stofffetzen von seinem Hemd, holte ein frisches aus seinem Rucksack und zog sich dann noch die Jacke über. In der nächstgelegenen Toilette im Flughafengebäude wusch er sich so gut es ging das Blut aus dem Gesicht und von seinen Händen und wankte dann zum Check-in. Er hoffte nur, dass er beim Sicherheitscheck nicht abgetastet werden würde. Aber alles lief reibungslos ab, und er

ließ sich schließlich schweißgebadet auf seinem Sitz im Flugzeug nieder.
Wie er den Flug überstanden hatte ohne vor Schmerz bewusstlos zu werden, konnte er sich nur dadurch erklären, dass ihn die Angst um Mala wach gehalten hatte. Was war da los? Was würde dieser vor Eifersucht rasende Mensch womöglich mit ihr tun, oder was hatte er ihr eventuell bereits schon angetan?
Als der Flieger endlich in Newly gelandet war, konnte Yanko nicht mehr. Er ließ sich von einem Taxi dann doch ins Krankenhaus fahren und seine Wunde versorgen. Dabei stellte sich außerdem heraus, dass Kenneth ihm zwei Rippen gebrochen hatte. Der Schnitt war, Gott sei Dank, nicht sehr tief, und er musste nur mit ein paar Stichen genäht werden. Die Untersuchung seiner rechten Hand ergab allerdings nichts Neues, und somit war Yanko kurz darauf wieder mit seinen Schmerzen allein. Das Gute war, dass die Ärzte in Newly ihn schon kannten und ihn deshalb mit Ratschlägen bezüglich Schmerzmittel usw in Ruhe ließen. Sie wussten, dass er auf die meisten herkömmlichen Medikamente allergisch reagierte.
Nachdem er fertig verarztet war, versuchte er Mala anzurufen, jedoch ohne Erfolg. Schließlich rief er Maria an und bat sie ihn abzuholen. Jetzt musste er es ihr sagen, obwohl er sich einen angenehmeren Zustand dazu gewünscht hätte. Das ist es vielleicht, dachte er, es wird von Mal zu Mal schwieriger, wenn einem zur rechten Zeit der Mut fehlte.
Als Maria ins Krankenzimmer kam, schossen ihr die Tränen in die Augen. „Yanko, um Gottes willen, was ist denn passiert?"
„Erzähle es dir zu Hause. Ich will jetzt nur hier weg!", sagte er unter großer Anstrengung und quälte sich aus dem Bett.
Zu Hause trank er erst einmal eine halbe Flasche Whisky auf ex, denn die einsetzenden Entzugserscheinungen hatten ihm in den letzten Stunden noch zusätzliches Unwohlsein bereitet.

So gut es ging, setzte er sich halbliegend ins Bett und versuchte ruhig und entspannt zu atmen. Die Stiche in seiner Brust ließen etwas nach, doch bei jeder Bewegung hätte er laut aufschreien können. Maria setzte sich zu ihm und küsste ihn auf die Stirn, die total heiß war. Sie machte ihm kalte Umschläge und zitterte dabei innerlich vor Angst.
Yanko nahm sich zusammen und erzählte Maria schließlich, so gut es ging, was seit Malas letztem Besuch alles passiert war. Maria war völlig geschockt, allerdings mehr über das, was Malas Mann angerichtet hatte.
War das jetzt der richtige Zeitpunkt gewesen? So wie er gerade da hing, würde Maria ja wohl kaum lange sauer auf ihn sein können. Er wäre es jedenfalls umgekehrt nicht gewesen. Scheiß auf den richtigen Augenblick, dachte Yanko, es ist immer der falsche! Also ist eigentlich jeder Augenblick auch der richtige. Er leerte den Whisky noch vollends und fiel danach in einen Dämmerschlaf, der sich wie Fieber anfühlte.
Eine Woche später hatte Yanko immer noch nichts von Mala gehört. Doch er wusste es würde Aussage gegen Aussage stehen, wenn er die Polizei verständigen würde, und am Ende würde man Kenneth den Glauben schenken. Er war der Professor und Yanko der Zigeuner. Kenneth hatte bestimmt eine gebrochene Nase von ihrem Kampf davongetragen, aber er würde nie zugeben Yanko mit Absicht zwei Rippen gebrochen zu haben. Er würde wahrscheinlich auch niemals zugeben ihn überhaupt jemals gesehen zu haben.
Wie es Mala wohl ging? Es tat ihm in der Seele weh, das nicht zu wissen. Maria redete ihm beruhigend zu und sagte immer wieder, dass Mala wahrscheinlich, um ihrer eigenen Sicherheit willen, Kenneth habe versprechen müssen, dass sie nie wieder etwas mit ihm zu tun haben werde. Doch Yanko beruhigte das nicht wirklich.

Kalamata war so ziemlich die schrecklichste griechische Stadt, die Yanko jemals gesehen hatte. Sie hatte so gar nichts von dem typisch urgriechischen Flair für ihn. Aber es konnte auch daran liegen, dass er Städte sowieso nicht besonders mochte, oder auch nur daran, weil er sich immer noch nicht schmerzfrei bewegen konnte. Den Flug hatte er einigermaßen gut überstanden und war nach dem Vorfall mit Kenneth, und vor allem auf dem stundenlangen Flug froh gewesen, dass er immer noch trank. Denn sonst hätte er irgendwelche anderen Drogen nehmen müssen, um die Schmerzen aushalten zu können, und das war bekanntlich immer besonders heikel, wenn man interkontinental unterwegs war. Alkohol bekam er jedenfalls wo und wann und so viel er wollte und niemand kümmerte sich darum.

Er hatte nur ihren Namen und einen Hinweis von einem Cousin der Tante zweiten Grades von Maria. Doch er musste es einfach tun, auch wenn es vielleicht die Stecknadel im Heuhaufen war, die er suchte. Er musste diesem Hinweis nachgehen. Er stieg in ein Taxi und bat den Fahrer, er möge bitte langsam fahren. Der Fahrer bemühte sich auch, aber auf den Ackerwegen, die hinaus in die umliegenden Dörfer von Kalamata führten, hätte selbst ein Auto mit neuen Stoßdämpfern die Schläge durch die vielen ausgehöhlten Löcher nicht wesentlich mindern können. Yanko hielt sich krampfhaft mit einer Hand am Griff fest und mit der anderen seine Rippen.
Nach unendlich langen dreißig Minuten waren sie in dem Dorf angekommen, das ihm Maria aufgeschrieben hatte. Yanko bezahlte das Taxi und ging dann aber erst einmal in die kleine Taverne gegenüber und bestellte sich zwei doppelte Ouzo. Dabei fragte er den Besitzer, ob es hier eine Angelika

Katharina gäbe, die so ungefähr ziemlich genau neunundfünfzig Jahre alt sein müsste. Der Besitzer lachte und schlug Yanko dabei so fest auf die Schulter, dass er zusammenzuckte. „Oh, entschuldigen Sie bitte! Aber ich kenne so eine Frau so ziemlich genau!", antwortete er und stellte Yanko nochmal einen Ouzo hin. „Danke! Wo wohnt sie denn so ziemlich genau?", fuhr Yanko fort, und obwohl der Wirt ihm eben mit diesem Schlag fast die Schuhe ausgezogen hätte, fand er seinen Humor durchaus witzig, und es tat ihm richtig gut die griechische Sprache zu hören und auch zu sprechen, und er fühlte sich mit einem Mal aufgehoben und willkommen. Hier gab es niemanden, der ihn irgendwie insgeheim anstarrte, oder hinter vorgehaltener Hand über ihn flüsterte. Auch wenn er es schon fast nicht mehr wahrnahm, kam es doch öfter vor, als ihm tatsächlich bewusst war, dass die Leute über ihn redeten und offenkundig rätselten, ob er nun ein Amerikaner war oder nicht. Irgendwie sah er ja schon so aus, aber irgendwie war da wohl auch etwas an ihm, dass sie zweifeln ließ, vor allem im Winter, wenn seine Haut nicht wirklich blass werden wollte. Hier scherte sich niemand darum. Sein Griechisch war zu perfekt, und außerdem war er ja auch laut seinem Pass ein Grieche. In diesem Land war er geboren worden. War doch hier sein Zuhause?
Der Wirt prostete ihm zu, und Yanko trank mit ihm anschließend noch die ganze Flasche leer und erzählte ihm dabei, dass er sich hier sehr wohlfühlen würde. Und der Wirt war froh, dass sich mal jemand in seine Taverne verirrte, der nicht aus der Gegend kam, und der ihm ein paar Neuigkeiten aus der Welt mitbrachte. Und umgekehrt erzählte der Wirt Yanko alles, was er über Angelika Katharina wusste. Er sprach davon, dass sie drei Kinder habe und wohl auch zufrieden verheiratet sei. Ihr Mann arbeite in einer Fabrik in Kalamata,

und sie würde das Familieneinkommen durch handgefertigte Töpferarbeiten und ihr Heilkräuterwissen aufstocken.
Nach zwei Stunden hatte sich Yanko soweit von der für ihn ziemlich strapaziösen Fahrt erholt. Er zahlte und machte sich dann auf den vom Wirt beschriebenen Weg. Als er schließlich vor dem Haus stand, wurde ihm ganz mulmig zumute. Was, wenn sie es wirklich war? Was sollte er sagen? Vielleicht wollte sie ihn ja nie wieder sehen. Andernfalls hätte sie ihn doch schon längst auffinden können. Yanko sank der Mut mit einem Mal auf den Nullpunkt, und er fühlte sich schlagartig total ausgelaugt und völlig fehl am Platz. Er zündete sich eine Zigarette an und setzte sich auf die gegenüberliegende Steinmauer. Von dort aus hatte man einen wunderbaren Blick über das ganze Dorf, denn das Haus dieser Angelika Katharina lag etwas oberhalb des Dorfkerns und war, wie Marias Haus auch, nur über eine Treppe erreichbar.
Plötzlich hörte Yanko Stimmen und sah zwei Jungs im Alter von ungefähr sechzehn Jahren die Treppen heraufkommen. Offensichtlich mochten sich die zwei, denn sie lachten und schubsten sich gegenseitig die Stufen hoch. Wie Ron und ich, dachte Yanko flüchtig, verbannte aber den Gedanken sofort wieder.
„Hallo! Willst du zu uns?“, hörte er plötzlich den einen Jungen fragen, der auf einmal neben ihm stand. „Hallo! Ähm, ja, vielleicht... Gibt es jemand in deinem Haus der Angelika Katharina heißt?“, fragte Yanko und fand den Jungen auf Anhieb sympathisch. „Ja, das ist meine Mutter! Warum? Möchtest du zu ihr? Hast du einen Termin? Sie müsste aber eigentlich da sein.“, antwortete der Junge und sah ihm dabei direkt in die Augen. Yanko schluckte und machte die Zigarette aus. „Nein, ich habe keinen Termin. Ich... Ich würde sie trotzdem gerne sehen. Meinst du das geht?“ „Klar, warum denn nicht? Komm!“, forderte der Junge ihn auf und öffnete

die Haustür, und dann stand Yanko in einem angenehm kühlen, fremden, griechischen Steinhaus.

„Konstantin bist du das?“, rief eine Frauenstimme aus dem hinteren Bereich des Hauses. „Ja Mama! Costas ist noch mitgekommen, und da ist auch Besuch für dich!“, rief Konstantin laut zurück. Er zwinkerte Yanko zu und verschwand geschwind mit Costas im oberen Stock.
Yanko hatte auf einmal den Impuls sofort wieder zu gehen. Was sollte er zu dieser Frau sagen? Entschuldigung, sind Sie meine Mutter? Er kam sich plötzlich total lächerlich vor, und doch zog ihn dieses Haus irgendwie in seinen Bann. Egal was diese Frau auch über ihn denken würde, er würde hier warten und sie fragen, ob sie vielleicht etwas über seine Mutter, die wohl den gleichen Namen trug wie sie, wüsste. Diese Frau hier konnte es ja unmöglich sein. Dann wäre sie ja wahrscheinlich schon über vierzig gewesen, als Konstantin auf die Welt gekommen war, wenn er sein Alter richtig einschätzte. Naja, ganz unmöglich war das zwar nicht, aber Yanko war sich dennoch sicher, dass diese Angelika Katharina jedenfalls nicht seine Mutter war. Plötzlich kam ihm auch die ganze Geschichte total albern vor. Vielleicht hatte er sich ja auch verhört und Minerva hatte ihm was ganz anderes erzählt und war doch immer noch seine richtige Mutter. Vielleicht hatte er das alles ja auch nur geträumt.

Dann stand sie vor ihm und schaute ihn aus ihren braunen, leicht grün schimmernden Augen fragend an. „Guten Tag! Sie wünschen?“, hörte er sie fragen. Yanko versank förmlich in ihrem Blick und dachte erst, sie hätte ihn hypnotisiert. „Ähm ja... Ich... Ich bin Yanko!“, sagte er nur, und die Frau, die eben noch fest auf ihren zwei Füßen in der Tür gestanden hatte, wankte plötzlich, und Yanko konnte sie gerade noch

rechtzeitig auffangen und auf einen Stuhl setzen. Er setzte sich gleich daneben, denn der jähe Schmerz in seinem Oberkörper zwang ihn regelrecht dazu. Nachdem sich die Frau einigermaßen wieder gefangen hatte, stammelte sie: „Wer, sagten Sie, sind Sie?“ „Mein Name ist Yanko. Yanko Melborn Tahah... Ich...“ Aber weiter kam Yanko nicht, denn die Frau neben ihm auf dem Stuhl brach augenblicklich in Tränen aus. Zittrig nestelte sie in ihrer Schürze nach einem Taschentuch und wiederholte immer wieder: „Muro Devel! Devlalen! Devlalen! Lele! Muro Devel! Devla! Devla! Mašallah!“
Sie begann am ganzen Körper zu zittern und sah Yanko dabei immer wieder durch ihren Tränenschleier an und berührte vorsichtig sein Gesicht und seine Hände, als wären sie aus feinstem Glas. „Oh mein Gott! Ich danke dir! Ich danke dir!“, murmelte sie immer wieder schluchzend, und Yanko wusste überhaupt nicht, wie ihm geschah. Erst als sie sagte: „Ja... Du siehst ihm wirklich ähnlich! Yanko... Yanko... Ich dachte, du wärst tot! Oh mein Gott! Es ist ein Wunder!!!“, begann Yanko zu verstehen, dass er seine Mutter tatsächlich gefunden hatte. Sie saß ihm leibhaftig gegenüber und schien wahrlich für diesen Moment gebetet zu haben.
„Bist du es wirklich? Ich... Ich...“ Yanko konnte nicht weitersprechen. Seine Mutter hatte ihn bereits in ihre Arme genommen und drückte und herzte ihn. Sie konnten es beide kaum fassen und weinten vor lauter Freude und Glück.

Die nächsten Tage vergingen wie im Rausch. Nachdem sich Yanko und Angelika Katharina, die er ab jetzt immer Daje nannte, obwohl es für ihn am Anfang etwas merkwürdig war eine ja doch irgendwie vollkommen fremde Frau Mutter zu nennen, etwas beruhigt, und ihr Wiedersehen gefeiert hatten, auch wenn sich Yanko nicht an sie erinnern konnte, hatte Angelika Katharina ihre komplette Verwandtschaft eingeladen.

Yanko sollte seine Familie kennenlernen und auch seinen anderen sechs Jahre jüngeren Bruder, sowie seine zehn Jahre jüngere Schwester. In dieser Familie war Yanko der Älteste unter den Kindern, und er freute sich sehr darüber plötzlich noch drei weitere Geschwister zu haben
Sein jüngerer Bruder Vasili wohnte in Athen und betrieb dort ein Restaurant. Er war seit vier Jahren mit Helena verheiratet und hatte zwei Söhne und eine Tochter. Yankos Schwester Irina arbeitete in einem Nachtclub in Thessaloniki und war seit ein paar Monaten frisch verliebt. Und Konstantin, sein kleinster Bruder, absolvierte gerade das letzte Jahr an der Schule.
Dajes jüngere Kinder sowie ihr Mann Alexis waren natürlich zunächst vollkommen vor den Kopf gestoßen, als Angelika Katharina ihnen die Geschichte von Yanko und ihrer Jugendliebe Hadley berichtete. Sie hatte bis heute darüber geschwiegen, weil ihr, kurz nachdem Hadley Yanko mitgenommen hatte, gesagt worden war, dass Yanko gestorben, und Hadley danach weit fortgegangen wäre. Warum hätte sie es ihnen also erzählen sollen? Sie hatte ihren Kummer über diese Zeit damals für sich behalten. Doch jede Nacht hatte sie insgeheim gebetet, dass Yanko eines Tages wieder bei ihr sein würde.

Yanko lernte schließlich seine Geschwister, Onkel, Tante, Nichte, Neffen, Cousins und Cousinen kennen und hatte zunächst etwas Schwierigkeiten damit sich alle Namen auf einmal zu merken. Er stellte sich vor, wie eines Tages seine gesamte Verwandtschaft an einem großen, langen Tisch in Sheddy sitzen würde. Yanko genoss es sehr diesen, bis jetzt völlig unbekannten Teil seiner Familie kennenlernen zu dürfen, und er unterhielt sich mit allen bis tief in die Nächte hinein.

In dieser Zeit fuhr er allerdings vermehrt nachts aus dem Schlaf hoch, weil sich ihm in seinen Träumen etwas äußerst Bedrohliches näherte und nach ihm griff, doch er konnte es nicht genau packen und beim Namen nennen. Das einzige was stets zurückblieb, waren der Geruch in seiner Nase von verbrannten Haaren und schrille, ohrenbetäubende Schreie in seinem Kopf.
Er führte die grauenvolle Träumerei zunächst auf die vielen Eindrücke zurück, die hier bei seiner Mutter auf ihn eindrangen. Doch die Träume beschäftigten ihn mehr, als es ihm lieb war.

Kurz bevor die fünfte Tour startete, stand Mala auf einmal vor der Tür. Ihr Gesicht war verquollen, und sie hatte ein blaues Auge. Maria ließ sie eintreten, und Mala setzte sich dankbar auf das Sofa. „Mein Gott, was ist denn geschehen?“, fragte Maria erschrocken. „Mein Mann hat mich verprügelt, da bin ich abgehauen...“, schluchzte Mala auf. Maria setzte sich neben sie und nahm ihre Hand. Eigentlich hätte sie ja wütend auf diese Frau sein sollen, aber sie war es irgendwie nicht. Ihre anfängliche Sympathie, als Mala auf einmal während der letzten Tour aufgetaucht war und nach Yanko gefragt hatte, war seltsamerweise nicht verflogen. Mala sah Maria an. „Es tut mir leid! Ich wusste nicht wohin ich gehen sollte! Ich... Ich...“ „Kein Problem! Du bist willkommen! Mala... Ich... Ich weiß Bescheid. Ich weiß von dir und Yanko... und eurem Kind.“ Mala schluckte. „Ja... Es ist... Wir waren ja mal zusammen... Ich hatte das wirklich nicht vorgehabt, als ich hierhergekommen bin...“ „Schon gut! Beruhige dich erstmal! Willst du ein Bad nehmen?“, fragte Maria und wunderte sich immer mehr über sich selbst. Da saß die Frau, die mit ihrem Mann geschlafen hatte und weswegen er von ihrem Ehemann brutal zusammengeschlagen worden war und die nun von ihrem Yanko ein Kind erwartete, und sie bot ihr einfach so ein Bad an, als wäre sie schon seit Jahren ihre beste Freundin. Mala sah sie auch dementsprechend erstaunt an. „Ähm... Ich weiß nicht, wenn es dir nichts ausmacht, gerne!“, antwortete Mala verwirrt und wunderte sich auch über Marias Verhalten. Sie hatte eher damit gerechnet in hohem Bogen hinauszufliegen. „Ich bin sicher Yanko hat nichts dagegen, und wenn er erfährt, was dein Mann mit dir gemacht hat, würde er dich sowieso hierherholen, so wie ich ihn kenne!“, stellte Maria fest und musste grinsen. Das war wirklich eine

sehr seltsame Situation, aber eins stand einfach fest - sie mochte Mala.
Als Yanko nach Hause kam, staunte er nicht schlecht, als er Mala mit Jony auf dem Arm auf der Veranda sitzen sah, während Maria Limonade auf den Tisch stellte. Die beiden Frauen sahen sich an und kicherten, wie zwei alte, verschworene Freundinnen.
„Habe ich was verpasst?", fragte Yanko schmunzelnd, bevor er Malas Gesicht von vorne sah. Er ging zu ihr und sah sie genauer an. „Ach du Scheiße!!! War das dein Mann?" Mala gab Jony zu Maria rüber und stand auf. Yanko nahm Mala ungefragt in die Arme und sah dabei entschuldigend zu Maria hinüber. „Ist ok!", flüsterte Maria ihm nur zu und verschwand mit Jony im Haus.
„Ja, das war Kenneth. Ich habe ihm gestern gesagt, dass ich nach wie vor mit dir in Kontakt bleiben werde, damit unser Kind weiß wer sein Vater ist. Das war zu viel für ihn, und er ist total ausgerastet. Nachts bin ich dann abgehauen." Mala trocknete ihre Tränen und setzte sich wieder. Yanko zog einen Stuhl heran und nahm neben ihr Platz. „Und jetzt?" „Ich weiß es nicht! Ich wusste nicht wohin, und Maria hat mich reingelassen... Sie ist sehr nett zu mir! Unglaublich nett!" Yanko legte einen Arm um Mala. „Ich bin froh, dass du gekommen bist! Ich hatte solche Angst! Du hast dich nicht mehr gemeldet, und nachdem dein Mann mir zwei Rippen gebrochen hatte, hielt ich alles für möglich!" „Was??? Was hat er??? Davon weiß ich ja gar nichts!!! Wann? Wo?", rief Mala entsetzt. „Als ich das letzte Mal bei dir war. Er hat mich am Flughafen abgepasst." Mala brach erneut in Tränen aus. „Wie geht's dir jetzt?", schluchzte sie. „Mittlerweile geht's wieder. Ich war übrigens gerade in Griechenland, und stell dir vor, ich habe tatsächlich meine Mutter gefunden!", schwenkte Yanko das Thema um, weil er sonst am liebsten Kenneth erschlagen

hätte. „Was? Ehrlich? Das ist ja großartig!!! Wie ist sie denn so?“, fragte Mala erfreut und trocknete ihr Gesicht mit den Händen ab. „Sie ist toll! Es fühlt sich total gut an. Und ich bin soooo froh, dass ich sie noch kennenlernen durfte. Das ist echt ein Wunder!“, freute sich Yanko wieder. Als sich seine Wut über Kenneth etwas gelegt hatte, sagte er zu Mala: „Du bleibst jetzt erstmal hier! Ich rede mit Maria. In einer Woche geht sowieso die nächste Tour los, und da bekommst du dann deinen eigenen Wohnwagen, wenn du willst.“ Mala fielen tausend Tonnen Steine von ihrem Herzen. „Danke Yanko! Vielen Dank!“, hauchte sie und atmete tief durch.
Maria hatte das Gespräch soweit mitbekommen und kam in diesem Moment wieder auf die Veranda heraus. „Du brauchst nicht erst mit mir zu reden. Für mich ist das vollkommen in Ordnung! Mala, ich kann dir irgendwie nicht böse sein.“, stellte Maria klar, und Yanko sah sie genauso überrascht an, wie Mala. „Ich denke, wir sollten jetzt etwas essen!“, schlug Maria vor und verschwand wieder im Haus, um das Geschirr zu holen.
Mala und Yanko saßen kurz noch völlig perplex auf den Stühlen und sahen sich nur an. Yanko lehnte sich schließlich zu ihr rüber und gab ihr einen Kuss. „Schön, dass du da bist!“, raunte er ihr leise zu und musste sich regelrecht losreißen, um nicht über sie herzufallen, was zu diesem Zeitpunkt dann sicherlich doch zu viel des Guten gewesen wäre.

Spät nachts saß Yanko noch mit einer Flasche Whisky in der Hand im Mondschein, allein, draußen auf der Veranda und versuchte die aktuellen Ereignisse zu verdauen. Seltsamerweise fühlte es sich wirklich gut an, dass Mala nun auch bei ihm war und offensichtlich auch gerne mit auf die nächste Tour ging. Über Maria musste er sich allerdings immer noch sehr wundern. Obwohl sie ihm schon in Bezug auf Ron große

Toleranz entgegengebracht hatte, war ihr Verhalten von heute geradezu revolutionär gewesen. Den eigenen Mann mit einem anderen Mann zu teilen war eins, und stellte vielleicht tatsächlich nicht so eine große Konkurrenz dar, aber seine Ex-Freundin so herzlich aufzunehmen, mit der er sie gerade erst vor kurzem betrogen hatte, und die dazu auch noch von ihm schwanger war, das war wirklich mehr als erstaunlich. Yanko musste schmunzeln und gleichzeitig den Kopf schütteln. Mit der linken Hand befühlte er seine Rippen, die zum Glück jetzt nur noch schmerzten, wenn er sich hinlegte, oder aufstand, oder eine ruckartige Bewegung machte. Wenn er, so wie jetzt ruhig dasaß, verspürte er keinen Schmerz mehr, und er genoss den seltsamen Frieden, der plötzlich in seinem Haus war. Sollte er Kenneth doch anzeigen? Morgen würde er mit Mala darüber sprechen.
Er trank einen großen Schluck aus der Flasche. Dann sah er sich das Etikett an und überlegte, wie und vor allem wann er endlich von diesem Zeug loskommen würde. Manchmal hasste er es betrunken zu sein, vor allem wenn er morgens in aller Früh mit seinem Sohn spielen musste, der es anscheinend besonders liebte oft schon mit der ersten Dämmerung wach zu werden. Meistens übernahm Yanko die Frühschicht, obwohl er eigentlich derjenige war, der lieber spät ins Bett ging und dafür morgens länger schlief. Er war einfach ein Nachtmensch. Doch Maria brauchte den Schlaf momentan mehr als er. Und außerdem liebte er seinen kleinen Jony. Er wollte für ihn da sein, so oft es nur ging. Dann musste er an Kenia denken, die mittlerweile vier Jahre alt war. Sie lebte zwar meistens bei Jenny und ihrem neuen Mann in Bolivien, doch wenn sie in Sheddy zu Besuch waren, blieb sie die meiste Zeit bei ihm, beziehungsweise jetzt mehr bei Jony. Die beiden waren von Anfang an ein Herz und eine Seele. Wie Zwillinge, dachte Yanko und vermisste sie. Am liebsten hätte er sie

immer bei sich. Aber Kenia hatte ja inzwischen noch ein Geschwisterchen bekommen und war ebenso vernarrt in ihre kleine Schwester, allerdings nicht so sehr wie in Jony, stellte Yanko zufrieden fest. Morgen würde er sie bei Jennys Mutter abholen und mit den beiden an den See gehen.
Jetzt habe ich vier Kinder, überlegte er ungläubig und musste bei dem Gedanken, dass er bald sechs haben würde, grinsen. Jetzt fehlte nur noch, dass sein ältester Sohn Stefan und seine Frau Cecilia ihn zum Opa machen würden. Er prostete dem Nachthimmel zu und nahm einen großen Schluck. Wer hätte das gedacht, dass er eines Tages so viele Kinder haben würde. Als Fam noch gelebt hatte, gab es nur Stefan. Hätte er es doch irgendwann vermisst keine weiteren Kinder mehr zu haben? Fam konnte wohl keine Kinder bekommen, denn sie war nie schwanger geworden. Jedenfalls nicht, dass er davon gewusst hätte. In dieser Zeit war ihm das Kinderthema auch völlig egal gewesen. Nachdem das damals in Deutschland mit Stefans Mutter und ihrer Familie so schiefgelaufen war, sie ihm das Kind vorenthalten, und sich schließlich nicht mehr bei ihm gemeldet hatte, hatte es für ihn keine Chance mehr gegeben sich um ihn zu kümmern, und dann war er in das Leben mit Fam eingetaucht und damit war sowieso alles andere verblasst gewesen. Ab und zu hatten sie sich schon darüber unterhalten, und es war klar, dass sie das Kind oder die Kinder auf jeden Fall behalten würden, falls Fam schwanger werden sollte. Sie hatten nie verhütet. Eigentlich seltsam, dachte Yanko plötzlich, dass nie etwas passiert war. Fam... Er hatte schon lange nicht mehr von ihr geträumt, vor allem keine schrecklichen Alpträume mehr von ihrer Ermordung. Vielleicht hatte er es ja endlich geschafft über ihren Tod und all das, was damit zusammenhing hinwegzukommen. Er versuchte zu spüren, ob es noch Reste von Schmerz in ihm gab, aber momentan konnte er nichts finden. Er fühlte sich

zwar von den jüngsten Ereignissen etwas erschöpft, aber dennoch ging es ihm gut. Die Freude darüber seine Mutter gefunden und getroffen zu haben, gab ihm viel Halt und Zuversicht zurück. Fam würden seine Kinder bestimmt auch gefallen. Kurz musste er die Erinnerung, wie es gewesen war sie zu küssen, regelrecht heraufbezwingen. War es doch so, dass alles Vergangene mit der Zeit immer mehr verschwand? Konnte es womöglich sein, dass er sich irgendwann nicht einmal mehr an ihren Geruch erinnern könnte? Er erschrak ein wenig und holte tief Luft. Er wollte sie um gar keinen Preis vergessen. Niemals. Auch nicht das kleinste Detail. In Gedanken umarmte er sie fest und schloss für eine Weile seine Augen. Er durfte einfach nichts vergessen. Sein Herz begann auf einmal panikartig schneller zu schlagen, und er musste sich dazu zwingen ruhig zu atmen. Doch nach einer kurzen Zeit, in der er sich alles Mögliche schnell aus der Erinnerung herbeigezerrt hatte, wusste er, dass er nichts vergessen hatte, es war eben nur manchmal nicht so präsent. Beruhigt leerte er nach und nach den Whisky, während er auch die Schachtel Zigaretten aufrauchte, die er erst heute Abend aufgemacht hatte und schaute dabei in Gedanken versunken in den sternenübersäten Himmel.

Als er sich dann gegen drei Uhr morgens ziemlich betrunken neben Maria ins Bett legte und sie kurz darauf an seiner Brust atmen hörte, beschloss er nochmals Maria auf keinen Fall wegen Mala zu verlassen.

Keith konnte sich noch genau an den Abend erinnern, als er Mala vor Jahren das erste Mal getroffen hatte. Das war zu der Zeit gewesen, als Yanko in San Francisco mit Ron zusammen in dem Sommerhaus wohnte, und mit Janina für einige Zeit ein Tanzengagement in einem Club gehabt hatte. Das war kurz bevor Yanko und Janina dann ein Paar geworden waren. Keith war für einen Tag nach San Francisco gekommen, um Yanko und Janina tanzen zu sehen. Plötzlich waren Ron und Mala neben ihm gestanden, und zuerst hatte Keith geglaubt, Ron wäre mit dieser exotischen Schönheit zusammen, bis er jedoch durch Yankos stürmische Umarmung eines Besseren belehrt worden war. Klar, hatte Keith dann sofort gedacht, natürlich hatte Yanko sie aufgegabelt, und an Rons Blick hatte er schnell erkennen können, dass ihm dieser Umstand überhaupt nicht behagte. Doch zum Glück war Yanko an diesem Abend sehr beschäftigt gewesen, denn an jenem Wochenende war in diesem Club ein Tanzwettbewerb ausgetragen worden, an dem auch er und seine Tanzpartnerin teilgenommen hatten. So hatte Keith die Gelegenheit beim Schopf gepackt und die halbe Nacht mit Mala getanzt. Sie hatten sich auf Anhieb sehr gut verstanden und sich prächtig amüsiert. Ron hatte diese Tatsache außerordentlich gut gefallen, und insgeheim hatte er gehofft, dass nun Keith Mala Yanko ausspannen würde. Doch Mala hatte anders entschieden und fuhr anschließend mit Yanko und Ron nach Hause, und Keith war für den Rest der Nacht allein und etwas frustriert in seinem Hotelzimmer gesessen. Halbherzig hatte er in diesen Stunden seinen Bruder innerlich verflucht, obwohl er ihn liebte. Sein Flug nach Hause war am nächsten Morgen so früh gegangen, dass er unmöglich noch mit ins Sommerhaus hätte fahren konnte.

Als er dann irgendwann mitbekommen hatte, dass Yanko sich von Mala getrennt hatte und nun mit Janina zusammen war, hatte er sich ernsthaft überlegt Mala in L.A. zu besuchen. Doch wie schon so oft in seinem Leben hatte der Alltag bald darauf seine Macht über ihn zurückgewonnen, und die Gedanken an Mala waren wieder verschwunden.
Mit einem Schlag war allerdings alles wieder da gewesen. Und zwar genau in dem Moment, als sie ihm auf ihrer letzten Tour plötzlich lächelnd gegenüber gestanden hatte. „Hallo Keith!", hatte sie ihm freudestrahlend entgegengerufen. „Hallo Mala!!! Schön dich zu sehen! Was machst du denn hier?" Keith hatte sich ungemein gefreut und sie einfach spontan umarmt. Mala hatte ihn angesehen. „Ich freue mich auch dich zu sehen! Wie geht es dir? Ist schon eine Weile her, seit wir uns das letzte... das erste und das letzte Mal gesehen haben!", hatte sie festgestellt und sich auch sehr gefreut ihn zu sehen. Keith hatte seinen Blick gar nicht von ihr losreißen können. Für ihn war sie damals die schönste Frau gewesen, die er je gesehen hatte, und obwohl er zur Zeit in Maria verliebt war, übte Mala auf ihn immer noch eine unerklärliche Anziehung aus, der er nur äußerst schwer widerstehen konnte. „Mir geht's gut! Danke! Ja... Das ist schon eine Weile her! Aber es war sehr schön gewesen mit dir zu tanzen!", hatte er ihr dann geschmeichelt und dabei am liebsten ihr Gesicht berührt.
Mala hatte daraufhin etwas verlegen gelächelt, denn sie konnte dabei deutlich seine Blicke unter ihrem Kleid spüren, was ihr, so überraschend es auch kam, nicht wirklich unangenehm gewesen war. Er hatte bei ihrem ersten Treffen schon einen bleibenden Eindruck bei ihr hinterlassen. Sie mochte seinen klaren und direkten Blick und seine etwas kantige Art, die auf sie eine gewisse Sicherheit ausstrahlte, die sie bei Yanko so nie gespürt hatte. Keith war für sie ein Fels in der Brandung, obwohl sie ihn erst einen Abend lang erlebt hatte. Und

plötzlich waren ihr die vielen Dinge wieder eingefallen, die Yanko ihr über seinen großen Bruder schon erzählt hatte.
Keith war der Halt der Familie gewesen, nachdem ihr Vater Hadley sich vor Jahren zu Tode getrunken hatte und Minerva mit dem Zirkus und den Kindern und einem Berg von Schulden allein ließ. Minerva hatte nur Keith mit nach Amerika zu Hadleys Bruder John nehmen können, wo Keith vom ersten Tag an, wie ein Wahnsinniger gearbeitet hatte, um für alle ein gemeinsames Zuhause zu ermöglichen und um Yanko ein Ticket zu kaufen, damit auch er zu ihnen rüberkommen könnte. Die tragische Geschichte warum Yanko nicht gleich mitgekommen war, hatte Yanko ihr ja bereits erzählt.
Keith strahlte Geduld, Aufrichtigkeit und Verlässlichkeit aus und schon damals, als er sie beim Tanzen geführt hatte, hatte sie die Stärke, die er ausstrahlte sehr genossen. Yanko war für sie eher wie der Wind, vielleicht sogar wie der Feuerwind. Man wusste nie, wo er in den nächsten Minuten sein würde, oder was er als nächstes vorhatte, geschweige denn, ob man seine hinreißende, glühende Leidenschaft überhaupt überleben würde. Und doch, sie würde sich immer wieder für Yanko entscheiden, auch wenn Keiths Präsenz und Charme noch so verlockend für sie waren.
„Ist Yanko da?“, hatte sie dann plötzlich gefragt und Keith damit aus seinen Phantasien gerissen. „Äh... Nein... Er... Er ist weg...“, hatte er geantwortet und dabei deutlich einen Stich in seinem Herzen gespürt. Schon wieder Yanko, hatte er gedacht. Gab es denn keine Frau, außer seiner eigenen, die seinen Bruder nicht wollte? Was war eigentlich mit seiner Frau? Wollte Mabel am Ende auch insgeheim lieber Yanko in ihrem Bett haben? Doch diesen Gedanken hatte er gleich wieder abgeschüttelt. Hör auf so einen Unsinn zu denken, hatte er

schließlich zu sich selbst gesagt. Mabel steht auf treue und nicht schwule Männer, das wusste er genau.
„Wo ist er denn?“, hatte Mala neugierig gefragt und ihm dabei so direkt in die Augen gesehen, dass er plötzlich ein Ziehen in seinen Lenden verspürt hatte. Warum war sie nur so verdammt hübsch? Keith hatte sich daraufhin umgedreht und eine Zigarette geholt.
„Setz dich, bitte!“, hatte er dann Mala aufgefordert und sich selbst darüber gewundert, dass er ihr die Geschichte von Minerva und Yankos richtiger Mutter unbedingt erzählen wollte. Er hatte bis dahin nur mit Yanko und Mabel darüber gesprochen. Alle hatten zwar mittlerweile darüber Bescheid gewusst, aber er selbst hatte keine weiteren Gespräche diesbezüglich geführt. Er hatte mit keinem Freund darüber gesprochen. Hatte er überhaupt einen? Jemanden dem er bedingungslos vertraute? Yanko war eigentlich so jemand, dem man sich blind anvertrauen konnte, jemand der zuhören konnte und der da war, wenn man in Not war. Aber Yanko war sein Bruder und in diesem Sinne kein richtiger Freund. Er konnte sich genau daran erinnern, dass er sich plötzlich nach einem Halt außerhalb der Familie gesehnt hatte, und er sich auf einmal Mala anvertrauen wollte.
Sie hatten noch lange zusammen gesessen. Keith hatte an diesem Abend frei gehabt, und so waren sie für längere Zeit völlig ungestört geblieben. Keith konnte sich nicht genau erinnern, wann es dann passiert war, doch als sie sich schließlich von ihm verabschiedete, hatte er sich in sie verliebt.

Und nun war sie wieder da. Leibhaftig stand sie vor ihm und freute sich über ihren neuen Wohnwagen, den sie von nun an bewohnen würde. Keith war verwirrt, aber auch sehr erfreut. Er wusste noch nicht lange davon, dass Mala von nun an mitfahren würde. Yanko hatte ihm nur kurz bevor sie

losgefahren waren, mitgeteilt, dass Mala ihren Mann verlassen habe, weil er sie geschlagen hätte, und sie sonst nicht wüsste wo sie hin solle. Mehr Informationen hatte Keith nicht bekommen, und er freute sich viel zu sehr, um nach weiteren Gründen zu fragen. Unter anderen Gegebenheiten hätte er sich mit Sicherheit über diese Situation gewundert. Sein Herz schlug jedenfalls jetzt für Mala und anscheinend war seine karibische Flamme völlig frei. Maria hatte er sich mittlerweile aus dem Kopf geschlagen, nachdem sie, für ihn zwar völlig unverständlich, nach wie vor mit Yanko zusammenbleiben wollte.
Wie auch immer die Geschichte mit Mala sich entwickeln würde, Keith beschloss an diesem Tag sich nun endgültig von seiner Frau zu trennen. Er liebte sie schon lange nicht mehr genug, um mit ihr den Rest seines Lebens verbringen zu wollen. Er hätte sie schon vor längerer Zeit verlassen sollen, doch damals hatte ihm dazu der letzte Funken Mut gefehlt.
Jetzt fühlte er sich bereit volles Risiko zu fahren.

Die ersten Tage der fünften Tour waren vergangen, und Yanko hatte sehr viel zu tun gehabt. Es waren doch einige Dinge aus der Zeit liegengeblieben, als er bei Maria in Griechenland gewesen war und auch noch von der letzten Tour, die er frühzeitig verlassen hatte. Es waren einige Wartungsarbeiten am großen Zelt zu erledigen, und um ein paar Risse im Pferdezelt musste er sich auch noch kümmern. Yanko stürzte sich in die Arbeit und schaffte es so, sich keine weiteren Gedanken um Mala und die ganze Situation zu machen. Er sah sie natürlich oft und jedes Mal versuchte er so schnell wie möglich woanders hinzugehen. Er wollte schon gar nicht erst wieder in Versuchung kommen.
Eines Abends dann, nachdem Yanko gerade das Licht bei den Pferden ausgeschaltet hatte und über den Platz zum Lagerfeuer ging, um sich zu den anderen zu setzen, sah er Keith bei Mala am Wohnwagen stehen. Yanko gelang es unbemerkt in Hörweite zu kommen und lauschte, hinter einem der anderen Wohnwagen versteckt. Wie blöd von mir, dachte er sich dabei, aber er konnte nicht anders.
Keith nahm Malas Hand, und sie schien nichts dagegen zu haben. „Ich finde es total schön, dass du hier bist!“, sagte Keith leise zu ihr und strahlte sie dabei an. Mala lachte auf und war von Keiths Charme erneut sehr angetan. Es war offensichtlich, dass er um sie warb, und das nicht erst seit heute. Er gefiel ihr und sein durchdringender Blick übte auf sie eine enorme Anziehungskraft aus. Und sie fragte sich ernsthaft warum sie sich eigentlich nicht darauf einlassen sollte, zumindest teilte er nicht mehr das Bett mit seiner Frau und war somit frei, und sie war auch frei, und er war Yankos Bruder. Dieser Gedanke jedoch rief in ihr schlagartig eine tiefe Sehnsucht nach Yanko wach, die sie aber ganz schnell in einen Entschluss umwandelte. „Keith, ich finde es auch schön hier

zu sein... Vor allem mit dir!“, raunte sie ihm ins Ohr und trat noch näher. Sie sahen sich eine Weile schweigend in die Augen, und Yanko hätte am liebsten laut Stopp geschrien, als Keith sich schließlich zu Mala hinunterbeugte und ihr einen Kuss gab. Yanko erwartete eigentlich, dass Mala ihm auf der Stelle eine runterhauen würde, doch dann traute er seinen Augen kaum. Sie gab sich dem Kuss genussvoll hin und umarmte Keith schließlich und schmiegte sich an ihn.
Yanko brauchte einen Moment um zu kapieren, was er da beobachtete, dann drehte er sich um und ging kopfschüttelnd zum Feuer zurück. Warum um alles in der Welt sollte sie das nicht tun dürfen? Er war mit Maria zusammen und wollte sie auch nicht verlassen, das hatte er Mala auch so gesagt. Sollte Mala jetzt ihr Leben lang allein bleiben? So ein Quatsch, dachte Yanko. Eigentlich war es sogar perfekt wenn Mala und Keith ein Paar werden würden. So blieb sie wenigstens in der Familie. Ob sie Keith schon gesagt hat, dass sie ein Kind erwarte, und dass dieses von seinem Bruder sei?
Yanko saß noch lange am Feuer und schaute immer wieder nach den beiden, aber keiner von ihnen tauchte an diesem Abend mehr auf. Erst nachdem Yanko vollkommen besoffen war, stand er auf und legte sich zu seinem Pinto ins Stroh. Er wunderte sich, dass er auf einmal so mies gelaunt war, obwohl es nun wirklich keinen Grund dafür gab. Der Gedanke an Keith und Mala ließ ihn sogar nach einer Weile ab und zu schmunzeln. Wirklich gut, dachte er oft und schob das merkwürdige Gefühl in seinem Bauch einfach ganz weit weg.
In den nächsten Tagen vermied er es jedoch, so gut es ging und noch mehr als sonst, Mala und vor allem Keith über den Weg zu laufen. Abends bei den Vorstellungen kam er jedoch nicht drum herum, und die Nummer mit Keith konnte er ja schließlich deswegen nicht absagen. Er wunderte sich, wieso er so ein innerliches Aufhebens um diese Sache machte, von der

er noch nicht einmal offiziell wusste. Er hatte nur einen Kuss gesehen, und doch konnte er an nichts anderes mehr denken.

Keith stand nach einem ihrer kommenden Auftritte plötzlich hinter Yanko im Pferdezelt und legte eine Hand auf seine Schulter. „Bruder, ich muss mit dir reden!“, sagte er sanft und spürte deutlich, wie Yanko unter seiner Hand tief durchatmete. „Was gibt's?“, fragte Yanko schnell und fühlte, dass sich seine Brust zusammenzog. „Komm, setzen wir uns!“, schlug Keith vor und deutete mit der Hand auf die Futterkiste. Yanko, der gerade dabei gewesen war den Pferden Heu zu geben, stellte die Mistgabel in die Ecke und setzte sich etwas mürrisch neben Keith. Er ahnte schon was jetzt kommen würde, und irgendwie wollte ein Teil in ihm es überhaupt nicht wissen. Wenn er was mit Mala am Laufen hatte, so sollte er es tun, aber er sollte ihn damit in Ruhe lassen. Dann sah er Keith in die Augen.
„Yanko... Ich habe mich in Mala verliebt, und wir sind jetzt zusammen!“, strahlte es stolz aus Keith heraus, und Yanko musste schlucken. „Was sagst du dazu?“, wollte Keith gleich wissen. „Ich?... Ähm... Naja... Schön... Schön für euch!“, stotterte Yanko so schnell es ging, und er bemühte sich, dass Keith sein für sich selbst unerklärliches Unbehagen bei der ganzen Sache nicht bemerkte. „Du hast nichts dagegen?“, fragte Keith erstaunt. „Was soll ich dagegen haben? Ich bin mit Maria zusammen. Das mit Mala ist längst vorbei.“, antwortete Yanko und scheuchte Keith von der Futterkiste herunter. Er klappte den Deckel auf und holte eine Flasche Whisky heraus. Ihm war es jetzt auf einmal egal, ob Keith mittlerweile mitbekommen hatte, dass er wieder trank oder nicht. Yanko nahm einen gehörigen Schluck, bevor er die Flasche seinem Bruder reichte.

Keith erstarrte, und es zog ihm das Herz zusammen, als er Yanko trinken sah. Er hatte es zwar auf der letzten Tour schon halbwegs befürchtet, doch dann war Yanko abgehauen. Keith beschloss aber sich jetzt nicht darum zu kümmern, denn offensichtlich ging es Yanko ja ansonsten gut, und wenn man nicht wusste, dass er momentan trank, konnte man es eigentlich auch kaum feststellen. Offenbar trank sein Bruder gerade nicht besonders viel. Keith hoffte nur, dass Yanko so schnell wie möglich wieder einen Entzug machen würde.
Er nahm einen Schluck aus der Flasche und gab den Whisky danach zu Yanko zurück. Früher hatte es ihm viel Spaß gemacht mit seinem Bruder nachts nach den Vorstellungen durch die Städte zu ziehen und auf Sauftour zu gehen. Yanko war immer gut drauf gewesen, hatte immer einen Witz auf Lager gehabt und vor allem konnte er so ziemlich alle Sprachen sprechen, mit denen sie zu tun gehabt hatten, wobei Keith immer noch rätselte, wo und wie Yanko das alles gelernt hatte. Als sich Keith plötzlich daran erinnerte, dass Yanko bei den ersten Streifzügen gerademal neun Jahre alt gewesen war, bekam er ein schlechtes Gewissen. War er etwa mit daran schuld, dass Yanko ein Alkoholiker wurde? Immerhin hatte er ihn damals voll mittrinken lassen. Allerdings hatten ihre Eltern weder Yanko noch ihm verboten mit den älteren Jugendlichen mitzugehen. Sie mussten es doch bemerkt haben, wie oft Yanko schon damals betrunken gewesen war. Aber vielleicht hatten sie es tatsächlich nicht mitbekommen, denn Yanko hatte ja die meiste Zeit bei den Pferden geschlafen. Dann fiel ihm ein, dass seine Eltern ihn auch nicht auf seinen eigenen Alkoholkonsum angesprochen hatten.
Damals war alles noch so leicht gewesen, und sie waren voller Tatendrang durch die Gegend gezogen. Sie hatten zusammen mit Jugendlichen aus den verschiedensten Städten und Ländern gefeiert. Selten hatte es wegen ihrer Herkunft

Schwierigkeiten gegeben, denn meistens waren sie schon wieder weitergereist, bevor es vielleicht doch noch dazu gekommen wäre. Doch jetzt empfand Keith nur noch große Sorge, wenn er Yanko trinken sah, und er fragte sich, warum er momentan überhaupt wieder trank, denn es war doch alles gut. Yanko hatte Maria geheiratet, und sie erwartete ihr zweites gemeinsames Kind, und er hatte seine richtige Mutter gefunden. Eigentlich könnte er doch jetzt wieder damit aufhören.

„Ich wollte es dir nur selbst sagen, bevor du uns zusammen siehst.“, antwortete Keith nach einer kurzen Pause. Dann holte er Luft. Er musste ihn doch darauf ansprechen. „Warum trinkst du eigentlich wieder? Ist doch momentan alles ok, oder?“ Keith versuchte seinem Bruder in die Augen zu sehen, doch Yanko starrte auf den Boden und nahm noch einen Schluck. Dann stand er auf und sagte: „Ja... Ich höre ja auch bald auf. Ich muss dann mal weitermachen...“ Keith nickte und bekam das Sorgengefühl nicht wirklich los. „Yanko... Wenn was ist, du kannst immer zu mir kommen und mit mir reden! Das weißt du, ja?“ „Ja Bruder, das weiß ich!“, murmelte Yanko und nahm die Mistgabel wieder in die Hand.

Keith verließ das Zelt und war sich nicht sicher, ob Yanko sich nun gefreut hatte, dass er so glücklich mit Mala war, oder nicht. Irgendwie war Yanko seltsam gewesen, aber das war er ja eh ab und zu. Keith beschloss sich von Yankos Stimmung jetzt nicht runterziehen zu lassen und schlenderte pfeifend hinüber zu Malas Wohnwagen, in dem auch er seit kurzem wohnte.

Mala wartete schon ungeduldig und umarmte ihn stürmisch, als er zur Tür hereinkam. „Und wie hat er reagiert?“, fragte sie vielleicht einen Tick zu schnell. Doch Keith küsste sie erst einmal ausgiebig, bevor er ihr antwortete. „Ich glaube gut! Er war eigentlich nicht besonders überrascht gewesen. Aber das

ist mir jetzt auch vollkommen egal!“, sagte Keith und nahm Mala liebevoll in seine Arme.
Das wäre mal geschafft, dachte Mala. Jetzt muss ich Keith nur noch irgendwie beibringen, dass ich ein Kind von Yanko unter meinem Herzen trage. Davon hatte Yanko ihm offensichtlich nichts erzählt. Mala überlegte, obwohl ihr das unter Keiths stürmischen Küssen sehr schwer fiel, ob sie es ihm jetzt gleich sagen sollte. Denn je länger sie damit warten würde, desto schwerer und schlimmer würde es wahrscheinlich werden. Hoffentlich würde Keith Verständnis dafür haben, obwohl ihr schon klar war, dass sie da sehr viel von ihm verlangte. Ganz kurz verlockte sie die Möglichkeit ihm zu verschweigen, dass sie schwanger war, um ihm in ein oder zwei Wochen dann zu sagen, dass sie ein Kind von ihm erwarten würde. Vielleicht würde Yanko diese Variante sogar mitmachen. Nein, Yanko würde das auf keinen Fall mitmachen! Mit einem Schlag wurde ihr klar, dass sie gerade wieder in Versuchung gekommen war einen ähnlichen Fehler zu machen, wie Hadley und Minerva. Kurz musste sie nach Luft schnappen. „Was ist mit dir?“, fragte Keith und sah sie an. „Nichts! Nichts!... Ich muss mich nur mal kurz setzen!“, sagte Mala verwirrt und fühlte sich plötzlich etwas schwindlig. Sie setzten sich, und Mala sah Keith an. Sie nahm seine Hände und der Schwindel verschwand wieder. Sie konnte es ihm nicht sagen, nicht jetzt. Sie musste zuerst mit Yanko sprechen.
Am nächsten Morgen stand sie sehr früh auf und ging hinaus. Sie hoffte Yanko zu treffen, ohne dass irgendjemand sie dabei sah. Ihr fiel plötzlich auf, dass sie schon lange nicht mehr mit ihm gesprochen hatte. Leise schlüpfte sie ins Pferdezelt und tatsächlich, da lag Yanko auf einer Decke im Stroh. Er schlief noch und hatte sie offensichtlich nicht hereinkommen hören. Mala setzte sich zu ihm und entdeckte eine leere Whiskyflasche neben Yanko. Sie wurde ein wenig traurig.

Sie konnte sehen, wie sich sein Brustkorb beim Atmen bewegte. Yankos Hemd war offen und gab so ziemlich alle Tattoos und Narben frei, die sich mittlerweile auf seinem Oberkörper angesammelt hatten, und sie konnte vor allem noch die deutlichen Überreste eines riesigen Blutergusses an seinen Rippen erkennen. Sie hatte Yanko seit seinem letzten Besuch Ende März nicht mehr nackt gesehen und war sehr erschrocken darüber, dass man die Stelle der Verletzung noch so deutlich erkennen konnte, obwohl es schon einige Wochen her war, dass ihr Mann Yanko zusammengetreten hatte. Vorsichtig legte sie eine Hand auf seine rechte Seite, und ihr Herz zog sich zusammen.
Yanko wachte davon auf. Er spürte ihre Hand und sah sie an. „Hast du noch Schmerzen?", fragte Mala leise in die morgendliche Stille. Yanko rieb sich die Augen und räusperte sich. „Manchmal, aber es ist nicht mehr schlimm. Was machst du hier?" Yanko hatte einen dicken Kopf und fühlte sich noch ziemlich müde. Er hatte sich gestern Nacht ordentlich die Kante gegeben und dazu noch einige Joints geraucht. Er wollte gestern nichts mehr denken, geschweige denn irgendetwas spüren, und hatte damit in seinem Herzen das Gefühl der Gleichgültigkeit erzwingen wollen. Das war ihm dann durch die Menge Alkohol, die er getrunken hatte auch ganz gut gelungen, doch als er eben wach wurde, war es schlagartig wieder weggewesen. Sie war ihm einfach nicht egal.
Mala zog ihre Hand wieder zurück. „Ich... Ich möchte mit dir reden.", sagte sie und sah Yanko dabei zu, wie er aufstand und sich aus einem Eimer etwas Wasser über den Kopf leerte. Er sah einfach süß aus, wie er dann mit triefend nassen Haaren dastand und sie ansah. Sie stand auf, und sie setzten sich auf die gleiche Futterkiste auf der er gestern mit Keith gesessen war. „Was gibt's? Ist alles klar mit dem Baby?", fragte Yanko und sah sie besorgt an. „Ja! Ja, da ist alles ok! Yanko... Das mit

Keith, das... Es kam einfach so, und... Er ist ein toller Mann, und ich glaube, ich habe mich echt in ihn verliebt.“ „Keith hat's mir gestern erzählt. Für mich ist das ok. Wo ist das Problem?“, murmelte Yanko und war auf einmal von alldem genervt. Sollten sie doch zusammen sein. Plötzlich war es ihm wieder scheißegal geworden. „Ich habe ihm noch nicht gesagt, dass ich schwanger bin...“ Yanko sah Mala prüfend an. „Und du weißt jetzt nicht, wie du es ihm sagen sollst, beziehungsweise ob überhaupt? Richtig?“ Mala nickte. „Ich will es ihm ja sagen, alles andere wäre total unfair, obwohl der andere Gedanke im ersten Moment wirklich verlockend war, das gebe ich zu! Doch ich habe etwas Angst davor. Ich weiß nicht, wie er reagieren wird.“ „Das kann man nie wissen, aber wenn du willst, dann sage ich es ihm, oder wir sagen es ihm gemeinsam.“, schlug Yanko vor. Mala sah ihn erleichtert an. „Das wäre echt toll, wenn du dabei sein könntest!“. Yanko sah sie lange an. Dann strich er ihr plötzlich ganz liebevoll eine Haarlocke aus dem Gesicht. „Mala, ich wünsche dir, dass du mit ihm glücklich wirst!“ Mala genoss seine Zärtlichkeit und nickte nur. Yanko stand auf. Er zog Mala hoch und umarmte sie. Ihm war auch das egal. Er wollte sie an seiner Haut spüren, und es war ihm vollkommen gleich, was sie darüber dachte und ob in diesem Moment jemand ins Zelt kommen würde.

Mala hatte anscheinend auch nichts dagegen. Im Gegenteil, sie drückte ihn fest an sich und wünschte sich kurz, dass alles anderes herum wäre. Maria und Keith und sie und Yanko. Sie fragte sich, ob es wirklich in Ordnung war, dass sie Keith sozusagen als zweite Wahl benutzte. Benutzte sie ihn denn tatsächlich? Irgendwie ja und irgendwie auch nein. Yanko war mit Maria zusammen und hatte ihr klipp und klar gesagt, dass er Maria nicht verlassen würde. Jetzt war sie zwar nur mit seinem Bruder zusammen, aber immerhin, sie blieb in der

gleichen Familie. Und Keith war eigentlich genau der Richtige für sie. Er war stark, ordentlich, verständnisvoll, zärtlich und vor allem treu und loyal. Er ließ sie ständig wissen, wie toll und schön sie wäre, und dass er sie lieben würde. Komplimente waren bei Yanko eher Mangelware, doch wenn sie mal ab und zu kamen, dann waren sie einfach umwerfend, wahrscheinlich gerade deshalb, weil er sie so selten aussprach. Und Yankos Nähe übte auf sie immer noch eine so starke erotische Anziehung aus, dass sie sich nur sehr schwer zurückhalten konnte ihn nicht einfach zurück ins Stroh zu schubsen und mit ihm zu schlafen. Mala musste sich fast losreißen, denn Yanko hatte wohl auch nicht wirklich vorgehabt sie so schnell wieder gehen zu lassen. Fast hektisch verließ sie, ohne ein weiteres Wort zu sagen, das Zelt und eilte in die frühe Morgensonne.
Yanko stand herzklopfend im Stall und überlegte wie lange das wohl gut gehen würde. Doch er beschloss von sich aus nichts zu unternehmen. Gereizt stellte er fest, dass kein Whisky mehr da war, und so knöpfte er das Hemd ein wenig zu und ging zu Fuß nach Washington rein um Nachschub zu besorgen. Nachdem er ein paar Flaschen Whisky gekauft, und in der Futterkiste verstaut hatte, lief er runter zum Potomac River und beschloss heute nichts zu arbeiten. Zur Abendvorstellung würde er allerdings rechtzeitig wieder zurück sein. Er ging über den Fluss und verbrachte den ganzen Tag auf der Theodore Roosevelt Island und trank die Flasche Whisky, die er vorher in eine Colaflasche umgefüllt und mitgenommen hatte, dort vollständig aus. Gegen Nachmittag fühlte er sich besser, und er schlenderte langsam zurück auf das Zirkusgelände und ließ die Abendvorstellung entspannt hinter sich.

Zwei Tage danach schreckte Yanko spät nachts aus dem Schlaf hoch. Er lag neben Maria im Bett und wusste zuerst nicht, wo er war. Er hätte kotzen können, so schlecht war ihm von dem Geruch, den er in seinem Traum wahrgenommen hatte. Verbrannte Haare, und dann immer wieder diese nervenzerreißenden Schreie einer Frau. Warum träumte er das immer wieder? Was waren das für Bilder, die sich immer wieder in der gleichen Weise in seine Träume schlichen? Er konnte sich überhaupt nicht erinnern, so etwas jemals erlebt oder gesehen zu haben, auch nicht in einem Film. Er hatte das Gefühl, dass diese Träume jedes Mal intensiver, und auch die Bilder klarer wurden, auch wenn er nichts wirklich erkennen konnte. Yanko bekam plötzlich wieder das Gefühl an etwas zu ersticken, und er stieg vorsichtig, damit Maria nicht davon aufwachen würde, aus dem Bett, zog sich nur eine Hose über und schlich barfuß hinaus in die Nacht. Er holte Whisky und setzte sich damit am Lagerfeuerplatz auf einen Baumstumpf und rauchte. Er atmete ein paar Mal tief durch, und doch verschwand das beklemmende Gefühl nicht sofort.
Er hatte niemanden kommen hören und erschrak ziemlich, als sich plötzlich jemand neben ihn auf einen weiteren Baumstumpf setzte. „Mala!?“ Mala sah ihn an. „Ich konnte nicht schlafen, und du? Was machst du hier mitten in der Nacht?“ „Ich habe schlecht geträumt.“ Er sah sie an. „Aber nicht von dir!“, fügte er noch schmunzelnd hinzu, denn er freute sich plötzlich sehr sie zu sehen. Mala musste kichern und legte den Kopf in den Nacken. „Schön heute Nacht... So viele Sterne!“ Yanko sah ebenfalls in den Himmel. „Ja... Sehr schön... So schön wie du!“ Mala sah ihn überrascht an, und ihre Blicke begegneten sich. Seine Augen funkelten im nachtschwachen Licht, und sie versank förmlich in ihnen. Sie liebte es Yankos Oberkörper unbekleidet zu sehen, und der

Anblick seiner nackten Haut ließ sie jetzt nur sehr schwer widerstehen. Sie musste sich regelrecht dazu zwingen nicht dauernd auf seine Brust zu starren und sich zu wünschen, er möge sie auf der Stelle in seine Arme nehmen. Dann bemerkte sie, dass Yanko Mühe hatte ruhig zu atmen. Sie kannte seine Anspannung ziemlich gut, denn die hatte sie schließlich schon einige Male mitbekommen. Wollte er sie etwa auch? Nein, er war bestimmt noch wegen des Traums so aufgewühlt, und sie bildete sich das nur ein. Was wollte sie überhaupt hier? Er wollte mit Maria zusammenbleiben! Wie oft sollte sie sich das noch ins Gedächtnis zurückrufen, um es endlich verinnerlicht zu haben? Die kurze Zeit, als ihr Liebe in Sheddy nochmals aufgeflammt war, war jetzt vorbei! Ok, sie hatte ein Kind von dieser Liaison davongetragen, doch das bedeutete nicht, dass Yanko sie heute immer noch wollte. Sie hatte jetzt Keith, und das war auch wirklich toll! Sie wollte schon aufstehen und zurück zu ihrem Wohnwagen gehen, als sie von Yankos Worten gebremst wurde. „Wann sagen wir es ihm?“, wollte er plötzlich wissen. „Ich weiß es nicht... Vielleicht morgen nach dem Frühstück? Da hat er ein bisschen Zeit.“, schlug Mala vor. Yanko nickte. „Ok! Morgen also!“
Das Mondlicht spiegelte sich auf Yankos Haut, und Mala beobachtete wie ihre Hand plötzlich ganz von allein und ohne vorher gefragt zu haben, über Yankos Rücken fuhr. Yanko lief ein Schauer der Erregung durch seinen Körper. Er genoss die Berührung sehr und wünschte sich, dass Mala nicht damit aufhören würde. Mala konnte auch gar nicht aufhören, denn Yanko hielt so still, dass sie seinen Herzschlag bis in ihre Handfläche hinein spüren konnte. Das fühlte sich so schön und verbunden an, dass sie in Versuchung war, ihre Hand weiter über seinen Körper gleiten zu lassen. Wie bei einem ungezähmten Pferd, das zum ersten Mal eine menschliche Hand zu spüren bekam, dachte sie, als sie Yanko dann doch

noch weiter streichelte, und er es offenbar genoss was sie tat. Plötzlich sah sie sich erschrocken um. Was, wenn sie jemand dabei beobachtete, schoss es ihr durch den Kopf. Immerhin saßen sie hier mitten auf dem Platz, sozusagen voll auf dem Präsentierteller. Yanko musste ihre Reaktion bemerkt haben, denn er nahm auf einmal ihre Hand und zog sie rasch mit hinüber ins Pferdezelt.
Kaum waren sie dort angekommen, umarmte Yanko sie und küsste sie so innig, dass sie einfach in seine Arme sank. Und während sie sich liebten, fragte sich Mala, wie sie es nur einen einzigen Tag ohne Yanko ausgehalten hatte. Doch sie liebte Keith jetzt auch irgendwie. Aber darüber würde sie sich morgen Gedanken machen. Jetzt wollte sie nur noch Yanko genießen. Und er tat das Gleiche.
So vergingen die Tage, und keiner der beiden fand den Mut dazu mit Keith zu sprechen. Alles was sie jetzt beschäftigte, war, nicht erwischt zu werden. Sie trafen sich so oft es ging und hatten beschlossen, dass es ihr Geheimnis bleiben würde, denn sie wussten nicht, wie sie das Ganze sonst handhaben sollten. Nur für den Fall, dass einer von ihnen das dringende Bedürfnis verspüren sollte es Keith oder Maria doch zu sagen, dann sollte er das auch ohne vorherige Absprache tun dürfen.
Zunächst lief auch alles reibungslos ab und beiden ging es damit ganz gut. Doch nach und nach wurde es immer schwieriger Zeit zu finden, in der sie ungestört sein konnten. Die ganze Situation wurde noch verschärft, als sie in die nächste Stadt kamen, denn der Platz dort war so klein, dass sie es gerade so schafften überhaupt alle Wagen und Zelte darauf unterzubringen.
Yanko schlief dort nur noch im Stall und redete erneut kaum noch ein Wort mit Maria. Er war sehr oft betrunken und hatte Mühe abends für die Dauer der Vorstellungen einigermaßen fit zu sein. Keith nervte das total, und er wurde zwischendurch

auch ziemlich wütend. Er schnauzte Yanko an und warf ihm vor unzuverlässig und unverantwortlich zu sein, denn schließlich würden ja auch Kinder zu ihren Vorführungen kommen. Keith holte verbal übelst aus und bezeichnete Yanko schließlich als Versager, weil er sich schon wieder nicht um Maria kümmern, und immer noch trinken würde. Yanko fiel in sein übliches Verhalten zurück und servierte Keith weitestgehend eiskalt ab. Yanko wusste, dass Keith Recht hatte, aber momentan hatte er nur Angst davor, dass Keith sein Verhältnis mit Mala herausbekommen würde.
Dann war Yanko in einer dieser Nächte nicht auf dem Zirkusgelände aufzufinden gewesen, was am nächsten Tag für einen lautstarken Streit mit Maria sorgte. Sie beschimpfte ihn brüllend und war am Rande der Verzweiflung angekommen. Sie wusste nicht mehr, wie sie so mit ihm weiterleben sollte. Sie war kräftemäßig und nervlich am Ende. Sie konnte einfach nicht verstehen, dass er immer und immer wieder einfach verschwand, ohne ihr Bescheid zu geben. Yanko schrie zurück, dass er es eben nicht besser könne, und dass sie ja schließlich gewusst hätte auf wen sie sich wieder eingelassen habe, nachdem er schon auf der letzten Tour abgehauen war, und dass er nicht verstehen würde, warum sie sich so aufrege, denn er wäre ja schließlich jedes Mal wieder aufgetaucht.
Nach ungefähr zwei Stunden verließ Yanko dann türeknallend den Wohnwagen und zog sich in seinen eigenen zurück. Dort holte er sofort das Opium hervor, das er sich vor kurzem in Washington besorgt hatte und rauchte erst einmal eine Pfeife und trank eine ganze Flasche Whisky dazu.
An diesem Abend musste Keith alleine reiten, und Manuel führte das erste Mal seine neue, lange Kür vor. Yanko lag derweil völlig zugedröhnt in seinem Bett und war froh nichts zu spüren. Und Manuel war ziemlich traurig darüber, dass sein Vater ihm nicht zusah.

Über dem Horizont ballten sich schwere Gewitterwolken zusammen, und die heiße Feuchtigkeit in der Stadt erschlug ihn fast.
New Orleans. Er hatte schon viel von dieser Stadt gehört, war aber selbst noch nie dort gewesen. Trotz der extremen Witterung heute gefiel ihm diese lebendige Stadt ausnahmsweise auf Anhieb sehr gut.
An einem der ersten Abende schlenderte Yanko allein am Mississippi entlang und trank Whisky aus einer Plastikflasche. Er kam sich plötzlich vor wie einer der vielen Obdachlosen, die hier am Straßenrand und am Ufer des Flusses saßen und bettelten. Er fühlte sich leer und völlig orientierungslos. Müde setzte er sich irgendwann auf eine Bank und starrte auf den riesigen Fluss, der sich hier wie eine gewaltige Anakonda unaufhaltsam seinen Weg durch die Sümpfe bahnte. Er musste es Maria sagen, und mit Keith sollten sie auch unbedingt endlich reden. Eigentlich konnte Mala es gar nicht mehr verheimlichen, dass sie schwanger war. Er fragte sich, warum er sich um alles in der Welt überhaupt wieder auf sie eingelassen hatte. Es war doch gut gewesen, wie es war. Mala und Keith und Maria und er. Aber wenn es wirklich gestimmt hätte, dann wären sie bestimmt nicht wieder rückfällig geworden. Rückfällig, das klang, als ob es sich dabei um eine Krankheit handeln würde. Nein, das war alles andere als krank. Er liebte sie, und schon seit einer Weile hatte er das Gefühl, dass er es vielleicht doch hinbekommen könnte mit ihr zusammenzubleiben. Die Beziehung mit Maria fühlte sich immer sinnloser an, und alles was er momentan dabei fühlte, war eine gähnende Leere und absolutes Ausgebranntsein. Dann würden eben alle ausflippen, was ja auch durchaus angemessen für die momentan noch Unwissenden wäre, aber er musste jetzt einfach Tacheles reden.

Als er nachts auf den Platz zurückkam, schliefen alle schon, aber er wollte nicht mehr bis zum nächsten Tag damit warten. Er war jetzt in Redestimmung, oder zumindest in Wahrheitsstimmung. So öffnete er leise den Wohnwagen und weckte Maria. Kurz und knapp teilte er ihr mit was Sache war und entschuldigte sich, dass er es ihr nicht schon früher gesagt hatte.

Maria war wie gelähmt und fühlte sich dieses Mal total verraten. Sie hatte Mala so herzlich willkommen geheißen und ihrer Situation übermäßiges Verständnis entgegengebracht, und jetzt musste sie erfahren, dass die beiden sie schon seit Wochen wieder hintergingen und ihre Liebschaft heimlich fortgeführt hatten. Sie war so sprachlos, dass sie Yanko sofort hinausschmiss. Kurz darauf warf sie ihm noch ein paar seiner Klamotten hinterher und verfluchte ihn minutenlang so laut, dass viele Zirkusbewohner davon aufwachten und ihre Köpfe aus den Wohnwagen streckten.

In dieser Nacht fragte Yanko niemand mehr nach diesem Vorfall, aber am nächsten Morgen stand Keith im Pferdezelt, und Yanko sah ihm an, dass er es jetzt wusste. Und noch ehe er es sich überlegen konnte, was er tun sollte, war Keiths Faust schon in seinem Gesicht gelandet. „Wie kannst du nur!!!", schrie ihm Keith wütend entgegen. „Bis jetzt habe ich noch viel verstanden, aber das verstehe ich überhaupt nicht!!! Du hast sie echt nicht mehr alle!!! Du verdammter Hurensohn!!! Ich wünschte du wärst nicht mein Bruder!!! Wie kannst du Maria und mir nur so etwas antun???" Yanko wischte sich sein Gesicht ab. „Was meinst du genau?", konterte Yanko und wünschte sich gleichzeitig ganz weit weg von hier zu sein. Keith lief nervös und völlig außer sich auf und ab. Er war fassungslos und unglaublich verletzt und wütend. „Ich begreife es nicht!!! Ich begreife es einfach nicht!!!", wiederholte er immer wieder. „Ihr hättet mir doch sagen können, dass sie

ein Kind von dir bekommt. Das hätte mich natürlich erstmal nicht besonders erfreut, aber es von Maria zu erfahren, das ist echt unter aller Sau!!!" Yanko stutzte. Hatte Maria Keith womöglich verschwiegen, dass Mala und er wieder zusammen waren, und ihm nur von dem Kind erzählt? Aber wieso sollte sie das tun? Sie wollte ihm eins reinwürgen, klar, aber wieso hatte sie ihm dann das andere nicht auch noch gesagt?
„Sei bitte nicht so hart zu Mala, sie liebt dich, und sie hatte eben Angst es dir zu sagen. Aber du hättest es sowieso in den nächsten Tagen erfahren!", versuchte Yanko beruhigend auf Keith einzureden. Keith sah ihn an und schüttelte nur weiterhin den Kopf. „Du regst dich auf, und es hat dich total fertig gemacht, dass Minerva und Hadley dir nicht gesagt haben, dass du eine andere Mutter hast, und jetzt verschweigt ihr es mir!!! Das ist unfassbar!!!", brach es aus Keith heraus. „Was ist nur los mit dir??? Ich kapier es nicht!!!", forderte Keith. „Ich liebe Mala auch!", kam es auf einmal aus Yankos Mund, und er war froh, dass es raus war. Er beschloss allerdings über alles andere weiterhin zu schweigen. Er wollte sich lieber mit Mala darüber abstimmen, und am besten wäre überhaupt sie würden sich ab jetzt nicht mehr treffen. Dann würde es Keith vielleicht nie erfahren. Das mit dem Kind war schon mehr als genug für ihn.
Keith starrte ihn ungläubig an. „Was soll das denn jetzt heißen?" „Nichts! Ich wollte dir nur damit erklären, warum sie schwanger geworden ist." „Du bist echt nicht normal!!! Schwängerst zur gleichen Zeit zwei Frauen und nimmst beide mit auf Tour. Und Maria toleriert es auch noch. Aber was zur Hölle ist passiert, dass du sie wieder so vernachlässigst?", beruhigte sich Keith schließlich ein wenig. „Ich liebe beide!", sagte Yanko nur und hoffte Keith würde weiterhin ruhig bleiben. Yanko hatte das Gefühl ein Außerirdischer zu sein, so wie Keith ihn in diesem Moment betrachtete. „Willst du etwa

wieder mit Mala zusammen sein, oder was?“ „Und wenn es so wäre?“ „Vergiss es!!! Sie ist jetzt meine Freundin!!! Verdammt nochmal, Yanko!!! Lass bloß die Finger von ihr!!! Ich sag's dir!!! Wage es ja nicht!!! Das mit Maria damals hat mir gereicht!!!“, fauchte Keith ihm glühend vor Zorn entgegen. „Maria wollte nichts von dir, das ist ein Unterschied! Mala liebt dich, doch sie bekommt erstmal ein Kind von mir! Dann kannst du ja!“, schleuderte Yanko ihm genervt entgegen, und es war ihm plötzlich wieder vollkommen egal, wie Keith darauf reagieren würde. „Du bringst uns nicht auseinander!!! Das schwöre ich dir!!!“, setzte Keith noch zischend hinzu. Yanko versuchte nun das Gespräch so schnell wie möglich zu beenden. Er musste dringend mit Mala sprechen, bevor es sein Bruder tun würde.

Sie wartete schon in seinem Wohnwagen auf ihn und war völlig aufgelöst, als er hereinkam. „Yanko, Yanko... Maria... Sie ist weg! Ich hatte nur mitbekommen, dass Maria Keith heute Morgen etwas erzählt hat, und dass Keith danach, wie von der Tarantel gestochen zu dir gerannt ist. Ich nahm an, dass du wohl mit ihr gesprochen hast und sie ihm nun alles erzählt hat. Ich war erst noch mit Stefan kurz in der Stadt gewesen, dann bin ich zu ihr rüber und wollte mit ihr reden, und da sah ich, dass sie weg war, mitsamt den Kindern.“ „Was? Und Jony?“, war das Erste was Yanko herausbrachte. „Ja, auch Jony ist weg!“ „Oh Scheiße, verdammte!!!... Es tut mir leid! Ich musste es ihr sagen. Keith weiß aber nicht alles, er weiß nur das mit unserem Kind. Keine Ahnung warum Maria ihm das andere nicht auch noch erzählt hat!“
Yanko ließ sich neben Mala aufs Bett fallen und nahm sie erst einmal in den Arm. Er begriff noch gar nicht, was Mala ihm eben gesagt hatte. Bestimmt kam Maria gleich wieder zurück und alles würde gut werden. Außerdem, wie sollte sie so

schnell verschwinden? Und wohin? Vielleicht sollte er an den Flughafen fahren. In diesem Moment klopfte es an seinem Wohnwagen. „Moment, ich komme!“, rief Yanko und löste sich nur ungern aus der Umarmung. Yanko öffnete die Tür und sah Maria draußen stehen.
Ohne zu warten, sagte sie klar und deutlich: „Yanko, ich werde dich verlassen! Ich habe für morgen einen Flug nach Griechenland bekommen, und ich werde Jony mitnehmen. Ich halte das nicht länger aus!“ Yanko schluckte und kam die kleine Treppe zu ihr herunter. „Maria...“ Doch weiter kam er nicht. „Spar dir deine Entschuldigungen! Ich kann einfach nicht mehr! Ich kann so nicht leben!“, sagte sie mit Nachdruck, und Yanko wusste, dass er an ihrem Entschluss jetzt nichts ändern konnte. „Warum hast du Keith nicht alles erzählt?“, fragte Yanko leise, denn er verspürte schon deutlich den Kloß im Hals bei der Vorstellung, dass Maria Jony mitnehmen würde. „Weil mich das nichts mehr angeht! Du hast entschieden! Du hast dich für Mala entschieden! Das passiert. Ich hätte es vielleicht auch noch geschafft das zu tolerieren, wenn ich von Anfang an davon gewusst hätte. Aber ihr habt mich wochenlang hintergangen! Alle beide!!! Das ist einfach zu viel!“ Maria sah Yanko an, und Yanko spürte ihre Entschlossenheit bis tief ins Mark hinein. Er konnte sie ja auch gut verstehen. „Ich weiß, dass ich Mist gebaut habe, und ich kann dich verstehen, dass du dazu keine Lust hast, aber bitte lass wenigstens Jony hier!“, versuchte Yanko sie umzustimmen. „Nein!!! Er ist noch viel zu klein! Ich weiß, dass du ihn liebst, und du wirst ihn auch wiedersehen, aber jetzt nehme ich ihn erstmal mit! Ich gehe jetzt packen, und ich werde dich, solange ich noch hier bin nicht mehr reinlassen! Du kannst dich jetzt von Jony verabschieden!“, stellte Maria klar und ging.

Yanko stand wie vom Donner gerührt da und wusste nicht, wie ihm geschah. So viel Klarheit war er nicht gewohnt, aber irgendwie war er auch froh darüber, dass etwas passierte.
Jony.
Er sollte sich jetzt von seinem so geliebten, kleinen Sohn verabschieden? Das kam ihm alles so merkwürdig und fremd vor, dass er sich erst einmal setzen musste.
Mala kam an die Tür, und Yanko ließ sie vorbei, nachdem er sich vergewissert hatte, dass niemand da war, der sie beobachten konnte. „Es tut mir so leid, Yanko!“, sagte sie im Vorbeigehen und berührte ihn dabei flüchtig an der Schulter. „Du kannst nichts dafür!“, murmelte Yanko und zündete sich eine Zigarette an. Mala verschwand, und Yanko stand auf, um sich verabschieden zu gehen.

Als Maria dann zehn Minuten später die Wohnwagentür zuzog und ihn somit aus ihrem gemeinsamen Leben sperrte, sah sie ihm noch kurz hinterher, wie er in der sengenden Sonne über den staubigen Platz lief. Regen würde jetzt guttun, dachte sie und drehte sich rasch um. Sie fühlte nichts mehr. Fast mechanisch raffte sie schließlich ihre umherliegenden Habseligkeiten zusammen und packte ihre Taschen. Sie wusste einfach nicht mehr weiter. Es war sowieso schon schwierig genug mit Yanko ein normales Leben zu führen, aber die Geschichte jetzt mit Mala gab ihr den Rest. Wie konnte Mala ihr das nur antun? Sie war wie eine Schwester für sie geworden, und sie dachte Mala würde auch so empfinden, dabei hatte sie ihre Sympathien vollkommen ausgenutzt und hinter ihrem Rücken wieder mit ihrem Mann geschlafen. Sie wollte keinen Tag länger mehr hier in diesem Zirkus verbringen. Sie wollte nur noch nach Hause.

Gegen Abend zog das lang ersehnte Gewitter endlich auf, und das Donnergrollen wurde jede Minute lauter. Ein heftiger Wind kam dazu und mit ihm der erlösende Regen. Die schwüle Mittagshitze war fast unerträglich gewesen und hatte den ganzen Zirkus lahmgelegt. Niemand war freiwillig hinausgegangen, und so kamen sie jetzt in allergrößter Eile aus den Wohnwagen geflitzt, um die Abendvorstellung vorzubereiten.
Nur Yanko saß immer noch auf der Treppe seines Wohnwagens und starrte vor sich hin. Seitdem er sich von seinem Sohn hatte verabschieden müssen, war er unfähig gewesen sich aufzuraffen. Selbst als er vom Regen schon völlig durchnässt war, blieb er fast regungslos sitzen. Mala war an diesem Abend nicht zu sehen. Niemand wusste, wo sie hingegangen war, und Yanko blieb nur die Hoffnung, dass wenigstens sie wieder zurückkommen würde.
Plötzlich stand Keith vor ihm. „Wo ist sie?“, fragte er ziemlich ungehalten. Yanko sah auf und zuckte mit den Schultern. „Ich weiß es nicht!“ Keith fauchte auf einmal sehr laut und sah sich suchend um. „Hast du sie versteckt? Womöglich hier drin? Hä? Sag schon! Wo ist sie? Du verdammter Hurensohn!“ „Lass mich in Ruhe! Ich weiß nicht, wo sie ist! Verschwinde, jetzt!“, raunte Yanko und versuchte mit einem nassen Feuerzeug eine Zigarette anzuzünden. Keith schob ihn plötzlich vehement zur Seite und polterte einfach ohne zu fragen in Yankos Wohnwagen hinein und sah sich prüfend um. Kurz darauf kam er wütend wieder heraus, packte Yanko und zerrte ihn hoch. „He, was soll das? Lass mich los!! Verdammt!!“, rief Yanko und riss sich aus den Fängen seines Bruders los. Keith drohte ihm mit der Faust. „Wenn ich euch noch einmal zusammen sehe, dann gnade dir Gott! Geh doch in den Puff, wenn dir eine Frau nicht reicht, aber lass Mala endlich in Ruhe! Hörst du? Sie gehört mir! Verstanden?!“

Keith drehte sich um und verließ Yanko ohne auf eine Antwort zu warten.
Yanko legte den Kopf in den Nacken und ließ den Regen über sein Gesicht laufen, bevor er in seinen Wohnwagen ging und die Tür hinter sich abschloss. Er wollte niemanden mehr sehen.

Der Regen hatte längst wieder aufgehört, doch Mala war immer noch nicht zurückgekehrt.
Sie verbrachte die Nacht in einem Hotel in der Stadt. Sie brauchte einen neutralen Ort, um nachzudenken und sich darüber im Klaren zu werden, was sie eigentlich wollte. Doch zu einem wirklichen Entschluss kam sie zunächst nicht. Alles drehte sich in ihrem Kopf und in ihrem Herzen im Kreis, und egal für wen sie sich in ihrer Vorstellung entschied, sie vermisste den anderen sofort. Ich bin ja schon wie Yanko, kam es ihr plötzlich in den Sinn. Ich liebe zwei Menschen gleichzeitig. Geht das überhaupt? Ja, anscheinend ging das. Lange saß sie in ihrem Hotelzimmer und sah in den Regen hinaus und dachte dabei an Yankos Zerrissenheit und konnte das erste Mal nachfühlen, wie er sich schon ganz am Anfang, als sie sich kennengelernt hatten und er noch mit Ron zusammengewesen war, gefühlt haben musste. Was war eigentlich aus Ron geworden? Yanko hatte nichts mehr von ihm erzählt, und sie hatte ihn auch nicht danach gefragt. Die Zeit, in der sie sich in den letzten Wochen gesehen hatten, war einfach zu kurz gewesen für Gespräche dieser Art.
Am nächsten Morgen bereute sie es, Maria gestern nicht doch noch aufgesucht zu haben. Sie hätte ihr gerne sagen wollen, dass sie ein schlechtes Gewissen habe, und dass die Freundschaft zu ihr wirklich aufrichtig sei. Aber konnte eine Freundschaft unter solchen Umständen überhaupt aufrichtig sein? Sie wusste es nicht. Sie wusste nur, dass sie Maria mochte und es ihr unendlich leid tat, dass alles so kompliziert war und sie Maria so enttäuscht und verletzt hatte.
Mala bezahlte und verließ das Hotel, um zu Keith zurückzukehren, falls er sie noch wollte. Sie hatte sich in diesem Moment für die sichere Variante entschieden und betete, dass sie Yanko ab sofort endgültig widerstehen konnte.

Keith akzeptierte ihre Entschuldigung sofort und war unermesslich froh darüber, dass sie kurz darauf endlich wieder in seinen Armen lag.

Der nächste Orkan hatte drei Tage lang gewütet und einen völlig verschlammten Platz hinterlassen. Sie hatten alle Vorstellungen absagen müssen, da es zu gefährlich war sich bei diesen Windböen in das große Zelt zu begeben. Außerdem hatte der Regen die Manege in eine riesige Matschpfütze verwandelt.
Yanko hatte diese Tage allein in seinem Wohnwagen mit Whisky, Joints und Opium verbracht. Er hatte keinen hineingelassen, war nicht ans Telefon gegangen und reagierte äußerst genervt, wenn das Klopfen an seiner Tür nicht aufhören wollte und sich irgendjemand nach ihm erkundigte. Er hatte sich völlig verschanzt und wollte absolut niemanden sehen.
Er lag mit nacktem Oberkörper und barfuß im Bett und leerte einen Whisky nach dem anderen. Um sein Bett herum lagen schon diverse leere Flaschen, und der Aschenbecher quoll über. Die Luft im Wohnwagen war vom Rauch so vernebelt, dass man keine Gardinen an den Fenstern gebraucht hätte. Yanko rauchte seine x-te Opiumpfeife und war völlig zugedröhnt. Stundenlang zappte er wahllos im Fernsehen herum. Er wollte nur noch seine Ruhe. Er wollte keine Mala, keine Maria, keine Dolores, keine Minerva, keine Kinder, keinen Ron, keinen Mykee, und schon gar keinen, der sich wieder Sorgen um ihn machte, und am liebsten wäre er jetzt in seinem Blockhaus in Sheddy gewesen.
Yanko genoss die Wirkung der Drogen und dachte an gar nichts. Sollten sie doch alle machen was sie wollten, es war ihm egal.

Keith war noch einige Tage lang stinkwütend auf seinen kleinen Bruder gewesen, doch nachdem Mala wieder zurück war und sich offensichtlich wirklich zu ihm bekannt hatte und von gemeinsamen Kindern sprach, verflog die Wut langsam wieder und kippte allmählich in Sorge um. Yanko hatte sich nun schon über eine Woche in seinem Wohnwagen eingeschlossen und niemanden zu sich gelassen. Viele hatten es schon mehrmals versucht, jedoch ohne Erfolg. Yanko rührte sich nicht.
Eines Abends als Keith und Mala beim Essen saßen, fasste er sich ein Herz und sprach sie darauf an. „Mala... Ich mache mir langsam Sorgen... um Yanko... Warum macht er das?“ Mala sah ihn überrascht an. Bis eben noch war Yanko ein Tabuthema gewesen, und jetzt fragte ausgerechnet Keith sie nach ihm. „Das kann ich dir nicht sagen... Ich denke, er fühlt sich ziemlich beschissen, nach dem ganzen Gefühlschaos!“, antwortete Mala vorsichtig und spürte, dass sie sehr gerne nach ihm geschaut hätte, und dass sie seine Nähe vermisste. „Daran ist er ganz allein schuld! Er hat das ganze Chaos doch erst angefangen! Erst Maria, dann du, dann wieder Maria, dann euch beide! Ich meine, was denkt er sich eigentlich? Ich mache was mir Spaß macht und gehe dabei über Leichen?“, spuckte Keith ihr plötzlich sarkastisch ins Gesicht. Mala schluckte und musste den Impuls sofort aufzustehen und hinauszurennen, krampfhaft unterdrücken. So ruhig es ging sagte sie: „Zu allem was passiert gehören immer mindestens zwei! Ich habe genauso dazu beigetragen. Ich war auf einmal vor seiner Tür gestanden.“ „Ja schon, aber er war verheiratet!“, entgegnete Keith hart. „Ich auch!“ sagte Mala schnell und spürte auf einmal ein schmerzhaftes Ziehen in ihrem Herzen. Doch dieses Gefühl schob sie schnell und vehement zur Seite. Keine Sentimentalitäten mehr, hatte sie sich geschworen und war wild entschlossen, das auch durchzuziehen, und das

funktionierte auch ganz gut, solange sie Yanko dabei nicht sehen, oder über ihn sprechen musste. Doch Keith hatte recht, Yanko musste mal wieder aus seinem Schneckenhaus herauskriechen. Sie hatte plötzlich eine Gänsehaut, und sie spürte, wie sich eine diffuse Angst in ihrem Nacken festsetzte. „Keith... Bitte schau doch mal nach ihm! Egal was passiert ist, er ist immer noch dein Bruder, und ich glaube, ihm geht's echt nicht gut!“, rutschte es Mala dann heraus, und sie wartete nervös auf seine Reaktion. Doch Keith blieb diesmal ruhig, und er nickte. „Vielleicht hast du Recht... Ich sehe mal nach ihm.“, lenkte Keith ein und stand auf, um zu Yanko über den Platz zu gehen.
Keith klopfte erst zaghaft, dann lauter, doch nichts rührte sich. „Yanko?! Yanko!! Ich bin's dein Bruder. Mach bitte auf! Lass uns reden! Komm schon! Bitte!“ Keith wartete eine Weile, aber er hörte nur das leise Gemurmel eines Fernsehreporters. Schließlich lief er um Yankos Wohnwagen herum und versuchte ins Innere zu spähen. Doch keine Chance. Yanko hatte alle Vorhänge zugezogen und bei dem Geruch, der aus dem Wohnwagen quoll, konnte Keith sich leicht ausmalen, wie es wohl drinnen aussah.
Keith legte ein Ohr an die Außenwand und lauschte, doch er konnte keine weiteren Geräusche vernehmen. Er kehrte zur Tür zurück und hämmerte jetzt ziemlich heftig und laut dagegen und rüttelte dabei an dem Türknauf.
„Lass mich in Ruhe und verpiss dich!!! Fucking Bastard!!!“, konnte er plötzlich Yanko rufen hören, und Keith schöpfte neue Hoffnung, denn er musste zugeben, dass er es eben schon mit der Angst zu tun bekommen hatte. Er konnte deutlich hören, dass Yanko betrunken war und wahrscheinlich noch mehr, so wie es durch die Türritze roch.
„Yanko, bitte mach auf! Du erstickst noch da drin! Na los! Mach auf!“, bat Keith so ruhig wie möglich.

Yanko setzte sich auf und raufte sich die Haare. Was zum Teufel wollte jetzt Keith hier? Ihm gnädigst Hilfe anbieten? Was wollte er noch? Er hatte Mala, das hatte Yanko gesehen, als er vorgestern Nacht kurz zum Lüften die Tür aufgemacht hatte und die beiden sich küssen sah. Er sollte einfach abhauen. „Ich hab's dir schon mal gesagt! Hau einfach ab und kümmer dich um Mala!“, fauchte Yanko lallend und holte eine weitere Flasche Whisky aus dem Küchenschrank. Sein Vorrat würde noch eine Weile reichen. Dann ging er pinkeln und ließ sich anschließend zurück aufs Bett fallen. Er würde ihm keine Antwort mehr geben. Er nahm die Fernbedienung und stellte den laufenden Fernseher so laut, dass er Keiths Worte nicht mehr verstehen konnte.
„Wenn du nicht aufmachst, dann tu ich es! Verdammter Sturkopf! Hörst du? Ich will nicht, dass du da drinnen verreckst! Mach auf jetzt!“ Keith war plötzlich der Verzweiflung nah, denn er spürte, dass er bei Yanko momentan keine Chance hatte. Yanko musste sich offensichtlich sehr schuldig fühlen, anders konnte er sein Verhalten nicht deuten. Irgendwie gab ihm dieser Gedanke allerdings eine gewisse Genugtuung. Anscheinend besaß Yanko trotz allem eine gewisse Art von Moral.
Nach einer Stunde vergeblichen Bemühens, gab Keith dann schließlich auf und trollte sich.

Mala war zwar etwas beruhigter, nachdem ihr Keith erzählt hatte, dass Yanko wenigstens reagiert hätte. Doch in dieser Nacht tat sie kein Auge zu. Dennoch blieb sie eisern, obwohl es ihr ungeheuer schwerfiel nicht selbst nach Yanko zu sehen

Am frühen Mittag holte ein heftiges Klopfen Yanko aus dem Delirium. „Polizei! Sofort aufmachen, bitte!“
Yanko erstarrte und hatte große Mühe einen klaren Gedanken zu fassen. Er hatte bestimmt nur schlecht geträumt.
„Ich wiederhole! Hier ist die Polizei! Bitte machen Sie sofort die Tür auf, sonst kommen wir rein!“
Er hatte wohl nicht geträumt. „Moment.“, rief Yanko genervt, war aber schlagartig hellwach. Er raffte geistesgegenwärtig alles Opium, das ganze Gras und die Pfeife zusammen, wickelte schnell ein wenig Alufolie drum herum, stopfte alles in eine Plastiktüte, die neben dem Bett lag, leerte noch die Kippen aus dem Aschenbecher hinein und warf diese dann im hohen Bogen durch das Fenster auf der Rückseite in ein Gebüsch. Dann stand er auf, musste sich allerdings kurz am Tisch festhalten, denn er hatte Kopfschmerzen und ihm war schwindlig. Er sah an sich herunter und stellte fest, dass er eine Hose anhatte. Dann schloss er die Tür auf und blinzelte in die aufgehende Sonne.
Zwei Polizisten stürmten sofort seinen Wohnwagen und durchwühlten alles. Die zwei anderen zerrten Yanko hinaus und legten ihm ohne weitere Erklärungen ein Paar Handschellen an. „Was soll das?“, wehrte sich Yanko. „Ihnen wird zur Last gelegt im Besitz von illegalen Betäubungsmitteln zu sein. Sie sind bis zur Klärung des Ganzen vorläufig festgenommen.“, erklärte ihm einer der Polizisten dann einigermaßen freundlich. Nachdem die anderen zwei Polizeibeamte außer leeren Flaschen und einem unaufgeräumten Wohnwagen nichts weiter gefunden hatten, sagten sie Yanko, dass er sich etwas anziehen solle, denn sie würden ihn trotzdem erst einmal mitnehmen müssen.
Inzwischen waren einige der Zirkusleute dazu gekommen und beobachteten entsetzt das Geschehen.

Die Polizisten ließen jedoch niemanden näher herankommen. Yanko wurde kurz wieder losgemacht, um sich anzuziehen. Und ehe er sich's versah, fuhr er in einem Streifenwagen vom Platz.
Yanko hatte Mühe klar zu bleiben, denn sein Kopf fühlte sich an wie Watte und sein Körper schwer wie Blei. Er konnte überhaupt noch gar nicht erfassen, was das Ganze hier sollte. Es hatte ihn niemand mit Drogen gesehen, und keiner vom Zirkus hatte mitbekommen, dass er sich Opium gekauft hatte. Woher wusste dann die Polizei davon? Er hatte das Opium in Washington besorgt, und das war schon etwas länger her. Der Dealer von dort konnte also kein getarnter Polizist gewesen sein. Wer also wusste jetzt davon? Und warum hatte derjenige ihn verpfiffen? Das war keine zufällige Razzia gewesen, das war ihm schnell klar. Die Polizei war gekommen, weil sie einen Hinweis bekommen hatte.
Yanko konnte nicht verhindern, dass die Beamten bemerkten, dass er noch betrunken war. Und ihm war klar, dass sie einen Bluttest machen würden, und ihm war auch klar, was sie dann herausfinden würden.
Und genau so war es dann auch gekommen. Kaum war das Ergebnis amtlich, wurde der gesamte Zirkus gefilzt, und die Hunde fanden schließlich auch Yankos weggeworfenes Bündel im Gebüsch. Ansonsten war die Razzia ohne Erfolg geblieben. Der Zirkus war sauber, extrem sauber. Jeder der eventuell noch etwas bei sich gehabt hatte, hatte den Stoff mittlerweile natürlich schon längst verschwinden lassen.

Mala war an jenem Tag schon recht früh in die Stadt gegangen und kam erst spätabends wieder auf den Platz zurück. Sie ging sofort schlafen und wusste somit nicht, was mit Yanko geschehen war, und als Keith sich später zu ihr legte, war sie schon eingeschlafen.

Erst am nächsten Morgen erfuhr sie es dann von Mykee. Anschließend rannte sie postwendend zu Keith in den Wohnwagen und war völlig außer sich. „Was war denn da gestern los? Was ist mit Yanko?“, rief sie ihm entgegen. Keith stand in der Küche und wollte gerade Kaffee machen. Er nahm sie in die Arme. „Ich weiß es nicht! Jemand hat ihn wohl verpfiffen. Die Polizei war anonym angerufen worden.“, sagte Keith. „Aber wer sollte denn so etwas tun? Hat Yanko denn wirklich Drogen gehabt?“, fragte Mala aufgeregt und löste sich aus der Umarmung. Sie musste Keith ansehen. „Scheint so! Ich meine, er hat immer mal wieder gekifft und auch schon mal Opium geraucht, vor allem wenn er Schmerzen hatte. Wir werden sicher bald mehr erfahren. Jedenfalls hat die Polizei im Gebüsch eingewickelten Stoff gefunden. Das Zeug war in einer Plastiktüte, und in der war noch Yankos Kreditkartenzettel von einem Schnapsladen.“
Keith setzte sich an den Küchentisch und schenkte sich ein Glas Wasser ein. Er hatte schrecklichen Durst. Mala setzte sich ebenfalls und war völlig geschockt. „Oh mein Gott!!! Und jetzt? Muss er ins Gefängnis?“ „Ich weiß es nicht. Wir müssen abwarten. Scheiße!“, murmelte Keith und fügte noch hinzu: „Naja, das klingt jetzt vielleicht saublöd, aber das könnte auch eine Chance für ihn sein aus seinem Sumpf endlich herauszukommen.“ Mala sah ihn entsetzt an. „Was sagst du da? Chance? Weißt du wie Yanko sich in einem Gefängnis fühlen wird? Das würde noch mehr ein Sumpf für ihn sein!“ „Da gibt es aber weder Alkohol noch Drogen!“, erwiderte Keith. „Hast du eine Ahnung, was es in einem Gefängnis alles gibt? Da bekommst du alles!“ brauste Mala auf und ging hinaus. Sie musste an die frische Luft. Doch die Luft, die sie draußen empfing, war schwer und feucht.
Sie musste zu ihm.
Sie hielt es keine Sekunde mehr länger aus.

Der Geruch erinnerte ihn sofort an ein Krankenhaus. Offensichtlich benutzten die Putzfrauen hier im Untersuchungsgefängnis das gleiche Desinfektionsmittel.
Yanko lag in einer Doppelzelle auf der Liege und versuchte klare Gedanken zu denken. Aber es fiel ihm schwer überhaupt zu denken, denn er spürte schon nach wenigen Stunden deutlich, dass sein Körper nach Alkohol verlangte. Er hatte überhaupt keinen blassen Schimmer, wer ihn da verraten haben könnte, und er versuchte systematisch alle Menschen durchzugehen, denen er in den letzten Wochen begegnet war. Aber je länger er in seinen Erinnerungen forschte, desto ratloser wurde er. Ihm fiel einfach niemand ein, zu dem so eine Aktion passen würde. Die Wilsons wären die Einzigen, doch die saßen schließlich alle beide noch hinter Gittern, und hier war er so weit weg von Sheddy, dass auch eine mögliche Verbindung zu den Wilsons für ihn ausgeschlossen war. Auch hatte er nicht den Eindruck, dass diese Sache etwas mit dem Zigeunerthema zu tun hatte, denn sonst wäre die Polizei ja nicht nur zu ihm gekommen. Er wusste es natürlich nicht genau, aber irgendetwas sagte ihm, dass es diesmal um etwas anderes ging.
Yanko fing an zu schwitzen, und seine Hände zitterten schon so sehr, dass er beim Pinkeln Schwierigkeiten hatte die Schüssel zu treffen. Was sollte er jetzt tun? Eigentlich müsste er es den Wärtern sagen. Doch er war überhaupt nicht auf einen Entzug vorbereitet, und momentan hatte er auch gar keine Lust dazu. Er legte sich wieder auf die Pritsche und versuchte sich zu entspannen, um das Unmögliche doch irgendwie aufzuhalten.
Dann öffnete sich die Tür und sein Zellenkollege trat ein. Er war schwarz und kaum älter als zwanzig. Yanko stellte sich vor und erfuhr, dass der andere Tom hieß.

Tom saß hier wegen eines Raubmordes, den er nach eigenen Angaben nicht begangen hatte. Doch er hatte kein stichfestes Alibi und somit war seine letzte Hoffnung, dass die Geschworenen trotzdem auf seiner Seite sein würden. Yanko glaubte ihm auf Anhieb, aber das half Tom nur bedingt. Tom erzählte, dass er verheiratet sei und einen kleinen Sohn habe, und als er von ihm redete, liefen ihm die Tränen herunter. Seine Chance freigesprochen zu werden, stand nicht besonders gut. Tom sagte, dass hier zwar seit Jahren von Gleichberechtigung gesprochen würde, aber letztendlich immer noch die Hautfarbe den entscheidenden Unterschied mache. Auch, oder sogar besonders in Louisiana.
Yanko berichtete ihm dann warum er hier sei, und während er erzählte, erschien ihm das Ganze noch unglaublicher. „Hast du Feinde?“, fragte Tom ihn im Anschluss frei heraus. Yanko sah ihn an. „Feinde? Nur welche, die gerade selbst im Gefängnis sitzen... Sonst nicht, das ich wüsste. Warum?“ „Nun, man verrät doch nicht einfach jemanden ohne Grund!“, stellte Tom klar. „Ja, schon... Aber keine Ahnung!“, brachte Yanko noch heraus, bevor sich der erste Krampf anbahnte. Yanko versuchte ruhig zu atmen, doch Tom hatte es bemerkt. „Was ist mit dir?“, fragte er und setzte sich zu ihm. Als Yanko wieder sprechen konnte, sagte er ihm, dass er Alkoholiker sei und eigentlich dringend etwas zu trinken bräuchte.
Tom stand auf und kam mit einem feuchten Lappen wieder und legte ihn Yanko auf die Stirn. „Du musst es ihnen sagen!“ Yanko überlegte, aber er kam auch ohne große Anstrengung darauf, dass er keine andere Wahl hatte. Und er musste es gleich tun, denn später hätte er keine Chance mehr dem Arzt zu sagen, dass er auf die üblichen Medikamente allergisch reagierte. „Du hast Recht!“, bestätigte er Tom deshalb und stand auf. Er musste sich dabei den Bauch halten, und Tom half ihm zur Tür.

Es dauerte nicht lange und Yanko lag im Krankenhaus des Gefängnisses und erklärte dem behandelnden Arzt, so gut es ging, was Sache war. Doch der Arzt schien sich nicht besonders für Yankos Ausführungen zu interessieren und wartete einfach die nächste Gelegenheit ab, in der Yanko wieder einen Krampf bekam und sich nicht wehren konnte und spritzte ihm dann ungefragt einige Beruhigungsmittel. Mit einem: „Hier gibt es keine Extrawürste!", verließ er dann schnell das Zimmer. Yanko kam gar nicht mehr dazu sich zu wehren, denn der Medikamentencocktail raubte ihm alle Sinne, und er fiel in einen komaähnlichen Zustand.

Mitten in der Nacht wachte Yanko schweißgebadet auf und ihm war kotzübel. Er versuchte aufzustehen und bemerkte dabei, dass er am linken Arm und am Bauch ans Bett gefesselt worden war. Der andere Arm war frei geblieben, und so versuchte er zwischen zwei Krampfanfällen die Fesseln irgendwie zu lösen, doch alles was er fand, waren zwei Schlösser, zu denen man einen Schlüssel brauchte. Er schaute sich verzweifelt um und entdeckte neben sich auf dem Tisch einen Piepser. Mit der freien Hand angelte er danach und schaffte es gerade so den Knopf zu drücken. Bald darauf erschien eine Schwester, die er offenbar bei wichtigeren Dingen gestört hatte. „Was gibt's?", maulte sie ihm ungehalten entgegen. „Ich muss gleich kotzen, und...", brachte Yanko unter Schmerzen hervor und hatte alle Mühe nicht sofort brechen zu müssen. Die Schwester deutete auf eine kleine Plastikwanne, die auch auf dem Nachttisch stand. „Die können Sie nehmen! Übrigens auch für alles andere. Noch was?", unterbrach sie Yanko und drehte sich schon fast wieder zum Gehen um. Yanko war so perplex, dass ihm nichts dazu einfiel. „Wollen Sie noch von dem Beruhigungsmittel?", fragte sie dann noch. Yanko schüttelte nur den Kopf und war

Sekunden später wieder allein. Er schaffte es gerade noch rechtzeitig die Plastikwanne zu greifen, bevor er sich übergeben musste.
Niemand sah mehr nach ihm in dieser Nacht, und als der Arzt am nächsten Morgen kam, lag Yanko bewusstlos und vollgekotzt in seinem Bett. Die Plastikwanne war auf den Boden gefallen. Vor Schmerzen hatte sich Yanko mit der freien Hand überall Wunden zugefügt, und die Stellen an denen er ans Bett gefesselt war, bluteten.
Der Arzt geriet dann doch ein wenig in Panik und schob Yanko sofort auf die Intensivstation, wo er zunächst untersucht und dann gewaschen wurde. So etwas hatte er in seiner ganzen Laufbahn noch nicht erlebt. Normalerweise wirkten seine Mittel hundertprozentig und hielten die Menschen die ganze Nacht über still. Doch als einzige Reaktion auf diesen Vorfall erhöhte er die nächste Dosis einfach nur.

Nach ein paar Stunden kam Yanko dann wieder zu sich.
Er war in das normale Krankenzimmer zurückgebracht worden und hing an einem Tropf. Es war wieder niemand da, und diesmal machte er sich gar nicht erst die Mühe zu klingeln. Yanko kotzte sich fast die Seele aus dem Leib und hatte das Gefühl in einer Folterkammer aus dem tiefsten Mittelalter zu stecken, und er war nach kurzer Zeit völlig entkräftet von dieser elenden Quälerei. Er ahnte was passiert war, denn er konnte sich nicht daran erinnern, gewaschen worden zu sein, aber er konnte sich noch gut daran erinnern, wie er plötzlich die Wanne nicht mehr hatte festhalten können und sie zu Boden gefallen war, und er von da an ohne Wanne kotzte.

Er schloss die Augen und zwang sich an etwas Schönes zu denken, doch die Krämpfe und die Kotzerei rissen ihn immer wieder aus seinen Gedanken.
Wer, verdammt nochmal, hatte ihn verraten? Wer hatte ihn in diese beschissene Lage gebracht? In diesem Moment schwor er demjenigen das niemals zu verzeihen.

Am nächsten Morgen wurde er dann kommentarlos in seine Zelle zurückgebracht und mit einem Teller Suppe und einer Flasche Wasser wieder allein gelassen.
Yanko fühlte sich so schwach und ausgelaugt, dass er sich sofort hinlegen musste. Er konnte sich nicht vorstellen die Kraft aufzubringen jemals diese Suppe zu essen. Außerdem war ihm immer noch schlecht, und es würgte ihn hin und wieder. Doch es war absolut nichts mehr da, was er hätte erbrechen können. Jedenfalls hatten die starken Krämpfe aufgehört, und das erleichterte ihn etwas. Das Schlimmste war überstanden. Aber er wusste nicht genau, ob er für den Fall, dass er im Gefängnis bleiben müsste, das nicht doch noch schlimmer finden würde. Auf alle Fälle würde er eines Tages diesen Arzt aufsuchen und ihm ein paar verpassen, die sich gewaschen hatten.
Dann zog er die Decke über den Kopf und fiel in einen unruhigen Schlaf.

Die Tage vergingen, ohne dass etwas Entscheidendes passierte. Yanko erholte sich nach und nach und war abgesehen von der miesen Luft und der Tatsache, dass er nicht hingehen konnte wohin er wollte, für diese Ruhe insgeheim recht dankbar. Der Einzige, der in diesen Tagen mit ihm sprach, war Tom. Doch Toms Verhandlungen liefen schon, und er war deswegen oft über längere Zeit nicht da. Nachts blieben sie meistens lange wach, und Yanko versuchte

Tom zu trösten, denn es sah nicht gut für ihn aus. Es hatte sich kein weiterer Zeuge gemeldet, der ihn eventuell entlasten könnte, und somit konnte er seine Unschuld bis jetzt nicht eindeutig beweisen.

Yanko wiederum wurde immer nur erzählt, dass es momentan keinen freien Pflichtverteidiger für ihn gäbe, sich aber sein Bruder um einen anderen Anwalt kümmern würde. Er musste also warten. Er bekam in dieser Zeit auch keinen Besuch, was ihn eigentlich sehr wunderte, denn sonst kamen sie immer alle angerannt, wenn irgendetwas los war. Niemand teilte ihm jedoch mit, dass er gar keinen Besuch empfangen dürfe. Mala jedenfalls hatte man erzählt, dass das bei noch völlig unbearbeiteten Fällen so üblich wäre.

Eines Nachts weckte Tom Yanko vorsichtig. Yanko rieb sich die Augen und konnte kaum etwas erkennen, so dunkel war es in der Zelle. Er setzte sich auf. „Was ist los?“, fragte er Tom verschlafen. „Yanko... würdest du bitte...“, begann Tom und zeigte ihm einen Bündel Briefe. „Würdest du diese Briefe bitte meiner Frau geben?“ „Was? Warum?“; fragte Yanko und merkte gleich, dass es Tom ernst war. „Weißt du was Neues?“ Tom schluckte, und Yanko spürte, dass Tom Angst hatte. „Ja... Morgen wird das Urteil verkündet... Sie glauben mir nicht... Ich weiß es! Ich sehe es in ihren Augen... Yanko, du kommst auf jeden Fall irgendwann wieder raus. Bitte gib sie Lucy und...“ Tom drückte Yanko die Briefe in die Hand und blickte auf. „Was und? Sag schon!“, forderte Yanko ihn auf und wusste überhaupt nicht, was er dazu sagen sollte. Was würde mit Tom geschehen, wenn er tatsächlich für schuldig erklärt werden würde? Yankos Herz schlug schneller. Würde er sein Leben lang sitzen müssen? Würde er hier in Louisiana bleiben, oder würden sie ihn von hier wegbringen?

„Ich... Ich habe dir noch nicht alles erzählt... Ich war tatsächlich bei dem Raub dabei gewesen... Ich brauchte ganz dringend Geld, und es wäre ja auch alles gut gegangen, wenn der eine Vollidiot nicht die Alarmanlage ausgelöst hätte. Plötzlich war die Villa hell erleuchtet gewesen, und aus allen Ecken stürmte irgendwelches Wachpersonal mit Gewehren in der Hand auf uns zu. Ich hatte keine Waffe bei mir, aber zwei von uns hatten Pistolen dabei. Ich hatte die Tasche mit dem Schmuck und dem Geld... Ich bin aus dem ersten Stock in ein Gebüsch gesprungen und dann quer durch die Sümpfe gerannt und geschwommen. Da kennt sich sonst keiner aus, aber mein Großvater hatte früher in dieser Gegend gearbeitet und mir alles gezeigt. Ich habe die Tasche mit dem ganzen Zeug dort gut versteckt. Ich dachte nicht, dass sie mich verpfeifen und vor allem nicht, dass sie mir den Mord, von dem ich selbst erst von der Polizei erfahren hatte, unterschieben würden. Das Dumme ist nur, dass die eine Pistole mal meinem Großvater gehörte und jetzt noch auf mich angemeldet ist. Ich hatte sie ein paar Tage vorher dem Typ verkauft, der dann damit den Wachmann erschossen hat. Auf der Flucht, hatte er die Waffe in den Gartenteich geworfen. Sie sind erst danach erwischt worden. Wir haben alle Handschuhe getragen... Verstehst du?“ Yanko nickte langsam. „Scheiße Mann! Und wo sind deine Kumpels jetzt?“ „Kumpels? Phh, die sind auf Kaution frei... Sie haben sozusagen ein Geständnis abgelegt...“ „Wieso Kaution? Dann haben sie doch genug Geld! Wieso rauben sie dann Leute aus? Versteh ich nicht!“ Yanko sah ihn fragend an und war froh, dass er jetzt nicht in Toms Haut steckte. „Die haben mich von vorne bis hinten reingelegt. Weiße Gang, schwarze Gang... Diese ganze Scheiße eben! Yanko, wenn du draußen bist... würdest du bitte die Tasche holen und sie meiner Frau bringen? Dann ist für sie und meinen Jungen gut gesorgt!“

Tom hatte plötzlich Tränen in den Augen. „Ich vermisse sie so, und ich habe Angst, dass sie sie nicht in Ruhe lassen." Yanko nahm ihn tröstend in den Arm und versprach ihm die Tasche zu suchen. Er wusste wohl, dass er sich dann damit auf irgendeine Weise mitschuldig machte, aber das war ihm momentan total egal.
Tom erklärte ihm dann den Weg und alle noch so winzigen Details, die er wissen musste so genau wie möglich, denn sie hatten nichts zu schreiben. Die restliche Nacht verbrachte Yanko dann damit, sich den Weg ganz genau vorzustellen, damit er nicht nur Worte sondern auch Bilder dazu im Kopf hatte. Die Chance, dass er die Tasche tatsächlich finden würde, schätzte er allerdings recht gering ein. Die Sümpfe des Mississippideltas waren für Fremde ein undurchdringlicher Irrgarten mit unzähligen Verzweigungen, die sich alle sehr ähnlich sahen, selbst wenn man sie genau kannte. Tom lag währenddessen eng an ihn gekuschelt mit auf seiner Pritsche.
Tom ist so alt wie Stefan, dachte Yanko später und konnte sich einfach nicht damit abfinden, dass Tom morgen womöglich zu lebenslanger Haft verurteilt werden würde, oder noch schlimmer. Er war plötzlich so heftig in Resonanz mit dieser offensichtlichen Ungerechtigkeit, dass er erst recht kein Auge zumachen konnte.
Das Frühstück rührten sie nicht an, und als der Wärter kam, um Tom abzuholen, klammerte sich Tom so fest an Yanko, dass der Wärter Hilfe holen musste, um ihn von Yanko wegzureißen. Fast wäre Yanko die Hand ausgerutscht, denn er hätte den einen Wärter zu gerne seine Faust spüren lassen, doch er konnte sich gerade noch rechtzeitig bremsen.
Niemals würde er Toms Blick vergessen, den er ihm noch zuwerfen konnte, bevor er um die Ecke verschwand.
Tom kam nicht mehr zurück und gegen Abend holte jemand seine Sachen.

Dann kam die Stille, und Yanko hatte bald das Gefühl vollkommen vergessen worden zu sein. Jedes Mal wenn er einen Wärter fragte, wann denn nun endlich wenigstens seine Anhörung stattfinden würde, zuckte dieser nur gelangweilt mit den Schultern.
Manchmal überfiel ihn die Angst für immer hier drin bleiben zu müssen so vehement und plötzlich, dass er zusammenzuckte und das Gefühl hatte jemand legte einen Strick um seinen Hals. Die Wände rückten dann bedrohlich näher, und er musste sich zusammenreißen um klar zu bleiben und nicht durchzudrehen. Eingesperrt zu sein, war für ihn mit das Schlimmste was es überhaupt gab. Die Tatsache in einem Raum zu sein, aus dem er nicht freiwillig hinausgehen konnte, löste in seinem Körper ein fast nicht zu bewältigendes Panikgefühl aus. Wie lange war er jetzt eigentlich schon hier drin? Nach längerem Nachdenken kam er auf etwa drei Wochen, aber genau konnte er es nicht sagen, denn er hatte jegliches Zeitgefühl verloren.
Zu Beginn ließ es sich ja noch einigermaßen aushalten, denn da hatte er einen Zellenkollegen gehabt, und außerdem war es ihm körperlich ziemlich schlecht gegangen. Aber jetzt war es kaum auszuhalten. Zudem war es so, dass er nach einem Entzug noch viel mehr das Bedürfnis nach frischer Luft hatte, vor allem dann, wenn die Nachwirkungen noch über längere Zeit hin anhielten, und ihn mit Schweißausbrüchen, Kopfweh und Übelkeit heimsuchten. So wie dieses Mal, was Yanko allerdings auf die brutale Art und Weise, wie der Entzug abgelaufen war, zurückführte.
Er lief in dem kleinen Raum hin und her. Er dachte an die vielen eingesperrten Tiere im Zoo und ertappte sich dabei, dass er sie beneidete, weil sie immerhin draußen sein konnten.

Der Himmel glich einer Malerpalette, als die Autokolonne sich in Bewegung setzte. Die Sonne war gerade am Untergehen und ließ die Wolken unter sich in allen Farben erstrahlen.
Mala saß neben Keith auf dem Beifahrersitz und konnte sich plötzlich ein paar Tränen nicht verkneifen. Keith bemerkte es. „Was ist los?“, fragte er und setzte den Blinker, um auf den Highway zu gelangen. Mala wischte sich schnell die Augen trocken. Schon seit Tagen war sie verstockt und in sich gekehrt. Sie hatte sich etwas zurückgezogen und wollte niemanden sehen. Keith ließ sie soweit in Ruhe, denn er schob ihr Verhalten auf die Schwangerschaft zurück. Doch je weiter sie aus New Orleans hinausfuhren, desto mehr hatte Mala das Gefühl etwas vergessen zu haben. Ihr Herz war ein einziges Loch geworden, und sie konnte es mit nichts füllen.
Die ganze Sache mit Yanko hatte ihr sehr zugesetzt. Wie hatte das nur passieren können? Vor allem, was ist eigentlich überhaupt genau passiert? Wieso durfte niemand zu ihm? Diese Fragen kreisten ständig in ihrem Kopf und ließen ihr keine Ruhe. Weder Keith noch die anderen hatten ihr sagen können, wie es überhaupt zu diesem Polizeibesuch gekommen war. Niemand hatte angeblich davon gewusst, dass Yanko Drogen in seinem Wohnwagen hatte. Hätte sie nur eher mal nach ihm gesehen. Sie hatte doch die ganze Zeit gewusst, dass es ihm nicht gut ging, nachdem Maria ihn verlassen hatte. Doch sie hatte ihm auch nicht zu nahetreten wollen. Außerdem hatte sie Keith versprochen sich nicht mehr um Yanko zu kümmern. Sie konnte Keith ja auch verstehen, immerhin hatte sie ihn mit seinem Bruder betrogen, und sie war froh, dass er ihr das überhaupt verziehen hatte.
Mala starrte aus dem Fenster und hatte auf einmal den dringenden Impuls sofort auszusteigen. Sie konnten doch

Yanko nicht einfach hier in New Orleans in Untersuchungshaft sitzen lassen und ruhigen Gewissens weiterfahren, so als wäre nichts geschehen. Ihr fiel plötzlich auf, dass sich Keith bis jetzt eigentlich am wenigsten um Yankos Angelegenheit gekümmert hatte. Von sich aus hatte er bis jetzt jedenfalls nie darüber gesprochen. Er hatte zwar einen Anwalt organisiert, aber immer nur gesagt, dass der sich nun um alles kümmern würde.
„Keith, bitte halt sofort an! Bitte!", platzte Mala auf einmal heraus. „Warum? Ist dir nicht gut?", fragte Keith besorgt und bog in die nächste Haltebucht ein. Sie waren der letzte Wagen in der Kolonne, und Keith gab seinem Vordermann per Lichthupe Zeichen weiterzufahren. „Schatz, was ist denn mit dir?", hakte Keith nochmal nach, nachdem er nicht sofort eine Antwort erhalten hatte. Mala sah ihn ernst an. „Wir können doch Yanko nicht einfach so hier lassen! Das geht doch nicht! Er sitzt hier im Gefängnis und weiß nicht wie es weitergeht, und wir fahren einfach so in die nächste Stadt, und er ist hier allein!" „Mala... Wir können jetzt nichts für ihn tun... Außerdem hat er sich selbst in diese Situation gebracht! Vielleicht tut ihm ja ein bisschen Abstinenz ganz gut!", erklärte Keith und wollte schon wieder den Blinker setzen. „Stopp!!! Bleib stehen, oder ich steige aus!", rief Mala entschlossen und hatte den Türgriff schon in der Hand. „Das können wir doch auch unterwegs besprechen. Wir sind schon spät dran!", sagte Keith und sah dabei nervös auf die Uhr. Mala konnte es nicht fassen. „Wie kannst du nur so etwas sagen! Er ist dein Bruder! Egal was er getan hat! So kenne ich dich gar nicht! Du bist schon die ganze Zeit so seltsam... Was ist nur mit dir los? Wir müssen ihm helfen! Er hat doch nichts Schlimmes angestellt!" Mala war plötzlich total aufgewühlt und sah Keith erwartungsvoll an. „Nichts Schlimmes angestellt... Er hat mit meiner Freundin geschlafen, die jetzt

außerdem noch ein Kind von ihm bekommt! Ist das etwa nichts? Und er weiß, dass es ziemlich Scheiße ist, wenn man in den USA Drogen bei sich hat.", konterte Keith ziemlich kalt, so dass es Mala eine Gänsehaut über den Rücken jagte. Sie konnte gar nicht glauben, was sie da zu hören bekam. Sollte es etwa so sein, dass Keith seinem Bruder jetzt absichtlich nicht half, um sich an ihm zu rächen? Das konnte doch nicht sein!
„Was ist eigentlich mit der Kaution?", fragte Mala weiter.
„Viel zu viel! So viel haben wir nicht!", stellte Keith klar und sah erneut auf die Uhr. „Können wir uns das Geld nicht irgendwo leihen? Oder zusammenlegen? Du weißt doch, dass sich Yanko in einem geschlossenen Raum ganz elend fühlt!"
Keith räusperte sich und steckte sich eine Zigarette an. „Ja, und das geschieht ihm grad recht! Weißt du was? Wenn er dir so leid tut, dann geh du doch zu ihm und tröste ihn! Das wird ihm bestimmt gefallen, dem armen, verlassenen Hund! Er ist doch selbst an allem schuld! Und dann seine ständige Sauferei! Ich bin ehrlich gesagt froh, dass er mal für eine Weile nicht da ist! Da kann ich wenigstens mal wieder ruhig schlafen. Er wollte es ja nicht anders. Irgendwann bekommt jeder seine Rechnung präsentiert! Er geht über Leichen, wenn er nur seine Triebe befriedigen kann! Er nimmt ja auch keine Rücksicht auf mich! Warum also sollte ich das tun? Damit er so weitermacht, wie bisher? Ich sag dir was! Darauf habe ich keinen Bock mehr! Er soll von mir aus bleiben, wo der Pfeffer wächst!"
Keith hatte sich vollkommen in Rage geredet und fühlte sich hinterher richtig gut und erleichtert. Er hatte Recht gehabt. So war es am besten für alle. Yanko hatte seinen Denkzettel bekommen, und er hatte Mala.
Mala jedoch blieb der Mund vor Entsetzen offen stehen. Sie wagte gar nicht den Gedanken, der sich soeben in ihrem Gehirn anfing in Worte zu formen, zu Ende zu denken. Doch

sie hatte es eigentlich schon begriffen, bevor Keith eben den ersten Satz zu Ende gesprochen hatte.
„Warum hast du das getan? Warum... Warum hast du deinen Bruder verraten?“ Mala spürte, wie sie anfing zu zittern.
„Ich habe ihn nicht verraten! Das hat er selbst getan!“, meckerte Keith und wollte wieder losfahren. „Und wie soll er das deiner Meinung nach getan haben? Meinst du er hat selbst die Polizei angerufen? Das glaubst du ja wohl selbst nicht! Er wusste außerdem ganz genau, dass es im Zirkus noch andere Leute gibt, die ab und zu gerne mal was zu sich nehmen, oder ein paar Joints rauchen. Yanko hätte niemals den ganzen Zirkus aufs Spiel gesetzt... Nein... Ich weiß es jetzt!... Du warst es!!! Du warst der anonyme Anrufer!!! Woher wusste die Polizei sonst, wo Yankos Wohnwagen gestanden hat? Sie haben niemanden geweckt, um danach zu fragen! Sie wussten es schon ganz genau, als sie auf dem Platz ankamen!“, fauchte Mala und war mit einem Mal felsenfest davon überzeugt, dass es exakt so abgelaufen sein musste. So würde auch Keiths merkwürdiges Verhalten in der letzten Zeit einen Sinn ergeben.
Keith sah sie an und zuckte nur mit den Schultern. „Dir ist doch auch nichts mehr eingefallen, wie man ihm helfen könnte, oder?“, keifte er zurück. „Helfen? Spinnst du?! Was ist denn das bitteschön für eine Hilfe?... Du gibst es also zu, ja?“ Mala war auf einmal ganz klar im Kopf. Wenn er jetzt tatsächlich zugab, Yanko mit Absicht ins Gefängnis gebracht zu haben, würde sie augenblicklich aussteigen und mit diesem Mann nie wieder ein Wort wechseln.
Keith warf die Zigarette aus dem Fenster. „Ja! Und ich glaube nach wie vor, dass es die beste Idee war! Du wirst sehen! So, und nun lass uns endlich weiterfahren!“, sagte Keith schon fast beiläufig, und Mala konnte sehen, dass er es wirklich nicht bereute.

Ohne ein weiteres Wort zu verlieren, stieg Mala aus, holte ihre Tasche aus dem Wohnwagen und ging den Highway entlang zurück nach New Orleans.
Keith war ihr noch ein Stück hinterhergelaufen und hatte auch versucht, sie wieder in den Lastwagen zu zerren. Doch als Mala ihm rasend vor Hass ins Gesicht gezischt hatte, dass sie ihn bei der nächsten Gelegenheit wieder verlassen würde, gab er schließlich auf. Er hatte genug von diesem ganzen Affentheater. Dann sollte sie halt zu seinem heruntergekommen, versoffenen und rücksichtslosen Bruder gehen und Jahre auf ihn warten.
Mala drehte sich nicht mehr um, als sie den LKW wegfahren hörte. Nach einer guten halben Stunde erreichte sie dann schließlich eine Ausfahrt und nach einer weiteren Stunde eine Bushaltestelle.
Sie wollte jetzt nur zwei Dinge: Eine Dusche und dann zu Yanko. Und sie nahm sich fest vor sich nicht wieder abwimmeln zu lassen. Diesmal nicht.

Mala war die erste Besucherin an diesem Morgen, die sich am Empfang des Untersuchungsgefängnisses anmeldete. Die Prozedur kannte sie ja schon, nur bisher war sie immer nach ungefähr einer Stunde wieder vor der Tür gestanden, weil ihr jedes Mal mitgeteilt worden war, dass zu Mr Melborn keine Besuche zugelassen seien. Dieses Mal hatte sie sich in der Nacht schon alle möglichen Worte und Sätze zurechtgelegt, die sie der Empfangsdame ans Herz legen würde doch einmal eine Ausnahme zu machen, für den Fall, dass sie von ihr wieder zurückgewiesen werden würde.
Nervös blätterte sie die Tageszeitung durch und sah immer wieder auf, um aus dem Gesicht der Frau hinter der Glasscheibe irgendeine Tendenz ablesen zu können. Doch der Ausdruck blieb unverändert. Mala fragte sich, ob diese Frau überhaupt ein Herz hatte zu dem man sprechen konnte, oder ob sie schon vollkommen zur Marionette dieses Systems geworden war.
Die Zeit verstrich, und es kamen immer mehr Besucher, und der Raum füllte sich langsam. Hinter jedem Gesicht verbarg sich ein anderes Schicksal, und Mala wünschte tief im Innern, dass allen Gerechtigkeit widerfahren möge.
Sie zuckte regelrecht zusammen, als endlich ihr Name aufgerufen wurde und ein Mann in Uniform auf sie zukam. „Sie waren schon öfter hier und wollten Mr Melborn besuchen, richtig?“, fragte der Officer ohne eine Regung von Freundlichkeit. Mala begann innerlich zu zittern. Sie musste sich konzentrierten, damit sie jetzt ja keinen Fehler machte. Sie wollte zu Yanko, das war ihr Ziel. „Ja, das ist richtig, aber es hieß immer, er dürfe keinen Besuch empfangen. Warum eigentlich nicht?“, stellte sie der Frage des Officers, so ruhig und sachlich wie möglich entgegen. Der Officer sah auf den Stapel Papiere, den er in der Hand hielt. „Das ist richtig! Es ist

hier nun mal so, dass die Untersuchungshäftlinge erst Besuch empfangen dürfen, sobald ihre Verhandlungen begonnen haben. Anwälte sind davon natürlich ausgeschlossen. Es tut mir leid, Sie haben sich erneut unnötig hierher bemüht!", erklärte der Officer und sah sie sogar dieses Mal dabei an. Mala rang mit sich, um ihn nicht einfach anzuschreien. „Bitte hören Sie! Ich bin seine Frau und bekomme ein Baby. Ich möchte ihn einfach nur einmal kurz sehen dürfen. Bitte! Ich wüsste nicht, was daran so schlimm sein sollte.", versuchte Mala ihn zu erweichen.
Plötzlich stand ein Mann auf, der das Gespräch zwischen den beiden offensichtlich mitgehört hatte und klinkte sich ein. „Entschuldigen Sie bitte, dass ich mich einfach so einmische, aber das stimmt doch gar nicht, was Sie gerade gesagt haben! Mein Sohn hat auch noch keine Verhandlung, aber ich darf trotzdem zu ihm." Der Officer räusperte sich und wirkte auf einmal etwas zerknirscht. Mala sah ihn erwartungsvoll an.
„Ja... nun... Es gibt natürlich ab und zu auch Ausnahmen. Ich nehme an Ihr Sohn ist noch minderjährig, richtig?" Der Mann nickte. „Na sehen Sie! Das ist so eine Ausnahme! Und jetzt entschuldigen Sie mich bitte. Ich habe noch zu tun.", redete der Officer sich schnell heraus und drehte sich schon zum Gehen um. Mala packte ihn reflexartig am Arm. „Ich gehe nicht eher, bevor ich meinen Mann gesehen habe! Und ich werde diese Vorgehensweise an die Öffentlichkeit bringen! Das ist einfach ungeheuerlich! Das ist ja wie im tiefsten Mittelalter hier! Wo gibt es denn so etwas? Überlegen Sie sich gut, was Sie tun werden!" Mala war auf hundertachtzig und hatte Mühe ihn nicht dabei kräftig durchzuschütteln. Der Officer sah sie verdutzt an, und riss sich jedoch augenblicklich von ihr los. Mala trotzte herausfordernd seinem Blick und setzte sich demonstrativ wieder auf ihren Stuhl.

Plötzlich begann der Mann, der sich eingemischt hatte in die Hände zu klatschen. Nach und nach stimmten alle Umhersitzenden mit ein und klatschten kräftig Beifall. Der Officer richtete betreten seine Uniform und verschwand schnell hinter einer Panzerglastür, die den Warteraum und den Zellentrakt voneinander trennte.
Als der Officer verschwunden war, atmete Mala tief durch. Dem hatte sie zumindest mal ihre Meinung gesagt, aber gleichzeitig war sie auch den Tränen nahe. Diese, in ihren Augen völlig hirnverbrannte, ungerechte und überhaupt nicht nachvollziehbare, willkürliche Regelung tat ihr in der Seele weh, und die Vorstellung, dass Yanko nun schon seit Wochen hier drin eingesperrt war, hielt sie kaum aus.
Der nette Mann von vorhin setzte sich neben sie und reichte ihr ein Taschentuch. Erst jetzt bemerkte sie, dass ihr doch ein paar Tränen die Backen heruntergelaufen waren. Sie schnäuzte sich und trocknete ihr Gesicht. „Dem haben Sie es aber gegeben! Das war wirklich mutig von Ihnen!“ Die Stimme des Mannes beruhigte sie etwas, und sie sah ihn an. „Danke! Aber es hat nichts genützt! Was soll ich denn jetzt machen?“ Mala fühlte sich mit einem Mal völlig hilflos. Der Mann legte ihr eine Hand auf die Schulter. „Sie dürfen jetzt nicht aufgeben! Hat Ihr Mann denn schon einen Anwalt?“, fragte er sie mitfühlend. „Ich denke ja, darum hat sich die ganze Zeit mein Fr... ähm... sein Bruder gekümmert.“, sagte Mala und plötzlich lief es ihr eiskalt den Rücken herunter. „Oh mein Gott!“, rief sie nur und sah den Mann entsetzt an. „Was ist?“, fragte er verwundert. Mala stand auf, bedankte sich und verabschiedete sich schnell von dem Mann und verließ fluchtartig das Gebäude.
Draußen vor der Tür musste sie erst einmal nach Luft schnappen und sich beruhigen. Der sterile Geruch in dem Haus schlug ihr jedesmal auf den Magen, und momentan war

sie sowieso extrem geruchsempfindlich. Im Stechschritt lief sie dann in die Innenstadt und setzte sich erst einmal in ein Café. Sie bestellte eine Limonade und loggte sich auf ihrem Handy ins Internet ein. Innerhalb von zehn Minuten hatte sie mit einem Anwalt telefoniert und noch am gleichen Nachmittag einen Termin bekommen.
Und schon am nächsten Tag öffnete ihr derselbe Officer von gestern die Panzerglastür und ließ sie passieren. Er verzog dabei keine Miene, genau so, als ob er sie noch niemals zuvor gesehen hätte. Mala verkniff sich bewusst einen Kommentar. Sollte er doch an seinem Hochmut ersticken, es war ihr egal. Sie spürte, wie ihr Herz bis zum Hals hinauf klopfte. Sie wusste nicht, ob aus Freude oder aus Angst. Wie sollte sie Yanko nur beibringen, dass Keith hinter dem ganzen Desaster steckte? Mala schluckte und fand die ganze Situation einfach nur entsetzlich schrecklich.
Sie wurde in einen kleinen Raum geführt, in dem es nur einen Tisch und zwei Stühle gab. Die Luft war stickig warm, und es war kein Fenster weit und breit zu sehen. Mala setzte sich und wartete. Würde Yanko sich freuen sie zu sehen? War er tatsächlich überhaupt hier? Ein starker Zweifel befiel sie, und sie musste sich fast in den Arm kneifen. Yanko war bestimmt nicht hier, das passte so überhaupt nicht zu ihm. Er liebte die Freiheit über alles und sollte jetzt hier eingesperrt sein, weil sein Bruder, den er über alles liebte ihn an die Polizei verpfiffen hatte? Plötzlich erschien ihr das alles total unwirklich, und sie hatte das Gefühl zu träumen. Sicherlich würde sie gleich aufwachen und alles würde wieder gut sein.
Doch plötzlich stand er vor ihr und sah sie aus müden Augen erfreut an. Der Wärter nahm ihm die Handschellen ab und stellte sich an die Tür und beobachtete sie mit Adleraugen.
„Mala!“, sagte Yanko und setzte sich an den Tisch. Körperkontakt war streng verboten, und Yanko musste sich

sehr zusammenreißen sie nicht einfach zu umarmen. Endlich passierte etwas. Sie hatten ihn doch nicht vergessen.
„Yanko! Wie schön! Endlich! Wie geht es dir?“, plapperte Mala gleich drauflos, um ihm nicht zu zeigen, dass sie entsetzt über seinen Anblick war. Sie schätzte, dass er mindestens fünf bis sechs Kilo abgenommen hatte. Er sah ausgemergelt und völlig fertig aus. Aber es tat ihr gut, dass er sich offensichtlich darüber freute sie zu sehen.
„Wie geht's dir? Wie geht's dem Baby?“, war die Antwort auf die Frage, die sie bekam. „Gut, soweit es einem in so einer Situation gut gehen kann.“ Mala beschloss in diesem Moment, es ihm sofort zu sagen. Wer weiß wieviel Zeit sie heute hatten. Er musste es wissen, so hart es auch war.
„Yanko... Ich muss dir etwas sagen. Ich weiß zwar nicht wie, aber du musst wissen, dass... dass... Oh mein Gott, es ist... es ist...“ „Mala, beruhige dich erstmal! Was ist denn passiert? Ist was mit dem Baby?“ Yanko fühlte Panik in sich aufsteigen. „Nein... nein! Dem Baby geht's gut! Es ist wegen dir... Keith... Keith hat... Er hat dich verraten!“ Mala nahm unwillkürlich Yankos Hand dabei. Der Wärter bemerkte es natürlich, ließ sie jedoch unter seinem strengen Blick gewähren.
„Was??? Was hast du gesagt???“ Yanko traute seinen Ohren nicht. Doch irgendein Gefühl tief in ihm drin sagte ihm, dass es genau so war, wie Mala eben gesagt hatte. „Yanko, es tut mir leid! Ich habe das alles auch erst gestern erfahren. Keith hat es mir selbst gesagt, nachdem ich ihm etwas auf den Zahn gefühlt habe, weil mir das Ganze immer seltsamer vorgekommen war. Er sagte, dass er sich nicht mehr anders zu helfen gewusst hätte, als dir einen Denkzettel zu verpassen. Es tut mir so leid!“, versuchte Mala zu erklären.
Yanko wich zurück und stand unvermittelt auf. Er wurde jedoch von dem Wärter sofort eindringlich darauf verwiesen sich sofort wieder hinzusetzen, ansonsten würde er umgehend

wieder zurück in seine Zelle geführt werden. Yanko gehorchte widerwillig und setzte sich. In seinem Kopf drehte sich alles, und er konnte keine Worte finden. Das was er eben von Mala gehört hatte, riss ihm den Boden unter den Füßen weg und ließ ihn innerlich taumeln.
Mala beugte sich etwas vor und nahm erneut seine Hand. Sie sahen sich eine Weile stumm an. Yankos Blick schien ihr genau die eine Frage zu stellen, die jeder normalerweise in so einem Moment gestellt hätte, und nach einer Weile hatte Mala verstanden. „Ich habe mich sofort von ihm getrennt. Wir waren schon auf dem Highway unterwegs in die nächste Stadt gewesen. Ich bin ausgestiegen, habe meine Sachen geschnappt und bin weggelaufen. Glaubst du, ich hätte mit ihm noch eine Sekunde länger unter einem Dach leben können nach dieser Aktion? Niemals, sag ich dir!“ Yanko nickte, und er konnte sich ein paar Tränen nicht verkneifen. Das war einfach zu viel. Sein eigener Bruder ruft die Polizei an, um ihm eins reinzuwürgen, und um sich womöglich auch noch wegen Mala an ihm zu rächen. Das konnte er ja irgendwie noch nachvollziehen, aber dass Keith dabei den gesamten Zirkus aufs Spiel gesetzt hatte, das konnte er beim besten Willen nicht verstehen. Was war nur in ihn gefahren, um so eine Aktion zu starten? „Ich verstehe es nicht! Warum hat er das getan?“ Mala schüttelte den Kopf. „Ich verstehe das auch überhaupt nicht! Er hat von Hilfe gesprochen. Dass er eben nicht mehr gewusst hätte, wie er dir helfen sollte. Ich meine, du hast dich ja auch ganz schön hängenlassen!“, sagte Mala so leise wie möglich. Sie wollte hier nicht vor dem Wärter in irgendwelche Details bezüglich Yankos Alkohol- und Drogenkonsum gehen.
„Helfen?... Der spinnt wohl!... Oh mein Gott!... Ich muss das erst mal sich setzen lassen. Das ist einfach unglaublich!“ „Ja... Aber da ist noch etwas...“ Yanko sah sie fragend an.

„Keith hat zu uns allen gesagt, dass er sich darum kümmern würde, dass du so schnell wie möglich wieder freikommen wirst, und dass er einen Anwalt engagiert hätte. Fakt ist aber, dass er bis heute keinen Anwalt organisiert hat. Ich habe jetzt einen Anwalt für dich gefunden, und er wird sich so schnell es geht um eine Verhandlung bemühen, und dass du, bis es zu einem Urteil kommt, frei kommst. Ich habe das gestern in die Hand genommen und heute sitze ich schon hier bei dir. Keith hat nichts unternommen! Gar nichts! Er hat uns die ganze Zeit über belogen! Sonst wäre das hier bestimmt schon längst über die Bühne gegangen!“ Mala konnte sehen, wie ihre Worte Yanko mitten ins Herz trafen. Sie fand es schrecklich ihn nicht in den Arm nehmen zu dürfen und so hielt sie seine Hand krampfhaft fest.
Yanko rückte näher und nahm auch ihre Hand. „Danke! Danke, dass du gekommen bist und mir das alles gesagt hast! Es ist hart, aber gut, dass ich es jetzt weiß... Was willst du denn jetzt machen? Wo willst du hin?“ Mala sah ihm in die Augen. „Ich bleibe bei dir, wenn du mich noch willst nach alldem.“ Yanko huschte ein Lächeln über sein Gesicht, und es war ihm jetzt scheißegal, wenn er daraufhin gleich wieder in die Zelle zurück müsste. Er spürte plötzlich einen Funken Hoffnung und Zuversicht in sich, und er stand auf und nahm Mala einfach in den Arm und küsste sie. „Ich liebe dich!“, flüsterte er ihr zwischendrin immer wieder ins Ohr, und Mala schmiegte sich an ihn und wollte ihn nie wieder loslassen. „Ich liebe dich auch so sehr! Ich hätte mich nie auf Keith einlassen dürfen!“ „Schscht“, konnte Yanko gerade noch sagen, bevor sie unsanft auseinandergerissen wurden. Der Wärter legte Yanko die Handschellen wieder an und zog ihn ziemlich ruppig aus dem Raum. Mala konnte ihm gerade noch hinterherrufen, dass sicher bald alles gut werden würde.

Und drei Tage später war er tatsächlich frei. Zumindest bis zum Urteil, doch der Anwalt rechnete ihm gute Chancen aus, die auf jeden Fall unumgängliche Strafe mit einem Bußgeld und Arbeitsstunden abgelten zu können.
Yanko und Mala wohnten in dieser Zeit in Yankos Wohnwagen, den Keith mitsamt seinem Pickup einfach auf dem Zirkusplatz in New Orleans hatte stehen lassen. Sie fühlten sich wie Teenager, die von zu Hause ausgerissen waren und nun ihren ersten gemeinsamen Urlaub zusammen verbrachten. Endlich frei. Und es war niemand da, der etwas an ihrer Liebe auszusetzen hatte. Und sie liebten sich wild und stürmisch, so als ob sie vorher noch niemals zusammengewesen waren, und verbannten jegliche Grübelei hinsichtlich Keiths Tatmotive und darüber, warum er den Wohnwagen nicht mitgenommen hatte.
Schon innerhalb der nächsten Woche ging die Verhandlung dann über die Bühne. Yanko musste ein kräftiges Bußgeld bezahlen, was er jedoch ohne mit der Wimper zu zucken einfach vom SAN DANA Geschäftskonto überwies, sowie zwei Wochen in einem Heim für drogenabhängige Kinder und Jugendliche arbeiten. Die Arbeit machte ihm sogar viel Spaß, und er kam auf Anhieb mit den meisten gut zurecht, so dass die Heimleitung ihn schon nach wenigen Tagen überreden wollte länger zu bleiben.
Doch Yanko war dann auch sehr froh, als sich die Zeit in New Orleans schließlich dem Ende zuneigte. Er mochte diese Stadt wirklich gern, aber jetzt wollte er erst einmal wieder nach Hause, um von dem ganzen Stress hier Abstand zu gewinnen. Ihm war allerdings immer noch nicht klar, wie er sich nun Keith gegenüber verhalten sollte. Und er fragte sich ständig, wie eine zukünftige Zusammenarbeit unter diesen Umständen aussehen sollte, falls das überhaupt noch möglich war. SAN DANA war doch ihr gemeinsames Projekt. Yanko konnte sich

beim besten Willen nicht vorstellen, dass einer von ihnen aussteigen würde.
Keith hatte sich die ganze Zeit über nicht gemeldet und sich offensichtlich wirklich nicht um einen Anwalt für ihn gekümmert. Das verletzte Yanko zutiefst, und es fiel ihm ziemlich schwer diese Tatsache überhaupt anzunehmen. Das war so vollkommen anders, als alles was Keith sonst immer getan hatte, dass Yanko richtig Probleme damit hatte, diesen Verrat mit seinem Bruder in Verbindung zu bringen. Manchmal wachte er nachts auf und war sich fast sicher, dass da jemand anderer dahintersteckte.

Yanko wollte New Orleans jedoch nicht verlassen, ohne wenigstens versucht zu haben die besagte Tasche von Tom in den Sümpfen ausfindig zu machen. Zunächst besorgte er sich eine detaillierte Karte des Sumpfgebietes, das Tom ihm genannt hatte. Dann mietete er sich ein Boot und fuhr mit einem etwas mulmigen Gefühl in die Seitenarme des Mississippi. Stundenlang irrte er auf dem Wasser herum und fragte sich, wie um alles in der Welt sich jemand hier ohne Karte zurechtfinden konnte. Selbst mit Karte war es schon schwer genug sich nicht zu verirren, denn für unerfahrene Augen sah hier ein Seitenarm aus, wie der andere.
Yanko empfand es als eines der größten Wunder, als er die Tasche dann gegen Nachmittag tatsächlich fand. Und als er nach mehreren Stunden und einigen weiteren Fehlversuchen aus den Sümpfen endlich wieder herausgefunden hatte, grenzte das für ihn schon an ein riesiges Weltwunder.
Sorgfältig achtete er dann darauf, dass ihn niemand dabei beobachtete, als er sich mit Toms Frau im Zoo traf und ihr das Geld und die Briefe in einem neuen Rucksack überreichte. Dankbar lächelte sie ihn traurig an und flüsterte ihm noch leise zu, dass Tom lebenslänglich bekommen habe.

Die eine Woche, die Yanko dann noch in Sheddy verbringen konnte, war ausgefüllt mit Familienbesuch und mit der Planung für die nächste Tour, die unmittelbar schon wieder bevorstand.
Yanko hatte sich noch von New Orleans aus mit seinen jüngeren Geschwistern und seiner Mutter zwecks eines Besuchs ihrerseits verständigt, doch es stellte sich schnell heraus, dass sie in absehbarer Zeit nur in dieser einen Woche alle zusammen nach Sheddy kommen konnten. Yanko freute sich natürlich sehr, dass seine andere Familienhälfte ihn besuchen kam, doch er wünschte sich eigentlich, dass es zu einem anderen Zeitpunkt stattgefunden hätte. Aber nun war es eben so.
Mala fühlte sich auch in diesem Teil der Familie gleich sehr wohl, und sie genoss es Yankos Mutter und Geschwister kennenzulernen. Doch sie spürte auch genau, dass Yanko mit alldem momentan etwas überfordert war. Keith und Yanko waren sich seit dem Vorfall nicht mehr begegnet, und auch in dieser Woche gingen sie sich aus dem Weg.
Nach dem Grillen, als sie dann alle noch gemütlich um den großen Tisch herum saßen, den Yanko auf der Wiese zwischen Haus und See aufgebaut hatte, schnappte sich Mala Yanko, als der gerade aus dem Haus kam und sich die Schuhe wieder anziehen wollte. „Yanko, du musst mit ihm reden! Ich weiß... er sollte eigentlich den ersten Schritt tun, aber er tut es nicht. Wie soll das denn nächste Woche aussehen? Zwei Chefs, die sich nicht anschauen und nicht miteinander reden? Die Leute vom Zirkus haben auch ein Recht darauf zu erfahren, was wirklich passiert ist!“, begann Mala und nahm Yanko dabei am Arm. Yanko sah sie an. „Ich weiß nicht, wie das überhaupt gehen soll... Ich kann mich nicht entscheiden... Ich weiß nicht, was ich will.“ „Lass doch einfach die Leute

entscheiden!“, schlug Mala vor, und Yanko umarmte sie prompt. „Du hast Recht! Ich muss es ihnen sagen... und das am besten sofort.“ Yanko zog seine Schuhe fertig an und schnappte sich den Autoschlüssel. Mala gab ihm einen Kuss. „Du schaffst das!“

Yanko ging zum Auto hinunter, und Mala war gottfroh, dass Yanko nicht mehr trank. Still und heimlich musste sie zugeben, dass das wirklich eine äußerst positive Auswirkung dieses ganzen Dilemmas war. Was den Alkohol betraf, war Keiths Rechnung voll aufgegangen. Hatte er das eventuell doch tatsächlich aus Liebe getan und nicht aus einem Rachegefühl heraus?

Mala ging wieder hinunter zu den Gästen und hoffte, dass die Begegnung zwischen den beiden Brüdern glimpflich verlaufen würde. Sie kannte die beiden gut genug und würde es Yanko wirklich nicht verdenken, wenn er seinem Bruder ein paar verpassen würde. Der Aufenthalt in dem Untersuchungsgefängnis musste für Yanko die Hölle gewesen sein. Sie spürte das jeden Tag sehr deutlich. Jedes Mal wenn sie ihn danach fragte, wie zum Beispiel der Entzug gelaufen war, sah er sie nur an und sagte knapp: „Ich will darüber nicht reden, ok?!“, und dann war auch nichts mehr aus ihm herauszubekommen. Sie konnte seinen Zwiespalt Keith gegenüber sehr gut nachvollziehen. Sie wusste ja selbst nicht, wie sie ihm wieder unter die Augen treten sollte, ohne ihn wie eine Katze anzuspringen. Sie fühlte so viel Verachtung und Hass in sich, dass ihr das selbst Angst einjagte. In so einer Verfassung war es jedenfalls sehr ungunstig gemeinsam auf eine Tour zu gehen, bei der man sich zwangsläufig ständig über den Weg lief. Vielleicht würde sie einfach hier in Sheddy bleiben, bis die Wogen sich wieder geglättet hätten. Ein wenig Ruhe würde ihr mit Sicherheit jetzt auch guttun.

Der Mond war schon aufgegangen und stand hell leuchtend am Himmel, als Yanko in Sheddy, auf der Wiese hinter dem LIGHT GARDEN Restaurant, ankam. Die meisten Beschäftigten waren beim Zirkus geblieben und nicht nach Hause gefahren. Die Tourpause war einfach zu kurz, und außerdem gefiel es allen sehr gut in Sheddy.
Yanko parkte und stieg aus. Manuel war der Erste, der ihn sah, und er kam sofort jubelnd auf ihn zugerannt. Es vergingen kaum zwei Minuten, bis alle anderen aus ihren Wohnwagen gestürmt waren und Yanko herzlichst begrüßten. Es war das erste Mal, dass Yanko wieder persönlich auf dem Zirkusplatz erschien, seitdem er zurück war.
Nur Keith und seine Familie waren nicht da. Stefan sagte ihm, dass Keith zu Hause sei. Yanko holte tief Luft und ergriff die Gelegenheit beim Schopf. Er bat alle Anwesenden ins große Zelt und berichtete ihnen dann, was Keith getan, und was in New Orleans alles geschehen war. Als er geendet hatte, herrschte im Zelt zunächst eine entsetzte Stille. Alle sahen sich völlig geschockt und fassungslos an. Und Yanko wusste nun, was er tun würde. Er bat die Zirkusleute zwischen Keith und ihm zu wählen. Würden sie Keith als Chef wählen, würde er aussteigen. Wählten sie ihn, dann würde er es annehmen, auch wenn er nicht wusste, wie er das ohne Keith auf die Reihe bekommen sollte, aber er war sich plötzlich sicher, dass er in diesem Fall genug Unterstützung von allen bekommen würde.
Mykee fand als erster die Worte wieder. Er stand auf. „Yanko, ich glaube, diese Frage brauchst du gar nicht erst zu stellen. Wenn jemand anderer Meinung ist, dann möge er es jetzt sagen, aber das was Keith da gemacht hat, ist für den Zirkus auf keinen Fall tragbar. Stell dir vor, wir hätten das morgens nicht mitbekommen... Wir hätten den Laden schließen können! Er hat, warum auch immer, uns damit alle in Gefahr gebracht, und mit so jemandem, bei allem Respekt, will ich

nicht zusammen arbeiten. Das ist es doch auch, was SAN DANA so einzigartig macht, dass wir uns alle untereinander verstehen und Vertrauen haben. Wir sind eine Familie..." Mykee sah Yanko an. „Auch wenn es ab und zu mal Schwierigkeiten gibt... Aber das geht einfach zu weit! Was meint ihr?" Es ging ein eindeutiges Raunen durch die Reihen, und es war schnell klar, dass Keith als Chef nicht mehr länger geduldet war.
Yanko hörte sich das Ganze an, fühlte sich damit aber nicht wirklich wohl in seiner Haut. „Hört mal!", begann er. „Ich war in letzter Zeit aber auch nicht gerade der Vorzeigechef... Ich habe mich ganz schön hängenlassen, weil... weil... naja aus verschiedenen Gründen, und... und das tut mir echt leid! Ich danke euch jedenfalls für euer Vertrauen, und ich hoffe, dass ihr mit mir zufrieden sein werdet. Aber ich denke, gemeinsam schaffen wir das! Ihr kennt mich... Ich bin nicht so ein Obercheftyp. Ok, der Laden hier gehört mir... und Keith... aber ich sehe das alles hier als Gemeinschaftswerk von uns allen, und so sollte es auch jeder für sich fühlen. Ihr seid alle ein Teil von SAN DANA und alle gleich wichtig!"
Die Zirkusleute standen auf und applaudierten. Yanko hob abwehrend die Hand. „Hört auf damit!" Die Leute wurden wieder still. Yanko trat von einem Fuß auf den anderen. „Jemand muss es ihm sagen... Ich kann das machen, aber wenn ich ehrlich bin, will ich ihn eigentlich jetzt nicht sehen... Ich weiß nicht was ich tun würde, versteht ihr?" Yanko sah in die Runde und hoffte, dass sich jemand melden, und ihm diese unangenehme Aufgabe abnehmen würde.
Mykee kam zu ihm und legte einen Arm um ihn. Fast hätte er ihn reflexartig geküsst, denn Yankos Körpergeruch stieg ihm so plötzlich in die Nase, dass er die Reaktion, die das auslöste fast nicht mehr unterdrücken konnte. Yanko spürte es intuitiv und wich etwas zurück, doch er löste sich nicht aus seinem

Arm, der ihm wie ein Bärenfell schützend um die Schulter lag. „Ich mach das schon! Das ist die Entscheidung von uns allen hier... vielleicht sogar noch mehr von uns, als von dir?! Ich gehe als Vertreter von SAN DANA zu ihm!“, verkündete Mykee und sah, dass alle damit einverstanden waren.
Später verließen sie gemeinsam das Zelt, und Mykee begleitete Yanko noch zu seinem Auto. „Danke Mykee! Ich...“ „Schon ok! Ich verstehe dich, und ich glaube alle anderen auch!“, unterbrach ihn Mykee und hätte ihn am liebsten wieder umarmt, aber diesmal richtig. Doch er verkniff sich den Impuls. Es gab momentan genug Probleme, da musste er nicht noch ein weiteres obendrauf setzen.
Yanko stieg ins Auto und ließ den Motor an. Plötzlich jedoch zog er Mykee durch die offene Fensterscheibe zu sich und gab ihm einen Kuss. Er wollte ihn eigentlich gleich wieder loslassen, doch Mykee hatte seine Pläne schnell geändert. Er zog Yanko noch enger an sich und küsste ihn so leidenschaftlich, dass Yanko sogar im Sitzen die Knie weich wurden. Dann sah sich Mykee um, aber es war niemand da, der sie hätte zusammen sehen können, und so sprang er schnell um das Auto herum und setzte sich auf den Beifahrersitz. Und ehe Yanko sich versah, hatte Mykee ihm die Hose geöffnet und seinen Schwanz in der Hand. Yanko raste los und bog schnell in den nächstbesten Waldweg ab.

Die Silhouette Vancouvers erschien Yanko wie in einem Traum. Sie waren fast zwei Tage lang dorthin unterwegs gewesen und alle ziemlich müde. Als sie spätabends auf ihrem Platz angekommen waren, beschlossen sie deshalb das große Zelt erst am nächsten Tag aufzubauen und lieber gleich schlafen zu gehen.
Yanko konnte aber auch in dieser Nacht, obwohl er hundemüde war nicht richtig schlafen. Sein Bruder wollte ihm einfach nicht aus dem Kopf gehen. Keith war, ein Tag nachdem Mykee bei ihm gewesen war und ihm die Entscheidung der Zirkusleute mitgeteilt hatte, spurlos verschwunden. Keiner wusste wohin er gegangen war. Mabel hatte am nächsten Tag nur bemerkt, dass er wohl auch seinen Reisepass mitgenommen hatte. Jeder der Keiths Handynummer besaß, hatte daraufhin mehrmals versucht ihn anzurufen, aber immer nur die Mailbox erreicht.
Yanko hatte sich allerdings noch nicht dazu durchringen können seinen Bruder anzurufen. Doch in dieser ersten Nacht in Vancouver beschloss Yanko gleich am nächsten Morgen Keiths Freund Henk Morrisson von der Polizei in Newly zu kontaktieren. Und so hatten sie dann wenigstens am nächsten Abend die Gewissheit, dass Keith einen Flug nach Madrid gebucht hatte und sich somit wahrscheinlich in Spanien aufhielt. Doch nach wie vor rief er nicht zurück.

Mala spürte, dass Yanko darunter litt, obwohl er Keith eigentlich nicht sehen wollte. An einem der nächsten Abende, nachdem Yanko gerade das Licht im Pferdezelt ausgemacht hatte und auf dem Weg zum Wohnwagen war, kam Mala ihm entgegen. Sie hatte zwei Decken und zwei Tassen heißen Tee dabei. Die setzten sich an das noch leicht brennende Lagerfeuer und hüllten sich in die Decken ein, denn selbst im

Juli konnte es nachts dort am Fuße der Rocky Mountains in Kanada schon recht kalt werden.
Yanko trank dankbar den Tee und legte einen Arm um sie. Er fühlte sich mit ihr so gut, wie schon lange nicht mehr in einer Beziehung, und er fragte sich, warum er am Anfang so große Probleme damit gehabt hatte. Momentan lief das Leben mit Mala wunderbar und auch für den Fall, dass Ron eines Tages wieder auftauchen sollte, wusste er, dass Mala es akzeptieren würde. Maria vermisste er überhaupt nicht, nur seinen Jony, und er hoffte sehr, dass er ihn bald wiedersehen würde. Auf jeden Fall würde er in der nächsten tourfreien Zeit nach Griechenland zu seinem Sohn fliegen.
„Du vermisst Jony, habe ich Recht?“, fragte Mala, als ob sie seine Gedanken lesen könnte. „Hmm! Ja stimmt! Aber Maria vermisse ich nicht! Fast komisch... Ich sollte mich scheiden lassen!“, stellte er fest und zog Mala noch enger an sich. Wie sollte er ihr jemals sagen, was er für sie empfand. Er wusste es eigentlich selbst nicht so ganz genau, außer, dass er sie liebte. Aber tat er das wirklich, oder brauchte er sie nur? Jedes Mal wenn er anfing darüber nachzudenken wurde er müde und gab es schließlich auf. Dann wusste er eben keine genauen Worte dafür, aber er konnte es in seinem Herzen spüren, und sie war definitiv da drin und hatte dort einen riesengroßen Platz. „Bald kommt unser Kind auf die Welt und dann sind wir auch eine Familie!“, sagte Yanko stattdessen und freute sich. Sie saßen noch eine ganze Weile am Feuer, schmiegten sich eng aneinander und genossen die Nähe des anderen.

Später, als Yanko wieder nicht richtig schlafen konnte, stand er auf, zog sich an und ging vor den Wohnwagen, um zu rauchen. Er war so in Gedanken versunken, dass er erst gar nicht bemerkte, dass im Pferdezelt Unruhe herrschte. Als er es

dann schließlich registrierte, ging er rasch hinüber und öffnete ohne vorher zu überlegen die Tür und schaltete das Licht ein. Die Pferde beruhigten sich schnell wieder, als Yanko zu ihnen trat und besänftigend mit ihnen sprach. Als die normale Stille wieder eingekehrt war, wollte Yanko eigentlich den Stall schnell wieder verlassen und sich zu Mala ins Bett kuscheln, als er plötzlich einen fremden Geruch wahrnahm. Er zögerte kurz, doch dann war er sich sicher. Es roch nach einem Narkosemittel. Und plötzlich wurde ihm ganz kalt.
„Hallo? Ist hier jemand?“, fragte er in die auf einmal für ihn gespenstisch gewordene Stille. Doch es kam keine Antwort. Vorsichtig schlich er von Pferd zu Pferd und untersuchte intuitiv jedes Tier rasch auf irgendwelche Einstichspuren. Doch bevor er schließlich zum Pinto in die Box gelangte, hatte er eine Faust im Magen, die ihn augenblicklich zu Boden zwang. Er rang nach Luft, und als er wieder einigermaßen stehen konnte, stand er drei jungen Männern gegenüber. Alle hatten ihre Messer aufschnappen lassen und funkelten Yanko kampfeslustig an.
„Was soll das? Was macht ihr hier? Verschwindet!“, keuchte Yanko und hielt sich den Bauch. Da ergriff der Größte unter ihnen das Wort und zischte: „Dein Pech, dass du gekommen bist! Wir mögen nämlich keine Zeugen... und Zigeunerzeugen erst recht nicht!“ Yanko sah ihn verwirrt an. „Ja, du hast richtig gehört! Wir wollten eigentlich nur deine dreckigen Pferde einschläfern, aber da haben wir wohl dein feines Näschen unterschätzt! Jetzt nehmen wir halt dich! Ist vielleicht sogar besser so, dann haben wir auch noch ein gutes Werk für unser Land getan! Nicht wahr Jungs?“, zischte der Große weiter, während er eine gefüllte Spritze aus der Jackentasche zog und die Nadelspitze auf Yanko richtete. Die anderen nickten nur grimmig und spuckten Yanko als Antwort ins

Gesicht. „Diese Dosis hier tötet dich erst recht!“, fügte der Große noch grinsend hinzu.
Yanko überlegte fieberhaft wie er hier heil wieder herauskommen sollte und fühlte gleichzeitig, wie sich eine Panik in ihm breitmachte, die ihn fast lähmte. Er musste unwillkürlich an den Abend zurückdenken, als er in Sheddy in seinem Stall überfallen, und seine rechte Hand verletzt worden war. Wie von selbst ballte er plötzlich genau diese zur Faust und schlug dem Großen so heftig ins Gesicht, dass er in die nächste Ecke flog. Yanko versuchte den Überraschungsmoment zu nutzen und stürzte in Richtung Ausgang. Doch das eine Messer war schneller und bohrte sich von hinten, halb schräg unterhalb der Rippen in seine rechte Seite. Yanko brach auf der Stelle zusammen und war sich ziemlich sicher, dass sie ihn nun töten würden, doch er war außer Stande um Hilfe zu rufen. Die Jungs kamen näher und traten ihm abwechselnd solange in die Rippen bis sie krachten, anschließend zog der eine sein Messer aus der Wunde wieder heraus, wischte es an Yankos Hose ab und rammte ihm noch einige Male seinen Stiefelabsatz in die rechte Hand.
Plötzlich hörten sie Schritte.
„Yanko? Bist du da drin?“, rief eine männliche Stimme schon von weitem. Die Jungs hielten den Atem an, sahen sich an und verschwanden postwendend und lautlos im naheliegenden Gebüsch, noch ehe Mykee sie entdecken konnte.
Mykee fand Yanko gekrümmt vor Schmerzen auf dem Boden liegen und erschrak. „Mein Gott!!! Was ist denn hier passiert??? Yanko! Hey! Ach du Scheiße!!!“ Mykee versuchte Yanko aufzuhelfen und sah dabei, dass Yanko stark blutete. „Schnell Mykee, sie sind eben hier raus... Aber Vorsicht, sie haben Messer... und eine Narkosespritze!“, hauchte Yanko und lehnte sich an die Futterkiste. Er sah an sich herunter und hätte kotzen können. Er wusste, dass die Jungs ihm genau die

Rippen gebrochen hatten, die gerade erst wieder richtig zusammengewachsen waren, und die Stichwunde gab ihr Bestes dazu, dass er jetzt noch mehr Schmerzen hatte, als vor knapp fünf Monaten. Seine rechte Hand brannte wie Feuer, und Yanko fluchte innerlich, als er versuchte sie zu bewegen. Erleichtert stellte er dann allerdings fest, dass sie wohl nicht gebrochen war, doch er konnte sie kaum zur Faust ballen. Der Stiefelabsatz hatte die Hand so stark gequetscht, dass sie jetzt schon blau angeschwollen war.
Mykee stand auf und rannte nach draußen, beschloss dann aber nach wenigen Minuten, dass es sinnlos war mitten in der Nacht wildfremden, bewaffneten Leuten hinterherzulaufen, in einem Gebiet, das er nicht kannte. Yanko musste zu einem Arzt, und das war jetzt viel wichtiger. Mykee eilte zurück ins Pferdezelt. Yanko konnte kaum atmen und wehrte sich nicht, als Mykee ungefragt den Notarzt anrief. Er wusste zwar, was dann höchstwahrscheinlich auf ihn zukommen würde, doch verbluten wollte er auch nicht.
Als er später im Krankenhaus aufwachte, war ihm schon so schlecht, dass er sich überlegte, wie die Wunde und die gebrochenen Rippen jemals heilen sollten, wenn er jetzt schon kotzen müsste. Er nahm sich vor die Krankenschwester davon zu überzeugen, ihm wenigstens für zwei Tage Morphium zu geben, so dass er durchschlafen, und nichts mitbekommen würde. Von Morphium wurde ihm jedenfalls nicht schlecht. Aber alles reden half nichts. Morphium zu geben, war für diese Art von Verletzungen einfach nicht erlaubt.
Yanko verstand diese Philosophie allerdings überhaupt nicht. Er litt wie ein Hund und kotzte sich fast die Seele aus dem Leib, was ihm natürlich wiederum höllische Schmerzen bereitete, was zur Folge hatte, dass er immer noch mehr von den für ihn völlig unverträglichen Schmerzmitteln bekam, obwohl die Ärzte durchaus sahen, wie schlecht es ihm damit

ging. Anstatt ihm jedoch das gewünschte Morphium zu geben, versuchten sie alle möglichen Medikamente durch, die sie hatten, erstens wegen der Vorschriften und zweitens, weil sie ihm nicht wirklich glaubten. Sie dachten, er wäre drogensüchtig und wolle deshalb das Morphium haben.
Yanko war schon mehrmals vor lauter Schmerzen bewusstlos geworden und rang damit nicht zu verzweifeln. Er war viel zu schwach, um das Krankenhaus einfach verlassen zu können, und die Kotzerei schwächte ihn von Mal zu Mal noch mehr. Sie hatten ihn deshalb an einen Tropf gehängt, um ihn mit den nötigsten Nährstoffen zu versorgen, doch Yanko vermutete, dass auch in dieser Flüssigkeit Medikamente waren, die er nicht vertrug.
Yanko hatte Mala gebeten wegen der Schwangerschaft nicht ins Krankenhaus zu kommen, und so kam Mykee stattdessen dann am zweiten Tag. Mykee war entsetzt, als er Yanko in diesem Zustand antraf. Yanko konnte ihn gerade noch so davon abhalten sofort zu einem der Ärzte zu rennen. Als er ihm die Lage dann fertig geschildert hatte, setzte sich Mykee wie erschlagen neben ihm auf einen Stuhl. „Und was machen wir jetzt? Du verreckst mir noch hier drin!“, stellte er daraufhin fassungslos fest. „Hol mich einfach hier raus... Ich weiß aber nicht, ob ich laufen kann.“, murmelte Yanko schwach und musste schon wieder würgen. „Und dann?“
„Dann besorge ich mir Opium und alles wird gut! Bitte Mykee, ich kann nicht mehr!“, flehte Yanko schon fast. Mykee nickte zustimmend und war schon unterwegs.
Nach ungefähr einer halben Stunde war er dann mit einem Rollstuhl und einem weißen Kittel zurück. Er zog sich blitzschnell im Bad um, stopfte seine Kleider zu den Sachen in die Tasche, die er eigentlich Yanko mitgebracht hatte. Yanko befreite sich währenddessen von dem Tropf, und Mykee half ihm dann beim Anziehen.

Yanko war so schwach, dass er schon im Sitzen vor Erschöpfung zitterte und schwitzte. „Meinst du wirklich, dass das eine gute Idee ist?“, fragte Mykee, als er Yanko sah, wie er wieder kotzen musste. Yanko hielt sich die Seite und ihm liefen vor Schmerz ein paar Tränen herunter. „Je schneller ich hier draußen bin, umso besser! Los mach schon!“, quälte Yanko die Worte heraus. Mykee nahm ihn so vorsichtig es ging und setzte ihn in den Rollstuhl und betete, dass sich Yanko unterwegs nicht übergeben musste.
Doch alles verlief reibungslos. Und als er Yanko in seinem Wohnwagen ins Bett legte, machte er innerlich drei Kreuze. Jetzt musste er nur noch das Opium besorgen. Da er sich damit aber überhaupt nicht auskannte, war er ziemlich nervös, als er sich durch die verschiedensten Bars fragte, bis er jemanden fand, der ihm schließlich das gewünschte Zeug verkaufte. Als er Yanko dann aber vier Stunden später entspannt schlafen sah, und Mala ihm erzählte, dass die Kotzerei aufgehört habe, war er froh, dass er den Mut zu alldem aufgebracht hatte.

Nach jenem Abend, an dem Yanko niedergestochen wurde, hatten alle Zirkusbewohner beschlossen einen Securitydienst zu engagieren. Zumindest für die Zeit, die sie noch in Vancouver verbringen würden. Die Anzeige, die sie gemeinsam wegen Körperverletzung und Hausfriedensbruch sofort erstattet hatten, verlief allerdings im Sand.

Als Yanko aufwachte, saß Ron an seinem Bett.
Yanko fühlte sich noch ziemlich benommen, denn er hatte sehr viel Opium geraucht, um die Fahrt von Vancouver nach Los Angeles zu überstehen. Trotz der Schmerzen in seinem Bauch und in der Seite ging es ihm jedoch insgesamt viel besser. Die Übelkeit war verschwunden, und er hatte auch schon wieder normal essen können.
„Ron! Was machst du hier? Woher weißt du...“, murmelte Yanko noch ziemlich verschlafen. „Mala hat mich angerufen. Außerdem wusste ich ja, dass ihr kommt. Es wimmelt nur so von Plakaten hier! Wie geht's dir denn? Was machst du nur wieder für Sachen?!“, sprudelte es aus Ron heraus. Einerseits freute er sich riesig Yanko nach so langer Zeit wiederzusehen, und andererseits brach es ihm das Herz, denn er musste unwillkürlich an den schlimmen Überfall damals in Yankos Stall denken.
Ron war, nachdem er Yanko auf der vorletzten Tour nicht angetroffen hatte, weil er ja verschwunden gewesen war, dann doch wieder nach L.A. zurückgekehrt. Ihm war die Lust auf Yanko schnell wieder vergangen, nachdem er vergeblich versucht hatte ihn zu erreichen, und er war sehr froh darüber gewesen seinen Pub noch zu haben.
„Schön, dass du da bist!“, sagte Yanko nur und versuchte sich aufzusetzen. Ron half ihm dabei. Nur loslassen wollte Ron ihn genauso wenig wieder wie Yanko Ron. Ohne ein weiteres Wort zu verlieren, küssten sie sich solange, bis Yanko nicht mehr konnte. Die Schmerzen waren noch zu stark, und die Wunde war, nachdem sie unzählige Male durch die Kotzerei wieder aufgegangen war, noch nicht so weit verheilt, wie es normalerweise nach dieser Zeit der Fall sein müsste. Wenn er jetzt käme, dann würde es ihm bestimmt mehr weh als gut tun.

Ron blieb trotzdem, und Yanko fand es schon schön genug einfach nur in seinem Arm zu liegen und ihn atmen zu hören.
Am nächsten Morgen kam Mala und überbrachte Yanko einen Brief von der Stadt Santa Monica, in der sie gerade ihr Gastspiel hatten. Es war eine Einladung zu einem Empfang im Rathaus für die gesamte Belegschaft mit der Bitte an Yanko, als Chef von SAN DANA eine kleine Rede über das Leben im Zirkus zu halten.
Nachdem Yanko den Brief gelesen hatte, ließ er den Arm sinken. „Das ist eine Einladung ins Rathaus, und ich soll eine Rede halten!". Er musste kurz auflachen. „Grotesk, oder? Vor knapp einer Woche werde ich niedergestochen und übermorgen soll ich eine Rede im Rathaus von Santa Monica halten!" „Was ist denn daran so komisch? Das eine hat doch mit dem anderen nichts zu tun, oder?", fragte Ron. „Doch hat es! Die Jungs in Vancouver wollten eigentlich die Pferde einschläfern, weil es dreckige Pferde wären... Verstehst du? Dreckige Zigeunerpferde... Und als ich sie dabei gestört habe, wollten sie stattdessen mich töten. Dabei hat Mykee sie dann gestört. Und heute werde ich als Chef eines Zigeunerzirkus offiziell ins Rathaus eingeladen!" „Was??? Die wollten was??? Ich fasse es nicht!!! Woher wussten die denn, dass du ein Zigeuner bist?" Ron war entsetzt. Schon wieder. Er konnte es nicht begreifen. Das war allerdings mehr als grotesk.
„Wenn man was gegen Zigeuner hat, findet man alles heraus was man wissen will, und außerdem gibt es schon ziemlich viele Berichte über uns, die zum Beispiel im Internet rumgehen, in denen genau dieser Aspekt als besondere Besonderheit hervorgehoben wird. Einige kommen genau deswegen, weil viele von uns Zigeuner sind. Die Meisten kommen ja in friedlicher Absicht. Geh mal auf die SAN DANA Homepage und lies dir die Kommentare durch. Ungefähr jeder Dritte schreibt irgendwas von Zigeuner usw.

Ist ja nicht schlimm. Ich meine nur, wenn du was über uns wissen willst, findest du es ganz leicht heraus!“
Yanko ermüdete das Reden ziemlich, und die Vorstellung übermorgen eine Rede im Rathaus zu halten, erschien ihm völlig utopisch. Er hatte auch gar keine Idee was er dort überhaupt erzählen sollte. Vielleicht, dass sich hier alle morgens die Zähne putzen, so wie die Menschen in den Häusern das auch tun? Er fühlte sich mit einem Schlag hundemüde und unfähig noch irgendwas zu denken. Sollte doch Stefan die Rede halten, oder Mykee. Er würde jedenfalls im Bett bleiben.

Am nächsten Morgen hatten sich alle Roma von SAN DANA vor Yankos Wohnwagen versammelt, und Stefan klopfte an.
Ron öffnete die Tür und staunte nicht schlecht über den Anblick, der sich ihm dann bot. „Wer ist da?“, fragte Yanko. „Da stehen ungefähr vierzig Leute vor deinem Wohnwagen. Besser gesagt, vierzig Zigeuner...“ Yanko rappelte sich mühsam auf und ging zur Tür. „Guten Morgen Leute! Was gibt's?“, fragte Yanko dann ganz automatisch auf Romanes. Dabei bemerkte Yanko, dass der Platz hier am Strand direkt neben dem Santa Monica Pier wunderschön war, und er ließ seinen Blick kurz über den glitzernden Pazifik schweifen.
Stefan ergriff das Wort. „Hallo Papa! Wie geht's dir heute?“, wollte er natürlich als erstes wissen. „Danke, ganz gut! Was zum Teufel macht ihr hier alle?“ „Wir sind zu dir gekommen, weil wir glauben, dass es ganz wichtig ist, dass du diese Rede hältst und nicht irgendeiner von uns. Du bist der Chef, und du bist Zigeuner! Du hast die Möglichkeit in einem offiziellen Rahmen über unseren Zirkus zu berichten. Das ist eine super Gelegenheit auch Menschen zu erreichen, die immer noch Vorurteile, oder sogar Hassgefühle gegen uns haben!“, versuchte Stefan das Anliegen vorzubringen.

Yanko schluckte. So hatte er das Ganze noch gar nicht betrachtet, doch wie sollte seine Rede denn genau diese Leute erreichen, die ihn vor kurzem noch töten wollten? Vollkommen sinnlos, dachte er. „Der Gedanke ist wirklich gut, aber so ein Rathaus ist doch nicht Welt! Da kommen doch eh nur die, die ein positives Interesse an uns haben.“, gab Yanko zu bedenken. „Ja, ganz genau! Und genau die brauchen wir! Leute, die mit Wahrheiten über uns informiert werden, und die sich dann im Nachhinein für uns stark machen. Da kommen anscheinend auch viele Kommunalpolitiker, und die haben bestimmt kein wirkliches Wissen über uns Zigeuner.“, setzte Stefan hinzu.
Yanko verspürte plötzlich einen heftigen Schmerz in der Seite. Er krallte sich am Türrahmen fest, und der Schweiß brach ihm aus. Er musste sich unbedingt wieder hinlegen.
„Papa, was ist mit dir? Komm ich helfe dir! Du musst wieder ins Bett!“ Stefan schnappte seinen Vater, und zusammen mit Ron brachten sie ihn ins Bett zurück. „Vielleicht ist es doch besser, wenn du dich weiter schonst! Dann ist es eben jetzt nicht der richtige Zeitpunkt. Es wird sicher eine weitere Möglichkeit geben!“, sagte Stefan besorgt. „Halte du doch diese Rede! Du bist mein ältester Sohn und somit Juniorchef. Außerdem kannst du viel besser reden, als ich.“, sagte Yanko matt und hoffte, dass er bald wieder allein mit Ron oder Mala sein würde. Das war einfach momentan alles viel zu viel für ihn.
Stefan küsste ihn auf die Stirn und wünschte ihm noch gute Besserung, bevor er mit sorgenvoller Miene den Wohnwagen verließ. Vielleicht sollte er tatsächlich die Chance ergreifen und an seines Vaters statt bei dem Empfang sprechen. Stefan grübelte noch bis spät in die Nacht hinein, dann hatte er sich entschlossen die Rede zu halten, falls sein Vater es nicht tun würde. Juniorchef, hatte sein Vater vorhin gesagt. Er war der

Juniorchef dieses wunderbaren Zirkus, und er würde auf jeden Fall diese Chance wahrnehmen. Er fühlte, dass er unheimlich stolz darauf war von seinem Vater, den er ja erst seit wenigen Jahren kannte, so genannt zu werden. Er fühlte sich von Yanko absolut geliebt und gesehen, und er genoss das Gefühl einer tiefen Verbundenheit mit ihm; das Gefühl zu seinen Wurzeln zurückkehrt zu sein und die tiefe Dankbarkeit dadurch das tun zu können, was er am liebsten tat, und was ihm von Herzen Freude bereitete. Dieses Gefühl, was schon in ihm zu reifen begonnen hatte, als er in die USA gekommen war, um bei seinem Vater zu leben. Und eigentlich konnte Stefan sich kaum noch zurückhalten Yanko die große Neuigkeit zu präsentieren, aber er wollte lieber noch etwas damit warten, bis sein Vater wieder einigermaßen bei Kräften war.

Am darauffolgenden Morgen herrschte schon sehr früh große Aufregung auf dem Zirkusgelände. Alle machten sich schick, und manch einer wartete schon ungeduldig am Eingang auf die Busse, die sie zum Rathaus bringen würden. Ein paar Freiwillige hatten sich gemeldet, um auf dem Platz zu bleiben, denn so ganz unbeaufsichtigt wollte niemand den Zirkus lassen, trotz des von der Stadt Santa Monica für diesen Tag kostenlos zur Verfügung gestellten Sicherheitsdienstes.

„Willst du nicht doch mitkommen?“ fragte Mala Yanko sanft. Aber Yanko schüttelte nur den Kopf. „Ok, dann bis später!“, sagte sie und gab ihm einen Kuss zum Abschied. „Viel Spaß!“, wünschte er ihr noch, und dann war er allein.

Er fiel in einen kurzen Dämmerschlaf und träumte von Fam. Er träumte, wie sie bei Jim Wilson in dessen muffiger Küche gestanden haben musste und versucht hatte mit ihm zu verhandeln. Das alles hatte auch nichts genützt. Im Gegenteil, Jim Wilson hatte sie später sogar ermorden lassen.

Yanko schreckte aus dem Traum auf und gab sich plötzlich einen Ruck. Er würde diese Rede doch halten, auch wenn er keinen blassen Schimmer hatte, wovon er überhaupt sprechen sollte. Aber Stefan hatte Recht, es war eine Chance, auch wenn es nur eine ganz kleine war. Egal was es bringen würde, er hätte es wenigstens versucht.
Yanko schleppte sich ins Bad und versuchte in wenigen Minuten einen einigermaßen ansehnlichen Menschen aus sich zu machen. Er rasierte sich, doch zum Haare bürsten fühlte er sich viel zu schwach. Außerdem schmerzte seine rechte Hand schon mehr als genug beim Rasieren, und mit der linken würde es viel zu lange dauern. Er bestellte ein Taxi, zog sich langsam an und hoffte, dass er unterwegs nicht zusammenbrechen würde. Sicherheitshalber rauchte er noch etwas von dem Opium. Ich und eine Rede halten, zu der ich bis jetzt keine Idee habe, das kann ja was geben, dachte er dabei.
Kurz darauf quälte sich Yanko in das Taxi und bat den Taxifahrer, ihn so schnell wie möglich zum Rathaus zu bringen. Das tat der dann auch, und Yanko hielt währenddessen seine Rippen fest und starrte krampfhaft auf die Straße, um die Fahrt einigermaßen zu überstehen. Normalerweise wäre er die kurze Strecke zu Fuß gelaufen, aber momentan hätte er das nicht geschafft.

Er kam gerade in den Saal, als der Bürgermeister von Santa Monica, Adam Brown, den Empfang eröffnete und alle herzlich willkommen hieß. Als Yanko entdeckt wurde, ging ein Jubeln durch den Raum. Insgesamt hatten sich in dem großen Saal an die dreihundert Leute versammelt.
Mala kam sofort zu Yanko herüber und nahm ihn mit in die erste Reihe, wo für sie zwei Plätze reserviert waren. Erfreut begrüßte der Bürgermeister Yanko noch einmal extra sehr

herzlich und erzählte anschließend, dass es für Santa Monica eine große Bereicherung des Kulturlebens darstelle, einen so jungen und doch schon recht berühmten und erfolgreichen Zirkus zu Gast zu haben. Nach ungefähr zehn Minuten übergab er dann Yanko das Rednerpult.

Yanko hatte allerdings schon als er sich hinsetzte die Befürchtung das kräftemäßig doch nicht zu schaffen. Sein Herz raste, und er zitterte vor Anstrengung und Schmerzen. Mala nahm seine Hand. „Soll ich dich wieder rausbringen?", flüsterte sie ihm besorgt zu. Aber Yanko schüttelte verbissen den Kopf. Er stellte sich Fam vor, wie sie bei Jim Wilson in der Küche stand, und das gab ihm schließlich die nötige Kraft aufzustehen und an das Rednerpult zu gehen.
Der Bürgermeister nahm Yankos Hand und schüttelte sie dann aber so fest und überschwänglich, dass Yanko fast aufgeschrien hätte. Aber er riss sich mit aller Kraft zusammen und klammerte sich mit der anderen Hand am Pult fest.
Da stand er nun und wusste selbst nicht wie ihm geschah, und alle Blicke richteten sich neugierig auf ihn. Da ihm bis zu diesem Zeitpunkt aber immer noch nichts Konkretes eingefallen war, über was er hätte sprechen sollen, beschloss er in diesem Moment einfach seinem Gefühl zu folgen, es würde ihn schon führen, und er wollte alles aussprechen, was nun durch sein Herz über seine Lippen kommen würde, und auf einmal fing er an zu sprechen.
Und er erzählte den aufmerksamen Zuhörern wie SAN DANA überhaupt entstanden war. Er berichtete ihnen von dem Streit mit seinem Bruder, damals, kurz bevor er die Idee zum Wiederaufbau des Zirkus gehabt hatte. Er sprach über seine Gefühle sich niemals richtig zu Hause gefühlt zu haben, und darüber, dass er in den letzten Jahren sehr oft den Hass gegenüber Zigeunern am eigenen Leib hatte erfahren müssen,

ohne allerdings dabei zu erwähnen, dass es gerade erst vor kurzem wieder geschehen war. Er wollte in diesem Rahmen kein unnötiges Mitleid erzeugen. Yanko erklärte dem Publikum einige ihrer Traditionen und erläuterte an ihrem Beispiel, warum es für viele Zigeuner heute immer noch so wichtig sei diese zu befolgen und zu bewahren. Er redete von ihrem Familienbewusstsein und machte ihnen deutlich, warum dieser Zusammenhalt früher sehr oft überlebenswichtig gewesen war und auch heute leider immer noch ist. Am Ende seiner fast zwanzigminütigen Rede forderte er dann noch alle Roma im Saal auf ihre Hymne 'Djelem Djelem' zu singen. Vorher hatte er den amerikanischen Anwesenden noch den Liedtext kurz übersetzt.
Während dem Lied ging Yanko von der Bühne und versuchte unauffällig aus dem Saal zu kommen. Er war völlig erschöpft und stand kurz vor einem Zusammenbruch. Draußen vor dem Saal stand ein Tisch, auf den er sich dann setzte. Er war schweißgebadet und hatte Schwierigkeiten zu atmen, denn jeder Atemzug stach, wie ein erneuter Messerstich in seine Seite. Nach ein paar Minuten hatte er sich etwas erholt und konnte zur Toilette gehen, wo er sich erst einmal kaltes Wasser ins Gesicht schüttete.
Kurz darauf stand Ron neben ihm. „Hier bist du! Die suchen dich schon überall!“ Yanko stützte sich am Waschbecken auf. „Ich bin total fertig.“, sagte er nur. Ron zog ihn hoch und stützte ihn. „Entschuldige, das habe ich gerade völlig vergessen! Du hast so kraftvoll gesprochen, da hat keiner mehr an deinen Zustand gedacht. Alle denken dir geht's wieder besser!“ „Bring mich bitte hier raus!“, murmelte Yanko matt, und Ron nickte. „Ja klar, aber konntest du vielleicht dem Bürgermeister noch auf Wiedersehen sagen? Schaffst du das? Das sieht sonst verdammt blöd aus, oder ich muss ihm sagen, was mit dir los ist, aber das wolltest du ja offensichtlich

vermeiden.“, fragte Ron und überlegte fieberhaft, wie er Yanko so schnell wie möglich wieder ins Bett bringen könnte. Yanko nickte nur und trocknete sein Gesicht mit ein paar Papierhandtüchern. „Du musst aber an meiner Seite bleiben.“, bat Yanko Ron, was er ihm allerdings nicht extra hätte sagen brauchen.
So ließ Yanko die Händeschüttelei, und alles, was sonst noch zu ihm gesagt wurde, krampfhaft über sich ergehen. Doch Ron musste ihm am nächsten Tag nochmal alles genau erzählen, denn er hatte nicht mehr viel davon mitbekommen.
Als er endlich wieder in seinem Bett lag, konnte er sich nicht vorstellen, wie er das alles geschafft haben sollte. Er sehnte sich nach einer Flasche Whisky, die ihm jetzt weitaus lieber gewesen wäre als das Opium. Doch dann dröhnte er sich damit noch so zu, dass er bis weit in den nächsten Tag hinein schlafen konnte.

Im Laufe der nächsten Tage erholte sich Yanko dann doch relativ schnell, und schon bald konnte er auch wieder ohne Opium auskommen. Völlig schmerzfrei war er jedoch noch längere Zeit nicht, aber es wurde nach und nach immer besser. Was man von Yankos Stimmung allerdings nicht behaupten konnte. Er war in sich gekehrt und lustlos. Die meiste Zeit verbrachte er allein in seinem Wohnwagen. Er freute sich dennoch wenn Ron bei ihm war, aber trotzdem machte sich ein nagendes Gefühl in seiner Magengegend breit. Ron würde in L.A. bleiben, das hatte er gleich zu Beginn seines Besuches klargestellt, und der Gedanke sich schon bald wieder von ihm verabschieden zu müssen, schmerzte ihn ziemlich. Andererseits wusste Yanko nur zu gut, dass er Ron unter den gegebenen Umständen vor erneuten Enttäuschungen und Verletzungen nicht bewahren könnte, sollte er doch wider Erwarten mitfahren. Yanko fühlte sich von Tag zu Tag müder

und ausgelaugter. Er konnte wieder einmal keine klaren Gedanken fassen. Er wusste nur, dass er Ron nicht wieder missen wollte. Immer wieder drehten sich seine Gefühle im Kreis, und er ging sich selbst damit tierisch auf die Nerven. Er musste sich unheimlich zusammenreißen, um nicht wieder mit dem Trinken anzufangen. In solch einer Verfassung war er zwar schon öfter gewesen, doch dieses Mal ließ der Drang irgendwie nicht nach. Im Gegenteil, je besser es ihm körperlich wieder ging, desto größer wurde sein Verlangen nach Alkohol. In diesen Tagen rauchte er wie ein Schlot und versuchte krampfhaft nicht an Whisky, Opium oder sonstige Drogen zu denken. Er ärgerte sich selbst darüber, dass er sich wieder so hängenließ, doch die dunkle Stimmung riss ihn einfach mit sich, und jeglicher Versuch sich dagegen zu wehren, verflüchtigte sich wie der Atemhauch in einer kalten Winternacht.
Ron begann sich erneut den Mund fusselig zu reden und fragte ihn ständig was los sei, und außerdem versuchte er Yanko dazu zu überreden wieder mit dem Schreiben anzufangen. Doch dazu hatte Yanko jetzt überhaupt keine Lust mehr, und er sah auch gar keinen Sinn mehr darin, denn geholfen hatte es ihm damals auch nicht wirklich.
Mala machte sich natürlich ebenfalls große Sorgen. Aber Yanko hatte selbst wieder einmal keine Ahnung, warum er so schlecht drauf war und er am liebsten wieder in die Einsamkeit geflüchtet wäre, dorthin wo niemand etwas von ihm wollte und er endlich seine Ruhe haben würde. Doch das durfte er auf gar keinen Fall machen. Er war jetzt der alleinige Chef von SAN DANA, und es wäre absolut nicht gut, wenn er jetzt auch noch abwesend sein würde. Das konnte er einfach niemandem antun. Vor allem, wo sollte er denn hingehen, und was würde das überhaupt bringen? Es würde sich ja wahrscheinlich sowieso nichts ändern, und außerdem würde

diese miese Stimmung bestimmt auch bald wieder von selbst verschwinden.
Yanko versuchte sich dann, so gut es ging mit Arbeit abzulenken, und er begann sich wieder vollständig selbst um die Pferde zu kümmern. Doch er musste sehr bald feststellen, dass er noch überhaupt nicht fit genug war, um alle Stallarbeiten mühelos zu bewältigen. Bei jeder kleinsten körperlichen Anstrengung stach es ihm in die Seite, und er musste deswegen ständig seine Arbeit unterbrechen.

Nach drei Tagen war Yanko von dem Ganzen so genervt, dass er einen tobenden Wutanfall bekam. Es kotzte ihn in diesem Moment so dermaßen an schon wieder verletzt worden zu sein und so viele Schmerzen ertragen zu müssen, dass er völlig ausrastete. Er war es so leid sich selbst zu sein, dass es ihm in diesem Moment völlig egal war, wie es danach weitergehen würde. Er scheuchte die Pferde aus dem Stall, riss sämtliche Zaumzeuge von ihren Halterungen herunter und trat voller Zorn so lange gegen die Futterkiste, bis sie irgendwann umfiel. Er wollte keinen Schmerz mehr spüren, nie wieder. Doch je mehr er um sich schlug und trat, desto deutlicher machte er sich natürlich wieder bemerkbar. Jede Bewegung ließ den Schmerz in seiner Seite wachsen, und das Brennen in der rechten Hand stachelte gleichzeitig seine Wut an.
Stefan war als Erster bei ihm im Pferdezelt und sah entsetzt was dort los war. „Dad, was machst du da? Hey! Hör auf damit! Hörst du?!“, rief Stefan fast panisch und lief auf seinen Vater zu. Doch Yanko war schneller, er packte Stefan sofort am Arm, schleifte ihn wortlos hinaus und schloss dann die Plane hinter sich. Sein Sohn sollte ihn nicht so sehen.
Stefan stand fassungslos vor dem Zelt und wusste nicht was er nun tun sollte, doch dann beschloss er schnell Hilfe zu holen, und er bat Mykee und Ron mitzukommen.

Als sie sich dann zu dritt dem Zelt näherten, herrschte dort allerdings völlige Stille. Vorsichtig spähte Mykee durch eine kleine Öffnung hinein und sah Yanko am Boden kauern. „Yanko, bitte lass mich rein! Ich bin's Mykee! Mach auf, bitte!“, forderte Mykee so ruhig wie möglich Yanko auf die Plane zu öffnen. Zu den anderen beiden sagte er: „Lasst mich das machen! Geht ihr die Pferde einsammeln!“
Ron wollte zwar erst protestieren, aber dann war er eigentlich froh, dass Mykee das dieses Mal übernehmen wollte. Und wenn er ehrlich war, so fühlte er sich doch schon wieder recht angeschlagen. Die letzten Tage mit Yanko waren weiß Gott nicht einfach gewesen. Dieses stille In-sich-hineinfressen, was Yanko so perfekt beherrschte, konnte Ron kaum noch aushalten. Schließlich nickte er Mykee zustimmend zu und ging dann zusammen mit Stefan auf dem Platz herum, um die verstreuten Pferde wieder einzufangen. Und spätestens jetzt war er sich absolut sicher, dass Yanko dringend eine professionelle Therapie benötigte. Egal wie oft und wie sehr er schon versucht hatte mit allem klarzukommen, er bekam es allein einfach nicht in den Griff, und das musste Yanko doch auch jetzt endlich mal selbst gemerkt haben.
Mykee wartete eine Weile, doch Yanko rührte sich nicht vom Fleck. So versuchte er es erneut: „Lass mich doch bitte rein! Die Pferde rennen draußen herum, sie wollen doch auch in ihren Stall zurück! Komm schon, steh auf und mach die Plane auf!“ Aber nichts geschah.
Yanko saß weiterhin auf dem Boden und hatte beide Arme um seinen Bauch geschlungen. Er fühlte sich unfähig aufzustehen, und die Schmerzen in seiner Seite machten jeden Atemzug aufs Neue zur Qual. Eigentlich wollte er schreien, dass sich alle verpissen sollten, dass er dieses Leben so satt habe, dass er nicht mehr wüsste, was er noch tun soll, um dieser ständigen Quälerei zu entkommen, und dass er einfach

nicht mehr konnte. Doch er brachte keinen einzigen Ton heraus. Die Schmerzen raubten ihm die Kraft, und sein Hals war wie zugeschnürt.
Mykee holte schließlich sein Taschenmesser heraus und schnitt das Seil, mit dem Yanko die Türplane zugebunden hatte, durch. Als Mykee dann zu ihm trat, sah er, dass Yanko am ganzen Körper bebte und völlig nassgeschwitzt war. Yanko sah nicht auf, als Mykee sich neben ihn setzte und ihm einen Arm um die Schultern legte. Yanko sagte auch nichts, er ließ es einfach geschehen. Mykees Blick fiel auf ein Handtuch, das über einem Seil neben einer der Boxen hing. Er stand auf und holte es. Wie bei einem Pferd, dass in Panik Amok gelaufen war und jetzt verletzt und zitternd im Stacheldraht stand und weder vorwärts noch rückwärts konnte, dachte Mykee, während er neben Yanko kniete und ihm beruhigend und liebevoll den Schweiß abtupfte.
„Was zum Teufel machst du hier?“, fragte Yanko plötzlich so gereizt, dass es Mykee fast verletzte. „Ich glaube, das sollte ich lieber dich fragen!“, konterte Mykee jedoch schnell und versuchte Yanko dabei in die Augen zu sehen. „Ich habe niemanden hereingebeten! Hau wieder ab! Na los!“, ranzte Yanko Mykee derb an und unterstrich seine Absicht doch mit einer deutlichen Handbewegung. Mykee schmiss das Handtuch in die Ecke und stand auf. Er musste sich schwer zusammenreißen Yanko nicht einfach zu packen und ihm eine reinzuhauen, damit dieser wieder zu sich käme. Doch Schmerzen hatte Yanko wohl schon genug, wie er deutlich sehen konnte. Mykee beschloss dennoch sich nicht abwimmeln zu lassen. Er setzte sich wieder, legte einfach seinen Arm erneut um ihn und schwieg, und Yanko ließ ihn gewähren.
Kurz darauf kamen Stefan und Ron mit den Pferden zurück ins Zelt. Mykee machte ihnen ein Zeichen, dass sie Yanko in

Ruhe lassen sollten. Stefan und Ron nickten und führten die Pferde wortlos an Yanko vorbei und versorgten sie für die Nacht. Dann zogen sie sich leise wieder zurück und ließen die beiden mit den Pferden allein.
Yanko hatte kein einziges Mal aufgeblickt. Er fühlte sich wie kurz vorm Platzen. Ihm war richtiggehend schlecht davon, und die Stiche in seiner Seite raubten ihm schier den Verstand, und es war ihm durchaus klar, dass er selbst schuld daran war, denn durch seine Wüterei vorhin hatte er alles wieder versaut, was in den letzten Tagen schon so gut geheilt war. Trotz dass er Mykee so angepflaumt hatte, war er jetzt froh, dass er bei ihm war. Mykee konnte wenigstens schweigen und einfach nur da sein. Mykee brauchte seine Worte nicht, und das tat ihm gut.
„Holst du mir bitte bei Roger 'ne Flasche Whisky?!", fragte Yanko so plötzlich und unverhofft, dass Mykee fast erschrak.
„Was?? Nein!! Das musst du schon selbst tun, wenn du wieder saufen willst!", antwortete Mykee dann klipp und klar und nahm sich vor ganz eisern bei diesem Standpunkt zu bleiben. Bei allem Verständnis, aber Yankos Sucht wollte er auf keinen Fall unterstützen.
„Dann hau jetzt endlich ab!", fauchte Yanko daraufhin so heftig, dass Mykee diesmal wirklich erschrak und sein Geduldsfaden langsam doch sehr strapaziert wurde. Dennoch blieb er sitzen.
Yanko zog sich kurz darauf mühevoll allein an einer Zeltstange hoch und schleppte sich schließlich schweigend Schritt für Schritt langsam zum Ausgang. Er stolperte über den Platz und schloss sich in seinem Wohnwagen ein. Ihm war einfallen, dass er noch eine Flasche Whisky in irgendeinem seiner Schränke aufbewahrt hatte. Und tatsächlich, er fand die Flasche ziemlich bald und setzte sie erst wieder ab, als sie halb leer war.

Die Sonne stand schon hoch und brannte heiß und trocken auf den Platz.
Wie Jenny es geschafft hatte, dass Yanko sie zu sich ließ, konnte keiner wirklich nachvollziehen. Wahrscheinlich war es Kenia gewesen, die ganz unvoreingenommen ihren Daddy gerufen, und Yanko somit aus dem Wohnwagen gelockt hatte. Yanko freute sich so sehr seine Tochter wiederzusehen, dass er sie trotz immer noch starker Schmerzen hochhob und sich mit ihr ein paar Mal im Kreis herum drehte.
Jenny war am Morgen angekommen. Eigentlich hatte sie auf Kenias Drängeln hin letztendlich den Flug nach L.A. gebucht. Kenia wollte zurück zu ihrem Papa. Jenny wusste, dass für ihre Tochter Yanko die Nummer eins war. Warum auch immer, die beiden gehörten einfach zusammen, so sehr sie diese Tatsache auch schmerzte. Sie war gekommen, um Kenia bei Yanko zu lassen.
Als Kenia genug mit ihrem Vater geknuddelt hatte, rannte sie los und suchte nach Jony, denn sie glaubte einfach nicht, dass er nicht mehr da war. Enttäuscht und traurig setzte sie sich nach ihrer erfolglosen Suche in die Mitte des Platzes und weinte. Manuel hatte das Ganze beobachtet und ging zu seiner kleinen Schwester rüber und fragte sie, ob sie reiten wolle. Da erhellte sich Kenias Gesicht ganz schnell wieder, und sie rannte mit Manuel zu den Pferden. Wenig später saß sie dann stolz auf Manuels Braunen und ließ sich von ihrem Bruder auf dem ganzen Platz herumführen.
Yanko beobachtete die Szenerie und lächelte das erste Mal seit Langem wieder. Wie sehr er Kenia vermisst hatte, wurde ihm jetzt erst klar. Schließlich bat er Jenny sich zu setzen, und so nahmen sie draußen vor seinem Wohnwagen Platz.
Jenny sah natürlich sofort, was mit Yanko los war, und ohne ihn nach den genaueren Gründen zu fragen, sagte sie einfach:

„Du musst dringend eine Therapie machen! Hörst du?! Du schaffst das nicht allein! Ron hat mich am Flughafen abgeholt und mir alles berichtet. Übergib Stefan das Kommando und lass dir professionell helfen!“
Yanko stand auf und holte Zigaretten aus dem Wohnwagen. „Willst du was trinken?“, fragte er Jenny noch im Hinaufgehen. „Ja bitte! Wasser, wenn du hast.“, antwortete sie. Sie war völlig geschockt über Yankos Zustand, aber auch felsenfest entschlossen ihn dieses Mal zu einer Therapie zu überreden. Yanko kam mit Zigaretten, Wasser und Whisky zurück. Er setzte sich wieder und musste erst einmal verschnaufen. Schließlich zündete er sich eine Zigarette an und nahm einen großen Schluck Whisky. „Warum bist du gekommen?“, war seine Antwort nach einer Weile. Jenny sah ihm in die Augen, und sie hätte heulen können. Doch sie riss sich zusammen. „Ich wollte dich eigentlich fragen, ob Kenia eine Weile bei dir bleiben kann. Sie hat dich so sehr vermisst... Sie möchte sehr gerne bei dir leben!“, erklärte Jenny den Grund ihres Kommens. Yanko sah zu Kenia rüber und nickte. „Ich habe sie auch vermisst!“ Dann sah er Jenny an. „Und wie soll sie hier bei mir sein, wenn ich bei einer Therapie bin?“, fragte Yanko etwas provokativ. „Ich habe ja nicht gewusst wie schlecht es dir geht!“, verteidigte Jenny sich fast.
Yanko sah sie lange an und versuchte nachzudenken. Es berührte ihn sehr, dass sie gekommen war und ihm Kenia anvertrauen wollte. „Wie geht's dir denn?“, fragte Yanko schließlich. Jenny rückte sich im Stuhl zurecht. „Nun ja... Ich... Ich werde mich von Harry trennen. Es funktioniert einfach nicht. Er ist dauernd unterwegs, und mir gefällt es in Bolivien einfach nicht... Mir geht es aber gut damit. Ich bin froh, dass ich diese Entscheidung endlich gefällt habe. Kenia ging es in Südamerika auch nicht gut. Sie hat oft geweint und immer nach dir gefragt. Meine kleine Susan ist gerade in Sheddy bei

meiner Mutter..." Yanko lächelte. „Schön, dass du gekommen bist und Kenia mitgebracht hast!"
Yanko nahm Jennys Hand und drückte sie. Plötzlich fühlte er sich wieder total schwach und ein heftiger Stich in seiner Brust ließ ihn zusammenzucken. Reflexartig nahm er einen Schluck aus der Flasche und ließ Jennys Hand wieder los. „Was willst du denn jetzt machen?", fragte Yanko matt, als er wieder einigermaßen normal atmen konnte.
Jenny rückte ihren Stuhl näher und streichelte Yanko unvermittelt über sein Gesicht. Es brach ihr das Herz ihn so zu sehen, und sie hätte ihn am liebsten umarmt und nie wieder losgelassen. In diesem Moment spürte sie, dass sie nie wirklich aufgehört hatte ihn zu lieben, und diese Erkenntnis machte ihr ein wenig Angst. „Ich weiß es noch nicht. Vielleicht mache ich in Newly eine Praxis auf, mal sehen... Das Wichtigste ist jetzt aber, dass du wieder auf die Beine kommst!", sagte sie liebevoll und sah ihn eindringlich an. „Ja... Das wird schon wieder... Kenia wird mich aufbauen!", versuchte Yanko sie zu beruhigen.
Die Hitze machte ihm ziemlich zu schaffen, und er fuhr sich mit einer Hand übers Gesicht und durch die Haare. Schlagartig wurde ihm wieder alles zu viel, und er spürte, wie seine Stimmung rasant in den Keller stürzte. Doch er fühlte sich viel zu erschöpft um zu flüchten. „Wollen wir reingehen?", fragte Jenny, die schon längst bemerkt hatte, dass es ihm draußen zu heiß geworden war. „Da drin ist es auch nicht besser!", maulte Yanko und nahm noch einen Schluck.
Plötzlich sehnte er sich nach dem Meer und nach dem Gefühl das Wasser auf seinem Körper zu spüren. Und er sah Jenny erneut an. „Jenny, würdest du mit mir runter zum Strand gehen?", fragte er und erstaunte Jenny damit ziemlich. „Ja... Ja natürlich, wenn du willst. Gerne! antwortete Jenny dann sehr

erfreut darüber, dass Yanko sie das gefragt hatte. Und keine zehn Minuten später waren sie unten am Wasser.
Yanko zog sich aus und legte sich am Ufer ins Wasser. Das Salzwasser brannte zwar etwas in seiner Wunde, aber das frische Nass tat ihm so gut, dass er sich fragte, wieso er nicht schon früher auf diese Idee gekommen war. So lag er etwa eine Stunde lang fast reglos im Wasser und spürte, wie er langsam wieder etwas zu sich kam. Das Meer spülte sich in seine Seele und beruhigte ihn.
Jenny saß ein Stückchen weiter weg und wünschte sich so sehr, dass es ihm so schnell wie möglich wieder besser gehen würde, dass sie gar nicht bemerkte, wie sie sich dabei total verkrampfte. Als ihr Bein schließlich eingeschlafen war und sich unangenehm kribbelnd bemerkbar machte, ließ sie sich nach hinten in den Sand fallen und verdrückte ein paar Tränen.
Gegen Abend waren sie immer noch am Strand. Yanko lag neben ihr und trank Whisky aus einer Colaflasche und war schon wieder ziemlich betrunken. Jenny hatte es bis jetzt jedoch vermieden nochmals wegen einer Therapie weiter auf Yanko einzureden. Sie wollte die friedliche Stimmung, die zwischen ihnen herrschte nicht in Gefahr bringen.
Yanko nahm auf einmal ihre Hand. „Bleib doch einfach beim Zirkus. Eine Ärztin könnten wir hier echt gut gebrauchen! Was meinst du?“, fragte er und überraschte Jenny erneut mit etwas, mit dem sie überhaupt nicht gerechnet hatte. Sie sah ihn erstaunt an. „Was schaust du so? Ich meine das ernst! Das ist immer eine Rennerei, wenn zum Beispiel ein Kind krank wird. In jeder neuen Stadt musst du erstmal herausfinden, wo der nächste Arzt ist, und dann weißt du noch lange nicht, ob der auch gut ist. Verstehst du?“ Jenny lächelte. „Ja... und du hättest es dann auch nicht so weit, wenn du das nächste Mal zusammengeschlagen wirst...“ Yanko haute ihr mit dem

Handrücken leicht auf den Oberschenkel. „Haha!", aber er musste dabei auch lachen, soweit es seine Rippen zuließen. „Also ja?", wollte er dann gleich von ihr wissen. „Und außerdem hätte Kenia uns dann beide...", fügte er noch grinsend hinzu.
Jenny musste auch lächeln, fühlte aber trotz der Freude, die sein Vorschlag in ihr auslöste, auch Zweifel. Was würde das geben, wenn sie ihm auf Dauer wieder so nah wäre? Würde sie das aushalten? Würde es ihr dabei gut gehen? Oder würde sie sich aufs Neue vor Liebeskummer verzehren?
Yanko bemerkte ihr Zögern. „Was ist los? An was denkst du?"
Jenny atmete tief durch. „Ich werde es mir überlegen, aber ich muss noch darüber schlafen, ok?", sagte sie diplomatisch, um sich etwas mehr Zeit zu verschaffen, damit sie in Ruhe und später auch allein darüber nachdenken konnte. „Ok! Kein Problem! Ich fände es aber sehr schön, wenn du bleiben würdest! Natürlich nur, wenn es für dich auch gut ist! Wir könnten deine Hilfe echt gut gebrauchen!", sagte Yanko und sah sich um, ob irgendwo eine Strandwache in Sichtweite war, und als er niemanden entdecken konnte, zündete er sich eine Zigarette an. „Du meinst, du könntest Hilfe brauchen!", warf Jenny schnell ein, um die sich eben unerwartet gebotene Chance zu nutzen, eventuell doch noch einen Einstieg in das brisante Thema von heute Morgen zu finden.
Yanko blies den Rauch aus und sah hinaus auf den Pazifik. Er hätte ihr viel erzählen können, und irgendwie hatte er auch Lust dazu, aber es war so wie immer, es gab kein Wort in seinem Kopf mit dem er hätte anfangen können. Jedes Mal wenn er den Mund aufmachen wollte, schnürte sich sein Hals zu, sein Herz verkrampfte sich zu einem großen, schweren Klumpen und in seinem Kopf entstand eine gähnende Leere. Statt zu sprechen, trank er noch den Rest aus der Flasche und setzte sich vorsichtig auf. Liegen war gut, aber das Hinlegen

oder Aufsetzen trieb ihm weiterhin den Schweiß ins Gesicht und die Übelkeit in den Magen. Er stützte sich mit den Armen rückwärts ab und versuchte ruhig zu atmen. Mit den Füßen scharrte er im Sand und wünschte, er könnte die Zeit nochmal in seine Kindheit zurückdrehen, als er in Nordgriechenland am Meer, an dem schönen Lagerplatz, umgeben von duftenden Pinienwäldern gewohnt hatte. An diese Zeit konnte er sich sehr gut erinnern, sie war voller Spaß und Leichtigkeit gewesen. Zumindest meistens. Er hatte das Leben dort sehr geliebt. Die Tage hatte er mit seinem Bruder und den anderen Kindern im Meer beim Tauchen, oder auf den Pferderücken verbracht. Sie waren stundenlang am Strand entlang galoppiert und hatten sich dann von den verschwitzten Pferden einfach ins Wasser fallen lassen. Danach hatten sie meistens Tintenfische gefangen und Muscheln gesammelt.
Yanko spürte erst, als ihn Jenny streichelte, dass ihm Tränen herunterliefen. Sie sagte nichts, sie nahm ihn einfach in den Arm und hielt ihn fest. „Jenny... Ich kann nicht mehr! Ich... Ich...“; versuchte Yanko ihr zu erklären. „Schscht! Ist ja gut! Es ist alles gut! Komm her! Ich bin ja da!“, flüsterte Jenny ihm tröstend und beruhigend ins Ohr und war heilfroh, dass er jetzt wenigstens mal weinen konnte. Yanko klammerte sich an sie, und sie hielt ihn fest.
Als sie spätabends wieder auf dem Zirkusgelände zurück waren, fühlte sich Yanko etwas besser und leichter. In dieser Nacht schlief er einigermaßen gut und schöpfte neue Hoffnung, dass es von nun an mit ihm bergauf gehen würde.
Das Hochgefühl hielt dann genau einen Tag lang an. Ron hatte sich am Nachmittag von ihm verabschiedet. Er musste in seinen Pub zurück, weil eine Aushilfe krank geworden war. Er hatte zwar versprochen nochmal vorbeizukommen, bevor sie weiterziehen würden, doch für Yanko fühlte es sich an wie ein endgültiger Abschied. Zunächst zwang er sich zu denken,

dass sie sich ja bald wiedersehen würden und Ron nur kurz arbeiten ginge und gleich wieder zurückkäme. Doch später am Abend hatte er schon wieder eine ganze Flasche Whisky intus und sich im Pferdezelt verkrochen.
Am nächsten Morgen ging Yanko zu Mykee und klopfte an seine Tür. Dolores machte ihm auf und bat ihn herein. Doch Yanko wehrte dankend ab, er wollte nur mit Mykee sprechen und zwar unter vier Augen.
Mykee folgte ihm, und sie setzten sich im großen Zelt auf die oberen Ränge. „Mykee... Ich muss mit reden!“, begann Yanko. Er wusste nur zu gut, dass dieses Gespräch schon längst überfällig war. Mykee war mit Sicherheit noch sauer, weil er ihn an dem Tag, als er im Pferdezelt so ausgeflippt war, so derb hatte abblitzen lassen. Mykee sah ihn erwartungsvoll an. „Ja, das glaube ich auch!“, war sein einziger Kommentar dazu. „Ich... Ich werde die Tour verlassen... Ich kann einfach nicht mehr... und... ähm... ich muss mich irgendwo mal richtig erholen.“, rückte Yanko dann mühsam heraus. Es fiel ihm überhaupt nicht leicht, das zu sagen, aber er hatte letzte Nacht feststellen müssen, dass das tatsächlich das Beste wäre. Er musste raus hier, weg von dem ganzen Beziehungskram, weg von dem ständigen Drang etwas tun zu müssen, und weg von seinem permanent schlechten Gewissen den anderen gegenüber, wenn er dann doch nichts tat und nur schlechtgelaunt dahing.
Mykee sah Yanko an und nickte. „Ja... Das ist wirklich eine sehr gute Idee! Bist ja jetzt, Gott sei Dank, von selbst drauf gekommen! Ich sag dir was! In den letzten Tagen habe ich angefangen Keith zu verstehen... Was du alles durchgemacht hast, das hält kein Mensch auf Dauer aus, und wir sind da alle einfach total hilflos, wenn du uns nicht an dich ran lässt. Das ist echt zum Kotzen und kostet allen ungeheuer viel Kraft! Lass dir bitte helfen! Geh zu jemandem, der sich damit

auskennt, bitte! Yanko, ich geh sonst auch vor die Hunde, wenn ich dich ständig so erleben muss!", brach es plötzlich aus Mykee heraus, und er sah Yanko dabei flehend an. „Ja... Ich weiß... Es ist aber gar nicht so leicht sich das einzugestehen, dass man nicht mehr weiter weiß... Aber ich kümmere mich jetzt darum, und deswegen wollte ich dich fragen, ob du zusammen mit Stefan die Leitung übernehmen würdest. Ich meine, so richtig. Ich weiß nicht, wie lange ich wegbleiben werde, und ich finde, ihr beide seid echt ein gutes Team! Ihr macht das ja sowieso schon mehr oder weniger die ganze Zeit."
Mykee sah Yanko lange an. Die Vorstellung, dass er für eine unbestimmte Zeit weg sein würde, gefiel ihm überhaupt nicht, und es tat ihm unverhofft ziemlich weh. Er schluckte. „Ja... Ja natürlich mache ich das! Ist doch klar!", sagte er dann schnell. „Was ist los?", hakte Yanko nach. „Ich freue mich, dass du endlich etwas für dich tun willst und was unternimmst! Und ich verspreche dir, dass wir deinen Zirkus in Würde weiterführen werden, und wenn du dann eines Tages voller Elan zurückkommst, dann... Scheiße, Mann... Ich vermiss dich ja jetzt schon!" Mykee stand auf und wollte gehen. Yanko sollte seine Tränen nicht sehen. Doch Yanko nahm blitzschnell seine Hand und zog ihn zurück. Mykee setzte sich wieder und starrte krampfhaft in die Manege, so, als ob dort gerade etwas Spannendes passieren würde. „Komm her!", sagte Yanko sanft und umarmte ihn. „Ich werde dich auch vermissen, das kannst du mir glauben! Aber genau sowas macht mich auch kaputt... Es ist ja nicht so, dass ich nichts mehr von dir will... Im Gegenteil... Immer wenn du in meiner Nähe bist, würde ich am liebsten mit dir ins Bett gehen. Aber dann sind da noch Ron und Mala und Maria und bald die beiden Babys... Und die Sache mit Keith... Und schon wieder sind meine Rippen kaputt... Das macht mich echt fertig!

Verstehst du?“ Und je mehr er Mykee erzählte, desto mehr spürte er seine Verzweiflung, und er wünschte sich, er könnte wenigstens mal für eine Stunde in ein anderes Leben springen, in ein geordnetes Leben voller Harmonie und Ruhe.
„Klar, verstehe ich das! Ich wusste nicht, dass du... dass du noch so auf mich stehst... Das verwirrt mich jetzt, und... Ich sollte jetzt lieber gehen, bevor es noch chaotischer wird!“, murmelte Mykee vor sich hin. Yanko ließ ihn los, und Mykee ging. „Danke!“, rief Yanko ihm noch hinterher. „Schon gut!“, hörte er noch Mykee antworten, bevor er hinter dem Vorhang verschwand.
Yanko überlegte nur kurz, bevor er ihm nachging, wie schmerzhaft ein Orgasmus für ihn jetzt wohl sein würde, doch es war ihm plötzlich egal. Schlimmer als in letzter Zeit würde es bestimmt nicht sein. Er erwischte Mykee gerade noch rechtzeitig, bevor sie irgendjemand zusammen sehen konnte und drückte ihm wortlos seinen Autoschlüssel in die Hand. Sie fuhren auf ein abgelegenes Fabrikgelände und liebten sich dort. Trotz dass es Yanko fast die Sinne raubte als er kam, hatte es ihm doch sehr gut getan mit Mykee zu schlafen.

Zwei Tage später hatte er über Jenny einen Therapeuten in New York gefunden, der Zeit für ihn hatte. Und Stefan und Mykee übernahmen die Leitung von SAN DANA mit der vollen Zustimmung aller Mitarbeiter.
Mala begrüßte Yankos Entscheidung sehr, so wie alle anderen auch. Doch sie beschloss für diese Zeit nach Hause zu ihrer Mutter nach St. Lucia zu gehen. Sie hatte selbst das dringende Bedürfnis nach Erholung und Ruhe. Und außerdem hatte sie ihre Mutter schon sehr lange nicht mehr gesehen, und Yanko würde sie im Moment auch nicht brauchen. Sie vereinbarten, dass sie sich im September in Griechenland bei seiner Mutter in Kalamata wieder treffen würden.

New York hatte für Yanko überhaupt nichts anziehendes, und er hatte große Mühe sich vorzustellen hier zwei Wochen verbringen zu müssen.
Es regnete in Strömen, als er das erste Mal vor der Tür des Therapeuten stand, und er musste sich schwer zusammenreißen nicht sofort auf dem Absatz kehrt zu machen und das nächste Flugzeug zurück nach Newly zu nehmen. Aber dann dachte er an die letzten Wochen, und schließlich atmete er tief durch und klingelte.
Der ältere Mann, der ihn kurz darauf freundlich begrüßte, schien allerdings ganz in Ordnung zu sein. Er sah jedenfalls nicht wie jemand aus, der ihn gleich in die Klapsmühle einweisen würde. Der Mann stellte sich als Doctor Brandon vor und bat Yanko hinein.
Es dauerte dann allerdings noch zwei weitere Tage, bis Yanko sich wirklich dazu durchgerungen hatte vor diesem wildfremden Menschen sein Leben auszubreiten. Er konnte es dann letztendlich auch nur, weil er sich immer wieder Kenia und Jony ins Gedächtnis rief. Er wollte für sie da sein. Er wollte ein gutgelaunter, zuverlässiger und präsenter Vater für die beiden sein. Und das konnte er nicht, wenn es ihm so schlecht ging, wie in den letzten Wochen und wie schon so oft zuvor in seinem Leben.
Dann vergingen abermals zwei weitere Tage bis Doctor Brandon überhaupt ganz gezielt anfangen konnte mit ihm zu arbeiten, denn er war sich zunächst nicht ganz klar darüber bei welcher der vielen Baustellen er ansetzten sollte. Eine Woche später hatte Yanko allerdings das Gefühl, dass das Loch, was Doctor Brandon durch die Sessions bei ihm aufgerissen hatte, überhaupt keinen Boden mehr besaß. Er fiel und fiel immer tiefer und spürte zum ersten Mal das annähernde Ausmaß seines Verlustschmerzes, den er bereits in seiner frühen

Kindheit erlitten hatte, als er von seiner Mutter getrennt wurde.
Eines Abends dann, als er nach so einer Rückführung allein in seinem Hotelzimmer lag, kam auf einmal die ganze verdrängte Trauer in ihm hoch, die er bis dahin erfolgreich unterdrückt hatte, und von der er noch nicht einmal wusste, dass er sie überhaupt hatte. Die Trauerwelle kam so plötzlich und heftig über ihn, dass er sie nicht mehr aufzuhalten vermochte und die dazugehörigen Tränen auch nicht. Sein Körper zog sich regelrecht zusammen, und je länger er weinte, desto deutlicher und stärker wurden diese Gefühle. Er schrie seinen ganzen Kummer in die Bettdecke und japste zwischendurch nach Luft, während seine Rippen ihm den Rest gaben. Die emotionalen und körperlichen Schmerzen vermischten sich zu einem undurchdringlichen Chaos, und er hatte überhaupt keine Kontrolle mehr über seine Tränen. Die einzige Chance, so dachte er, war jetzt sich dem einfach bedingungslos hinzugeben. Entweder er würde diese Nacht überleben oder eben nicht. Er wusste, dass ihm dabei keiner helfen konnte, da musste er allein durch.
Erst am nächsten Mittag konnte er wieder einigermaßen klar denken. Er fühlte sich wie nach einem mehrfachen Marathon. Sein ganzer Körper schmerzte von den heftigen Weinkrämpfen, und seine rechte Seite brannte wieder wie Feuer. Es war unmöglich für ihn aufzustehen und zu seinem vereinbarten Termin bei Doctor Brandon zu gehen. Deshalb rief er ihn an und sagte den Termin für diesen Tag ab. Yanko erklärte ihm kurz, dass er unbedingt einen Tag Pause bräuchte und morgen wieder käme. Mr Brandon versicherte sich noch durch ein paar Fragen, dass Yanko auch ok wäre und legte dann auf.
Gegen Abend jedoch hatte Yanko alle Zuversicht und Hoffnung, dass es ihm jemals wieder besser gehen könnte,

begraben. Er konnte sich einfach nicht vorstellen, wie man diese alles außer Kontrolle setzenden Gefühle jemals heilen könnte. Der Sumpf, in dessen Mitte er sich am Versinken spürte, war viel zu groß geworden.
Nach weiteren unzähligen Verzweiflungsattacken zog er sich am späten Abend an und schleppte sich hinaus ins Freie. Es regnete schon wieder, und dazu wehte ein äußerst unangenehm kühler Wind. Ziellos irrte er stundenlang durch Manhattan, und wenn in jenem Moment nicht sein Handy geklingelt hätte, hätte er sich einfach in den Hudson River fallen lassen.
Zurück ins Meer.
Zurück nach Hause.

Es war ein Reflex, mehr nicht, aber er zog das Handy aus seiner Hosentasche. „Ja?", fragte er und hörte sich selbst, wie durch eine Zimmerwand. „Ich bin's, Ron! Wie geht's dir? Was macht die Therapie?", fragte Ron, und Yanko schaute sich verwirrt um und sah dann wieder ins Wasser, das direkt vor ihm an die Ufermauer plätscherte. „Ich...", aber weiter kam Yanko nicht. Er schluchzte auf und konnte es einfach nicht unterdrücken. „Mein Gott Yanko, was ist denn los? Sag schon, bitte! Was ist los mit dir?", flehte Ron ins Telefon, dem es plötzlich Angst und Bange wurde. Er hatte eigentlich fest damit gerechnet, dass es Yanko besser gehen würde, aber dass er stattdessen am Telefon in Tränen ausbrach, war äußerst alarmierend für ihn. Dann hörte er Yanko husten und vor Schmerzen aufstöhnen. Außerdem vernahm er deutlich das Geräusch von Wasser.
„Yanko!!! Sprich mit mir!!!", rief Ron erneut in sein Telefon und begann währenddessen panikartig seine Tasche zu packen. Eine dunkle Ahnung überfiel ihn und erfüllte ihn mit einer Klarheit und Entschlossenheit, die ihn selbst

überraschte. „Yanko, egal wo du jetzt bist, oder was du gerade tust, du gehst jetzt sofort zurück in dein Hotelzimmer und wartest dort bis ich da bin! Ich komme so schnell wie möglich! Hörst du? Ich nehme die nächste Maschine, und du wartest auf mich! Bist du denn noch in New York?"
Rons Stimme durchbohrte Yankos Tränen, und er konnte verstehen was Ron gesagt hatte. „Ja... bin ich...", brachte Yanko stockend heraus. „Ok, dann warte im Hotel auf mich! In welchem bist du denn?", fragte Ron und hatte schon auf seinem Laptop die aktuellen Flugverbindungen nach New York aufgerufen. Es gab noch einen freien Platz in der Nachtmaschine, und wenn er sich beeilte mit alldem, was er noch zu erledigen hatte, dürfte es kein Problem sein rechtzeitig am Flughafen zu sein. Er buchte ohne noch weiter zu überlegen und druckte dann sofort die Buchungsbestätigung aus.
„Im Riverside, Manhattan, 80 Riverside Drive.", antwortete Yanko ihm fast wie ein Roboter. Die Aussicht, dass Ron kommen würde, legte sich plötzlich wie ein schützender, warmer Mantel um ihn, und er trat einen Schritt vom Ufer zurück. Erschöpft ließ er sich dann auf eine Bank fallen und kramte eine Zigarette aus der Jackentasche.
„Ok! Yanko, ich bin in ein paar Stunden bei dir!" „Ja, ist gut... Ich warte.", hauchte Yanko müde ins Telefon. „Gut!", sagte Ron, bevor er das Gespräch beendete. „Danke!", murmelte Yanko noch in sein Handy, aber Ron hatte es schon nicht mehr gehört.
Ron bestellte sich ein Taxi, und bevor er schließlich ins Flugzeug gestiegen war, hatte er noch mindestens zehn Mal mit Yanko telefoniert. Yanko war jedes Mal drangegangen und hatte mit ihm gesprochen, zwar nur kurz, aber immerhin. Bei Ron waren alle Alarmglocken angegangen, denn Yanko hatte

sich so seltsam und so weit weg angehört, dass er das Gefühl hatte, er würde aus einer anderen Welt zu ihm sprechen.
Als er dann endlich an Yankos Zimmertür klopfte und seine Stimme hörte, die ihm sagte, dass offen sei, hätte er vor Erleichterung weinen können.
Als Ron eintrat, stand Yanko auf und umarmte ihn. Ron schloss sogleich die Tür ab und nahm seine Hand. Yanko sah schrecklich aus. Spontan und ohne weiter zu überlegen, zog Ron sich selbst und Yanko aus und schob ihn in die Dusche. Nachdem er sich und Yanko abgetrocknet hatte, der die ganze Prozedur stillschweigend über sich hatte ergehen lassen, schnappte er Yankos Hand erneut und zog ihn mit ins Bett. Es war zwar helllichter Tag, aber Ron hatte in der vergangenen Nacht kein Auge zugetan und Yanko offenbar auch nicht, so wie er aussah. Ron ignorierte die unzähligen, leeren Flaschen neben dem Bett und nahm Yanko einfach in seine Arme und zog in so fest an sich, wie es Yanko schmerzbedingt zulassen konnte.
„Danke, dass du gekommen bist!“, war das Erste dann was Yanko sagte, seit Ron da war. Ron küsste ihn auf die Stirn und schmiegte sich eng an ihn. Er hatte plötzlich Mühe cool zu bleiben, denn er wollte die Situation jetzt nicht ausnutzen. Dennoch war es einfach zu aufregend, nackt neben Yanko zu liegen und seine Körperwärme zu spüren, und er musste tief durchatmen. „Was ist denn mit dir passiert?“, fragte Ron statt sich zu sehr von Yankos Unwiderstehlichkeit anmachen zu lassen. „Ich hätte mich einfach fallen lassen, wenn du nicht in diesem Moment angerufen hättest... Der Hudson hätte mich ins Meer hinausgetragen... Vielleicht sogar bis nach Delos...“, begann Yanko ohne Umschweife. Ron wollte schon vor Entsetzen etwas sagen, doch Yanko unterbrach ihn. „Dein Anruf hat sich angefühlt wie ein Engel... Ich weiß zwar nicht, wie...“, führte Yanko weiter fort, wurde aber von neuen

Tränen unterbrochen. Er war sehr froh, dass Ron da war, aber gleichzeitig ließ seine Anwesenheit ihn auch noch den Verlustschmerz und das ewige Hin und Her in ihrer Beziehung so deutlich spüren, dass es ihn erneut durchschüttelte.
Ron hielt ihn ganz fest und hatte plötzlich auch Tränen in den Augen. Ihn rührte Yankos Verletzlichkeit so an, dass er vor Liebe und Fürsorge für ihn fast platzte. Doch ganz plötzlich durchzuckte ihn ein kalter Schauer des Grauens bei dem Gedanken daran, was gewesen wäre, wenn er vielleicht nur eine Minute später angerufen hätte. Das Wasser, welches er gestern durch das Telefon gehört hatte, war offensichtlich der Hudson River gewesen, an dessen Ufer Yanko in diesem Moment gestanden hatte, um sich umzubringen.

Es war spät in der Nacht, als John schweißgebadet aus dem Schlaf hochfuhr. Die Bilder verfolgten ihn noch im Wachzustand, und er rieb sich müde über seine Bartstoppeln. Er sah zu seiner Frau rüber und stellte erleichtert fest, dass sie tief und fest schlief. Wieder und wieder stellte er sich die gleichen Fragen, und das schier endlos rollende Rad seiner Gedanken machte ihn aggressiv und wütend. John quälte sich leise aus dem Bett und zog sich den Morgenmantel über und tappte, wie so oft in letzter Zeit, durch die Dunkelheit in die Küche hinunter. Dort stellte er sich ans Fenster und starrte in die Nacht hinaus.

Was wäre gewesen, wenn er von Anfang an die Wahrheit erzählt hätte? Wie hätte sich die ganze Situation entwickelt, wenn er sich nicht an die Abmachung gehalten hätte? Wenn er einfach allen gesagt hätte, was wirklich los war. Sein Herz zog sich zusammen bei dem Gedanken daran, wie alles hätte anders verlaufen können. Andererseits, woher wollte er wissen, dass dann alles besser gewesen wäre? Denn so schlecht war es ja gar nicht gekommen! Er dachte an seinen Bruder Hadley und hasste plötzlich seine Eltern dafür, dass sie ihnen amerikanische Vornamen gegeben hatten. Er erinnerte sich, dass sein Vater immer gesagt hatte, dass dies einfach nur zu ihrem Schutz sei und sie so auch eher eine Chance in der Gesellschaft hätten, vor allem bei der Arbeitssuche, denn die erste Hürde wäre meistens schon der Name. Wenn er an Yankos schreckliche Erlebnisse dachte, konnte er diese Maßnahme dann allerdings durchaus nachvollziehen, und schließlich musste er sich selbst an die Nase greifen, denn seine Kinder hatten auch keine Zigeunervornamen, außer ihrem geheimen Namen natürlich. Seine Frau war ebenfalls von ihren Eltern mit einem Nicht-Zigeunernamen ausgestattet

worden. Die Familie war das Wichtigste, und man schützte sie eben wo es nur ging.
John öffnete ein Bier und trank direkt aus der Flasche. Er ging ins Wohnzimmer hinüber und lief dort nervös auf und ab. Er rang innerlich mit seinem Gewissen und überlegte zum x-ten Mal, was er denn nun tun sollte.
Durch die Wand hörte er das Rauschen der Klospülung vom Nachbarhaus, und er überlegte, ob er nicht rübergehen sollte, denn offenbar war dort noch jemand wach. Schlagartig fiel ihm dann aber wieder ein, dass Keith ja gar nicht da war, und dass sie schon seit Wochen nichts mehr von ihm gehört hatten. Selbst bei seinen eigenen Kindern hatte er sich immer noch nicht gemeldet.
John seufzte und setzte sich aufs Sofa. Plötzlich sah er Yanko vor sich, wie er hier seinen ersten Entzug gemacht hatte, und es schauderte ihn etwas, als er sich an diese ganze Quälerei erinnerte. Er musste feststellen, dass es seinem Neffen zwar heute deutlich besser ging, als zu jener Zeit, aber so richtig über den Berg schien er jedoch noch nicht zu sein. Johns Herz brach immer wieder, wenn er an Yankos Zustand während der letzten Tour dachte. Er holte das Telefon und wählte postwendend Yankos Nummer, doch dann drückte er das Klingeln wieder weg. Sicherlich wollte Yanko lieber seine Ruhe haben. John betete, dass sein Neffe bald wieder zu Hause sein würde und das vollkommen gesund und glücklich.
Im Morgengrauen schließlich übermannte ihn der Schlaf, und er kauerte sich auf dem Sofa zusammen.

Am nächsten Morgen sah Ron, wie Yanko umständlich mit der linken Hand versuchte sich zu rasieren. Er stand auf und ging zu ihm ins Bad und nahm ihm den Rasierer aus der Hand. „Lass mich das machen, sonst siehst du hinterher noch schlimmer aus als jetzt!“, grinste Ron, obwohl ihm eigentlich gar nicht nach Späßen zumute war. Yanko sah ihn nur an und ließ ihn dann stillschweigend gewähren.
Später dann, als er Yanko noch dabei beobachtete, wie er mit schmerzverzerrtem Gesicht seine Hose zuknöpfte, sprach er ihn darauf an: „Sag mal, was ist denn eigentlich wieder mit deiner Hand los?“ Yanko hatte es gerade geschafft den letzten Knopf zuzumachen und schnappte sich sein Hemd. Die Druckknöpfe jedenfalls ließen sich wesentlich leichter zumachen. „Tut halt noch weh, was sonst!“, murrte er zurück und begann anschließend seine paar Sachen in den Rucksack zu stopfen.
Ron, der seine Tasche schon gepackt hatte und nun auf der Bettkante saß und auf Yanko wartete, seufzte leise. Er hoffte ungeduldig, dass Yanko bald fertig sein würde, damit sie endlich aus diesem stickigen Zimmer herauskämen. Immerhin hatte Yanko eingewilligt mit ihm zusammen für ein paar Tage nach Florida zu fliegen. Ron hatte ihn davon überzeugen können, dass es besser sei im Warmen und am Meer sich von den Strapazen der Therapie zu erholen, als in diesem Hotelzimmer herumzuhängen, denn Ron war schon, als er vor zwei Tagen hier angekommen war, klar gewesen, dass Yanko keine zehn Pferde mehr zu Doctor Brandon zurückbringen würden.
Yanko zerrte an den Rucksackgurten herum und fluchte leise vor sich hin, weil er sie wegen seiner Hand nicht richtig straffen konnte. Ron stand auf und half ihm. „Mann, so sag

doch was! Ich helfe dir doch!", sagte Ron und nahm Yanko den Rucksack aus der Hand.
„Verfluchte Scheiße!", schimpfte Yanko und ließ den Rucksack los. Er setzte sich an den Tisch und nahm erst einmal einen großen Schluck Whisky.
Als Ron die Gurte festgezurrt hatte, setzte er sich zu ihm. „Weißt du, was wir jetzt zu allererst tun werden, noch bevor wir nach Florida fliegen?", sagte Ron forsch und war fest entschlossen genau das zu tun, was ihm eben in den Sinn gekommen war. Yanko sah zu ihm. „Was denn?" „Wir gehen jetzt auf der Stelle ins Krankenhaus, und dort lässt du deine Hand nochmal ganz gründlich untersuchen! Das gibt es doch nicht. Irgendetwas stimmt doch da nicht!", unterbreitete Ron ihm seine Gedanken. „Es haben schon so viele danach geschaut und nichts gefunden.", bemerkte Yanko müde. „Einen weiteren Versuch ist es doch wert, vielleicht finden die hier ja was.", versuchte Ron, Yanko zu überzeugen. Yanko zuckte mit den Schultern. „Mir egal, von mir aus." Dann standen sie auf und verließen kurz darauf das Hotel.
Sie ließen sich von einem Taxi zum nächsten Krankenhaus fahren und mussten dann dort über zwei Stunden warten bis Yanko endlich drankam. Nach weiteren drei Stunden und einigen Röntgenaufnahmen und Untersuchungen wurde Yanko dann mitgeteilt, dass außer einer Prellung nichts weiter zu finden wäre, und es sich auch keiner erklären könne, woher die extremen Schmerzen kommen würden.
Völlig genervt und total schlechtgelaunt, saß Yanko schließlich auf dem Flug nach Miami neben Ron und bestellte sich einen Whisky nach dem anderen. Sie hatten direkt am Flughafen noch kurzer Hand zwei Plätze in der Spätabendmaschine bekommen, nachdem sie ihren eigentlichen Flug durch die lange Wartezeit im Hospital verpasst hatten. Ron war es auch bis jetzt noch nicht gelungen irgendein Wort über die

Diagnose aus Yanko herauszubekommen, er konnte allerdings unschwer erraten, was der Arzt wohl zu ihm gesagt haben musste. Doch er beschloss Yanko erst einmal weiterhin in Ruhe zu lassen und versuchte stattdessen ein wenig zu schlafen.
Am nächsten Morgen, als sie am späten Vormittag bei strahlendem Sonnenschein draußen auf der Hotelterrasse beim Frühstück saßen, schien sich Yankos Stimmung etwas gebessert zu haben. Ron hatte sogar das Gefühl, dass er einigermaßen nüchtern war. Yanko hatte zwar noch nichts gegessen, doch der Kaffee schien ihm zu schmecken. Nach der zweiten Zigarette kamen dann auch seine Worte zurück. „Schön hier!“, sagte er, und Ron zuckte fast zusammen, so plötzlich kam das. Yanko blinzelte zu Ron und grinste dabei leicht. Ron nickte nur. „Dieser Arzt gestern hat auch nichts finden können... Los, lass uns ans Meer gehen!“, sagte Yanko und war schon aufgestanden. Ron sah ihn verwundert an. Mit so viel Elan hatte er nun weiß Gott nicht gerechnet. „Ok, gehen wir!“, bestätigte Ron, und schon war Yanko losgelaufen. Kaum waren sie am Strand angekommen, war Yanko schon im Wasser und kam erst wieder zurück, als er schon fast aussah wie ein Fisch.

Das Meer glitzerte in allen Regenbogenfarben, und Ron musste seine Augen zukneifen, um Yanko in den Wellen ausfindig zu machen. Ron grinste vor sich hin und war heilfroh, dass er Yanko hierher gebracht hatte. Das Wasser und die Sonne schienen Yanko einzuhüllen und ihn mit ihrer Energie zu erfüllen. Ron erinnerte sich plötzlich an ihren ersten gemeinsamen Urlaub auf St. Lucia. Yanko war schon damals die meiste Zeit am oder im Wasser gewesen, und es war offensichtlich, dass er sich am Meer einfach wohlfühlte. Ron fragte sich, warum Yanko eigentlich nicht auch am Meer wohnte. Die Berge fühlten sich plötzlich kalt und hart an, und Ron überlegte, ob Yanko sich nicht generell besser fühlen würde, wenn er Meeresluft schnuppern, und seiner offensichtlich neuen Leidenschaft nachgehen könnte.
Am zweiten Tag, nach ihrer Ankunft in Florida, hatte Yanko vom Strand aus ein paar Wellenreiter beobachtet. Es hatte ihn früher schon fasziniert, doch dieses Mal zog es ihn vollständig in den Bann. Noch am selben Nachmittag lieh er sich ein Brett aus und ließ sich die Grundzüge des Surfens ohne Segel von einem Surflehrer zeigen. Am vierten Tag war er schon weit draußen, und hätte Ron nicht gewusst, dass Yanko noch niemals zuvor gesurft war, hätte er es nicht geglaubt. Er stand so sicher auf dem Brett, wie in der Manege auf dem Rücken seines Pferdes.
Gegen Ende der ersten Woche lag Ron dösend in der frühen Nachmittagssonne, als sich Yanko triefend nass neben ihm in den Sand legte. Ron reckte sich und drehte sich zu ihm um. „Na du Wasserratte? Hast du endlich genug?“ Yanko war über vier Stunden draußen gewesen. Yanko sah ihn an und seine Augen leuchteten vor Begeisterung. Ron musste unwillkürlich grinsen und sein Herz ging auf. Wie schön Yanko aussah, wenn es ihm gut ging, machte Ron in diesem Moment klar,

wie schlecht sich Yanko in der letzten Zeit gefühlt haben musste. Jetzt war er wieder eins mit dem Meer geworden, und das gab ihm seine Kraft zurück.
„Es ist einfach nur genial! Die Wellen sind fast wie ein geschmeidig galoppierendes Pferd!“, schwärmte Yanko und sah dabei auf den Atlantik hinaus. Am liebsten wäre er sofort wieder ins Wasser gegangen, aber er fror etwas und deshalb genoss er jetzt auch die warmen Sonnenstrahlen auf seiner Haut. „Ich muss mir einen Neoprenanzug ausleihen. Auf Dauer wird es doch kalt da draußen.“, stellte Yanko fest und überlegte, ob er sich nicht doch lieber gleich einen kaufen sollte. Ron schmunzelte. „Dann kommst du ja gar nicht mehr aus dem Wasser!“ „Doch... Ich muss ja ab und zu nach dir sehen, nicht dass du mir noch fremdgehst!“, grinste Yanko zurück und stupste Ron sanft in die Seite.
„Was machen eigentlich deine Rippen beim Surfen?“, erkundigte sich Ron, denn er konnte sich beim besten Willen nicht vorstellen, dass Yankos Rippen dabei keine Schmerzen verursachten. Er konnte ihn ja so schon oft genug dabei beobachten, wie er Mühe hatte zu atmen, vor allem wenn sie miteinander schliefen. Doch Yanko wollte sich anscheinend nicht schonen und litt lieber, als auf den Sex mit ihm zu verzichten, und Ron war insgeheim auch ziemlich froh darüber, dass Yanko ihm wieder so nah gekommen war. Er genoss seine wilde Zärtlichkeit sehr, und doch sah er eben auch genau, dass er noch Schmerzen hatte. Er fragte sich ebenso, ob es wirklich gut war, dass Yanko mit Alkohol im Blut in den Wellen unterwegs war.
„Ist mir egal!“, gab Yanko ihm knapp zur Antwort und war sofort wieder von dieser Frage genervt. „Oh, Yanko! Ich frage ja nur! Mann, sei doch nicht gleich so empfindlich! Ich mache mir eben Gedanken darüber, dass du verletzt und besoffen da draußen bist!“, bemerkte Ron leicht gereizt und sah Yanko

dabei an. Yanko setzte sich langsam auf und konnte es dabei nicht vermeiden kurz zusammenzuzucken. Dann holte er aus seinem Rucksack den umgefüllten Whisky heraus und trank ein paar Schlucke. Danach stand er wortlos auf und ging zu dem Surfshop, um sich einen Neoprenanzug auszuleihen.
Ron sah ihm aufgebend hinterher. Aber was sollte er sich schon wieder den Kopf zerbrechen? Yanko würde ja doch tun was er wollte, und es schien ihn auch überhaupt nicht zu interessieren, dass er sich wieder Sorgen machte. Ron stand kurz entschlossen auf, raffte seine Sachen zusammen und verließ zermürbt den Strand.

Gegen zehn Uhr abends wurde Ron dann aber doch ziemlich nervös. Yanko war immer noch nicht aufgetaucht, und er begann sich unwillkürlich erneut ernsthaft Sorgen zu machen. Zunächst hinderte ihn aber sein Stolz daran Yanko zu suchen, doch nachdem es dann schon mehrere Stunden lang dunkel war, wuchs seine Angst über seine Verletztheit hinaus, und er beschloss zum Strand hinunterzugehen, um nach ihm zu sehen.
Als er am Surfladen ankam, traute er jedoch seinen Augen nicht. Der Surfshop hatte gleich nebenan noch eine kleine Strandbar, und da stand Yanko ganz locker an der Theke und hatte eine Frau im Arm. Die beiden amüsierten sich prächtig, und Yanko hatte wohl auch schon einige Whisky mehr intus, als noch am Nachmittag. Ron blieb wie angewurzelt stehen und seine Gedanken und Gefühle fuhren mit ihm Achterbahn. Er starrte zu den beiden rüber und konnte es einfach nicht fassen. Ron war wie gelähmt, und als die Frau sich auch noch an Yanko heranschmiegte und er anfing sie zu küssen, war alles zu spät. Ron machte auf dem Absatz kehrt und rannte den Strand entlang, bis er völlig außer Atem war. Dann ging er in die nächste Bar und betrank sich.

Yanko kam irgendwann in den frühen Morgenstunden total besoffen zurück ins Hotel und sank sofort in einen tiefen Schlaf. Ron wachte auf und musste sich sehr zusammenreißen ihn nicht im selben Moment anzuschreien. Aber er riss sich zusammen, denn er wollte sich lieber bis nachher gedulden, denn jetzt würde Yanko sowieso nur auf stur stellen. Und außerdem sagte ihm sein Kopf, dass es auch besser wäre erst seinen eigenen Rausch auszuschlafen, bevor er auf Yanko losging.
Als Ron schließlich mit einem noch dickeren Kopf am frühen Mittag aufwachte, schlief Yanko immer noch. Kurz zögerte Ron noch, doch dann weckte er ihn ziemlich unsanft. „Yanko, wir müssen reden! Und zwar auf der Stelle!“, ergänzte Ron sein Rütteln an Yankos Schulter. Yanko murrte und wollte sich schon umdrehen, doch ein jäher Schmerz in seiner Seite hinderte ihn daran. „Verflucht! Was ist denn?“, fauchte Yanko genervt. „Ich sage dir was los ist, obwohl du das eigentlich am besten wissen müsstest! Ich habe euch gestern gesehen! Was um alles in der Welt sollte das?“, polterte Ron sofort los. Yanko rieb sich die Augen. „Was sollte was?“ „Du hast sie geküsst! Ich habe es genau gesehen!“ „Spionierst du mir jetzt seit Neustem nach? Was ist los? Ich bin müde, Mann!“
Ron setzte sich abrupt auf und konnte seine aufgestaute Wut nun nicht mehr länger verbergen. „Was los ist? Du bist stundenlang weggewesen!!! Es wurde dunkel, und ich dachte, dir wäre vielleicht was passiert!!! Ich habe mir Gedanken gemacht, ob du vielleicht im Dunkeln immer noch draußen auf dem Meer bist. Schon mal darüber nachgedacht, dass du, besoffen wie du meistens bist, ins Wasser fallen könntest und wegen deinen gebrochenen Rippen nicht mehr aufs Brett zurückkommst und ertrinken könntest? Es ist ja außerdem auch noch nicht so lange her, dass du am Hudson standest! Aber dir ist ja, wie so oft, alles scheißegal! Dir ist es

wahrscheinlich auch vollkommen egal, dass ich alles stehen und liegen gelassen habe und zu dir nach New York gekommen bin, um dir zu helfen!“
Yanko setzte sich nun auch auf. Kurz wurde ihm schwarz vor Augen, so sehr stach es in seine Seite. Missmutig musste er Ron innerlich Recht geben. Gestern war definitiv alles zu viel gewesen. Er war zu lange mit dem Brett draußen gewesen, und er hätte nicht so viel saufen sollen. Er hatte diese Frau geküsst, und war dann irgendwann bei ihr gelandet.
„Es tut mir leid! Ich... Du hast ja Recht, das war wirklich nicht fair!“, gab Yanko schließlich zähneknirschend zu. Er stand auf und zog Ron, der ihm widerwillig folgte, mit unter die Dusche. Dort stellte er das kalte Wasser an, und sie ließen es sich beide über ihre Köpfe laufen, bis sie einigermaßen wach waren.
„Warum machst du das nur immer wieder?“, fragte Ron dann, als er sich abtrocknete und wieder ein wenig runtergekommen war.
Yanko legte sich, wie so oft, ohne sich vorher abgetrocknet zu haben, zurück ins Bett. Seine Seite brannte wie Feuer, und er hasste sich dafür, dass er sich nicht besser im Griff hatte. Zwei Stunden surfen hätten auch gereicht. Nein, hätten sie nicht. Yanko wusste, dass er gestern wieder auf der Flucht vor sich selbst gewesen war. Er hatte den Schmerzen entfliehen wollen, was ihm auf dem Wasser auch tatsächlich gelungen war. Da hatte er nichts gespürt. Er hatte den dunklen Gedanken und dem zermürbenden Felsbrocken, der immer noch auf ihm lastete, entfliehen, und ebenso dem nahenden Abschied von Ron davonfahren wollen. Er wollte ihn nicht vermissen, und er wollte ihn nicht lieben. Auf dem Wasser konnte er das alles vergessen, da waren nur er und die Wellen und sonst nichts. Kein Schmerz, kein Gefühl, kein Gedanke und vor allem kein Gewissen.
Dafür spürte er jetzt alles umso mehr.

Yanko griff gezielt nach der Whiskyflasche, die neben dem Bett stand und trank so viel auf einmal, dass er fast husten musste. „Ich weiß es nicht!", sagte Yanko daraufhin und versuchte tief durchzuatmen. „Yanko, ich kann das so nicht! Rede mit mir, bitte!" „Was soll ich dir denn sagen?", fragte Yanko erschöpft. Er spürte, wie ihm der Schweiß ausbrach, und er legte sich ermattet auf den Rücken. Ron setzte sich zu ihm auf die Bettkante und nahm seine Hand. „Erzähl mir bitte, wie du dich fühlst, was dich bewegt, was du denkst! Erzähl mir von diesem Doctor Brandon, oder von dem, was du dort erlebt hast. Sag mir was du tun willst, was dich beschäftigt. Egal was, nur irgendetwas von dir! Und zum hundertsten Mal, du gehst mir damit nicht auf die Nerven, wenn du mir sagst, wie es dir geht! Das was mich nervt ist das, was du nicht sagst, das, was du einfach tust, ohne mich zu informieren. Dein Schweigen macht mich krank!"
Yanko sah Ron in die Augen. „Aber das ist es doch... Ich weiß nicht was ich sagen soll. Ich... Ich bringe einfach nichts raus. Immer wenn ich etwas sagen will, dann sind so viele Worte da, dass sie gleichzeitig wieder verschwinden... Ich kann das einfach nicht auf Kommando. Sorry Ron!" Yanko fühlte sich plötzlich richtig elend und hundemüde. Er überlegte, ob er sich Opium kaufen sollte, damit er die kommende Nacht endlich einmal durchschlafen könnte.
Ron seufzte und er konnte sehen, dass es Yanko wirklich nicht gut ging. „Heute gehst du aber nicht surfen! Das ist ein Befehl!", sagte Ron fast so streng wie früher zu seinen Soldaten und befühlte Yankos Stirn. Kalter Schweiß lag auf ihr, und Ron kroch die Angst erneut den Rücken hinauf. „Keine Angst! Ich bleibe heute hier!", sagte Yanko matt und drehte sich vorsichtig auf die linke Seite. „Fuck!", murmelte er dabei vor sich hin und schlang seinen linken Arm um sich. Lange konnte er jedoch so nicht liegen, und er drehte sich

wieder zurück auf den Rücken. Dann hielt er es nicht mehr aus. Mühsam krabbelte er aus dem Bett und zog sich an. „Bist du nüchtern?“, fragte Yanko Ron. „Ich denke schon, warum?“ „Kannst du mich bitte in die Stadt fahren?“ „Was willst du denn jetzt zum Teufel in der Stadt? Du gehörst ins Bett!!!“. „Ich brauche was gegen die Schmerzen, sonst dreh ich durch! Bitte!“ Ron wusste genau was Yanko meinte, und er konnte ihn verstehen.
So fuhren sie kurz darauf gemeinsam in die Stadt, wo sich Yanko eine ordentliche Portion Opium besorgte. Er rauchte die gesamte Rückfahrt über und war schon total stoned, als sie ein paar Stunden später wieder zurück im Hotelzimmer waren.

Der nächste Tag begann mit einem Gewitter, doch Yanko wachte erst auf, als der Regen schon wieder nachgelassen hatte. Er öffnete die Augen und wusste im ersten Moment gar nicht, wo er war. Als er schließlich langsam zu sich kam, zitterte er schon so sehr, dass er die Flasche kaum öffnen konnte. Nachdem er einiges von dem Whisky zunächst verschüttet hatte, gelang es ihm dann doch noch die notwendige Menge zu schlucken. Leise schimpfte er vor sich hin und verfluchte diesen ganzen Alkoholmist.
Den Brief entdeckte er erst nach einer ganzen Weile. Ron hatte ihn neben ihm aufs Bett gelegt. Yanko erblickte schließlich den Umschlag und wusste sofort, dass Ron abgereist, und er jetzt allein hier war. Er musste den Brief nicht öffnen, um zu wissen was drinstand.
Nach weiteren, ungezählten Minuten quälte er sich aus dem Bett und ging duschen. Langsam kleidete er sich an und verließ dann das Hotel. Er ließ sich durch den Tag treiben und zog von Bar zu Bar, bis er vergaß, wo er war.

Zwei Tage später buchte er dann einen Flug nach Griechenland und verbrachte die verbleibende Zeit in Florida mit Trinken und Opium rauchen.
Diese Nichts-tun-Therapie schien jedoch tatsächlich etwas geholfen zu haben, denn als er sich ins Flugzeug setzte, war er guter Hoffnung den langen Flug einigermaßen schmerzfrei zu überstehen.
Mala.
Er konnte sich gar nicht vorstellen in ein paar Stunden auch nur irgendwie in der Lage zu sein auf sie einzugehen. Und das auch noch im Haus seiner Mutter. Er fühlte sich wie in einem Vakuum und wäre eigentlich viel lieber noch länger allein gewesen. Aber Mala war schwanger, und er hatte ihr

versprochen zu kommen. Außerdem wollte er auch gerne seine Mutter wiedersehen. Zusammen mit den Zweifeln stieg jedoch ebenso der Gedanke auf, dass es eventuell auch sehr heilsam sein könnte mit seiner neugewonnenen Familie Zeit zu verbringen. Doch in der nächsten Sekunde fragte er sich wieder ernsthaft, ob ihm das momentan tatsächlich guttun würde. Und mit einem Mal wurde es ihm richtig mulmig zumute, und er betete innerlich diesmal alles gut hinzubekommen und es endlich zu schaffen ihr treu zu bleiben, so dass er sie nicht wieder enttäuschen würde. Die tiefsitzende Müdigkeit, die sich daraufhin schlagartig einstellte und in ihm breit machte, ertrank er schnell in einigen Drinks, die ihm die Stewardess mit wachsender Freude an seinen Platz brachte.

Die ersten Tage im Haus seiner Mutter verliefen jedoch außerordentlich harmonisch, und Yanko wunderte sich, dass alles auf einmal so einfach erschien. Seine Rippen heilten gut, und er hatte schon bald fast keine Schmerzen mehr. Er versuchte auch nur so viel zu trinken, wie unbedingt nötig war, und es ging ihm erstaunlich gut dabei.
Mala und seine Mutter waren momentan sehr angenehm für ihn, denn sie ließen ihn einfach in Ruhe. Mala hatte natürlich sofort gesehen, wie es Yanko ging als er angekommen war, aber sie hatte sich fest vorgenommen ihn dieses Mal nicht zu drängeln. Und sie vertraute darauf, dass er schon von selbst auf sie zukommen würde, wenn er das Bedürfnis hätte. Sie war natürlich sehr erschrocken darüber, als Yanko nach der zweiten Flasche Whisky immer noch fast nüchtern wirkte, und sie machte sich im Stillen natürlich die allergrößten Sorgen. Doch als sie bemerkte, dass er seinen Alkoholkonsum nach und nach drastisch einschränkte und seine Laune von Tag zu Tag besser wurde, schöpfte sie neue Hoffnung. Schließlich

erzählte ihr Yanko dann freiwillig was er in New York erlebt hatte, und auch von Ron und ihren gemeinsamen Tagen in Florida. Er erzählte ihr vom Surfen, den Schmerzen, von der Frau und auch vom Opium.
Nur die Nacht am Hudson erwähnte er mit keinem Wort.

Eines Abends, als alle schon im Bett waren und Yanko allein im Wohnzimmer saß und noch den Rest Ouzo aus der Flasche trank, fühlte er sich plötzlich total einsam. Da saß er im Haus seiner Mutter und alles erschien ihm auf einmal fremd und fern. Er stand auf und sah sich die Bilder von seinen Geschwistern an, die an der Wand hingen und auf der Kommode standen und fragte sich, ob das wirklich seine echten Geschwister waren, oder ob das nicht doch einfach nur eine weitere Lüge war. Nach einer Weile setzte er sich wieder an den Tisch und zündete sich eine Zigarette an.
Wie aus dem Nichts stand plötzlich Angelika Katharina hinter ihm und legte eine Hand auf seine Schulter. „Ich weiß, was du denkst!“, sagte sie sanft und setzte sich neben ihren Sohn. Yanko sah sie an. Sie hatte wunderschöne Augen, und Yanko konnte seinen Vater durchaus verstehen, dass er ihnen verfallen war. Yanko lächelte sie an. „Es ist alles so seltsam! In mir ist nur Chaos, und ich finde einfach keine Ruhe!“ Angelika Katharina nickte mitfühlend und stand auf, um eine Flasche Wein und zwei Gläser zu holen. Sie öffnete die Flasche und schenkte ein. „Ich verstehe dich, mein Sohn! Es geht mir oft nicht anders. Ich habe jahrelang versucht zu vergessen, aber es ist mir nie wirklich gelungen. Man kann nicht vergessen, was zu einem gehört, oder was nicht geheilt ist!“ Sie prosteten sich schweigend zu und tranken den kühlen, dunklen Rotwein, der wunderbar nach Erde schmeckte.
„Was meinst du?“, fragte Yanko sie und hatte plötzlich eine Gänsehaut. Seine Mutter sah ihn an und nahm vorsichtig seine

rechte Hand. Yanko zog sie reflexartig zurück, doch seine Mutter hielt ihn am Handgelenk fest. „Ich tu dir nicht weh! Ich weiß davon. Mala hat es mir erzählt." Ganz sanft und liebevoll streichelte sie seine Hand. „Yanko, mein Sohn, ich möchte dir etwas erzählen. Vielleicht ist es in deinen Augen nicht wichtig, aber für mich ist es von großer Bedeutung, dass du es weißt!", begann Angelika Katharina und starrte dabei auf Yankos Hand. Dann sah sie ihm in die Augen. „Die Eltern meines Vaters, also meine Großeltern sind im Zweiten Weltkrieg in einem Auffanglager umgebracht worden... Meine beiden ältesten Geschwister Juri und Dariu auch... Meine Großeltern hatten sich damals auf die Suche nach ihnen gemacht, weil sie urplötzlich verschwunden waren, und sind dabei erwischt worden. Man hatte meine Geschwister gestohlen und wollte sie zu Forschungszwecken benutzen. Das hat mir später mein Bruder Marios erzählt. Er hatte diese Informationen von unseren Leuten erhalten, denen es später gelungen war aus diesem Lager zu entfliehen. Meine Eltern haben das nicht verkraftet. Sie sind beide danach sehr krank geworden. Mein Vater starb 1961, und meine Mutter ist ihm fünf Jahre später gefolgt. Marios ist der einzige meiner Geschwister, der noch lebt." Angelika Katharina unterbrach ihre Rede und atmete schwer durch.
Yanko war entsetzt über das soeben Gehörte und legte einen Arm um seine Mutter. „Das tut mir leid! Das ist ja schrecklich! Wie konnte das passieren? Der Krieg war doch gar nicht in Griechenland, oder?", fragte Yanko und hatte Schwierigkeiten damit sich dieses Grauen vorzustellen. „Sie waren überall, und alle Juden und Zigeuner, die sich in Europa aufgehalten hatten, waren zu dieser Zeit nirgends mehr sicher gewesen. Es gibt Beweise dafür, dass Zigeuner als Versuchsobjekte in jeder nur erdenklichen Weise benutzt worden sind. Für sie waren wir keine Menschen! Verstehst du?"

Yanko schluckte. Er hatte sich bis jetzt nie ernsthaft mit diesem Thema auseinandergesetzt. Er wusste natürlich von den Grausamkeiten während der Nazizeit, doch hatte er nie daran gedacht, dass er eventuell Verwandte haben könnte, die in dieser Zeit umgebracht worden sind.
Sie schwiegen eine Weile, bevor Yankos Mutter fortfuhr. „Sie waren damals drei und fünf Jahre alt gewesen, als sie in das Lager verschleppt wurden. Ich weiß nicht, wie das geschehen konnte, doch so war es gewesen. Als ich geboren wurde, waren sie schon tot."
Wie von selbst erschienen die grausamen Erinnerungen vor Yankos geistigem Auge an den Überfall damals auf die Cheyenne und vermischten sich mit den Bildern, die er vom Holocaust schon gesehen hatte zu einem grauenhaften Horrorszenarium.
Er leerte sein Glas in einem Zug und goss nochmal nach. „Daje, ich weiß nicht, was ich dazu sagen soll... Ich weiß eh meistens nicht, was ich zu irgendetwas sagen soll... Aber ich fühle, dass das etwas mit mir macht... und es sitzt in meinem Hals... und in meinem Herz... Es schnürt mich zu, und ich könnte einfach nur schreiend davonlaufen.", kam es stockend aus Yanko heraus, und es fröstelte ihn dabei.
Angelika Katharina sah ihrem Sohn in die Augen, und sie war wieder einmal überaus dankbar dafür, dass sie ihn zurückbekommen hatte. Für sie war er das größte Geschenk und Wunder in ihrem Leben. Sie umarmte ihren Sohn und drückte ihn ganz fest an ihre Brust. „Du brauchst dazu nichts zu sagen. Ich denke nur, dass du das wissen musst, denn es hat auch auf dich eine Auswirkung, auch wenn du es nicht direkt spürst. Es ist in unserem Familiensystem verankert und im ganzen Zigeunerbewusstsein ebenfalls. Ich sehe dich an, und ich sehe sie alle! Verstehst du?"

„Ehrlich gesagt, nein... Aber es erinnert mich an etwas ganz Schreckliches, was meinen Indianerfreunden vor einigen Jahren in den USA widerfahren ist... Es verwirrt mich... Ich fühle etwas, aber ich kann es nicht fassen. Das muss sich erstmal in mir setzen!", versuchte Yanko sich seiner Mutter zu erklären. „Du musst mir nichts erklären! Du bist mein Sohn, und du hast einfach ein Recht darauf zu erfahren, was mit deiner Familie so alles geschehen ist!"
Yanko sah sie an und hatte plötzlich einen Kloß im Hals. Wie sehr hatte er sie vermisst, ohne bewusst zu wissen, dass er es getan hatte. Wie sollten sie nur jemals all diese vielen verlorenen Jahre aufholen können? Ging das überhaupt noch? Wie sollte er dieses weit aufgerissene und vollkommen ausgehöhlte Loch in seinem Innern auch nur annähernd wieder auffüllen? Er kämpfte verzweifelt mit den Tränen und stand schließlich abrupt vom Tisch auf und ging hinaus auf die hintere Terrasse und schnappte nach Luft. Er steckte sich eine Zigarette an und sah in den Sternenhimmel hinauf.
Erschöpft hatte er sich gerade auf die kleine Mauer am Rand der Terrasse gesetzt, als seine Mutter zu ihm hinaus in die Nacht trat. Kaum hatte sie ihn in die Arme genommen, konnten beide ihre Tränen nicht mehr zurückhalten. Sie klammerten sich aneinander und weinten in den Arm des anderen.

Mala flog eine Woche später zurück nach St. Lucia, und Yanko hatte ihr versprochen bald nachzukommen. Er wollte noch ein paar Tage länger bei seiner Mutter bleiben, zumal Onkel Marios zusammen mit seiner Familie einen Besuch angekündigt hatte. Yanko hatte ihn zwar schon einmal gesehen, aber irgendwie hatte er das unerklärliche Gefühl ihn unbedingt nochmal treffen zu müssen.

In jener Nacht, als Yanko dann endlich im Bett lag und sich das Gespräch mit seinem Onkel nochmal durch den Kopf laufen ließ, wusste er nicht, ob es tatsächlich gut gewesen war, auf ihn gewartet zu haben.
Yanko konnte es sich gar nicht genau erklären, woher auf einmal der Impuls gekommen war, ihm diese Frage zu stellen. Doch sie war plötzlich, wie aus dem Nichts aufgetaucht. Sie stand im Raum, und er konnte zunächst den Zusammenhang gar nicht erkennen, wieso er in diesem Moment überhaupt darauf gekommen war. Doch in jenem Augenblick war ihm klar geworden, dass es sich nur um diesen Bruder seiner Mutter handeln konnte. Wie von selbst war Yanko aufgestanden und hatte Marios mit nach draußen gebeten. Dort hatte er ihm eine Zigarette angeboten, die sie zunächst schweigend geraucht hatten.
Dann hatte Yanko ihn gefragt: „Warum wolltest du, dass mein Vater aus eurem Lager verschwindet?“ Onkel Marios hatte die Augen weit aufgerissen und sich fast an seinem Rauch verschluckt. Umständlich hatte er sich geräuspert. „Nun... also... Was meinst du?“, hatte er dann etwas unbeholfen gestottert. Doch Yanko hatte deutlich gespürt, dass er ihn irgendwie unangenehm getroffen hatte. „Marios, ich war damals sechs Monate alt gewesen, als ich von meiner Mutter getrennt wurde, und es ist nur einem Wunder zu verdanken, dass wir uns wieder gefunden haben! Mein Vater ist tot! Ich kann ihn nichts mehr fragen! Du warst damals dabei gewesen, und du warst es ja anscheinend auch, so wie Minerva, meine Stiefmutter mir erzählt hat, der den Umgang zwischen meinem Vater und meiner Mutter verboten hatte. Minerva hat mir erzählt, dass du deiner Schwester ein Ultimatum gestellt hattest. Entweder Hadley sollte sie heiraten, oder er und ich verschwinden, oder du würdest deine Schwester mitsamt dem Baby verstoßen. Ich will nur wissen, warum! Für mich ergibt

das keinen Sinn, weil es überhaupt nicht nachvollziehbar ist, warum du so radikal drauf warst!“
Marios hatte erneut geschluckt, und es war offensichtlich gewesen, dass er sich überhaupt nicht mehr wohl in seiner Haut fühlte. Yanko hatte ihn mit einem durchdringenden Blick fixiert, und Marios konnte ihm nicht ausweichen. „Hör zu Yanko... Ich... Ich musste... Ich musste das tun! Angelika war noch so jung... und außerdem schon jemand anderem versprochen, den sie eigentlich auch gewollt hatte, bis zu dem Zeitpunkt, als dein Vater auftauchte. Dein Vater wollte sich aber nicht von Minerva trennen, und so war ich zu dieser Maßnahme gezwungen gewesen. Außerdem war meine Gruppe auch damit einverstanden gewesen!“, hatte Marios sich dann zu rechtfertigen versucht. Yanko hatte ihn weiter gemustert, und dabei erneut gefröstelt. „Minerva?... Du nimmst ihren Namen in deinen Mund, als ob du sie gut kennen würdest...“, hatte Yanko daraufhin weitergebohrt und war fest entschlossen gewesen, Marios nicht eher gehen zu lassen, bis er das Gefühl hätte eine einleuchtende Erklärung bekommen zu haben. Denn je mehr sie darüber gesprochen hatten, desto merkwürdiger war Yanko diese ganze Sache vorgekommen.
„Ja, ich kannte sie...“, hatte Marios dann zugegeben und sich noch eine Zigarette angezündet. „Woher?“ Yanko hatte einfach nicht locker lassen wollen. „Sie... Ich... Ich war zu eurem Lagerplatz gegangen, um Werbung für unser Gastspiel zu machen... Sie hat mir Kaffee gebracht... Sie war wunderschön... Yanko... Ich hatte mich auf der Stelle in sie verliebt... Doch sie hatte nur diesen Hadley im Kopf! Einen Zigeuner mit einem amerikanischen Namen...“
Yanko hatte kaum glauben können, was er da eben gehört hatte. „Was bitte? Was hast du gerade gesagt? Minerva und du? Wart ihr zusammen?“

„Ja... Nein... Ich meine ja, aber eben nicht so, wie ich es gerne gehabt hätte. Ich wollte sie heiraten! Doch sie wollte Hadley, trotz der Geschichte mit meiner Schwester, nicht verlassen. Sie liebte nur ihn!“ „Und deswegen warst du gekränkt und hast deine Wut an deiner Schwester und meinem Vater ausgelassen! Richtig?“, führte Yanko aufbrausend weiter.
Marios hatte Yanko verstohlen angesehen. „Ja... Ich war völlig krank vor Eifersucht... Hadley hatte Minerva, und er betrog sie hinterrücks mit meiner Schwester! Angelika liebte ihn, doch er wollte Minerva nicht verlassen, auch dann nicht, als meine Schwester mit dir schwanger war. Keiner von uns beiden hatte seine große Liebe bekommen, und deswegen musstet ihr aus unserem Leben verschwinden. Verstehst du?“
„Ehrlich gesagt? Nein! Überhaupt nicht!!! Was um Himmels willen gibt dir das Recht einer Mutter ihr Kind wegzunehmen? Und nur, weil du nicht die Frau bekommen hast, die du wolltest? Tut mir leid, aber das verstehe ich ganz und gar nicht!!!“ Yanko hatte sich die Haare gerauft und gehofft, dass er das alles nur träumen würde.
„Es tut mir leid, Yanko! Ich weiß jetzt, dass ich einen großen Fehler gemacht habe!“, hatte Marios daraufhin etwas zerknirscht eingeräumt und Yanko dabei eine Hand auf die Schulter gelegt.
Yanko hatte ihn angesehen und tief durchgeatmet. „Scheiße Mann!!! Verfluchte Scheiße!!!“ Yanko hatte versucht seine Fassung zu bewahren und sich schnell abgewendet, damit Marios seine Tränen nicht hatte sehen können, und auch um zu verhindern ihm eine zu knallen.
„Weiß deine Schwester davon?“, hatte Yanko dann nach einer Weile herausgebracht. „Nein... Das weißt nur du... bis jetzt.“, sagte Marios und hatte versucht dabei stark zu klingen. Yankos Faust war daraufhin dann aber doch so schnell in seinem Gesicht gelandet, dass Marios es fast nicht

mitbekommen hatte. Nur seine anschließend blutende Nase hatte bewiesen, dass Yanko ihn wirklich getroffen hatte. Im Anschluss daran hatte Yanko dann wortlos die Terrasse verlassen und sich, nachdem er allen anderen noch, so normal wie möglich, eine gute Nacht gewünscht hatte, mit einer Flasche Wein in seinem Zimmer verkrochen.

Am nächsten Morgen war Marios mit seiner gesamten Familie abgereist, und Yanko fand seine Mutter in Tränen aufgelöst in der Küche und setzte sich zu ihr. Er nahm sie in die Arme und wiegte sie so lange, bis sie aufhörte zu schluchzen. Anschließend nahm sie seinen Kopf in ihre Hände und sah ihm in die Augen. „Danke!“, sagte sie nur und küsste ihn auf beide Wangen. „Er hat es dir also endlich gesagt?!“, fragte Yanko. „Ja, gestern Nacht noch... Es tut ihm schrecklich leid... Er fühlt sich sehr schlecht damit! Er sagte, dass du ihm die Augen geöffnet hättest. Er hätte deswegen so lange geschwiegen, weil sein schlechtes Gewissen immer größer geworden wäre. Es ist gut, dass wir beide jetzt wissen, warum alles so gekommen ist.“ Yanko nickte. „Ja... schon... Es ist trotzdem schwer zu verstehen!“, sagte er und stand auf, um Kaffee zu machen. „Die Hauptsache ist, dass ich dich wiederhabe, und dass wir jetzt die Wahrheit wissen, auch wenn sie für uns noch so unbegreiflich ist!“, stellte seine Mutter fest, und Yanko tat es gut sie sprechen zu hören.
Ihre Stimme legte sich wie ein heilender Balsam um sein Herz und beruhigte ihn. Vielleicht war seine andauernde innere Unruhe ja auch darauf zurückzuführen, dass er die Stimme seiner Mutter so lange hatte entbehren müssen. Yanko sog den Klang in sich auf und hatte das Gefühl kurz vorm Verhungern zu sein. Er überlegte sich, ob er ihre Stimme aufnehmen sollte, damit er sich, wann immer er dieses Loch verspürte, an ihr nähren könnte.

„Hat er dir gesagt, dass ich gestorben wäre?“, fragte er noch, obwohl er im selben Augenblick wusste, dass es so gewesen war, und Angelika Katharina sah Yanko nur an und nickte.

Am nächsten Tag traf sich Yanko dann mit Maria und den Kindern in Athen. Sie hatte ihn angerufen und um ein Treffen gebeten. Yanko staunte nicht schlecht, als er auch Kenia erblickte, und seine Tochter und Jony stürmten gemeinsam auf ihn zu und ließen ihn erst einmal nicht mehr los.
Sie setzen sich schließlich in ein Café und sprachen über dies und das, nur nicht über ihre Beziehung. Yanko erzählte Maria auch nichts davon, dass Keith ihn in New Orleans an die Polizei verraten hatte, und dass er deswegen ein paar Wochen in Untersuchungshaft gesessen war. Er erzählte nichts von alldem, was ihn wirklich beschäftigte, weil er wieder einmal keine zusammenfassenden Worte fand, um ihr das alles in ein paar Minuten zu erzählen. Sie sah bezaubernd aus in ihrem langen, engen Kleid, und Yanko fragte sich ernsthaft, warum er ein gemeinsames Leben mit ihr nicht hinbekam. Maria sagte ihm nur, dass sie ihm verziehen habe, und dass sie ihn immer noch lieben würde. Yanko hörte zwar ihre Worte, doch sie fanden irgendwie nicht den Weg in sein Herz.
Yanko hatte dann noch mit Maria ausgemacht, dass Jony nun für eine Weile bei ihm bleiben durfte. Er wollte ihn bei sich haben, aber dass nun auch noch Kenia dabei war, erfreute ihn zutiefst. Die zwei waren immer noch unzertrennlich, und Yanko liebte die beiden einfach über alles. Mala hatte Kenia mit nach Griechenland genommen, und Maria hatte Kenia dann in Athen abgeholt. Dabei hatte sich Mala dann auch endlich bei Maria persönlich entschuldigen können. Doch Maria war auch ihr nicht mehr böse gewesen, und so hatten sich die beiden Frauen zum Abschied umarmt und es sehr schade gefunden, dass sie sich nur so kurz gesehen hatten.

Maria wollte Yanko mit Kenias Anwesenheit überraschen, und deswegen hatte ihm keine der beiden Frauen etwas davon erzählt.

Yanko blieb dann noch ein paar Tage mit den Kindern bei seiner Mutter. Angelika Katharina freute sich natürlich sehr ihre beiden jüngsten Enkelkinder nun endlich um sich zu haben und bedauerte es ebenfalls sehr, dass Yanko schon bald mit ihnen nach St. Lucia fliegen wollte, obwohl sie ihn auch verstehen konnte.
In der vorletzten Nacht wälzte sich Yanko im Halbschlaf hin und her und konnte das Bild von Keith nicht loswerden. Er tauchte momentan in jedem seiner Träume auf und ließ ihn nicht zur Ruhe kommen. Am nächsten Tag stand Yanko ziemlich gerädert auf und grübelte den ganzen Vormittag lang, ob er diesbezüglich etwas unternehmen sollte, und wenn ja was.
Zum Mittagessen hatte sich seine Schwester Irina angemeldet, und Yanko erzählte ihr schließlich von dem ganzen Dilemma mit seinem Bruder, und dass er wohl jetzt in Spanien wäre, sie aber alle überhaupt nicht wüssten wo genau. Irina schlug Yanko am Ende vor zusammen mit ihm nach Spanien zu fliegen, um dort seinen Bruder zu suchen. Zu zweit wäre das mit den Kindern auch besser zu händeln, und außerdem könnte sie so noch etwas mehr Zeit mit ihrem Neffen und ihrer Nichte verbringen.

Und so kam es, dass Yanko mit seinen Kindern und seiner Schwester zusammen nach Malaga flog und sich auf den Weg machte die Stecknadel im Heuhaufen zu suchen.

Die Luft roch nach Staub, und als Yanko sein Motorrad, das er sich in Malaga ausgeliehen hatte, an einem Parkplatz abstellte, um eine Zigarette zu rauchen, erfasste ihn die gewaltige Stille der Sierra Nevada. Er hatte das Gefühl plötzlich in Watte eingepackt zu werden und auf dem Mond zu stehen. Er ließ seinen Blick über die gewaltige Weite der Berglandschaft gleiten und holte tief Luft. Die Septembersonne brannte, und Yanko musste seine Jacke öffnen. Das einzige Geräusch weit und breit war das Zirpen der Zikaden. Eine Eidechse huschte plötzlich unter einem Stein hervor und verschwand so schnell wie sie gekommen war unter dem nächsten, dürren Strauch.
Er hätte Stunden hier verbringen können, doch der Gedanke an Keith ließ ihm keine Ruhe. Nachdenklich prüfte er, ob seine rechte Hand die nächsten Kilometer noch mitmachen würde. Er hätte sich auch ein Auto mieten können, aber es war schon immer ein Traum von ihm gewesen mit dem Motorrad durch die Sierra Nevada zu fahren. So nahm er sich zusammen und unterdrückte den Schmerz beim Gasgeben, so gut es ging, und der Fahrspaß entschädigte ihn ziemlich gut dafür, wie er fand. Er trat die Zigarette sorgfältig aus, setzte den Helm wieder auf und fuhr weiter. Das Fahren machte ihm so viel Freude, dass er spontan beschloss, sich so bald wie möglich ein Motorrad zu kaufen.
Eigentlich wusste er überhaupt nicht, wo er anfangen sollte nach seinem Bruder zu suchen. Logischerweise hätte er es eigentlich zuerst in Barcelona versuchen sollen. Dort hatten sie früher immerhin viele Jahre im Winterquartier verbracht. Doch es hatte ihn sofort nach Südspanien gezogen.
Nach Sevilla.

Als er am späten Nachmittag dort ankam, herrschte gerade Siesta. Nur ein paar wenige Bars hatten geöffnet. Er stellte das Motorrad auf einem kleinen Parkplatz ab, nahm seinen Rucksack, den er hinter sich auf den Sitz gespannt hatte und marschierte los. Er hatte keinen Plan und keine Ahnung, wo er anfangen sollte zu suchen. Schließlich kramte er das Foto von Keith aus der Brusttasche heraus und ging in die erstbeste Bar. Sein Körper verlangte plötzlich so dringend nach Alkohol, dass ihm kurz schwindlig wurde. Er setzte sich an die Theke und bestellte ein Bier. Nach etwa zehn Minuten hatte er drei davon getrunken und fühlte sich wieder etwas besser. Dann zeigte er dem Barkeeper das Bild, doch der wusste nichts von seinem Bruder. Yanko fragte ihn beim Bezahlen noch nach einer Unterkunft, und der Barkeeper erklärte ihm den Weg zu einer günstigen Privatpension.
Das Zimmer war klein, aber sauber, und nachdem Yanko sich etwas ausgeruht und geduscht hatte, machte er sich auf den Weg und stürzte sich ins Nachtleben von Sevilla. Er war total überrascht davon so viele Zigeuner anzutreffen und ebenso über die zahlreiche und grandiose Musik, die aus allen Ecken und Winkeln schallte. Er hatte zwar schon viel davon gehört, aber selbst war er noch nie hier gewesen. Yanko tauchte in die flirrende Atmosphäre ein und vergaß darüber fast, warum er überhaupt hergekommen war.
Er geriet in ein kleines Restaurant, in dem eine Gitanoband Flamenco spielte. Kaum war er als ihresgleichen erkannt worden, musste er auch schon ein Lied singen, und so ergab eins das andere. Er feierte mit seinen Leuten bis in die frühen Morgenstunden hinein, tanzte und trank und fühlte plötzlich wieder das Leben in sich pulsieren. Irgendwann am nächsten Tag erwachte er in den Armen einer wunderschönen Zigeunerin mit rabenschwarzen, langen Haaren, und er musste sich kurz besinnen, damit er sich erinnern konnte wo er war.

Sie ließ ihn nur sehr widerwillig gehen, und als er es dann endlich geschafft hatte, sich von ihren leidenschaftlichen Küssen zu befreien, schickte sie ihm noch augenzwinkernd ein paar Flüche mit auf den Weg. Yanko musste schmunzeln. Irgendwie hatte er es vermisst, obwohl er sich fast nicht daran erinnern konnte, jemals so gelebt zu haben.
Er ging einen Kaffee trinken und nahm seine Suche wieder auf. Am späten Nachmittag, als er das Gefühl hatte schon in jeder Kneipe gewesen zu sein und alle Leute nach Keith gefragt zu haben, kam er an einer kleinen, versteckten Bar vorbei, die von außen nicht besonders einladend aussah. Er beschloss, dass dies die letzte Bar sein sollte, die er aufsuchen würde. Und wenn hier wieder niemand war, der Keith gesehen hatte, würde er weiterfahren.
Er fragte direkt, ohne vorher etwas zu bestellen und zeigte der schon etwas älteren Frau hinter dem Tresen das Bild von seinem Bruder. Die Frau verschwand ohne ein Wort zu verlieren in der Küche und kam erst einige Minuten später wieder heraus. Sie reichte Yanko einen Zettel auf dem eine Adresse notiert war und erklärte ihm ohne mit der Wimper zu zucken, wie er dort hinfinden würde. Yanko bedankte sich und verließ das Lokal. Ihm kam das alles zwar irgendwie merkwürdig vor, dennoch beschloss er auf jeden Fall dort hinzufahren.
Nach ungefähr einer halben Stunde Fahrt hatte er das Haus dann schließlich gefunden. Es lag etwas außerhalb der Stadt und war unmöglich per Zufall zu finden. Man musste schon genau wissen, wie man fahren musste. Dort angekommen stellte er das Motorrad ab und ging auf das kleine, terracottafarbene und hinter Bäumen versteckte Steinhaus zu. Außer den Zikaden war kein weiteres Geräusch zu vernehmen, und als er an der Haustür ankam, konnte er auch keine Klingel oder etwas Ähnliches finden. So klopfte er an

die Tür und wartete gespannt. Doch auch nach mehreren Minuten rührte sich nichts, und Yanko begann zu rufen. Aber auch daraufhin gab es keine Reaktion. Vorsichtig ging Yanko dann um das Haus herum, und als er auf der Rückseite ankam, erblickte er einen großen Swimmingpool und links daneben einen Liegestuhl. Langsam trat er näher und traute seinen Augen kaum.
In dem Liegestuhl lag Keith und schlief tief und fest.
Yanko musste unweigerlich grinsen. Er hatte ihn gefunden! Leise stellte er seine Sachen ab und zog sich aus. Dann nahm er Anlauf und sprang mit einem Riesensatz in den Pool. Das Wasser spritzte seitlich weit über den Beckenrand hinaus und mitten in Keiths Gesicht. Keith schreckte sofort hoch und wusste erst gar nicht was los war. Dann sah er Yanko grinsend wie ein Honigkuchenpferd im Wasser stehen. Im ersten Moment begann er schallend zu lachen, und Yanko dachte schon, dass alles gut sei und wollte aus dem Wasser steigen. Doch plötzlich verstummte Keith, stand auf und verließ mit steinerner Miene wortlos die Terrasse. Er verschwand im Haus und zog die Glasschiebetür fest hinter sich zu.
Yanko sprang augenblicklich aus dem Pool und lief Keith hinterher. Doch die Tür war verschlossen. „Hey Keith! Mach auf! Na los, mach schon! Komm wieder raus!“, rief Yanko ihm durch das Glas nach und konnte gerade noch sehen, wie Keith in eines der Zimmer huschte. Yanko hämmerte gegen die Glasscheibe und rief wieder nach ihm. Doch vergebens. Yanko seufzte und ging zurück an den Pool. Er holte Zigaretten und setzte sich an den Rand des Beckens, ließ die Füße ins Wasser baumeln und steckte sich eine an. Er würde hier warten bis sein Bruder wieder herauskam. Irgendwann würde er ja hinaus müssen. Schließlich legte sich Yanko auf die warmen Steine und war einfach nur froh, dass er ihn gefunden hatte.

Erst als der Mond schon längst aufgegangen war, kam Keith mit einer Flasche Wein und zwei Gläsern zurück und setzte sich an den Tisch. „Oder willst du Wasser?“, war das Erste was Keith dann, seit ihrer letzten Begegnung in New Orleans, zu Yanko sprach. Yanko stand auf und ging zu ihm rüber. „Nein, Wein ist gut!“, antwortete Yanko und war im Nachhinein froh gewesen, dass er noch etwas Brandy in seinem Gepäck gehabt hatte, denn sonst hätte er hier nicht solange warten können. Yanko setzte sich zu Keith, der ihm ein volles Glas entgegenschob. „Sastipe!“, sagte Keith. „Sastipe, muro phral!“, wünschte Yanko ihm.
Es war schwer einen Anfang zu finden, und so rauchten sie erst schweigend ein paar Zigaretten und tranken die erste Flasche leer, bevor sie zu Worten greifen konnten.
„Wie hast du mich gefunden? Und warum bist du gekommen?“, begann Keith schließlich, und er hätte heulen können, so froh war er darüber, dass sein Bruder wieder neben ihm saß. Yanko sah ihn an. „Intuition... Keine Ahnung... Ich bin einfach hierher gefahren. Ich habe davon geträumt dich zu suchen... So kann das doch auch mit uns nicht weitergehen!“ Keith seufzte und konnte jetzt ein paar Tränen doch nicht unterdrücken. „Es tut mir so leid! Ich weiß nicht, was in mich gefahren war... Aber ich habe mich absolut beschissen gefühlt, und du warst so dermaßen abgedreht drauf! Ich... Es... Ich habe dich verraten, und keiner kann mir diese Schuld nehmen!“, schluchzte Keith leise und trank sein Glas mit einem Zug aus.
Yanko lehnte sich über den Tisch und legte eine Hand auf Keiths Schulter. „Hey Bruder, die Aktion von dir in New Orleans war wirklich Scheiße, und ich habe es bis heute nicht wirklich verstanden, aber egal, du bist mein Bruder, und ich will dich nicht verlieren! Ich war auch nicht gerade fair zu dir, was zum Beispiel Mala betrifft. Aber nochmal egal, wir

können von mir aus das alles vergessen und neu anfangen! Verdammt Keith, du fehlst mir!“ Keith atmete tief durch und musste Yanko dann angrinsen. „Du fehlst mir auch, du verdammter, starrköpfiger und total verdorbener Bastard!“ Beide standen wie verabredet auf und nahmen sich in die Arme. „Schön, dass du da bist!“, flüsterte Keith und drückte seinen kleinen Bruder an sein Herz.
Yanko blieb zwei Tage, und sie nutzten diese Zeit, um über alles zu reden. Und sie schafften es tatsächlich wieder Frieden in ihre Angelegenheit zu bringen. Aber Keith war noch nicht bereit, wieder zurück nach Sheddy und zurück zu SAN DANA zu kommen. Er war an einem Punkt in seinem Leben angelangt, an dem er sich zutiefst nach einem Sinn sehnte und sich fragte, wie er den je in seinem Leben finden könnte. Er erzählte Yanko, dass er sich noch niemals wirklich selbst gespürt hätte, und dass er viel Zeit bräuchte, um sich über das alles klar zu werden.
Als Yanko mit dem Motorrad wieder in Richtung Küste unterwegs war, fühlte er sich zufrieden und traurig zugleich. Er spürte Keiths Zerrissenheit, seine Verzweiflung und seine Orientierungslosigkeit und fragte sich, wie er ihm nur helfen könnte. Sein Herz war angefüllt mit der Freude seinen Bruder gefunden zu haben und mit ihm wieder in Frieden zu sein, doch auf der anderen Seite füllte ihn auch eine tiefe Ratlosigkeit aus, die er ebenso in Bezug auf sich selbst spürte.

Er verbrachte noch ein paar wenige, aber wunderbar entspannte Tage zusammen mit seinen Kindern und seiner Schwester an einem Strand in der Nähe von Almeria. Sie bauten Burgen, verbuddelten sich gegenseitig im Sand, und Yanko diente im Wasser, soweit es seine Rippen wieder zuließen, als Sprungbrett für seine zwei Kleinen. Sie hatten sehr viel Spaß zusammen, und Yankos Schweregefühl fiel etwas von ihm ab. Er genoss es sehr abends mit seiner Schwester noch lange zusammen zu sitzen und sie besser kennenzulernen, und er freute sich immer mehr darüber, dass dieser wunderbare Mensch in sein Leben getreten war. Irina gab ihm das Gefühl nicht allein auf der Welt zu sein, und sie hatte das großartige Talent ihm unaufgefordert Dinge zu entlocken, von denen er selbst nicht einmal wusste, dass sie überhaupt in ihm existierten, vor allem was sein Familienbewusstsein betraf. Yanko erkannte nach und nach, dass er sich eigentlich total nach einem harmonischen und sehr engen Familienleben sehnte. Es war ihm einfach so noch nie bewusst geworden, denn schon als Kind hatte er sich immer eher von den für ihn meistens als einengend empfundenen Familienstrukturen abgesetzt. Er liebte zwar die Feste und die Gemeinschaft, die das Leben in der Gruppe und später im Zirkus mit sich gebracht hatte, dennoch hatte er sich auch immer wieder zurückgezogen. So wie es heute immer noch ist, stellte Yanko fest und dachte dabei an die Familientreffen bei Keith in Sheddy, als sie den Zirkus noch nicht hatten. Und er erkannte, dass diese Sehnsucht immer noch tief in ihm verwurzelt war. Er hatte sich nur im Laufe der Zeit damit abgefunden und vergessen, dass er durchaus mal davon geträumt hatte, wie er gerne leben würde. Vielleicht war es ihm aber auch nur deshalb nicht klar, weil dieses Rückzugsmuster schon immer sehr präsent in seinem Leben gewesen war.

Die Luft war erfüllt von dem leicht süßlichen Geruch verschiedenster tropischer Pflanzen. In ihrem Garten blühte es ohne Unterlass, und auch die Mangos hingen schwer und reif von den Bäumen herunter.
Die erste Zeit zusammen mit Mala in ihrem Haus auf St. Lucia verlief ruhig und heilsam. Yankos Seite schmerzte nur noch ganz selten, und er bemühte sich, so wenig wie möglich zu trinken, was ihm auch ziemlich gut gelang. Er genoss Malas Leichtigkeit und gute Laune und vergaß dabei fast, dass es noch etwas anders auf der Welt außer ihm, Mala, Kenia und Jony gab. Die zwei Kinder verstanden sich prächtig mit Mala, und bereits nach kurzer Zeit waren sie schon wie eine richtige Familie zusammengewachsen. Malas Mutter war zwar oft bei ihnen drüben, denn sie wohnte in der anderen Hälfte des Hauses, aber sie ließ sie auch angemessen in Ruhe. Yanko werkelte am Haus herum, reparierte hier und da etwas und fühlte sich zum ersten Mal seit Langem, für ihn wie nach einer Ewigkeit, wieder irgendwo zu Hause und geborgen. Er spürte, wie sich sein Energietank wieder zu füllen begann, allerdings musste er dabei erkennen, dass es wohl noch eine ganze Weile dauern könnte, bis er wieder vollkommen aufgefüllt sein würde.
Kenia und Jony rannten den ganzen Tag mit den anderen Kindern, die in dem kleinen Dorf wohnten durch die Gegend und waren somit vollauf beschäftigt. Abends saßen sie dann erschöpft und zufrieden am großen Tisch, der draußen im Hof stand und erzählten beim Abendessen was sie alles Aufregendes erlebt hatten. Yanko und Mala amüsierten sich köstlich über die beiden, die kaum etwas ohne den anderen unternahmen. Kenia schlief auch nicht ohne Jony und umgekehrt genauso.

Nach ein paar Tagen schon entdeckte Yanko auf einer kurzen Spritztour, etwas außerhalb an einem wunderschönen Strand, einen Surfshop mit Verleih. Er parkte sofort das Auto und ging in den Laden. Und nach weniger als zwanzig Minuten war er bereits draußen auf dem Meer und genoss seine erste, bis auf seine Hand, schmerzfreie Fahrt. Erst war es etwas ungewohnt für ihn mit Segel zu surfen, aber nach ein paar Stunden hatte er es schon ziemlich gut raus.
Von nun an ging er jeden Tag zum Surfen und freundete sich auch ziemlich schnell mit dem Besitzer des Ladens an. Und schon nach kurzer Zeit half er Nino im Laden aus und unterrichtete die Anfänger auf den Brettern. Nino hatte sofort erkannt, dass Yanko Talent hatte und so brachte er ihm nur noch das nötige Fachwissen bei, das er für die Surfschüler brauchen würde. Yanko vertiefte sich total in die Materie und war, so oft es nur ging, draußen auf dem Meer.
Eines Abends, als Yanko nach stundenlangem Surfen zurück an den Strand kam, stand Nino draußen und fragte ihn, ob er noch etwas vorhabe, oder ob er mit ihm zusammen was trinken wolle. Yanko überlegte kurz, doch dann willigte er ein. Seine rechte Hand tat ziemlich weh, und er war froh nicht gleich Autofahren zu müssen. Er sagte Mala kurz Bescheid, dass es später werden würde. Dann schlossen sie den Laden ab, und Nino nahm Yanko mit zu einer kleinen Strandhütte, die nur wenige Minuten Fußweg entfernt lag. Da saßen sie dann im Sand unter dem Schilfdach der Hütte und tranken Bier und Brandy.
Es war das erste Mal, dass Yanko und Nino sich außerhalb des Surfladens sahen, und Yanko redete plötzlich auf Romanes, ohne es zu bemerken. Das passierte ihm ab und an schon mal, wenn er mehr in Gedanken, als in der Realität war. Nino hingegen war im ersten Moment natürlich total perplex gewesen, antwortete ihm jedoch postwendend in derselben

Sprache. Beide mussten daraufhin natürlich lauthals über diesen kuriosen Moment lachen und umarmten sich schließlich vor Freude.
Nino war ein Gitano aus Spanien. Seine Frau und seine beiden Töchter waren vor ein paar Jahren wieder dorthin zurückgekehrt. Ihnen war das Leben auf der Insel zu einsam und langweilig geworden. Nino hingegen wollte gerne bleiben, und als er dann noch herausgefunden hatte, dass seine Frau in Spanien einen Geliebten hat, hatte er sich endgültig von ihr getrennt.
Lachend, und nach unzähligen Flaschen Bier und Brandy stolperten die beiden spät in der Nacht volltrunken wieder in Richtung Laden zurück, und Nino schlug Yanko vor, dass er doch lieber hier schlafen solle. Yanko sah ihn an. „Gute Idee!“ Nino öffnete die Tür und holte eine Luftmatratze aus den Duschräumen und legte sie im hinteren Teil des Ladens auf den Boden. Von einem Regal zupfte er ein Bettlaken herunter und rollte eine Decke aus, die daneben gelegen hatte. „Voilà! Ich hoffe, es ist ok so!“, sagte Nino und musste sich beim Aufstehen an einer Regalstange festhalten, sonst wäre er fast umgekippt. Yanko musterte ihn amüsiert. „Für dich wäre es auch besser, wenn du nicht mehr fährst!“, stellte er fest, und Nino blickte ihn aus seinen fast schwarzen Augen an. „Hmm, könnte sein!“, überlegte Nino und wusste nicht so recht, ob das wirklich eine gute Idee war. Er könnte auch laufen. In ungefähr einer Stunde wäre er zu Hause, oder er könnte ein Taxi anrufen. Doch dann fiel ihm ein, dass sich um diese Uhrzeit mit Sicherheit kein Taxi mehr in diese Gegend verirren würde. Yanko ging währenddessen an den Kühlschrank und holte nochmal zwei Bier heraus und drückte Nino ungefragt eine geöffnete Flasche in die Hand.
Gegen fünf Uhr morgens fielen sie schließlich beide sturzbetrunken auf die Luftmatratze und schliefen sofort ein.

Der Regen zog wie ein Vorhang über das Meer, und mit ihm kam der Wind.
Yanko war klar, dass an so einem Tag niemand zum Surfshop kommen würde. Nino war in die Stadt gefahren, um ein paar Dinge zu erledigen und einzukaufen. Yanko beschloss daher den Wind zu nutzen. Er schloss die Ladentür ab, legte den Schlüssel auf einen der Balken unter das Dach, zog den Neoprenanzug an und schnappte sich sein Brett. Er nahm das kleine Segel, und schon war er auf dem Meer draußen. Der Wind peitschte das Wasser, und es gab kaum Wellen. Der Atlantik war heute tief dunkelgrün, und an manchen Stellen fast schon braun gefärbt. Der Regen prasselte ihm ins Gesicht, und das Surfbrett preschte über das Wasser. Stunde um Stunde zog Yanko seine Bahnen auf dem Ozean und verlor dabei jegliches Raum- und Zeitgefühl.
Er kam erst wieder zu sich, nachdem es fast schon zu spät war. Sein Kreislauf war plötzlich zusammengebrochen und er mitsamt dem Segel ins Wasser gestürzt. Yanko gelang es erst nach einer Weile sich wieder herauszuziehen. Er setzte sich benommen auf das Brett und hustete sich die Lungen wieder frei. Erst jetzt bemerkte er, dass er zitterte und wunderte sich, dass er vorher keinerlei Anzeichen oder irgendetwas in dieser Richtung verspürt hatte. Mit einem Mal wurde ihm schwindlig und schlecht, und er musste sich kurz hinlegen.
Dann mobilisierte er all seine Kräfte und versuchte an Land zu kommen. Doch er brauchte allein schon fast eine halbe Stunde, um von dort aus, wo er war, überhaupt wieder in Sichtweite des Surfshops zu kommen. Der Regen hatte zwar mittlerweile aufgehört, doch der Wind nahm ständig zu und trieb ihn jedes Mal wieder aufs Meer hinaus, wenn er eine Pause einlegen musste. Schließlich legte er erschöpft das Segel aufs Brett und paddelte mit den Armen in Richtung Strand.

Nach einer weiteren halben Stunde erfolglosen Paddelns, war er am Ende seiner Kräfte. Er drehte sich auf den Rücken und blinzelte in den Himmel. Er hatte keine Angst, und er ärgerte sich auch nicht. Es war eben so. Er genoss das Plätschern unter seinem Brett, soweit es seine Entzugserscheinungen noch zuließen.

Das herannahende Motorengeräusch drängte sich wie durch dichte Watte in sein Bewusstsein, und es ärgerte ihn fast gestört zu werden. Nino zog ihn ins Boot und hängte das Surfbrett hinten an. „Was ist denn um Himmels willen passiert? Bist du verletzt?“, rief Nino und half Yanko dabei sich zu setzen, der mittlerweile am ganzen Körper zitterte. Und da Yanko ihm nicht gleich antwortete, gab Nino Gas und raste zum Ufer zurück. Kaum waren sie am Surfshop angekommen, stolperte Yanko in den Laden und riss ein Bier aus dem Kühlschrank. Zitternd schüttete er das Bier in sich hinein und trank gleich noch ein zweites hinterher. Leider war kein Brandy da, der hätte schneller gewirkt. Nino stand zunächst verwundert in der Tür, doch plötzlich dämmerte ihm, was los war.

Nino trat zu ihm. „Hey, zieh erst mal den Anzug aus! Du musst dich aufwärmen! Na los, komm schon!“ Nino zerrte an dem Neoprenanzug herum, doch Yanko machte ein paar Schritte rückwärts. „Lass!... Ich mach das schon!... Brauch nur noch einen Moment!“, wehrte Yanko leise ab und ging hinaus und setzte sich auf die Bank neben der Tür. Er lehnte seinen Kopf an die Wand und schloss dabei die Augen. Es dauerte eine Weile, bis er sich etwas erholt hatte und das flaue Gefühl in der Magengegend wieder verschwunden war. So merkwürdig und plötzlich hatte er bisher noch keine Entzugssymptome bekommen, und er fragte sich, ob das nun ein Zeichen dafür sei, dass es jetzt schlimmer geworden war, oder ob es einfach nur deswegen anders gekommen war, weil

er durch das Surfen die Zeit vergessen, und deshalb den Anfang irgendwie verpasst hatte.
Nino setzte sich zu ihm auf die Bank und drückte ihm ein Handtuch in die Hand. „Danke!“, sagte Yanko und begann den Anzug auszuziehen und sich abzutrocknen. So langsam kamen seine Lebensgeister wieder zurück, und er stand schließlich auf um sich umzuziehen. Mit einem weiteren Bier bewaffnet, setzte er sich danach wieder zu Nino und steckte sich eine Zigarette an.
„Danke Nino!... Danke, dass du mich rausgeholt hast!... Naja, jetzt weißt du ja was los ist... Und es tut mir leid, dass das eben hier passiert ist... Ich habe es einfach vor lauter surfen nicht mitbekommen...“ Nino sah ihn durchdringend an. „Du hättest ertrinken können! Ist dir das klar? Verdammt!!! Scheiße Mann!!!“, warf Nino ihm ziemlich aufgewühlt vor.
Yanko sah aufs Meer hinaus. Der Wind pfiff immer noch gewaltig, aber durch den Surfshop geschützt, ließ es sich gut im Freien aushalten. „Ja, ich weiß! Wie gesagt, es tut mir leid, und es kommt nicht wieder vor!“, sagte Yanko und stand auf. „Wo willst du hin?“, fragte Nino und konnte dabei erkennen, dass Yanko unter seiner Bräune noch sehr blass war. „Nach Hause!“, nuschelte Yanko und drückte die Zigarette halbherzig in dem großen Standaschenbecher neben der Eingangstür aus. Dann verschwand er im Laden, um seine Sachen zu holen. Nino kam ihm hinterher. „Moment mal! So fährst du mir kein Auto! Bleib noch ein bisschen und ruh dich aus! Ich fahre dich dann.“, sagte Nino vehement und nahm sich fest vor, Yanko jetzt nicht gehen zu lassen. Yanko fühlte sich allerdings schon wieder recht gut. „Danke, aber es geht schon wieder! Wirklich!“
Doch Nino versperrte ihm die Tür.

In diesem Moment legte sich der Wind, und die Sonne kam hinter den dunklen Wolken hervor und schickte ihre warmen Spätnachmittagsstrahlen an Nino vorbei in den Laden.
Yanko wollte an ihm vorbei ins Freie treten, doch Nino ließ ihn nicht durch. Yankos nasse Haare streiften sein Gesicht, und Nino hatte plötzlich seinen Geruch in der Nase. „Du bleibst, und wir reden!“, befahl Nino sanft und musste kurz von einem Fuß auf den anderen treten, damit er mit allen Sinnen im Hier und Jetzt blieb. Yanko sah ihm in die Augen und schien zu überlegen. „Ok... Worüber?“ Yanko stellte seine Sachen wieder ab und trat einen Schritt zurück. Nino entspannte sich etwas. „Zum Beispiel darüber, warum du trinkst!“ Yanko wendete sich etwas genervt zur Seite. „Oh nee! Das ist doch egal! Ich will darüber nicht reden! Ok?“ Yanko drehte sich wieder um. Nino überlegte kurz, und er kam schnell zu dem Schluss, dass Yanko heute Abend mit Sicherheit noch mehr trinken würde, also könnte er auch hier mit ihm trinken. Nino holte schließlich kurz entschlossen zwei Bier aus dem Kühlschrank und setzte sich draußen auf die Bank und wartete einfach. Yanko kam dann doch nach ein paar Minuten zu ihm hinaus und schnappte sich das andere Bier.
Die Sonne wärmte den frühen Abend, und das Licht brach sich in Yankos Augen als er Nino ansah, um ihm zuzuprosten. Nino musste sich plötzlich ehrlich fragen, ob er Yanko nur deswegen hierbehalten wollte, weil er sich ernsthaft Sorgen machte, oder ob es auch noch einen anderen Grund dafür gab. Den Grund.
Diesen einen Grund, weshalb ihn seine hiesige Freundin vor gar nicht allzu langer Zeit verlassen hatte. Es passierte ihm nicht oft, aber wenn es passierte, dann wurde es schwer für ihn sich zurückzuhalten. Bis jetzt war es ihm genauer gesagt fünfmal so ergangen. Zweimal war er zudem richtig verliebt

gewesen. Davon war es einmal sogar zu einer kurzen Beziehung gekommen. Die anderen drei Male wollte er lieber vergessen, denn zweimal hatte er deswegen eine gute Freundschaft verloren, und das andere Mal wurde er sogar krankenhausreif geschlagen.
Nino suchte in Yankos Verhalten nach dem kleinsten Detail, was ihm verraten könnte, wie Yanko darauf reagieren würde, wenn er das täte, was er jetzt gerade am liebsten tun würde. Doch er fand nichts. Also trank Nino weiter und versuchte diese Gedanken wieder aus seinem Kopf zu bekommen.
„Vielleicht solltest du deine Sucht auf das Surfen umstellen!? Ist bestimmt gesünder!“, versuchte Nino das Gespräch zu eröffnen. Yanko musste lachen. „Gute Idee! Nur muss ich dafür erst mal den Alkohol loswerden!... Mach ich auch bald wieder... aber ich hasse den Entzug... Ich hasse das Trinken aber oft genauso sehr!“ Yanko seufzte und zündete zwei neue Zigaretten an und reichte Nino eine rüber, ohne ihn dabei anzusehen. „Verstehe ich! Ich meine, ich bin zwar körperlich nicht abhängig, aber ich saufe auch ganz ordentlich! Vor allem seit meine Frau und meine Kinder weg sind!“, gab Nino zu und fühlte, dass es ihm gut tat, das mal gesagt zu haben, denn diese Tatsache war ihm bis jetzt noch nicht wirklich so bewusst gewesen. Yanko sah ihn plötzlich an, und Nino versank augenblicklich wieder in seinen Augen. Er musste wegschauen. „Pass auf, dass es nicht so weit kommt! Das ist nämlich echt richtig Scheiße!“ Und Nino nickte bloß als Antwort.
Yanko hätte nach Hause fahren sollen, doch irgendwie schaffte er es nicht sich aufzuraffen. Er fand es total schön hier mit Nino zusammen auf der Bank vor dem Laden zu sitzen und Bier zu trinken, dabei aufs Meer hinauszuschauen und sich zu unterhalten. Nino verriegelte noch den Schuppen, in dem die Bretter standen, und Yanko beobachtete ihn dabei.

Kurz fragte er sich, wie es wohl sein würde Nino zu küssen. Doch diesen Gedanken ließ er gleich wieder fallen. Er konnte Nino diesbezüglich überhaupt nicht einschätzen, und die Freundschaft zu ihm war ihm inzwischen so wichtig geworden, dass er sie nicht unnötig aufs Spiel setzen wollte. Er verdrängte den Gedanken wieder und lehnte sich entspannt zurück.
Nino kam zurück, und sie redeten und lachten, und zwischendurch schob Nino noch ein paar Pizzateile in den kleinen Backofen, den er für Snacks und Sandwichs in seinem Laden stehen hatte. Sie verbrachten den ganzen Abend und die halbe Nacht auf der Bank, und die Biervorräte nahmen dementsprechend rasant ab.
Doch nach einer Weile kam es wieder zurück, und Yanko war von jetzt auf nachher total scharf auf Nino. Mit einem Mal konnte er sich kaum beherrschen nicht einfach über ihn herzufallen. Yanko entschloss sich daher, jetzt doch lieber schnell zu gehen. Selbst wenn sich Nino wider Erwarten darauf einlassen würde, sah er überhaupt keinen Sinn darin schon wieder etwas Neues anzufangen. Und überhaupt, was war eigentlich mit ihm und Ron? Hatte er ihn schon vergessen?
Ron.
Er musste hier weg und zwar ganz schnell!
Yanko stand daher ziemlich plötzlich auf und ging fast fluchtartig zur Eingangstür. „Was machst du? Yanko, du kannst jetzt nicht fahren! Hey, du kannst gerne wieder hier schlafen!“, sagte Nino schnell. „Ich weiß, aber das geht nicht... Es ist zu stickig da drin... Ich... Ich schlafe im Auto!“, redete Yanko sich heraus und ging in den Laden, um endgültig seine Sachen zu holen. Außerdem war es schon ziemlich spät geworden, und in wenigen Stunden würde die Sonne aufgehen.

Nino sprang ihm spontan hinterher und stellte sich ihm wieder in den Weg. „Was ist los? Warum so plötzlich?“, fragte er und sah Yanko dabei in die Augen. „Nichts... Lass mich einfach gehen... Ich bin müde.“ Nino gab schließlich die Tür frei, obwohl er ihn eigentlich gar nicht gehen lassen wollte, und Yanko trat hinaus ins Freie. Er holte tief Luft. „Schlaf gut, Nino... Und vielen Dank nochmal!“, sagte er leise und kramte noch eine Zigarette aus der Packung. „Ja, du auch!... Sehen wir uns nachher?“, fragte Nino und konnte dabei genau spüren, dass Yanko sich über irgendetwas Gedanken machte. „Ja... klar!“, murmelte Yanko und bot Nino auch noch eine Zigarette an. Nino nahm sie, und so standen sie mitten in der Nacht vor dem Laden und rauchten.
Plötzlich ergriff Nino Yankos Unterarm. „Du musst nicht gehen, hörst du?!... Ich... Ich will nicht, dass du gehst!“, sagte Nino dann und verfestigte dabei seinen Griff. Innerlich betete er, dass Yanko dieses Zeichen richtig deuten möge. Yanko sah in an. Ninos dunkle Haut schimmerte im Mondlicht, und er hatte in diesem Moment eine umwerfend erotische Ausstrahlung auf ihn. „Nino, das geht nicht... Ich kann sonst für nichts garantieren!“, rutschte ihm deswegen dann doch heraus, was er eigentlich gar nicht erwähnen wollte.
Wenn Yanko Nino in die Augen sah, hatte er das Gefühl sich selbst zu sehen. Sie waren sich von ihrem ganzen Wesen her so ähnlich, dass es Yanko eigentlich nicht wunderte, dass Nino das eben gesagt hatte, obwohl er überhaupt nichts von Nino in dieser Richtung wusste. Er hatte noch nicht einmal eine Ahnung davon, mit wem, geschweige denn, ob er überhaupt momentan mit jemandem zusammen war. Und unwillkürlich dachte er noch, dass es eigentlich seltsam war, dass sie sich darüber noch gar nicht unterhalten hatten. Dann besann sich Yanko wieder, denn sicherlich hatte Nino ihm das eben nur aus reiner Freundschaft gesagt, und den leisen,

verführerischen Unterton hatte er sich bestimmt nur eingebildet, zudem hatte Nino ja auch ordentlich gesoffen. Yanko machte sich los und schulterte seinen Rucksack. Und dann hatte er urplötzlich Ninos Hand im Nacken. Ohne weiter zu zögern, zog Nino ihn zu sich und küsste ihn so unvermittelt gleich direkt auf den Mund, dass Yanko schwankte und sich am Türrahmen festhalten musste. Yanko wusste gar nicht wie ihm geschah und wunderte sich nur, wie schnell Nino ihm sein Hemd ausgezogen, und ihn wieder zurück in den Laden geschoben hatte. Nino schloss schnell die Tür ab, und dann gab es kein Halten mehr. Sie liebten sich so leidenschaftlich, dass sie am nächsten Morgen einige Sachen wieder zurück in die Regale räumen mussten.

Die Zeit, die Yanko von nun an bei Nino im Surfshop verbrachte, wurde von Tag zu Tag länger, und auch die Nächte in denen er nicht nach Hause kam, mehrten sich. Es war nur eine Frage der Zeit, bis jemand die beiden erwischen, und es sich wie ein Lauffeuer über die ganze Insel verbreiten würde, dass sie ein Verhältnis miteinander hätten. Es war ihnen beiden klar, doch eigentlich war es ihnen auch egal. Yanko erzählte Nino von Ron, und Nino erzählte Yanko von seinen kleinen Affären, die er hier auf St. Lucia, sowohl mit Frauen, als auch mit Männern gehabt hatte. Ihre Geschichten unterschieden sich nur insofern, dass Yanko immer noch versuchte ein heiles Familienleben aufzubauen, während Nino es schon aufgegeben hatte. Was die beiden aber nicht gleich bemerkten, war, dass sie sich mit jeder Minute, die sie länger miteinander verbrachten, immer mehr ineinander verliebten.

Mala kannte Nino schon eine ganze Weile, und sie mochte ihn sehr gerne. Als sie erfahren hatte, dass Yanko Ninos Surfshop aufgetrieben, und die beiden sich angefreundet hatten, lud sie

Nino desöfteren abends ein, mit ihnen gemeinsam zu essen. Nino nahm die Einladungen eigentlich sehr gerne an, obwohl er die erotische Spannung zwischen ihm und Yanko an diesen Abenden nur mit sehr viel Alkohol aushalten konnte.
Yanko ging es nicht anders, und er überlegte hin und her, ob er Mala nicht doch davon erzählen sollte. Aber dann ließ er es immer wieder sein. Er liebte sie, und er wollte diese Idylle, die sie hier zusammen aufgebaut hatten, nicht unnötig aufs Spiel setzen. Aber er war nicht gerade auf dem besten Weg dazu, das alles aufrecht zu erhalten, denn er blieb immer häufiger und länger fort. Allerdings achtete er darauf, dass seine Erklärungen Mala gegenüber wenigstens halbwegs der Wahrheit entsprachen. Mittlerweile hatte er mit den Surfschülern so viel zu tun, dass er schon deshalb lange weg sein musste, und außerdem verdiente er damit auch ziemlich gut Geld. Das Geld hätte er zwar nicht wirklich gebraucht, denn der Zirkus warf mehr als genug für ihn und Mala ab, dennoch lieferte ihm dieses Argument ein zusätzliches gutes Alibi. Aber die ganze Wahrheit war es eben doch nicht, und deswegen hatte er wieder einmal ein schlechtes Gewissen, was ihn aber trotzdem in keiner Weise davon abhielt, so viel Zeit wie möglich mit Nino zu verbringen.

Ziemlich zeitgleich geschah es auch, dass Yanko wiederholt schweißgebadet aus dem Schlaf hochschreckte und für Sekunden nicht wusste, wo er war. Er hatte zum x-ten Mal dieses lodernde Feuer gesehen und vor allem diesen markerschütternden Schrei gehört, der ihm schier die Sinne raubte. Wieder einmal war kein Gesicht klar zu erkennen gewesen, jedoch hatte er dieses Mal erahnen können, dass um das Feuer ein Kreis von Menschen stand, und er hatte seinen Hund gesehen.
Mala erwachte ebenfalls und legte tröstend ihren Arm um ihn. „Komm Liebster, leg dich wieder hin! Das war nur ein Traum!“, versuchte sie ihn zu beruhigen. Aber Yanko konnte sich nicht beruhigen, und so stand er auf und ging hinaus eine rauchen. Der Traum lag ihm wie ein Zentner Blei auf der Brust und schnürte seinen Magen so zusammen, dass ihm schlecht davon war. Yanko leerte noch ein paar Gläser Whisky, bevor er wieder ins Bett ging, um nach zehn Minuten wieder aufzustehen. Er fand einfach keinen Schlaf mehr in dieser Nacht. Er ging spazieren und versuchte währenddessen sich krampfhaft an irgendwelche Gesichter aus dem Traum zu erinnern, aber ohne jeden Erfolg. Die Menschen blieben anonym und er allein mit diesen verzerrten Bildern.
Kurz nach Sonnenaufgang kehrte er zurück und kam gerade rechtzeitig, als Kenia und Jony aufwachten. Er bereitete ihnen das Frühstück und ließ Mala ausschlafen. Die Kinder wurden nach kurzer Zeit schon von ihren Freunden abgeholt, und so saß Yanko später wieder allein draußen im Hof und wartete auf Mala.
Als Mala schließlich fertig gefrühstückt hatte, rückte Yanko seinen Stuhl näher zu ihr. „Mala, ich muss mal mit dir reden!“, eröffnete Yanko das Gespräch. Mala sah ihn fragend an. „Was gibt es denn?“, fragte sie und küsste ihn liebevoll. Yanko nahm

ihre Hand und atmete tief durch. Er musste es ihr sagen, es war einfach unfair sie noch länger zu belügen. „Ich und Nino... wir haben was miteinander!“, gestand ihr Yanko dann schnell und sah sie abwartend an.
Mala riss ihre Augen auf und prustete auf einmal lauthals los. Yanko sah sie irritiert an. „Oh, Yanko!“, lachte sie. „Entschuldige bitte, aber hast du im Ernst geglaubt, dass mich das wundern würde? Außerdem habe ich mir schon längst so etwas gedacht!“, grinste sie verschmitzt und musste schon wieder losprusten. Yanko schluckte und wunderte sich sehr über ihre Reaktion. Er hatte ja mit vielem gerechnet, aber nicht damit, dass sie darüber lachen würde.
„Mala... Ist alles ok mit dir?“, erkundigte sich Yanko deshalb vorsichtig. Mala schluckte und nickte. „Jaja, es ist alles ok! Oh mein Gott! Nino! Naja, der ist ja wirklich zum Vernaschen süß, da muss ich dir Recht geben!“ Yanko glaubte immer noch nicht, dass Mala das so locker aufnahm, doch der verführerische Unterton war ihm deshalb nicht entgangen. „Süß? Vernaschen? Habe ich da was nicht mitgekriegt?“ Mala umarmte ihn. „Du bist noch viel süßer! Hey, hör zu! Du warst mit Ron zusammen, als ich dazukam, und du hast dich von Ron nie wirklich getrennt! Ich denke, er wird damit ein Problem haben, nicht ich! Ich mag Nino sehr, und wegen mir müsst ihr euch nun wirklich nicht verstecken! Passt nur auf wegen den anderen hier, ok?“, gab Mala zu verstehen, und Yanko lehnte sich erleichtert im Stuhl zurück. „Du bist echt unglaublich!“, war alles was er zunächst darauf sagen konnte. Von ihrem Standpunkt aus gesehen, hatte sie eigentlich Recht, und Yanko konnte es langsam nachvollziehen, dass es für sie anscheinend wirklich keinen Unterschied machte, ob er nun mit Ron oder mit Nino zusammen war.
„Aber gut, dass wir gerade am Reden sind! Ich habe da nämlich eine Idee, und ich finde sie ziemlich gut! Mal sehen

was du dazu sagst!", holte Mala Yanko aus seinen Gedanken zurück. „Schieß los!", forderte er sie immer noch völlig überrascht auf. „Ich habe mir überlegt, dass es doch vielleicht gut wäre, wenn Maria zur Geburt hierher nach St. Lucia kommen würde. Dann kannst du bei beiden Geburten dabei sein, und Maria wäre nicht allein, und Jony und..."
„Was?? Was sagst du da?", unterbrach Yanko Malas Redefluss und versuchte seine wirren Gefühle zu ordnen. „Ja, ich meine, vorausgesetzt natürlich Maria willigt ein! Aber schau doch mal! Sie ist allein da drüben auf Mykonos, und hier bist du, und euer Sohn, und ich, und meine Mutter... Wir könnten noch das Nachbarhaus ganz günstig dazu kaufen und etwas renovieren und ausbauen, und dann hätten wir hier alle genug Platz! Wir, Maria, ihre Söhne... und Nino!", vervollständigte Mala ihren Vorschlag.
Yanko schüttelte völlig fassungslos und amüsiert zugleich den Kopf. „Du bist ja genauso drauf wie ich in der Zeit, als mir die Idee mit dem Zirkus gekommen ist. Alle zusammen unter einem Dach!" „Ja genau! Ich fände das toll!" „Ich auch!", schlug Yanko ziemlich schnell ein und fühlte sein Herz weit werden. Die schwere Last von seinem Traum letzte Nacht verschwand augenblicklich, und er wurde richtig gutgelaunt. „Weißt du was? Zuerst Nino! Heute Abend noch! Wir überraschen ihn, ok?" „Ja, super! Das machen wir!", willigte Mala sofort ein und verschwand, um ein Blatt Papier zu holen, auf dem sie alles notieren wollte, was sie in Bezug auf das Nachbarhaus noch alles zu tun hätten.

Nino fiel natürlich aus allen Wolken, als er Malas Idee präsentiert bekam, dennoch blieb er sofort und das ohne weiter darüber nachzudenken.

Yanko ließ sich Malas Idee bezüglich Maria allerdings erst noch ein paar Tage durchs Gemüt gehen, aber auch danach fühlte er sich nicht wirklich wohl dabei. Er hatte einfach Angst, dass er dann zwischen allen Fronten stehen, und alles drunter und drüber gehen würde. Aber vielleicht würde Maria ihm ja auch die kalte Schulter zeigen und alles wäre ganz einfach. Sie würde ihr gemeinsames Kind hier zur Welt bringen und dann wieder zurück nach Griechenland fliegen. Mit seinem Baby.

Yanko schlich sich nachts in Ninos Zimmer und setzte sich zu ihm auf die Bettkante. „Was gibt's?“, fragte Nino schlaftrunken. „Was meinst du? Soll ich Maria fragen?“ Nino setzte sich auf und rieb sich die Augen, dann schaute er auf die Uhr. „Hey du alter Zigeuner, es ist vier Uhr! Können wir das nicht später besprechen?“, gähnte Nino und legte seinen Kopf an Yankos Schulter. Nino roch, dass Yanko ziemlich viel getrunken haben musste. „Puh, du stinkst ja wie ein ganzes Fass!“, stellte Nino fest und versuchte Yanko dabei zu sich ins Bett zu zerren. Doch Yanko wehrte sich zunächst, denn er wollte eigentlich lieber wieder zurück an die frische Luft, obwohl das Fenster in Ninos Zimmer sperrangelweit offen stand und ein lauer Nachtwind durch das Moskitonetz hereinwehte. Doch Nino schien andere Pläne zu haben. Er nahm einfach Yankos Hand und führte sie dorthin, wo es schon ganz klar war, was er wollte. „Du bist ja schlimmer als ich!“, sagte Yanko noch, bevor er schließlich zupackte und Nino aufstöhnte.

Wie Mala Maria so schnell dazu gebracht hatte, einzuwilligen und nach St. Lucia zu kommen, blieb Yanko ein Rätsel.
Doch dann war sie plötzlich da, und Jony freute sich natürlich riesig darüber seine Mama wiederzusehen. Kenia allerdings musste daraufhin gleich Yanko fragen, wann denn ihre Mama endlich mal zu Besuch kommen würde, und Yanko versuchte ihr dann zu erklären, aus welchem Grund Maria gekommen sei und versprach Kenia, dass er Jenny auf jeden Fall bald nach St. Lucia einladen würde. Kenia schien das zu genügen, denn sie rannte daraufhin schnell wieder zu Jony und begann mit ihm zu spielen. So schlimm war ihre Sehnsucht dann offenbar doch nicht gewesen. Kurz vorher hatte sie allerdings auch noch nach Dimitri und Nikos gefragt, doch Maria hatte die beiden schweren Herzens bei ihrer Mutter in Griechenland lassen müssen, weil sie ja schon zur Schule gingen.

Maria und Mala verstanden sich erneut auf Anhieb prächtig. Sie hatten sich ja zwar in Athen schon versöhnt gehabt, doch jetzt sahen sie sich wieder jeden Tag und Yanko war auch wieder dabei. Aber es gab überhaupt kein Problem zwischen den beiden, und Yanko wunderte sich einfach nur darüber. Kurz überlegte er ernsthaft, ob die beiden eventuell auch was miteinander am Laufen hatten.

Zwischen Yanko und Maria war der Anfang hier allerdings nicht so einfach, denn keiner von beiden wusste genau, was er dem anderen sagen sollte. Das kurze Wiedersehen vor ein paar Wochen in Griechenland saß Maria immer noch etwas in den Knochen, einfach deshalb, weil Yanko so mies drauf gewesen war und kaum den Mund aufgemacht hatte. Sie hatte damals insgeheim gehofft, dass Yanko sie bitten würde, wieder zu ihm zurückzukommen. Doch nachdem sie gesehen hatte in

welchem Zustand er gewesen war, hatte sie ihm nur kurz ihre Gefühle mitgeteilt und etwas resigniert darauf verzichtet weiter zu bohren.
Umso erfreuter war sie jetzt. Offenbar tat ihm das Zusammensein mit Mala sehr gut, und sie trat innerlich einige Schritte zurück. Sie freute sich über die wiedergewonnene Freundschaft zu Mala, obwohl ihr Verstand ab und zu meinte sagen zu müssen, dass sie komplett bescheuert sei. Aber es half nichts, sie mochte Mala einfach viel zu sehr, um ihr noch böse zu sein. Und wenn sie es genau nahm, so war Mala ja schon einige Zeit vor ihr in Yankos Leben getreten.
Als Maria dann mitbekam, dass zwischen den beiden Männern etwas lief, musste sie schmunzelnd in sich hineinkichern. Wie immer, dachte sie nur. Eigentlich hatte sich nichts geändert. Nur, dass Ron jetzt Nino hieß und Maria Mala. Die beiden Frauen vergnügten sich jedenfalls prächtig zusammen, und ließen Yanko und Nino viel Zeit für einander.

Kurz darauf passierte es dann, und Nino hätte schwören können, dass er bis dahin nicht das leiseste Gefühl in diese Richtung wahrgenommen hatte. Aber als sie sich eines Abends gegenseitig eine gute Nacht wünschten, konnte er Maria einfach nicht mehr loslassen. Er schlang seine Arme um sie und drückte sie, soweit es ihr schwangerer Bauch zuließ, an sich.
Mala und Yanko sahen amüsiert dabei zu und grinsten. Maria blickte zu Nino hoch und schien seine Umarmung sehr zu genießen. Kurz schweifte ihr Blick zu Yanko und Mala rüber, doch als sie sah, dass die beiden sich innig küssten, reckte sie ihren Kopf und ließ sich von Nino ebenfalls zärtlich küssen.

Am nächsten Morgen, als alle am Frühstückstisch saßen, konnte sich niemand ein Grinsen verkneifen. Yanko sah von

einem zum anderen. „Jetzt fehlt nur noch das Paar Mala und Maria...“, warf er schmunzelnd in die Runde, und alle lachten auf. „Wer weiß... Vielleicht sind wir es ja schon... nur wir können unser Geheimnis besser bewahren??“, sagte Mala verschwörerisch und nahm dabei Marias Hand. „Ja genau! Wer weiß, wer weiß...“, stimmte Maria Mala zu, und sie gaben sich demonstrativ einen kleinen Kuss.
Nino sah Yanko an und beide schüttelten nur lachend ihre Köpfe. „Sieht doch nett aus, oder?! Also ich hätte da kein Problem damit, du Yanko?“ „Mhm... Also ich weiß nicht so recht...“, flachste Yanko. „Aber jetzt mal im Ernst! Fühlt sich wirklich jeder ok so?“, wollte er es aber dann doch sicherheitshalber noch genau wissen. Daraufhin sahen sich alle an und nickten zustimmend.

Und es war tatsächlich so, dass sich alle in dieser Konstellation sehr wohl fühlten, und Yanko spürte das erste Mal eine gewisse Balance. Er war auf einmal nicht mehr der Einzige mit mehreren Beziehungen, und das entlastete sein Gewissen ungemein.

Der Tag begann mit einem strahlend blauen Himmel, als Marias Wehen einsetzten. Es war Anfang November. Mala rief im Surfshop an und gab Nino Bescheid. Yanko war gerade mit ein paar Surfschülern draußen auf dem Meer. Nino fuhr mit dem Boot zu ihm raus. Dann tauschten sie, und Yanko raste mit dem Boot zurück zum Ufer.
Als sie im Krankenhaus ankamen, wurden sie sehr herzlich begrüßt und in ein Untersuchungszimmer gebracht. Maria wurde gründlich untersucht, und es waren keine Komplikationen zu befürchten. Die Wehen waren noch nicht sehr stark, und so gingen Maria und Yanko in den nahegelegenen Park. Es war das erste Mal, seit sie nach St. Lucia gekommen war, dass die beiden ganz allein waren. Sie gingen ein Stückchen durch den herrlich süßlich duftenden, kleinen Wald und setzten sich dann dort auf eine Parkbank. Sie sahen sich an und lächelten.
„Ich finde es sehr schön, dass du dabei bist!“, sagte Maria. Yanko nahm ihre Hand. „Und ich finde es schön, dass du gekommen bist! Du weißt, ich liebe Geburten.“, grinste Yanko und dachte dabei an die letzte, bei der er auch dabei gewesen war. Allen Meinungen zum Trotz waren sie direkt nach der dritten Tour nach Griechenland geflogen. Jony sollte dort geboren werden, darin waren sich beide damals sofort einig gewesen, obwohl keiner genauer erklären konnte, warum. Er wurde zwar nicht, wie sein Vater auf der Insel Delos geboren, aber immerhin direkt auf der Nachbarinsel Mykonos, zu Hause, und nur in Anwesenheit einer Hebamme.
Eigentlich wollte Maria auch hier nicht ins Krankenhaus gehen, doch falls es wider Erwarten Komplikationen geben würde, wäre der Weg dorthin zu lange. Und auch Mala kannte auf St. Lucia keinen Arzt, der sozusagen privat dieses Risiko auf sich nehmen würde.

Doch das Krankenhaus hier war klein, und man hatte gar nicht das Gefühl in einem solchen zu sein. Selbst der Geruch war zu ertragen, wie Yanko schon längst festgestellt hatte.
Maria lachte. „Ich hätte keine Angst mit dir allein das Kind auf die Welt zu bringen, selbst wenn wir in der Sahara wären!“, sagte sie, während sie Yankos Hand nahm und auf ihren Bauch legte. Er konnte spüren, wie sich die Bauchdecke spannte und die nächste Wehe kam.
Zwei Stunden später gingen sie zum Krankenhaus zurück und dann dauerte es keine dreißig Minuten mehr, bis ihre erste gemeinsame Tochter das Licht der Welt erblickte. Marias erstes und Yankos zweites Mädchen. Yanko nannte sie sofort Cheyenne, und Maria gefiel der Name auf Anhieb sehr gut. Und so blieb es dabei.

Zwei Wochen später war dann Mala dran, und wieder war Yanko natürlich dabei. Diese Geburt dauerte etwas länger als die von Cheyenne, und Mala war dabei auch nicht ganz so gelassen wie Maria, was jedoch durchaus nachvollziehbar war. Schließlich war es Malas erste Geburt, und Cheyenne war immerhin schon Marias viertes Kind. Yanko beruhigte Mala jedoch so gut er konnte und versuchte sie durch die schmerzhaften Wehen mit Humor zu bringen. Nach einer Weile gelang es Mala dann doch sich relativ gut zu entspannen und darauf zu vertrauen, dass alles gut verlaufen würde.
Als sie nach insgesamt fünf Stunden ihre erste Tochter in den Armen hielt, war aller Schmerz vergessen. Mala strahlte vor Stolz und konnte ihr Glück kaum fassen. Anders als bei Cheyenne fiel Yanko aber dieses Mal auf Anhieb kein Name ein, und er sah Mala fragend an. Doch sie hatte gleich einen parat, und sie nannte ihre Tochter Flores. Yanko fand den Namen auch sehr schön, und er hatte sofort das Gefühl, dass dieser genau zu ihr passte.

Die beiden Babys hielten alle auf Trab, vor allem Kenia rannte ständig aufgeregt hin und her und bekam gar nicht genug von ihren neuen Geschwisterchen. Und Jony lief Kenia hinterher, jedoch fand er die Babys eher langweilig und zupfte Kenia unentwegt am T-Shirt, dass sie doch endlich wieder mit ihm und den anderen Kindern auf die Straße kommen sollte. Manchmal gelang es Jony sie zu überreden, oft musste er aber auch klein beigeben, und wie sie immer so schön sagte, das Spiel Babyschauen mitmachen.
Maria unterstützte Mala, wo sie nur konnte, denn für sie war das Leben ja nicht viel anders geworden, und sie spürte, dass Mala etwas Hilfe brauchen konnte. Nach ein paar Wochen hatte Mala sich dann aber an die neue Situation gewöhnt und genoss es in vollen Zügen nun endlich Mutter zu sein.
Und Yanko fand es toll, gleich zwei Kinder auf einmal bekommen zu haben, obwohl er sich etwas schwer damit tat, seinen beiden Töchtern mit der gleichen Aufmerksamkeit zu begegnen. Ihn zog es einfach mehr zu Cheyenne, als zu Flores. Er konnte sich das zwar überhaupt nicht erklären, aber es war so. Wenn er mit Maria, Jony und Cheyenne zusammen war, fühlte er sich sofort zu Hause. War er mit Mala und Flores zusammen, hatte er irgendwie das Gefühl nicht dazuzugehören. Es war nur ein leises Gefühl, aber er konnte es jeden Tag deutlicher spüren, was dazu führte, dass er Mala eines Tages fragte, ob tatsächlich er der Vater sei, was Mala wiederum nicht nachvollziehen konnte, weil es an dieser Tatsache nicht den geringsten Zweifel gab.
Nino hingegen war völlig vernarrt in Flores und verbrachte manchmal mehr Zeit bei Mala, als Yanko.

Die kommende Zeit verbrachten Nino und Yanko aber meistens tagsüber im Surfshop und abends beim Renovieren und Ausbauen des neuen Hauses. Sie hatten es sehr günstig erworben, und es machte Yanko viel Spaß das bisherige Gelände zu erweitern. Sie hatten jetzt doppelt so viel Platz wie vorher, und die Kinder bekamen eine große, grüne Wiesenfläche mit vielen Bäumen dazu.
Das Einzige, was ihn manchmal schier zur Verzweiflung brachte, waren immer noch die Schmerzen in seiner Hand, vor allem jetzt, wo er tagsüber surfte und abends noch viel am neuen Haus arbeitete. So oft es ging, versuchte er die andere Hand zu benutzen, aber bei manchen Dingen war das einfach nicht möglich. Er hätte Nino bitten können, bestimmte Arbeiten für ihn zu tun, aber er wollte ihm nichts davon sagen, denn höchstwahrscheinlich würde Nino ihm dann die Surfschüler abnehmen. Eigentlich war es schon von Anfang an nicht in Ordnung gewesen, Nino nichts von seiner verletzten Hand zu sagen. Bei einer misslungenen Rettung auf See würde jedenfalls keine Versicherung zahlen, wenn herauskäme, dass Yanko als Surflehrer körperlich nicht hundertprozentig fit war, von seinem Alkoholproblem mal ganz abgesehen.

Nachdem Maria sich eingelebt hatte und auch immer mehr Zeit mit Nino zusammen verbrachte, konnte Yanko auch wieder gelassener mit ihr reden, und er schlug ihr schließlich die Scheidung vor. Maria musste zwar erst schlucken, doch dann willigte sie ein. Er hatte ja Recht. Sie war jetzt mit Nino zusammen, und sie konnte sich auch sehr gut vorstellen das zu bleiben. Sie vereinbarten schließlich, dass Yanko sich um das Scheidungsritual kümmern sollte.

Nino und Maria zogen dann in das umgebaute Nachbarhaus, und Jony und Kenia bekamen zusätzlich einen eigenen ausgebauten Bauwagen als Schlafhöhle. Und als dieser fertig renoviert war, bereiteten die beiden Geschwister mit vollem Elan zwei kleine Bettchen für die Babys vor, die wie sie hofften auch schon bald bei ihnen übernachten dürften.

Yanko und Nino hatten jetzt eigentlich überall genug Platz für sich, doch wenn sie ganz allein sein wollten, blieben sie einfach im Surfshop oder gingen auf das Boot, das Nino momentan von einem Freund zur Verfügung gestellt bekommen hatte, der für einige Monate zurück nach Frankreich gegangen war.
Manchmal schlief Yanko auch einfach draußen in der Hängematte, vor allem wenn ihm klar war, dass er nicht gleich einschlafen konnte. Im ganzen Trubel der letzten Zeit war es Yanko recht gut gelungen, viel zu verdrängen und auch fast zu vergessen. Doch wenn alle zu Bett gegangen waren und er allein war, wurde ihm jetzt mehr und mehr klar, dass die Zeit nur die Illusion des Vergessens vergrößerte. In Wahrheit war nichts wirklich vergessen. Und erst wenn alles Verdrängte geheilt wäre, würde der ersehnte Frieden und die Ruhe tatsächlich kommen können.
Mitten in so einer Nacht sah er plötzlich seinen Vater mit einem blutdurchtränkten Messer in der Hand vor sich stehen. Er erschrak selbst so sehr über diese Vision, dass er augenblicklich aus der Hängematte sprang und bis zum Strand hinunterrannte. Er wollte diesem schrecklichen Bild einfach davonlaufen.
Als er völlig außer Atem dann am Strand ankam, ging es ihm nicht wirklich besser. Er setzte sich in den Sand und vergrub sein Gesicht in den Händen. Plötzlich hatte er das Gefühl verfolgt zu werden, und die innere Unruhe war wieder

deutlich spürbar geworden. Er fühlte sich gehetzt und gejagt, wie ein wildes Tier, und er konnte kaum seinen Atem beruhigen. Nach einer Weile zog er sich aus und ging ins Meer. Das relativ kühle Nass tat ihm gut, und er schwamm und schwamm, bis der Tag anbrach. Dann legte er sich in die ersten Sonnenstrahlen und ließ sich von ihnen trocknen.
Als er so da lag, musste er an SAN DANA und seine Söhne denken. Er dachte an Mykee und Ron, an seinen Bruder und an alles, was im Zusammenhang mit dem Zirkus schon alles geschehen war. Er sah auf einmal die drei jungen Männer vor sich, die erst seine Pferde und dann ihn töten wollten. Dann sah er seinen Stall in Sheddy brennen, und er sah die fünf maskierten Männer und die Mistgabel, die sich mehrmals in seine Hand bohrte. Plötzlich erschien Jim Wilson vor seinem geistigen Auge, und er hatte sofort wieder dessen fauligen Geruch in der Nase. Er sah seinen Freund Gefleckter Wolf krepieren, und er sah Fam.
Er dachte an Minerva und an seine richtige Mutter. Er dachte an seinen Onkel Marios und an das, was er ihm alles in Kalamata erzählt hatte. Er dachte an Mala und Maria und war gottfroh, dass die beiden sich wieder verstanden, und dass sich überhaupt alle Mütter seiner Kinder untereinander verstanden, und dass jedes seiner Kinder wusste von wem es war.
Und dann dachte er an Karin. Und er nahm sich vor, sie bei der nächsten Gelegenheit endlich mal zu besuchen. Stefan hatte ihm erzählt, dass seine Mutter in einer Klinik für psychisch Kranke in Freiburg lebe und kaum jemand an sich heranließe. Und plötzlich hatte er das Gefühl, dass trotz dieser ungewöhnlichen Situation in der er jetzt lebte, etwas gut lief. Seine Kinder fühlten sich offensichtlich alle sehr wohl. Stefan war erwachsen und hatte seine Aufgabe im Zirkus gefunden. Er war verheiratet und schien sehr glücklich mit Cecilia zu sein. Manuel hing zwar sehr an seiner Mutter, hatte aber

trotzdem einen guten Kontakt zu ihm aufgebaut. Manuel kümmerte sich mittlerweile vollständig allein um die Pferde und wurde in der Manege auch immer besser. Er würde eines Tages sein Nachfolger auf dem Pferd sein, vorausgesetzt natürlich, dass er das auch wollte. Kenia und Jony waren hier bei ihm und waren ein Herz und eine Seele. Jetzt waren noch zwei Kinder dazu gekommen, und er war gespannt, wie sich das alles weiterentwickeln würde, doch er hatte plötzlich keine Angst mehr davor.

Nino war schon startklar gewesen, und so stieg Yanko kurz nachdem er vom Strand zurückgekommen war mit ins Auto, und sie fuhren zusammen zum Laden.
Heute hatten sie sehr viel zu tun, und als es Abend wurde, hatte Yanko das Gefühl seine rechte Hand wäre doppelt so dick und von innen mit spitzen Nadeln gespickt. Er war sehr froh, als die letzte Surfstunde dann endlich vorüber war, und die Surfer ihre Bretter alle zurückgebracht hatten.
Yanko räumte noch auf, holte dann die Flasche Whisky aus dem Rucksack, die er vorsorglich heute Morgen noch eingepackt hatte und ging damit ein Stück den Strand hinunter, bis zu der kleinen Hütte. Dort setzte er sich in den Sand und trank, bis die Alkoholwirkung ihm wenigstens kurzzeitig den Schmerz nahm. Er rauchte ein paar Zigaretten und legte sich in den Sand.

Nach einer Weile hörte er leise Schritte im Sand knirschen und sah, dass Nino auf ihn zukam.
„Na du? War viel heute, was? Aber echt klasse wie du das machst! Ich bin echt froh, dass du da bist! Die Aushilfen sonst waren einfach... naja... Auf dich kann ich mich eben hundert Prozent verlassen!“, sagte Nino, während er sich setzte und einen Schluck Whisky nahm.

„Ich will noch nicht zurück!", war Yankos knappe Antwort, und Nino wunderte sich erst, bevor er verstand was er meinte. „Musst du doch auch nicht, oder?"
Ninos Herz zog sich plötzlich bei dem Gedanken zusammen, dass Yanko eines Tages nicht mehr hier sein könnte. Er hatte sich in der kurzen Zeit schon so an ihn gewöhnt, dass er sich gar nicht mehr vorstellen konnte, jemals ohne ihn gewesen zu sein, geschweige denn jemals ohne ihn zu sein. Er erschrak selbst vor seinen plötzlich so heftigen Gefühlen für Yanko.
Yanko sah auf, drehte sich dann zu ihm und stützte sich auf den linken Unterarm. „Irgendwann muss ich aber mal wieder schauen, was die im Zirkus so alles ohne mich treiben!", murmelte er und merkte dabei, dass er diese zermürbende Müdigkeit immer noch mit sich herumtrug, und andererseits fing er schon allein bei dem Gedanken wieder im Zirkus zu sein innerlich an davonzurennen. Dabei war ihm dieses Gefühl auf den Zirkus bezogen völlig unverständlich, denn er liebte ja seinen Zirkus, und trotzdem fühlte er sich sofort total im Stress, wenn er so wie jetzt, einfach nur daran dachte. Der Job im Surfladen war an so Tagen wie heute jedenfalls weitaus stressiger.
„Vielleicht liegt es ja am Meer, dass ich nicht gehen will?!", versuchte Yanko eine Erklärung herbeizuführen. Nino zündete zwei Zigaretten an und reichte Yanko eine rüber. Yanko nahm sie vorsichtig mit Daumen und Zeigefinger, denn mehr konnte er die Hand nicht mehr bewegen. Er setzte sich auf und nahm die Zigarette dann in die andere Hand. Nino reichte ihm die geöffnete Flasche rüber, und Yanko legte die Zigarette kurz in den Sand, denn die Flasche würde er mit Sicherheit fallen lassen, wenn er sie mit der rechten nehmen würde. „Bist du heute Captain Ahabs Bruder? Anstatt ein Bein nur eine Hand, oder was?", lachte Nino amüsiert, als er Yanko dabei beobachtete. „Haha!", erwiderte Yanko knapp, als er

geschluckt hatte. Dann machte er die Zigarette aus und stand auf. „Los gehen wir schwimmen!“, forderte er Nino plötzlich auf und zog sich Hemd und Hose so aus, dass Nino nicht sehen konnte, dass er dabei auch nur seine linke Hand benutzte.
Yanko wollte ins Wasser, seine Hand brannte so sehr, dass er das dringende Bedürfnis hatte sie zu kühlen. Er tauchte ins Meer ohne auf Nino zu warten, und als der Schmerz etwas nachließ, konnte er sich ein paar Tränen nicht verkneifen, und Nino würde sie hier im Wasser eh nicht bemerken, und das war ihm sehr recht. Kurz danach kam Nino nach, und sie schwammen eine Weile wortlos nebeneinander her.
Hier in Strandnähe konnte man noch fast überall gut stehen, und Yanko war darüber sehr froh, als er auf einmal nicht mehr weiterschwimmen konnte, und fast hätte er laut geflucht. Der Schmerz hatte sich so plötzlich und so heftig durch seinen Arm bis in den Körper hineingebohrt, dass er tief durchatmen musste. „Was ist los mit dir, schon müde?“, rief Nino, der schon ein Stückchen weitergeschwommen war. „Nichts!“, rief Yanko zurück und befühlte vorsichtig die Innenfläche seiner Hand. Irgendetwas musste doch noch da drin sein. Aus welchem Grund sonst kamen die Schmerzen immer wieder zurück? Es fühlte sich an, als würde sich von innen ständig etwas in sein Fleisch bohren.
Nino stand plötzlich hinter ihm und umarmte ihn. Das war jetzt genau das Richtige. Das würde den Schmerz bestimmt vertreiben. Yanko drehte sich um und schob Nino schnell, während er ihn stürmisch küsste in Richtung Ufer. Dort angekommen, verschwanden sie dann sehr zügig in der kleinen Strandhütte.

Am nächsten Morgen waren sie immer noch in der Hütte, und Yanko schlief noch. Als Nino aufgewacht war, entdeckte er,

dass Yanko offensichtlich noch alles getrunken hatte, was sie dabei gehabt hatten. Nino nahm die Gelegenheit wahr und sah ihn einfach nur an. Ihm war nicht entgangen, dass er immer mehr für Yanko empfand, doch in diesem Moment wurde ihm klar, dass er ihn wirklich liebte. Und in diesem Augenblick fiel sein Blick auf Yankos rechte Hand, und er erschrak. Sie war dick angeschwollen und die Innenseite leicht blau gefärbt. Vorsichtig nahm er sie und schaute sie sich genauer an. Yanko zuckte zusammen und wachte davon auf. Er riss seine Hand weg und setzte sich schnell auf. Sein Kopf brummte etwas, und der jähe Schmerz eben setzte noch eins obendrauf.
„Verdammt nochmal, lass mich in Ruhe!", zischte er Nino an, schnappte seine Sachen und stolperte aus der Hütte. Nino kam ihm hinterher. „Was ist denn los mit dir? Verdammt! Jetzt warte doch mal! Habe ich dir irgendwas getan?" Nino war völlig überrumpelt. Yanko stieg in seine Hosen und wollte die Knöpfe zumachen, ließ es aber gleich wieder bleiben. Dann zog er sein Hemd über. „Der Laden macht gleich auf!", sagte er dann wieder ziemlich normal und stapfte los.
Nino raffte seine Sachen zusammen und lief Yanko nach. „Yanko! Bleib stehen!! Bleib jetzt bitte, verdammt nochmal, stehen!!!", befahl Nino ziemlich laut, und als er Yanko eingeholt hatte, hielt er ihn an den Schultern fest. Yanko blieb widerwillig stehen, und Nino stellte sich vor ihn. „Warum haust du nur immer wieder ab? Ich verstehe das nicht! Was ist mit deiner Hand passiert? Und wenn du es mir nicht sofort sagst, dann gebe ich dir heute kein Brett und schicke dich sofort nach Hause! So kannst du jedenfalls keinen Unterricht machen!" „Das ist mir auch klar!", murrte Yanko nur missmutig und wollte schon weitergehen. Er wollte nur noch, dass der Schmerz endlich aufhörte. Er würde in die Stadt fahren und sich ein bisschen Opium kaufen.

Nino schnappte sich Yankos rechtes Handgelenk und ließ nicht locker. „Was ist mit deiner Hand?“ „Lass mich los! Nino, verflucht, lass mich los! Ich erzähl es dir ja, aber jetzt muss ich erst mal in die Stadt!“, sagte Yanko genervt, aber doch etwas ruhiger. „Was willst du denn jetzt in der Stadt? Du bist doch noch total voll! Die Polizei arbeitet auch tagsüber, falls du das vergessen haben solltest!“, stellte ihm Nino entgegen. „Ich weiß, und jetzt lass mich endlich los!“ Nino ließ Yankos Hand los und sah ihm kopfschüttelnd hinterher.
Plötzlich blieb Yanko stehen und wartete auf ihn. „Kannst du mir bitte die Hose zumachen?“ Nino sah Yanko in die Augen und knöpfte ihm dabei kommentarlos seine Hose zu. „Danke! Nino, ich kann jetzt nicht reden. Ich komme nachher zurück, und dann reden wir, ok? Verschieb bitte alles auf morgen.“, sagte Yanko noch, bevor er zu seinem Auto lief und schnell davonfuhr.

Unterwegs kaufte Yanko sich noch eine Baseballkappe und eine verspiegelte Sonnenbrille. Dazu band er seine Haare nach hinten zusammen. Er wollte nicht erkannt werden. Vor allem nicht von irgendwelchen Surfschülern. Er war sich des Risikos durchaus bewusst, zumal er sich überhaupt nicht mit den Rechten auf St. Lucia auskannte.
Er brauchte nicht lange, um die richtigen Bars zu finden. Irgendwie ist es doch überall gleich, dachte er, und nach ungefähr einer Stunde hatte er alles was er wollte und war höchst erfreut über den Preis.
Schnell verschwand er in den schattigen Gassen, kaufte unterwegs noch ein paar Flaschen Whisky ein und erreichte sein Auto dann ebenfalls ungesehen auf einigen absichtlich gewählten Umwegen. Er konnte es kaum erwarten, das schmerzstillende Zeug endlich zu inhalieren, und so fuhr er direkt zum Hafen und verzog sich dort auf das Boot.

Nach der ersten Dosis spürte er schon eine erlösende Linderung, und er beschloss daraufhin die Nacht lieber hier auf dem Boot zu verbringen. Er rief Nino an und bat ihn nach Feierabend aufs Boot zu kommen. Jetzt würde er wieder reden können. Anschließend gab er Mala noch Bescheid und lehnte sich dann zufrieden in den Liegestuhl zurück und öffnete eine Flasche von dem mitgebrachten Whisky. Mit der zweiten Dosis wollte er noch etwas warten, denn sonst würde er Nino wieder nichts erzählen können.
Nino brachte etwas zu essen mit, doch Yanko verspürte keinen Hunger. Das Opium machte ihn schon satt genug. Nino schob sich ein paar Bissen hinein, denn er hatte heute noch gar nichts gegessen, und der Tag ohne jegliche Hilfe war ziemlich anstrengend gewesen.
Und dann erzählte Yanko ihm ohne Aufforderung recht ausführlich das ganze Dilemma mit seiner Hand, und als er geendet hatte, nahm Nino ihn einfach in den Arm und drückte ihn ganz fest an sich.
Nino schlug Yanko vor ihre Jobs zu tauschen, bis es seiner Hand wieder besser gehen würde, und Yanko willigte zunächst ein, doch schon am ersten Tag spürte er, dass es nicht funktionierte. Er konnte sich durch das Opium einfach nicht richtig konzentrieren, und Nino sah es ein und organisierte eine Vertretung.
Trotz dass es seiner Hand nach ein paar Tagen Ruhe wieder deutlich besser ging, und Yanko den Opiumkonsum eingestellt hatte, verbesserte sich seine miese Stimmung überhaupt nicht. Nino erzählte Maria und Mala, was los sei, denn er ging berechtigterweise davon aus, dass Yanko den beiden Frauen nichts von alldem gesagt hatte. Zu Hause riss sich Yanko zwar zunächst so gut zusammen, dass es kaum zu merken war, doch wenn Nino ihn in einem unbeobachtet geglaubten Moment sah, ahnte er, wie es um Yanko stand.

Nach einer Weile versuchten dann alle wieder mit ihm zu reden und irgendwie an ihn heran zu kommen, doch Yanko verschloss sich immer mehr, und Mala hatte nach kurzer Zeit das Gefühl, dass es fast wieder so schlimm mit ihm war, wie kurz bevor Yanko den Zirkus verlassen hatte, um zu Doctor Brandon nach New York zu gehen. Sie berichtete den anderen beiden, was zu dieser Zeit alles abgelaufen war und hinterließ damit eine ratlose Stille.
Yanko kam bald zu keinem mehr ins Bett und war nur noch draußen. Die gähnende Leere hatte ihn wieder komplett eingeholt und mit in die tiefsten Abgründe gezerrt. Wenn er schlief, türmten sich sämtliche erlebten traumatischen Situationen zu einem überdimensionalen Berg in ihm auf, und die schrecklichsten Horrorszenarien jagten ihn unaufhörlich durch seine Alpträume.
Nino nahm ihn jeden Morgen mit runter an den Strand und hoffte, dass das Meer ihm helfen würde. Meistens aber saß Yanko den ganzen Tag an der Strandhütte und trank, doch manchmal nahm er auch tatsächlich das Brett und surfte ein paar Stunden auf dem Ozean. Danach schien er immer etwas erfrischter und klarer zu sein. Und Nino wusste, wenn er mit ihm reden wollte, dass er genau diesen Moment abpassen musste, den Moment, wenn Yanko vom Brett sprang und ans Ufer watete. War er erst einmal am Strand angekommen, war es meistens schon wieder zu spät, und er verstummte wieder.
So einen Moment gelang es Nino heute nach Feierabend zu erwischen, und er passte Yanko noch im Wasser ab. Er begrüßte ihn einfach mit einem Kuss, und es war ihm auch egal, ob ihn jemand dabei beobachten würde. Yanko ließ sein Brett los und umarmte ihn. „Nino, es tut mir leid! Ich weiß doch auch nicht, was ich tun soll..." Nino sah Yanko in die Augen. „Hast du deswegen geweint?", fragte er ihn ganz direkt, denn er konnte sehen, dass das kein Meerwasser war,

was in Yankos Augen stand. „Ich kann einfach nicht mehr...“, sagte Yanko matt und wollte schon sein Brett nehmen und weiterlaufen. Doch Nino hielt ihn fest. „Auch wenn wir hier bis morgen Früh stehen, du sagst mir jetzt was mit dir los ist!“, forderte Nino streng. Aber Yanko schüttelte nur den Kopf. „Das kann ich nicht! Ich sagte dir schon, dass ich es selbst nicht weiß. Bitte lass mich!“
Doch dann riss Nino der Geduldsfaden. Er packte Yanko und schubste ihn rückwärts in die Fluten. Yanko sprang jedoch schnell wieder auf und seine linke Faust traf Nino mitten ins Gesicht. Nino fiel, doch er rappelte sich blitzschnell wieder hoch und dann ging er auf Yanko los. Sie prügelten sich im kniehohen Wasser, bis sie völlig außer Atem waren.
Yanko war als Erster zurück am Laden und verräumte das Surfbrett im Schuppen. Dann zog er den Neoprenanzug aus und verschwand unter der Dusche. Als er anschließend nur mit einem Handtuch bekleidet wieder herauskam, stand Nino vor ihm. „Ich liebe dich, du Arschloch, und ich will dich nicht verlieren! Verstehst du? Ich liebe dich! Und es geht mir nicht am Arsch vorbei, wie es dir geht! Du musst ja auch gar nichts sagen. Ich nehme dich auch so in den Arm.“ Nino blutete noch etwas aus der Nase, und sein Hemd war an manchen Stellen eingerissen.
Yanko holte etwas Toilettenpapier und tupfte Nino damit das Blut aus dem Gesicht. „Ich liebe dich auch! Und... Und ich will dich auch nicht verlieren!“, sagte Yanko sanft und begann dabei Nino langsam auszuziehen. „Bitte sag mir doch, was du brauchst, damit es dir wieder besser geht!“, flüsterte Nino und genoss Yankos Berührungen dabei sehr. „Ich brauche ein neues Leben!“, antwortete Yanko und küsste Nino schnell, bevor der noch etwas dazu sagen konnte.
Es war zwar in den darauffolgenden Tagen nicht alles wieder gut, aber es war auf jeden Fall wieder erträglicher mit Yanko

zusammen zu wohnen und zu arbeiten. Yanko riss sich so gut es ging zusammen, und er bemühte sich sehr mit allem klarzukommen.
Er rang sich sogar dazu durch seinen Sohn Stefan zu bitten, den Zirkus noch eine Weile ohne ihn weiterzuführen. Für Stefan schien das gar kein Problem zu sein, und er teilte seinem Vater mit, dass er mit Mykee eine wunderbare Ergänzung und Hilfe hätte. Yanko atmete tief durch und fühlte sich danach um einiges leichter. Yanko wollte das Gespräch schon beenden, als Stefan sich räusperte. „Dad, ich muss dir unbedingt noch etwas sagen. Ich wollte es dir ja schon länger sagen, aber ich wollte auch damit warten, bis es dir wieder besser geht... Naja, und dann war wieder so viel los hier und...", begann Stefan aufgeregt. „Was wolltest du mir denn sagen?", fragte Yanko neugierig. „Ja, weißt du, ähm, also Cecilia ist schwanger!", rückte Stefan dann endlich mit seiner Neuigkeit heraus, und Yanko schluckte erstaunt. „Hey, das ist ja wunderbar! Gratuliere! Wann ist es denn so weit?", freute sich Yanko. „Danke Dad! Ähm, im April... Ende April ist es so weit.", sagte Stefan, und die Freude und sein Stolz waren dabei deutlich zu vernehmen gewesen.
Nachdem sie sich verabschiedet hatten, setzte sich Yanko und ließ das soeben Erfahrene auf sich wirken. Stefan würde Vater werden, was bedeutete, er würde Opa werden. Bei diesem Gedanken musste er plötzlich laut auflachen und sorgte dafür, dass alle anderen zu ihm hinaus auf den Hof gelaufen kamen. Er verkündete die frohe Botschaft und auch, dass er sich entschlossen habe noch viel länger auf St. Lucia zu bleiben, und dass Stefan und Mykee weiterhin den Zirkus in seiner Abwesenheit leiten würden.
An diesem Abend hatte Yanko das Gefühl dem Leben wieder ein paar Schritte näher gekommen zu sein, und sie feierten bis tief in die Nacht hinein die schönen Neuigkeiten.

Yanko bemühte sich nicht mehr zu trinken, als unbedingt nötig war. Er wusste, dass es dringend Zeit für einen Entzug wurde, aber gleichzeitig hatte er auf diese ganze Tortur überhaupt keine Lust. Doch sein tägliches Minimum schwankte sehr und im Endeffekt wurde die Menge, die er als Level brauchte dann doch immer größer. Bereits kurz nach den Geburten seiner Töchter zog er sich fast unbemerkt wieder mehr und mehr zurück und verbrachte viel mehr Zeit im Surfshop, als er müsste, und die Stunden, die er surfen ging wurden auch immer länger.
Nino fiel es zunächst auch gar nicht auf, aber als Yanko ihre allabendliche Feierabendstunde am Laden immer weiter ausdehnte, wunderte er sich dann doch eines Tages. Er nahm sich vor Yanko darauf anzusprechen und wartete auf eine günstige Gelegenheit, die sich ihm schon am nächsten Abend bot.
Sie saßen unten im Sand direkt am Ufer und tranken Bier. „Yanko, lass uns danach nach Hause fahren, ok? Mala hat gesagt, dass sie ein paar Freunde eingeladen hat, und es gibt Gegrilltes.“, sagte Nino. „Woher weißt du das?“, fragte Yanko und scharrte mit einem Fuß im Sand herum. „Ich habe vorhin mit Maria telefoniert, und Mala war gerade bei ihr. Ich habe gesagt, dass ich dir Bescheid gebe.“, erklärte Nino. Yanko gab keine Antwort und trank stattdessen die Flasche aus. Nino dachte, dass dies nun das Zeichen zum Aufbruch wäre und stand auf, doch Yanko rührte sich nicht von der Stelle. „Hey, na los, komm schon!“, forderte Nino ihn auf und streckte ihm seine Hand entgegen.
Doch Yanko bewegte sich nicht, außer, dass er sich eine Zigarette anzündete. Sein Hals war plötzlich wie zugeschnürt, und er hätte einfach nur wieder davonlaufen, oder noch besser, auf ein Surfbrett steigen und bis ans Ende der Welt

fahren können. Seine Kraft versiegte zusehends, und er hätte, für sein Gefühl völlig grundlos, einfach weinen können. Die letzten Wochen hatte er ganz gut gemeistert, und es war ihm einigermaßen gelungen diesen erdrückenden Zuständen erfolgreich den Eintritt zu verbieten, obwohl er ihr Klopfen jeden Tag intensiver wahrgenommen hatte. Jedoch mit stetig wachsendem Alkoholkonsum war das Klopfen bis heute jedenfalls immer wieder leiser geworden. So elend wie in New York oder davor, wollte er sich nie wieder fühlen, und er hatte seinen eisernen Willen mobilisiert, die wieder stärker spürbar gewordene innere Unruhe zu verdrängen und aus seinem Leben auszusperren, hauptsächlich seiner Kinder zuliebe. Sein größter Wunsch war es, immer für sie da zu sein und ihnen beizustehen.
Doch just im diesem Moment hatte die Leere die Tür eingetreten, und das einströmende Vakuum zog ihm die Füße weg, und er wurde einfach mitgerissen.
Nino hatte plötzlich das Gefühl, als wäre Yanko verschwunden, obwohl er ihn noch ganz deutlich sehen konnte. Er kniete sich neben ihn und legte einen Arm um ihn. „Hey, alles ok? Los komm jetzt, unsere Damen warten schon auf uns!“ Yanko murmelte etwas Unverständliches vor sich hin und ließ sich dann aber kommentarlos von Nino hochziehen. Er fühlte sich mit einem Mal so müde, dass er kurz schwankte und sich reflexartig an Nino festhielt. Nino sah ihn besorgt an, doch als Yanko dann plötzlich vorging und schnell ihre Sachen aus dem Laden holte, schüttelte Nino seine Sorgen wieder über Bord.

Als sie dann zu Hause ankamen, trauten sie ihren Augen nicht. Der Hof war voll mit Leuten, und als Yanko näher trat, war er sprachlos. Mit großem Hallo wurde er begrüßt und war dann eine Weile damit beschäftigt Nino allen vorzustellen. Yanko

freute sich sehr, dass sie alle gekommen waren und fragte sich nur, wie Mala das nur hinbekommen hatte, ohne dass er etwas davon gemerkt hatte.
Stefan, Cecilia, Jenny und ihre andere Tochter Susan, Mykee mit Dolores und Manuel, Mabel und ihre Söhne Andy und Janis waren alle im Hof versammelt, und sie feierten das Wiedersehen die ganze Nacht hindurch.
Yanko unterhielt sich in den nächsten Tagen oft und lange mit Mykee und Stefan über den Zirkus und war mächtig stolz auf die beiden. Sie waren wirklich ein perfektes Leiterteam geworden, und die weiterhin ausverkauften Shows belohnten sie für ihre harte Arbeit. Andy, Keith ältester Sohn, saß auch oft dabei und hatte offenkundig sehr viel Interesse an der ganzen Verwaltungsarbeit des Zirkus. Er half mittlerweile mit wo es nur ging und vertrat seinen Vater mit aller Würde. Yanko war froh, dass Keith durch Andy auf diese Art seinen Platz beim Zirkus behielt. Auch wenn es für ihn selbst klar war, dass sein Bruder immer einen Platz dort haben würde, so war es für die meisten Artisten nach der Aktion in New Orleans nicht mehr selbstverständlich.
Manuel zeigte Yanko auf einem querliegenden Baumstamm seine neue Kür und versicherte Yanko, dass er dabei immer vorsichtig sein würde. Doch Yanko sah, dass Manuel absolut spitze war und freute sich sehr darüber, dass ihm diese Arbeit offensichtlich viel Spaß machte. Mit Janis zusammen hatte Manuel außerdem noch begonnen eine Paarnummer einzuüben.
Jenny fühlte sich sofort sehr wohl auf St. Lucia, und sie ging mit ihren beiden Töchtern, natürlich immer auch mit Jony im Schlepptau, sehr oft an den Strand und ließ es sich einfach gut gehen.

Und Dolores freute sich ganz besonders darüber Maria hier zu treffen, wobei Marias Anwesenheit auch für alle anderen Zirkusleute eine gelungene, freudige Überraschung war.
Yankos Babys waren natürlich der absolute Hit, vor allem bei Cecilia, die ja selbst bald ihr erstes Kind bekommen würde. Sie quetschte Maria und Mala regelrecht nach Tipps und Ratschlägen aus und übte schon mal kräftig das Windeln wechseln.

Es dauerte nicht lange, und die Freude des Wiedersehens hatte sich bei Yanko schnell wieder gelegt, denn er trieb immer noch in Mitten dieser dunklen, schweren Sumpfwelle herum. Alles kam schlagartig mit einem Traum zurück, in dem er erneut seinem Vater begegnete, der ihm durch eine schier unüberwindbare Feuerwand etwas zurief, was er einfach nicht verstehen konnte, weil das Feuer so laut prasselte. Er sprach wie aus einer anderen Welt zu ihm, und es schien enorm wichtig zu sein. Yanko versuchte verzweifelt einen Weg durch das Feuer zu finden, wurde aber immer wieder wie von einer unsichtbaren Hand zurückgezogen.
Nachdem Yanko atemlos aufgeschreckt war, dachte er lange über diesen Traum nach, aber er kam zu keiner logischen Erklärung. Das Einzige was er jedoch deutlich spüren konnte, war, dass er plötzlich seinen Vater tierisch vermisste. Er konnte sich nicht daran erinnern jemals so eine große Sehnsucht nach ihm gehabt zu haben. Hatte er ihn denn überhaupt schon einmal so richtig vermisst? Oder hatte er diese Gefühle immer sofort verdrängt? Er versuchte sich daran zu erinnern, wie er sich gefühlt hatte, als sein Vater plötzlich von heute auf morgen nicht mehr da gewesen war, aber er bekam nur ein sehr dumpfes Gefühl als Resonanz zurück. Sein ganzes Leben, außer die Zeit mit Fam, kam ihm auf einmal vor wie ein ständiger Kampf gegen einen

unsichtbaren Gegner, der ihn permanent verfolgte und herausforderte um sein Leben zu kämpfen. Eine schier unermessliche Einsamkeit erfasste Yanko auf einmal, und er hatte von jetzt auf nachher das Gefühl völlig allein in einem eisigen Universum herumzuirren. Alles erschien ihm mit einem Mal völlig sinnlos und jeder Versuch, den er bis jetzt seinerseits unternommen hatte, um aus diesem unendlich tiefen, dunklen Loch herauszukommen, wurde geradezu lächerlich. In seinem Kopf herrschte von einer Sekunde auf die andere absolute Dunkelheit.

Die Wände von Malas Schlafzimmer rückten auf einmal bedrohlich näher. Sie wirkten wie ein riesiges Heer von dunklen, gesichtslosen Gestalten, die sich im nächsten Moment mit wildem Geschrei auf ihn stürzen wollten. Der Schweiß brach ihm aus, und er dachte nur noch, dass es besser gewesen wäre, wenn er Rons Anruf in New York einfach ignoriert hätte.

Dann hielt er es in dem Raum nicht mehr aus. Schnell packte er in seinen Rucksack ein paar volle Flaschen Whisky und alle Zigaretten, die er finden konnte. Er musste aus diesem Haus raus, weg von den Wänden und weg von seinen Träumen.

Ein paar Kilometer vom Haus entfernt, gab es ein paar abgelegene Strände, die nicht gerade einfach zu erreichen waren. Man musste die Wege schon sehr gut kennen und außerdem ein bisschen schwindelfrei sein, wenn man die schmalen, steilen Pfade an den Klippen hinunter in die Buchten klettern wollte.

Und Yanko rannte. Er rannte bis er an den Klippen war. Er wollte nur noch so schnell wie möglich ans Meer hinunter. Er sehnte sich nach dem Wasser. Wie in Trance kletterte er blitzschnell einen der in der Dunkelheit kaum ausfindig zu machenden Pfade abwärts. Kaum war er am Strand angekommen, riss er sich die Kleider vom Leib und rannte ins

Wasser. Er schwamm und schwamm, fast so, als ob alle Haie der Welt bereits hinter ihm her wären. Aber Yanko dachte überhaupt nicht an Haie, er dachte an gar nichts, er wollte nur endlich allem Schmerz entfliehen, er wollte endlich nichts mehr fühlen.
Irgendwann schwamm Yanko schließlich erschöpft an den Strand zurück und machte sich daran die erste Flasche auszutrinken. Er legte sich nass wie er war auf den Rücken in den Sand und sah zu den Sternen hinauf.
Ob Fam ihn jetzt sehen konnte? Ihm fiel auf, dass er schon lange nicht mehr von ihr geträumt hatte. War er etwa dabei sie zu vergessen? Er erschrak bei dieser Vorstellung und kramte fast panikartig in seinen Erinnerungen nach allen Details, die für ihn wichtig waren, und die er um jeden Preis in seinem Gedächtnis bewahren wollte. Nachdem er nach kurzer Zeit sicher war, dass er noch genau wusste wie sie ausgesehen, und wie sie sich angefühlt hatte, wie es außerdem gewesen war sie zu küssen und sich an ihren Duft erinnern konnte, beruhigte er sich wieder etwas. Doch die Sehnsucht nach ihr und der wunderschönen Zeit, die sie zusammen verbracht hatten, verschlang ihn plötzlich schier, und er musste aufstehen, weil ihm davon kotzübel wurde. Er ging zurück ins Wasser, kniete sich hinein und tauchte seinen Kopf unter, bis er von selbst wieder hochkam, weil sein Körper nach Luft verlangte.
„Verflucht nochmal, hört das denn niemals auf?", schrie er daraufhin wütend in den Himmel. Er fühlte sich so dermaßen hundeelend, dass er noch nicht einmal weinen konnte. Er fühlte sich vollkommen ausgetrocknet und erstarrt an, und er war absolut ratlos.
Dann kam auf einmal das Gefühl dazu vollständig versagt zu haben, weil es ihm schon wieder so schlecht ging. Yanko begann sich selbst komplett in Frage zu stellen, und war sich bald sicher, dass er einfach nur total unfähig und zu blöd war,

mit den ganzen Hilfen, die ihm schon angeboten wurden, umzugehen, und er überlegte ernsthaft, ob ihm nicht ein Stück Verstand fehlte, damit er seine Vergangenheit besser verarbeiten konnte.
Die Hilflosigkeit schlang sich auf einmal eiskalt um seinen Körper und verwandelte alles drum herum in einen Ort der absoluten Dürre.
Zurück am Strand öffnete er die zweite Flasche Whisky und rauchte die x-te Zigarette, und er nahm sich vor solange weiter zu trinken, bis er einfach umfallen würde.

Als Yanko am nächsten Abend immer noch nicht wieder zu Hause aufgetaucht war, machten sich Nino und Mykee gemeinsam zu Fuß auf den Weg, um nach ihm zu suchen. Stefan und Dolores nahmen den Jeep und fuhren sämtliche Straßen und Ortschaften ab, und Mala beauftragte einen Freund mit seinem Boot alle Buchten und Strände der Insel abzufahren.
Obwohl der Jeep noch zu Hause stand, hatte jeder an jenem Morgen gedacht, dass Yanko zum Surfen gegangen wäre, denn es war durchaus schon vorgekommen, dass Yanko zum Laden gelaufen war. Als Nino ihn jedoch dann später am Surfshop nicht angetroffen hatte, ging er davon aus, dass Yanko eben schon wieder weggegangen wäre. Erst nachdem Nino am Abend nach Hause gekommen war und sich sehr wunderte, dass Yanko immer noch nicht da war, hatte Mala bemerkt, dass der Rucksack fehlte. Und da Yanko, wie sie anschließend feststellten, offensichtlich nichts weiter als Zigaretten und Alkohol mitgenommen hatte, waren alle plötzlich in höchster Alarmbereitschaft gewesen.
Spät in der Nacht zog ein Gewitter auf und zwang die Suchenden nach Hause, und der Sturm tobte heftig bis in die frühen Morgenstunden hinein. Mykee und Nino machten sich aber sofort wieder auf den Weg, nachdem der Sturm etwas nachgelassen hatte, und man wieder recht gefahrlos durch den Wald laufen konnte. Am frühen Abend dann hatten sie Yanko endlich gefunden. Er lag am Ufer halb im Wasser und war ohne Bewusstsein. Mykee war als Erster bei ihm und versuchte ihn wach zu rütteln. Yankos Atem ging flach und seine Stirn glühte. Gemeinsam zogen sie ihn aus dem Wasser heraus, und während Nino die Klippen wieder hinaufrannte um Hilfe herbei zu telefonieren, bemühte sich Mykee weiterhin Yanko wieder zu Bewusstsein zu bringen.

Plötzlich fiel ihm allerdings ein was passieren könnte, wenn die Sanitäter, die wohl bald per Boot kommen würden, Yanko in ein Krankenhaus brächten. Er wusste ja wie Yankos Körper auf bestimmte Medikamente reagierte. Er wartete bis Nino wieder zurück war und äußerte ihm gegenüber seine Bedenken. Nino sah sich Yanko genauer an und sagte Mykee, dass er aber auf keinen Fall deswegen Yankos Leben aufs Spiel setzen würde. Sie einigten sich darauf ihn auf jeden Fall trotzdem erst einmal in ein Krankenhaus bringen zu lassen.
Da bewegte sich Yanko auf einmal, und er fing an zu husten bis alles Wasser aus seinen Lunge wieder draußen war. „Was macht ihr hier?“, murmelte er, als er einigermaßen wieder zu sich gekommen war. „Du bist gut! Weißt du was für ein Tag heute ist? Wir haben dich gesucht, verdammt! Du bist seit zwei Tagen einfach verschwunden!“, erklärte ihm Nino und spürte auf einmal das ganze Ausmaß seiner Angst, die er gehabt hatte. „Wie geht's dir?“, fragte Mykee und befühlte erneut Yankos Stirn. Sie glühte immer noch, und Yanko sah erbärmlich aus. „Haut ab und lasst mich in Ruhe!“, wehrte sich Yanko mürrisch und zog Mykees Hand von seiner Stirn.
Yanko raffte sich langsam auf und krabbelte zu seinem Rucksack und suchte nach Whisky, doch der Rucksack war leer. „Scheiße! Verdammt!“, fluchte er laut vor sich hin, als plötzlich ein Boot in der Bucht auftauchte. Yanko drehte sich um und sah zwei Männer mit einer Trage aus dem Boot aussteigen. „Was soll das denn? Habt ihr die gerufen?“, fragte Yanko jetzt total genervt. Ihm war schwindlig, und er brauchte dringend etwas zu trinken. Er konnte überhaupt nicht verstehen, warum um alles in der Welt Mykee und Nino Sanitäter gerufen hatten.
„Ja, das haben wir! Du warst bewusstlos, und ich glaube, du hast Fieber! Du lagst im Wasser, als wir dich gefunden haben!“, verteidigte Nino vehement ihre Entscheidung.

„Jetzt bin ich aber nicht mehr bewusstlos. Schick sie bitte wieder weg! Ein Krankenhaus ist wirklich das Letzte, was ich noch brauchen könnte!“, bat Yanko eindringlich. Er würde mit ihnen nach Hause gehen, aber definitiv nicht in ein Krankenhaus. Nach einigem Hin und Her unterschrieb Yanko schließlich eine Erklärung in der stand, dass er die Untersuchung persönlich abgelehnt hätte und die volle Verantwortung für seine Gesundheit übernehmen, sowie für alle angefallenen Unkosten aufkommen würde.
Mykee und Nino schüttelten nur fassungslos ihre Köpfe, räumten dann aber schnell, nachdem das Rettungsboot wieder davongefahren war, sämtliche leeren Flaschen und herumliegenden Zigarettenstummel kommentarlos in den Rucksack, packten Yanko und machten sich mit ihm auf den Heimweg. Yanko war so schwach, dass er schon genug Schwierigkeiten damit hatte überhaupt stehen zu bleiben, und die einsetzenden Entzugserscheinungen machten den langen Weg zu einer kräftezehrenden Tortur für alle.
Endlich zu Hause angekommen, legte sich Yanko sofort ins Gästebett und bat Nino ihm was zu trinken zu besorgen. Nino machte sich auch gleich auf den Weg, und als er wieder zurück war, fragte er Yanko, ob er denn nicht lieber jetzt die Gelegenheit für einen Entzug nutzen wolle. Doch Yanko erklärte ihm daraufhin völlig erschöpft, dass er jetzt nicht in der Lage wäre das durchzuhalten, weil er zudem gar keinen Sinn mehr darin fände überhaupt damit aufzuhören.
In den nächsten Tagen stieg das Fieber bedenklich an, und der einsetzende Husten schwächte Yanko noch erheblich dazu. In seinen Fieberträumen jagten ihn verzerrte Stimmen und Bilder von einem Ort zum anderen und wurden nur durch die heftigen Hustenanfälle unterbrochen.
Jenny war sehr oft bei ihm und versorgte ihn mit der Medizin, von der sie wusste, dass er sie vertrug. Kurz war sie dankbar

dafür gewesen, dass Yanko momentan nicht trocken war, denn sonst hätte sie die meisten homöopathischen Mittel gar nicht erst verwenden können. Und Malas Mutter und Maria kramten ihrerseits alle bekannten Hausrezepte hervor, die ihnen in den Sinn kamen, doch irgendwie wollte nichts wirklich helfen. Yanko blieb einfach vollgesoffen in seiner Fieberwelt versunken. Auch jeglicher Versuch mit ihm zu reden, scheiterte, egal wie sehr sich jeder einzelne wieder einmal darum bemühte.

Es gab überhaupt keine Worte mehr in seinem Kopf. Er war völlig leer und vollkommen ausgebrannt. Doch Yanko fühlte sich wohl in diesem abgehobenen Fieberzustand. Sein Körper wurde immer leichter, und wenn er nicht gerade husten musste, konnte er ihn manchmal schon gar nicht mehr richtig spüren. Irgendwie schwebte er ein bisschen über sich selbst. Die Schwere war wie weggeblasen, und alles schien auf dieser Ebene ganz einfach und leicht zu sein. Nach ein paar Tagen dann wurde plötzlich alles sehr hell um ihn herum, und aus der Ferne hörte er unerklärliche, jedoch wunderschöne Klänge, die ihn magisch anzogen.
Irgendwann drang Jennys Stimme durch den dichten Schleier zu ihm hindurch, und er hörte wie sie sagte, dass er eine Lungenentzündung habe, und dass sie ihn eigentlich ins Krankenhaus bringen müsste. Doch er war viel zu schwach, um ihr zu widersprechen. Sollten sie mit ihm doch machen, was sie wollten, er würde jedenfalls nicht ins Krankenhaus mitgehen. Sollten sie seinen Körper ruhig dorthin bringen, er hing nicht mehr an ihm. Er wollte nicht mehr kämpfen. Sollten sie seinen kaputten, mit Alkohol durchtränkten Körper ruhig hier wegschaffen, er würde auf jeden Fall dorthin gehen, wo diese bezaubernde Musik spielte.
Er hatte keine Kraft mehr. Er hatte aufgegeben.

Yanko pendelte tagelang zwischen Fieberwahn und Wachzustand hin und her, und Jenny bekam jetzt richtig Angst. Sie versuchte es die anderen nicht spüren zu lassen, denn sie musste den Gedanken, dass Yanko tatsächlich sterben könnte erst einmal selbst verkraften. Ihr war klargeworden, dass auch ein Krankenhaus Yanko nicht mehr helfen könnte, und deshalb klaute sie, nachdem er nicht mehr selbstständig trinken konnte und seit über einer Woche nichts mehr gegessen hatte, im Krankenhaus einen Tropf. Sie füllte ihn mit einer Alkohol- Zuckerlösung, weil sie wusste, dass ein Entzug ihn in dieser Verfassung mit ziemlicher Sicherheit erst recht umbringen würde. Zunächst stellte sie die kleinst mögliche Menge ein und achtete genauestens auf irgendwelche Entzugssymptome, und nach einer Weile hatte sie dann die richtige Dosis gefunden.
An einem dieser Nachmittage stand sie plötzlich tränenüberströmt auf. Sie musste es ihnen sagen. Sie musste mit jemandem reden. Sie verließ Yankos Zimmer und atmete erst ein paar Mal tief durch, um sich wieder zu sammeln. Nachdem Jenny dann allen von Yankos kritischem Zustand berichtet hatte, setzte sie sich zu ihnen an den Tisch. Das lange Schweigen unterbrach schließlich Mykee. „Ron muss her, und zwar sofort!“, sagte er und war schon dabei ihn anzurufen.

Ron war aber immer noch stinksauer auf Yanko wegen seiner Aktion, die er in Florida gebracht hatte, und eigentlich hatte er sich fest vorgenommen sich nicht mehr um Yanko zu kümmern. Er hatte einfach die Schnauze gestrichen voll von Yankos Launen. Obwohl er ihn immer noch sehr liebte, hielt er diese emotionalen Achterbahnfahrten einfach nicht mehr aus.

Mykee brauchte eine ganze Weile, bis er Ron erst einmal entlocken konnte, was eigentlich los war, und warum er zunächst so abweisend reagierte. Sie redeten fast eine Stunde lang, aber Mykee blieb felsenfest bei seiner Überzeugung, dass Ron der Einzige unter ihnen war, der Yanko jetzt noch helfen könnte.
Und ein Tag später war Ron dann doch gekommen.
Fassungslos saß er an Yankos Bett und kämpfte wieder mit seiner aufkommenden Verzweiflung. Er wollte es nicht wahr haben, was er da sah. Yanko war total abgemagert und sah aus, als ob er schon längst tot wäre. Ron legte sich zu ihm und nahm ihn in seine Arme. Er wiegte Yanko wie ein kleines Kind hin und her und flüsterte immer wieder: „Alles wird gut! Hörst du? Alles wird gut! Du darfst nicht gehen! Das erlaube ich nicht! Lass mich nicht allein! Ich bin da, Yanko, hörst du mich?!“, in sein Ohr und konnte seine Tränen dabei nicht unterdrücken.
Später telefonierte Ron mit Black Wolf und erzählte ihm was passiert war, und wie es um Yanko stand. Black Wolf schwieg eine Weile, doch dann sagte er: „Es ist seine Entscheidung! Du kannst ihn nicht halten, wenn er wirklich gehen will, doch du machst es ihm unnötig schwer, wenn du ihn nicht loslässt! Lass ihn frei entscheiden! Lasst ihn in Ruhe sterben, oder in Ruhe wieder zurückkommen! Nur seine Seele weiß, was für ihn am besten ist! Vielleicht braucht sie diese Rückverbindung an ihre Seelenfamilie, um sich zu stärken. Aber vielleicht war das, was ihm alles widerfahren ist, doch einfach zu viel für ein Leben. Ich bete zum Großen Geist, dass er ihm helfen möge, den für ihn richtigen Weg zu gehen, und das solltest du auch tun! Du zeigst ihm deine Liebe am besten, wenn du seine Entscheidung respektierst!“ Black Wolf hatte mit einer solch würdevollen und klaren Stimme gesprochen, dass Ron trotz allem innerlich ganz ruhig wurde.

Black Wolf hatte Recht. Wenn jeder an Yanko herumzupfte und ständig jemand mit der Angst im Nacken beschwörend und flehend an seinem Bett saß, konnte man sich gut vorstellen, dass es nicht leicht war dabei Ruhe und Erholung zu finden. Yanko hatte schon immer in solchen Momenten um Ruhe gebeten. Er wollte dann allein sein, doch keiner gab ihm wirklich das, was er sich wünschte. Alle wollten ihm helfen, und zwar so wie sie dachten, dass es am besten für ihn wäre, doch niemand hörte ihm dann wirklich zu und respektierte seine Weise mit den Problemen umzugehen, oder gab ihm überhaupt die Gelegenheit dazu es herauszufinden. Aber war das jetzt auch noch so ein üblicher Moment? Er hatte Yanko einmal davor bewahrt sich umzubringen, aber vielleicht wollte Yanko ja tatsächlich lieber sterben. Vielleicht war das alles wirklich zu viel für ihn. So wie er jetzt da lag, wirkte er jedenfalls wie ein zerschelltes Boot an den Klippen, zerbrochen an den scharfen Kanten tiefer, innerer Verzweiflung.

Ron erzählte dann den anderen, was Black Wolf ihm gesagt hatte, und er erzählte ihnen auch von New York. Und während er sprach, kam Nino sofort der Tag in den Sinn zurück, als Yanko bei dem Sturm, draußen im Meer auf dem Surfbrett gelegen und sich fast darüber beschwert hatte, dass er ihm zu Hilfe gekommen war. Er erinnerte sich noch sehr genau an den Moment, als er erkannte, dass Yanko keine Angst gehabt hatte.

Nachdem Ron geendet hatte, schwiegen sie lange und ließen sich seine Worte durch die Köpfe gehen. Nino sah zu Ron, und er war auf einmal total eifersüchtig auf ihn. Er fühlte sich plötzlich komplett außen vor und meilenweit von Yanko entfernt. Yanko hatte ihm zwar von Ron erzählt, aber da war

Ron ganz weit weg gewesen. Ihm jetzt gegenüber zu sitzen, erweckte in ihm ein größeres Unbehagen, als ihm lieb war. Nino war sich allerdings sicher, dass Ron nichts von ihm und Yanko wusste, und dass auch weder Mala noch Maria ihm das sagen würden. Nino rückte sich im Stuhl zurecht, denn das war jetzt eigentlich auch alles scheißegal, und falls Yanko sterben würde, dreimal.
„Dieser Black Wolf hat Recht! Lassen wir Yanko zwei Tage vollkommen in Ruhe. Erst dann schauen wir wieder nach ihm. Ok? Ron, bitte sag du es ihm! Ich finde er sollte wissen, dass er jetzt zwei Tage ganz für sich hat.“, sagte Nino dann und musste sich ein paar Tränen wegwischen. Alle anderen stimmten dem Vorschlag zu, und Ron ging ins Haus, um es Yanko mitzuteilen.

Zwei Tage.
Keiner wusste, wie er es aushalten sollte, nicht doch einen kurzen Blick in Yankos Zimmer zu werfen. Nino blieb die ganze Zeit in seinem Laden. Er musste an der Luft sein. Er hätte das Warten im Haus keine Sekunde ausgehalten. Mala und Maria stürzten sich auf ihre Babys und badeten sie gleich mehrmals am Tag. Mala begann die Küche zu streichen, und Maria zupfte noch Unkraut aus dem Gemüsebeet, wo keines mehr zu finden war. Jenny flüchtete ihrerseits tagsüber mit allen anderen an den Strand. Und abends zogen sie gemeinsam durch die umliegenden Bars und Kneipen und blieben bis zum Feierabend, und das war in zwei Bars erst morgens um fünf. Die Babys waren immer dabei, aber daran störte sich hier auf der Insel sowieso niemand.
In den frühen Morgenstunden, wenn Mala dann in ihrem Bett lag, horchte sie in die Stille und wartete sehnsüchtig auf irgendein Geräusch. In der ersten Nacht hörte sie Yanko ab und zu husten und wäre fast automatisch aufgesprungen und

zu ihm gerannt. Doch sie biss sich auf die Lippen und zwang sich zu schlafen.

Doch wirklich geschlafen hatte in diesen zwei Tagen niemand von den Erwachsenen. In aller Herrgottsfrüh am dritten Morgen hielt es dann keinen mehr in seinem Bett, und alle waren damit einverstanden, dass diesmal Mykee nach Yanko sehen sollte. Er schien jedenfalls momentan der Ruhigste unter allen Anwesenden zu sein. Die Kinder schliefen noch, und so war es recht still auf dem Anwesen.
Mykee holte tief Luft und ging ins Haus. Ganz vorsichtig öffnete er die Tür zu Yankos Zimmer und traute dann seinen Augen kaum. Da lag Kenia in Yankos Armen und beide schliefen seelenruhig. Mykee trat leise näher heran und sah, dass sich Yanko offenbar selbst von dem Tropf befreit hatte, und auf dem kleinen Tisch neben dem Bett stand eine frisch geöffnete Whiskyflasche, aus der ein paar Schlucke fehlten. Erleichtert schlich er wieder aus dem Zimmer und schloss die Tür leise hinter sich.
Er grinste übers ganze Gesicht, als er ins Freie zu den anderen trat. „Kommt mal mit, aber seid leise!“, sagte er nur und ging, gefolgt von allen wieder ins Haus zurück. Nach und nach konnte jeder einen Blick auf Yanko und Kenia werfen, die sich inzwischen noch näher an ihn herangekuschelt hatte.

Die Freude und Erleichterung darüber, dass Yanko sich offenbar für das Leben entschieden hatte, war natürlich riesengroß, und als er nach ein paar Tagen auch zum Essen wieder am großen Tisch im Hof saß, fielen die restlichen Sorgen über Bord.
Kenia wich in den ersten Tagen keine Sekunde von Yankos Seite, und er ließ sie gewähren. Sie war es schließlich gewesen, die ihn zurückgeholt hatte. Als sie sich in der zweiten Nacht

zu ihm ins Bett gesetzt hatte und ihre kleine Hand auf sein Gesicht legte und sagte, dass sie ihm nachkommen würde, wenn er lieber in der anderen Welt bleiben wolle, hatte die Musik plötzlich aufgehört zu spielen. Er war aufgewacht und hatte Kenia gesehen. Er hatte sie in den Arm genommen und ihr gesagt, dass er das nicht wollen würde. Aber sie hatte nicht locker gelassen, bis Yanko ihr versprach, dass er bleiben würde. Zumindest wollte er es ihr zuliebe weiterhin versuchen.

Das Fieber war schnell verschwunden, doch seine Lungen schmerzten noch, und der Husten war grausam. Yanko erinnerte sich daran, dass er als Kind sehr oft Husten gehabt, und wie sehr es ihn damals gequält hatte. Doch seit weit über zwanzig Jahren hatte er keine Erkältung, geschweige denn einen Husten mehr gehabt. Er fühlte sich immer noch sehr matt und fragte sich, was er denn jetzt anstellen sollte, damit er das Versprechen, das er Kenia gegeben hatte auch halten könnte. Die massive Schwere, die er an den Tagen unten in der Bucht gespürt hatte, war einer tiefen Erschöpfung gewichen. Er hätte den ganzen Tag nur schlafen können, und er hatte das Gefühl, dass kein Schlaf der Welt es je schaffen könnte, diese Müdigkeit zu beheben. Sie saß so tief, dass er jedes Mal, wenn er versuchte herauszufinden, woher sie kam, nach einer Weile wieder damit aufhören musste, weil er davon noch müder wurde.
Oft verkroch er sich in seinem Zimmer. So auch an einem der vielen Nachmittage im März. Seit seiner Sauferei in der Bucht waren nun mehr als sechs Wochen vergangen. Yanko hatte Ron damals natürlich herzlich begrüßt, nachdem er wieder zu sich gekommen war, aber so richtig gesprochen hatte er mit ihm noch nicht. Auch sonst war nicht gerade gesprächig, aber es drängte ihn auch keiner dazu. Sie wollten ihm die Ruhe, die ihm offensichtlich gut getan hatte auch weiterhin geben.

Ron klopfte an die Tür, und Yanko murmelte leise: „Herein!“ Er drehte sich um und lächelte Ron an, als er sich aufs Bett setzte. „Schön, dass du da bist! Obwohl ich das nicht verdient habe, nach meiner Aktion in Florida!“, sagte Yanko dann und setzte sich auf. Er nahm den Whisky vom Tisch und trank. „Ich wollte auch erst überhaupt nicht kommen, aber Mykee hat mich überredet... Ich hätte mir das nie verziehen, wenn... wenn...“ Ron schluckte. „Wenn ich verreckt wäre? Warum? Dann hättest du jetzt eine Sorge weniger!“ Yanko sah ihn an und zuckte mit den Schultern. Gleich darauf hätte er sich am liebsten auf die Zunge gebissen. „Tut mir leid, Ron! Das wollte ich nicht sagen!“, fügte er dann gleich im Anschluss entschuldigend dazu.
Ron schnaubte durch die Nase. „Kannst du dir vorstellen, was hier los war? Black Wolf hat uns geraten dir Ruhe und Zeit zu geben, damit deine Seele sich entscheiden könnte. Das haben wir dann auch gemacht! Zwei Tage lang! Zwei verdammte Tage lang wussten wir nicht, ob du noch lebst oder schon tot bist! Verstehst du? Dir war das ja egal! Da wo du warst, muss es ja unheimlich toll gewesen sein!“ Rons angestaute Wut, Angst und Sorgen hatten sich ihren Weg gebahnt, und er sagte das alles lauter und vorwurfsvoller, als er ursprünglich wollte. Eigentlich hatte er sich vorgenommen ganz ruhig mit Yanko zu reden, aber es ging einfach nicht. Wenn Yanko seine zynische Art auspackte, kochte bei Ron die Galle über.
„War es auch!“, sagte Yanko dazu nur und nahm noch einen Schluck. Plötzlich hatte er einen dicken Kloß im Hals, denn die Müdigkeit war auf einmal so heftig, dass sie ihm fast die Sinne raubte. Er lehnte sich in die Kissen zurück und schloss für einen Moment lang die Augen. Was wollte Ron nur? Was auch immer es war, er konnte es ihm ganz bestimmt nicht geben, und er spürte plötzlich, wie sehr es ihn anstrengte ständig das Gefühl zu haben, er müsste etwas tun, damit es

Ron besser gehen würde. Aber er konnte nichts tun, und er wollte auch nichts tun. Er war einfach viel zu müde dazu.
Doch Ron hörte auf zu reden. Stattdessen nahm er ihn einfach in den Arm und zog ihn ganz nah zu sich. Yanko lehnte den Kopf an seine Schulter, und dann zerbrach die Leere. Sie zerbarst in tausend Stücke, und die ganze Verzweiflung brach aus ihm heraus und schüttelte seinen Körper durch.
Ron blieb die ganze Nacht bei ihm und hielt ihn einfach in seinen Armen. Yanko konnte ihm dann sogar nach und nach erzählen, wie er sich fühlte, und Ron versuchte ihm einfach nur zuzuhören und ihn nicht gleich wieder mit guten Ratschlägen zu bombardieren. Und es war wirklich erstaunlich, wie viel Yanko ihm in dieser Nacht erzählte. Yanko kam ihm vor wie ein kleines, verlassenes Kind, das alles verloren hatte, was ihm jemals lieb gewesen war.

Am nächsten Tag beschlossen alle, dass Yanko zur Erholung am besten nach Griechenland zu seiner Mutter fliegen sollte. Sie würde ihn wieder aufpäppeln, und vielleicht wäre das ja auch eine gute Möglichkeit, um noch intensiver alte Wunden zu heilen.
Ron erzählte Yanko dann von dieser Idee. „Und was hältst du davon?“ Yanko sah ihn müde an. „Ja, von mir aus! Gut!“, antwortete er leise und hätte schon wieder weinen können. „Du musst ja nicht! Es ist nur ein Vorschlag, aber ich bin auch fest davon überzeugt, dass es für den total verlassenen Teil in dir sehr gut wäre, mal längere Zeit bei deiner richtigen Mutter zu sein. Du tust immer so, als ob das alles schon abgehakt sei, aber willst du wissen, was ich glaube? Ich denke, das ist genau der Dreh- und Angelpunkt, warum du dich immer noch so herumquälst!“ Yanko sah Ron an, und die Tränen machten sich schon wieder selbstständig. Er wischte sie mit dem Ärmel so gut es ging weg und nahm einen Schluck Whisky. Er

konnte ihm nicht antworten, obwohl es in ihm geradezu danach schrie, dass er Recht hatte. „Vermisst du sie denn nicht?“, fragte Ron vorsichtig und sah schon, dass er mitten ins Schwarze getroffen hatte. Yanko kämpfte erneut gegen den aufkommenden Schmerz, der ihm wieder einmal die Luft abschnürte. „Doch... Sehr sogar... Aber das ist doch albern... Es ist so lange her... und... ich habe sie doch wieder!“, brachte Yanko dann langsam heraus, während ihm weitere Tränen herunterliefen. „Das ist ganz und gar nicht albern! Du brauchst sie! Also fliegst du?“ Ron streichelte ihm liebevoll die Tränen weg. Er wünschte sich so sehr, dass es Yanko endlich wieder besser gehen würde und baute jetzt total auf Yankos Mutter.
„Vielleicht... Ron... würdest du eventuell mitkommen? Ich... Ich fühle mich so schlapp und müde. Ich glaube, ich krieg das allein nicht hin.“ Ron sah Yanko an und glaubte kaum, was er da eben gehört hatte. Yanko hatte ihn tatsächlich um Hilfe gebeten.
Ron wusste genau, dass Yanko das nur tat, wenn er wirklich davon überzeugt war, dass es anders nicht gehen würde. Erneut nahm er ihn in den Arm. „Hey, ich lass dich nicht allein! Das weißt du doch! Ich bin immer für dich da, wenn du mich brauchst! Hörst du?“, sagte Ron, und Yanko klammerte sich an ihn wie ein Ertrinkender.

Ron war sehr erleichtert, als sie endlich in Kalamata angekommen waren. Der Flug war schrecklich gewesen. Yanko hatte durch die trockene Luft im Flugzeug ständig husten müssen und dadurch überhaupt kein Auge zumachen können. Zwar hatte er sich so gut es ging zusammengerissen, aber Ron wusste genau, dass Yanko kurz vorm Durchdrehen stand. Erst in diesen endlosen Stunden neben ihm im Flieger, war Ron klargeworden, wie kraftlos Yanko eigentlich noch war. Der enge, stickige Flugzeugraum hatte ihm noch den Rest gegeben, und Ron war ständig in der Angst verharrt Yanko könnte ohnmächtig werden.

Angelika Katharina erwartete sie schon ganz ungeduldig und erschrak trotz Vorwarnung erst einmal doch sehr, als sie ihren Sohn wiedersah. Sie ließ sich aber nichts anmerken und hieß Ron ebenfalls in ihrem Haus herzlich willkommen.
Kaum angekommen, ließ sich Yanko gleich, so wie er war ins Bett fallen und schlief augenblicklich ein. Angelika Katharina stellte Ron dann der restlichen Familie vor und tischte anschließend das Abendessen auf. Yanko ließen sie jedoch weiterschlafen.
Am Abend nutzte Ron die Gelegenheit und erzählte Yankos Mutter, was in den letzten Monaten mit ihrem Sohn los gewesen war. Und er berichtete ihr auch noch bis tief in die Nacht hinein von alldem, was er sonst noch von und über Yanko wusste.
Wie ein Schwamm saugte Angelika Katharina jedes Wort in sich auf, und dankte Gott erneut tausendfach dafür, dass sie noch so viel über ihren Sohn erfahren durfte und sie ihn wiederhatte. Natürlich brach es ihr auch das Herz, als sie von dem ganzen Kummer und Leid erfuhr, das Yanko in den letzten Jahren widerfahren war, und sie versprach Ron sich um

ihn zu kümmern. Sie hatte ihre unendlich große Sehnsucht nach ihrem ersten Sohn, aufgrund ihres schlechten Gewissens die ganze Zeit über immer wieder verdrängt. Doch jetzt wo Ron darüber sprach, konnte sie sie wieder vollständig spüren, und Angelika Katharina schaffte es an diesem Abend nicht, ihren Schmerz vor Ron zu verbergen.
Ron beschloss Yanko in dieser Nacht noch allein in seinem Zimmer zu lassen und verzog sich in das angebotene Gästezimmer. Außerdem war es Yankos Sache seine Mutter irgendwann über ihr Verhältnis aufzuklären. Und es war sicherlich von Vorteil, sie damit auch nicht unnötig zu schocken und gleich mit der Tür ins Haus zu fallen.
Spät in der Nacht öffnete Angelika Katharina die Tür zu Yankos Zimmer und sah ihm eine ganze Weile beim Schlafen zu. Sie hatte das Bild nie vergessen, wie Yanko als ganz kleines Baby selig und ruhig in ihren Armen geschlafen hatte und sie sich kein wundervolleres Baby hatte vorstellen können. Ihr Herz quoll plötzlich über vor lauter Liebe, so dass sie sich schließlich zu ihm legte und ihn an ihre Brust drückte.

In den folgenden Wochen erholte sich Yanko tatsächlich etwas, und die bleierne Müdigkeit legte sich nach und nach. Seine Mutter erzählte ihm viel über ihr eigenes Leben und von alldem, was sie über ihre Eltern, Großeltern und Urgroßeltern wusste. Yanko hörte immer äußerst gespannt zu, und es tat ihm sehr gut all diese Geschichten zu hören. Ihre Stimme webte die Fäden zu seiner verlorengegangenen Verbundenheit zu diesem Teil der Familie wieder neu und stärkte dadurch sein Herz. Jedes ihrer Worte sackte in seine tiefschwarze Leere und erhellte sie ein wenig mehr.
Angelika Katharina hatte sogar noch ein paar Fotos von Yankos Großeltern und Urgroßeltern, und er sah sie sich oft an. So konnte Yanko sich in Gedanken die Erzählungen

lebhafter vorstellen und hatte manchmal schon fast das Gefühl dabei gewesen zu sein. Er fand es plötzlich sehr schade, dass er seine Großeltern nie kennengelernt hatte. Auch die Eltern seines Vaters hatte er nie gesehen, obwohl sie erst gestorben waren, als er schon zwölf Jahre alt gewesen war. Doch sie hatten damals bereits in den USA gelebt, und es hatte irgendwie keine Gelegenheit gegeben sie zu besuchen.
Eines Abends erzählte Yanko seiner Mutter dann von den immer wiederkehrenden Alpräumen mit dem Feuer und den ohrenbetäubenden Schreien, aber sie konnte damit auch nichts anfangen. Sie vermutete allerdings, dass seine Träume durch die Verbindung zu den armen Seelen ihrer Familienmitglieder, die verfolgt worden waren und grausam hatten sterben müssen, entstanden sein könnten. Doch Yanko hatte seine Zweifel daran, denn sein Gefühl sagte ihm, dass seine Träume damit nichts zu tun hatten.

Yanko verbrachte auch viel Zeit mit seinem kleinsten Bruder, und Konstantin freute sich sehr darüber, dass Yanko bei ihnen war. Es gefiel ihm immer besser, so einen großen Bruder zu haben, und er erzählte ihm sehr viel. Und eines Tages fasste er sich dann ein Herz und fragte ihn das, was er schon seit Längerem hatte wissen wollen. „Ist Ron dein Freund?“ Yanko schluckte. „Ja... Ron ist mein bester Freund! Warum fragst du?“ Konstantin druckste etwas herum. „Sei mir bitte nicht böse, wenn ich das jetzt frage, ok?“ „Schieß los, was gibt's denn?“, ermunterte Yanko ihn und stupste ihn dabei leicht in die Seite. „Ich meine... liebst du ihn?“ Yanko sah seinen kleinen Bruder an und spürte, dass er ihn ernsthaft danach fragte. Sein Blick war klar und geradeaus. Er wollte sich nicht lustig machen. „Hättest du ein Problem damit, falls es so wäre?“, fragte Yanko diplomatisch, denn er wollte vor allem nicht, dass es seine Mutter eventuell zuerst von Konstantin

erfahren würde. „Ich? Nein! Nein, wieso sollte ich? Ich... habe nur eure Blicke gesehen... Ich verstehe das...“, erklärte Konstantin und errötete dabei ein klein wenig. Und so langsam fing Yanko an zu verstehen. „Costas?“, fragte er deshalb nur.
Plötzlich ergaben alle Situationen, die er schon mit Konstantin und Costas erlebt hatte einen Sinn. Costas war zwar nicht oft hier, aber wenn er mal da war, verschwanden die beiden meistens sofort in Konstantins Zimmer und stellten die Musik ziemlich laut.
Konstantin sah Yanko an und nickte nur. Yanko musste plötzlich lachen und legte einen Arm um seinen kleinen Bruder. „Musst du mir alles nachmachen? Habe ich dir gesagt, dass das gut für dich ist? Hm?“, schäkerte Yanko grinsend. Konstantin musste auch lachen und war heilfroh, dass Yanko so drauf war, wie er vermutet hatte, und auch, dass er bezüglich Ron richtig lag.
Im Laufe des Abends schüttete Konstantin dann seinem Bruder sein Herz aus und erzählte ihm davon, wie es mit Costas und ihm angefangen habe, und dass sie sich bis zum heutigen Tag erfolgreich verstecken konnten. Konstantin kannte die Meinung seines Vaters über Schwule, und auch Costas Eltern waren überhaupt nicht gut auf dieses Thema zu sprechen, und so hatten beide berechtigte Ängste aus den jeweiligen Familien ausgestoßen zu werden. Außerdem war Costas Grieche und seine Eltern standen seiner Freundschaft mit einem Roma sowieso schon äußerst kritisch gegenüber. Sie hatten Costas bis jetzt auch noch nie gebeten Konstantin mit nach Hause zu bringen. Die meiste Zeit trafen sie sich irgendwo draußen, weit weg von irgendwelchen Möglichkeiten erwischt zu werden. Yanko war der Erste, der jetzt davon wusste. Wie ihre Daje darauf reagieren würde, konnten sich

beide nicht so recht vorstellen, aber Yanko nahm sich vor, ihr nun doch von seiner Neigung zu Männern zu erzählen.
Angelika Katharina fiel allerdings aus allen Wolken, denn mit so etwas hatte sie nun beim besten Willen nicht gerechnet. Doch nachdem ihr Yanko dann einfühlsam erklärt hatte, dass Schwulsein nichts Schlimmes sei, und er außerdem auch noch auf Frauen stehen würde, beruhigte sie sich wieder. Es dauerte jedoch noch eine Weile, bis sie sich einigermaßen daran gewöhnt hatte. Allerdings blieb ihre Angst, wie ihr Mann Alexis darauf reagieren würde, bestehen, und deshalb bat sie Yanko und Ron im Beisein von ihm, sich nicht zu nahe zu kommen und außerdem in ihrem Haus weiterhin getrennt zu schlafen. Sie hatte Yanko nicht verboten mit Alexis darüber zu sprechen, doch sie mahnte ihn, unbedingt auf den richtigen Augenblick zu warten.

Und plötzlich klopfte es wild an der Haustür, und als Angelika Katharina sie öffnete, stürmten Kenia und Jony mit lautem Hallo an ihr vorbei ins Haus. Sie rannten solange umher, bis sie Yanko endlich gefunden hatten. Der war natürlich total überrascht und geplättet zugleich sie hier zu sehen, zudem er gerade eben am Telefon von Stefan erfahren hatte, dass er gestern Nacht Opa geworden war. Sein Enkelkind war ein Mädchen und hieß Sarah. So war die Freude doppelt so groß, als er seine Kinder sah, und sie feierten noch bis tief in die Nacht ihr Wiedersehen und die Geburt von Angelika Katharinas erstem Urenkelchen. Yanko erfuhr dabei natürlich auch noch genau, was ihm den großen Besuch beschert hatte.
Seine Leute waren von St. Lucia aus, nachdem Yanko und Ron nach Griechenland aufgebrochen waren, zurück nach Sheddy geflogen. Kenia wollte aber nicht mit ihrer Mutter mitkommen, weil sie partout bei Jony bleiben wollte, und Maria musste ihr zusätzlich noch versprechen, dass sie bald

zusammen nach Griechenland zu Yanko fliegen würden. Das hatten sie dann jetzt getan. Maria wollte sowieso nach der langen Zeit auf St. Lucia, gerne wieder nach Mykonos zu ihren beiden Söhnen zurückkehren. Und als die Reise schließlich kurz bevorstand, hatte sie Nino dann doch gefragt, ob er auch mitkommen wolle, und nachdem er zugestimmt hatte, wollten sie Mala und Flores aber auch nicht allein zurück lassen. Mala hatte zuerst nicht so recht gewollt, denn sie befürchtete, dass es Yanko nerven könnte, wenn sie alle auf einmal bei seiner Mutter einfallen würden. Er hatte sich in dieser Zeit auch nicht sehr oft bei ihr gemeldet, und sie war einfach unsicher, ob das jetzt schon der richtige Zeitpunkt für ein Wiedersehen war. Doch Kenia hatte sie dann unentwegt gedrängelt, und schließlich hatte sie nachgegeben. Sie wollte ja auch nicht lange bleiben.

Für Mala, Maria und Nino war es anfangs nicht ganz einfach plötzlich im Haus von Yankos Mutter zu sein. Angelika Katharina freute sich allerdings ungemein darüber, endlich ihre anderen zwei Enkelkinder kennenzulernen. Die beiden Babys zu sehen, war ihr ein besonderes Vergnügen, auch wenn sie auf Grund der verwirrenden Beziehungskonstellation zwischen allen, zunächst etwas durcheinander kam.
Für Nino war es besonders schwer, denn er vermisste Yanko mittlerweile so sehr, dass er es Ron beinahe selbst gesagt hätte. Doch hier schien es auf einmal für Yanko nur noch Mala zu geben, und Nino wunderte sich, dass Ron dabei so cool blieb. Nino versuchte sowohl Yanko, als auch Ron aus dem Weg zu gehen, einfach um zu vermeiden, dass es hier im Haus von Yankos Mutter doch noch zum Eklat kommen würde.

Yanko hatte sich über den spontanen und sicher liebgemeinten Besuch sehr gefreut, vor allem über Kenia und

Jony, doch er spürte, wie sich schon nach ein paar Stunden die Unruhe wieder in ihm ausbreitete. Er fühlte sich dann von Stunde zu Stunde mehr in die Ecke gedrängt und war innerlich schon wieder dabei zu flüchten. Nino zu sehen war dabei das Schlimmste, denn er spürte sein Verlangen nach ihm deutlich zurückkehren und musste sich eingestehen, dass er Ron dabei fast vergaß. Er ahnte, dass sich Nino aus Rücksicht sehr zurückhielt, aber das machte ihn nur noch mehr an. Für den Respekt, den Nino gegenüber seiner Mutter an den Tag legte, war Yanko allerdings total dankbar. Auch wenn er seiner Mutter gerne alles ganz genau erzählen wollte, spürte er, dass er erst mit Alexis darüber sprechen musste, und der Zeitpunkt dazu war einfach noch nicht gekommen.

Yanko passte Nino eines Abends ab, zog ihn mit in sein Zimmer und schloss hinter ihm die Tür ab. Er hatte es einfach nicht mehr länger ausgehalten. Kaum war die Tür zu, fielen sie leidenschaftlich übereinander her. Es war das erste Mal seit seinem Zusammenbruch, dass er wieder mit jemandem Sex hatte. Hinterher fühlte er sich auf der einen Seite sehr gut, doch spürte er auch sehr deutlich die Nachwirkungen der Lungenentzündung in seinen Knochen. Als Nino wieder verschwunden war, legte sich Yanko ins Bett. Er war plötzlich total fertig. Er trank den Whisky noch aus und schlief daraufhin fast augenblicklich ein.

In den nächsten Tagen konnten die beiden es kaum erwarten wieder zusammen zu sein, und sie nahmen jede Gelegenheit wahr, sich zu treffen. An manchen Tagen stiegen sie dreimal auf den Dachboden hoch, um sich dort zu lieben.

Doch dann passierte, was passieren musste. Yanko und Nino verabschiedeten sich oben am Fuß der Dachstiege mit einer

festen Umarmung, als Ron um die Ecke kam und sie dabei sah. Wie versteinert blieb er stehen und starrte die beiden an. Als Yanko seine Augen öffnete, trafen sich ihre Blicke. „Shit!“, flüsterte er Nino zu. „Ron... Bitte lass dir erklären...“, versuchte Yanko die Situation zu retten, in der es nichts mehr zu retten gab. Ron machte postwendend auf dem Absatz kehrt, verschwand sofort im Gästezimmer und schloss die Tür hinter sich ab.
Yanko lief ihm hinterher und rief: „Hey Ron, mach bitte auf! Lass uns reden!“ „Jetzt auf einmal? Jetzt, nur weil ich euch gesehen habe? Du hattest weiß Gott genug Zeit gehabt, mir das zu sagen!!! Und komm mir ja nicht damit, dass das eben das erste Mal war!“, schrie Ron durch die verschlossene Tür. „Hör auf so zu schreien, bitte! Ja, du hast ja Recht! Ich hätte es dir schon längst sagen müssen... Du kennst mich doch... Es tut mir echt leid! Ich wollte nicht, dass du es so erfährst!“ „Bla Bla Bla!!! Yanko, spar dir deine tollen Erklärungen!!! Und jetzt lass mich in Ruhe!!! Los verschwinde!!! Hau endlich ab!!!“
Die Worte saßen, und Yanko trollte sich. Nino hatte alles mit angehört und wartete unten auf ihn. Yanko seufzte und rieb sich sein Gesicht. „Oh, Mann! Scheiße! So ein Mist! Muss der auch ausgerechnet in diesem Moment nach oben kommen! Verfluchter Mist!“, raunte Yanko Nino genervt zu. „Was machen wir denn jetzt?“, fragte Nino. Ihm wäre es auch lieber gewesen, wenn Ron es durch Yankos Worte erfahren hätte. So eine Situation wie eben, war immer Scheiße. „Keine Ahnung! Lass uns hier verschwinden und was trinken gehen! Ich brauche jetzt frische Luft!“, schlug Yanko vor und wäre an diesem Abend am liebsten gar nicht mehr ins Haus zurückgekehrt.

Marias Klopfen an der Tür riss ihn am nächsten Morgen aus dem Schlaf. Mala war schon vor Stunden aufgestanden und

nun mit Flores draußen im Hof. „Es ist offen!“, murmelte Yanko verschlafen und nahm erst einmal einen kräftigen Schluck aus der Flasche. Maria trat mit Cheyenne auf dem Arm ein und bemerkte zu ihrer eigenen Unzufriedenheit, dass ihr kurz die Knie weich wurden, als sie Yanko dort halbnackt im Bett liegen sah. Wie oft hatte sie ihn so gesehen und war voller Freude zu ihm ins Bett gehüpft und hatte sich ihm hingegeben. Doch dann schluckte sie diese Gedanken schnell wieder herunter, denn deswegen war sie schließlich nicht gekommen.
„Yanko... Ron ist weg! Er war nicht beim Frühstück. Dann bin ich nach oben und habe nachgesehen... Seine Reisetasche ist auch weg.“ Yanko setzte sich mit einem Ruck auf. „Scheiße! Verdammt!“ Dann streckte er seine Arme aus, und Maria reichte ihm Cheyenne rüber. Maria schmunzelte. Es sah so süß aus, wie er die Kleine auf seine Brust legte und ihr die Decke über den Kopf zog. Cheyenne schien das zu gefallen, und sie lächelte ihn zufrieden an. „Setz dich doch!“, forderte Yanko Maria auf, und sie kauerte sich etwas zaghaft auf die Bettkante. Der Gedanke, dass Mala noch vor kurzem hier neben Yanko gelegen hatte, gefiel ihr plötzlich ganz und gar nicht mehr. Yanko war immer noch ihr Mann. Yanko wollte sich zwar um die Scheidung kümmern, was er aber logischerweise aufgrund der Umstände noch nicht getan hatte, und sie hatte es damit ganz und gar nicht eilig. Sie war immer noch mit ihm verheiratet, und sie hatten mittlerweile zwei wunderbare Kinder zusammen. Irgendwie mussten sie das doch hinbekommen. Maria seufzte unbewusst und sah liebevoll zu ihrer Tochter.
Dann trafen sich ihre Blicke, und es war seit Langem mal wieder ein Blick von Yanko, der nur ihr galt. Er scheint sich auch ein paar Gedanken zu machen, dachte Maria und hoffte auf einmal, dass er sich zu ihr rüberbeugen, und sie küssen

würde. Ihr wurde plötzlich ganz heiß, und ihr Herz begann schneller zu schlagen. Was war denn nur auf einmal mit ihr los? Sie war doch mit Nino zusammen, und Yanko wollte doch Mala. Er hatte sich wegen Mala von ihr getrennt. Aber sie musste auch zugeben, dass das so gar nicht zu hundert Prozent stimmte. Sie war schließlich damals einfach abgehauen, weil sie so eifersüchtig und enttäuscht von Mala gewesen war. Und natürlich auch von ihm.
„Ich habe Ron gestern ziemlich wehgetan... Er hat mich und Nino zusammen gesehen... Er wusste es noch nicht...“, sagte Yanko plötzlich und riss Maria damit aus ihren Gedanken. „Was? Du hast es ihm immer noch nicht gesagt? Oh jeh!... Das hat er nicht verdient! Er ist extra aus L.A. gekommen und hat sich weitere Wochen freigeschaufelt, nur um dich nach Griechenland zu begleiten... Oh Yanko... Warum hast du es ihm denn nicht gesagt? Du weißt doch, wie sehr er an dir hängt!“ Maria war ziemlich erschüttert.
Yanko legte Cheyenne auf die Matratze und drehte sich auf die Seite. Cheyenne klammerte sich an seinem Daumen fest und zog schon recht kräftig daran. Ihre großen Augen funkelten wie schwarze Opale, und Yanko konnte sich gar nicht an ihr satt sehen. „Ich wollte es ihm ja sagen... Zu spät!“ Yanko ließ sich auf den Rücken fallen. Und als Maria die beiden so im Profil sah, musste sie lächeln. Ihre Tochter war Yanko wirklich wie aus dem Gesicht geschnitten. „Sie sieht dir so ähnlich!“, sagte sie plötzlich sanft und brachte es einfach nicht länger auf, Yanko wegen Ron wirklich böse zu sein. Yanko hatte Ron schließlich nicht gebeten nach St. Lucia zu kommen.
Yanko sah sie erneut an und hätte sie plötzlich am liebsten zu sich ins Bett gezogen. Seit Maria mit Cheyenne ins Zimmer gekommen war, fühlte er sich schlagartig besser. Gestern war er wieder kurz davor gewesen, sich in irgendeine Bucht zu

verziehen und sich willenlos zu besaufen. Nino hatte ihn unwissentlich davon abgehalten, aber vielleicht hatte er es auch gespürt, denn er war ihm keine Sekunde von der Seite gewichen, und selbst zum Pinkeln war er mitgegangen. Seine Stimmung schlug manchmal so abrupt um, dass er selbst nicht mehr mitkam. Als er am frühen Morgen schon einmal wach gewesen war, hatte er plötzlich wieder diese unendlich tiefe Müdigkeit in sich gespürt, und den dicken, fetten Kloß im Hals hatte er nur mit ein paar kräftigen Schlucken Whisky loswerden können.
Yanko wendete sich wieder Cheyenne zu und streichelte ihr liebevoll über ihre kleine Nase. Jetzt noch Jony und Kenia dazu und alles wäre wieder gut, so dachte er, und es wurde ihm plötzlich richtig schwer ums Herz. Ron, Nino, Mala, Maria. Was sollte er bloß tun? Wen liebte er wirklich? Liebte er eigentlich überhaupt einen von ihnen richtig? Oder benutzte er sie nur, um nicht allein zu sein? Dabei wollte er gerne oft allein sein. Eigentlich wollte er auch hier in Griechenland allein sein. Nur mit Ron war ja noch gut gewesen, obwohl er keinen Sex mit ihm hatte. Und in diesem Moment fiel es ihm erst so richtig auf, dass es so gewesen war, und auch, dass er gar kein Verlangen nach ihm gehabt hatte. Und sein Verlangen nach Mala hielt sich auch sehr in Grenzen, obwohl er ihre Anwesenheit als sehr wohltuend empfand. Momentan zog es ihn nur zu Nino.
Yanko überlegte ernsthaft, ob es nicht mal eine Weile gut für ihn wäre wirklich komplett auszusteigen und ein paar Monate in einem tibetanischen Kloster zu verbringen, einfach nur um mal ganz weit weg von alldem hier zu sein, und sich mit Menschen zu umgeben, die mit Sicherheit keinen Sex von ihm wollten und auch sonst nichts von ihm verlangten. Rasant fiel seine Stimmung in den Keller, und er drehte sich wie erschlagen zurück auf den Rücken.

„Hey, was ist los mit dir? Geht's dir immer noch nicht gut?", fragte Maria einfühlsam, und sie spürte die alte Angst wieder aufflammen. „Nein... nicht wirklich. Es ist zwar irgendwie besser, aber ich... ich weiß nicht... Ich bin immer noch so kaputt... Ich könnte den ganzen Tag nur schlafen.", sagte Yanko matt. „Hast du denn noch Schmerzen in der Brust?", erkundigte sich Maria besorgt. „Nein! Gott sei Dank, tut mir grademal nichts weh. Das ist schon was!" Yanko musste sie anlächeln, und er konnte sich für einen Moment überhaupt nicht vorstellen, wieso er Maria eigentlich mit Mala betrogen hatte. Sie war seine Familie. Cheyenne war seine Familie. Flores natürlich auch, aber mit Mala hatte er einfach nicht so das Gefühl eine Familie zu haben. Er konnte es sich selbst nicht erklären, aber es war so.
Mit einem Ruck stand Yanko auf. „Ich muss Ron suchen! Weißt du wo Nino ist?" „Ja, er ist oben!" „Ich brauche einen Fahrer, meinst du er würde mitkommen?" „Ja, ich denke schon!" Yanko zog sich schnell an und war schon Sekunden später an der Tür. Maria nahm Cheyenne hoch, und bevor Yanko ihr die Tür öffnete, gab er seiner Tochter noch einen Kuss auf die Stirn. „Ich liebe dich!", flüsterte er seiner Kleinen noch ins Ohr und ließ Maria dann aus dem Raum. Kurz sah er ihr hinterher, wie sie in der Küche verschwand, bevor er zu Nino die Treppe hinaufstieg.
Nachdem Yanko und Nino zusammen sämtliche Bars und Restaurants in der näheren Umgebung abgeklappert hatten und Ron dort nirgends finden konnten, fuhren sie zum Flughafen. Nach langem Hin und Her war die Dame an der Information schließlich so nett und schaute in den Passagierlisten nach, ob dort ein Mr Ron Dunfolk vermerkt war, aber ohne jeden Erfolg. Schließlich hatte Yanko sie noch dazu bringen können, ihn auszurufen. Doch sie warteten vergeblich. Ron tauchte einfach nicht auf. Müde und erschöpft

gaben sie schließlich am späten Abend ihre Suche auf und verzogen sich in eine kleine Taverne und schossen sich mit Ouzo und Wein die Lichter aus.

In den nächsten Tagen spürte Yanko deutlich, dass es so nicht weitergehen konnte. Die Anwesenheit seiner Freunde und Familie freute ihn zwar sehr, aber er spürte auch, wie er mehr und mehr wieder in den gleichen depressiven Zustand von vor ein paar Wochen hineinrutschte. Die Scheißegalstimmung breitete sich wie ein Teppich in ihm aus, und die Zeit, die er zusammen mit seiner Mutter verbrachte, wurde auch immer weniger. Die zarte, heilende Atmosphäre war mit der Ankunft seiner Leute verschwunden.
Je schlechter er sich wieder fühlte, desto mehr war Kenia wieder in seiner Nähe. Sie kuschelte sich vor allem sehr gerne irgendwann nachts zu ihm ins Bett, oder setzte sich demonstrativ beim Essen auf seinen Schoß und wartete solange bis er seinen Teller aufgegessen hatte. Alle amüsierten sich darüber köstlich, doch Yanko wusste ganz genau, was Kenia ihm damit sagen wollte. Er sollte sich an sein Versprechen erinnern.

Kurz vor Mitternacht wachte Yanko erneut schweißgebadet auf. Diesmal hatte er nichts geträumt. Doch er wusste genau, was ihn nicht schlafen ließ. Es war die Situation mit Mala und Maria. Seitdem Maria in seinem Zimmer gewesen war, dachte er unaufhörlich an sie und wünschte sich, er wäre damals nicht so unfair zu ihr gewesen. Würde sie ihn denn überhaupt noch wollen, nach allem, was er ihr angetan hatte? Würde er ihr denn jetzt treu sein können? Hatte er aufgehört Mala zu lieben? Er blickte zu ihr rüber. Nein, er liebte sie immer noch und trotzdem hatte sich etwas verändert. Hatte er sich verändert? Sehnte er sich nach Maria, oder nach dem zu

Hause, das sie für ihn verkörperte? Plötzlich fiel ihm sein Bruder Keith ein, der ihm oft gesagt hatte, dass Zigeuner einfach zu Zigeunern gehören würden, und dass daran selbst er nichts ändern könne. War es das? War das der Grund? War es dieses Band, das sie zusammenhielt? Das Band, dass sie beide als Roma geboren wurden?
Yanko konnte diese Frage nicht hundertprozentig mit Ja, aber auch nicht mit einem eindeutigen Nein beantworten. Er glaubte eigentlich immer noch, dass es ihm vollkommen egal war, welcher Nation oder welchem Volk sein Partner angehörte. Und wenn es eben seinesgleichen war, dann sollte es halt so sein. Er sah Mala erneut an und entschuldigte sich innerlich bei ihr dafür, dass er überhaupt darüber nachdachte. Eigentlich würde er ja Mala gar nicht betrügen, denn Maria war ja immer noch seine Frau, kam es ihm dann in den Sinn. Und bequeme, faule Ausrede, dachte er daraufhin, bevor er aufstand.
Yanko duschte und ließ das warme, wohltuende Wasser lange über seinen Kopf laufen, in der Hoffnung, es würde seine verwirrten Gedanken ordnen. Er hatte eine Flasche Wein mit ins Bad genommen und trank sie noch während dem Duschen aus. Er hatte mittlerweile überhaupt keinen Überblick mehr darüber wie viel er trank, und es kümmerte ihn eigentlich auch nicht wirklich, obwohl es einen sehr wichtigen Teil seines Versprechens Kenia gegenüber ausmachen würde, endlich einen Entzug zu machen. Er war schon wieder viel zu lange dabei, und als er kurz überlegte, wann er das letzte Mal rückfällig geworden war, erschrak er, denn das war vor knapp einem Jahr gewesen.
Zur Abwechslung trocknete er sich mal ab, denn er wollte schnell hinaus an die Luft. Doch als er aus dem Bad kam, stand plötzlich Maria vor ihm. Yanko zog die Tür leise hinter sich zu. „Maria... Was machst du hier?“, flüsterte Yanko.

„Gehen wir ein bisschen raus?“, fragte sie anstelle einer Antwort. Yanko nickte und sah, dass sie schon fix und fertig angezogen war. Er schmunzelte leicht in sich hinein und dachte plötzlich: Selbe Rasse – selber Gedanke. Gleichzeitig fand er diesen Gedanken aber auch total bescheuert.

Und dann stand er mit Maria draußen auf der Gasse, mitten in der Nacht in der Nähe von Kalamata. Sie hakte sich wortlos bei ihm unter, und so liefen sie den Berg hinauf, bis sie an eine kleine Mauer kamen, von der aus man über die Ebene bis nach Kalamata sehen konnte. Yanko genoss Marias Anwesenheit und sog ihren Duft tief in seine Brust. Ihre langen Haare fielen ihr offen über den Rücken und streiften ab und zu im Wind sein Gesicht. Er liebte das, und es erinnerte ihn immer noch an die Mähne eines Pferdes.
Sie standen lange an der Mauer nebeneinander und ließen ihre Blicke über die Ebene schweifen, aber keiner sah wirklich etwas davon. Yanko überlegte ständig, ob er die Gefahr eingehen sollte, die schöne Stimmung eventuell zu zerstören, indem er sie jetzt einfach in den Arm nahm und küsste. Und Maria fühlte ihr Herz kräftig schlagen und versuchte dabei fieberhaft herauszufinden, ob sie nun Nino oder Yanko mehr liebte. Yankos Anwesenheit legte allerdings ihr Gehirn völlig lahm, und sie beschloss daher, es einfach laufen zu lassen, wie es kommen würde. Sie meinte jedoch auch zu spüren, dass es Yanko nicht kalt ließ, das sie so eng neben ihm stand, und sie glaubte sogar sein Herzschlag zu vernehmen. Noch während sie das dachte, hatte Yanko plötzlich einen Arm um sie gelegt, und sie ein Stückchen näher zu sich herangezogen. Dann wartete er gespannt auf ihre Reaktion, und als sie sich nicht dagegen wehrte, küsste er sie schließlich vorsichtig ins Haar. Maria juchzte innerlich vor Freude und genoss seine fast schüchterne Art sich voranzutasten sehr, denn offensichtlich

war er sich auch nicht sicher, wie sie auf seine Annäherung reagieren würde. Am liebsten hätte sie sich sofort an seinen Hals geschmissen und mit ihm geschlafen, doch irgendwie bekam sie plötzlich Zweifel, ob seine Umarmung nicht doch einfach nur eine nette, freundschaftliche Geste war.
Dann hörte sie ihn nur noch sagen: „Tut mir leid!", bevor er sie vollständig an sich zog und so innig küsste, dass sie gar nicht mehr denken konnte. Sie gab sich ihm hin, so wie sie es früher schon immer getan hatte und genoss seine Leidenschaft, die sie so sehr vermisst hatte. Nino war zwar auch leidenschaftlich, dennoch war es mit ihm irgendwie anders.
Schnell verzogen sie sich in einer dunklen Ecke, in einer der kleinen Gasse und liebten sich im Prinzip mitten auf der Straße.

Von da an ging alles relativ schnell. Yanko verkündete, dass er für ein paar Monate nach Nepal reisen wolle. Yanko und Maria hatten jedoch heimlich vereinbart, sich vor seiner langen Reise noch in Athen zu treffen, damit Yanko dort einen Entzug machen könnte. Maria kannte einen Arzt, der sich auf Patienten mit Medikamentenunverträglichkeit spezialisiert hatte. Sie beschlossen außerdem den anderen erstmal nichts über ihre wiedererwachte Liebe zu erzählen. Falls es zwischen ihnen nach Yankos Rückkehr aus Nepal immer noch so sein sollte, würden sie es allen sagen.
Maria wollte ja sowieso erstmal wieder zurück nach Mykonos, und Nino musste wegen seinem Surfladen zurück nach St. Lucia. Kenia wollte unbedingt weiterhin bei Jony und Maria bleiben, und Mala zog es auch nach Hause.
Und so kam der Tag an dem sich Yanko wieder einmal von Mala verabschiedete.

Der Entzug in Athen war der Leichteste, den Yanko jemals durchgemacht hatte.
Er hatte in einem relativ angenehm riechenden Zimmer, in einer kleinen Klinik am Rande der Stadt gelegen. Der Arzt hatte sich richtig viel Zeit für ihn genommen und alles angehört, was Yanko über seine bisherigen Entzugserfahrungen berichtet hatte. Anschließend hatte er ihm ein Gemisch aus verschiedenen Mitteln zusammengestellt und ihm versprochen, dass es ihm davon nicht schlecht werden, und er trotzdem von den gröbsten Schmerzen verschont bleiben würde. So war es dann auch tatsächlich gekommen. Yanko hatte zwar sämtliche Symptome deutlich gespürt, doch es war nie so schlimm geworden, dass er das Gefühl hatte, es nicht aushalten zu können. Und in Anbetracht der Menge, die er jeden Tag in sich hineingekippt hatte, war der gesamte Entzug erstaunlich mild verlaufen. Der Arzt war mehrmals am Tag bei ihm gewesen, und auch Maria kam so oft es ging vorbei. Sie konnte aber nur kommen, wenn ihre Schwester die Kleine nahm, denn sie wollte nicht mit einem gesunden Baby in ein Krankenhaus gehen.
Nach fünf Tagen konnte Yanko die Klinik dann wieder verlassen. Und er war sehr dankbar dafür gewesen, dass der Entzug diesmal um so vieles leichter zu ertragen gewesen war, als zum Beispiel der letzte in New Orleans. Er fühlt sich zwar etwas erschöpft, aber dennoch gut, und seit Langem hatte er das Gefühl, dass wieder etwas richtig lief.
Gemeinsam mit Maria und seinen drei Kindern fuhr er diesmal mit dem Schiff nach Mykonos. Sie hatten ja Zeit, und sie genossen ihr neues Beisammensein dabei sehr. Kenia war total aus dem Häuschen und tobte zusammen mit Jony, während der ganzen Fahrt wild über das Deck.
Yanko blieb vier Wochen.

Von Mykonos aus fuhr er in dieser Zeit zweimal nach Delos rüber, zuerst zusammen mit seiner Familie und dann allein.
Es war das erste Mal, dass er ohne Begleitung auf der Insel war. Auf seiner Insel. Kurz musste er bei der Vorstellung, dass seine Eltern damals eine ganze Nacht allein auf dieser Insel verbracht hatten, grinsen. Doch hier waren sie wohl wirklich völlig ungestört gewesen. Angelika Katharina und Hadley hatten damals diese eine Nacht Zeit gehabt, ihren gemeinsamen Sohn auf die Welt zu bringen. Eine Nacht, fern von allen Intrigen, Drohungen und Geheimnissen. Seine Mutter hatte Yanko bei seinem letzten Besuch ausführlich von jener Nacht berichtet, und sie hatte ihm vor allem erzählt, dass diese Nacht etwas Mystisches an sich gehabt hätte, denn die Sage, dass auf Delos vor Jahrhunderten zwar Menschen gelebt hätten, aber angeblich niemand je dort geboren wurde, noch gestorben war, noch sein Grab hier haben durfte, war ihr bereits damals schon bekannt gewesen.
Yanko konnte es sich nicht wirklich vorstellen, dass er womöglich der einzige Mensch sein sollte, der bis jetzt auf Delos geboren wurde. Sicherlich gab es noch mehrere solcher Fälle wie ihn, und es hatte bestimmt auch Zeiten gegeben in denen das anders gewesen war, und von denen eben jetzt niemand mehr wusste oder wissen wollte.
Wie auch immer, er war jedenfalls sehr froh darüber, dass ihm dieser Teil seines Lebens nicht vorenthalten worden war, und er immer gewusst hatte, dass er hier geboren war. Wenigstens ein Stückchen Heimat war ihm sicher.
Bei seinem vorletzten Besuch zusammen mit Keith, war er noch davon ausgegangen, dass Minerva seine richtige Mutter war. Yanko setzte sich eine Weile in die pralle Sonne auf einen Stein, der ganz in der Nähe seines Geburtsplatzes lag und atmete ein paar Mal tief durch.
Was war seitdem alles geschehen!

Yanko ließ die Erinnerungen in sich aufsteigen und versuchte irgendwie dabei zur Ruhe zu kommen und seinen Frieden mit alldem, was ihm jetzt in den Sinn kam, zu schließen. Bei einigen Sachen fiel es ihm erstaunlicherweise ganz leicht, doch bei anderen umso schwerer, und am Schluss blieb etwas in seinem Herzen zurück, was er gar nicht genau beschreiben konnte. Unwillkürlich trieb es ihm die Tränen in die Augen, und er konnte in diesem Moment überhaupt nichts Konkretes finden, was diese Heftigkeit erklären konnte.
Es war ein Gefühl, das sich vor allem einstellte, wenn er an seine Herkunftsfamilie dachte. Es war etwas, was ihm sogar schemenhaft irgendwie bekannt vorkam, aber jedes Mal wenn er versuchte das Gefühl festzuhalten, um ihm nachzugehen, verschwand es wieder. Wie eine Welle, die man mit der Hand fangen wollte. So kraftvoll sie auch war, sie zerrann einfach wieder zwischen den Fingern ins Nichts.
Plötzlich überfiel ihn eine neue Schicht ungeahnter Traurigkeit und Verzweiflung, die so groß war, dass er aufstehen musste, um nicht vollständig davon überrollt zu werden. Er rannte die paar Meter zum Strand hinunter und lief dann noch ein paar Schritte ins Meer hinein. Schlagartig war er vollkommen außer Atem und fühlte sich völlig entkräftet. Yanko schloss für einen Moment lang die Augen und versuchte dabei sich wieder zu beruhigen. Er war sehr froh, dass in diesem Moment keiner der mitgereisten Touristen in der Nähe war. Yanko fragte sich verzweifelt, was um alles in Welt ihn immer wieder in diese fürchterlichen Zustände brachte, die er einfach nicht unter Kontrolle bekam. Schließlich kauerte er sich ans Ufer und umklammerte seine Beine mit den Armen. Er wollte weinen, aber es kamen keine Tränen. Und er wollte schreien, aber es kam kein Laut aus seiner Kehle.
Stattdessen flehte er still im Innern händeringend um Hilfe.

Nachdem er gerade noch rechtzeitig das Schiff zurück nach Mykonos erreicht hatte, fiel ihm ein, dass er immer noch nicht wusste, was der Alptraum mit dem Feuer und den Schreien eigentlich bedeutete. Seine Mutter konnte jedenfalls damit nichts anfangen, und ihm wurde jetzt auch schlagartig klar, warum. Denn falls wirklich etwas Wahres dran sein sollte, konnte sie es ja auch gar nicht wissen. Denn in seinen Träumen konnte er schon rennen, und auch sein Hund war ständig dabei, und den hatte er erst kurz vor seinem vierten Geburtstag gefunden.
Während der Wind ihm auf der Rückfahrt ins Gesicht wehte, wurde er sich immer sicherer, dass dieser Traum ihm etwas Wichtiges sagen wollte. Yanko hielt es plötzlich sogar durchaus für möglich, dass vieles davon tatsächlich passiert sein könnte, obwohl er sich überhaupt nicht an irgendetwas Vergleichbares aus seiner Kindheit erinnern konnte. Aber das war fast so ähnlich, wie mit der Welle. Versuchte er den Traum in die Wirklichkeit zu holen, verflüchtigte er sich ganz schnell wieder, und Yanko hatte dann Schwierigkeiten sich überhaupt an irgendein Detail davon zu erinnern. Tauchte allerdings das Bild von seinem Vater wie er das Messer in der Hand hielt, erneut auf, fingen seine krampfhaften Überlegungen und Nachforschungen in seinem Gehirn von Neuem an zu rotieren.
Als Yanko schließlich auf Mykonos am Hafen ausgestiegen war, hatte er sich entschlossen bei Gelegenheit auch Minerva von seinen Träume zu erzählen.

Auf der einen Seite vergingen die vier Wochen viel zu schnell, und es war schade sich schon wieder zu trennen, doch auf der anderen Seite sehnte sich Yanko immer mehr danach endlich allein zu sein. Er musste es tun, denn die mit aller Kraft nach hinten geschobene, undurchdringliche Wand, die aus

unzähligen, ungeklärten Gefühlen und Gedanken, und aus so vielen immer noch unverarbeiteten Dingen bestand, umgab ihn dennoch dunkel und schier unüberwindlich. Und sie stand eigentlich so dicht um ihn herum, dass es ihm unerklärlich war, wie sie jede Sekunde immer noch bedrohlicher näher rücken konnte. Yanko spürte sehr deutlich, dass es nun wirklich Zeit war, sich umzudrehen und diesem Etwas in die Augen zu sehen. Und was auch immer sich dort befinden würde, er musste sich dem stellen, oder er würde bei der nächsten Gelegenheit endgültig daran zerbrechen.
Er hatte es Kenia versprochen, und die Zeit, die er mit seiner Familie auf Mykonos zusammen verbringen konnte, hatte ihm ein gewisses Maß an Kraft und Zuversicht zurückgegeben, um den nächsten Schritt wirklich anzugehen.

Keith hatte sich eine Flasche Wein geöffnet und saß im lauen Abendwind draußen auf der Terrasse seiner kleinen Finca.
Seit Yankos Besuch spielte er ernsthaft mit dem Gedanken wieder zurück nach Sheddy zu gehen. Ihm gefiel das ruhige Leben in Spanien zwar sehr, und er genoss die Ruhe, die er hier hatte zutiefst, aber dennoch vermisste er seine Kinder, und er vermisste den Zirkus, und er vermisste die gemeinsame Zeit mit seinem Bruder. Sein schlechtes Gewissen machte ihm allerdings, kaum war er mit den Gedanken in Sheddy, einen gehörigen Strich durch die Rechnung.
Yanko hatte ihm ja offensichtlich verziehen, und Keith nahm ihm das auch ab, doch er konnte es sich selbst immer noch nicht vergeben, seinen Bruder in solch eine Situation gebracht zu haben. Egal wie das mit Mala und Maria gelaufen war, es gab ihm schlicht und ergreifend nicht das Recht seinen Bruder deswegen an die Polizei zu verraten. Keith haderte so sehr mit sich selbst, dass er es bis jetzt nur ganz selten geschafft hatte, zu Hause anzurufen. Seine Kinder hingegen hatten es anfangs täglich mehrmals versucht ihn zu erreichen. Keith ahnte natürlich, wieviel Sorgen sie durchgestanden haben mussten, als sie noch nicht gewusst hatten, wo er abgeblieben war, doch er hatte einfach nicht mit ihnen sprechen können. Selbst Mabel hatte es immer wieder probiert und ihm unzählige unbeantwortet gebliebene E-mails geschickt. Und je länger er sich nicht zurückgemeldet hatte, desto schärfer war ihr Ton in den Mails geworden. Sie hatte ihm vor allem mangelnde Verantwortung und krankhaften Egoismus vorgeworfen. Nach ein paar Wochen hatte Keith dann gar nicht mehr in seine Mails geschaut und das Handy ausgeschaltet. Er brauchte diese selbstgewählte Abgeschiedenheit dringend, um sich über alles in aller Ruhe klar werden zu können, und er musste ständig daran denken, wie oft er Yanko immer

gedrängelt hatte zu reden, wenn es ihm nicht gut gegangen war.

Die große Frage, was er eigentlich im Leben wirklich wollte, drängte sich immer wieder auf. War er denn glücklich mit dem, was er schon erreicht hatte? Liebte er Mabel vielleicht doch noch? Oder liebte er Mala? Oder womöglich Maria? Und was war das damals mit der Frau aus Newly gewesen? Das Leben war so schnell an ihm vorübergegangen, dass es ihm beim Nachdenken darüber regelrecht schwindlig wurde. Er dachte oft an die Zeit, in der er mit Yanko in Europa gewesen war und daran, wie gut sie sich auf dieser Reise verstanden hatten. Er dachte an all die Fragen, die ihm Yanko damals gestellt hatte, als sie draußen vor seiner Blockhütte gesessen waren, und er seinem kleinen Bruder das erste Mal erzählt hatte, wie er sich tatsächlich fühlte. Yanko hatte ihn damals gefragt, ob er glücklich sei, und diese Frage hatte sich sofort ganz tief in sein Herz gebohrt, denn er war es definitiv nicht gewesen. Und jetzt erst recht nicht. Er fühlte sich vom Glücklichsein so weit weg, wie der entfernteste, kleinste Stern, den er gerade noch mit bloßem Auge erkennen konnte. Er leerte den Rotwein mit einem Zug und öffnete noch eine zweite Flasche.

Und plötzlich fiel es ihm wieder ein, und er wunderte sich, dass er es über die Jahre hinweg dann doch fast vergessen hatte. Er hatte es zwar versprochen, aber trotzdem waren ihm manchmal Zweifel gekommen, und er hatte schon öfter darüber nachgedacht sein Versprechen zu brechen. Vielleicht war das alles aber auch gar nicht so wichtig, und er würde stattdessen damit nur unnötige Unruhe erzeugen.

Doch als der Morgen graute, hatte er sich trotz aller Bedenken dazu entschlossen es Yanko zu sagen.

Als Yanko morgens in die ersten Sonnenstrahlen blinzelte, musste er plötzlich lachen. Er schüttelte über sich selbst den Kopf und stand leise auf. Langsam trat er barfuß auf die wunderschöne, großzügige, mit Teakholz verlegte Terrasse hinaus und sog die frische, nach verschiedensten Blüten duftende Morgenluft tief ein und streckte sich. Dann holte er aus einem großen Korb ein paar Papayas heraus, kochte Kaffee und bereitete das Frühstück vor.
Seit einer Woche war er nun schon hier, und es war alles anders gekommen, als er es sich vorgestellt hatte, bis auf die Tatsache, dass er den Flug nach Neu Delhi tatsächlich wahrgenommen hatte. Als er dann in Indien angekommen war, wollte er eigentlich von dort aus direkt nach Nepal weiterfliegen. Stattdessen saß er jetzt in einem wunderschönen Pavillon in Mitten eines großen, dicht bewachsenen Gartens. Er hatte kein schlechtes Gewissen. Spätestens in zwei Wochen würde er auf jeden Fall nach Nepal reisen.
Sie war Stewardess auf seinem Flug nach Neu Delhi gewesen, und als sie dort angekommen waren, hatten beide noch Zeit gehabt. Nachdem sie Kaffeetrinken gewesen waren, hatte sie ihn noch ein Stückchen bis zum Gate begleitet. Zum Abschied hatten sie sich spontan umarmt und plötzlich geküsst, und dann waren sie ganz schnell und so lange in ihrer Lounge verschwunden gewesen, dass Yankos Flugzeug schon längst den Flughafen verlassen hatte, als sie sich wieder anzogen.
Jasminas Mutter war Koreanerin und ihr Vater stammte ursprünglich aus Vietnam. Sie war seit drei Jahren fest liiert und konnte ihre wie aus heiterem Himmel gekommene, heftige Zuneigung zu Yanko selbst kaum erklären. Doch nachdem sie die erste Nacht in der Flughafenlounge, und die zweite in einem Hotel verbracht hatten, beschlossen sie beide ihre Pläne spontan zu ändern. Was auch immer das zwischen

ihnen bedeuten sollte, sie wollten dem Raum und Zeit geben. Jasmina hatte Urlaub eingereicht, den sie sogar anstandslos genehmigt bekam, und Yanko war es im Prinzip total egal, wann und ob er überhaupt jemals nach Nepal oder sonstwohin kommen würde. Kurz hatte er schon mir sich gehadert, denn er war ja fest davon überzeugt gewesen, dass es die beste Medizin für ihn im Moment sei, mal eine Zeit lang ganz für sich zu sein. Aber irgendwie konnte er sich Jasmina nicht einfach so entziehen, und nach drei weiteren Tagen wollte er auch nicht mehr weg.
Sie erzählte ihm sehr viel über alte Heilkünste und überlieferte Heilmethoden, und je mehr sie davon sprach, desto sicherer wurde Yanko, dass die Einsamkeit in einem Kloster nicht das war, was ihm wirklich weiterhelfen würde. Sein Gefühl sagte ihm, dass er nach weiteren und eher ganzheitlichen Methoden suchen sollte, um seine Probleme anzugehen.
Und Yanko bekam tatsächlich diesbezüglich einen Tipp von Jasmina, den sie wiederum vor einiger Zeit von einem Fluggast erhalten hatte, und buchte daraufhin postwendend ein Seminar in Barcelona. Denn alles was er zu diesem Seminarleiter, zu seiner Philosophie, seinen Erkenntnissen und Erfahrungen im Internet nachlesen konnte, machte ihn sehr neugierig, und sein Bauchgefühl sagte ihm ganz deutlich, dass er dieses Seminar besuchen sollte.

Nach drei Wochen trennten sie sich schließlich voller gegenseitiger Dankbarkeit wieder, und Yanko machte sich auf den Weg nach Spanien.

Was Yanko dann allerdings dort erlebte, grenzte für ihn an ein Wunder. Er lernte eine völlig neue Sichtweise kennen mit Problemen jeglicher Art umzugehen, und es war das erste Mal, dass er das Gefühl hatte mit seinem ganzen Wesen

wahrgenommen und akzeptiert zu werden. Dort herrschte eine Atmosphäre von Achtsamkeit und Respekt, die er so noch nie erfahren hatte. Er bekam plötzlich eine Ahnung von Zusammenhängen, die er bis jetzt nur irgendwie erfühlen, aber nicht erklären konnte, und er wusste sich endlich irgendwo verstanden und aufgefangen.
Während dieser Woche freundete er sich etwas mit dem Seminarleiter an, und bekam so die Gelegenheit noch mehr über die Hintergründe seiner Arbeit zu erfahren. Peters tiefenpsychologische und spirituelle Erfahrungen brachten Yanko zum ersten Mal dazu, etwas liebevoller auf sich selbst zu schauen und wenigstens für eine kurze Zeit sämtliches Urteilen über sich selbst mal fallenzulassen. Nach und nach lernte Yanko etwas einfühlsamer mit seinen Depressionen umzugehen und somit auch mehr Verständnis für sich selbst aufbringen. Peter reichte ihm eine Hand, und Yanko konnte sie nehmen. Endlich erschien am Horizont eine Möglichkeit einen Weg aus seiner dunklen Welt heraus zu finden. Allerdings wurde ihm auch sehr schnell klar, dass dies wahrscheinlich ein längerer Weg werden könnte. Doch das sichere Gefühl, dass er jetzt wenigstens einen kleinen Schimmer davon hatte, wie Heilung tatsächlich und vor allem umfassend funktionierte, gab ihm einiges an Kraft und Zuversicht zurück.
Yanko spürte durch Peters Arbeit deutlich, wie sehr sich seine Herkunft auf sein Leben eigentlich auswirkte, und er verspürte zu seinem eigenen Erstaunen zum ersten Mal eine tiefe Sehnsucht nach seinem Volk. Ihm war bis dahin völlig unbewusst gewesen, dass er solche Gefühle in Bezug auf seine Roma uberhaupt hatte. Er hatte nie zu irgendeinem Land oder Volk gehören wollen. Er dachte immer, es wäre ihm egal, doch anscheinend hatte er sich dahingehend gewaltig geirrt.

Nur auf die Frage, wieso er dieses Gefühl überhaupt gehabt hatte, bekam er noch keine Antwort. Peter sprach ihm allerdings unaufhörlich Mut zu und war sich sicher, dass Yanko eines Tages von selbst darauf kommen würde, denn Peter glaubte fest daran, dass es nichts gab, was wirklich verloren war, und wenn die Seele bereit sei, würde all das wieder hochkommen, was zu wissen wichtig wäre um den nächsten Schritt zu gehen.

Im Anschluss daran beschloss Yanko direkt nach Mykonos zu fliegen. Es zog ihn zu Maria, zurück nach Griechenland, zurück nach Hause. Er war sich nach dem Seminar vollkommen sicher, dass Maria tatsächlich die Frau war, mit der er zusammenbleiben wollte. Während des Kurses hatte er ständig an sie denken müssen. Wegen Jasmina machte er sich keine Sorgen, im Gegenteil, Yanko war zutiefst dankbar dafür, dass er sie getroffen, und sie ihm letztendlich von Peter erzählt hatte.

Maria konnte ihr Glück kaum fassen, als Yanko sie in die Arme nahm und ihr sagte, dass er sie liebe, und er sich keine bessere Familie wünschen könne.
Er sah phantastisch gut aus, und Maria wollte natürlich genau wissen, wie er es geschafft hatte, sich in dieser doch relativ kurzen Zeit, so gut zu erholen. Yanko erzählte ihr alles was geschehen war, nur Jasmina ließ er dabei komplett aus dem Spiel, und er konnte mit diesem kleinen Geheimnis gut leben. Jasmina hatte ihn zu Peter geführt, und sie hatte ihn dadurch an den Punkt gebracht jetzt definitiv zu wissen, dass er auf jeden Fall mit Maria zusammensein wollte.
Und als er endlich wieder auf Romanes sprechen konnte, spürte er, wie sehr er diese Sprache eigentlich liebte, und plötzlich wusste er, dass sein Herz auch in dieser Sprache dachte. Ihm war bis dahin nie bewusst gewesen, dass er immer auf Romanes dachte, egal auf welcher Sprache er sich gerade unterhielt.
In diesen Tagen bekam er das erste Mal ein Gefühl davon, wie sich das Romasein in ihm überhaupt ausdrückte. Er fühlte sich auf einmal in dem ganzen kollektiven Zusammenhang als ein Teil von ihnen, und das setzte einen ungeahnten Frieden in ihm frei. Er konnte sich plötzlich an Dingen erfreuen, die ihm vorher, weil sie ihn immer wieder diese merkwürdige, zermürbende und bleierne Schwere hatten spüren lassen, zuwider gewesen waren. Es war zum Beispiel manchmal einfach nur die Art gewesen, wie Maria über ihre Verwandten sprach, oder dass sie immer noch aus Überzeugung einfach keine Hosen trug. Ihm wurde langsam klar, dass er geglaubt hatte, er wäre für sie nicht gut genug, weil er eben nicht so stolz und traditionsverbunden war wie sie, und wie die meisten Zigeuner, die er kannte. Irgendwie hatte er sich nie vollständig als Roma gespürt, aber als Nicht-Zigeuner auch nicht, denn

vor allem für sie war er schon immer irgendwie ein Exot gewesen, und das hatte er auch gespürt. Auf der einen Seite war er zwar auch ähnlich wie sie und trotzdem eben anders. Egal wo er gewesen war, er hatte sich eigentlich immer als Außenseiter gefühlt, auch und gerade unter seinesgleichen. In letzter Zeit hatte er sich auch schon manches Mal gefragt, ob er tatsächlich ein Roma war, oder ob das eventuell auch eine Familienlüge sein könnte. Vielleicht war er ja ein ganz gewöhnlicher Grieche, oder Spanier, oder Amerikaner.
Doch wenn er seiner Seele jetzt zuhörte und ganz still war, wusste er genau, dass er voll und ganz ein Roma war. Nur was hatte dann dazu geführt, dass er sich immer so neutral gefühlt hatte?

Maria setzte sich zu ihm auf die Terrasse und kuschelte sich in seinen Arm. Und als ob sie seine Gedanken erraten hätte, sagte sie zu ihm: „Ich liebe deinen Freiheitsdrang, auch wenn du mich deswegen oft allein lässt, aber ich weiß, dass es uns alle weiterbringen wird! Vor allem uns Roma. Du bist mehr Roma, als dir bewusst ist! Ich habe das Gefühl, du bist viel mehr mit der eigentlichen Ursprungskraft unseres Volkes verbunden, als alle anderen zusammen."
Yanko spürte sein Herz schlagen, und er bekam eine Gänsehaut. Sie hatte etwas in ihm berührt, das er kannte, aber er konnte es nicht wirklich erfassen. Es war noch zu weit weg. Doch irgendetwas musste seine Seele ja vorgehabt haben, als sie sich dazu entschlossen hatte, als Roma auf die Welt zu kommen. Yanko musste kurz an seine Rede im Rathaus von Santa Monica denken. Ob sie eigentlich irgendetwas gebracht hatte? Er konnte es sich beim besten Willen nicht vorstellen, und außerdem fiel es ihm schwer sich an genaue Details von diesem Tag zu erinnern. Wenn er daran dachte, sah er

eigentlich nur verschwommene Bilder und spürte den sinnesraubenden Schmerz in seiner rechten Seite.

Am nächsten Morgen fasste Yanko sich ein Herz und wählte Malas Nummer. Irgendwann musste er es ihr ja sagen, und seit dem letzten Besuch bei seiner Mutter hatte er keinen Kontakt mehr zu ihr gehabt. Es war ihm nicht leicht gefallen diesen Anruf zu tätigen, aber es musste sein. Und Maria sollte auch unbedingt mit Nino sprechen.
Nachdem sie ein paar Minuten über Flores und ihre Fortschritte geredet, und Yanko kurz berichtet hatte, wie es ihm ergangen war, holte er schließlich tief Luft. „Mala... Um es kurz zu machen... Ich liebe Maria immer noch, und wir werden zusammenbleiben. Es ist passiert, und es tut mir leid!“ Die Stille, die jetzt entstand, kam daher, so deutete Yanko, weil Mala diese Nachricht mit Sicherheit erst einmal verkraften musste. Doch Mala prustete plötzlich laut ins Telefon. „Entschuldige Yanko... aber... aber das ist eigentlich das Beste, was passieren konnte!“ „Was bitte?“, fragte Yanko total erstaunt. „Ja... weil... weil... naja... Dachtet ihr etwa, wir würden hier nur däumchendrehend auf euch warten? Jetzt aber im Ernst! Nino und ich, wir haben uns verliebt, und es passt wirklich gut! Ich bin von ihm schwanger, und mir geht es richtig gut!“ Malas Freude kam deutlich an, und Yanko war trotz der eigentlich guten Nachricht irgendwie irritiert. „Ja, das... das ist ja toll... wow... Herzlichen Glückwunsch euch beiden!“
Yanko konnte das komische Gefühl in seinem Bauch dennoch nicht gleich loswerden, und er wusste auch nicht, was es eigentlich bedeuten sollte. Denn so war doch alles mal wieder perfekt. Maria und er, und Nino und Mala. Mit Nino hatte Mala einen absolut zuverlässigen Mann an ihrer Seite, und er würde Mala sicherlich auf Händen tragen, das wusste Yanko.

Sie quatschten noch eine Weile, dann gab Yanko das Telefon an Maria weiter, die natürlich auch erst einmal aus allen Wolken fiel, als sie diese Neuigkeiten erfuhr. Schließlich teilte Maria der wiedergewonnenen Freundin etwas mit, was sie Yanko bis jetzt auch noch nicht erzählt hatte, weil sie die riesige Freude über die unerwartet gute Wendung in ihrem Leben mit ihrem Traummann und das andere nicht auf einmal ertragen hätte. Stück für Stück wollte sie mit ihm das freudige Land der Liebe zurückerobern.
Yanko steckte sich eine Zigarette an und versuchte diesem komischen Gefühl in seiner Magengegend auf die Schliche zu kommen, und nach einer Weile musste er sich zähneknirschend eingestehen, dass es sich dabei um Angst handelte. Pure Angst. Denn plötzlich waren alle Alternativen wie weggeblasen. Mala war jetzt mit Nino zusammen, was so viel hieß, sie würde wohl auf St. Lucia bleiben, und er würde sie nicht mehr oft sehen. Und Nino war damit auch weg. Und wenn er noch ehrlicher zu sich selbst war, war genau das eigentlich das Schlimmste. Es tat sogar richtig heftig weh.
Doch nach zwei Tagen hatte sich Yanko von der Angst befreit und war zeitweise sogar richtig froh darüber, dass sich das schon vorauszusehen gewesene Drama so leicht und unkompliziert aufgelöst hatte.
Ein paar Mal besuchte Yanko in dieser Zeit seine Mutter, und einmal kam sie sogar mit nach Mykonos. Er versuchte alle Geschichten und Fakten, die er nur irgendwie aus ihr herauslocken konnte zu sammeln, um eventuell doch noch Hinweise auf seine Alpträume mit seinem Vater zu bekommen. Seine Mutter konnte ihm sehr viel über ihre Familie und die alte Gruppe berichten, doch was seinen Vater betraf, wusste sie wohl genauso viel oder wenig wie er selbst.

An einem dieser Abende, als Angelika Katharina noch bei ihnen zu Besuch war, nutzte Maria die Gelegenheit und wartete bis alle am Tisch beim Abendessen beisammen saßen. Dann stand sie auf und strahlte über das ganze Gesicht. Sie legte Yanko ihren Arm um die Schulter und räusperte sich. „Meine Lieben, ich muss euch etwas sagen... Ich bin wieder schwanger!" Yanko sah sie erstaunt an und wollte spontan schon wieder zuerst fragen von wem, doch in diesem Moment gab sie Yanko einen Kuss und setzte sich wieder. Yanko nahm sie dann einfach in den Arm und drückte sie ganz fest an sich.
Es war genau richtig so. Hier war er zu Hause, hier an ihrer Seite. Und mit ihr zusammen Kinder zu haben war einfach große Klasse. Unbemerkt liefen ihm ein paar Tränen herunter, die in ihrem dichten, langen Haar versickerten.
Später erzählte sie ihm noch, dass sie sich auch ganz sicher sei, dass das Kind wirklich von ihm wäre.

Anfang November kehrten sie nach Sheddy zurück.
Yanko hatte viel an seinem Blockhaus zu tun und so verging die Zeit rasend schnell. Er fühlte sich richtig gut und voller Tatendrang. Ihm ging es so blendend, dass ihn die bei den vielen schweren Arbeiten am Haus wieder aufflammenden Schmerzen in seiner Hand kaum störten. Wenn es zu schlimm wurde, legte er eine Pause ein und schaffte es auch sich nicht darüber zu ärgern.
Kenia fegte mit Jony von morgens bis abends über das Gelände, und Yankos Herz erfüllte das alles mit einer ungeheuren Glückseligkeit. Momentan gab es nichts, was ihn aus der Ruhe brachte, und was er sich anders hätte wünschen sollen. Er fühlte sich angekommen und hatte auch endlich das sichere Gefühl mit Maria die richtige Frau an seiner Seite zu haben. Der Spaß und die Freude waren wieder in ihr gemeinsames Leben zurückgekehrt, und sie verstanden sich großartig.
Marias älteste Söhne waren diesmal auch mitgekommen, und zusammen mit ihnen baute Yanko einen Anbau direkt neben sein Blockhaus, denn auf längere Zeit gesehen, war das Haus für so viele Leute definitiv zu klein geworden.

Zwei Wochen später kam der Zirkus nach Sheddy zurück und mit ihm auch der Rest der Familie. Yanko sah zum ersten Mal seine Enkeltochter Sarah und war völlig begeistert von ihr. Er fand die Tatsache ziemlich lustig, dass seine Töchter Cheyenne und Flores, die ja Sarahs Tanten waren, nur wenige Monate älter waren als sie.
Die Zirkusleute freuten sich natürlich sehr darüber, dass es Yanko offenbar wieder richtig gut ging und wollten von ihm schon eine definitive Zusage für die nächste Tour haben. Aber Yanko bat noch um Bedenkzeit, denn er wollte nicht gleich

wieder alles überstürzen. Er war eigentlich ganz gut ohne den Zirkus ausgekommen, obwohl ihn die Vorstellung wieder mitzufahren schon sehr reizte.
Doch jetzt genoss er es erst einmal wieder auf seinem Pinto in den Bergen herumzureiten, und vor allem genoss er das Gefühl sich rundum wohlzufühlen; ein Gefühl von dem er nicht mehr geglaubt hatte, es jemals wieder zu haben. Er dachte an Fam, und es blieb ruhig in ihm. Er dachte an Jim Wilson, und der Frieden in ihm änderte sich nicht. Doch die meiste Zeit dachte er an seine Kinder und an Maria, und das trieb ihm jedes Mal das Grinsen ins Gesicht zurück.

Und plötzlich stand er auf der Veranda und breitete seine Arme aus. Yanko sprang völlig überrascht von der Leiter, auf der er gerade gestanden hatte, um eine marode Stelle über dem Fenster zu reparieren, und begrüßte seinen Bruder. „Mensch Keith!!! Wie schön!!!", rief Yanko. „Na Kleiner? Lass dich mal ansehen! Du siehst ja total gut aus! Wow!!!", freute sich Keith, als er Yanko von oben bis unten gemustert hatte und dabei feststellen musste, dass es Yanko offenbar wirklich sehr gut ging. „Ich sehe immer gut aus!", scherzte Yanko und umarmte Keith nochmal. „Mir geht's aber auch echt gut! Das stimmt! Und dir?", bestätigte Yanko und freute sich ungemein darüber, dass Keith zurückgekommen war. In diesem Moment kam Maria aus dem Haus und hieß Keith dann ebenfalls hocherfreut herzlich willkommen. Keith sagte, dass er jetzt erst einmal alle begrüßen, und vor allem seine Kinder wiedersehen wolle, bevor er sich jetzt hier mit Yanko festquatschen würde. Und deswegen verabredeten sich die beiden Brüder schließlich für den nächsten Abend in der Manege.

Jeden der folgenden Abende verbrachten Keith und Yanko dann gemeinsam in der menschenleeren Manege, so wie früher, als sie noch mit Hadley und Minerva unterwegs gewesen waren. Sie setzten sich ins Sägemehl und erzählten sich die ganzen letzten Monate rauf und runter. Und es war zwischen ihnen wieder wie früher. Jeder Streit und alle Eifersüchteleien waren vergessen und wie weggeblasen.
„Ich freue mich sehr, dass es dir so gut geht!", sagte Keith auf einmal in die Stille. Und Yanko reckte sich. „Und ich freue mich so, dass du wieder da bist! Ich habe dich tierisch vermisst! Du alter Sack!", grinste Yanko. „Ich dich auch! Du verfluchter Bastard!", grinste Keith zurück und dann kabbelten sich die zwei, bis sie vor Lachen fast keine Luft mehr bekamen.
Nur dass, was er Yanko eigentlich noch sagen wollte, kam dann doch nicht über seine Lippen. Sein Bruder sah so glücklich und unbeschwert aus, dass er es einfach nicht riskieren wollte ihn eventuell damit wieder runter zu bringen.
Da fielen Yanko plötzlich seine Träume wieder ein. „Sag mal Keith... Weißt du etwas über ein großes Feuer, in dem eine Frau verbrannt wurde?", begann Yanko deshalb. „Was? Von was redest du? Wie kommst du denn jetzt auf so etwas?" Keith war völlig irritiert, eben noch hatten sie aus vollem Hals gelacht, und jetzt kam Yanko mit so einer Schauergeschichte. „Sorry, du hast Recht, vergiss es! Reiten wir morgen zusammen?", war Yankos Antwort, der die schöne Stimmung ja damit auch gar nicht unterbrechen wollte. Doch Keith sah ihn ernst an. „Jetzt rede auch! Was ist mit dem Feuer?", hakte er nach, denn er konnte spüren, dass Yanko etwas mit sich herumtrug, was ihm Kopfzerbrechen bereitete.
Yanko setzte sich auf und schüttelte das Sägemehl aus seinen Haaren. „Ich träume immer wieder den gleichen Traum. Ich bin etwa vier Jahre alt und renne meinem Hund hinterher.

Weißt du dem schwarz-weißen Zottelhund, den ich damals gefunden hatte. Dann renne ich durch einen Wald und komme an einen Platz auf dem ein riesiges Feuer brennt. In dem Feuer steht eine Frau, sie ist an einen Pfahl gebunden und schreit markerschütternd laut. Ihre Haare brennen. Es stehen ein paar Männer in einem Halbkreis um das Feuer herum. Ich kann keine Gesichter erkennen. Und plötzlich steht unser Vater vor mir mit einem blutigen Messer in der Hand."
Keith erschauerte, als er Yankos Ausführungen lauschte und überlegte. „Verdammt, das sind aber krasse Träume! Tut mir leid, Yanko, ich habe keine Ahnung was das bedeuten soll! Hmm... Ich wäre dann damals sechs gewesen... Nee, mir fällt dazu überhaupt nichts ein, außer, dass es schrecklich klingt!", sagte Keith nach einer Weile nachdenklich. „Meinst du denn, das ist real geschehen?", fragte er dann noch. Yanko zuckte mit den Schultern. „Ich bin mir nicht sicher. Kurz nachdem ich aufwache, habe ich immer das Gefühl, dass es wahr ist, vor allem weil ich den Geruch von verbrannten Haaren dann immer noch total deutlich in der Nase habe. Aber bis jetzt hat mir keiner bestätigen können, dass so etwas wirklich passiert ist. Auch Minerva nicht. Und unseren Vater kann ich ja schlecht fragen." „Erzähl das doch mal unserem Onkel John, vielleicht weiß er ja was. Vielleicht hat sich ja unser Vater seinem Bruder anvertraut, falls so etwas tatsächlich in seinem Beisein geschehen ist.", schlug Keith vor und musste unwillkürlich schlucken. Irgendwie brachte er den Schauer auf seinem Rücken nicht gleich wieder in den Griff.
„Ja, warum nicht. Fragen kostet ja nichts!", stimmte Yanko der Idee seines Bruders zu und beschloss gleich am darauffolgenden Tag seinen Onkel zu besuchen und ihn danach zu fragen.

Doch bis er dann tatsächlich zu Hadleys Bruder John nach Sheddy hinunterfuhr, vergingen noch ein paar Wochen. Denn Mala und Nino waren kurz darauf überraschend zu Besuch gekommen und nahmen daher zunächst alle Aufmerksamkeit und Zeit in Anspruch.
Yanko freute sich so sehr darüber Nino zu sehen, dass er sich fragte, ob er nicht doch lieber ihn hätte heiraten sollen. Die beiden genossen ihr Zusammensein über alles und verschwanden erst einmal für ein paar Tage mit den Pferden und einem Zelt im Gebirge. Es war zwar schon recht kalt geworden, und der Winter hatte die Berge bereits in eine weiße Pracht verwandelt, doch sie froren kein einziges Mal.
Als sich schließlich die zehn vorgesehenen Tage ihres Besuchs dem Ende zuneigten, konnte sich keiner von ihnen mehr vorstellen auch nur einen Kilometer voneinander entfernt zu wohnen. Spontan und fast unüberlegt stornierten Mala und Nino ihren Rückflug und blieben einfach in Sheddy. Nino organisierte noch am selben Tag zwei Freunde, die seinen Laden erstmal für eine unbestimmte Zeit übernehmen würden und widmete sich von Stund an aus vollem Herzen zusammen mit Yanko dem neuen Anbau.
In der jetzigen Zusammensetzung fühlte sich jeder noch wohler. Oft saßen sie abends beim Essen lange zusammen und amüsierten sich ausgelassen über ihre neue/alte und durchaus ungewöhnliche Situation.
Manchmal dachte Yanko an Ron, und es kam ihm vor, als ob er ihn schon Jahre nicht mehr gesehen hatte. Irgendwann würde er sich sicher wieder bei ihm melden, doch die Zeit war jetzt noch nicht reif dafür. Er vermisste ihn nicht, aber er wusste, dass er ihn eines Tages um Verzeihung bitten musste.

Aber jetzt war es erst einmal Zeit das neue, gemeinsame Leben mit seinen drei Liebsten und den ganzen Kindern aufzubauen, und er war sehr glücklich darüber, dass Cheyenne und Flores nun doch gemeinsam aufwachsen, und er sie beide gleichzeitig um sich haben würde.

Eines Abends dann, als Keith mit seiner Familie bei Yanko zum Abendessen eingeladen war, zu dem auch Mabel mitgekommen war, erkundigte er sich, ob er denn schon bei John gewesen wäre. Doch Yanko hatte es mittlerweile total vergessen gehabt.
Und so kam es dann, dass er sich gleich am nächsten Morgen ins Auto setzte und nach Sheddy zu seinem Onkel fuhr.

Diesen Tag würde er allerdings niemals vergessen, das war sicher, und Yanko zweifelte hinterher zunächst sehr stark daran, ob es tatsächlich eine gute Idee gewesen war John seinen Traum zu erzählen. Aber er konnte das Gesagte und Gehörte nicht wieder ungeschehen machen, und die Informationen blieben bei ihm wie Staub in der Luft hängen.
Als John ihn dann mit dem Brief für eine Weile allein ließ, verstand Yanko die Welt nicht mehr. Er musste das Geschriebene dreimal lesen, und er sah sich die Schrift immer wieder genau an, um ganz sicher zu gehen, dass es sich tatsächlich um die Handschrift seines Vaters handelte.
In diesem Brief hatte Hadley die ganze Geschichte von Angelika Katharina und ihm aufgeschrieben, und er bat darin seinen Sohn um Vergebung. Er schrieb, dass er immer wieder mit sich hadere, ob er ihm, und vor allem dann wann er ihm die Wahrheit beichten solle. Und er schrieb davon, dass er je länger er es hinausschiebe, sich immer schuldiger und schlechter fühlen würde. Schließlich habe er sich dann dazu entschlossen diesen Brief zu schreiben und ihn seinem Bruder John zu geben, damit er den Brief an Yanko weiterreichen könnte, für den Fall, dass er es bis zu seinem Tod nicht geschafft haben sollte es Yanko selbst zu sagen.
Es war ein langer Brief, und erst auf den letzten Seiten erfuhr Yanko dann die ganze furchtbare Geschichte. Sein Vater hatte in Yankos ersten Lebensjahren und auch schon davor, sein Geld unter anderem mit Alkoholschmuggel nach Bulgarien verdient. Er und noch ein paar Kumpels hatten sich dieses lukrative, jedoch höchst gefährliche Geschäft aufgebaut, und es war auch hervorragend gelaufen, bis sie in einen Hinterhalt gelockt worden waren. Zunächst waren sie dann von den Polizisten, die sie festgenommen hatten, übelst beschimpft und auch geschlagen worden. Es war ihnen jedoch auf der

Fahrt zum Polizeirevier gelungen aus dem Auto zu flüchten, und nachdem sie dann herausgefunden hatten, wer der Verräter gewesen war, hatte ihre Rache keine Grenzen mehr gekannt. Es war eine Bauersfrau aus der Nähe gewesen, die sie bis zu jenem Tag immer unterstützt hatte und zudem auch sehr nett zu ihnen gewesen war. Sie war Witwe, und ihre Kinder waren bereits aus dem Haus gewesen. Es hatte sich jedoch im Nachhinein herausgestellt, dass sie eine heimliche Nazianhängerin gewesen war. Als die Männer sie schließlich nachts in ihrem Haus überraschten, hatten sie dort einige unmissverständliche Hinweise gefunden.
Als Yanko dann den Rest las, glaubte er in seinem eigenen Traum zu stehen. Alles war genauso beschrieben, wie Yanko es in seinen Träumen gesehen hatte. Hadley hatte der Bauersfrau am Ende die Kehle durchgeschnitten, weil er die Schreie nicht mehr hatte ertragen können. Doch darüber, ob er Yanko dort gesehen hatte oder nicht, stand nichts in dem Brief.
Als Abschluss stand dann da noch: *Yanko, bitte vergib mir! Ich habe viele Fehler gemacht, aber Dich als Sohn zu haben, ist das größte Geschenk meines Lebens! Ich liebe Dich sehr, und ich werde Dich immer lieben! Ich wünsche Dir, dass Du ein erfülltes, glückliches und friedliches Leben führen wirst! Wenn Du diesen Brief in den Händen hältst, bin ich wahrscheinlich schon tot, aber in meinem Herzen bin ich immer bei Dir! Ich entschuldige mich für all die Dinge, die ich Dir eventuell damit angetan habe! Ich liebe Minerva und Keith auch! Dein Vater, Hadley.*

Yanko ließ den Brief auf den Tisch sinken und starrte ins Leere. Die Tränen, die sich in seinem Herzen schon breit gemacht hatten, versickerten plötzlich irgendwo in seinem Körper. Er konnte gar nicht fassen, was er da eben gelesen hatte. Sein Vater hatte diese Frau aus seinen Träumen umgebracht! Oder hatte er sie nur getötet? Oder sollte man

eher sagen, erlöst? Ihm wurde schlagartig schlecht, und er hätte jetzt auf der Stelle einen Drink vertragen können, doch er riss sich zusammen. Seine Gefühle fuhren Achterbahn mit ihm, und er war einfach nur völlig sprachlos.
Nach einer Weile rief er nach John, der nach einer weiteren Weile fast schüchtern ins Wohnzimmer zurückkam. „Hast du davon gewusst?", fragte Yanko plötzlich und wunderte sich, warum er zuerst danach fragte. John räusperte sich etwas und ging zum Fenster. „Von was?", fragte er leise zurück. „Davon, dass... dass... Hadley eine Frau getötet hat?" „Ja..." „Seit wann hast du denn diesen Brief, und warum hast du ihn mir nicht schon früher gegeben?" In Yankos Kopf türmten sich auf einmal hunderttausend Fragen auf. Er zündete sich eine Zigarette an und ging dann auf John zu. John wich Yankos Blick allerdings aus. Er drehte sich weg und nahm am Tisch Platz.
Yanko setzte sich dazu und wunderte sich etwas, denn so seltsam hatte er John zuvor noch nie erlebt. „Er gab mir den Brief bei unserer letzten Begegnung in Spanien, ungefähr drei Monate bevor er starb... Ich weiß nicht, was er alles geschrieben hat... und... und Minerva bat mich, dir den Brief nicht zu geben... Erst wenn wir alle tot wären, dann solltest du den Brief von einem Notar bekommen..." John stand auf und goss sich einen Drink ein, und Yanko sah, dass seine Hand dabei zitterte.
„Wir? Wer wir? Und warum? Ich verstehe überhaupt nichts mehr!" Yanko war total verwirrt und wartete ungeduldig auf eine Erklärung von seinem Onkel. Und plötzlich wurde Yanko das Gefühl nicht mehr los, dass John noch viel mehr wusste, von dem er keinen blassen Schimmer hatte. John seufzte und setzte sich wieder. „Ach Yanko, das ist alles so kompliziert!... Ich kann mir denken, dass du verwirrt bist. Hör zu!... Als du Minerva dazu gebracht hattest dir die Wahrheit über deine

Mutter zu gestehen, habe ich ernsthaft darüber nachgedacht, dir den Brief zu geben, weil ich vermutete, dass Hadley dir darüber geschrieben hatte. Ich habe Minerva von meinen Überlegungen erzählt, doch sie wollte partout nicht, dass ich ihn dir gebe. Sie hatte Angst...", begann John langsam, doch Yanko unterbrach ihn. „Minerva? Wieso dauernd Minerva, und wovor hatte sie denn Angst? Da habe ich doch von meiner richtigen Mutter schon gewusst!" „Ja, schon! Doch keiner von uns wusste was in dem Brief drinsteht. Du weißt doch, ich kann nicht lesen und schreiben, und Minerva wollte aus Respekt nicht einfach deinen Brief öffnen..."
John wusste zwar jetzt, dass Hadley von dem, was Minerva Angst machte, offensichtlich nichts in dem Brief erwähnt hatte, und doch stellte Yanko die richtigen Fragen und früher oder später würde es ja doch ans Licht kommen, und er war diese unendlichen, schlaflosen Nächte und das zermürbende Nachdenken mit der Zeit so leid geworden. Als Yanko vor ein paar Stunden zur Tür hereingekommen war und anfing über seinen Vater zu sprechen, hatte John schon gewusst, dass heute der Tag der Wahrheit gekommen war.
John setzte sich zurecht und holte tief Luft.
„Du wirst es wahrscheinlich nicht glauben, aber ich... ich..." John konnte plötzlich nicht mehr weiterreden. Er schluchzte heftig auf und hatte große Schwierigkeiten damit seine Fassung zu bewahren. „Was ist denn los, verdammt? Na los, sag schon, mich kann so schnell nichts mehr schocken!", forderte Yanko ihn auf und war fast schon ärgerlich dabei, weil er diese Geheimnistuerei mittlerweile absolut satt hatte. Hier ein Bröckchen, da ein Bröckchen und alles musste man den Verantwortlichen einzeln aus der Nase ziehen. Yanko war innerlich auf einmal auf hundertachtzig. Er würde jedenfalls nicht eher gehen, bis er das Gefühl hatte, alles erfahren zu haben, was hier los war. Yanko fixierte John und rückte seinen

Stuhl demonstrativ ein Stückchen näher. Normalerweise hätte er ihm tröstend den Arm um die Schultern gelegt, aber zu seinem eigenen Erstaunen brachte er in dieser Situation überhaupt kein Mitgefühl auf.
John schnäuzte nach einer Weile in sein Taschentuch und konnte dann dem Blick von Yanko endlich standhalten. „Yanko... Ich... Ich bin Keiths Vater...“, sagte er dann plötzlich ganz ruhig, und in den Momenten danach hätte man eine Stecknadel auf einen Teppich fallen hören können.
Yanko lehnte sich zurück und starrte ihn erneut fassungslos an. „Wie bitte??? Du bist was??? Ach du Scheiße!!!“ Yanko brauchte Johns Wiederholung eigentlich nicht, er wusste auch so, dass es stimmte. Dann kehrten schlagartig die hunderttausend Fragen wieder zurück und überschlugen sich in seinem Gehirn. „Keith weiß es nicht! Stimmt's?“ John nickte nur und stand auf, um sich nochmal nachzuschenken. Er fühlte sich auf einmal um Millionen Kilo leichter, auch wenn er damit den vermeintlichen Stein unaufhaltsam ins Rollen gebracht hatte.
Yanko rauchte zwei Zigaretten hintereinander und wurde plötzlich ganz still. Wenn das so war, stellte er traurig fest, dann war Keith ja noch nicht einmal sein Halbbruder, sondern nur sein Cousin. Ihre ganze Kindheit war auf Lügen aufgebaut gewesen, und ihr restliches Leben zumindest bis heute davon beeinflusst worden. Hatte Hadley davon gewusst? Und wie würde Keith diese Nachricht wohl aufnehmen? Yanko hatte keine Ahnung.
Den ganzen Nachmittag lang erzählte John dann seinem Neffen die Geschichte, die eigentlich für Keiths Ohren bestimmt war, doch er hatte Yanko gebeten zu bleiben und ihm zuzuhören. Yanko wollte es natürlich auch erfahren, doch John musste ihm zuerst versprechen, dass er spätestens morgen Keith die Wahrheit selbst sagen würde. Yanko wollte

das alles nicht unnötig länger wissen als Keith, und John versprach es. Und doch war die Geschichte, die er dann von John vernommen hatte, auch seine eigene. Ungeahnt hatte sie ihre Bahnen durch sein Leben gezogen, und nachdem John geendet hatte, wusste Yanko endlich den wahren Grund, warum er damals nicht gleich mit nach Sheddy genommen wurde.
Yanko war damals nur in Hadleys Pass eingetragen gewesen, weil Minerva ja nicht seine leibliche Mutter war. Und als Hadley dann gestorben war, hatte Minerva zwecks einer Familienzusammenführung in den USA nur die Visen für sich und ihren leiblichen Sohn bekommen, und das auch nur, nachdem John als Beweis insgeheim einen Vaterschaftstest vorgelegt hatte. Yanko war mit Minerva nicht verwandt und eben nur ein Neffe von John und somit war er damals nicht berechtigt gewesen eine Aufenthaltsgenehmigung zu bekommen. Erst ein paar Jahre später war es John dann gelungen ihm geeignete Papiere zu besorgen. Yanko schüttelte innerlich nur mit dem Kopf, als ihm klar wurde, dass er seinen amerikanischen Pass auf illegalem Weg bekommen hatte. Weiter wollte er erst gar nicht denken, obwohl er ziemlich sicher war, sich nun legal in den USA aufzuhalten, da er seinen jetzigen Pass ganz offiziell von den Behörden ausgestellt bekommen hatte.
Yanko dachte anschließend nur, dass damals eigentlich eine gute Gelegenheit zumindest für diesen Teil der Wahrheit gewesen wäre. Hätte er das gewusst, dann hätte er schon viel früher nach seiner echten Mutter suchen können. Er schüttelte nur noch fassungslos mit dem Kopf und raufte sich die Haare.
„Mein Gott, John! Warum habt ihr nur solange geschwiegen? Das ist doch alles eigentlich überhaupt kein Weltuntergang!!! Ich verstehe das nicht! Ihr habt uns unser ganzes Leben lang angelogen und uns jeweils einen Elternteil vorenthalten! Und

du lebst sogar seit fast dreißig Jahren mit deinem Sohn unter einem Dach, siehst ihn fast täglich und belügst ihn damit jeden Tag aufs Neue!!! Und wenn ich das mit meiner Mutter nicht zufällig herausbekommen hätte, wüsste ich es wahrscheinlich bis heute nicht und wäre schon längst in der Klapse, oder sonstwo!"
John sah ihn an. „Du hast ja Recht, aber glaube ja nicht, dass es mir dabei immer gut ging! Minerva wollte es so und... und ich habe sie geliebt! Sie war die Liebe meines Lebens!", gab John schließlich kleinlaut zu. „Weiß sie denn wenigstens, dass du sie liebst? Weiß Mary überhaupt von dieser ganzen Scheiße hier? Wusste mein Vater davon?", fragte Yanko aufgebracht und dankte innerlich, dass alle seine Kinder wussten wer ihre richtigen Eltern waren. „Mary weiß es nicht... Und ich glaube, mein Bruder hat es auch nicht gewusst. Aber das weiß ich nicht genau, da musst du Minerva fragen. Minerva liebte deinen Vater... Und jetzt liebt sie Black Wolf... Sie hat immer noch schreckliche Angst davor, dass das alles eines Tages herauskommt. Sie liebt euch so sehr, sie will eure Welt nicht zerstören!", erklärte John, aber seine Worte hinterließen bei Yanko überhaupt kein Gefühl der Wärme oder des Verständnisses.
„Und was ist mit dir? Hast du keinen eigenen Willen?" Je länger Yanko das alles auf sich wirken ließ, desto fassungsloser wurde er, und umso mehr wurde ihm das ganze Ausmaß dieser Lügerei bewusst. Vielleicht hätte er seine Mutter schon viel früher kennengelernt. Vielleicht wäre er nie in die USA gekommen, und womöglich wäre er Fam niemals begegnet.
Alles wäre ganz anders gekommen.
Er wäre vielleicht sogar niemals von Griechenland weggegangen, wenn Minerva und John zusammengeblieben wären.

Yanko stolperte in die Nacht hinaus, und im ersten Moment hatte er das Gefühl aus dem Kino zu kommen, und das eben wäre nur ein Film gewesen. Krampfhaft überlegte er was er nun tun sollte. Nach Hause konnte er auf keinen Fall gehen, dazu war er viel zu aufgekratzt und wütend. Er stellte fest, dass er eigentlich sogar so wütend war, dass er sich am liebsten mit jemandem geprügelt hätte. Er versuchte nicht an Alkohol zu denken und lief erst einmal ein paar Runden zu Fuß durch den Ort. Er musste sich jetzt unbedingt bewegen. In seiner Wut wollte er nach wenigen Minuten schon wieder zurück zum Haus gehen und Minerva sofort zur Rede stellen. Doch dann hatte er plötzlich keine Lust mehr dazu. Ihm war diese ganze Angelegenheit mit einem Mal sogar derart zuwider, dass es ihm schlagartig so übel wurde, dass er fast mitten auf die Straße gekotzt hätte. Daher beschloss er der Gefahr aus dem Weg zu gehen Keith eventuell heute noch zu begegnen, und fuhr zum Zirkusgelände. Keith sollte es auf jeden Fall von John selbst erfahren und nicht von ihm.
Alles war schon ganz still, als er dort ankam. Er ging ins Zelt und legte sich in der Manege flach auf den Rücken und ließ seinen Gedanken und Gefühlen freien Lauf.
Yanko erschrak fast zu Tode, als er plötzlich eine Stimme hörte. „Hey kleiner Bruder! Da steckst du! Ich habe schon den ganzen Abend versucht dich zu erreichen! Wo warst du denn?“ Yanko fuhr herum und sah Keith direkt in die Augen. „Ich... ähm... Ich war unterwegs.“, war das Erste, was Yanko als Antwort einfiel, und er war heilfroh darüber, dass es nicht gelogen war. Und noch froher war er, dass Keith kein Licht angemacht hatte, denn so konnte er sein Gesicht in der Dunkelheit etwas verstecken. „Was wolltest du denn von mir?“, fragte Yanko noch schnell hinterher. Keith setzte sich neben ihn. „Ich wollte mit dir reden... Ich... Ich möchte dir

gerne etwas erzählen...", begann Keith ein wenig zögernd. Yanko sah ihn an. „Was denn?" Keith steckte sich nervös eine Zigarette an, obwohl im Zelt eigentlich Rauchverbot herrschte und bot Yanko auch eine an. „Es geht um Fam..." Keith machte eine Pause, um Yankos Reaktion abzuwarten.
„Ja... und weiter?", fragte Yanko und war plötzlich total ungeduldig und nervös. Er hatte heute schon weiß Gott genug erfahren. Andererseits war es nun wahrscheinlich, dass Keith momentan jedenfalls nicht auf die Idee käme zu fragen was mit ihm los sei, denn normalerweise hätte er ganz bestimmt gespürt, dass etwas nicht stimmte. Yanko strahlte in diesem Moment alles andere als Glückseligkeit aus. Doch er riss sich zusammen, er wollte um keinen Preis jetzt von seinem Besuch bei John erzählen. Das war nicht seine Aufgabe.
Keith räusperte sich. „Fam hat mir mal vor Jahren etwas anvertraut... in der Zeit, als es dir nach dem Überfall auf die Cheyenne so schlecht gegangen war... Sie hatte wohl jemanden zum Reden gebraucht... Eigentlich wollte sie es gar nicht erzählen, aber dann sind wir irgendwie darauf gekommen..."
„Was denn nun? Keith rede! Los, verdammt nochmal!" Yanko fühlte seine Nerven flattern. „Ok! Yanko... Fam... Sie war... Sie war einmal schwanger gewesen... Sie..."
„Was??? Keith, bitte verarsch mich jetzt nicht!!!" Yanko war nah dran durchzudrehen. So etwas hatte ihm jetzt gerade noch gefehlt. „Ich verarsche dich nicht! Und schon gar nicht, wenn es um Fam geht! Aber doch, sie war schwanger gewesen, und dann hatte sie eine Fehlgeburt in der zehnten Woche, in der Zeit, als du so schwer verletzt im Krankenhaus lagst. Sie wollte nicht, dass du es erfährst. Sie wollte dich nicht auch noch damit belasten. So hatte sie es mir gesagt."
Yanko konnte es nicht fassen, was er da eben gehört hatte, und das war eindeutig der aller falscheste Zeitpunkt für diese Nachricht gewesen, der überhaupt zu finden war, doch das

konnte Keith ja nicht ahnen. „Warum hat sie mir davon nie etwas erzählt?“, flüsterte Yanko nur und ihm wurde erneut schlecht. Das war einfach zu viel, um alles auf einmal zu verdauen. „Ich habe sie Jahre später mal danach gefragt, und sie hat mir daraufhin nur gesagt, dass du damals in deinen Fieberträumen immer wieder wiederholt hättest, dass es total unverantwortlich wäre in diese grausame Welt noch Kinder zu setzen. Für sie war das Thema von da ab anscheinend gegessen gewesen... Yanko, sie hat dich über alles geliebt! Sie hätte es nicht verkraftet, dich zu verlieren! Du warst für sie tausendmal wichtiger, als ein Kind! Verstehst du?“
Aber Yanko verstand jetzt überhaupt nichts mehr. Fam sollte ihm so etwas Wichtiges vorenthalten haben, aus Angst ihn zu verlieren? Dann fiel ihm ein, dass sie ihm auch nichts davon gesagt hatte bei Jim Wilson gewesen zu sein. Vorausgesetzt, dieser Wilson hatte die Wahrheit gesagt.
Wahrheit.
Dieses Wort hatte er in letzter Zeit zu oft gehört.
Jim Wilson. Vielleicht hatte er Fam vergewaltigt, und das Kind war von ihm gewesen. Das Wilson zu so etwas durchaus in der Lage war, hatte er selbst damals beim Überfall zu genüge gesehen, doch soviel er wusste, hatte Fam Jim Wilson angeblich das erste Mal auf einem Bild in der Zeitung kurz nach der Verurteilung gesehen, und das war erst Monate nach dem Überfall gewesen. Yanko konnte plötzlich nicht mehr denken. Sein Schädel drohte zu platzen und er erst recht. Er stand überstürzt auf und sagte Keith, dass er das jetzt erst einmal verarbeiten müsse und nach Hause fahren würde.
Zu Hause angekommen, legte er sich im Stall ins Stroh und wartete dort bis der nächste Tag anbrach. Irgendwann musste er dann aber doch eingeschlafen sein, denn als er am frühen Morgen aufwachte, schliefen Kenia und Jony seelenruhig in seinem Arm.

Die Landschaft war über Nacht in Weiß getaucht worden, und es schneite immer noch kräftig. Der Schnee fiel so dicht, dass man kaum ein paar Meter weit sehen konnte, und dazu wehte ein eisiger Wind.
Yanko befreite als erstes die Veranda und dann den Weg zu den Autos vom Schnee und verfluchte dabei wieder einmal seine rechte Hand. Ab und zu wechselte er die Hände an der Schaufel, aber so wirklich half das auch nicht. Aber egal wie sehr seine Hand auch schmerzte, es tat ihm gut in der frischen Kälte Schnee zu schaufeln und sich dabei den gestrigen Tag durchs Gemüt gehen zu lassen. Fast erschien ihm das alles, was er gestern gehört hatte völlig unreal und fern wie aus einem Traum. Er hätte gerne an einen Traum geglaubt, wenn er sich nicht absolut sicher wäre, gestern wirklich bei seinem Onkel John gewesen zu sein.
Plötzlich traf ihn ein kleiner Schneeball direkt in den Nacken, und ein fröhliches Quieken folgte dem zugleich. Yanko sah auf und konnte gerade noch erkennen, wie Kenia hinter den Stall huschte. Yanko legte die Schneeschaufel zur Seite und schlich Kenia hinterher. Er pirschte von der anderen Seite hinter den Stall, und als sie ihn kurze Zeit später entdeckte, rannte sie laut johlend davon, und Yanko setzte ihr nach. Als er in ihre Reichweite gekommen war, schnappte er seine Tochter und ließ sich mit ihr in den Schnee fallen. Sie seifte ihn als Strafe sofort mit einer gehörigen Portion Schnee ein, und Yanko musste sich die Nase freischnauben, sonst hätte er den ganzen Schnee eingeatmet. Lachend balgten sie sich noch eine ganze Weile in dem weichen Neuschnee herum, bis Maria sie schließlich zum Frühstück rief.
Vor der Haustür klopften sie sich, so gut es ging den Schnee aus den Kleidern und Haaren, zogen die Schuhe aus und gingen hinein.

Yanko wären das alles zu gerne sofort losgeworden. Ihm lag es förmlich auf der Zunge, und diesmal war es genau anders herum. Er konnte sich kaum zurückhalten sämtliche haarsträubenden Neuigkeiten, die er gestern erfahren hatte, mitzuteilen.
Er musste so schnell wie möglich runter zum Zirkus. Er würde dort herumwurschteln und warten bis Keith sich melden würde. Hier oben würde er jedenfalls platzen, denn es fiel ihm jetzt schon total schwer sich nichts anmerken zu lassen. Aber er fand es nach wie vor richtig, dass Keith diese Angelegenheit vor allen anderen erfahren sollte. So schnell es ging, kippte er den Kaffee hinunter und schaffte es dann irgendwie allein zum Zirkus zu fahren.

In Sheddy lag der Schnee auch fast einen halben Meter hoch, und Yanko lieh sich den Schneepflug vom Restaurant LIGHT GARDEN aus und räumte erst einmal den gesamten Zirkusplatz frei. Er war froh, dass er Beschäftigung hatte, und er erledigte Dinge zu denen er normalerweise überhaupt keine Lust hatte, wie zum Beispiel aufgerissene Zeltplanen flicken. Im Laufe des Tages kamen auch noch ein paar andere Zirkusleute vorbei und jeder werkelte hier und da herum.
Gegen Nachmittag wurde der Wind immer stärker, und es hatte auch wieder angefangen zu schneien. Yanko sah zum x-ten Mal auf sein Handy, doch es war immer noch keine Nachricht von Keith gekommen. Bei Anbruch der Dunkelheit beschloss Yanko bei Keith zu Hause vorbeizufahren. Als er dann aber sämtliche Autos vor der Tür stehen sah, drehte er wieder um und fuhr nach Hause.
Innerlich lagen seine Nerven blank, doch er riss sich zusammen. Er musste einfach.
Seine Gedanken waren den ganzen Tag über so sehr bei Keith gewesen, dass er gar nicht darüber nachgedacht hatte, was

Keith ihm gestern von Fam erzählt hatte. Das würde er später tun, jetzt war es erst einmal wichtig, dass er auf Keith achtgab. Den Abend über spielte er mit Jony und Kenia und versuchte auf diese Weise sich abzulenken. Dann brachten die Frauen die Kinder ins Bett, und plötzlich saß er mit Nino allein auf der Couch. Yanko stand auf und legte Holz nach. Das Feuer brannte sehr schön, und im Haus war es mollig warm. Yanko setzte sich wieder, doch plötzlich hatte er das Gefühl zu ersticken. Er stand auf, schlüpfte in seine Stiefel und ging hinaus eine rauchen. Der Sturm hatte sich mittlerweile wieder etwas gelegt, und er überlegte krampfhaft, was er jetzt nur tun sollte, denn dieses Abwarten machte ihn total närrisch.
„Yanko, was ist los?", hörte Yanko plötzlich neben seinem Ohr. Nino war unbemerkt zu ihm hinausgekommen und hatte sich neben ihn gestellt. Yanko zuckte derart zusammen, dass er fast die Zigarette hätte fallen lassen. „Mann, hast du mich erschreckt! Bist du unter die Katzen gegangen, oder was?"
„Nein, aber du offensichtlich unter die Tauben! Was ist los mit dir? Und glaube bloß nicht, dass du mir noch was vormachen kannst! Heute Morgen warst du auch schon so komisch!", sagte Nino und legte dabei einen Arm um ihn. Yanko drehte sich zu ihm und musste ihn erst einmal küssen. Es war einfach zu unwiderstehlich für ihn, wenn Nino ihm so nah kam. Doch Nino beendete den Kuss relativ schnell, obwohl er ihn eigentlich sehr gerne noch viel länger genossen hätte. „Erst sagst du mir was los ist, dann bekommst du die Belohnung!", raunte er Yanko ins Ohr.
„Ja, Mann, du hast ja Recht! Es ist was los, aber ich kann es dir jetzt noch nicht sagen. Ich muss damit warten! Ich werde es euch sagen, sobald es geht!" Yanko hatte eigentlich auch das vermeiden wollen zu sagen, aber er wollte Nino auch nicht anlügen. Es wurde einfach schon viel zu viel in seiner Familie einander vorgemacht, und er hätte es ihm wirklich brennend

gerne erzählt. Er sah Nino an und versuchte standhaft zu bleiben. „Wenn du meinst! Ist es was Schlimmes?“, hakte Nino trotzdem noch nach. „Nino, bitte! Hör auf!“ Yanko drehte sich weg und plötzlich klingelte sein Handy.
Es war John, der Yanko bat nach Keith zu suchen, denn er war nach ihrem Gespräch einfach wortlos aus dem Haus gegangen. Yanko versuchte ihm ruhig zu antworten und sich gleichzeitig zu überlegen, wie er es anstellen sollte, dass Nino nicht darauf bestehen würde mitzugehen.
Nachdem das Gespräch beendet war, steckte Yanko das Handy wieder in seine Jacke und drehte sich zu Nino um, der ihn schon erwartungsvoll ansah. „Ich fahre jetzt runter nach Sheddy, und ich bitte dich, fahr mir ja nicht nach! Bitte! Mach dir keine Sorgen, mir geht's gut! Es ist aber echt wichtig, dass ich allein fahre! Du wirst morgen verstehen warum, ok?“ Nino spürte, dass es Yanko sehr ernst war, und er wirkte auch nicht so, als ob es ihm schlecht gehen würde. „Dir geht's also wirklich gut?“, fragte Nino aber trotzdem nochmal vorsichtshalber nach. Yanko sah ihm tief in die Augen. „Mir geht's gut! Falls Maria fragt wo ich bin, dann sag ihr bitte das, was ich dir eben gesagt habe, ok?“ Nino nickte zustimmend. „Ok! Aber morgen erzählst du es uns!“ „Ja, versprochen!“ Yanko gab Nino noch einen schnellen Kuss und rannte dann so schnell es ging den schon etwas glatt gewordenen Weg zu seinem Pickup hinunter.
Nino sah ihm noch eine Weile grübelnd hinterher und zog sich aber dann schließlich wieder ins warme Haus zurück.

Yanko versuchte erst gar nicht Keith per Handy zu erreichen. Zielstrebig fuhr er ins OLD RAILWAY, als er aber dort nicht anzutreffen war und Roger ihn auch nicht gesehen hatte, wusste er plötzlich, wo er ihn finden würde.
Es war stockfinster und ziemlich kalt, und Yanko konnte fast nicht die Hand vor Augen sehen, aber er ging langsam Schritt für Schritt in die Manege, und nach einer Weile hatten sich seine Augen dann an die Dunkelheit gewöhnt.
Keith saß ganz oben in der letzten Reihe. Yanko stieg die Stufen zu ihm hoch und zündete zwei Zigaretten an. Keith nahm die ihm angebotene, und sie rauchten zunächst schweigend. Keith war betrunken und hatte offensichtlich auch vor noch weiter zu trinken.
Yanko wartete. Er wusste nicht, was er hätte sagen sollen. Aber in ihrem Schweigen lag auch etwas Heilsames, etwas Verbindendes, als ob alle Knöpfe auf null zurückgefahren wären, und sich die Welt um sie herum neu sortierte.
„Warum hat er mir nichts gesagt? Sag's mir, kleiner Bruder, warum?“ Plötzlich kämpfte Keith mit den Tränen. Yanko legte einfach seinen Arm um ihn, und er fragte sich, ob es Keith schon bewusst geworden war, dass sie keine Brüder mehr waren. „Ich weiß es nicht! Angeblich war es Minervas Wunsch gewesen.“, sagte Yanko vorsichtig. Er wusste ja nicht, ob John Keith wirklich alles gesagt hatte. Doch Keith nickte. „Das hat er mir auch erzählt... aber trotzdem... Ich begreife das einfach nicht! Du etwa?“ Keith nahm einen Schluck aus der mitgebrachten Vodkaflasche. „Nicht wirklich! Ich meine, ich kann verstehen, dass sie im ersten Moment so gehandelt haben... und ich weiß wie es ist, wenn man Dinge, die man sagen sollte ewig mit sich herumschleppt und zu lange hinausschiebt. Aber es hat so viele Gelegenheiten gegeben, wo sie es uns hätten sagen können! Beides. Das mit meiner

Mutter, und dass John dein Vater ist.“, sagte Yanko, und während er das sagte, wurde ihm noch einmal so richtig bewusst, was da eigentlich über Jahre hinweg gelaufen war.
Keith sah ihn an. „Du bleibst immer mein Bruder! Das kann doch jetzt nicht einfach vorbei sein!“ Keith hatte wieder Tränen in den Augen und drückte Yanko fest an sich. „Das ist auch nicht vorbei! Du bleibst mein Bruder, und wir werden immer zusammenhalten!“, versuchte Yanko Keith zu trösten und hatte dabei selbst einen Kloß im Hals.
„Wenn du nicht wegen deinem Traum zu ihm gegangen wärst, hätte ich das vielleicht nie erfahren...“, überlegte Keith. „Du hast mich selbst zu ihm geschickt... Da wollte wohl irgendetwas, das wir es endlich erfahren!“, bemerkte Yanko und zündete noch zwei Zigaretten an.
Mittlerweile war es im Zelt eisig kalt geworden, aber keiner wollte aufstehen und gehen. Das große Zelt war schon früher ihre Zufluchtsstätte gewesen, ein Ort, an dem sie zu bestimmten Stunden immer Ruhe und eine gewisse Besinnlichkeit gespürt hatten. Ihre Kindheit war hier gespeichert. Auch wenn es heute ein anderes Zelt war, hier waren sie eins und fühlten sich aufgehoben und geborgen.
„Hast du eigentlich von... meinem... von John etwas über deinen Traum in Erfahrung bringen können?“, fragte Keith plötzlich. „Ja... allerdings, das habe ich.“ Keith sah ihn erstaunt und verwundert an. „Was denn? Erzähl!“ Und Yanko berichtete ihm, was er gestern so alles über seinen Vater erfahren hatte. Er erzählte ihm von dem Brief, und wie es schließlich dazu gekommen war, dass John ihm anvertraut hatte, dass Keith sein Sohn war.
Nachdem Yanko geendet hatte, schüttelte Keith nur noch fassungslos mit dem Kopf. „Was für eine Familie! Unsere Mutter ist nicht mehr deine Mutter, mein Onkel wurde heute mein Vater und mein bisheriger Vater mein Onkel, der,

warum auch immer eine Frau umgebracht hat... Ich habe meinen liebsten Bruder verloren, weil er nämlich eigentlich mein Cousin ist, dafür habe ich zwei neue Brüder bekommen - Richard und Dean, die bis eben noch meine Cousins waren... Und da wundern sich die Leute, wenn man dabei nicht normal bleibt..." Keith lallte schon ordentlich, war aber trotzdem, wahrscheinlich auf Grund der Kälte, noch einigermaßen bei Sinnen.
„Hat John Minerva eigentlich schon gesagt, dass wir es jetzt wissen?", fragte Yanko nach einer Weile. „Ja, sie war vorhin noch dabei... aber ich habe das alles dann nicht mehr lange ausgehalten und bin weg... Sie hat gesagt, dass es ihr sehr leid tun würde, aber irgendwie kommt das bei mir nicht an... Vielleicht irgendwann mal... Ich kann sowas nicht verstehen! Und das mit dir damals... dass du deswegen nicht mit in die USA konntest... Ok, jetzt kennen wir endlich den wahren Grund, aber mal im Ernst: Warum ist sie dann überhaupt geflogen? Warum sind wir nicht einfach zusammen nach Griechenland zurückgegangen, oder in Spanien geblieben? Wir hätten doch alle auch dort irgendwas arbeiten können!" Keith wurde mit einem Mal richtig wütend und schlug mit der Hand mehrmals auf die vorderen Sitzlehnen. „Verdammt nochmal!!! Ich verstehe einfach nicht, wie sie es übers Herz gebracht hat, dich einfach in einem fremden Land bei fremden Leuten zurückzulassen... Und jetzt kommen nach und nach solche Sachen zutage... Ich dachte immer unsere Mutter ist die ehrlichste, aufrichtigste und herzlichste Frau auf der ganzen Welt... dabei hat sie uns alle nur belogen..." „Ja, das habe ich auch mal gedacht... John meinte, dass es Hadley nicht gewusst hätte, zumindest nicht von ihm." „Das habe ich Minerva vorhin nicht gefragt... Ich war viel zu geschockt!" „Keine Sorge, das werde ich schon noch herausbekommen!"

Keith trank und sah dann Yanko an. „Das war ja gestern auch ganz schön viel für dich, was? Und dann komm ich noch und erzähl dir das mit eurem Kind... Tut mir echt leid! War wohl nicht der richtige Moment!“
Yanko lehnte sich zurück und steckte die Hände in die Jackentaschen. „Du konntest ja nicht wissen, was ich da grad erfahren hatte. Ich hätte es dir ja gestern auch gerne erzählt, aber das war absolut nicht mein Part gewesen!“ „Hmm... Stimmt! Danke! Wie geht's dir denn jetzt mit all dem ganzen Kram?“ „Klingt vielleicht komisch... Gestern war ich total durch den Wind, aber heute fühle ich mich besser, und je mehr Klarheit entsteht, desto besser ist es! Um den Schmerz kommt man nicht herum, aber es ist einfacher, wenn du weißt, warum du ihn hast! Und über das, was du mir gestern von Fam erzählt hast, denke ich ein anderes Mal nach. Das ist mir jetzt einfach zu viel!“
Yanko stand auf, denn er fror plötzlich wie ein Schneider. „Komm, lass uns runtergehen! Ich hole ein paar Decken, und dann setzten wir uns in die Manege!“ Keith nickte zustimmend und folgte Yanko schwankend die Stufen hinab.
Unten im Sägmehl sitzend, unterhielten sich dann noch bis tief in die Nacht, bevor Yanko Keith in den Arm nahm, und er an seiner Schulter einschlief. Yanko tat in dieser Nacht kein Auge zu. Er saß mit dem Rücken an den Manegenrand gelehnt, hatte seinen Bruder-Cousin im Arm und versuchte zu spüren, wie Keith wohl mit der ganzen Situation auf Dauer zurechtkommen würde. Wenn er an den Tag zurückdachte, an dem er erfahren hatte, dass Minerva nicht seine Mutter war, konnte er in etwa vermuten, was in Keith jetzt vorgehen musste. Und er wusste nicht was schlimmer war, zu erfahren, dass man eine andere Mutter hatte, von der in jenem Moment keiner wusste, ob sie überhaupt noch am Leben war, oder mit sechzehn seinen vermeintlichen Vater zu verlieren, um dann

fast dreißig Jahre später zu erfahren, dass dieser Mann nur der Onkel war und man in Wirklichkeit über Jahre hinweg mit seinem echten Vater unter einem Dach gelebt und dabei geglaubt hatte, er sei der Onkel.

Yanko wusste, dass der heutige Abend noch keine eindeutigen Schlüsse zuließ, wie Keith in Zukunft damit umgehen würde. Auf jeden Fall würde er ihm helfen, wenn er Probleme damit haben sollte. Immerhin hatte er mit diesem Thema schon etwas länger bewusst zu tun und deswegen auch schon ziemlich harte Zeiten durchgemacht. Yanko wusste mittlerweile nur zu gut, wie tief das Vater/Mutterthema sitzen konnte und welche fatale Auswirkungen eine unterbrochene Eltern/Kindbeziehung hatte, mal von Familienlügen ganz abgesehen.
Vor allem wusste er genau, wie es sich anfühlte.

Die Sonne begrüßte den nächsten Tag, und nachdem Yanko Keith zu Hause abgeliefert, und sich versichert hatte, dass Mabel da war und nach ihm sehen würde, fuhr er nach Hause. Er war froh gewesen Minerva nicht begegnet zu sein, denn er war sich nicht sicher, ob er sich hätte beherrschen können. Bei allem Respekt den er ihr gegenüber hatte, war er aber im Moment auf sie am allermeisten wütend. Er hatte sich mit Keith für den Abend wieder verabredet, doch jetzt musste er erst einmal etwas schlafen.
Kaum war er zu Hause angekommen, saß er am Tisch und alle anderen wissbegierig um ihn herum. Obwohl er hundemüde war, erzählte er ihnen dann so ausführlich wie möglich, was sich alles in den letzten zwei Tagen zugetragen hatte. Nur das, was Keith ihm von Fam erzählt hatte, behielt er für sich. Er wollte erst selbst in Ruhe damit sein. Das Entsetzen war natürlich erwartungsgemäß sehr groß, und vor allem Mala und Maria, die Keith ja viel besser kannten als Nino, machten sich ernsthaft Gedanken um ihn.
Yanko zog sich gegen Mittag in den Stall zurück, mummelte sich in den dicken Schlafsack ein, legte noch etwas Stroh über sich und fand dann endlich die nötige Ruhe für ein paar Stunden Schlaf.
Das Klingeln seines Handys holte ihn später wieder in die Realität zurück. Es war Minerva, und sie klang sehr besorgt. Keith musste wohl in einem weiteren Gespräch mit ihr und John laut herumgebrüllt, und einige Sachen kaputtgeschlagen haben. Minerva sagte, dass niemand im Stande gewesen sei ihn zu beruhigen, und dass er schließlich seine Jacke geschnappt, und dann die Haustür hinter sich zugeknallt habe. Sie sagte, dass er nun schon seit Stunden weg wäre, und sein Handy ausgeschaltet sei. Im OLD RAILWAY war er anscheinend auch nicht, denn da hätte sie auch schon angerufen.

Yanko sprang sofort aus dem Schlafsack und versprach Minerva, ohne weiteren Kommentar, ihn zu suchen. Er sagte Mala Bescheid, denn sie war die Erste, die er gesehen hatte, und schon war er unterwegs. Er fluchte vor sich hin, denn der Waldweg war immer noch nicht geräumt worden, und so war er gezwungen langsam zu fahren, was ihm in diesem Moment ganz und gar nicht passte.
Seit Minerva am Telefon gewesen war, hatte sich sein Magen zusammengezogen und bis jetzt nicht wieder entspannt. Er versuchte sich zu beruhigen, indem er sich einredete, dass Keith mit Sicherheit im Zirkuszelt sitzen, und auf ihn warten würde. Immerhin hatten sie sich ja für heute Abend sowieso dort wieder verabredet, wo sollte er also sonst sein.
Aber im Zelt war er nicht, und auch sonst konnte Yanko ihn auf dem ganzen Gelände nirgends finden. Eine unerklärliche Panik stieg plötzlich in ihm auf, und er überlegte fieberhaft, wo sein Bruder nur stecken könnte. Das Einzige, was ihn beruhigte, war die Tatsache, dass es gerademal sechs Uhr war, und sie sich erst für neun Uhr verabredet hatten.
Yanko setzte sich wieder ins Auto und fuhr alle Straßen in Sheddy fünfmal auf und ab und fragte jeden, den er kannte, ob er Keith gesehen hätte. Aber niemand hatte ihn gesehen. Zwischendurch telefonierte er dreimal mit Minerva, und sie musste ihm jedes Mal bestätigen, dass Keith wirklich ohne Auto unterwegs war. Yanko beschloss dann die restliche Zeit einfach im Zirkuszelt abzuwarten. Sicherlich würde Keith zur verabredeten Zeit pünktlich dort auftauchen.
Mykee und noch ein paar andere Leute waren auch auf dem Zirkusgelände, und Yanko war sehr froh darüber, denn sonst hätte er in dieser Wartezeit bestimmt eine ganze Schachtel leergeraucht. Als Keith dann aber um halb zehn immer noch nicht aufgetaucht war, breitete sich das Panikgefühl schlagartig in Yankos ganzem Körper aus, und Mykee versuchte mit allen

Mitteln ihn zu beruhigen. Yanko konnte es sich selbst nicht erklären, wieso er eine derart große Angst verspürte, dass Keith etwas passiert sein könnte. Mykee brachte Yanko aber dann schließlich dazu wieder nach Hause zu fahren. Er würde hier am Platz bleiben und ihn sofort anrufen, falls Keith doch noch auftauchen sollte. Und er erinnerte Yanko zudem sehr deutlich daran, wie er selbst drauf gewesen war, als er das mit seiner Mutter erfahren hatte. Damals wollte er auch seine Ruhe haben und alles andere hatte ihn tierisch angenervt und war ihm scheißegal gewesen. Vielleicht war Keith ja nur nach Newly getrampt und saß jetzt dort in irgendeiner Kneipe und ließ sich einfach volllaufen.
Yanko dankte Mykee und fuhr trotzdem mit einem ganz fahlen Gefühl im Bauch nach Hause. Es sah Keith überhaupt nicht ähnlich einen ausgemachten Termin einfach zu vergessen. Aber vielleicht war er ja gestern auch zu betrunken gewesen, um sich heute noch daran zu erinnern, oder Mykee hatte Recht, und Keith wollte einfach nur mal allein sein.
Den ganzen Abend lang überlegten Mala, Maria, Nino und Yanko dann, was sie jetzt tun sollten und spekulierten über Keiths Gemütszustand. Sie versuchten sich gegenseitig zu beruhigen und kramten sämtliche Begebenheiten hervor, in denen Yanko genau solche Sachen gebracht hatte. Yanko fand das zunächst alles andere als toll, aber im Endeffekt beruhigte es ihn tatsächlich etwas.

Kurz vor Sonnenaufgang fuhr Yanko aus dem Schlaf hoch und sah auf sein Handy. Nichts. Kein Anruf, den er eventuell überhört haben könnte, keine SMS. Einfach nichts.
Sofort waren alle Ängste und Sorgen wieder da und trieben ihn schnell aus dem Bett. Er musste jetzt genau wissen, was zwischen Keith und Minerva abgelaufen war, und was sie alles zu ihm gesagt hatte. Sein Herz klopfte bis zum Hals, als er sich

rasend schnell anzog, den anderen noch eine kurze Notiz aufschrieb und dann zu seinem Auto schlitterte.
Ohne zu klingeln, stürmte er einfach ins Haus hinein und direkt in Minervas Wohnung. Sie lag noch im Bett, als Yanko in ihr Schlafzimmer polterte. „Was hast du alles zu Keith gesagt?“ Yanko wollte keine unnötige Zeit mit Guten Morgen, oder etwas Ähnlichem verlieren, und außerdem musste er schnell wieder hier raus, bevor er sich vielleicht vergessen, und grob zu ihr werden würde. Minerva setzte sich ruckartig im Bett auf. „Was meinst du? Was soll ich ihm gesagt haben?“
„Na, irgendetwas wirst du ihm ja wohl zu dem Ganzen gesagt haben!“, bemerkte Yanko dann doch schon ziemlich gereizt.
Minerva stand auf und zog sich eine Strickjacke über. „Ich habe ihm gesagt, dass es mir leid tut!... Warum willst du das denn wissen?“ Yanko sah, dass sie geweint hatte. „Weil er immer noch nicht aufgetaucht ist, und ich mir Sorgen mache! Darum!“
Minerva schüttelte wortlos den Kopf und fing still an zu weinen. Yankos Herz wurde weich, und er nahm ihre Hand. Sie setzten sich auf die Bettkante, und Minerva schluchzte laut auf. „Es ist alles meine Schuld...“, begann sie stockend. Yanko legte einen Arm um sie. „Naja, ganz unschuldig bist du jedenfalls nicht! Warum hast du nur solange geschwiegen und erst alles gesagt, als es nicht mehr anders ging? Verdammt! Kannst du dir vorstellen, wie sich das anfühlt, so belogen zu werden?“ Yanko fühlte sich zwischen seiner Wut und dem Mitgefühl, das er trotz allem jetzt doch für sie empfand, hin und her gerissen.
Minerva schnäuzte sich die Nase. „Ja... Das weiß ich... Deswegen wollte ich ja, dass es niemals herauskommt!...“, sagte sie seufzend. Sie sah Yanko an und streichelte ihm über die Wange. „Glaube mir, ich habe euch beide sehr geliebt, und das tue ich immer noch! Du bist für mich genauso wichtig, wie

Keith... Und ich liebte deinen Vater so sehr... Ich wollte keinen von euch verlieren... Ich will nie wieder im Leben jemanden verlieren!" Minerva weinte erneut, und Yanko atmete tief durch. „Was ist denn passiert, dass du niemanden mehr verlieren willst?" Yanko kannte dieses Gefühl nur zu gut und wunderte sich, dass Minerva offenbar ähnliche Ängste hatte.
„Ich habe meine Eltern sterben sehen... Sie wurden zu Tode gesteinigt... Ein paar Männer haben uns bei einem Spaziergang aufgelauert... Danach haben sie uns Kinder verkauft... Als ich vierzehn Jahre alt war, konnte ich schließlich fliehen und habe mich dann ein ganzes Jahr lang allein durchgeschlagen, bis ich meine Gruppe wiedergefunden hatte... Meine kleine Schwester habe ich bis heute nicht wiedergesehen..."
Yanko sah sie entsetzt an. „Das habe ich nicht gewusst! Das ist ja schrecklich!!! Weiß Keith davon?" „Nein... davon wusste nur dein Vater. Ich wollte euch das alles ersparen... und jetzt ist alles kaputt!", sagte Minerva traurig.
So langsam wurde Yanko klar, warum er manchmal solche Schwierigkeiten hatte zu reden. Auch wenn Minerva nicht seine leibliche Mutter war, so hatten sie doch jahrelang zusammengelebt, und sie hatte ihn erzogen mit all ihren Geschichten, die sie erzählt hatte, und ebenso mit jenen, die sie nicht erzählt hatte.
Yanko stand auf. Die ganze Situation war so verfahren, dass er sich in diesem Moment völlig außer Stande fühlte irgendeine Stellung zu beziehen.
Dann erst fiel es ihm auf. Das Zimmer wirkte eigenartig leer. „Wo ist eigentlich Black Wolf?" „Er ist gegangen... so wie Keith... Keiner will mit einer Verräterin zusammen unter einem Dach leben!", sagte Minerva verbittert und stand ebenfalls auf. „Keith ist stark! Mach dir keine Sorgen! Er wird

schon wieder auftauchen. Glaub mir!“, sagte sie noch und tätschelte dabei Yankos Arm.

Black Wolf, das war die Idee. Yanko tat es zwar irgendwie leid, Minerva in dieser Verfassung allein zu lassen, aber sie hatte ja schließlich noch John, und außerdem war Keith jetzt viel wichtiger. Er verabschiedete sich von ihr und verließ schnell das Haus.

Mala war sofort bereit gewesen ihn zu begleiten, und Yanko beeilte sich sehr alles zusammenzupacken, was sie für ein paar Tage im Winter draußen in den Bergen brauchen würden. Yanko wollte nicht allein gehen. Seine Nerven lagen blank und die Panik hatte ihn wieder gepackt, als er auf dem Nachhauseweg gewesen war. Die Vorstellung Keith könnte irgendetwas zugestoßen sein, raubte ihm fast den Verstand. Er hatte sogar von sich aus darum gebeten, dass ihn jemand begleiten möge.
Zunächst wollte er Black Wolf aufsuchen, denn er hatte die leise Hoffnung Keith bei ihm zu finden. Black Wolfs Privatversteck in den Bergen befand sich zwischen Newly und Sheddy, ungefähr einen Drei-Stunden-Ritt von dem Parkplatz aus entfernt, an dem Yanko den Pickup dann abstellte. Im Sommer konnte man, wenn man sich auskannte auch mit einem Geländewagen dorthin kommen, doch wenn Schnee lag, war das unmöglich.
Mala konnte Yankos Angst durch die dicke Winterjacke spüren, und sie klammerte sich noch dichter an ihn. Sie ritten beide auf dem Pinto und hatten das andere Pferd mit dem Gepäck beladen. Yanko war nicht sicher, ob Black Wolf tatsächlich da draußen war und hatte für alle Fälle auch noch ein Zelt mitgenommen. Mala wusste selbst nicht, warum sie sofort eingewilligt hatte mit zu kommen, aber es fühlte sich absolut richtig an ihn zu begleiten. Vielleicht war es auch einfach nur die Gelegenheit mit ihm eine Weile allein sein zu können, was sie dazu bewogen hatte.
Der Ritt dauerte allerdings fast zwei Stunden länger als geplant. Der viele Schnee machte manche Wege fast unpassierbar, so dass sie sehr viel zu Fuß gehen mussten, und die früh einsetzende Dunkelheit machte es ihnen nicht leichter.

Doch dann waren sie endlich an dem Platz angekommen und Black Wolf war auch tatsächlich dort.
Yanko wunderte sich, denn Black Wolf musste sie eigentlich schon von weitem gehört haben, doch er war ihnen nicht entgegengekommen. Yanko sprang vom Pferd und rief nach ihm, aber er erhielt keine Antwort. Aus dem großen Indianertipi schimmerte jedoch Licht, und oben aus der leicht geöffneten Zeltspitze stieg Rauch auf. Yanko band die Pferde fest und half Mala beim Absteigen. Dann ging er zum Eingang und hob das Fell, welches als Tür diente, ein wenig zur Seite und spähte hinein.
Da sah er Black Wolf am Feuer sitzen und in die Glut starren. „Black Wolf? Hey, hörst du mich? Ich bin's, Yanko!“, sagte Yanko leise, denn er wollte ihn nicht erschrecken. Doch Black Wolf sah nicht auf. Er starrte weiterhin in die Flammen, als wenn er nichts gehört hätte. Yanko ergriff Malas Hand. Sie traten ein und blieben an der Tür stehen. Irgendwie konnten sie nicht weitergehen. Black Wolf umgab eine dicke, unsichtbare und undurchdringliche Mauer, die sie respektieren mussten.
„Black Wolf, was ist los? Bist du ok?... Wir lassen dich auch gleich wieder allein, wenn du willst... Ich bin hier, weil... Keith ist verschwunden... Ich dachte, vielleicht ist er bei dir... oder du weißt vielleicht, wo er sein könnte...“, erklärte Yanko ihr Kommen.
„Ich habe dir nichts mehr zu sagen! Geh bitte!“ Black Wolfs Worte schnitten wie klirrendes Eis in die warme Luft des Tipis. Yanko traute seinen Ohren kaum und verstand überhaupt nicht, was auf einmal in ihn gefahren sein könnte. Vor zwei Tagen hatten sie noch zusammen an einem Tisch gesessen und voller Ideen über ein mögliches neues Programm gesprochen. Yanko nahm sich zusammen und ging langsam auf Black Wolf zu.

„Was ist nur los mit dir? Ich verstehe dich nicht! Wieso schickst du mich denn weg?“, fragte Yanko und versuchte dabei seinen Blick zu erhaschen. Black Wolf sah grau, eingefallen und müde aus. „Ihr versteht gar nichts! Überhaupt gar nichts! Ihr seid wie all die anderen Weißen... hinterhältig und verlogen!“ Black Wolf spuckte verächtlich ins Feuer. Dann trafen sich ihre Blicke. „Was bitte? Was soll das? Wer ihr? Ich? Hast du plötzlich was gegen mich? Dann sag's mir, aber hör auf, alles über einen Kamm zu scheren!“ Yanko dämmerte langsam, was los sein könnte, wusste aber mit Black Wolfs plötzlicher Ablehnung trotzdem nichts anzufangen.
„Du gehörst doch auch zu diesem Volk der Zigeuner, oder etwa nicht?!“ Black Wolf Stimme klang so zynisch und herablassend, dass es Yanko kurz mulmig wurde. Mala stand immer noch am Eingang und wartete gebannt und erschrocken auf die Entwicklung des Gesprächs zwischen den beiden.
„Was soll das? Black Wolf, ich bin's, Yanko, der Bruder von deinem Sohn. Ich habe dich nicht angelogen! Bist du jetzt schon so wie Jim Wilson, der keinen Unterschied mehr zwischen den Menschen kennt, und der alle nur nach ihrer Rasse beurteilt?“ Yanko holte Luft und wollte gerade weitersprechen, doch Black Wolf unterbrach ihn. „Phh, Bruder meines Sohnes! Wenn du nicht gewesen wärst, dann wäre das alles niemals passiert, und Gefleckter Wolf wäre noch am Leben... Er hätte jetzt eine Frau und viele Kinder, und ich wäre Großvater!“
Mala hielt die Luft an und konnte sehen, dass Black Wolfs Worte Yanko hart getroffen hatten. Yanko setzte sich jedoch daraufhin ungefragt auf eines der Felle neben Black Wolf und zündete sich erst einmal eine Zigarette an. Es war ihm jetzt egal. Wenn Black Wolf ihm die Freundschaft wegen Minerva gekündigt hatte, dann sollte er ihn eigenhändig

hinausschmeißen. Black Wolf blieb aber unbeweglich sitzen. „Du weißt genau, dass das nicht stimmt, und du bist hier nicht der Einzige, der durch die Wilsons jemand verloren hat!“, stellte Yanko so ruhig wie möglich fest.
Es hatte ihn tief verletzt, so etwas aus dem Mund von Black Wolf zu hören, der für ihn all die Jahre über immer eine Art Vaterersatz gewesen war. Doch was auch immer zwischen ihnen vielleicht geklärt werden musste, er war wegen Keith hierhergekommen, also schluckte er soweit es ging den vehementen Vorwurf erst einmal hinunter.
Black Wolf sah plötzlich auf. „Du hast nur deine Frau verloren. Ich hingegen habe alles verloren! Meine ganze Familie, meine Freunde, mein Zuhause. Alles! Was weißt du schon davon! Verflucht seist du und dein ganzes Pack! Verflucht seien alle Weißen! Es gibt keine wirkliche Verbindung zwischen uns! Wir sind zu unterschiedlich! Und jetzt lass mich allein!“
Yanko konnte es nicht fassen, und er hatte das Gefühl jemandem gegenüber zu sitzen, den er überhaupt nicht kannte. Black Wolf hatte so voller Hass und Ablehnung gesprochen, dass es Yanko davon ganz schlecht geworden war. Kurz sah er zu Mala hinüber, die ihn ebenfalls ratlos ansah. Yanko musste plötzlich an Peters Seminar denken und beschloss daher die Worte von Black Wolf jetzt nicht persönlich zu nehmen und wagte noch einen Vorstoß.
„Keith und ich sind von unseren eigenen Leuten hintergangen worden! Was Minerva getan hat, ist kaum zu begreifen, und es ist mit Sicherheit schwer ihr zu vergeben, aber wenn du sie liebst, dann versuche es wenigstens! Zu jeder Geschichte gibt es immer noch eine andere! John trägt ebenso viel Verantwortung daran, wie mein Vater auch! Jeder hat es auf den anderen geschoben, aber im Endeffekt fühlen sich alle total schlecht damit. Ich habe mich total beschissen gefühlt,

nachdem ich das mit meiner Mutter erfahren habe, doch damals bist du bei Minerva geblieben, warum also diesmal nicht? Keith fühlt sich natürlich auch beschissen, aber was zum Teufel hat das mit dir zu tun? Die Frage für dich ist doch nur: Liebst du Minerva oder nicht?“
Yanko wunderte sich selbst über sich, dass er dabei ruhig geblieben war und die Sache so auf den Punkt gebracht hatte. Die entstandene Pause nutzte er und zündete zwei Zigaretten an. Eine davon reichte er schweigend Black Wolf. Er hielt sie ihm hin, bis sie schon halb abgebrannt war. Dann schnippste er die Asche weg und hielt sie ihm weiter geduldig hin. Nach schier einer Unendlichkeit beugte Black Wolf sich schließlich vor und nahm sie Yanko ab. Nachdem er sie dann schweigend fertig geraucht hatte, blickte er Yanko in die Augen. „Mein Sohn hatte weise gewählt. Aus deinem Herzen spricht wirklich der Große Geist! Ich werde bei ihm um Vergebung beten.“
Yanko atmete erleichtert auf, und auch Mala entspannte sich etwas.
„Dafür brauchst du nicht zu beten! Ich verstehe, dass du wütend bist, und ich verstehe deinen Schmerz!... Aber jetzt müssen wir Keith finden! Hast du ihn gesehen? War er hier?“
Yanko war auf einmal wieder nervös geworden. Black Wolf aber stand auf und kochte wortlos Kaffee. Erst als er damit fertig war, bemerkte er Mala, die immer noch wie angewurzelt an der Tür stand. „Mala! Du bist ja auch hier! Ich habe dich gar nicht gesehen! Komm, setz dich doch bitte!“, forderte Black Wolf sie dann freundlich auf. „Es tut mir leid, Yanko! Ich war blind vor Schmerz und Hass. Wieder habe ich mich auf etwas eingelassen, was Verrat in sich trug. Ich hätte sie schon verlassen sollen, als ich von der Tragödie mit deiner wahren Mutter erfahren habe. Minerva hat uns alle zerstört! Deinen Vater, deinen Onkel, dich, Keith und mich.“ Black Wolf hatte auf einmal Tränen in den Augen, und Mala setzte

sich beherzt zu ihm und legte tröstend einen Arm um seine Schultern, den er auch duldete.
„Verstehe mich nicht falsch! Ich will hier niemanden in Schutz nehmen, aber egal was passiert ist, es gehören immer zwei dazu! Einer der es tut und ein anderer, der es mit sich machen lässt!... Black Wolf, hast du Keith irgendwo gesehen? War er hier gewesen? So antworte doch, bitte!“ Yanko schlürfte an dem heißen Kaffee und wäre eigentlich lieber draußen in den Bergen unterwegs, um nach ihm zu suchen, anstatt über Black Wolfs verletzte Gefühle zu sprechen. Das konnten sie später immer noch tun. Still dankte er Peter, denn anscheinend hatte er etwas auf dem Seminar gelernt, und es hatte sogar funktioniert. Er hatte es geschafft in der völlig unerwarteten Konfrontation mit Black Wolf zu erkennen, dass Black Wolf nicht ihn persönlich gemeint hatte, sondern nur eine Angriffsfläche gesucht hatte, um seinen noch unverarbeiteten Schmerz zu projizieren.
„Lass ihn in Frieden! Er braucht jetzt seine Ruhe! Das ist sehr hart für ihn, und er braucht Zeit, um das zu verarbeiten!“, war Black Wolfs Antwort schließlich. Doch Yanko brachten diese Worte fast auf die Palme, und er konnte es selbst nicht erklären, warum er eine so immense Unruhe in sich verspürte.
„War er hier?“, bohrte Yanko erneut nach und rauchte noch eine. „Wenn Keith jedes Mal so einen Aufstand gemacht hätte wie du jetzt, wenn es dir nicht gut ging, oder du plötzlich verschwunden warst, dann wäre er bestimmt schon längst im Irrenhaus gelandet!“, stellte Black Wolf fest und schien sich plötzlich über Yankos Sorgen ein wenig lustig zu machen.
Yanko versuchte gelassen zu bleiben, was ihm allerdings bei dieser Antwort nicht mehr besonders leicht fiel. „Keith ist nicht wie ich! Würdest du mir jetzt bitte sagen, ob du ihn gesehen hast!“ Black Wolf schmunzelte. „Eins muss man dir lassen, du bist wirklich zäh wie Leder! Erst beleidige ich dich

zutiefst, dann hilfst du mir innerhalb weniger Minuten über meine Herzensangelegenheiten klar zu werden und rückst mich zurecht, und das alles, weil du unbedingt wissen willst, wo dein Bruder ist!" „Nein, das habe ich getan, weil ich dich liebe! Und weil ich diesen Schmerz gut kenne, weiß ich was Sache ist! Und trotzdem könntest du mir jetzt bitte meine Frage beantworten! Ich habe jetzt absolut keine Lust auf Spielchen! Ich habe Angst, dass Keith irgendeine Scheiße baut! Also bitte!", sagte Yanko jetzt ziemlich angenervt und rauchte schon wieder.
Mala setzte sich neben Yanko und sah Black Wolf an. „Warum sagst du uns nicht, was du weißt?", versuchte sie es dann. Mala konnte auch nicht verstehen warum Black Wolf so dermaßen um den heißen Brei herumredete, denn das war normalerweise völlig untypisch für ihn. Warum sagte er nicht einfach, ob er nun wusste wo Keith war oder nicht.
Yanko raufte sich die Haare und wäre am liebsten sofort aufgebrochen, um nach Keith zu suchen. Doch jetzt in der Dunkelheit war das absolut unmöglich und viel zu gefährlich. Außerdem war Neumond und schon in der Dämmerung war es sehr schwierig gewesen den Weg, den er zudem noch gut kannte, zu Black Wolf durch den Schnee zu finden. Entnervt stand er auf. „Können wir die Nacht hierbleiben?", fragte er schließlich.
„Er war hier. Heute Morgen. Wir haben einen Kaffee zusammen getrunken, dann ist er wieder gegangen. Ich weiß nicht, wohin er wollte.", rückte Black Wolf dann endlich heraus. „Was?? Er war wirklich hier??", riefen Mala und Yanko, wie aus einem Mund. „Ja, wie gesagt, heute Morgen.", bestätigte Black Wolf zügig. „Und wie ging es ihm? War er nüchtern oder betrunken? Woher kam er? Was hat er dabei gehabt?" Yanko sprudelten die Fragen nur so heraus, und sein Herz begann dabei wild zu klopfen. „So beruhige dich doch,

Yanko! Ich glaube, es ging ihm ganz gut. Er wollte einfach mal ein bisschen allein sein und abschalten." „Abschalten? Hat er das gesagt?", unterbrach ihn Mala schnell. „Ja! Seine Gedanken und Gefühle ordnen, und die klare Luft würde ihm dabei sicher guttun. Das hat er gesagt." Black Wolf goss Kaffee nach und setzte sich dann wieder. „Yanko, komm, setz dich zu mir! Du kannst ihn heute Nacht da draußen sowieso nicht finden. Ich habe keine Ahnung, wo er hingegangen ist. Vielleicht ist er längst wieder in Sheddy, während du dir hier unnötig Sorgen machst." Black Wolfs Stimme beruhigte Yanko tatsächlich etwas, und er setzte sich wieder.

Nachdem sie etwas gegessen, und sich noch ein wenig unterhalten hatten, richteten Yanko und Mala ihr Nachtlager im Tipi her. Ihre Schlafecke war mit Fellen ausgelegt und durch ein paar Tücher vom großen Zeltraum abgetrennt.
Yanko versuchte zu schlafen, aber er konnte einfach kein Auge zumachen. Seine Gedanken kreisten um Keith, und seit er auf dem Nachtlager lag, war dieses merkwürdige Angstgefühl wieder zu ihm unter die Felle gekrochen. Mala schien zu schlafen, und so versuchte er leise und vorsichtig, ohne das Oberfell dabei zu bewegen, wieder aufzustehen. Doch Mala hatte noch nicht geschlafen. „Kannst du nicht schlafen?", fragte sie deshalb leise. Yanko drehte sich zu ihr. „Ich muss die ganze Zeit an Keith denken. Und du?" „Ich auch...", flüsterte sie und wusste in dem Moment, dass das eigentlich gelogen war.
Sie musste zwar auch an Keith denken, aber der wahre Grund, warum sie nicht einschlafen konnte, war, dass Yanko halbnackt neben ihr lag. Wahrscheinlich wäre es auch so gewesen, wenn er in voller Montur neben ihr gelegen hätte. Mala schüttelte innerlich den Kopf über sich selbst und fragte sich ernsthaft, ob sie noch ganz bei Trost war. Doch ihr

Körper kümmerte sich nicht um ihren Kopf, sie war einfach scharf auf ihn. Aber sie wollte ihn jetzt nicht in Verlegenheit bringen, schließlich hatte er sich für Maria entschieden und sie sich außerdem für Nino.
Yanko legte sich wieder auf den Rücken und seufzte. „Was, wenn er jetzt irgendwo da draußen ist und sich vielleicht verirrt hat... Er kennt sich hier nicht besonders gut aus. Was, wenn..." „Schscht! Hör auf, das bringt doch nichts! Du kannst ihm jetzt nicht helfen! Du würdest dich selbst in Gefacht bringen, und du kannst ihm nicht mehr helfen, wenn dir etwas passiert. Warte bis morgen Früh! Ok?" Mala hatte plötzlich Angst, dass Yanko doch noch auf die verrückte Idee kommen könnte, sich jetzt mitten in der Nacht auf die Suche zu machen.
„Ja... Ich weiß... Aber dann mach irgendwas, um mich abzulenken, sonst dreh ich noch durch!", sagte Yanko aufgebend und fühlte dabei wie sein Kopf zu platzen drohte. In Gedanken raste er in Windeseile alle Pfade ab, die ihm in den Sinn kamen und versuchte zu spüren, ob Keith auf einem dieser Wege irgendwo sein könnte.
Mala jedoch ließ sich das nicht zweimal sagen. Sie wusste genau was sie tun konnte, um ihn garantiert abzulenken. Sie fasste sich ein Herz und legte ihre Hand auf seinen Penis. Yanko sah sie etwas verwundert an. „Du hast gesagt ich soll etwas machen, was dich ablenkt... und da dachte ich..." Doch noch bevor sie zu Ende gesprochen hatte, wurde sie schon geküsst. Yanko gab sich ihr dankbar hin und konnte danach wenigstens ein paar Stunden schlafen.

In aller Herrgottsfrüh brach Yanko dann auf. Er nahm nur einen Tagesrucksack, ein paar Decken und seinen dicken Schlafsack mit. Er versprach am Abend auf jeden Fall wieder zurück zu sein.

Die Sonne schien, und der in der Nacht noch gefallene Neuschnee funkelte golden. Doch Yanko kümmerte sich heute nicht um die Schönheiten des Winters. Er ärgerte sich sogar über den frischen Neuschnee, der mit Sicherheit auch die restlichen Spuren von Keith überdeckt hatte, und er versuchte nur, so schnell wie möglich vorwärts zu kommen.
Bis jetzt hatte er überhaupt keinen Plan gehabt, wo er nach Keith eigentlich suchen sollte, doch je länger er ritt, desto sicherer wurde er, dass Keith irgendwo hier draußen war. Fieberhaft erklomm er eine Anhöhe, von der aus man einen guten Rundumblick auf die nähere Umgebung hatte, doch auch von dort oben konnte Yanko nichts entdecken. Alle paar Meter rief er Keiths Namen, doch außer dem Knirschen der Hufe, oder dem seiner Stiefel hörte er keine weiteren Geräusche.
Gegen Mittag legte er eine kurze Rast ein. Er setzte sich auf einen abgeknickten Baumstamm und rauchte. Plötzlich kam ihm eine Idee, und ihm fiel ein, dass es hier in der Nähe einen kleinen, idyllisch gelegenen See gab, auf dem im Sommer wunderschöne Seerosen blühten. Er lag so versteckt, dass man ihn nur über die Trampelpfade der Tiere erreichen konnte. Yanko war mit Keith vor vielen Jahren einmal dort gewesen, als er ganz zu Beginn seiner Zeit in Sheddy begonnen hatte sich für die Natur und die Indianer hier in der Gegend einzusetzen. Yanko hatte den See damals auf einem seiner Erkundungsritte zufällig entdeckt.
Kurz entschlossen schwang er sich wieder auf den Pinto und machte sich auf den Weg. Vielleicht hatte er ja Glück. Doch er zweifelte sehr schnell daran, dass Keith sich nach all den Jahren überhaupt an den See, und geschweige denn an den Weg dorthin erinnern konnte. Aber ihm fiel nichts Besseres ein, und so beschloss er auf jeden Fall dort nachzusehen.

Der Weg führte schließlich über eine große Lichtung, hinüber in einen dichtbewachsenen Wald hinein. Der Pfad war kaum auszumachen, und der Schnee lag dort teilweise kniehoch. Nur eine einzelne Rehspur zeigte Yanko die ungefähre Richtung an. Die Äste hingen durch den Schnee oft so tief, dass Yanko absteigen und laufen musste. Nachdem er dann fast eine halbe Stunde lang durch den Schnee gestapft war, hatte er innerlich die Hoffnung schon aufgegeben. Wenn Keith tatsächlich da unten an dem Bergsee sein sollte, hätte er bis jetzt wenigstens irgendeinen Hinweis darauf erhalten müssen. Wenn schon keine Spuren zu sehen waren, dann wenigsten ein paar abgeknickte Äste. Es gab sonst keine andere Möglichkeit zu dem See zu gelangen, außer man konnte sehr gut klettern und hatte ein Seil dabei. Das übrige Ufer war von sehr hohen und steilen Felswänden und einer sehr abschüssigen, steinigen Böschung umsäumt. Dort gab es keinen Weg.
Noch ein paar Schritte, dann hatte er den abschüssigen Pfad geschafft. Durch die Baumstämme hindurch konnte er schon das Wasser, beziehungsweise die mit Schnee bedeckte Eisfläche des Sees glitzern sehen. Wirklich ein bezaubernder Ort, dachte er. Und er wunderte sich, dass er diesen wunderschönen Platz total vergessen hatte. Dann trat er aus dem Wald hinaus an das schmale Ufer und blinzelte in die Sonne. Er konnte zunächst kaum etwas erkennen, denn die Sonne blendete ihn völlig. Doch plötzlich erspähte er ungefähr hundert Meter von ihm entfernt etwas Dunkles am Seeufer liegen. Eigentlich glaubte er überhaupt nicht, dass das wirklich Keith sein könnte, aber er rannte trotzdem los.
Je näher er allerdings kam, desto stärker klopfte sein Herz, denn er konnte jetzt deutlich erkennen, dass dort tatsächlich eine menschliche Gestalt im Wasser lag. Die dünne Eisschicht am Ufer war an dieser Stelle eingebrochen und noch nicht wieder zugewachsen. Die Person lag halb auf den Bauch

gedreht, und Yanko konnte sehen, dass zumindest ein Bein gebrochen war. Der eine Fuß lag total verdreht im Wasser. Dann kniete sich Yanko schnell hin und drehte den Unbekannten um.
Er wusste nicht, was er im ersten Moment gedacht hatte, jedenfalls musste er wiederholt hinschauen, um sicher zu sein, dass es tatsächlich sein Bruder war, der da vor ihm lag. Yanko war so entsetzt, dass es ihm auf der Stelle total schlecht wurde. Keith atmete zwar noch, aber er war bewusstlos und völlig durchnässt und eiskalt. Seine Kleidung war teilweise schon gefroren, und sein Gesicht war aufgequollen und kalkweiß. Er hatte eine klaffende Wunde am Kopf und lag in seinem eigenen Blut. Rechts neben ihm im Schnee lagen ein Rucksack und eine leere Brandyflasche.
Yanko hievte ihn mit einem Ruck aus dem Wasser heraus und zog ihm rasch die eingefrorenen Kleider aus. Schnell wickelte er ihn in die mitgebrachten Decken und in seinen Schlafsack und überlegte dabei fieberhaft, wie er ihn jetzt am besten und am schnellsten hier weg bekommen sollte.
Offensichtlich war Keith total betrunken die steile Böschung herabgestürzt und hatte sich dabei das Bein gebrochen und den Kopf aufgeschlagen. Irgendwie war er dann wohl noch die paar Meter an den See gekrochen. Vielleicht wollte er sich das Blut wegwischen, und war dabei eingebrochen, und dann musste er irgendwann ohnmächtig geworden sein. Yanko schätzte, dass er etwa seit heute Morgen hier lag.
Da Yanko unten am See keinen Empfang mit seinem Funkgerät hatte, beschloss er zuerst nach oben auf die Lichtung zurückzugehen, um von dort aus Hilfe anzufordern und Keith danach hinauf zu schaffen. Die Zeit, die der Hubschrauber brauchen würde, um zur Lichtung zu kommen, würde ihm wahrscheinlich reichen, um wieder zurückzulaufen und Keith zu holen. Er wusste in diesem Moment auch nicht

genau, ob diese Variante tatsächlich die schnellere sein würde, doch er hatte keine Zeit alles bis ins kleinste Detail zu durchdenken. Er entschied nach Gefühl.
Er ließ den Pinto bei Keith, der sich schon wärmend neben ihn gelegt hatte und kämpfte sich, so schnell es ging den verschneiten Pfad wieder hinauf.
Völlig außer Atem kam er nach etwa zwanzig Minuten auf der Lichtung an und bekam dort tatsächlich eine Funkverbindung. Die Rettungssanitäter orteten sein Funkgerät und versicherten ihm, dass sie spätestens in einer Stunde da sein würden. Yanko machte sofort kehrt und stolperte den Pfad wieder zurück. Abwärts ging es viel schneller, und so erreichte er den See halb rennend, halb rutschend in weniger als zehn Minuten.
Innerlich dankte er einem Gott, den er nicht kannte dafür, dass sein Pinto ein so tolles Pferd war. Der Hengst kniete sich hin, und Yanko konnte Keith relativ problemlos auf dessen Rücken legen. Dann stand das Pferd vorsichtig auf und bewegte sich so behutsam, dass seine Hufe sogar kaum im Schnee knirschten.
Nach Yankos Empfinden brauchten sie eine halbe Ewigkeit, bis sie endlich auf der Lichtung angekommen waren. Doch vom Helikopter war noch weit und breit nichts zu sehen. Jetzt erst spürte Yanko seine rechte Hand. Sie war wieder angeschwollen und tat ziemlich weh, aber das war ihm momentan vollkommen egal. Er setzte sich mit dem Pinto in den Schnee und hielt seinen Bruder in den Armen und rubbelte ihn so gut es ging warm. Keith hatte bis jetzt keine Anstalten gemacht wach zu werden, und Yanko wiegte ihn immer verzweifelter und redete ununterbrochen, aufmunternd auf ihn ein.
Dann hörte er plötzlich das erlösende, knatternde Geräusch des herannahenden Hubschraubers. Nachdem die Sanitäter

Keith notversorgt, und im Hubschrauber verfrachtet hatten, starteten sie sogleich durch.
Und kurz darauf stand Yanko allein mit seinem Pferd in der weißen, weiten Stille der Berge und versuchte das soeben Geschehene zu realisieren. Doch er musste sich beeilen, denn die Sonne würde bald untergehen, und er hatte noch einen langen Weg vor sich.
Auf dem ganzen Ritt zurück zu Black Wolfs Tipi waren seine Gedanken bei Keith. Er hatte ihn gefunden. Das grenzte schon an ein Wunder, und er hatte ihn lebend gefunden, wenigstens noch. Aber er kannte die Gesichtsausdrücke von Ärzten und Krankenschwestern, wenn die Lage ernst war, und die Sanitäter eben hatten exakt solche Gesichter gehabt. Sie hatten ihm auch auf seine Fragen keine Antwort geben können. Sie wussten es selbst nicht. Keith war jedenfalls schon total unterkühlt gewesen, und welche Verletzungen er sich eventuell noch zugezogen hatte, das würden erst die nächsten Untersuchungen zeigen können. Und Yanko betete fieberhaft, dass er nicht zu spät gekommen war.

Also er dann zwei Stunden nach Sonnenuntergang endlich am Tipi von Black Wolf angekommen war, warteten Mala und Black Wolf schon ungeduldig auf seine Rückkehr. Sie waren kurz davor gewesen sich ernsthaft Sorgen zu machen, weil es schon so spät geworden war. Yanko teilte ihnen kurz mit, dass er Keith gefunden habe und versorgte anschließend erst einmal sein Pferd. Black Wolf hatte die Schwitzhütte angefeuert, und das kam Yanko sehr recht, denn er war mittlerweile doch ziemlich durchgefroren, und während der ersten Runde erzählte er dann ausführlich, was alles geschehen war.
Black Wolf wurde ganz still und entschuldigte sich hinterher bei Yanko für sein gestriges Verhalten, und Yanko war sehr

froh darüber gewesen, dass wenigstens seine Freundschaft mit Black Wolf wieder in Ordnung war, und das gab ihm Kraft, die er dringend benötigte.

Erst als er sich später hinlegte, spürte er seinen Körper. Die Anstrengung des heutigen Tages saß in allen Knochen und in seiner Hand stach es auf einmal so sehr, dass ihm kurz schwindlig wurde und er unwillkürlich aufstöhnte. „Was ist mit dir? Bist du verletzt?“, fragte Mala sofort beunruhigt. „Nein, es ist nur meine Hand.“, bemerkte Yanko leicht genervt und drehte sich zu ihr. „Was ist denn passiert?“, wollte Mala wissen und strich Yanko dabei sanft eine Haarlocke aus dem Gesicht. „Ich habe Äste weggerissen... den Weg freigemacht... Keith aus dem Wasser gezerrt und dann rauf aufs Pferd... Naja, ist halt so. Mit der Hand ist einfach nicht mehr viel los... Mala... Danke, dass du da bist! Das war so schrecklich heute... Wie er da im Wasser lag... sein Gesicht... es war so weiß... und er war so kalt...“
Yanko hatte Tränen in den Augen, und die Angst nahm wieder vollständig Besitz von ihm. „Alles wird gut, du wirst sehen! Keith wird wieder gesund! Mach dir keine Sorgen!“ Yanko nickte und trotzdem tropften ein paar Tränen auf seine Brust. „Komm her!“, sagte Mala und nahm ihn in ihre Arme.

Das Neonlicht und der verhasste Geruch empfingen Yanko sofort, nachdem er durch den Haupteingang gegangen war. Plötzlich musste er daran denken, dass Fam ihr gemeinsames Kind hier in diesem Krankenhaus verloren hatte, doch dann zwang er schnell einen anderen Gedanken herbei.
Als Yanko im besagten Stock auf dem besagten Gang ankam, fand er dort seine ganze Familie vor, jedenfalls alle, die in irgendeiner Art und Weise dazu gehörten. Maria und Mala waren jedoch nicht mitgekommen. Sie wollten sich in ihrem Zustand keinen unnötigen Gefahren aussetzen. Und John war auch weit und breit nicht sehen.
Keith wurde immer noch operiert. Er hatte eine Schädelfraktur und einen Wirbelbruch erlitten. Sein Bein war an zwei Stellen gebrochen und drei seiner Rippen ebenfalls. Seine Milz hatte einen feinen Riss, und er hatte einige ernstzunehmende Prellungen.
Yanko machte sich Vorwürfe, dass er Keith einfach so mit dem Pferd nach oben auf die Lichtung transportiert hatte und nicht auf die Sanitäter und die Bahre gewartet hatte. Vielleicht hatte er alles damit nur noch viel schlimmer gemacht. Die Warterei war schrecklich, und Yanko hatte das Gefühl völlig unter Strom zu stehen. „Yanko, so setz dich doch, du machst uns alle nur noch nervöser!“, sagte Minerva plötzlich und fasste mit der Hand nach seinem Arm.
Doch Yanko riss sich sofort wieder los. „Lass mich!“, fauchte er. Diese Berührung hatte ihn plötzlich rasend gemacht. Da waren sie nun alle versammelt und warteten darauf, ob Keith diese Operation überhaupt überleben würde, und John war nicht da. „Wo zum Teufel ist er? Wo ist John?“, setzte Yanko noch im selben Ton nach. Minerva sah ihn entschuldigend an. „Er fühlt sich nicht gut!“ „Er fühlt sich nicht gut??? Ich glaube, ich spinne!!!“ Yanko wurde jetzt richtig laut, und

Minerva war es sichtlich peinlich. „Meinst du Keith fühlt sich gut, nachdem was er alles erfahren musste? Aber keine Sorge... Keith ist ja stark... Um den muss man sich ja keine Gedanken machen... Der packt das schon! Oder wie war das? Hä? Ihr zwei, du und John, ihr seid so was von feige und selbstsüchtig, das ist echt kaum auszuhalten! Da drin liegt euer Sohn und kämpft ums Überleben, und John fühlt sich nicht gut?!?? Vielleicht stirbt Keith, und dann? Verdammt nochmal!!! Was denkt ihr euch eigentlich dabei? Meint ihr mit einer Entschuldigung ist alles wieder gut? Du weißt doch am besten, dass das nicht so ist! Warum tust du dann nichts und bringst Keiths Vater auf der Stelle hierher???" Yankos Zorn war plötzlich so groß geworden, dass er sie fast gepackt und geschlagen hätte.
Minerva wischte sich verstohlen ein paar Tränen aus dem Gesicht, während die anderen Yanko und Minerva fassungslos anstarrten. Es entstand eine Stille, die sich wie eine Filmzeitlupe ausdehnte und wieder zusammenzog. Yanko sah in die entsetzten und fragenden Gesichter von Mabel, Andy, Janis, Mary, Richard und Dean, und konnte das Offensichtliche kaum glauben.
„Minerva sag, dass das nicht wahr ist! Sag jetzt bitte, dass das jetzt nicht wahr ist!!!" Yanko wurde allerdings in diesem Moment sehr klar, dass es tatsächlich so war. „Ihr habt es ihnen noch nicht gesagt!" Yanko war so perplex, dass er im ersten Moment gar nicht mitbekam, dass plötzlich ein Arzt bei ihnen stand. Minerva stand auf.
„Ihrem Sohn geht es den Umständen entsprechend. Er ist allerdings noch lange nicht über dem Berg. Das werden die nächsten Stunden, vielleicht auch erst Tage entscheiden. Wir haben ihn in ein künstliches Koma versetzen müssen, die Schmerzen wären sonst zu stark. Sie können jetzt zu ihm, aber bitte nacheinander!", berichtete der Arzt, und Yanko stand wie

betäubt daneben. Dann wendete sich der Arzt zu ihm. „Sind Sie Yanko?“ Yanko nickte. „Ja.“ „Die Sanitäter haben mir von ihrer Rettungsaktion berichtet... Eine halbe Stunde später und ihr Bruder wäre nicht mehr zu retten gewesen. Meinen aufrichtigen Respekt dafür, dass Sie ihn da draußen bei diesem Wetter überhaupt gefunden haben!“, sagte der Arzt und schüttelte Yankos Hand dabei so kräftig, dass Yanko zusammenzuckte. „Was haben Sie? Sind Sie auch verletzt?“, fragte der Arzt, der sich sicher war nun wirklich nicht allzu fest zugedrückt zu haben. Yanko zog schnell seine Hand zurück. „Nein, nein... Schon gut! Danke! Wie stehen denn seine Chancen? Ist es durch den Transport schlimmer geworden? Und bitte nur die Wahrheit!“ Yanko war durch den Händedruck wieder aus der Betäubung aufgewacht. „Ehrlich gesagt... Ich weiß es nicht... Er hat viel Blut verloren... Die Verletzungen sind schlimm... Aber ich denke, Sie haben sicherlich das Richtige getan! Jetzt liegt es in Gottes Hand...“ Yanko nickte. „Ja... Danke!“ Der Arzt klopfte Yanko noch ermutigend auf die Schulter und verließ ihn danach.
Als Yanko dann schließlich als Letzter am Bett von Keith saß, konnte er es erst gar nicht fassen, dass da tatsächlich sein Bruder lag. Keiths Kopf war verbunden und überall waren Schläuche. Er hing an einer Beatmungsmaschine, und das Piepsen der Geräte machte Yanko schon nach Sekunden schier wahnsinnig. Er zwang sich ruhig zu bleiben und suchte in seinem Kopf nach Worten, die er ihm hätte sagen können, doch es kam nichts.
Er wollte die ganze Nacht bei ihm bleiben. Er wollte Keith nicht allein lassen. Er wollte bei ihm sein. Er sollte ihm sagen, dass alles wieder gut werden würde, und dass das Leben schön sei. Doch in dieser Nacht flehte er nur, dass Keith ihn nicht allein lassen möge. Er sagte ihm schließlich, dass er ihn liebe,

und dass er immer sein Bruder bleiben würde, egal ob das familiär gesehen nicht mehr richtig wäre.
Yanko blieb drei Tage lang an Keiths Seite, bis Nino kam und ihn nach Hause zitierte. Es war bis jetzt immer noch nicht klar, ob Keith überleben würde oder nicht, denn es war ein ständiges Auf und Ab, und Yanko konnte sich nicht vorstellen im entscheidenden Moment nicht dabei zu sein. Doch er hatte in diesen Tagen kaum geschlafen und war eigentlich total fix und fertig. Die folgende Nachtschicht übernahm dann Andy, aber er musste Yanko versprechen sofort anzurufen, falls sich irgendetwas Entscheidendes verändern würde.
Und diese Nacht wollte und wollte kein Ende nehmen, und Yanko versuchte mit allen Tricks einzuschlafen, aber es funktionierte einfach nicht. Schließlich gab er auf und zog sich wieder an. Er fühlte sich wie ein gehetztes Tier, unfähig auch nur eine Minute zur Ruhe zu kommen. Nachdem er draußen zwei Zigaretten hintereinander geraucht hatte, entschloss er sich nach Sheddy runter zu fahren. Er würde im Wohnwagen versuchen zu schlafen, dann wäre er auch schneller bei Keith, falls etwas sein sollte.
Kaum hatte er die Tür von seinem Wohnwagen hinter sich zugezogen, fiel ihm schon wieder die Decke auf den Kopf. So schnappte er seine Zudecke sowie das warme Fell und ging in die Manege. Im Zelt war es genauso kalt wie draußen, aber das störte Yanko in diesem Moment nicht. Er fühlte nur die Angst um Keith, die sich schon wie Säure in seinen Körper gefressen hatte. Er setzte sich an die gleiche Stelle, an der er vor ein paar Tagen noch mit Keith zusammen gesessen hatte. Er stellte sich vor, wie er ihn in den Armen hielt, und mit einem Mal wurde ihm das ganze Ausmaß dieser Tragödie erst so richtig bewusst. Die nicht gesagte Wahrheit, die vielen verpassten Gelegenheiten zur Klärung, die daraus resultierten Handlungen, bis hin zu den Tagen, an denen die Wahrheit

sich dann doch auf fast unerklärliche und geheimnisvolle Weise ihren Weg gebahnt hatte.
Und dann wurde ihm schlagartig der Preis bewusst. Der Preis, den alle Beteiligten deshalb bezahlt hatten und immer noch bezahlten. Und in diesem Moment wusste Yanko, dass er nur eine Wahl hatte, das alles zu überstehen und dabei nicht unterzugehen. Er musste schlafen. Er musste von diesem Wahnsinnstrip wieder runterkommen. Sonst würde er Keith überhaupt keine Hilfe mehr sein können. Und er entschied sich ganz bewusst es zu tun. Er sah in diesem Moment keine andere Möglichkeit.
Er stand auf, ging zum Gastronomiewagen rüber, schloss ihn auf und holte sich zwei Flaschen Whisky aus dem Lager. Er nahm sich fest vor nur immer gerade so viel zu trinken, dass er wenigstens schlafen könnte, und wenn das Ganze vorüber war, würde er wieder nach Athen in diese gute Klinik vom letzten Mal gehen.
Doch die guten Vorsätze hielten genau zwei Tage an.

Andy war wieder mit der Nachtschicht dran, und plötzlich klingelte Yankos Handy. Keiths Augen bewegten sich, und der Arzt rechnete nun damit, dass er aufwachen würde.
Yanko raste nach Newly, obwohl er eigentlich nicht mehr hätte fahren dürfen. Und bis jetzt hatte es zum Glück noch keiner bemerkt, dass er wieder trank. Und das sollte auch so bleiben. Unter Tage hielt er sich an Vodka, und erst wenn er allein im Wohnwagen war, ging er zum Whisky über. Maria hatte vollstes Verständnis dafür, dass Yanko momentan lieber unten in Sheddy schlafen wollte und ahnte zunächst nichts dergleichen.
Kaum war Yanko im Gang von Keiths Zimmer aufgetaucht, herrschte dort große Aufregung. Keith war tatsächlich wach geworden und wollte jetzt mit seinem Bruder sprechen. Andy

verließ gerade das Zimmer seines Vaters, und Yanko ging hinein und setzte sich ans Bett.

Als Keith ihn ansah, schossen Yanko gleich ein paar Tränen in die Augen, und hundertmillionen Steine fielen ihm vom Herzen. Vorsichtig nahm er Keiths Hand und drückte sie leicht. „Hey Bruder... Wie geht's dir?", fragte Yanko nach einer Weile. Yanko sah, dass Keith Schwierigkeiten damit hatte zu sprechen, und so führte er sein Ohr ganz dicht an Keiths Mund heran, so dass sich sein Bruder nicht unnötig anstrengen brauchte. „Schön dich zu sehen!", hauchte Keith matt und musste schon eine Pause einlegen. „Schon dich! Du musst jetzt nichts sagen! Du musst jetzt erstmal wieder richtig gesund werden! Hörst du? Das ist das aller Wichtigste!", erwiderte Yanko heilfroh, dass Keith überhaupt etwas zu ihm gesagt hatte. Doch Keith setzte erneut an. „Yanko... Bruder... Ich spüre nur meinen Kopf... Verstehst du?" Yanko sah ihn entsetzt an und bemerkte erst dann, dass Keith seinen Händedruck gar nicht erwiderte.
„Du hattest einen Wirbelbruch, aber das wird schon wieder! Bestimmt! Du musst nur fest daran glauben!", erklärte Yanko, und die bleierne Angst kam schlagartig wieder angekrochen. Sie sahen sich lange in die Augen, und am nächsten Tag wusste Yanko nicht mehr genau, ob Keith ihm das Folgende wirklich mit Worten gesagt hatte oder irgendwie anders.
„Ich wollte nicht, dass du mich suchst... Andy hat mir alles erzählt... Ich wollte allein sein... allein... Ich dachte nicht, dass du mich überhaupt so schnell suchen würdest... Ich habe mich an den See erinnert... an die Felsen... Ich wollte frei sein... Da wo ich jetzt schon war, da bin ich frei... Du hast mich gefunden... mein Bruder... Du kannst nichts dafür... Ich hätte es auch getan... Es ist ok... aber jetzt lass mich gehen... Mein Körper ist kaputt... Ich weiß, ich kann das von niemandem

verlangen... aber bitte hilf mir... Ich kann mich nicht bewegen, sonst würde ich es selbst tun... Ich will so nicht leben... Ich liebe dich, vergiss das nicht... Ich liebe dich, mein Bruder!"
Dann schloss Keith seine Augen wieder. Jeder Versuch, den Yanko startete, um ihn wieder wach zu bekommen, blieb ohne Erfolg. Keith war wieder in seiner Zwischenwelt und Yanko allein. Und wie die Ärzte kurz darauf feststellen mussten, war er wieder in einen komatösen Zustand gefallen.
Irgendwann ging Yanko dann hinaus, um Andy zu sagen, dass Keith wieder weggetreten sei. Andy sagte ihm, dass er mit seinem Vater alles besprochen hätte, und es ihm nun, den Umständen entsprechend, soweit damit gut gehen würde. Yanko stand jedoch wie paralysiert im Gang. „Hey Onkel, alles ok mit dir?", fragte Andy auf einmal. „Was?... Ehrlich gesagt, nein! Ich würde jetzt gerne gehen, wenn es für dich ok ist!", sagte Yanko und hatte seit Langem wieder das Gefühl, dass der Boden unter ihm nachgab, und er im Treibsand unaufhaltsam nach unten gezogen wurde. Andy legte ihm eine Hand auf die Schulter. „Na klar, Onkel! Geh nur! Du siehst echt fertig aus! Ruh dich aus! Kein Problem für mich! Nachher kommt Jamie noch vorbei, und dann bin ich nicht allein.", sagte Andy, und Yanko konnte ihm gar nicht genug danken.
Als er schließlich vor der Eingangstür, draußen im kalten Nachtwind stand, spürte er, wie ihm der Schweiß den Rücken herunterlief.

In dieser Nacht reichte eine Flasche Whisky nicht aus, und als am nächsten Morgen Nino an die Tür klopfte und ihm keiner aufmachte, ahnte dieser schon was Sache war. Sie hatten es seit gestern geahnt, doch keiner wollte es wirklich wahrhaben. Mala hatte es gerochen. Es war nur ein Hauch gewesen, aber ihre durch die Schwangerschaft sehr empfindlich gewordene

Nase hatte es dennoch bemerkt. Und nach und nach hatten es dann auch Maria und Nino gerochen.
Nino drehte an dem Knauf, und die Tür sprang auf. Yanko lag vollständig angezogen im Bett und schlief noch tief und fest. Ein paar leere Flaschen säumten sein Bett. Nino schaffte es schließlich nach einer Weile ihn wach zu bekommen, und als Yanko so langsam zu sich kam, wurde ihm klar, was los war. Aber eigentlich war es ihm auch egal.
Keith hatte sich tatsächlich umbringen wollen.
Er war zu spät gekommen, um ihn ganz davon abzubringen, und er war zu früh gekommen, damit es auch wirklich geklappt hätte. Was hatte Keith jetzt zu erwarten, falls er wieder vollständig zu Bewusstsein käme? Ein Leben im Rollstuhl? Einen Körper, von dem er nur noch den Kopf spüren konnte? Keith hatte ihn gebeten ihm zu helfen, ihm beim Sterben zu helfen.
Yanko wurde es bei diesen Gedanken wieder übel, und er kippte sofort einen Schluck Whisky in sich hinein. Ohne Aufforderung erzählte Yanko Nino dann aber, was sich letzte Nacht zugetragen hatte, und ebenso das Meiste von dem, was Keith ihm gesagt hatte. Nur dass Keith ihn darum gebeten hatte ihn sterben zu lassen, das erzählte er nicht. Das musste er ganz mit sich alleine ausmachen.
Nino hörte ihm einfach nur zu und nahm ihn schließlich in den Arm. „Wenn du ihn nicht gesucht hättest, dann hättest du dir dein Leben lang Vorwürfe gemacht! Du bist an seinem Zustand nicht schuld! Das weißt du, und das hat er ja auch selbst gesagt!“ „Ich weiß, und trotzdem... Das ist kaum auszuhalten! Das ist als ob du allein versuchst einen fahrenden Zug aufzuhalten. Egal was du tust, er fährt einfach weiter. Ich weiß, ich kann ihn nicht retten, und doch wollte ich es tun. Und ich will es noch! Irgendwas muss es doch geben, damit er weiterleben will, und dass alles wieder gut wird! Verdammt!“

Yanko kämpfte erneut mit seiner nahenden Verzweiflung und nahm noch einen Schluck.
„Willst du ihm zuvorkommen?“, fragte Nino daraufhin und riss ihm die Flasche aus der Hand. „Ich halte das sonst nicht aus! Diese Warterei macht mich wahnsinnig! Nino, er wollte sich umbringen! Und...“ „Ja... Ich kenne da jemanden, der wollte das auch schon mal...“, fiel Nino ihm dann nur knapp ins Wort.
Yanko sah Nino an und musste sich eingestehen, dass er für nichts garantieren könnte, für den Fall, dass Keith es nicht schaffen würde. Ein Leben ohne Keith konnte er sich beim besten Willen nicht vorstellen, und schon allein der Versuch zerriss ihn innerlich. Dennoch hatte er auch Verständnis für ihn, dass er unter diesen Voraussetzungen nicht mehr leben wollte, denn dann wäre das Dahinsiechen im Krankenhaus nur eine unnötige und bittere Qual für ihn und würde das Unvermeidliche nur ins Unendliche hinausziehen. Sollte er seiner Bitte nachkommen und die Maschine einfach abstellen, damit er gehen konnte? Yanko wurde dann allerdings klar, dass der Verdacht sehr schnell auf ihn fallen würde. Wollte er, um seinem Bruder diesen Gefallen zu tun, dafür ins Gefängnis gehen? War das dann wirklich noch ein Gefallen? Kurz überlegte er krampfhaft, wie er es anstellen könnte, Keith ungesehen aus dem Krankenhaus zu bekommen. Er sah sich plötzlich draußen in den Bergen auf einer Lichtung sitzen, mit seinem Bruder im Arm, der sich nicht bewegen konnte, und ihm mit einem scharfen Messer die Kehle durchschneiden, und ihn dann, so wie Fam damals, auf dieser Lichtung begraben, so dass niemand ihn je finden würde.
Yanko war heilfroh, dass Nino bei ihm war, denn er bewahrte ihn davor in dem riesigen, gähnenden, schwarzen Morast vollends abzusinken und darin zu ersticken.

Nach wochenlanger Warterei in der nichts passiert war, und sich Keiths Zustand weder in die eine noch in die andere Richtung verändert hatte, platzte Yanko erneut der Kragen. Er hatte mitbekommen, dass John immer noch nicht im Krankenhaus bei seinem Sohn gewesen war, und dass sich auch bis jetzt niemand um eine eventuelle Verlegung nach Hause gekümmert hatte.
Nachdem er John und Minerva erst einmal seine Meinung unter Verwendung ziemlich derber Ausdrücke klargemacht, und Mabel ebenfalls deutlich gesagt hatte, dass sie wohl lieber ihren Mann im Krankenhaus verrecken sehen würde, als sich darum zu bemühen ihn nach Hause zu holen, fuhr er wutentbrannt direkt ins Krankenhaus und sprach dort selbst mit dem verantwortlichen Arzt über diese Angelegenheit. Yanko dachte, Keith würde sich bestimmt viel leichter für das Leben entscheiden können, wenn er erstmal zu Hause wäre. Und falls doch nicht, wäre es dort auf jeden Fall leichter ihm eventuell auch beim Sterben zu helfen.
Der Arzt aber machte ihm wenig Hoffnung. Eine Pflege zu Hause musste erst beantragt werden, und der Antrag konnte nur von der Ehefrau, oder den nächsten Verwandten, sprich Geschwister, Kinder oder Eltern gestellt werden.

Yanko verließ geknickt das Krankenhaus und verlor sich anschließend im Getümmel der Stadt. Er stolperte von Pub zu Pub und setzte sich schließlich total betrunken auf eine Bank in einem Park und schlief ein. Zitternd vor Kälte wachte er erst auf, als wieder einmal sein Handy klingelte. Es war Maria, die sich natürlich Sorgen machte. Eigentlich wollte er am frühen Abend spätestens wieder zu Hause sein. Doch Yanko drückte den Anruf weg.
Es war ihm wieder alles scheißegal geworden.

Er wollte nicht mehr denken und nicht mehr fühlen. Er wollte nur noch, dass sein Bruder wieder gesund wird und mit ihm durch die Manege reitet. Doch daraus würde wahrscheinlich, so wie die Ärzte jetzt sagten, nie wieder etwas werden. Yanko hatte dem Doktor erzählt, dass Keith außer seinem Kopf nichts mehr spüren würde, und daraufhin hatten die Ärzte ihn noch einmal gründlich untersucht und dabei festgestellt, dass diese Lähmung auf Grund seiner Kopf- und Wirbelverletzung wohl irreparabel sei. Sie hatten Yanko aber wiederholt versichert, dass seine Rettungsaktion daran gewiss nichts verschlimmert hätte, doch Yanko glaubte nicht wirklich daran, dass sie das so genau beurteilen konnten.
Yanko stand auf und ging noch in eine Bar, die bis morgens offen hatte und setzte sich dort an die Theke. Es dauerte eine Weile bis er den Mädchen klargemacht hatte, dass er nur etwas trinken, und seine Ruhe haben wollte. Morgens um sieben verließ er dann sturzbetrunken das Etablissement und schwankte zurück zum Krankenhaus, wo sein Pickup noch auf dem Parkplatz stand. Yanko setzte sich hinein und schlief augenblicklich ein. Nach vier Stunden wachte er wieder auf und fuhr zurück nach Sheddy. Ihm war es vollkommen egal, ob die Polizei ihn jetzt anhalten würde oder nicht. Er wollte auch kein Krankenhaus mehr sehen, er wollte nur noch weg von alldem. Ganz weit weg von diesem ganzen Wahnsinn.
Unterwegs kaufte er noch ein paar Flaschen Whisky, einige Schachteln Zigaretten, und an einer Straßenecke erwischte er noch einen Typ, der ihm Gras verkaufte.
Dann fuhr er direkt zum Zirkus und verschanzte sich im Wohnwagen. Er konnte einfach nicht mehr.

Nino klopfte diesmal nicht erst an, sondern trat sofort die Tür auf und stand schwer atmend und voller Schnee mitten in Yankos total verrauchtem Wohnwagen. Yanko brach in schallendes Gelächter aus, als er Nino so da stehen sah. Er war völlig zugedröhnt und voll wie eine Haubitze.
„Oh... Mr Rambo! Was verschafft mir heute die Ehre Ihres Besuches?" Nino schloss die Tür, obwohl er eigentlich erst einmal lieber gelüftet hätte, aber Yanko lag nur mit einer Jeans bekleidet im Bett, und die Kälte drang schneller in den kleinen Wohnwagen ein, als man schauen konnte. „So rettest du Keith jedenfalls nicht! Yanko, mach doch bitte jetzt keinen Scheiß! Es reicht vollkommen, wenn es Keith nicht gut geht! Maria braucht dich! Und deine Kinder auch!" Nino zog seine Jacke aus und hängte sie über eine Stuhllehne.
„Bravo Rambo! Gut gesprochen! Applaus! Hättest Pfarrer werden sollen! Prost du Heiliger!", witzelte Yanko zynisch und prostet Nino mit der Flasche in der Hand zu und nahm einen Schluck. Nino war innerlich der Verzweiflung nahe. Im Wohnwagen sah es aus, als hätte eine Bombe eingeschlagen. Überall lagen leere Zigarettenschachteln und leere Flaschen und Dosen herum. Yanko hatte das, was er angehabt hatte einfach so in eine Ecke gepfeffert und seine dreckigen Schuhe obendrauf. Der Aschenbecher quoll über, und das Bettlaken war mit Brandlöchern übersät.
Nino trat näher und setzte sich auf die Bettkante. „Bitte, komm mit nach oben ins Haus! Es wird alles wieder gut! Du bist an Keiths Zustand in keiner Weise schuld! Hör auf, dich wieder so hängen zu lassen! Komm her und lass dir helfen!" Nino streckte seine Hand Yanko entgegen und bebte innerlich vor Angst. Er wusste nicht, wovor er mehr Angst hatte, davor dass Yanko in diesem Zustand unberechenbar war und ihm

vielleicht eine verpassen würde, oder davor, dass gar nichts geschah.
Doch Yanko ließ sich, die Flasche immer noch in der Hand, nach hinten in die Kissen fallen und zündete sich eine weitere Zigarette an. „Nino... Rambo Nino...", begann er und lachte dabei wieder. „Woher weißt du denn, dass alles wieder gut wird? Ich sag dir was! Gar nichts wird wieder gut! Was bringt es, wenn Keith wieder aufwacht? Nichts! Er könnte sich nicht bewegen! Er würde nie wieder reiten können... Er will so nicht leben... Verstehst du? Ich habe ihn zu früh oder zu spät gefunden... Wie man's nimmt... Wenn ich auf die Sanitäter gewartet hätte, wäre es vielleicht jetzt nicht so schlimm..." „Hör auf dir ständig Vorwürfe zu machen! Du bist nicht daran schuld!!! Jeder hätte so gehandelt!", unterbrach ihn Nino. Daraufhin brach Yanko erneut in ein höhnisches Gelächter aus. „Jeder??? Ja, das haben wir ja gesehen, wie jeder sich auf die Suche nach ihm gemacht hat!!!... Weil jeder ja davon ausgegangen war, dass Keith das alles sehr mitnehmen würde..." Yanko drückte die Zigarette in den übervollen Aschenbescher, wobei mindestens drei Kippen dabei herausfielen.
Jetzt erst entdeckte Nino, dass Yanko Brandwunden auf seinem Bauch hatte und deutete entsetzt auf sie. „Was hast du denn da gemacht?" „Wo? Was? Ach so, da bin ich wohl eingeschlafen..." Plötzlich packte Yanko Ninos Hand mit der Linken und umklammerte sein Handgelenk so fest, dass seine Knöchel weiß wurden. „Verschwinde jetzt! Hau ab! Ich muss da allein durch!", fauchte Yanko ihn an. „Lass du mich erstmal wieder los!", sagte Nino so ruhig, wie möglich, denn er konnte sehen, dass Yanko nicht wirklich aggressiv war. Und Yanko ließ ihn tatsächlich los. Nino sah ihn an. „Denkst du wirklich ernsthaft, dass du daran schuld bist?" „Vielleicht bin ich es ja... Wer weiß...", lallte Yanko vor sich hin. „Yanko, hör mir jetzt

mal genau zu, ok? Keith wollte sich umbringen, ok, aber das hast du in diesem Moment nicht gewusst! Und selbst wenn du es gewusst hättest, wärst du genauso da raus und hättest genau das Gleiche getan! Stimmt's?“ Yanko nickte langsam. „Ja... schon, aber wenn ich nicht so Panik gehabt hätte, dann wäre ich vielleicht auf die Idee gekommen, dass es besser gewesen wäre ihn auf einer Bahre zum Hubschrauber zu tragen, anstatt quer über einem Pferderücken.“ „Vielleicht, wenn, eventuell. Hat Keith dir denn einen Vorwurf gemacht, als er zu dir gesprochen hat?“ Yanko sah Nino an. „Nein... das hat er nicht...“, bestätigte Yanko leise. „Aber?“ Nino spürte auf einmal, dass da noch etwas sein musste. Yanko rieb sich übers Gesicht und fuhr sich durch die Haare soweit das noch möglich war. Er hatte sich seit Tagen nicht rasiert und seine Haare waren total zerzaust.
Yanko überlegte, so gut es in seinem besoffenen Zustand noch möglich war, ob er vielleicht doch mit jemandem darüber sprechen sollte, obwohl er dann im gegebenen Fall einen Mitwisser hätte. Er zögerte und konnte eigentlich gar keine vernünftige Entscheidung mehr fällen. Am liebsten hätte er Nino einfach zu sich ins Bett gezogen und seinen seit Wochen angestauten Tränen freie Bahn gelassen.
„Was aber?“, fragte Nino noch einmal und konnte sehen, dass Yanko mit sich rang. Ungefragt rückte er näher und sah ihn einfach nur an. In Yankos Kopf drehte sich plötzlich alles wieder und ihm wurde schwindlig. Er griff sich an den Kopf und versuchte irgendwie Herr der Lage zu bleiben. Nino nahm seine Hand. „Was quält dich denn so? Ich sehe doch, dass du was auf dem Herzen hast. Du kannst es mir sagen, egal was es ist. Ich verlasse dich nicht!“ Yanko sah ihm in die Augen. Wenn er es Nino jetzt anvertrauen, und sich dazu entschließen würde Keith zu töten, dann hätte er Nino unweigerlich mit hineingezogen.

Nino nahm Yanko die Flasche aus der Hand, stellte sie auf den Boden und legte sich neben ihn. Sanft streichelte er über Yankos Bauch. „Was auch immer es ist, du kannst es mir sagen!“, wiederholte er nochmal, bevor er ihn einfach küsste.
Doch Yanko war gerade überhaupt nicht in der Stimmung für irgendwelche Zärtlichkeiten, und so drückte er Nino zwar sachte, aber entschlossen von sich. „Sorry, aber ich kann das jetzt nicht...“ „Schon gut, kein Problem“, sagte Nino und rollte sich auf den Rücken.
Plötzlich drehte sich Yanko zu ihm. „Nino... Keith... Er hat mich gebeten dem Ganzen ein Ende zu machen...“ Kaum hatte Yanko das gesagt, schossen ihm die Tränen in die Augen, und Nino nahm ihn einfach in die Arme. „Was hast du denn jetzt vor?“ Yanko zuckte mit den Schultern. „Ich weiß es nicht! Der Gedanke, dass Keith sein Leben lang total gelähmt sein würde, treibt mich genauso in den Wahnsinn, wie der Gedanke daran ihn umzubringen. Auch wenn das sein Wunsch ist.“ „Die Wahrscheinlichkeit, dass du dann ins Gefängnis wanderst, wäre außerdem sehr sehr hoch! Willst du meine Meinung dazu hören?“ Yanko nickte. „Lass es bleiben! Es ist Keiths Leben! Du darfst dich da nicht einmischen!“ „Das habe ich doch schon längst getan!“, sagte Yanko bitter und angelte nach der Flasche. „Das war ja auch zu diesem Zeitpunkt ok so! Aber jetzt ist Schluss damit! Du machst dich damit nur selbst kaputt!“, erwiderte Nino forsch. Yanko trank und steckte sich und Nino eine Zigarette an. „Und du weißt also, wo da die Grenze ist? Bist also doch ein Heiliger!“ Yanko verfiel in seinen Sarkasmus zurück, und Nino sah keine Chance mehr auf ein weiteres vernünftiges Gespräch mit ihm. Immerhin hatte er herausgefunden, was Yanko die ganze Zeit über noch zusätzlich belastete.
Nach ein paar weiteren Schlucken Whisky stellte Yanko die Flasche dann von selbst zur Seite. Er hatte auf einmal doch

Lust auf Nino bekommen und stürzte sich so leidenschaftlich auf ihn, dass der total verdattert dalag, aber diese urplötzlich aufflammende Ungestümtheit von Yanko natürlich in vollsten Zügen genoss.

Am nächsten Morgen überreichte er Yanko dann den Brief, den er ihm eigentlich schon gestern hatte geben wollen, aber nachdem er gesehen hatte in welcher Verfassung Yanko war, hatte er beschlossen damit zu warten.
Der Brief war vom Bürgermeister von Santa Monica persönlich an Yanko verfasst worden. Es war eine Einladung zu einem Kongress, der in zwei Wochen in Honolulu stattfinden würde, an dem vor allem Vertreter der amerikanischen Ureinwohner, sowie auch der Einwanderer teilnehmen würden. Der Bürgermeister war Schirmherr dieser Veranstaltung und wollte Yanko als offiziellen Vertreter der Roma dabei haben. Schließlich, so schrieb er, seien die Roma auch ein Teil der amerikanischen Bevölkerung und hätten daher mit den anderen, ebenfalls immer noch sehr unterdrückten Rassen viel gemeinsam.
„Oh!“, war der erste Kommentar, den Yanko dazu losließ. Wortlos reichte er Nino den Brief rüber und öffnete erst einmal eine neue Flasche. Nachdem Nino den Brief fertig gelesen hatte, staunte er nicht schlecht. „Wow! Das ist ja mal was Gutes! Cool!“ „Cool? Ja... Aber ich kann das nicht!“ „Wieso das denn nicht? Offenbar hast du ihn ja mit deiner Rede damals sehr beeindruckt, sonst wäre er wohl nicht auf diese Idee gekommen!“, stellte Nino sachlich fest und hatte sich in diesem Moment dazu entschlossen, dass er alles daran setzen würde Yanko zu diesem Kongress zu bringen.
„Ja schon, aber was soll ich da? Ich muss hier bei Keith bleiben! Ich kann mich auf so etwas jetzt überhaupt nicht konzentrieren!“ „Du gehst da hin! Auch wenn ich dich dort

persönlich abliefern muss! Das ist die Chance! So etwas bekommt man nicht alle Tage angeboten!“, erklärte Nino vehement. „Hmm, ja... Mal sehen!“, erwiderte Yanko müde und nahm noch einen Schluck. „Hör jetzt auf dich schon wieder vollzusaufen und zieh dich an! Na los! Auf jetzt! Die warten schon alle auf uns!“ Nino sammelte Yankos Kleider auf und warf sie auf ihn. Mühsam raffte sich Yanko dann endlich auf und zog sich an.

In den nächsten Tagen versuchten Maria, Mala und Nino, Yanko davon zu überzeugen, dass er unbedingt nach Hawaii zu diesem Kongress fliegen sollte. Doch Yanko konnte überhaupt keine klaren Gedanken fassen. Er dachte nur ununterbrochen an Keith und seine Bitte.
Die einzigen Lichtblicke in dieser Zeit waren, dass sich John endlich dazu durchgerungen hatte seinen Sohn zu besuchen, und dass Mabel den Antrag auf eine Verlegung von Keith nach Hause gestellt hatte. Doch ihr wurde auch ganz deutlich vermittelt, dass sie sich keinerlei Hoffnungen auf eine Verlegung machen bräuchte, wenn sie weiterhin mit dem Zirkus unterwegs sein sollte, denn ohne die persönliche Einwilligung des Patienten sei so etwas eigentlich grundsätzlich gar nicht möglich.
Doch das alles hatte nicht wirklich einen dauerhaft positiven Einfluss auf Yankos Verfassung. Er trank wieder wie ein Loch und gab diesbezüglich auch nur einmal eine Erklärung ab, nämlich an jenem Morgen, als Nino ihn aus dem Wohnwagen zurück ins Blockhaus gebracht hatte. Yanko hatte allen sofort ziemlich schroff mitgeteilt, dass er sich dazu bewusst entschieden hätte und auch zu gegebener Zeit wieder damit aufhören würde, und dass er keinen weiteren Kommentar dazu wünsche. Das ließ sich aber dennoch niemand verbieten,

und sie sagten ihm ihre Meinung immer und immer wieder und zwar ziemlich deutlich.
Doch Yanko kümmerte es nicht. Das Einzige was ihr Gerede bei ihm auslöste, war, dass er sich immer mehr zurückzog. Seine Welt bestand momentan nur aus Alkohol und Keith.
Manchmal war er ganz nah dran gewesen, ins Krankenhaus zu fahren und einfach die Beatmungsmaschine abzustellen. Mitten in der Nacht könnte es ihm sogar gelingen, unbemerkt in sein Zimmer zu gelangen. Die täglichen, familiären Nachtwachen hatten sie mittlerweile eingestellt. Es war auf Dauer einfach nicht zu machen. Zumal auch die nächste Tour ins Haus stand und alle Hände und Kräfte auf dem Zirkusplatz gebraucht wurden. Keith konnte momentan keiner helfen, und das Leben musste schließlich irgendwie weitergehen.
Doch dann stellte sich Yanko vor, wie Keith aufhören würde zu atmen, und wie es dann plötzlich ganz still in dem Zimmer wäre. Bei diesem Gedanken bekam Yanko jedes Mal Beklemmungen, und der Schweiß brach ihm regelmäßig aus. Es war einfach nicht richtig, dass Keith in einem Krankenhaus sterben sollte. Dann kam es Yanko wieder in den Sinn, Keith in die Berge zu bringen und es dort zu tun, dann wäre er jedenfalls draußen in der Natur. Ein Roma durfte einfach nicht in einem geschlossenen Zimmer sterben. Er sollte unter freiem Himmel sterben, dort, wo er sich immer frei fühlte.
Oft saß Yanko am Bett seines Bruders und stellte sich vor, wie es wäre den Schalter umzulegen, aber er brachte es einfach nicht fertig. Er versuchte Keith zu erzählen, wie es ihm damit ging, und er bat ihn jedes Mal um Vergebung, dass er es einfach nicht übers Herz brachte.

Selbst mitten in Honolulu war die Luft von dem üppigen, leicht süßlichen Duft der tropischen Pflanzen geschwängert. Doch Yanko bemerkte das gar nicht. Er ließ sich mit einem Taxi zu dem genannten Hotel fahren, checkte ein, schmiss seine Sachen auf das Bett und die Winterjacke gleich hinterher, denn die brauchte er hier nun weiß Gott nicht und machte sich sofort auf den Weg in den nächsten Pub. Er hatte keine Ahnung, was er hier auf Oahu sollte und auch kein Gefühl dafür, was ihn morgen erwarten würde, und es war ihm auch total egal. Nino war es gewesen, der ihn letztendlich dann doch zu diesem Trip überredet hatte. Und während er die ersten Drinks abkippte, musste er zugeben, dass es ihm vielleicht auch ganz guttun würde, ein wenig Abstand zu alldem, was in letzter Zeit geschehen war, zu bekommen.
Als er später zu seinem Hotel zurückging, blieb er an einem üppig blühenden Hibiskusstrauch stehen und konnte nicht verhindern, dass ihm ein paar Tränen in die Augen stiegen bei dem Gedanken daran, dass Keith so etwas Wunderschönes vielleicht nie wieder sehen würde.

Der nächste Tag begann sehr früh. Yanko hatte kaum geschlafen, denn er wollte, wenn er denn nun schon mal hier war, nicht gerade volltrunken auf dem Kongress erscheinen. Besser müde, als vollgesoffen, hatte er sich gedacht und deshalb nur so viel getrunken, dass er den Morgen bis zur Pause gut überstehen würde.
Am Ende des ersten Tages hatte Yanko dann allerdings nicht nur einen sehr interessanten, sondern obendrein auch sehr erfolgreichen Tag hinter sich gebracht. Seine Rede, die er dort, wie schon in Santa Monica, einfach so aus dem Bauch heraus gehalten hatte, fand große Anerkennung und stieß auf sehr viel Interesse. Yanko hatte es zudem geschafft, die

verschiedensten Schwierigkeiten und Anliegen aller anwesenden Minderheiten auf einen gemeinsamen Nenner zu bringen. Mit allen Anwesenden hatte er schließlich einen Plan erarbeitet, wie sie in Zukunft weiter vorgehen würden, um die Interessen aller Bevölkerungsgruppen nach außen hin zu vertreten, um sie dann auch nach und nach in die amerikanische Gesellschaft einzubringen. Der wichtigste Punkt von allen war zunächst einmal ganz viel Informationsarbeit zu leisten, damit sich alle Betroffenen untereinander überhaupt erst einmal besser verstehen lernten, ohne sich gleich gegenseitig zu verurteilen. Alle waren so begeistert von Yankos Ideen und seinem Verständnis für die Bedürfnisse anderer, dass sie ihn schon zum Chef des Ganzen ernennen wollten, was Yanko aber vehement abgelehnt hatte.

Nachdem das gemeinsame Abendessen vorbei war, und er sich mit zwei Flaschen Whisky auf sein Zimmer verzogen hatte, konnte er sich überhaupt nicht erklären, wie er das alles heute geschafft hatte. Fast hatte er das Gefühl, dass das gar nicht er selbst gewesen war. Er fühlte sich total erschöpft und war plötzlich völlig genervt. Was machte er hier überhaupt? Zu Hause lag sein Bruder im Krankenhaus, und er saß den ganzen Tag mit irgendwelchen wildfremden Menschen an einem runden Tisch und faselte über Integration. Yanko beschloss sofort morgen Früh die nächste Maschine zurück nach Hause zu buchen. Eigentlich war es vorgesehen, dass er eine ganze Woche auf Oahu verbringen sollte, damit er auch noch etwas Zeit für sich haben würde. Doch er wusste plötzlich ganz genau, dass es ihm nicht gelingen würde hier zu bleiben, ohne etwas Konkretes zu tun zu haben.
Er musste zu Keith zurück.
In diesem Moment klopfte es an seiner Zimmertür. „Wer ist da?“, rief Yanko und war überhaupt nicht gewillt aufzustehen

und nachzusehen. „Yanko?“, hörte er dann nur. „Ja? Wer ist da?“, fragte er nochmal. „Entschuldige, ich wollte dich nicht stören! Ich bin's, Susannah. Wir haben vorhin in der Pause kurz über Rituale von Hawaiianern und Roma gesprochen. Ich wollte dich nur fragen, ob du Lust hättest, dich weiter darüber zu unterhalten... vielleicht in der Lounge oder im Innenhof?“ Susannah hielt den Atem an. Durch die dicke Zimmertür konnte man nicht besonders gut hören.
Yanko hing schon halb ausgezogen in einem der Sessel und wollte eigentlich nur noch seine Ruhe haben. „Susannah, tut mir leid, aber ich schlafe schon fast. Wir können doch auch morgen reden, ok?“, brachte Yanko in einem so freundlichen Ton heraus, dass er sich selbst darüber wunderte.
„Schade... Weißt du, da unten ist auch eine kleine Party im Innenhof. Wunderschön! Wieso liegst du schon im Bett? Es ist noch nicht mal neun Uhr!“ Susannah hatte mit ihrer Freundin gewettet, dass sie es schaffen würde, Yanko zu dieser Party zu bringen. Sie fanden ihn beide sehr attraktiv und interessant und wollten ihn einfach gerne näher kennenlernen.
Und nachdem Susannah einfach keine Ruhe gab, beschloss Yanko dann doch mit ihr in den Innenhof zu gehen. Ob er sich auf dem Zimmer die Kante geben würde, oder unten war ihm eigentlich vollkommen egal. Außerdem war es wirklich interessant sich mit Susannah zu unterhalten. Und das taten sie dann auch, und zwar so lange bis Susannahs Freundin schließlich aufgab und sich ins Bett verabschiedete.
Dann versuchte Susannah Yanko zum Tanzen zu bewegen, was ihr, allerdings erst nach mehreren Anläufen, schließlich auch gelang. Yanko hatte erst deshalb nicht gewollt, weil er sich bereits ausmalen konnte, wo das Ganze wieder enden würde. Susannah war eine bildhübsche Hawaiianerin mit langen, dunklen Haaren. Sie war wie aus einem Bilderbuch ausgeschnitten und intelligent obendrein. Warum Yanko dann

doch aufgestanden war und mit ihr getanzt hatte, wusste er selbst nicht. Vielleicht war es ihr Blick, vielleicht ihre Worte, vielleicht war es aber auch einfach nur die Ablenkung von Keith gewesen.
Als er am nächsten Morgen dann aufwachte und diese wunderschöne Frau neben sich liegen sah, atmete Yanko erst einmal tief durch. Leise stand er auf und stellte sich unter die Dusche. Eigentlich sollte es ihm nach so einer Nacht mit einer so tollen Frau gut gehen, doch er fühlte sich wie ausgekotzt. Sein Körper verlangte plötzlich ziemlich heftig nach Alkohol, und er war von jetzt auf nachher total schlechtgelaunt. Der Moraststrudel zog ihn in einem derart rasanten Tempo abwärts, dass er sich hinsetzen musste. Irgendwann schaffte er es dann sich aus der Dusche zu quälen und die nötige Menge Whisky in sich hineinzuschütten, ohne dass Susannah es mitbekam. Leise zog sich Yanko an und schrieb ihr auf einen Zettel, dass er schon zum Frühstück gegangen sei.
Als sie sich dann später, kurz vor Beginn des zweiten Kongresstages trafen, sagte Yanko ihr nur kurz und knapp, dass er es schön mit ihr fand, es jedoch eine einmalige Sache gewesen wäre. Susannah schluckte zwar etwas, schien sich aber dann bald damit abgefunden zu haben.

Am frühen Nachmittag verabschiedete sich Yanko unter dem Vorwand er habe Kopfschmerzen aus der Runde und zog sich wieder auf sein Zimmer zurück. Er war kräftemäßig total am Ende. Das schreckliche Gefühl von heute Morgen hatte ihn den ganzen Tag über begleitet und wurde immer schlimmer. Yanko kauerte sich aufs Bett und zitterte, obwohl er schon genug intus hatte. Er starrte aus dem Fenster und suchte dort irgendwo eine Erklärung für seinen fürchterlichen Zustand. Der Abgrund schien heute überhaupt kein Ende mehr zu nehmen, und er fiel und fiel und fiel.

Das Erste was Yanko wahrnahm, als er wieder zu sich kam, war das Rauschen der Wellen gewesen. Neben ihm saß ein großer, dunkelhäutiger Mann mit schulterlangem, schwarzem Haar, der ihn freundlich ansah. Er stellte sich als Susannahs Bruder Pupu vor und erzählte Yanko ohne Aufforderung was passiert war.

Susannah hatte, nachdem Yanko zum Abendessen nicht erschienen war, nach ihm sehen wollen und war mit dem Fahrstuhl in den dritten Stock hochgefahren auf dem Yankos Zimmer lag. Sie hatte mehrmals vergeblich an die Tür geklopft und ihn gerufen. Nach einer Weile hatte sie das Gefühl bekommen, dass da etwas nicht stimmte und hatte den Mann an der Rezeption um den Barcode für Yankos Zimmer gebeten. Sie hatte dem Hotelangestellten erklärt, dass Yanko ein Mitglied des Kongresses sei und sich nicht wohlgefühlt habe, und sie sich nun Sorgen um ihn machen würde, weil er sich bis jetzt nicht mehr gerührt hätte.

Nachdem sie schließlich in Yankos Zimmer eingetreten war, erschrak sie. Yanko hatte zusammengekauert in einer Ecke des Zimmers gesessen und war überhaupt nicht mehr ansprechbar gewesen. Überall waren leere Flaschen herumgelegen. Yanko hatte kalten Schweiß auf der Stirn gehabt und in keiner Weise auf irgendetwas reagiert. Susannah hatte dann sofort ihren Bruder angerufen, und der war so schnell es ging gekommen.

Susannahs Bruder war ausgebildeter Schamane und ein hochangesehener Heiler auf Hawaii. Mit einem Blick hatte er gesehen was los war. Yanko war so betrunken gewesen, dass er sich schon in einer Art Diliriumszustand befand. Pupu hatte es dann irgendwie geschafft ihn anzukleiden, während Susannah Yankos Sachen zusammenpackte und das Zimmer wieder in einen einigermaßen ansehnlichen Zustand zurückversetzte. Sie hatten Yanko dann mit vereinten Kräften in Pupus Auto geschleppt und waren hinaus zu einem ihrer Heiaus, einem heiligen Platz, den nur Insider kannten, gefahren.

Er lag draußen neben einer kleinen Steinmauer auf einer Decke und Pupu saß neben ihm. Nach ein paar Minuten konnte sich Yanko aufsetzten und lehnte sich an die Mauer, doch er fühlte sich einfach nur schrecklich. Sein Kopf drohte zu bersten, und die Sonne blendete ihn so sehr, dass seine Augen schmerzten. Ihm war speiübel, und er schwitzte. Sein Körper bebte, und bald fühlte er die ersten Krämpfe herannahen.
„Ich brauche was zum Trinken!“, war das Erste, was Yanko sagte. Pupu legte seine Hand auf Yankos Schulter und sah ihn an. „Was du brauchst ist ein Entzug, mein Freund! Sonst lebst du nicht mehr lange, wenn du so weitermachst!“, sagte er sanft und doch sehr deutlich und hielt ihm dabei eine geöffnete Wasserflasche hin, die Yanko jedoch ignorierte. „Ja... Ich weiß... Das mache ich ja auch, aber nicht jetzt!“ Yanko musste plötzlich würgen und erbrach schließlich alles was noch in ihm war. Danach nahm Yanko allerdings die Wasserflasche, spülte sich zuerst den Mund aus und trank anschließend etwas daraus.
Pupu wusste, dass dieser Augenblick absolut nicht der richtige war, um einen Entzug durchzuziehen, vor allem nicht so einen, wie er es gelernt hatte. Dazu brauchte man einen ruhigen Platz und sehr viel Zeit. Er wollte nur sehen, wie stark die Entzugserscheinungen bei Yanko wurden, damit er wissen würde wie er es angehen müsste, für den Fall, dass sich Yanko dazu entschließen sollte einen Entzug bei ihm zu machen. Doch das wollte er ihm erst später anbieten.
„Bitte Pupu, bring mir was... Ich kann nicht aufstehen... Bitte!“, flehte Yanko ihn an. Er musste sich wieder hinlegen

und dann kam der erste Krampf, und Yanko krümmte sich dabei vor Schmerz.
Pupu wartete allerdings noch eine ganze Stunde, bevor er ihm den schon mitgebrachten Whisky dann schluckweise verabreichte. „Warum hast du mir den nicht gleich gegeben? Verdammt!“, fragte Yanko und war richtig sauer.
„Meine Schwester hat mir erzählt wer du bist, und was du bei dem Kongress alles gesagt und getan hast. Sie vertraut dir und baut auf dich! Ich biete dir meine Hilfe an, wenn du willst. Vier Wochen auf Big Island in einer kleinen Hütte am Strand. Kein Strom, kein fließend Wasser, kein Handyempfang, kein Telefon. Nichts. Nur du und das Meer. Ich werde dich da durchführen, aber es wird dauern. Die meisten Rückfälle passieren, weil die Menschen nicht alle Ebenen dabei berücksichtigen. Die Körperebene ist die Letzte, die Ursache aber sitzt wo ganz anders. Ich verspreche dir nichts. Es ist dein Wille, der entscheidet. Ich kann dir nur versprechen, dass du nicht ganz so viel Schmerzen dabei haben wirst, wie normalerweise. Du wirst alles mitbekommen, jeden Schritt. Ich werde die erste Zeit rund um die Uhr bei dir sein. Doch du musst wissen, das wird ein Entzug auf allen Ebenen werden, wenn du es zulässt. Es ist deine Entscheidung!“, sagte Pupu klar und ließ Yanko dann allein.
Yanko brauchte eine Weile, um überhaupt einigermaßen wieder normal denken zu können. Zuerst dachte er an Keith, und er sah ihn mit Schläuchen übersät im Krankenhaus liegen, und sofort spürte Yanko wieder die sich abwärtsdrehende Spirale, die ihn jäh mit sich riss. Nach Luft ringend setzte er sich wieder auf und versuchte aufzustehen. Es gelang ihm schließlich auch, und er war froh dem ätzenden Gefühl dadurch etwas entfliehen zu können.
Pupu stand etwas abseits und blickte aufs Meer hinunter, das aus der Ferne rauschte. Susannah saß immer noch im Auto

und beobachtete mitfühlend das Geschehen. Yanko bemerkte sie nicht und ging ein paar Schritte, doch nach wenigen Metern hielt er wieder an. Er fühlte sich so matt und ausgehöhlt, dass er sich auf die Steinmauer setzen musste. Der Schweiß lief ihm in Strömen das Gesicht herunter, so als ob er stundenlang in der prallen Sonne Holz gehackt hätte. Sein Herz schien ihm fast aus der Brust zu springen, so stark pochte es.
Er war total fertig, und er spürte deutlich, dass er sich tatsächlich entscheiden musste. Pupu hatte Recht. Es war seine Entscheidung. Er musste wissen, ob er sich zu Tode saufen, oder doch lieber am Leben bleiben wollte. Er dachte an seinen Bruder, und jetzt verstand er, dass niemand einem diese elementare Entscheidung abnehmen konnte. Da halfen auch alle noch so gut gemeinten, lebensbejahenden Meinungen und Ratschläge nichts. Wenn er den Tod wählen würde, auf welche Weise auch immer, hatten alle Ängste und Sorgen der anderen keine Chance ihn davon abzubringen. Es wäre ihm dann nämlich vollkommen egal. Er dachte an Kenia und an sein Versprechen. Und er dachte an Fam und an sein Versprechen. Doch selbst ein Versprechen würde ihn im Endeffekt nicht davon abhalten können. Das alles wurde ihm nun klar, als er sich selbst plötzlich wie aus ein paar Metern Distanz betrachten konnte.
Pupu kehrte nach zwei Stunden zu ihm zurück und setzte sich zu ihm auf die Mauer. Er sah, dass Yanko mit sich ins Gericht gegangen war und legte ihm eine Hand auf den Oberschenkel. „Du musst dich einfach nur für den nächsten Schritt entscheiden. Niemand weiß, was kommt." Ihre Blicke trafen sich. „Ich weiß dein Angebot wirklich zu schätzen, aber ich weiß nicht, ob ich das jetzt durchhalten würde... Mein Bruder liegt im Krankenhaus, und keiner weiß, ob er es überleben wird und wenn ja, was dann ist... Er hatte einen Unfall... Er ist

gelähmt... Das zieht mich total runter..." Pupu nickte. „Ja, das kann ich verstehen! Doch was dich hauptsächlich runterzieht, kommt ganz woanders her. Das mit deinem Bruder hat nur ungeheilten Schmerz wieder hochgeholt und verstärkt. Verstehst du?"

„Ja... Ich weiß das... aber ich komme damit einfach nicht klar... Es kommt immer wieder... Mal mehr, mal weniger. Das jetzt mit meinem Bruder hat mich voll umgehauen... Ich weiß echt nicht mehr weiter... Ich kann nicht mehr!", gab Yanko stockend zu und spürte, wie sich die ihn schwindlig machende Verzweiflung erneut über ihn stülpte.

„Hättest du denn jetzt theoretisch vier Wochen Zeit? Vier Wochen nur für dich, in denen du dich wirklich mal nur um dich kümmern könntest. Wobei ich mittlerweile sogar das Gefühl habe, das vier Wochen viel zu wenig wären.", fragte Pupu, und er hoffte inständig, dass Yanko sich für das Leben und für sich entscheiden würde. Er mochte ihn und fühlte sich irgendwie aufgefordert ihn dabei zu unterstützen.

„Ja, hätte ich... Ich habe eigentlich Zeit bis April... Da bekommt meine Frau unser drittes Kind..." Yanko wurde es plötzlich wieder schlecht, und er versuchte die Übelkeit mit Whisky zu ertränken. „Meinst du, sie würde dich solange entbehren?" „Sie wäre wahrscheinlich sogar heilfroh, wenn ich das machen würde!", sagte Yanko und stand auf. „Können wir bitte aus der Sonne rausgehen? Mein Kopf platzt gleich." Pupu stand ebenfalls auf, und sie gingen zum Auto.

Auf der Rückfahrt nach Honolulu stellte Pupu ihm dann schließlich nur noch eine einzige Frage, doch diese Frage brachte Yanko dazu sich entscheiden zu können. „Yanko, frag bitte deine Seele, was sie hier eigentlich in diesem Leben tun wollte, und dann beantworte mir die Frage, ob alles geheilt und getan wäre, wenn du jetzt sterben würdest."

Was Yanko genau dazu gebracht hatte sich zu entscheiden, war eher ein Gefühl gewesen, als eine konkrete Antwort. Er wusste zwar überhaupt nicht, was seine Seele sich eigentlich vorgenommen hatte hier zu tun, noch hatte er irgendeine genaue Vorstellung davon, was Pupu mit Heilung meinte, doch er hätte Pupus Frage nicht aus vollem Herzen mit Ja beantworten können. Auf jeden Fall hatte er plötzlich die Sehnsucht nach dem Meer in sich gespürt. Sie drang zu ihm aus ganz weiter Ferne durch den dicken Vorhang seines Suffs hindurch, und er bekam auf einmal das konkrete Gefühl, dass ihm seit einer Ewigkeit die wichtigste Essenz zum Überleben im Allgemeinen fehlte, obwohl er in keiner Weise wusste, welche das war. Er konnte es plötzlich gar nicht mehr abwarten, endlich an dieser besagten Hütte am Strand anzukommen. Er würde dort endlich allein sein, endlich Ruhe haben und endlich wieder am Meer sein.
Yanko hatte mit Maria, bevor er dann nach Big Island geflogen war, gesprochen und ihr soweit alles erzählt. Sie war zwar nicht begeistert davon Yanko so lange nicht zu sehen, aber sie wusste durchaus, dass es höchste Zeit für Yanko war einen Entzug zu machen. Sie hatte Yanko ja zu Hause erlebt und war ziemlich in Sorge, nachdem er in diesem Zustand nach Hawaii geflogen war. Sie erzählte ihm noch, dass es bei Keith nichts Neues gäbe und sprach ihm Mut zu, und sie sagte ihm noch, dass sie ihn lieben, und an ihn glauben würde.

Die kleine Holzhutte befand sich an der Nordostküste von Big Island und war auf dem Landweg ausschließlich über einen sehr schmalen Pfad zu erreichen, den man nur zu Fuß begehen, oder mit einer kleinen Crossmaschine befahren konnte. Niemand sonst wusste von dieser Hütte, und keiner würde sie dort stören. Die Hütte bestand nur aus einem

einzigen Raum, in dem ein Bett, ein Tisch, zwei Stühle und ein kleiner Feuerofen standen. Eine Toilette gab es nicht. Dazu musste man in den Wald gehen. Das Meer war nur wenige Schritte entfernt, und die umherstehenden Palmen spendeten genug Schatten. Knapp fünf Minuten von der Hütte entfernt, befand sich ein durch Lava gewärmtes Wasserloch, in dem man wunderbar baden konnte, und keine zweihundert Meter weiter plätscherte ein wundervoller Wasserfall. Das Wasser dort konnte man unbedenklich ungekocht trinken, was auf Hawaii schon eher selten geworden war, denn das meiste Süßwasser ist hier auch heute noch mit Bakterien verunreinigt. Pupu führte Yanko auf dem ganzen Gelände herum und zeigte ihm alles, was er wissen musste. Und zu Yankos großer Freude stand in dem angrenzenden, kleinen Schuppen nicht nur eine Motocrossmaschine sondern auch ein Surfbrett. Pupu erklärte Yanko dann noch ganz genau, wie sie weiter vorgehen würden und sagte ihm, bevor er sich verabschiedete, dass er in einer Woche wieder bei ihm sein würde.
Dann war Yanko mit dem Meer und dem Wind allein.

Trotz seiner Erschöpfung zog es ihn hinaus. Er fühlte sich plötzlich wie ein Fisch auf dem Trockenen, dem in diesem Moment erst klar wurde, warum er kurz vor dem Ersticken war. Rasch riss er sich die Klamotten vom Leib und holte das Surfbrett aus dem Schuppen. Und erst, als die Gischt seine Haare spülte, das kühle Salzwasser in sein Gesicht klatschte und sich die Wellen über ihm brachen, spürte er wieder, dass es etwas in ihm gab, das Freude daran hatte zu leben, und war es auch nur diese eine, auf einem Brett zu stehen und mit dem Meer eins zu sein.
Die Tage bis zu Pupus Rückkehr, verbrachte Yanko meistens irgendwie im Meer. Entweder surfte er, oder er versuchte mit den bloßen Händen ein paar Fische zu fangen, was ihm dann

auch nach einer Weile tatsächlich gelang. Tagsüber sammelte er Muscheln und nachts Tintenfische, die er dann über dem Feuer garte. Er sog dieses Leben in jede Zelle seines Daseins auf und vergaß darüber fast, warum er eigentlich hierhergekommen war. Das fiel ihm aber jedes Mal sofort wieder ein, wenn er die ganzen Flaschen sah, die er in dieser kurzen Zeit bereits leergetrunken hatte. Doch wie Pupu schon vorausgesehen hatte, gab ihm dieser Ort ein wenig Kraft zurück. Die Kraft, die er für einen Entzug dringend brauchen würde. Denn das größte Stück Arbeit lag ja noch vor ihm.

Nachts lag er dann in der Hängematte unter den Palmen, sah in den Sternenhimmel hinauf und unterhielt sich mit Keith. Obwohl er tausende Kilometer von ihm entfernt war, konnte er ihn hier seltsamerweise unmittelbarer spüren, als wenn er direkt neben ihm säße. Vor allem nahm Yanko deutlich wahr, dass seine Panik sich etwas legte und er sich langsam beruhigte. Er konnte den Frieden zwischen seinem Bruder und sich wieder fühlen.

Dann kam Pupu, und er blieb eine ganze Woche.
Am ersten Tag stellte er Yanko ganz gezielte Fragen über sein Leben und ließ sich von Yanko alles erzählen, was in diesen Momenten hochkam. Er befragte ihn nach seiner Mutter, nach seinem Vater, nach seiner Kindheit, nach seiner Frau, nach seine Träumen und Wünschen, nach seinen schlechten Erfahrungen und nach seinen Narben. Er fragte ihn so viele Löcher in den Bauch, dass Yanko danach von den ganzen Geschichten von Neuem wie erschlagen war. Yanko hatte jetzt das Gefühl mit völlig leeren Händen dazustehen und sich vollkommen ausgeliefert zu haben, aber es fühlte sich dennoch irgendwie gut an.

Den zweiten Tag verbrachten sie damit, dass Pupu ihm die Heilweisen der Kahunas erklärte und somit das Feld eröffnete, in dem sie sich die nächste Zeit aufhalten würden. Und er machte Yanko klar, dass er sich zu jeder Zeit in seiner eigenen Verantwortung befinden, und er ihm nur die Hand reichen würde. Er könne sie nehmen, oder auch nicht, und er solle sich nur dann für diesen Weg entscheiden, wenn er ihm voll und ganz vertraute. Aber das tat Yanko schon längst. Pupu strahlte eine stolze, würdige und kraftvolle Sicherheit aus, die Yanko in dieser Weise bei noch keinem anderen Menschen erlebt hatte, und er war bereit sich dem hinzugeben, was auch immer geschehen würde, dessen war er sich jetzt sicher. Außerdem sah er auch keine andere Möglichkeit mehr für sich. Er hatte nur noch diese Wahl, und dieser Ort und dieser Mensch waren schon jetzt Balsam für seine Seele.

Am dritten Tag gab Pupu Yanko eine Mixtur aus verschiedensten Kräutern und Pilzen, die er nicht näher erläuterte, und forderte ihn dann auf sich hinzulegen.

Was dann geschah, konnte sich Yanko überhaupt nicht erklären. Er spürte seinen Körper in jeder kleinsten Zelle und viel deutlicher als sonst, und trotzdem hatte er kaum Schmerzen. Er nahm zwar alle Entzugserscheinungen genau wahr, aber auf eine komplett andere Art und Weise. Es war viel mehr so, dass er seine Gefühle dabei viel intensiver wahrnahm und irgendwie von oben auf sich herabschauen konnte. Er sah und spürte, wie sich sein Körper zusammenzog und zitterte, aber es ging ihm nicht schlecht dabei. In ihm wurde etwas viel Tieferes berührt, was er so noch nie gespürt hatte. Es war, als ob jemand oder etwas eine bisher völlig unberührte Saite in ihm anzupfte, und die jetzt ganz langsam immer mehr in Schwingung geriet. Gleichzeitig wurde er durch Äonen von Jahren gezogen. Über blutige Schlachten, Scheiterhaufen, Folterungen und Kreuzigungen bis hin zu Menschenopfern und Bildern, die er sich nicht erklären konnte, lief ein innerer Film ab, der eine merkwürdige Resonanz in ihm auslöste. Er hatte das Gefühl all diese Dinge schon selbst erlebt zu haben, und überall dabei gewesen zu sein. Jeder neue Krampf brachte ihn in eine andere Situation, in der er gequält und misshandelt wurde.

Am zweiten Tag des Entzugs lief dann ein völlig anderer Film in ihm ab. Diesmal war er es, der in den unterschiedlichsten Aufmachungen und Gestalten, Menschen und andere Wesen folterte und brutal abschlachtete. Gefühle voller Hass und Grausamkeit stiegen in ihm auf und entluden sich wiederum als erneute und ziemlich heftige Krämpfe in seinem Körper. Der in ihm noch vollkommen ungestillte Hunger nach Rache und Vergeltung wandelte sich in grenzenlose Aggression und einen zerstörerischen Zorn, der sich schließlich gegen ihn selbst wendete. Pupu achtete genau darauf, dass sich Yanko dabei nicht zu sehr selbst verletzte, doch ein gewisses Maß war wichtig und gehörte zu der ganzen Prozedur dazu. Denn genau das sollte er spüren und erfahren. Diese Gefühle sollte er sich merken, damit er verstehen lernte, warum er in diese selbstzerstörerische Sucht verfallen war.

Am nächsten Tag, als die Krämpfe nachgelassen hatten und Yanko den Entzug auf der körperlichen Ebene soweit überstanden hatte, holte Pupu ihn wieder komplett ins Hier und Jetzt zurück. Yanko war zwar körperlich ziemlich erschöpft, fühlte sich aber dennoch ganz gut, und er beschrieb es als einen gewaltigen Gewittersturm, der durch ihn hindurchgefegt sei und alles hat zusammenstürzen lassen. Wenn die Wolken sich verzogen hätten, und die Überschwemmung nachließe, würde er sehen, was von ihm übrig geblieben sei, lächelte Pupu zustimmend, denn es traf genau das Bild, welches er auch von ihm bekommen hatte.
Was danach geschah war sehr merkwürdig und vollkommen neu für Yanko, denn er hatte die Entzugssymptome noch sehr lange nach dem eigentlichen Entzug, und sie kamen manchmal auch anflugartig heftig, jedoch meistens ohne Schmerzen.
Pupu erzählte ihm in den folgenden Tagen noch viel mehr über verschiedene Energieebenen und über Huna im Allgemeinen, sodass Yanko nach und nach begreifen konnte, was mit ihm geschah. Er fühlte keine Angst, es war einfach alles nur sehr fremd für ihn. Doch es leuchtete ihm schnell ein, dass man zum Urgrund aller Schmerzen nur vordringen konnte, wenn man auch durch alle Schichten hindurchging, und nachdem er erfahren hatte, dass alles, was er je erlebt hatte in seinen Körperzellen und in seiner Seele gespeichert war, wunderte er sich nicht mehr darüber, dass er die Entzugserscheinungen noch so lange zu spüren bekam. Die Entgiftung führte von seinem Körper durch sämtliche Traumata hindurch zurück zu seiner Seele.

Nachdem Yanko das Schlimmste erst einmal überstanden hatte, ließ ihn Pupu auch ab und zu wieder allein. Er kam allerdings in der folgenden Woche noch jeden Tag vorbei, um nach Yanko zu sehen, denn er wusste um die Nachwirkungen und auch, dass sie bei jedem anders verlaufen konnten. Für ihn war Yanko ein besonders harter Fall, denn auf der geistigen Ebene konnte Pupu seine Energien gut wahrnehmen und sehen welche Willensanstrengung es von Yanko noch brauchen würde, um diese Sucht vollständig zu heilen. Pupu wusste, dass Yanko stark war, doch er wusste auch, dass Yanko das selbst nicht bewusst war. Denn um diesen ersten Schritt überhaupt durchzuhalten, brauchte man schon einen eisernen Willen. Der körperliche Entzug war erst der Anfang, und es war leicht nicht zu trinken, wenn man sich einigermaßen gut fühlte und sich dazu noch weit weg an einem einsamen Ort auf einer Insel befand. Doch Yanko hatte diesen ersten Schritt geschafft - jetzt musste er nur noch weitergehen.
Yanko verbrachte die erste Zeit nach dem Entzug meistens in der Hängematte. Es war ein seltsames Gefühl in ihm, einerseits fühlte er sich erleichtert, dass er es geschafft hatte, und andererseits fühlte er sich ganz leer an, doch es machte ihm nichts aus. Es war einfach nur ein, bis jetzt völlig unbekanntes Gefühl für ihn. Außerdem spürte er eine grenzenlose Müdigkeit, die ihn auch oft stundenlang einfach schlafen ließ. Doch dieses Mal wehrte er sich gegen gar nichts. Es kam was kam, und er ließ die Gefühle einfach zu und gab sich ihnen hin. Er hatte ja sonst nichts zu tun, und er wollte auch gar nichts anderes tun als in dieser Hängematte liegen, und so zu sein, wie er gerade war.
Wenn Pupu da war, machte er alles Mögliche mit ihm. Manchmal redeten sie, manchmal erzählte Pupu ihm nur was er in seinem Energiefeld wahrnehmen konnte und erklärte es

ihm anschließend genau, und manchmal sahen sie sich stundenlang einfach nur in die Augen. Was auch immer Pupu mit ihm anstellte, mit der Zeit lernte Yanko sich immer besser wahrzunehmen und auch Dinge aussprechen, die er vorher nie hätte formulieren können. Pupu gab ihm die Wörter dafür und zusammen mit dem, was er von Peter gelernt hatte, glaubte er das erste Mal in seinem Leben wirklich einen Weg gefunden zu haben, der ihm vieles erklären konnte und der ihm tatsächlich half mit seinem Leben zurechtzukommen. Einen Weg, den er zwar immer irgendwie gespürt hatte, aber bis jetzt unfähig gewesen war zu betreten. Jeder neue Tag, den er hier auf Big Island verbrachte, schenkte ihm eine neue Erkenntnis, manchmal war sie nur ganz klein, aber für ihn war jede lebenswichtig.

Yanko verlor bald jegliches Zeitgefühl, und er verschmolz immer mehr mit dem Pazifik. Er ernährte sich von Papayas, Mangos und den Fischen, die er fing. Tagsüber surfte er stundenlang, und nachdem er sich dann doch eines Tages aufgemacht hatte, um einen Neoprenanzug zu kaufen, surfte er noch länger. Denn obwohl es an sich angenehm warm war, wurde es einem draußen im Wasser bei dem ständigen Wind doch schnell ziemlich kalt. Abend saß er am Feuer oder lag in der Hängematte und genoss die Stille um sich und in sich.

Nach vier Wochen rief er das erste Mal wieder in Sheddy an, und es war als würde er mit einem anderen Planeten sprechen. Maria, Mala, Nino und seine Kinder kamen ihm unendlich weit weg vor, und nachdem er aufgelegt hatte, war er froh, dass er sich nicht auf einen Rückkehrtermin hatte festnageln lassen.
So weit war er noch nicht, und dieses Mal wollte er sich die Zeit nehmen, auch wenn es noch Jahre dauern würde.

Die ersten Frühlingsblumen blühten schon, als Yanko wieder nach Hause kam. Maria hatte ihn gebeten zu kommen, weil die Geburt immer näher rückte und sie Yanko einfach gerne dabei haben wollte.
Sie fielen aus allen Wolken, als sie Yanko nach fast drei Monaten wiedersahen. Er war total braungebrannt und sah richtig gut und erholt aus, und es schien ihm fantastisch zu gehen.
So war es auch, zumindest was seinen Körper betraf. Yanko fühlte sich tatsächlich kraftvoll und fit, und das stundenlange Surfen hatte seinen Körper gut durchtrainiert. Und trotzdem hatte er große Angst davor gehabt, zurück nach Hause zu kommen. Zurück in die Beziehung, oder besser gesagt in die Beziehungen, zurück zu den Kindern, zu seiner Familie. Und vor allem zurück zu Keith. Zurück an den Ort an dem er so viel Schmerz erlebt hatte. Er freute sich allerdings auch sehr alle nach so langer Zeit wiederzusehen, und er musste zugeben, dass er seine Kinder sehr vermisst hatte, von den Erwachsenen jedoch hatte ihm eigentlich nur Nino wirklich gefehlt.
Natürlich fuhr er auch bald ins Krankenhaus und besuchte Keith. Doch als er an seinem Bett saß, vermisste er die nächtlichen Gespräche, die er mit seinem Bruder in der Hängematte auf Big Island geführt hatte. Keiths Seele war hier im Krankenhaus jedenfalls kaum mehr zu spüren.
Yanko besuchte auch Minerva und John, konnte aber irgendwie nichts mit ihnen anfangen. Seine Familie war oben im Blockhaus, in Griechenland und Keith.

Maria wollte zur Geburt dieses Mal nicht wieder in ein Krankenhaus gehen, und so gebar sie in aller Ruhe und nur in Anwesenheit von Yanko ihr fünftes Kind zu Hause im

Blockhaus. Es war ein Junge, und da sie bis jetzt noch keinen passenden Namen für ihn gefunden hatten, nannte sie ihn erst einmal Chavoro. Das war das erste Mal, dass Yanko ganz bewusst einer Tradition folgte und sich dabei gut fühlte. Der Name würde mit der Zeit von selbst kommen. Die Seele ihres Sohnes würde ihnen den Namen zu gegebener Zeit zuflüstern.

Mitte Mai flog Yanko nach Vancouver. Dort gab es einen Fernsehsender, der sich sehr für die Themen des Kongresses von Hawaii interessierte. Der Sender hatte zu einer Diskussionsrunde mit verschiedenen Vertretern einzelner Minderheiten aus Kanada und den USA eingeladen.
So kam es dann auch, dass sich Yanko und Susannah wiedertrafen. Er nahm die Gelegenheit wahr und bedankte sich erst einmal ganz herzlich bei ihr, dass sie ihn zu ihrem Bruder gebracht hatte und entschuldigte sich gleichermaßen für seinen damaligen Zustand in Honolulu. Susannah freute sich sehr darüber Yanko in einer solch guten Verfassung wiederzusehen und musste sehr damit kämpfen ihm nicht sofort um den Hals zu fallen.
Dann hatte sie noch eine Überraschung für ihn parat. Sie sagte, dass sie ihm von Pupu ausrichten solle, dass er Yanko die Hütte am Strand gerne vollständig überlassen wolle. Er würde sie nicht brauchen und auch sonst gäbe es keinen aus seiner Familie, der sie haben wollte. Pupu habe das Gefühl, dass dieser Platz Yanko sehr guttun würde, und er wolle ihm damit die Gelegenheit geben, jederzeit dort sein zu können, wenn er es bräuchte. Yanko wusste erst gar nicht was er dazu sagen sollte, und er war zutiefst gerührt und dankbar.
Doch es fiel ihm nicht leicht dieses Geschenk anzunehmen, und er kannte Pupu mittlerweile gut genug um zu wissen, dass er ihm mit diesem wohlwollenden Geschenk auch mit Absicht

eine Aufgabe gestellt hatte. Yanko sollte jetzt lernen die guten Dinge anzunehmen und vor allem sich ihrer würdig zu fühlen.

Anfang Juni vermehrten sich die Entzugssymptome plötzlich wieder, und Yanko spürte, wie seine Kraft nachließ. Einerseits wollte er sehr gerne bei seinem neugeborenen Sohn bleiben, doch andererseits wusste er auch genau, dass er seine Heilung nur unterbrochen hatte, sie aber noch lange nicht abgeschlossen war. Bei Keith hatte sich nichts verändert und allen anderen ging es soweit gut. Mala und Nino hatten inzwischen auch ihren ersten Sohn bekommen, und das Leben lief harmonisch und ruhig ab.
Yanko hatte dieses Mal auch kein schlechtes Gewissen, als er den anderen erzählte, wie es ihm ging, und dass er gerne nach Hawaii zurück möchte, um da weiterzumachen, wo er stehengeblieben war. Er schilderte ihnen seine Angst wieder rückfällig zu werden, und dass er diese Müdigkeit auch noch nicht vollkommen überwunden hätte.
Er spürte, dass er den Anfang geschafft hatte, aber noch lange nicht am Ziel angekommen war, und er wollte den Zug diesmal nicht mehr verpassen.

Verständnisvoll ließen sie ihn schließlich schweren Herzens ziehen, und Yanko fiel es auch nicht ganz leicht zu gehen, doch er wusste, dass es der einzige Weg für ihn war, um vollständig ins Leben zurückzukehren.

Zurück auf Big Island fand er jedoch zunächst überhaupt keine Ruhe. Sie war wie weggeblasen. Aus lauter Verzweiflung renovierte und strich er die Hütte und reparierte das Dach, bis Pupu ihm das Werkzeug aus der Hand nahm und ihn zwang sich zu setzen. Dann machte er ihm klar, dass es jetzt Zeit für ihn wäre zu lernen, wirklich loszulassen, sowohl die Vergangenheit, als auch jeden einzelnen gegenwärtigen Moment, und er reichte ihm seine Hand.
Doch Yanko sträubte sich innerlich total dagegen, denn er wollte zurück in den gleichen, leeren und wohligen Zustand, wie vor seiner Abreise nach Sheddy, und er klammerte sich daran wie an einen Rettungsring. Er wollte nichts anderes mehr fühlen, als diese tiefe, selige Ruhe. Aber je mehr er sich daran festzuhalten versuchte, desto mehr rückte sie wieder von ihm ab.
Pupu versuchte ihm zu vergegenwärtigen, dass seitdem auch wieder einiges geschehen war. Schließlich sei er nochmals Vater geworden und außerdem mit den Leuten vom Kongress im Fernsehen gewesen. Das Leben ginge weiter, egal wo er sich selbst befinden, und egal wie sehr er sich an etwas festhalten würde. Er müsse jetzt begreifen lernen, dass die einzige Sicherheit im Leben der ständige Wandel sei.

Pupus Worte fraßen sich tief in Yankos Seele, und dann zerbrach etwas in ihm, was sich wie eine gewaltige Explosion anfühlte. Er hörte förmlich die riesigen Felsbrocken auseinanderbersten, bevor sie krachend auf dem Boden in tausend Stücke zersprangen. Er spürte seine Angst diesmal völlig ungefiltert und wusste plötzlich, dass es sich dabei um die nackte Existenzangst handelte. Und augenblicklich wurde ihm klar, dass er die Zugehörigkeit zu seiner Familie und den Roma deswegen nicht wirklich an sich herangelassen hatte, weil schon die reine Begegnung mit den Menschen seines Volkes in ihm unbewusst jedes Mal diese extrem bedrohliche Todesangst ausgelöst hatte. Genau diese Angst, die er damals schon als Baby empfunden hatte, als er seiner Mutter brutal entrissen worden war. Diese fürchterliche Existenzangst, die auch im Kollektivbewusstsein seines Volkes durch die schrecklichen Verfolgungen und grausamen Vernichtungen sogar heute noch gespeichert und tief verankert ist.

Er ließ die Angst zu und konnte schließlich die gewaltigen dahinterstehenden Gefühle der Schuld, Trauer, Wut, Ohnmacht und Verzweiflung spüren, die in ihm und seinem Volk so präsent waren, und die nur darauf warteten endlich Verständnis und Heilung zu erfahren. Er bekam nun eine leise Ahnung davon, weshalb seine Empfindungen auch ihre Ursprünge in seinem Volk hatten, und er begriff, dass er mit ihm viel mehr verbunden war, als er bis jetzt geahnt hatte.
Und nach und nach wurde ihm bewusst, wie sehr er das Leben eigentlich liebte, und vor allem, wie sehr er sein Volk liebte.
Seine Roma.

DANKE * THANK YOU * OVEN SASTE

Antony, Brad, Chan, Charlie, Chris G, Chris P, Chuck, Doyle, Franz, George, Heath, Joachim, Johnny, Jony, Kathy, Keith, Mechthild, Melanie, Michiel, Monel, Naupany Puma, Paul, Pünktchen, Susanne H, Susanne P, Tara Christina, Titi, Travis, Uwe, Verena

Rick, Lena

Ekkehard, Brunhilde, Sven, Tatjana, Seastar

Meiner Familie, meinen Ahnen, Mutter Erde, Vater Universum, Bruder Sonne, Schwester Mond und natürlich den Drachen

*

Ein ganz besonderer Dank geht an Manfred, der sämtliche Buchcover der Yanko – Serie meinen Vorstellungen entsprechend gestaltet hat

*

Übersetzungen: Romanes / Deutsch

artíste - Künstler
baro mangipe – große Leidenschaft/große Liebe
balval – Wind
chavoro – kleiner Romajunge
daje – Mutter
devla – Oh Gott!
devlalen – Lieber Himmel!
djelem – Ich ging
lele – Meine Güte!
lovára - Pferdehändler
mašallah – Bei Gott!
muro phral – mein Bruder
sastipe – Gesundheit
romni – Zigeunerfrau